KB161765

〈에밀리 브론테〉 브란웰 브론테. 1833.

브론테 자매가 어린 시절을 보낸 하워스 근처의 마시 톱

듀스베리 교구 교회 자매의 아버지 패트릭 브론테는 이곳에서 처음으로 부목사직을 맡았다.

▲에밀리 브론테가 어린 시절 사용하던 필기구들

▶에밀리와 앤의 교환일기 1837년 6월 에밀리가 쓴 부분

▼브론테가의 놀이방 어린 남매들은 서랍장 위의 장난감 병정에 영감을 받아, 여러 가지 이야기를 지어냈다.

▲〈프로시〉 에밀리 브론테. 1843. 프로시는 에밀리가 기르던 강아지다.

◀세 자매의 사진 왼쪽부터 샬럿, 에밀리, 앤 브론테

▼아버지 패트릭 브론테의 서재 앤 브론테는 이곳에서 피아노를 즐겨 연주했다.

영국 요크셔 지방 하워스 마을의 또 다른 모습 브론테 남매들은 이렇게 다채로운 풍경을 지닌 자연 속에서 저마다 작품을 위한 상상력을 키워갔을 것이다.

▲**말럼 코브** 영국 요크셔 국립공원에 있는 석회암 절벽. 1992년 영화화된 〈폭풍의 언덕〉 촬영지

◀**하워스 지방의 히스 덤불**

▼**〈폭풍의 언덕〉 현대 삽화** 로비나 카이. 2014.

하워스 지방 언덕의 폐허 작품 속 워더링 하이츠의 모델로 여겨진다.

로 힐 스쿨 근처에 있는 시브덴 저택 슬러시크로스 그레인지의 모델로 알려졌으며 현재는 민속박물관이다.

▲〈폭풍의 언덕〉가운데 페니스톤 절벽의 모델이 된 거대하고 불길한 느낌의 바위

◀▼초판본의 속표지와 하드 커버 1847. 런던, 토마스 커틀리 뉴비사 출판. 엘리스 벨은 에밀리 브론테의 초기 필명이다.

WUTHERING HEIGHTS

A NOVEL,

BY

ELLIS BELL,

IN THREE VOLUMES.

VOL. I.

LONDON:
THOMAS CAUTLEY NEWBY, PUBLISHER,
72, MORTIMER St., CAVENDISH Sq.

1847.

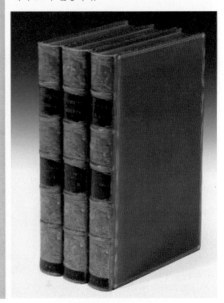

세계문학전집016
Emily Brontë
WUTHERING HEIGHTS

폭풍의 언덕

E. 브론테/박순녀 옮김

동서문화사

디자인 : 동서랑 미술팀/일러스트 : Junko Ichihara

폭풍의 언덕

차례

주요인물

히스클리프 힌들리의 아버지가 리버풀에서 주워와 기른 고아로, 이 이야기의 주인공이다.

캐서린 언쇼 힌들리의 누이, 에드거 린튼의 아내, 히스클리프의 애인.

에드거 린튼 드러시크로스 저택의 주인. 캐서린의 남편이 된다.

이사벨라 린튼 에드거의 누이. 히스클리프의 아내.

힌들리 언쇼 워더링 하이츠의 주인.

엘렌(넬리) 딘 언쇼 집안 하녀였던, 록우드의 가정부. 이 소설은 그녀가 들려주는 이야기로 이루어진다.

린튼 히스클리프 히스클리프 부부의 아들.

캐서린 린튼 에드거 부부의 딸. 히스클리프 아들과 결혼했다가 뒤에 헤어튼의 아내가 된다.

헤어튼 언쇼 힌들리 부부의 아들.

조지프 워더링 하이츠에서 심부름하는 영감.

록우드 드러시크로스 저택에 세든 사람.

프랜시스 언쇼 힌들리의 아내.

1

1801년—집주인을 찾아갔다가 막 돌아오는 길이다. 앞으로 사귀어 가야 할 그 고독한 이웃을. 여긴 참으로 아름다운 고장이다. 영국 어디에서도 세상의 소음으로부터 이렇게 완전히 외떨어진 곳을 찾을 수는 없을 것 같다. 사람을 꺼려하는 이에겐 다시없는 천국이다. 더구나 히스클리프 씨와 나는 이 쓸쓸함을 달래기에 썩 알맞은 짝이다. 멋진 친구다! 말을 타고 그에게 다가갔을 때 그의 시꺼먼 두 눈이 눈썹 아래로 미심쩍게 기어들어 가는 것을 보았다. 내가 이름을 대자 그의 손가락들은 경계심으로 더욱 깊숙히 조끼 속으로 파고들었다. 그때 내가 그에게 얼마나 깊은 호감을 갖게 되었는지 그는 상상도 못했으리라.

"히스클리프 씨지요?"

그는 고개만 끄덕였다.

"이번에 새로 세를 든 록우드라는 사람입니다. 제가 드러시크로스 저택을 빌리고 싶다고 억지를 부려 마음이 불편하지나 않으셨는지, 인사 말씀을 드리려 오자마자 찾아 뵈었습니다. 어제 말씀 들었습니다만 다른 생각이 있으셨다구요."

그는 조금 주춤거리며 말을 막았다. "드러시크로스 저택은 내 집이오. 난 내 힘으로 막을 수 있다면 어떤 사람도 나를 불편하게 하도록 내버려 두지 않소. 자, 들어오시오!"

그의 '들어오시오'는 이를 악물고 내뱉는 말투여서 '꺼져 버려라!' 그렇게 들렸다. 게다가 그렇게 말하면서도 그는 기대 선 대문을 열려고 하지 않았다. 나는 상대가 그런 식으로 나오자 도리어 들어가고 싶다는 생각을 더 했던 것 같다. 그가 나 못지않게 무뚝뚝해 보이는 사람이라 흥미가 더욱 느껴졌다.

내가 탄 말이 앞가슴으로 대문을 자꾸 밀고 있는 것을 보고서야 그는 비로소 주머니에 찔러넣었던 손을 빼내어 문에 걸린 사슬을 풀었다. 그리고 무뚝뚝하게 앞서 걸어가다가 안뜰에 들어서자 소리를 질렀다.

"조지프, 록우드 씨의 말을 몰고 가. 그리고 포도주를 좀 가져와."

이렇게 한 사람에게 두 가지 일을 시키는 것을 보고 나는 생각했다.

'아하! 이 집에는 하인이 한 사람뿐이로군. 마당길 잔돌이 깔린 틈으로 풀이 자라고, 생나무 울타리는 사람이 손질하는 대신에 소가 뜯어먹는 것도 무리가 아니야.'

조지프는 나이가 지긋한, 아니 완전한 늙은이였다. 정정하고 근력은 좋지만 매우 나이가 많은 사람으로 느껴졌다.

"아이구, 하느님!" 그는 내 말을 맡을 때 몹시 불쾌한 듯이 나지막한 어조로 혼자 중얼거렸다. 그러고 나서 씁쓰레한 얼굴로 나를 바라보았다. 짐작컨대 이 늙은이는 가엾게도 위가 나빠 점심 먹은 것을 잘 소화시켜 주십사 하느님께 빈 것이지, 갑자기 나타난 내가 귀찮아서 하느님을 부른 것은 아닌 것 같았다.

'워더링 하이츠'는 히스클리프 씨네 집 이름이다. '워더링'이란 이 지방에서 쓰는 함축적인 독특한 형용사로서, 폭풍이 몰아치는 날씨를 뜻한다. 이 집이 그런 이름을 갖게 된 것은 집의 위치로 인해 폭풍이 몰아칠 때면 바람을 고스란히 받기 때문이다. 정말 이 집 사람들은 그 꼭대기에서 일년 내내 맑고 상쾌한 바람을 쐴 것이다. 집 옆으로 몇 그루의 제대로 자라지 못한 전나무가 지나치게 기울어진 것이나, 태양의 자비를 갈망하듯이 모두 한쪽으로만 가지를 뻗고 늘어선 앙상한 가시나무를 보아도 산등성이를 넘어 불어오는 북풍이 얼마나 거센지를 알 수 있으리라. 다행히 이 집을 지은 건축가는 그것을 미리 생각했었는지 집을 튼튼하게 지었다. 좁은 창틀은 벽에 깊숙이 박혀 있고 집 모서리는 크고 울퉁불퉁한 돌로 단단하게 만들어져 있었다.

나는 현관에 들어서기 전에 발걸음을 멈추고 집 정면에, 그리고 특히 현관문 언저리에 새겨진 수많은 기괴한 조각들을 보고 놀랐다. 현관문 위에 부스러져 가는 사자 몸뚱이에 독수리의 머리를 가진 괴물들과 알몸의 사내아이 조각이 있었는데, 그 가운데 1500년이라는 연대와 헤어튼 언쇼라는 이름이 눈에 띄었다.

나는 그것에 대해 몇 마디 칭찬을 하고 퉁명스러운 집주인에게 그 집의 간단한 내력을 이야기 해 달라고 청하고 싶었지만, 문간에서 그의 태도는 빨리 들어오든지 아니면 나가버리라는 듯한 눈치였다. 게다가 나로서도 집 내부를 샅샅이 보기 전에 그의 불끈하는 성미를 부채질하고 싶지 않아 그만두기로 했다.

한 발짝 안으로 들어선 곳이 가족들의 거실이었고, 현관방이나 복도가 따로 있지는 않았다. 이 고장에서는 특히 그런 방을 '하우스'라고 불렀다.

그런 방은 보통 부엌과 응접실도 포함하지만, '워더링 하이츠'에서는 부엌을 아주 딴 쪽으로 밀어붙여 버린 것 같았다. 아무튼 사람들이 지껄이는 소리와 식기들이 달가닥거리는 소리는 훨씬 안쪽에서 들려왔다.

큼직한 벽난로에는 무언가를 찌거나 끓인 흔적이나 빵을 구운 흔적도 전혀 보이지 않았고 벽에는 구리 냄비와 여과기조차 눈에 띄지 않았다. 그러나 방 한 귀퉁이의 참나무로 만든 큼지막한 시렁 위에는 은주전자와 커다란 주석 접시가 큰 잔과 함께 층층이 여러 단으로 천장까지 닿을 듯이 쌓여 있어, 그것이 난로의 불빛을 멋지게 반사하고 있었다. 반자는 처음부터 되어 있지 않아 자세히 쳐다보면 천장은 속이 그대로 들여다보였다. 귀리떡과 쇠다리와 양고기, 그리고 돼지고기가 놓인 나무로 짠 시렁 부분만이 감추어져 있었다. 벽난로 위 선반에는 장식 삼아 야단스럽게 빛깔을 칠한 세 개의 차(茶)

깡통이 놓여 있었고, 그 벽에는 여러 가지 구식 총과 말안장에 다는 피스톨이 두어 자루 걸려 있었다.

마룻바닥에는 매끄러운 흰 돌이 깔려 있었고, 의자는 등이 높고 초록빛으로 칠한 투박한 것이었는데, 그것 말고도 육중하고 검은 의자가 한두 개 더 구석에 놓여 있었다. 요리대 밑 아치 모양으로 된 곳에는 큼직한 밤색 어미 포인터 한 마리가 깽깽거리는 강아지 떼에 둘러싸인 채 누워 있고, 다른 개들은 이 구석 저 구석을 어슬렁거리고 있었다. 방이며 가구 등속은 무뚝뚝한 외모와 짧은 바지에 각반이 어울리는 억센 다리를 가진 소박한 북쪽 농부의 것으로는 조금도 이상할 게 없었다.

저녁 식사가 끝날 즈음이면 이 산중 5, 6마일 안쪽에서는 어느 집에서나 둥근 탁자 위에 거품이 넘치는 커다란 맥주잔을 앞에 놓고 안락의자에 앉아 있는 농부의 모습을 볼 수 있다. 그러나 히스클리프 씨에게는 그의 거처나 생활양식과는 뭔가 어울리지 않는 데가 있었다. 얼굴은 집시처럼 검지만 차림새와 태도는 신사이다. 신사래야 시골 유지 정도의 그런 신사로, 단정하다고는 할 수 없을지 모르나 곧고 잘생긴 몸집이라 아무렇게나 하고 있어도 이상해 보이지는 않았다. 하지만 그는 어딘가 좀 침울한 편이었다. 아마 사람에 따라서는 그를 얼마만큼은 상스러운 거드름을 피우는 사람이라고 생각할지도 모르지만, 나는 마음속에 공감하는 바가 있어서 전혀 그렇게 생각되지 않았다. 그가 무뚝뚝한 것은 감정을 야단스럽게 드러내 보이는 것, 이를테면 서로간의 친절을 과시한다든가 하는 것이 싫기 때문이라는 것을 나는 직감으로 알 것 같았다.

그도 사랑한다든가 미워한다는 감정을 똑같이 마음 속에 접어두고 있을 것이며, 또 그 사랑이나 미움을 되돌려 받는다는 것을 일종의 뻔뻔스러운 일이라고 여기리라. 아니 이건 나의 지나친 속단이며, 너무 내 마음대로 나의 성격을 그에게 옮겨 판단하고 있는 셈이다. 히스클리프 씨가 그를 아는 체하는 사람을 만날 때 몸을 도사리는 데에는 나와는 전혀 다른 이유가 있을지도 모른다. 나의 성질이 좀 별나다고 해 두자. 어머니께서는 아무래도 나는 원만한 가정을 이루지 못할 것이라고 쓸쓸해 하셨는데, 바로 지난 여름에 나는 어머니의 말씀이 맞다는 것을 스스로 증명해 보이고 말았다.

날씨가 좋았던 한 달을 바닷가에서 즐기는 동안, 나는 꽤 매혹적인 아가씨와 만나는 사이가 되었다. 그쪽에서 나를 아는 척하지 않는 동안 그 아가씨는 내 눈에는 정말 여신같이 보였다. 나는 사랑한다는 말을 입밖에 낸 적은 없었다. 그러나 눈이 말을 할 수 있다면, 아무리 어리석은 바보라도 내가 그녀에게 빠져 있다는 것은 알아챘으리라. 드디어 그녀도 내 마음을 알게 되어 나를 돌아다보게 되었다. 이 세상에 다시없을 귀여운 눈길이었다. 그런데 나는 어떻게 했던가? 부끄러운 말이지만 마치 달팽이처럼 차갑게 움츠러들어서, 그녀의 눈길이 닿을 때마다 더욱 싸늘하게 더욱 멀찌감치 물러섰던 것이다. 마침내 그 순진한 아가씨는 가엾게도 제 자신의 판단을 믿지 못하고는 짐작을 잘못했다고 생각했는지 자신의 어머니를 졸라 바닷가를 떠나고 말았다.

이런 별난 성격 때문에 나는 일부러 쌀쌀맞게 군다는 소문이 나고 말았는데, 이 소문이 얼마나 부당한 것인가를 아는 것은 오직 나뿐이다.

나는 집주인이 벽난로의 받침돌로 다가오자 그 반대편 끝에 앉아서, 침묵의 순간을 메우기 위하여 그 어미개나 쓰다듬어 주려고 했다. 개는 새끼들을 떼어놓고 내 다리 뒤로 늑대처럼 기어들어와 있었는데, 잇몸을 드러내고 흰 이빨 사이로 침을 흘리는 것이 금방이라도 물어뜯을 것만 같았다.

내가 쓰다듬자 개는 길게 목구멍 소리로 으르렁거렸다.

"그 개는 내버려 두는 게 좋을 거요." 히스클리프 씨는 개가 더 사납게 덤비지 못하도록 발길로 툭 차면서 투덜거리듯 말했다. "그놈은 귀염을 받아본 일이 없거든……. 애완용으로 기른 게 아니니까."

그러고 나서 그는 옆문으로 성큼성큼 걸어가더니, 다시 소리를 질렀다.

"조지프!"

조지프는 지하실에서 무어라 중얼거렸으나 올라오는 기척은 없었다. 그래서 주인은 지하실로 내려가고 나는 그 사납게 생긴 암캐와, 그리고 아까부터 그놈과 함께 나의 움직임을 심술궂게 감시하고 있던 두 마리의 험상궂어 보이는 털보 셰퍼드와 마주 앉게 되었다.

나는 그놈들에게 송곳니로 물어뜯기고 싶지는 않아서 가만히 앉아 있었다. 그러나 제까짓 것들이야 말없이 업신여겨도 알 게 뭐냐는 생각이 든 나는 경솔하게도 그 세 놈에게 눈을 깜박거리기도 하고 얼굴을 찌푸려 보였다. 그런데 내 찌푸린 표정이 그 암놈의 비위를 몹시 거슬렀던지, 그놈은 갑자기 발칵 성을 내더니 내 무릎으로 덤벼들었다. 나는 그놈을 냅다 떠밀고는 냉큼 테이블로 막아 놓았다. 이렇게 한 것이 벌집을 온통 쑤셔 놓은 결과가 되고 말았다. 대여섯 마리나 되는 네 발 돋친 마귀들이 큰 놈, 작은 놈, 늙은 놈, 어린 놈 할 것 없이 제 굴 속에서 튀어나왔으니 말이다. 나의 발꿈치와 코트 자락이 주로 놈들의 공격 대상인 모양이었다. 나는 쇠부지깽이를 들고 솜씨 껏 큰 놈들을 막아내면서, 이 소동을 가라앉히기 위해 이 집 사람들의 도움을 청하느라고 소리치지 않을 수 없었다.

히스클리프 씨와 그의 하인은 부아가 날 만큼 꾸물대며 지하실 계단을 통해 위로 올라왔다. 난롯가에서는 개가 물어뜯고 짖어대며 온통 큰 소동이 벌어졌는데도, 그들은 여느 때보다 단 1초도 더 빨리 움직이는 것 같지 않았다.

다행히 부엌일을 보는 사람 가운데 한 사람이 좀 빨리 와 주었다. 부엌 불에 쬐어 두 볼이 벌건 억센 여자가 옷자락을 걷어 올린 채 두 팔을 드러내고 프라이팬을 휘두르며 우리들 한가운데로 뛰어든 것이다. 집기를 휘두르고 말로 꾸짖는 그녀의 솜씨가 워낙 훌륭해서 소동은 신기하게 가라앉았고, 주인이 그 자리에 들어섰을 때 그녀는 그저 강풍이 불고 간 바다가 넘실대듯이 가쁜 숨을 몰아쉴 뿐이었다.

"도대체 어떻게 된 거요?" 나를 흘겨보며 묻는 주인의 태도는 물론 이런 엉터리 대접에 나는 곱게 참을 수 없었다.

"정말, 도대체 어찌 된 셈이오!" 나는 중얼거렸다. "귀신들린 돼지들도 댁의 저 개들보다는 성질이 고약하지 않을 겁니다. 처음 보는 손님에게 호랑이 떼를 안기는 거나 마찬가지지 뭡니까!"

"저놈들은 가만히 있는 사람에게는 성가시게 굴질 않소." 그는 포도주 병을 내 앞에 놓고 탁자를 제자리에 고쳐 놓으며 말했다. "집을 잘 지키는 놈들이니까요. 포도주나 한 잔 드시겠소?"

"됐습니다."

"물리지는 않았소?"

"만일 물렸다면 나도 부지깽이 자국을 내주었을 겁니다."

히스클리프 씨의 얼굴이 좀 누그러지며 싱긋이 웃었다.

"자아, 자아!" 그는 말했다. "좀 놀라셨군요, 록우드 씨. 자, 좀 드시오. 이 집엔 찾아오는 사람이 워낙 드물어서 주인이나 개들이나 모두 손님 대접할 줄을 모른다오, 자아, 건강을 위해!"

나는 고개를 숙이고 그와 함께 건배를 하고 나니, 똥개들의 좋지 못한 행실 때문에 시무룩하게 앉아 있는 것도 쑥스러운 일이라는 생각이 들기 시작했다. 게다가 더 이상 내 스스로 상대가 재미를 느끼게 만들고 싶지는 않았다. 그는 그런 눈치였으니 말이다.

그는 공연히 세 든 사람의 기분을 상하게 한다는 것도 어리석은 짓이라는 신중한 생각이 든 탓인지, 대명사나 조동사는 뚝뚝 잘라 버리는 것 같은 딱딱한 말투를 조금 누그러뜨렸고, 내가 흥미를 가질 만한 화제라고 생각한 듯한 이야기, 말하자면 내가 이번에 은거할 이곳의 장점이랄지 단점 같은 것에 대한 이야기를 꺼냈다.

우리가 이야기한 화제에 대해서 그는 매우 많은 것을 알고 있었다. 그래서 나는 집에 돌아가기도 전에, 내일 다시 찾아오리라고 스스로 마음먹을 만큼 용기를 얻게 되었다. 그는 분명 내가 다시 나타나지 않기를 바라는 눈치였다. 그렇지만 다시 찾아갈 작정이다. 그에 비하면 나는 얼마나 사교적인가 하는 생각이 드니 놀라운 일이다.

2

어제는 오후로 접어들자 안개가 끼고 추웠다. 나는 히스(잎이 까칠한 작은 관목)와 진흙탕을 헤치며 워더링 하이츠로 갈 것 없이 서재의 난롯가에서 오후를 보낼까도 생각했다.

오찬을 마치고 올라왔을 때는(나는 12시에서 1시 사이에 오찬을 하는데, 애초에 이 집에 딸린 일종의 비품처럼 집과 함께 떠맡게 된 마나님 같은 가정부는 5시에 정찬을 했으면 좋겠다는 내 생각을 이해하지도, 또한 이해하려고도 하지 않았던 것이다), 서재에서 한나절을 보내야겠다는 느긋한 생각을 했다. 그런데 계단을 올라와 방에 들어서자, 하녀 아이가 빗자루며 석탄통을 사방에 늘어놓은 상태로 무릎을 꿇고 불을 끄느라고 산더미 같은 탄재를 덮어 쓴 채 지독한 먼지를 피우고 있었다. 그것을 보고 나는 얼른 모자를 집어 쓰고 물러나왔다. 4마일이나 걸어서 히스클리프 씨네 뜰 문간에 이르자, 내가 눈보라를 피하려고 시간을 맞추기라도 한 듯이 깃털 같은 눈송이가 날리기 시작했다.

그 바람받이 언덕배기는 땅이 거무스름한 서리로 얼어붙었고 바람이 어찌나 매서운지 온몸이 떨려 왔다. 문에 걸린 쇠사슬을 풀 수 없어 나는 타고 넘었다. 그리고 사뭇 흐트러진 까치밥나무 덤불이 경계를 이루고 늘어선, 디딤돌을 깐 길을 뛰어가서 현관문을 두드렸다. 그러나 들어오라는 기척은 없이 주먹만 얼얼하고 개만 짖어댔다.

'빌어먹을 사람들 같으니…….' 나는 마음속으로 소리를 질렀다. '이 따위로 사람을 푸대접하니 언제까지나 외톨이로 살 만도 하지. 적어도 나 같으면 대낮에 문에 빗장을 걸어 놓지는 않겠어. 알 게 뭐야. 들어가 봐야지!'

나는 굳게 마음먹고, 손잡이를 꽉 쥐고 세게 흔들었다. 얼굴을 찡그린 조지프가 헛간의 둥근 창문으로 머리를 내밀었다.

"뭣 땜에 그러슈?" 그는 소리쳤다. "주인은 양(羊)우리에 가셨소. 그 양반에게 할 얘기가 있거든 헛간을 삥 돌아가슈."

"집 안에는 문을 열어 줄 사람이 아무도 없단 말이오?" 나도 보란 듯이 딱딱 울렸다.

"마님밖에 없소. 날이 저물도록 그렇게 소란을 피워도 그분이 문을 열어 주지는 않을 거요."

"아니, 내가 누군지 그분에게 일러 줄 순 없나, 조지프?"

"내가 알 게 뭐요! 난 그런 일엔 상관하지 않겠소." 그렇게 중얼거리는 소리와 함께 내밀었던 조지프의 머리가 도로 사라져 버렸다.

눈발이 심하게 몰아치기 시작했다. 내가 다시 한번 흔들어 보려고 손잡이를 잡았을 때, 윗옷도 입지 않고 쇠갈퀴를 어깨에 멘 젊은 사람이 내 뒤에 나타났다. 그는 나에게 따라오라고 소리쳤다. 빨래터를 지나 석탄광·펌프와 비둘기집이 있는, 돌을 깐 곳을 걸어 마침내 전에 안내받았던 널찍하고 훈훈한 방에 이르렀다.

그 방은 석탄과 토탄과 나무를 함께 지핀 큼직한 벽난로의 불기운으로 기분 좋으리만큼 따뜻하였다. 그리고 저녁식사가 푸짐하게 놓여 있는 식탁 가까이 그 '마님'이 앉아 있는 것을 보고 나는 아주 기뻤다. 나로서는 그녀와 같은 사람이 그 집에 있으리라고는 미처 예상도 하지 못했기 때문이다.

나는 인사를 하고서 그 부인이 앉으라는 말을 하리라 생각하고 기다렸다. 그러나 그녀는 의자에 기대앉은 채 나를 바라볼 뿐 꼼짝도 하지 않고 입도 떼지 않는 것이었다.

"날씨가 사납군요." 내가 말했다. "외람됩니다만, 히스클리프 부인, 댁의 하인들이 느림보라서 문이 배겨나질 못하겠던데요. 그들이 들을 때까지 문을 두드리느라고 애를 먹었습니다!"

그녀는 입을 열지 않았다. 나도 지그시 바라보았고 그녀 또한 나를 지그시 바라보았다. 그녀는 계속 차갑고 무관심한 태도로 나를 보았는데, 그것은 몹시 거북하면서도 기분 나쁜 일이었다.

"앉으시오, 주인이 곧 돌아올 거니까." 젊은이가 무뚝뚝하게 말했다.

나는 앉아서 헛기침을 하고는 그 사납던 주노라는 개를 불렀다. 그놈은 다시 만나는 것이어서 나와 낯이 익다는 표시로 꼬리를 살짝 흔들어 보였다.

"그놈 잘생겼군." 나는 다시 말을 붙였다. "부인, 이 강아지들을 나누어 주실 생각이 있으신지요?"

"그 강아지들은 제 것이 아니에요." 그 귀여운 안주인은 히스클리프보다도 더 통명스럽게 쏴붙였다.

"아, 부인께서 좋아하시는 것들은 이쪽에 있나보지요!" 나는 고양이 같은 것들이 잔뜩 앉은 듯이 보이는, 구석진 데 놓인 방석을 돌아다 보면서 말을 이었다.

"참 별난 것도 다 좋아하네요." 그녀는 비웃듯이 대꾸했다.

재수 없게도 그것은 죽은 토끼들을 쌓아 놓은 것이었다. 나는 다시 한 번 헛기침을 하고는, 의자를 난로 쪽으로 당겨 놓고 또 궂은 저녁 날씨 이야기를 꺼냈다.

"나오시지 않으셨더라면 좋았을 걸 그랬지요?" 그녀는 이렇게 말하며 일어서서 화덕 선반에서 칠을 한 차통 두 개를 집으려 했다.

그녀가 그때까지 앉았던 자리가 불빛에 가려져 있었던 탓에 나는 그제야 그녀의 얼굴과 용모를 뚜렷이 볼 수 있었다. 그녀는 호리호리하고 아직 처녀 티가 가시지 않은 듯했다. 그토록 아름다운 자태와 기막히게 예쁜 얼굴은 아직 본 적이 없었다. 오밀조밀한 이목구비, 매우 흰 살결, 곱다란 목덜미에 흩어져 있는 황갈색, 아니 금빛 나는 고수머리, 그리고 두 눈은 표정만 상냥했더라면 사람을 매혹에 빠뜨리고 말았을 것이다. 감수성이 예민한 나의 마음을 위해서는 다행스럽게도, 그녀의 눈이 나타내고 있는 유일한 감정은 그 눈매에 너무 어울리지 않게도 경멸과 일종의 절망 사이를 방황하고 있는 것이었다.

차통은 거의 그녀의 손에 닿지 않았다. 그래서 나는 그녀를 도와주려고 하였다. 그러자 그녀는 마치 수전노가 돈을 세고 있을 때 다른 사람이 도와주려고 하면 질겁을 하듯 나를 돌아다보며 말했다.

"도와주시지 않아도 돼요. 나 혼자서 내릴 수 있으니까요."

"실례했습니다." 나는 얼른 대답했다.

"차를 드시라고 초대 받으셨던가요?" 그녀는 말쑥한 검은 옷에 행주치마를 두르고, 주전자에 차를 한 숟가락 퍼 넣으려고 선 채로 다잡아 물었다.

"한 잔 주셨으면 좋겠습니다." 나는 대답했다.

"초대를 받으셨던가요?" 그녀는 다시 물었다.

"아닙니다." 나는 웃음을 살짝 띠면서 말했다. "부인이 초대해 주시면 되겠군요."

그녀는 차고 숟가락이고 할 것 없이 동댕이치듯 치워 버리고 샐쭉해서 의자에 도로 앉았다. 이마를 찌푸리고 붉은 아랫입술은 울상을 한 어린애처럼 삐죽이 내밀어져 있었다.

이러는 동안 그 젊은 사나이는 아주 초라한 윗옷을 걸쳐 입고 불 앞에 서서, 마치 내게 아직 풀지 못한 원한이라도 있는 듯이 흘겨보고 있었다. 나는 그가 하인인지 아닌지 의심스러워지기 시작했다. 옷이나 말씨가 모두 거칠어 히스클리프 부부에게서 볼 수 있는 의젓함이라고는 전혀 없었다. 숱 많은 갈색 고수머리는 헝클어졌으나 손질하지 않은 채였고, 곰처럼 구레나룻이 턱을 덮었으며, 손은 볼품없는 노동자의 손처럼 그을어 있었다. 그렇지만 그의 몸가짐은 거침이 없어 거의 오만에 이르렀고, 안주인을 시중드는 하인의 부지런함이라곤 전혀 찾아볼 수 없었다.

나는 그의 신분에 대하여 뚜렷한 결론을 얻지 못할 바에는 그의 괴상한 태도에 신경을 쓰지 않는 게 상책이라고 생각했다. 5분쯤 지나자 히스클리프 씨가 들어와 어느 정도 이 어색한 분위기에서 나를 해방시켜 주었다.

"약속대로 찾아왔습니다." 나는 기분이 좋은 체하며 소리쳤다. "날씨가 이래서야 한 반 시간은 꼼짝할 수 없을 것 같은데요. 물론 그동안 머무르게 해 주실 수 있다면 말씀입니다만……."

"반 시간이라구요?" 그는 옷에 묻은 눈을 털어 내며 말했다. "마치 심한 폭설 속을 산책하려고 일부러 때를 골라잡으신 것 같군요. 진흙탕에서 길을 잃을 위험이 있다는 걸 모르시오? 이런 날 저녁에는 이 근방 지리를 잘 아는 사람들도 길을 잃기 일쑤요. 게다가 지금 같아선 날씨가 좋아질 것 같은 기색도 없단 말씀이오."

"댁의 젊은 친구들 가운데 누군가가 제 길잡이를 해줄 수 있겠죠? 그는 내 집에서 아침까지 있으면 되니까요. 한 사람만 빌려 주실 수 있을까요?"

"아니, 그럴 수 없소."

"허어, 이거 참! 그렇다면 나 혼자 어떻게 해 볼 수밖에 없군요."

"흠."

"차를 끓이는 거요?" 초라한 윗옷을 걸친 젊은이가 나를 흘겨보던 시선을 젊은 부인에게로 돌리며 다잡아 물었다.

"저분에게도 차를 드리는 건가요?" 그녀는 히스클리프에게 물었다.

"준비나 하지 못해!"

그의 말투가 하도 거칠어서 나는 깜짝 놀랐다. 그 말투 속에서 천성이 고약하다는 것이 드러나 보였다. 나는 더 이상 히스클리프를 멋진 친구라고 부르고 싶은 생각이 없어졌다.

차 준비가 끝나자, 그는 나를 불렀다.

"자아, 의자를 앞으로 당기시오."

그 촌티 나는 젊은이도 함께 우리와 식탁에 앉았으나 차를 마시는 동안 딱딱한 침묵만이 감돌 뿐이었다.

내가 이 우울한 분위기를 만든 원인이었다면, 그것을 없애는 일도 나의 의무라는 생각이 들었다. 그들이라고 해서 날마다 이처럼 험상궂게 말없이 지낼 리는 없다. 아무리 성미가 고약하다 하더라도 모두 이렇게 찌푸리는 것이 보통 때의 얼굴일 수는 없는 것이다.

"참 이상하지요." 나는 차를 한 잔 마시고 또 한 잔을 따라 든 사이에 말을 시작했다.

"습관이라는 것이 우리의 취미나 관념을 만들어 버리니까요. 당신처럼 이렇게 세상에서 완전히 외따로 떨어져서 사는 생활에 행복이 있으리라 생각할 사람은 많지 않을 겁니다, 히스클리프 씨. 하지만 이렇게 가족에게 둘러싸여, 그리고 또 이렇게 귀여운 부인에게 집안과 마음을 다스리게 하고……."

"귀여운 부인이라뇨?" 그는 거의 악마와 같은 비웃음을 얼굴에 띠면서 말을 가로막았다. "어디에 있단 말이오, 나의 귀여운 아내가?"

"히스클리프 부인, 즉 선생의 부인 말입니다."

"원, 아, 그렇군! 집사람이 수호신이 돼서 죽고 나서도 워더링 하이츠를 지켜준다는 그런 뜻이오?"

나는 큰 실수를 한 것을 알아차리고 그걸 바로잡아 보려고 했다. 부부가 되기에는 그들이 나이 차이가 너무 난다는 것을 눈치챌 수도 있었으리라. 한쪽은 40살쯤이었는데, 남자들은 그 무렵의 안목으로는 여간해서 젊은 처녀에게 빠져 결혼한다는 생각을 하지 않으며, 그런 꿈은 노쇠기의 위안으로나 미루어 두는 법이다. 그런데 또 한쪽은 17살도 되어 보이지 않았다.

그래서 나에겐 이런 생각이 불현듯 떠올랐다.

'내 옆에서 대접으로 차를 마시며 씻지도 않은 손으로 빵을 먹고 있는 이 촌스러운 녀석이 그녀의 남편일지도 모르지. 그래, 이 녀석은 히스클리프의 아들인가 보군. 그렇다면 이건 생매장이라도 당한 꼴이구나. 그녀는 더 나은 사람들이 있다는 건 전혀 모르고 저런 촌뜨기에게 자신을 맡겼으니! 그녀가 가엾군. 하지만 내가 나타났기 때문에 그녀가 사람을 잘못 택했다고 후회하지는 않도록 조심해야지.'

내가 이처럼 생각한 것은 건방지게 보일지는 모르나 사실은 그렇지도 않았다. 내 옆의 친구는 거의 밉살스러울 정도였다. 그런데 나는 지금까지의 경험으로 아는 일이지만 꽤 매력이 있는 축에 속했던 것이다.

"히스클리프 부인은 내 며느리요." 히스클리프의 이 말로 내 추측이 틀림없다는 것을 알 수 있었다. 그는 그렇게 말하면서 야릇한 표정으로 그녀 쪽을 보았다. 그의 얼굴 근육이 다른 사람들과는 달리 심중을 나타내지 못할 정도로 뒤틀리지 않았다면, 그것은 미움의 표정이었다.

"아아, 그렇군요. 이제야 알겠습니다. 당신이 바로 저 인자하신 아가씨의 남편이셨군요." 나는 내 옆의 친구를 돌아보면서 말했다.

이 말은 도리어 사태를 전보다 더 악화시켰다. 그 청년은 얼굴이 새빨개지면서 금세 치고 덤비기라도 할 듯한 기세로 주먹을 불끈 쥐었다. 그는 곧 진정하여 나에 대한 지독한 욕지거리를 중얼거리는 것으로써 그 격분을 참았고, 나는 애써 모르는 척했다.

"추측이 맞질 않으셨소!" 주인이 나를 깨우쳐 주었다. "우리 두 사람 중 어느 쪽도 당신이 말하는 착한 아가씨의 남편이 아니오. 그 남편은 죽고 없소. 내가 내 며느리라고 했으니까 그럴 법도 하지요. 하기야 그녀가 내 아들과 결혼한 것은 사실이니까."

"그럼, 이 젊은 분은……?"

"물론 내 아들이 아니오!"

히스클리프는 자기를 그 퉁명스러운 녀석의 아비로 보는 것은 좀 지나친 농담이라는 듯이 다시 웃음을 띠었다.

"내 이름은 헤어튼 언쇼요." 그 젊은 사람은 으르렁대듯이 말했다. "내 이름을 우습게 여기지 말란 말이오!"

"우습게 여긴 적은 없는데." 나는 대답하면서 그가 자기 이름을 댔을 때 보인 위엄을 속으로 비웃었다.

그가 너무 오랫동안 나를 빤히 쳐다보고 있었으므로 나는 적당히 얼굴을 돌렸다. 자칫하면 그 녀석의 귀퉁이를 갈겨 주든지 아니면 깔깔 웃어 주고 싶어질지도 몰랐기 때문이었다. 나는 그토록 재미없는 가족 틈에 끼어 있는 것이 아무래도 어색한 느낌이 들기 시작했다. 음산하고 불유쾌한 분위기가 차츰 두드러져서, 주위의 따뜻하고 아늑한 방 분위기도 아무 소용없이 되어 버리고 말았다. 이럴 바에는 세 번째 그 집을 방문하는 것은 잘 생각해 볼 일이라는 기분이 들었다.

차 마시는 일은 끝났고, 아무도 사교적인 말 한마디 하는 이가 없었다. 나는 날씨를 살피러 창가로 갔다.

바깥 날씨는 아주 나빴다. 여느 때보다도 일찍 어둠살이 잡히고, 하늘과 언덕은 바람과 숨 막히는 눈발이 한꺼번에 매섭게 회오리치는 가운데 서로 분간할 수도 없었다.

"이래서야 길잡이 없이는 집에 갈 수 없겠군." 나는 탄식했다. "길은 이미 눈에 파묻혔을 게고, 비록 묻히진 않았더라도 거의 한치 앞도 내다볼 수 없을 텐데."

"헤어튼, 저 열두 마리의 양들을 헛간으로 몰아넣어. 밤새 우리에 두었다간 묻혀 버리겠어. 그리고 판자로 앞을 막아 둬." 히스클리프가 말했다.

"어떻게 한다?" 나는 차츰 초조해 하면서 말을 이었다.

내 질문에는 아무도 대답하지 않았다. 돌아다보니 조지프가 개에게 주려고 죽을 한 통 들여오고 있었고, 히스클리프 부인은 차통을 제자리에 갖다 놓고서, 마침 벽난로 위 시렁에서 떨어진 한 묶음의 성냥을 심심풀이로 태우고 있을 뿐이었다.

조지프는 죽통을 놓으면서 유심히 방을 한 번 둘러보고는 갈라진 목소리로 지껄여댔다.

"다들 밖으로 나갔는데, 왜 멍청히 서 있는지 몰라! 하지만 당신은 쓸모없는 사람이니 말해 봤자 소용없지. 당신 버릇이 고쳐지진 않을 테니. 당신 어머니처럼 바로 지옥에나 가는 거지!"

나는 처음엔 이 욕지거리가 나를 향한 것이라고 생각하고는 화가 머리끝까지 치밀어 올라 그 늙은이를 문 밖으로 차낼 작정으로 다가갔다.

그런데 히스클리프 부인이 대답함으로써 나를 말린 셈이 되었다.

"이 막돼먹은 늙은 철면피야!" 그녀가 대꾸했다. "악마의 이름을 말하면 송두리째 끌려간다는데 무섭지도 않아? 나를 화나게 하지 않는 게 좋을 거야. 그렇지 않으면 악마한테 당신을 잡아가라고 특별히 부탁을 할 테니까! 자, 봐, 조지프." 그녀는 말을 이으면서 시렁에서 길쭉하고 까만 책을 한 권 끄집어냈다. "내 마술 실력이 얼마나 향상됐는지 보여 주지. 머지않아 마술에 통달할 거야. 그 붉은 암소가 죽은 것도 우연은 아니야. 당신의 신경통도 하느님의 뜻이라고 생각해선 잘못이야!"

"에이, 젠장!" 늙은이는 신음하듯 말했다. "하느님이시여, 우리를 악에서 구하소서!"

"안 돼, 이 극악무도한 늙은이 같으니! 당신은 하느님이 버리신 사람이야. 썩 비켜! 비키지 않으면 단단히 혼내 줄 테니까! 당신을 온통 밀초와 진흙으로 만들어 버리겠어. 그리곤 내가 정해 놓은 바를 맨 처음 깨뜨리는 자는, 어떻게 된다고 말은 안 하겠어, 곧 알게 될 테니까! 썩 가요, 내가 지켜볼 거야!"

이 귀여운 마녀가 그 아름다운 눈에 일부러 악의를 띠니까 조지프는 정말 무서워 벌벌 떨면서 기도를 드리다가는 "젠장"이라고 소리를 지르면서 바삐 나가 버렸다.

그녀의 행동은 쓸쓸한 나머지 장난을 한 데 지나지 않는다고 나는 생각했다. 게다가 이젠 우리 두 사람만 남았으므로 나는 그녀로 하여금 나의 고충에 관심을 가지게 하려고 애썼다.

"히스클리프 부인." 나는 진지하게 말했다. "성가시게 해서 미안합니다만 그 미모를 가지고서는 당신은 마음이 좋지 않을래야 좋지 않을 수 없겠어요. 내가 집으로 돌아가는 길을 알 수 있도록 무슨 표지가 될 만한 길을 알려 주십시오. 당신이 런던에 가는 길을 모르시듯이 나는 어떻게 집으로 돌아가야 할지 전혀 모르겠어요!"

"오신 길로 해서 가세요." 그녀는 대답하고서 초 한 자루를 들고 그 길쭉한 책을 펴 놓더니 의자에 앉았다. "간단하긴 하지만 그 이상 좋은 충고를 드릴 순 없으니까요."

"그렇다면 제가 늪이나 눈구덩이에 빠져 죽은 것이 발견됐다는 말을 들으셔도, 부인은 자신에게 조금이나마 잘못이 있었다는 양심의 가책을 느끼지 않으시겠습니까?"

"어째서 제 잘못이지요? 동행해 드릴 수는 없잖아요. 집안 사람들이 저를 담 밖으로는 내보내지 않으니까요."

"당신이 동행하시다니요! 이런 날 밤에 제 편의를 위해 집 밖에 나오시라고 청할 수는 없지요." 나는 소리쳤다. "저는 길을 가르쳐 주십사 하는 거지, 안내를 해 달라는 것이 아닙니다. 그렇지 않으면 히스클리프 씨에게 말씀드려 길잡이를 한 사람 붙여 주셔도 좋겠습니다."

"누구를 붙여드린단 말씀예요? 여기 있는 사람이라곤 그분과 언쇼와 질라와 조지프, 그리고 저뿐인데. 그 중에 누구를 원하시는 거예요?"

"농장에 젊은 사람들은 없습니까?"

"없어요, 지금 말씀드린 사람들이 전부인걸요."

"그렇다면 자고 갈 수밖에 없군요."

"그건 주인어른과 상의해 보세요. 저는 뭐라고 말씀드릴 수 없으니까요."

"이번 일을 교훈 삼아 경솔히 이 산중을 돌아다니지 않으시는 게 좋을 거요." 부엌문 쪽으로부터 히스클리프의 엄한 목소리가 울려왔다. "여기서 잔다고 하지만 손님들을 위한 시설은 없으니까, 만일 잔다면 헤어튼이나 조지프와 침대를 같이 써야만 하오."

"이 방에 있는 의자도 괜찮습니다." 나는 대답했다.

"아니, 안 돼요! 부자든 아니든 남은 남이지요. 내가 보고 있지 않을 때 누구도 이 집 안을 맘대로 돌아다니게 할 수는 없소!" 그 무례한 사내는 말했다.

이렇게까지 모욕을 당하고서는 나도 더 이상 참을 수 없었다. 나는 싫은 소리를 하면서 그의 옆을 지나 뜰로 나섰으나 너무 서두르는 바람에 언쇼와 부딪혔다. 너무 어두워서 나가는 곳도 보이지 않았다. 그래서 헤매는 동안 이 집 사람들이 서로 얼마나 예의 바른지를 보여 주는 또 하나의 표본과 같은 대화를 들었다.

처음에는 그 젊은 언쇼가 내 편을 드는 것 같았다.

"내가 그와 함께 숲 있는 데까지 가지요." 그가 말했다.

"같이 지옥에라도 가!" 그의 주인인지, 또는 다른 관계에 있는지 알 수 없는 히스클리프가 소리쳤다. "하지만 말은 누가 돌볼 거야, 응?"

"한 사람의 생명을 위해서는 말을 하루 저녁쯤 내버려 두어도 괜찮지 않아요? 아무튼 누군가 가야 해요." 뜻밖에 히스클리프 부인이 친절하게 중얼거렸다.

"당신 명령으로는 가지 않겠소!" 헤어튼이 쏘아 붙였다. "그 사람이 소중하거든 잠자코 있을 일이지."

"그런 소릴 하면 그가 죽어서 유령이 되어 당신을 찾아올 거야. 그리고 아버님은 그 저택이 폐허가 될 때까지 다시는 세들 사람을 찾지 못할 거예요!" 그녀는 앙칼지게 대답했다.

"들어 보슈, 저렇게 저주를 한다니까!" 내가 다가가고 있을 때 조지프가 중얼거렸다.

그는 그들의 말소리가 들리는 곳에 앉아 초롱 불빛 아래서 소젖을 짜고 있었다. 나는 말없이 그 초롱을 집어 들고, 내일 그것을 돌려보내겠다는 말을 던지고서 가장 가까운 뒷문 쪽으로 달음질쳤다.

"주인어른, 주인어른, 저이가 초롱을 훔쳐 갑니다!" 그 늙은이는 내 뒤를 따라오면서 소리쳤다. "이봐, 내셔! 이봐, 울프! 저자를 잡아라, 잡아!"

작은 문을 열자 두 마리의 털북숭이 개들이 내 모가지에 덤벼들어 나를 넘어뜨리고 초롱불도 꺼 버렸다. 그때 히스클리프와 헤어튼이 함께 웃는 소리가 들려왔다. 나는 모욕감과 분노가 머리끝까지 치밀었다.

다행히 개들은 나를 산 채로 잡아먹기보다는 앞발을 쭉 뻗고 하품을 하고 꼬리라도 흔들고 싶어 하는 듯이 보였다. 그러나 일어날 여유를 주지는 않았다.

그래서 나는 그놈들의 악랄한 주인들이 구출하러 올 때까지 누워 있을 수밖에 없었다. 모자도 날아가 버려 분노로 몸을 떨면서 나는 앞뒤가 맞지 않는 몇 마디 복수의 위협을 뇌까리며, 그 악한들에게 나를 어서 풀어 달라고 소리쳤다. 내 위협의 말은 그 미움의 끝없는 깊이에 있어서 리어왕의 절규를 방불케 한 것이었다.

나는 너무 격분했으므로 심하게 코피를 흘렸다. 그런데도 히스클리프는 껄껄 웃고 있었고 나는 계속 고래고래 고함을 쳤다. 만일 그때 나보다 더 냉정하고 그 집 주인보다 더 인자한 사람이 한 사람도 없었더라면, 그 장면이 어떻게 끝났을지는 알 수 없는 일이다. 그 사람은 바로 건장한 가정부 질라였다. 그녀가 마침내 무슨 소동인가 하고 나타났던 것이다. 그녀는 누가 나에게 난폭한 짓을 한 것이라고 생각했던 모양이다.

그러나 감히 주인에게 덤빌 수도 없고 해서 젊은 녀석에게 퍼부어 댔다.

"자, 언쇼 도련님." 그녀는 소리를 쳤다. "다음엔 어쩔 작정이오! 바로 우리 집 문간에서 사람을 죽이려는 거요? 이 집은 내가 있을 곳이 못 되나 봐. 저 불쌍한 젊은 분을 봐요, 숨이 막힐 지경 아니오? 가만 있어요, 가만히! 정말이지 그렇게 떠들고만 있을 일이 아니에요. 들어오세요, 내가 치료해 드릴 테니. 자자, 가만히 계세요."

그녀는 갑자기 내 목덜미에 세 홉쯤 되는 얼음물을 끼얹고는 나를 부엌으로 끌고 들어갔다. 히스클리프 씨도 따라왔으나, 웬일인지 아까는 웃고 하던 얼굴이 어느새 평소처럼 침울한 상태로 되돌아가 있었다.

나는 몹시 아프고 현기증이 나서 까무러칠 것만 같았다. 그리하여 하는 수 없이 이 집에서 잘 수밖에 없었다. 히스클리프 씨는 나에게 브랜디를 한 잔 주라고 질라에게 말하고 안방으로 들어가 버렸다. 질라는 내가 봉변당한 것을 위로해 주고 주인이 시킨대로 브랜디를 주어서, 그걸로 내가 조금 원기를 회복하자 잠자리로 데려다 주었다.

3

그녀는 앞장서 계단을 오르며 나에게 촛불을 숨기고 소리를 내지 말도록 일러 주었다. 주인이 그녀가 나를 재워 주려는 방에 대해서 이상한 생각을 가지고 있어서, 어떤 사람도 선선히 그 방에서 자게 하지 않는다는 것이었다. 나는 그 이유를 물었다.

그녀는 자기도 모른다고 대답했다. 그 집에서 살아온 지 두어 해밖에는 되지 않았고, 집에 하도 이상한 일들이 많아서 일일이 호기심을 가질 수도 없다는 것이었다.

나는 아까의 일로 정신이 멍하여 이상하다는 생각을 할 겨를도 없이 문을 닫아걸고는 침대는 없는가 하고 둘러보았다. 가구라고는 의자 한 개와 옷장 하나, 그리고 한 면의 윗부분을 마차의 창 비슷하게 사각형으로 도려낸 큼직한 참나무 궤짝이 있을 뿐이었다.

가까이 가서 속을 들여다보니 그건 별난 구식 침상이었는데, 가족 한 사람 한 사람이 방 한 개씩을 가질 필요성을 없애기 위해 매우 편리하게 고안된 것이었다. 사실 그것은 작은 침실을 이루고 있어 그 안의 창에 딸린 선반이 탁자를 대신하게 되어 있었다.

나는 판자로 된 옆벽을 열고는 촛불을 들고 들어가 그 판자를 다시 닫고 이제는 히스클리프와 그 밖의 어떤 사람의 눈에도 띄지 않으리라 생각하고 마음을 놓았다.

나는 그 창턱에 촛불을 놓았는데, 그 한쪽 구석에는 곰팡이가 핀 몇 권의 책이 쌓여 있었다. 거기는 페인트 위에 긁어서 쓴 글씨 투성이였다. 그러나 그 글씨는 모두 크고 작은 온갖 모양으로 같은 이름을 되풀이 한 것으로, '캐서린 언쇼'라는 이름은 군데군데에서 '캐서린 히스클리프'가 되었다가 또 '캐서린 린튼'으로 되어 있기도 했다.

멍한 기분으로 나는 창에 머리를 기대고 캐서린 언쇼·히스클리프·린튼이라는 철자를 계속 더듬다가 눈을 감았다. 그러나 5분도 채 못 되어서 어둠 속으로부터 흰 글자들이 유령처럼 또렷이 떠오르기 시작했다. 허공은 캐서린이라는 글자로 가득 찼다. 이 눈에 거슬리는 이름을 쫓으려고 일어나 보니까, 촛불 심지가 그 낡은 책 하나에 기울어져서 송아지 가죽 타는 냄새가 방 안에 자욱했다.

나는 그 심지를 잘라 버리고 몸이 으스스한 것 같은 메스꺼움 때문에 갑자기 기분이 매우 언짢아져서, 일어나 앉아 조금 타들어간 큰 책을 무릎 위에 펼쳤다.

그것은 작은 활자로 인쇄된 성경이었는데 지독하게 곰팡내가 나는 것이었다. 빈 책상에는 '캐서린 언쇼'라는 글자와 약 25년 전의 날짜가 적혀 있었다.

나는 그 책을 덮고 다른 책도 한 권 한 권 집어 살펴 보았다. 캐서린의 장서는 정선된 것이었고, 꽤 낡은 것으로 보아 늘 보던 것임을 알 수 있었다. 비록 책들 모두가 독서라는 본연의 목적으로 쓰여진 것 같지는 않았지만.

거의 어느 장에나 활자가 찍혀 있지 않은 부분은 조금도 여백을 남기지 않고 적어 넣은 것같이 보이는 펜글씨로 가득 차 있었다. 어떤 것은 독립된 문장들이었고, 또 어떤 것은 아이가 서툰 글씨로 휘갈겨 쓴 일기와 같은 내용도 있었다. 처음 눈에 띄었을 때는 분명히 소중히 여겨졌을 여백의 페이지 윗부분에는, 조지프를 썩 잘 그린 캐리커처가 거칠지만 밉지 않게 그려져 있어 꽤 재미있었다.

그래서 내게는 불현듯 캐서린이라는 미지의 여성에 대한 흥미가 생겨, 나는 곧 빛바랜 그녀의 읽기 힘든 글씨를 해독하기 시작했다.

지긋지긋한 일요일이다! 아버지가 되살아나신다면 좋을 텐데. 힌들리 오빠가 아버지 대신이라니 질색이다. 히스클리프에 대한 오빠의 행동은 잔인해. H와 나는 반발할 테다. 우리 둘은 오늘 저녁 그 첫발을 내디딘 셈이다.

온종일 많은 비가 내렸다. 우리는 교회에 갈 수 없었다. 그래서 조지프가 모두를 다락방에 모아놓고 설교를 해야만 했다. 힌들리 오빠 부부가 밑에서 편안히 불을 쬐고 있는데—둘이서 성경을 읽지 않는 것만은 틀림없지만—히스클리프와 나와 그 불쌍한 머슴아이는 기도서를 가지고 올라오라는 명령을 받았다. 우리는 곡식자루 위에 한 줄로 앉혀져서 신음하며 떨고 있었다. 조지프도 떨었으면 좋겠다. 그러면 자기 자신을 위해서도 설교를 짧게 할 테니까.

그러나 터무니없는 생각이었다. 예배는 꼬박 세 시간이나 계속되었다. 그런데도 오빠는 우리가 내려오는 것을 보고 "아니, 벌써 끝난 거야?" 하고 소리칠 만큼 뻔뻔스러우니…….

전에 우리는 일요일 저녁에는 떠들지만 않으면 놀아도 괜찮았는데 지금은 조금 웃기만 해도 구석으로 쫓겨나야 한다!

"너는 이 집에 주인이 있다는 것을 잊었니?" 폭군 같은 오빠는 말한다. "나를 화나게 하는 녀석부터 박살을 내주겠어! 절대로 까불고 떠들어선 안돼. 아니, 당신이었소? 프랜시스, 여보, 올 적에 그놈의 머리칼을 당겨줘. 지금 그 녀석이 손가락을 꺾는 소리가 났으니까."

프랜시스 언니는 힘껏 그의 머리카락을 당겼다. 그러고는 오빠에게로 가서 그 무릎에 앉았다. 그들은 그대로 오랫동안 어린아이들처럼 둘이서 입을 맞추고 허튼 수작을 하곤 했다. 우리까지 부끄러워지는 바보 같은 잡담이었다.

우리는 우리대로 요리대 밑 아치 아래 기어들어 가서 될 수 있는 대로 편안히 앉아 있었다. 내가 막 우리들의 앞치마를 한 데 연결해서 커튼 대신으로 드리웠을 때 조지프가 무슨 볼일로 마구간에서 돌아왔다.

그는 내가 만든 커튼을 잡아 떼고 내 뺨을 후려치고는 고함을 쳤다.

"주인어른의 장례식이 막 끝난 데다가 안식일도 아직 끝나지 않고, 복음소리도 귓전에 남아 있는 데 감히 장난을 하다니! 부끄럽지도 않아! 똑바로 앉아, 이 망나니들아! 읽을 생각만 있으면 좋은 책은 얼마든지 있어. 바로 앉아서 너희들의 영혼에 대해서나 생각해 봐!"

그렇게 말하고 그는 먼 난로에서 비치는 희미한 불빛에 비추어 읽으라며 억지로 낡아 빠진 설교책을 내밀었다.

나는 도저히 그런 식으로 책을 읽고 있을 수 없었다. 나는 좋은 책 같은 건 싫다고 말하면서 더러운 책 표지를 찢어 개집으로 던져 버렸다. 히스클리프도 그의 책을 같은 데로 차 버렸다.

그러자 한바탕 소동이 벌어졌다.

"힌들리 도련님!" 우리의 목사님인 조지프가 소리를 쳤다. "도련님, 이리 오세요. 캐시 아가씨가 〈구원의 투구〉 책 표지를 떼어 버리고, 히스클리프는 〈파멸에의 넓은 길〉의 1부를 발로 차서 구멍을 뚫어 놨어요! 이런 짓을 하게 두다니, 소름이 끼치는군요. 어이구, 어른께서 계셨더라면 제대로 혼을 내셨을 터인데, 이제는 계시지 않으니!"

힌들리 오빠가 난롯가의 낙원에서 달려와 우리들 중의 한쪽은 멱살을 잡고, 또 한쪽은 팔을 잡아서 둘 다 부엌 안쪽으로 내동댕이쳤다. 거기 있으면 영락없이 악마가 우리들을 데려갈 거라고 조지프가 으름장을 놓았다. 그 말을 듣고 우리는 따로따로 구석을 찾아가 악마가 오기를 기다렸다.

나는 햇빛이 들도록 거실 문을 조금 열어 놓고 시렁에서 이 책과 잉크병을 집어 이것을 쓰면서 한 20여 분쯤 시간을 보냈다.

그러나 히스클리프는 갑갑해져서, 소젖을 짜는 여자의 외투를 빌려 그것을 쓰고 벌판을 뛰어다니자고 했다.

재미있는 생각이다. 그렇게 되면 퉁명스러운 영감이 들어와 보고는 정말 자기가 말한 대로 악마가 우리를 데려간 것이라고 생각할지도 모르지. 비가 오는데 뛰어나가더라도 여기보다 더 습하거나 춥지는 않을 테지.

다음 문장이 다른 화제로 옮아간 것으로 보아 캐서린은 그 계획을 실행했던 것 같다. 이번에는 눈물겨운 내용이었다.

힌들리 오빠가 나를 이렇게 울리리라고 꿈엔들 생각했겠어! 머리가 아파서 베개도 못 벨 지경이다. 그리고 울음을 그칠 수도 없다. 힌들리 오빠는 불쌍한 히스클리프를 뜨내기라고 부르면서, 우리와 함께 앉지도 못하게 하고 함께 식사도 못하게 하겠단다. 그와 내가 함께 놀아도 안 된다고 한다.
만일 그 명령을 지키지 않으면 그를 쫓아내겠다고 위협한다. 게다가 오빠는 아버지가 히스클리프에게 너무 잘해 주셨다고 책망을 하고 있다(어떻게 감히 그럴 수 있는지?). 그리고 히스클리프를 다시 그에게 어울리는 처지로 되돌려 놓겠다고 맹세했다.

나는 어두침침한 책상 위에서 꾸벅꾸벅 졸기 시작했다. 내 눈은 펜글씨의 부분에서 인쇄된 부분으로 옮아갔다. 붉은 잉크로 꾸며서 쓴 '일흔 번씩 일곱 번' 및 '일흔한 번째의 처음^(마태 복음)_{제18장 21절~22절)}, 기머든 서프 교회의 제이베스 브랜더럼 목사의 설교'라는 제목이 눈에 띄었다. 그리고 반쯤 잠든 채, 제이베스 브랜더럼이 그 제목으로 어떻게 이야기를 했을까 하고 머리를 짜내는 동안, 나는 침대에 누워 나도 모르게 잠이 들어 버렸다.
아, 고약한 차를 마시고 화를 낸 탓이다! 그밖에 또 무엇이 나를 그렇게도 지긋지긋한 하룻밤을 보내게 했던 것인가?
내가 고생을 안 이후로 그날 밤에 비할 만한 밤을 보낸 기억이 없다.
그런 데서 자고 있다는 의식이 채 사라지기도 전에 나는 이미 꿈을 꾸기 시작했다. 이미 아침이었고, 나는 조지프를 길잡이로 하여 집으로 출발하고 있었다. 길에는 눈이 몇 자나 쌓여 있었다. 우리가 허우적대며 걸어가고 있을 때 조지프는 내가 순례자의 지팡이를 가지고 오지 않았다고 줄곧 나무라서 나를 지치게 만들었다. 지팡이 없이는 집에 돌아갈 수 없다고 말하고는 뽐내듯이 손잡이가 묵직한 몽둥이를 휘둘러 보였는데, 그것을 순례자의 지팡이라고 하는 모양이었다.

그런 연장을 갖지 않고서는 내 집에 돌아갈 수 없다는 것이 순간 터무니없는 일로 생각되었다. 그러자 언뜻 다른 생각이 머리를 스쳤다. 나는 지금 집으로 가고 있는 것이 아니라, 그 유명한 제이베스 브랜더럼 목사가 '일흔 번씩 일곱 번'이라는 성경 구절을 가지고 설교하는 것을 들으러 가고 있는 것이다. 그리고 조지프와 설교자와 나, 이 세 명 중 누군가 '일흔 번씩 일곱 번'의 죄를 범해서 사람들 앞으로 끌려나가 파문을 당하게 되어 있는 것이다.

우리는 예배당에 이르렀다. 그것은 내가 산책을 했을 적에 실제로 두세 번 지나친 적이 있는 곳이었다. 예배당은 두 언덕 사이의 움푹 들어간 곳에 있었다. 움푹 들어간 곳이라곤 하지만 실제로는 늪가에 있는 조금 높은 곳으로, 그곳의 습기는 토탄을 머금고 있어서 거기 묻혀 있는 시체의 방부제 노릇을 하기에 썩 안성맞춤이라고들 한다.

예배당의 지붕은 지금까지도 온전하게 보존되어 있었지만, 목사의 연봉이 불과 20파운드밖에 안 되는 데다 방이 둘밖에 없는 주택도 언제 한 칸밖에 쓰지 못하게 될지 모르는 형편이어서, 이곳에서 목사 노릇을 하겠다는 사람은 한 사람도 없었다.

게다가 그곳 신도들은 목사를 굶겨 죽였으면 죽였지 저희들 호주머니에서는 한 푼도 내주려고 하지 않는다는 소문이 퍼져 있었다.

어쨌든 내 꿈속에서 제이베스 목사는 예배당을 가득 메운 신도들을 향해 설교하고 있었다. 그의 설교는 그야말로 별났다!

그 설교는 490부분으로 나뉘어 있는 데다가 그 하나하나가 보통의 설교 하나와 넉넉히 맞먹었으며, 또한 그 하나하나가 별개의 죄를 논하는 것이었다! 어디서 그런 죄를 찾아냈는지 도무지 알 수 없었다.

그는 '일흔 번씩 일곱 번'이라는 문구를 자기 나름으로 해석하면서, 신도는 그때그때 다른 죄를 범해야 할 필요가 있다는 듯이 이야기하는 것이었다. 그 죄라는 것도 정말 기묘하기만 하여서 내가 전에는 상상도 못한 죄들이었다.

아, 얼마나 지쳤던지, 얼마나 몸을 비꼬고, 하품을 하고, 꾸벅거리고 하다간 또 깨어나곤 했던지! 나는 내 몸을 꼬집다가, 찌르다가, 눈을 비비다가, 섰다가, 다시 앉았다가, 그리곤 조지프를 쿡 찌르면서 설교가 끝나거든 알려 달라고 부탁을 했다.

그러나 나는 끝까지 들어야만 했다. 드디어 그 '일흔한 번째의 처음'의 죄 이야기에 이르렀다. 그 중대한 순간에 어떤 영감이 불현듯 내 머리를 스쳤다. 그래서 나는 불쑥 일어서서 제이베스 브랜더럼이야말로 기독교도로서 용서할 수 없는 죄를 범한 것이라고 규탄하였다.

"목사님!" 나는 소리쳤다. "여기 이 예배당에 앉아 줄곧 말씀하신 490항목을 참고 들어왔습니다. 나는 일흔 번씩 일곱 번이나 모자를 집어 들고 나가려고 했습니다. 허나 당신은 터무니없게도 일흔 번씩 일곱 번이나 나를 다시 앉게 했습니다. 491번째라는 것은 너무 심합니다. 나와 같은 욕을 본 여러분들, 저자에게 덤비십시오! 저자를 끌어내 박살을 내서 더 이상 저자를 아는 사람이 없도록 만들어 줍시다!"

"네가 바로 그 죄를 지은 사람이다!" 제이베스는 잠시 엄숙한 침묵 끝에 그의 의자에 기대며 외쳤다. "일흔 번씩 일곱 번이나 너는 얼굴을 비틀고 하품을 했어. 일흔 번씩 일곱 번이나 나는 내 영혼에 물어 보았다. 보라, 이것이 인간의 약함이로다. 이 또한 용서되옵기를! '일흔한 번째의 처음'은 왔다. 형제들이여, 기록된 심판을 그에게 행하라. 이런 영광은 그분의 모든 성자들에게 있는 것이니!"

그 말이 끝나자 거기에 모인 사람들은 저마다 순례자의 지팡이를 쳐들고 무더기로 내 주위에 몰려왔다. 나는 자신을 방어할 무기가 없었으므로 가장 가까운 데서 가장 사납게 덤벼드는 조지프의 몽둥이를 빼앗으려고 그와 격투를 시작했다. 군중들이 밀치락거리는 가운데 몇 개의 몽둥이가 날아왔다. 나에게 던진 몽둥이가 다른 사람들의 머리를 쳤다. 순식간에 예배당은 온통 때리는 소리와 부딪히는 소리로 들끓었다. 모두 옆 사람에게 덤벼드는 꼴이 되었다. 그래서 브랜더럼도 가만히 있을 수 없어 열심히 설교단을 내리치는 것이었다. 그것이 하도 힘차게 울려 드디어 나는 잠이 깨었다.

정말 이만저만 마음이 놓인 것이 아니었다.

도대체 내게 그런 소동의 꿈을 꾸게 한 것은 무엇이며, 그 소동 가운데서 제이베스의 역할을 한 것은 무엇이었던가? 그것은 다름 아니라 돌풍이 지나갈 때 창살에 부딪힌 전나무 가지의 마른 구과(毬果)가 창유리에서 덜컹거리는 소리였다!

나는 잠시 의심쩍게 귀를 기울였다. 그러다가 소리를 낸 것이 무엇인지를 알아차리고는 돌아누워 졸면서 또 꿈을 꾸었다. 있을 수 없는 일 같지만 전보다도 더욱더 사나운 꿈이었다.

이번에는 내가 참나무로 짠 침상 속에 누워 있다는 것을 알아차렸고, 거센 바람소리와 눈이 휘몰아치는 소리도 똑똑히 들었다. 또한 전나무 가지가 되풀이하여 성가신 소리를 내는 것도 들렸으며 그 원인도 바로 알고 있었다. 그러나 그것이 하도 성가셔서 될 수 있는 대로 그 소리를 멎게 하려고 마음먹었다. 그리하여 나는 일어나서 창의 걸쇠를 벗기려고 애썼다.

그러나 그 걸쇠는 걸린 채 백랍으로 봉해져 있었다. 깨어 있을 적에 보았었지만 그새 잊어버리고 있었던 것이다.

"그러나 저 소리만은 멈춰야겠어!" 나는 중얼거리고는 주먹으로 유리를 깨고서 그 성가신 가지를 붙잡으려고 팔을 내밀었다. 그러나 내 손에 잡힌 것은 그 가지가 아니라 조그마하고 얼음처럼 싸늘한 손이었다.

악몽같이 몸서리치는 두려움이 엄습해 왔다. 나는 팔을 도로 오그리려 했다. 그러나 그 손이 내 손을 붙들고 놓지를 않았다.

그리고 몹시 구슬프게 흐느끼는 듯한 어린아이의 목소리가 들려왔다.

"들어가게 해 주세요, 들어가게 해 줘요!"

"당신은 누구요?" 나는 물으면서도 그 손을 뿌리치려고 애썼다.

"캐서린 린튼이에요." 떨면서 대답했다.

(왜 이 꿈속에서 린튼이라는 이름이 생각났는지는 나도 모르겠다. 린튼이라는 이름보다도 언쇼라는 이름을 스무 배는 더 읽었을 텐데.)

"제가 돌아왔어요. 저는 벌판에서 길을 잃었던 거예요!"

그렇게 말하는 어린아이의 얼굴이 창을 들여다보는 것이 희미하게 떠올라 왔다. 겁을 먹은 나는 순간 잔인해졌다. 아무리 뿌리치려 해도 소용이 없기에 나는 그 아이의 팔목을 깨어진 유리로 끌어당겨 이리저리 문질러 댄 것이다. 피가 흘러서 침구를 적셨다. "들어가게 해 주세요!" 그래도 그 아이는 울부짖으며 악착같이 내 손을 붙잡은 채 놓질 않았다.

나는 두려움으로 거의 미칠 지경이었다.

"내가 어떻게 들어오게 해?" 나는 드디어 말했다. "들어오고 싶거든 내 손을 놔!"

그러자 그 손이 내 손을 놓았다. 나는 그 구멍 밖에 있던 내 손을 재빨리 들여놓고, 거기에다 황급히 피라미드처럼 책들을 쌓아올리고는 그 애원하는 소리를 듣지 않으려고 귀를 막았다.

15분 이상이나 귀를 막고 있었던 것 같다. 그러나 다시 손을 뗀 순간 슬프게 외치는 소리는 아직도 계속 들리고 있었다.

"가지 못해?" 나는 소리쳤다. "20년 동안 애걸한대도 들여놓지 않을 거야!"

"바로 20년이에요, 20년 동안 떠돌아다니고 있는 거예요!" 하고 탄식했다.

그때 밖에서 약하게 긁는 소리가 나기 시작하더니 쌓아 놓은 책들이 떠밀린 것처럼 움직였다.

나는 벌떡 일어나려 했으나 손발을 움직일 수 없었다. 그래서 나는 무서움에 떨며 미친 듯 고함쳤다. 정신을 차려 보니까 곤란하게도 나는 정말로 소리쳐 버린 모양이었다. 내 방문으로 다가오는 황급한 발걸음 소리가 들리더니 누가 억센 손으로 문을 열었다. 그러자 머리맡으로 트인 사각의 창틀을 통해 어렴풋이 불빛이 비쳐 들었다.

나는 여전히 덜덜 떨면서 앉아 있었다. 그리고 이마의 땀을 닦았다.

방에 들어온 사람은 주저하는 듯이 혼자 중얼거리고 있었다. 마침내 그는 분명히 대답을 기대하지 않는 투로 반쯤 속삭이듯이 혼자 중얼거렸다.

"여기 누가 있소?"

나는 내가 있다는 것을 고백하는 것이 상책이라고 생각했다. 내가 히스클리프 씨의 말투를 알고 있었고, 게다가 만일 잠자코 있었다간 그가 더 안쪽까지 찾아볼지도 모른다는 염려가 언뜻 머릿속에 떠올랐기 때문이었다. 이런 생각으로 나는 돌아누워서 그 판자 미닫이를 열었다.

그때 깜짝 놀라던 그의 모습은 잊혀지지 않는다.

히스클리프는 입구 가까이에 셔츠와 바지 차림으로 서 있었다. 들고 있는 촛불에서 그의 손가락으로 촛농이 흐르고 있었고, 그의 얼굴은 그 뒤의 벽만큼이나 해쓱했다. 참나무 판자 미닫이가 열리는 첫소리가 전기의 충격처럼 그를 놀라게 했던 것이다.

손에 들었던 촛불이 몇 자나 떨어진 곳으로 나동그라졌지만 그는 하도 놀라서 그것을 집어 들지도 못했다.

　"바로 오늘 당신이 재워 주신 사람입니다." 나는 그 이상 그가 겁쟁이라는 것을 폭로시켜 그를 창피주지 않으려고 소리를 쳤다. "무서운 꿈을 꾸는 바람에, 어쩌다가 그만 잠결에 소리를 질러 성가시게 해 드렸군요. 죄송합니다."

　"아니, 제기랄, 록우드 씨! 당신 같은 사람은 그냥," 촛불을 떨지 않고 들고 있을 수 없어서 의자 위에 세우면서 그는 다시 나에게 물었다. "그런데 누가 이 방으로 안내한 거요?" 그는 손바닥에 손톱이 박힐 정도로 주먹을 쥐고, 턱이 덜덜 떨리는 것을 가라앉히려고 이를 갈면서 말했다. "그건 누구요? 그따위 것들은 당장이라도 이 집에서 쫓아내겠소!"

　"댁의 가정부인 질라였어요." 나는 대답하자마자 방바닥으로 뛰어내려 급히 옷을 입기 시작했다. "당신이 가정부를 내쫓는다고 하더라도 나는 아무 상관없소, 히스클리프 씨. 충분히 그럴 만하오. 그녀는 나를 이용해서 이 집에 유령이 나온다는 증거를 또 하나 잡고 싶었던 모양이오. 정말 유령과 악마가 들끓고 있군요. 당신이 여기를 닫아두는 것도 확실히 무리가 아닙니다. 이런 곳에서 잠을 재워 준다 해서 당신에게 감사할 사람은 이 세상에 아무도 없을 거요!"

"도대체 무슨 이야기를 하고 있는 거요?" 히스클리프가 물었다. "그리고 지금 무엇을 하고 있는 거요? 이왕 여기서 자게 됐으니 오늘 밤은 여기서 지내시오. 하지만 제발 그런 무시무시한 소리는 다시 지르지 마시오. 목이라도 잘리고 있다면 또 모를까 그런 소란을 피우는 것은 용서할 수 없소!"

"그 아기 귀신이 창으로 들어왔더라면 아마 내 목을 졸라서 죽였을 거요!" 나는 대꾸했다. "당신네 인자하신 조상님들에게 혼이 나는 것은 이제 죽어도 못 견디겠소. 그 제이베스 브랜더럼 목사는 당신과 외가 쪽 친척 사이라도 되는 거요? 그리고 그 말괄량이인 캐서린 린튼인가 언쇼인가 뭔가 하는 것은 필시 귀신이 바꿔친 아이였겠지만, 정말 요망스러운 계집애였소! 자기가 20년 동안이나 이승을 떠돌고 있다지만, 그런 무서운 죄를 짓고 다니니 그건 너무도 당연하오."

지금 막 생각이 나기 전까지는 까맣게 잊어버리고 있었지만, 이렇게 말하자마자 나에게는 그 책에 적혀 있던 히스클리프라는 이름과 캐서린이라는 이름 사이의 관계가 떠올랐다. 그리고 불현듯 경솔했다는 생각이 들어 얼굴을 붉혔다. 그러나 그 이상 잘못했다는 기색은 나타내지 않고 나는 바삐 말을 이었다.

"실은 내가 잠들기 전에……" 하고 말하다가 나는 다시 말을 끊었다. '그 헌 책들을 읽고 있었소'라고 말할 참이었던 것이다. 하지만 그렇게 말을 한다면 내가 그곳에 인쇄된 내용뿐만 아니라 손글씨로 씌어 있는 내용까지도 알고 있다는 것이 탄로가 날 판이었다. 그래서 나는 생각을 고쳐서 말을 계속했다. "창턱에 낙서해 놓은 이름을 한 자 한 자 되풀이해서 외고 있었어요. 마치 수를 세는 사람처럼. 어쩌다 잠이나 들까 싶어서 해 본 아무 재미도 없는 일이었죠."

"도대체 어쩌자고 나에게 이런 말을 하는 거요?" 히스클리프는 몹시 격해서 고함을 쳤다. "어떻게 감히 이 집에서, 아니 그런 말을 하는 걸로 봐서 이 사람은 분명 미친 모양이로군!" 그러고는 그는 화가 나서 제 손으로 제

이마를 치는 것이었다.

나는 그런 말투에 화를 내야 할지 변명을 계속 늘어놓아야 할지 알 수 없었다. 그러나 그는 무척 흥분한 듯이 보였으므로 나도 불쌍해져서 꿈 이야기를 계속했다. 그리고 나는 여태껏 '캐서린 린튼'이라는 이름을 들은 적이 없지만, 그것을 되풀이하여 읽는 동안에 그만 내 상상력이 걷잡을 수 없게 되어 그 이름의 인상이 한 사람의 모습을 띠게 되었다는 투로 말했다.

내가 말하는 동안 히스클리프는 차츰 침대 뒤로 꺼지는 듯하더니 마침내 거의 침대에 가리어질 정도로 주저앉아 버렸다. 그 불규칙하고 간간이 끊어지는 듯한 숨소리로 보아, 그는 너무나도 심한 격정을 가라앉히려고 애쓰는 것 같았다. 그러나 그의 마음속의 갈등을 눈치챈 것을 드러내지 않기 위해 나는 일부러 부산하게 몸을 움직여 방안을 계속 돌아다녔고, 또 시계를 보고는 혼잣말처럼 밤이 긴 것을 넋두리했다.

"아직 3시도 안 됐군! 틀림없이 6시는 됐으리라고 생각했는데. 이곳에서는 마치 시간이 멈추어 버리기라도 한 것 같아. 확실히 8시쯤에 잔 것이 틀림없는데!"

"겨울에는 언제나 9시에 자고 4시에 일어나요." 그 집 주인은 신음소리를 삼키면서 말했다. 그 팔 그림자의 움직임으로 보아 그가 재빨리 눈에서 눈물을 훔치고 있구나 하는 생각이 들었다.

"록우드 씨," 그는 말을 이었다. "내 방에 오셔도 좋소. 이렇게 일찍 내려간다면 방해가 될 뿐이니까요. 게다가 당신이 어린아이처럼 고함을 쳤기 때문에 이제 다시 잠들기는 아예 틀려 버렸소."

"나도 마찬가집니다." 나는 대답했다. "날이 샐 때까지 뜰을 거닐다가 돌아가지요. 다시는 찾아오지 않을 테니까 걱정하실 필요는 없어요. 이제 시골에서든 도시에서든 사교의 즐거움을 찾는다는 생각은 완전히 없어졌으니까요. 분별 있는 사람이라면 자기 자신을 벗하는 것으로 만족해야 되겠지요."

"그게 정말 좋은 벗이오!" 히스클리프는 중얼거렸다. "촛불을 들고 아무 데나 가고 싶은 데로 가시오. 나도 곧 갈 테니까. 그러나 뜰에는 가지 마시오. 개들을 풀어 놓았으니. 그리고 거실 쪽은 주노라는 놈이 지키고 있을 것이오. 그리고 아니, 계단과 복도를 거닐 수밖에 없겠군. 아무튼 여기에서만은 나가 주시오. 곧 뒤따라 갈 테니까."

나는 그가 시키는 대로 그 방에서만은 나왔다. 그러나 그 좁은 복도로 가면 어디로 나가는지도 몰랐으므로 가만히 서 있었는데, 그러다가 본의 아니게도 이 집 주인의 미신적인 일면을 보게 되었다. 그것은 이상하게도 겉으로 보이는 그의 모습과는 아주 딴판이었다. 그는 침대에 올라가서 창을 비틀어 열더니, 금세 그것을 잡아당기면서 격정을 걷잡을 수 없었는지 울음을 터뜨렸다.

"들어와요! 들어와요!" 그는 흐느꼈다.

"캐시, 제발 들어와요. 아, 제발 한 번만 더! 그리운 그대, 이번만은 내 말을 들어 주오. 캐서린, 이번만은!"

그러나 유령은 유령다운 변덕을 보였다. 그것은 나타날 기색도 보이지 않았다. 다만 눈과 바람만이 사납게 회오리치며 들어와, 심지어는 내가 있는 데까지 불어와서 촛불을 꺼버렸다.

이런 울부짖음과 더불어 복받쳐 오르는 슬픔 속에는 너무나 쓰라린 고뇌가 있었으므로, 나는 불현듯 동정심이 들어서 그 어리석은 짓도 그대로 보아 넘겼다. 그리고 그런 것을 엿들은 나 자신에게 화가 나고, 그런 바보 같은 꿈 이야기를 한 것이 난처해서 나는 그 자리를 피했다. 하지만 내 꿈 이야기가 왜 그를 그렇게 슬프게 했는지 이유를 알 수 없었다.

나는 조심스럽게 아래층으로 내려갔다. 부엌 안쪽으로 들어서니까 거기에는 한데 긁어모아 둔 불이 남아 있어 촛불을 다시 켤 수 있었다.

재가 있는 곳에서 기어 나와 나를 향해 투덜대듯이 우는 잿빛 얼룩고양이를 제외하면 주위는 아주 쓸쓸했으며, 활 모양으로 만들어진 두 개의 벤치가 벽난로를 거의 둘러싸고 있었다. 나는 그 중 하나에 몸을 뻗치고 누웠고, 그 고양이는 다른 하나의 벤치에 올라갔다. 누군가 그리로 오기 전까지 나와 고양이는 꾸벅꾸벅 졸고 있었다. 조지프가 들창을 통하여 다락으로 뻗쳐 있는 사닥다리를 타고 발을 질질 끌면서 내려왔다. 그의 다락방은 그리로 올라가는 모양이었다.

그는 못마땅한 눈초리로 내가 일으켜 놓은 작은 불꽃이 벽난로 앞 철책 사이로 일렁이는 것을 바라보더니, 고양이를 벤치에서 밀쳐 내고는 그 자리에 걸터앉아 3인치쯤 되는 파이프에 담배를 쑤셔 넣기 시작했다. 분명 내가 그의 방에 들어온 것이 입 밖에 내기에도 창피할 만큼 불손한 짓으로 보였던

모양이다. 그는 잠자코 파이프를 물고 팔짱을 끼고는 담배를 피웠다.

나는 그가 성가실 것 없이 기분 좋게 담배를 피우게 내버려 뒀다. 마지막 한 모금을 뿜어 낸 다음 그는 깊은 한숨을 쉬면서 일어서더니 왔을 때와 마찬가지로 엄숙하게 나가 버렸다.

다음에는 더 탄력 있는 발걸음으로 들어오는 사람이 있었다.

나는 이번엔 "안녕히 주무셨소?"라고 인사를 하려고 입을 열었으나 말을 삼키고 입을 다물어 버렸다. 왜냐하면 헤어튼 언쇼가 눈을 치우기 위해 한구석에서 보습인지 삽인지를 찾으면서 뭐가 닿을 때마다 나직한 소리로 기도라도 드리듯 욕지거리를 하고 있었기 때문이었다. 그는 콧구멍을 벌름거리면서 벤치의 등 너머로 힐끗 넘겨다보았으나, 나의 짝인 고양이에게나 내게나 아침인사를 할 생각은 하지도 않았다.

그가 준비하는 것을 보고 이제는 나가도 되리라고 짐작하고는 나는 그 딱딱한 잠자리에서 일어나 그를 따라가려고 했다. 그는 이것을 보더니 들고 있던 가래 끝으로 안쪽 문을 툭 치면서, 잘 들리지 않는 소리로 어디 가려거든 그리로 가라는 시늉을 했다.

그 문으로 나가니 바로 거실이었다. 거기에는 이미 여자들이 나와 있었다. 질라는 커다란 풀무로 난로에 불꽃을 돋우고 있었고, 히스클리프 부인은 난롯가에 무릎을 꿇고 앉아, 그 불빛으로 책을 읽고 있었다.

그녀는 눈언저리에 불기운이 닿는 것을 막느라고 손으로 가린 채 열심히 책을 읽고 있는 것 같았다. 그녀는 불꽃이 날아온다고 가정부를 꾸짖거나 이따금 자기 얼굴에 너무 버릇없이 코를 문지르는 개를 쫓을 때에만 책에서 눈을 뗐다.

히스클리프 또한 거기에 있는 것을 보고 나는 놀랐다. 그는 나를 등지고 불 앞에 서서 불쌍한 질라에게 막 한바탕 퍼부어 대고 난 참이었다. 질라는 때때로 일손을 멈추고 앞치마 자락으로 눈물을 훔치고는 분에 못 이겨 신음 소리를 내고 있었다.

"그리고 너, 쓸모없는⋯⋯." 내가 들어갔을 때, 그는 바보라든가 겁쟁이 따위와 같이 악의 없는 말이긴 하지만, 보통 입 밖에 내지 않는 상소리를 며느리를 향해 내뱉고 있었다. "너는 또 하찮은 마술책이나 읽고 있군! 남들은 일해서 먹고 사는데 너는 내 자선 덕분에 살고 있어! 그따위 책은 집어치우고 일거리를 찾아봐. 항상 내 눈에 거슬리는 죗값을 하란 말이야. 알았어? 못난 것 같으니!"

"제가 거절한대도 소용없을 테니 책은 치우겠어요." 그 젊은 여자는 책을 덮어 의자 위에 던지면서 대답했다. "그러나 뭐라고 하신대도 제가 하고 싶은 일이 아니면 하지 않겠어요!"

히스클리프는 손을 번쩍 들었다. 그러자 상대는 그 손의 무게를 잘 알고 있는 듯이 더 안전한 거리로 비켜섰다.

나는 이런 개와 고양이 싸움 같은 투닥거림을 구경할 생각은 없었기 때문에 짐짓 불을 쬐고 싶은 듯이, 그리고 그런 말다툼 같은 것은 전혀 알지도 못한다는 듯이 성큼성큼 앞으로 걸어 나갔다. 그런데도 싸움을 계속할 만큼 각자가 예의를 모르지는 않았다. 히스클리프는 주먹을 휘두르고 싶은 유혹을 누르고 양손을 주머니에 쑤셔 넣었다. 히스클리프 부인은 입술을 샐룩거리고는 멀리 떨어진 자리로 갔다. 내가 거기 있는 동안 그녀는 아까 자신이 말한 대로 마치 조각상(彫刻像)처럼 꼼짝도 하지 않았다.

그러나 나는 오래 있지는 않았다. 나는 그들과 함께 아침 식사를 하는 것을 사양하고 날이 새자마자 이제는 맑게 개어 바람도 없는, 보이지 않는 얼음처럼 싸늘한 바깥으로 도망쳐 나왔다.

내가 뜰로 채 나오기 전에 주인은 뒤에서 나를 불러 세우고, 그 벌판을 나와 함께 건너가 주겠다고 했다. 그가 따라와 주어서 다행이었다. 왜냐하면 등성이 너머는 눈이 쌓여 온통 파도치는 흰빛 바다를 이루고 있었기 때문이다. 높아진 곳이나 들어간 곳이 실제 지면의 높낮이와는 일치하지 않았다. 적어도 여러 군데 구덩이가 눈에 묻혀 평평해졌고, 어제 걸어오며 기억해 둔, 채석장에서 버린 돌 부스러기로 이루어진 둑 같은 것은 송두리째 자취도 없이 사라져 있었다.

내가 보아둔 것은 길 한쪽에 6, 7야드 간격을 두고 벌판 끝까지 한 줄로 늘어선 돌들이었다. 그것들은 어두울 때와, 또한 지금처럼 눈이 내려 길 양쪽의 깊은 습지와 단단한 길바닥이 구별되지 않을 때 표지 노릇을 하도록 세워져 있었고, 석회로 희게 칠해져 있었다. 그러나 그날 아침에는 여기저기 더러운 점처럼 솟아나 있는 것을 제외하고는 그것들이 있던 흔적은 사라지고 없었다. 그래서 나의 동행자는 내가 꾸불꾸불한 길을 옳게 가고 있다고 생각할 때에도 자주 오른쪽으로 가라든가 왼쪽으로 가라든가 하면서 나에게 주의를 시킬 필요가 있음을 깨달았다.

우리는 거의 한 마디도 주고받지 않았다. 그리고 그는 드러시크로스의 숲으로 들어가는 곳에서 걸음을 멈추고, 여기까지 왔으니 이제 길을 잘못 들지는 않을 거라고 말했다. 우리들의 작별 인사는 그저 머리를 끄덕인 것뿐이었다. 그리고 나서 나는 나 자신의 생각만 믿고 나아갔다. 문지기 집에는 아직 사람이 들지 않기 때문이었다.

대문에서 저택까지의 거리는 2마일이었으나, 숲속에서 길을 잃고 눈 속에 목까지 빠지곤 하느라고 4마일은 넘게 걸은 것 같았다. 그 고생이란 경험한 사람이 아니고는 알 수 없다. 아무튼 집에 들어섰을 때는 시계가 12시를 치고 있었다. 그리고 보면 워더링 하이츠에서 보통 다니는 길로 1마일에 꼭 한 시간씩 걸린 셈이다.

내가 가구처럼 떠맡은 가정부와 그 밑에서 일하는 하인들이 뛰어나와 나를 맞이했다. 그들은 떠들썩하게 내가 살아 돌아올 것이라는 기대를 단념했었다고 외치고 있었다. 누구나 다 내가 간밤에 죽은 걸로 짐작했고, 어떻게 내 시체를 찾아야 할 것인가를 궁리하고 있었다는 것이다.

나는 그들에게 이젠 돌아왔으니 떠들 것 없다고 타일렀다. 그러고는 심장까지 감각을 잃은 채 위층으로 올라갔다. 나는 먼저 옷을 갈아입고, 3, 40분 동안 체온을 회복하기 위하여 이리저리 거닐었다. 그러고는 원기를 돌이키도록 하녀가 준비해 둔 따뜻한 난롯불과 뜨거운 커피를 즐길 기력조차 남아 있지 않은 채, 나는 새끼고양이처럼 맥없이 서재로 옮겨갔다.

4

인간이란 얼마나 바람개비같이 변덕스러운 존재인가! 세상과의 모든 관계를 끊기로 결심하여, 마침내 관계를 가질래야 가질 수도 없는 장소를 발견한 내 운명에 감사한 나였다. 하지만 약한 인간에 불과한 나는 어두워질 때까지 우울과 고독과의 싸움을 계속하다가 결국은 손을 들지 않을 수 없었던 것이다.

그리하여 가정부 딘 부인이 저녁식사를 차려 왔을 때, 살림살이에 필요한 것들에 대한 이야기를 듣고 싶다는 구실 아래 내가 식사를 하는 동안 옆에 있어 줄 것을 부탁했다. 그리고 그녀가 정말로 이야기를 잘하는 사람이어서 내 기분을 돋우어 주거나, 아니면 그 이야기로써 나를 잠들게 해 주었으면 하고 바랐다.

"여기 산 지가 꽤 오래 됐지?" 나는 말을 꺼냈다. "16년 동안이라고 했소?"

"18년이에요. 안주인이 시집오셨을 때 시중을 들려고 왔으니까요. 돌아가신 다음에는 주인께서 가정부로 두신걸요."

"그랬군."

그리고 나서 잠시 이야기가 끊어졌다. 아무래도 그녀는 자기 자신의 이야기가 아니고는 잘 지껄이는 사람이 아닌 모양이었다. 사실 그녀에 관한 이야기는 내게 별로 흥미롭지 않았다.

그러나 그녀는 주먹을 양쪽 무릎에 얹고 그 불그레한 얼굴을 찌푸리면서 잠시 생각한 끝에 불쑥 입을 열었다.

"정말 그 이후로 세상이 많이 달라졌어요!"

"그래." 나는 말했다. "당신은 세상이 변하는 걸 무던히 보았겠소……."

"무던히 보았죠. 그리고 여러 가지 불행한 일도 봤구요." 그녀는 말했다.

'옳지, 이야기를 집 주인네 집안으로 돌리기로 하자! 이제부터 시작하기 알맞은 화제로군. 그리고 그 예쁘장한 어린 과부가 이 고장 사람인지, 또는 그 무뚝뚝한 토박이 가족들이 친척으로 인정하지 않는 다른 지방 출신인지, 아무튼 그녀의 내력을 알고 싶군.'

이런 생각에서 나는 딘 부인에게 히스클리프가 왜 드러시크로스 저택을 세(貰) 주고, 위치로 보나 집으로 보나 훨씬 못한 곳에 살고 있는가를 물어 보았다.

"그에게는 이 저택을 유지할 만큼의 돈이 없소?" 내가 물었다.

"돈이야 있지요!" 그녀는 대답했다. "그분이 돈을 얼마나 가졌는지는 아무도 모르는 데다가 재산은 해마다 불어가는 걸요. 정말 이보다 나은 집에 살 만큼 돈이 많아요. 하지만 그분은 구두쇠에 가깝거든요. 비록 드러시크로스 저택으로 이사 올 작정이었더라도 세들 좋은 사람이 있다는 말을 들으면,

몇 백 파운드 더 버는 기회를 도저히 놓칠 순 없을 거예요. 도대체 외톨이로 살면서도 그렇게 욕심이 많다니 이상하지요!"

"아들이 하나 있었던 모양이지?"

"네, 있었어요. 죽었지만요……."

"그리고 그 젊은 부인, 히스클리프 부인이 그의 미망인이지?"

"그래요."

"그 여자는 본디 어디 사람이오?"

"아, 그분은 돌아가신 이 집 주인의 따님이에요. 캐서린 린튼이라는 것이 처녀 때 이름이지요. 제가 그 불쌍한 아씨를 키웠답니다. 그래서 히스클리프 씨가 이리로 옮겨와서 아가씨가 나와 다시 함께 살았으면 하고 얼마나 바랐다구요."

"뭐요, 캐서린 린튼이라구?" 나는 놀라 소리를 쳤다. 그러나 좀 생각해 보니 그녀가 유령으로 나타났던 캐서린이 아니라는 것이 확실해졌다. "그렇다면," 나는 말을 계속했다. "이 집의 본디 주인 이름은 린튼이었소?"

"네."

"그런데 그 언쇼는 누구요? 히스클리프 씨와 함께 살고 있는 헤어튼 언쇼 말이오. 그들은 친척인가?"

"아녜요, 그분은 돌아가신 린튼 부인의 조카인걸요."

"그러면 그 젊은 부인과 사촌간이란 말이지?"

"그래요. 게다가 그녀는 자기 남편과도 또한 사촌간이었어요. 한쪽은 외사촌이고 또 한쪽은 고종사촌이었죠. 히스클리프 씨는 린튼 씨의 누이와 결혼했던 거예요."

"워더링 하이츠 집 현관 위에 '언쇼'라는 이름이 새겨져 있더군. 그들은 오래 된 집안이오?"

"굉장히 오래 됐어요. 그리고 헤어튼은 그 집안의 마지막 사람이에요. 마치 캐시가 우리 집, 즉 린튼 집안의 마지막 사람인 것처럼. 워더링 하이츠에 가셨던가요? 죄송합니다만 아가씨가 어떤지 듣고 싶어요."

"히스클리프 부인 말이오? 매우 건강해 보이고 아주 예쁘던데. 하지만 왠지 그리 행복한 것 같진 않더군."

"가엾어라. 그럴 거예요! 그리고 그 집 주인에 대해선 어떻게 생각하셨어요?"

"매우 거친 사람이더군, 딘 부인. 그것이 그 사람 성격이오?"

"네, 거칠기는 톱니 같고 여물기는 차돌 같죠! 그분과는 만나지 않을수록 좋아요."

"그렇게 사나운 사내가 되기까지에는 그 사람도 필경 여러 가지 사연을 많이 겪었을 거요. 그 사람의 내력에 대해서는 아는 게 있소?"

"그야 남의 둥지를 가로채는 뻐꾸기의 내력 같은 거지요. 그의 내력이라면 뭐든지 알고 있어요. 다만 어디서 태어났고 부모가 누구였고, 그리고 맨 처음에 어떻게 해서 돈을 벌었는가 하는 것은 모르지만서두요. 글쎄, 헤어튼 도련님은 둥지에서 쫓겨난 털도 안 난 참새 꼴을 당한 셈이지요! 그런데도 이 근방에서 어떻게 자기가 속았는지를 모르고 있는 것은 바로 그 불쌍한 도련님 자신뿐이에요!"

"그럼, 딘 부인. 적선하는 셈치고 내게 그 사람들 이야기를 좀 해 주오. 잠자리에 들어도 잠이 오지 않을 것 같으니 그대로 앉아서 한 시간쯤 이야기해 주구려."

"네, 하구말구요! 바느질거리를 가지고 오겠어요. 그러고는 원하시는 대로 앉아 있겠어요. 하지만 주인님은 감기가 드셨어요. 아까 보니까 덜덜 떠시던데요. 죽이라도 좀 드시고 감기를 몰아내셔야만 해요."

그 충실한 가정부는 서둘러 방을 나갔다. 나는 불 곁에 더 가까이 쪼그리고 앉았다. 머리가 뜨겁고 몸은 싸늘했다. 게다가 머리가 온통 흥분되어 거의 바보와 같은 상태가 되어 있었다. 그것 때문에 나는 기분이 나빴다기보다는, 오늘과 어제 일들로 심각한 결과가 생기지 않을까 조금 두려운 생각이 들었다.

가정부는 얼마 안 있어 김이 나는 죽그릇과 바느질 바구니를 가지고 돌아왔다. 그녀는 죽그릇을 벽난로의 안쪽 시렁 위에 놓고 내가 이렇게도 사교적인 것을 아주 기뻐하면서 의자를 끌어당겨 앉았다.

"제가 이곳에 와서 살기 전에는……."

그녀는 내가 이제 이야기를 해 달라고 청하기도 전에 말을 시작했다.

저는 거의 내내 워더링 하이츠에 있었습니다. 제 어머니가 헤어튼의 아버지인 힌들리 언쇼의 유모 노릇을 했었기 때문이지요. 그래서 저는 늘 그 집 아이들과 같이 놀았습니다. 저는 심부름이나 건초 만드는 것을 도왔고, 농장에서도 어물거리다가 누가 무슨 일을 시키면 곧잘 했지요.

어느 갠 여름날 아침, 곡식을 거둬들이기 시작했던 때였나 봐요. 큰 주인 언쇼 씨가 여행을 떠날 채비를 하고 아래층으로 내려오셨어요. 조지프에게 그날 할 일을 말씀하시고, 그 어른은 힌들리와 캐시와 저—저는 그들과 함께 앉아서 죽을 먹고 있었거든요—를 돌아다보시면서 아드님에게 말씀하시는 것이었어요.

"자아, 애야, 나는 오늘 리버풀에 간단다. 무얼 사다줄까? 좋은 대로 말해 봐. 하지만 작은 물건이라야 돼. 걸어갔다 걸어서 돌아올 테니까. 갈 때나 올 때나 60마일이나 되거든, 그건 아주 먼 길이지!"

힌들리는 바이올린이 좋다고 말하니까 그 어른은 캐시에게도 물으셨어요. 캐시는 6살도 채 못 되었지만 마구간에 있는 말이면 어느 말이라도 탈 수 있었지요. 그래서 말채찍이 좋다고 했습니다. 그분은 저도 잊지 않으셨습니다. 때로는 좀 엄하셨지만 마음씨 좋은 분이셨으니까요. 저에게는 호주머니에 가득 사과와 배를 가져다 주시겠다고 약속하시고, 그분은 그 남매에게 입을 맞추고 출발하셨습니다.

우리 모두에게 그분이 안 계신 사흘은 아주 길게 느껴졌습니다. 어린 캐시는 언제 아빠가 돌아오시느냐고 자주 물었습니다. 언쇼 마나님은 사흘째 저녁때에는 돌아오시리라고 생각하고 저녁식사를 몇 시간이고 미루었습니다. 그러나 그분이 돌아오실 기미는 전혀 보이지 않아서, 마침내 아이들은 대문까지 달려가 보는 일에도 지쳐 버렸습니다. 그러자 어두워졌습니다. 부인께서는 아이들을 재우고 싶어 했지만 다들 깨어 있게 해 달라고 울상을 하고 졸랐습니다. 그러자 꼭 11시쯤 되어 문의 걸쇠를 조용히 울리면서 그 어른이 돌아오셨습니다. 그분은 껄껄 웃다가 끙끙 앓다가 하시면서 의자에 털썩 걸터앉아, 피곤해서 죽을 지경이니까 다들 가까이 오지 말라고 하시면서 영국 전체를 준대도 다시는 그런 먼 길을 걷지 않겠다고 말씀하셨습니다.

"게다가 막판에는 혼이 났지!" 그분은 둘둘 말아서 옆구리에 끼고 오신 외투를 펴면서 말씀하셨습니다. "여보, 마누라, 내 평생 그렇게 난처했던 일은 없었소. 그러나 당신은 하느님이 주신 선물로 생각하고 받아야만 하오.

마치 악마에게서 나온 것처럼 까맣기는 하지만."

우리는 그 주위에 모여 섰습니다. 캐시 아가씨의 머리 너머로 들여다보니 그것은 누더기를 걸친 머리가 새까만 지저분한 아이였습니다. 걸을 수도 있고 이야기할 수도 있을 만큼 큰 아이였고, 얼굴은 캐서린 아가씨보다도 더 나이 먹어 보였습니다. 하지만 그 아이는 세워 놓으니까 주위를 빤히 둘러보면서, 아무도 알아듣지 못하는 이상한 말을 되풀이할 뿐이었어요. 나는 겁이 났고, 언쇼 마나님은 그 아이를 창 밖으로 금방 내던질 기세였어요. 마나님은 정말 펄펄 뛰시면서 집에도 먹여 살려야 할 아이들이 있는데 그 집시 자식을 어떻게 집에 데리고 올 생각이 들었느냐, 그 아이를 어떻게 할 작정이냐, 대체 미친 게 아니냐고 따지셨어요.

주인어른은 사정을 설명하려고 하셨습니다. 그러나 그분은 정말 피로해서 거의 죽을 지경이었고, 마나님은 딱딱거리고 계셔서 제가 알아들을 수 있는 이야기는 이것뿐이었습니다. 즉 언쇼 어른께서는 리버풀 거리에서 갈 곳 없이 굶주린 채 벙어리처럼 말도 못하는 그 아이를 보고는, 주워 가지고 누구네 아이냐고 물어보셨던 모양입니다. 그러나 아는 사람은 아무도 없었고, 돈도 가지신 것이 넉넉지 않은 데다 시간도 그다지 없어서, 거기에서 괜히 돈을 쓰느니 집으로 데리고 오는 것이 낫겠다고 생각하셨답니다. 그 아이를 발견한 이상 내버려 두고 올 생각은 도저히 나지 않으셨다더군요.

결국 마나님도 투덜대다가 잠자코 계셨습니다. 그리고 언쇼 어른은 제게 그 아이를 씻기고 깨끗한 옷을 입혀 주어 아이들과 함께 자게 하라고 일러 주셨습니다.

힌들리 도련님과 캐시 아가씨는 소동이 가라앉을 때까지 옆에서 얌전히 보고 듣고만 있다가, 둘 다 약속한 선물이 들어 있는가 하고 아버지의 주머니를 뒤지기 시작했습니다. 힌들리 도련님은 그때 14살의 소년이었는데, 아버지의 외투 주머니 속에서 산산이 부서진 바이올린 조각들을 꺼냈을 때는 엉엉 소리내어 울었습니다. 캐시 아가씨는 약속한 말채찍을 잃어버렸다는 말씀을 듣고는, 화를 내며 그 바보 같은 어린아이에게 이빨을 드러내고 침을 뱉었습니다. 아가씨는 그 덕분에 아버지에게 버릇이 없다고 한 대 톡톡히 얻어맞았지요.

두 아이는 아버지가 주워 온 아이와 함께 자는 것은 고사하고 심지어는 한 방에 같이 있는 것조차 죽어라고 싫어했습니다. 저 또한 그들보다 철이 더든 것도 아니었으므로, 다음날엔 그 아이가 사라져 버리고 없기를 바라면서 그를 계단의 층계참에 내버려 두었습니다. 그러자 우연히 그랬는지 주인 어른의 목소리를 듣고 갔는지, 그 아이는 언쇼 어른의 방문 앞까지 기어갔던 모양이었어요. 그분은 방을 나오실 적에 그 아이가 거기 있는 것을 보셨고, 당장 어떻게 된 일인지 밝히기 위한 심문이 벌어졌습니다. 저는 고백하지 않을 수 없었고, 비겁하고 인정머리 없다는 이유로 그 댁에서 쫓겨났습니다.

히스클리프는 이렇게 해서 처음 그 집에 오게 된 것입니다. 제가 완전히 쫓겨난 것으로는 생각지 않고 며칠 뒤 돌아가 보니, 그 아이는 히스클리프라는 이름으로 불리고 있었습니다. 그것은 어릴 적에 죽은 언쇼 어른의 아드님 이름이었는데, 그 이름은 히스클리프에게 그대로 이름과 성이 되어 버렸습니다.

캐시 아가씨와 그 애는 이미 사이가 매우 좋았습니다. 그러나 힌들리 도련님은 그 아이를 미워했고 솔직히 말해서 저도 마찬가지였습니다. 그래서 우리는 그 아이를 곯려 주고 사뭇 고약하게 굴었습니다. 왜냐하면 저는 그때까지도 그것이 옳지 못하다는 것을 알만큼 철이 들지 못했었고, 게다가 그가 당하고 있는 것을 보셔도 마나님께서는 그 아이를 위해 말씀 한마디 하시지 않았기 때문입니다.

히스클리프는 무뚝뚝하고 참을성 있는 아이 같았습니다.

어쩌면 학대에 무감각해진 것이겠지요. 힌들리 도련님에게 얻어맞아도 눈 하나 깜짝 않고 눈물 한 방울 안 흘리며 참고 있었고, 저에게 꼬집혀도 마치 자기가 잘못해서 다쳤으니 남을 탓할 수는 없다는 듯이 한숨을 들이쉬고는 눈만 꿈벅꿈벅할 뿐이었습니다.

이렇게 히스클리프가 묵묵히 참았기 때문에, 언쇼 노인은 언제나 입버릇처럼 그를 아비 없는 불쌍한 아이라고 부르시며 그 애가 당신 아들 힌들리에게 괴롭힘을 당하는 것을 보면 몹시 화를 내셨지요. 그분은 이상하게도 히스클리프를 좋아하셔서 그가 말하는 것은 무엇이라도 믿으셨습니다(아닌 게 아니라 그는 매우 말이 없었으며 하는 말도 대개 진실이기는 했습니다). 그리하여 너무 장난꾸러기고 말괄량이였던 캐시 아가씨보다도 그분은 그 아이를 훨씬 귀여워하셨습니다.

이리하여 처음부터 히스클리프는 집안의 미움을 샀습니다. 그 뒤 2년도 채 못 되어 언쇼 마나님이 세상을 떠나셨을 때, 힌들리 도련님은 아버지를 자기 편이라기보다는 폭군으로 보게 되었고, 히스클리프를 아버지의 애정과 자기 의 권리를 가로채는 자로 보게 되었습니다. 그리하여 힌들리 도련님은 자기 가 그런 손해를 보고 있다고 생각하고서는 점점 원한을 품게 되었습니다.

저도 한동안 그런 그를 동정했습니다. 그러나 아이들이 홍역으로 앓아누 워 제가 세 아이를 동시에 간호하는 일을 떠맡아야 했을 때, 저는 생각을 바 꾸었습니다. 히스클리프는 위험할 정도로 아팠는데, 가장 심했을 때는 제가 언제나 머리맡에 있어 줬으면 했습니다. 제가 무척 친절히 대해 준다고 생각 했던 모양이었습니다. 그는 제가 도리 없이 그렇게 해 줘야 했다는 것을 짐 작할 만큼 철이 들어 있지 않았던 게지요. 어쨌든 그만큼 말없이 간호를 받 은 아이도 없었다는 것은 사실입니다. 다른 두 아이들과는 너무나 달라서 저 는 그 전처럼 불공평할 수 없었습니다. 캐시 아가씨와 힌들리 도련님은 저를 몹시 괴롭혔지만, 그는 불평 한 마디 없이 양처럼 순했으니까요. 얌전해서가 아니라 굳세어서 성가시게 굴지 않았던 것이긴 했지만 말입니다.

히스클리프는 살아났습니다. 의사는 그것은 저의 힘을 입은 바 크다고 말 하면서 잘 돌보았다고 칭찬해 주었습니다. 그 칭찬에 저도 기분이 언짢지는 않았고, 그것이 히스클리프의 덕택이라고 생각하니 그에 대한 생각이 누그 러지더군요. 이리하여 힌들리 도련님은 끝까지 자기 편이었던 저까지도 히 스클리프에게 빼앗겼습니다. 그래도 저는 히스클리프를 무턱대고 좋아할 수 는 없었습니다. 귀염을 받고서도 고맙다는 표정 한 번 짓지 않는, 그 무뚝뚝 한 아이의 어떤 점을 주인어른께서 그렇게도 좋아하셨는지 저는 때때로 이 상하게 생각했습니다. 히스클리프는 그의 은인에 대해서 불손하지 않았습니 다. 다만 귀염을 받아도 그것을 느끼지 못할 뿐이었습니다. 그러면서도 자기 가 주인의 마음을 사로잡고 있다는 것을 뻔히 알고 있었고, 또 자기가 무슨 말을 하기만 하면 집안 사람들이 자기 마음대로 해 주지 않을 수 없다는 것 도 알고 있었습니다.

한 예로서, 언쇼 어른께서 언젠가 장에서 망아지 두 마리를 사서 두 소년 에게 한 마리씩 주신 일이 생각납니다. 히스클리프가 그 중 나은 망아지를 가졌는데 그것은 얼마 안 가서 절름발이가 되었습니다. 그것을 알았을 때 그는 힌들리 도련님에게 이렇게 말했습니다.

"말을 바꾸어 줘야 해. 내 건 싫단 말야. 만일 바꿔 주지 않으면 네가 이번 주일에 나를 세 차례나 때린 것을 너의 아버지한테 일러 주고, 어깨까지 멍이 든 내 팔을 보여줄 테야."

그러자 힌들리 도련님은 혓바닥을 내밀어 보이고는 뺨을 후려갈겼습니다.

"당장 바꿔주는 게 좋을 거야." 그는 문간까지 도망을 치면서 끝내 우겼습니다(그들은 마구간에 있었던 것입니다). "너는 꼭 바꿔줘야 할 거야, 게다가 내가 맞은 것을 이야기한다면 너는 나보다 더 맞을 거야."

"저리 비켜, 개자식아!" 힌들리 도련님은 소리를 치고 감자와 건초를 다는 데 쓰는 저울추를 던지려고 했습니다.

"던져 봐." 히스클리프는 가만히 서서 대답했습니다. "만일 던지기만 하면 네가 네 아버지만 죽으면 나를 쫓아내겠다고 을러대던 것을 일러 줄 테야. 그 말을 듣고도 네 아버지가 너를 당장 쫓아내지 않는지 보자."

힌들리 도련님은 정말로 그것을 던졌습니다. 그것은 히스클리프의 가슴을 맞혔고 그는 넘어졌습니다. 그러나 숨도 쉬지 못하고 하얗게 질려서 비틀거리면서도 히스클리프는 곧 일어났습니다. 만일 제가 말리지 않았더라면 그는 그대로 주인에게 가서 멍든 가슴을 보이고 어떻게 된 일인지를 말하며 앙갚음을 했을 것입니다.

"그래! 내 망아지를 가져, 이 집시놈아!" 힌들리 도련님은 말했습니다. "그놈을 타다가 떨어져서 모가지라도 부러져라, 그놈을 가져. 그리고 지옥에라도 떨어져, 이 거지새끼야! 그렇게 아양을 떨어서 아버지의 물건을 모조리 빼앗아 버려. 그러나 뒷날 네 정체만은 보여드려, 이 마귀새끼야! 자, 데리고 가. 그놈이 골통이 나오도록 너를 차 주었으면!"

히스클리프는 망아지를 풀어서 자기 마구간으로 옮겨 놓으려 갔습니다. 그가 그 망아지 뒤쪽으로 지나가고 있을 때였습니다. 힌들리 도련님은 한참 지껄여 댄 다음 히스클리프를 말의 발치로 때려눕히고는, 자신의 바람대로 머리라도 차였는지 어쨌는지 보지도 않고 걸음아 날 살려라 하듯이 달아나 버렸습니다.

뜻밖에도 히스클리프는 아무렇지도 않은 듯이 일어나서 자기가 마음먹었던 일을 계속해 나갔습니다. 그는 안장이고 무엇이고 다 바꾸어 놓고는, 조금 전에 얻어맞아 생긴 현기증을 가라앉히느라고 건초더미 위에 앉아 있다가 집으로 들어갔습니다.

그가 멍이 든 것은 말 때문이라고 해 두자고 제가 타이르자 그는 쉽사리 말을 들었습니다. 원하던 것을 가진 바에야 어떤 이야기를 하든 별로 개의치 않았던 것입니다. 그렇게 그는 그 정도의 일로는 좀처럼 불평을 하지 않았으므로, 저는 정말로 그가 복수심이 있다고는 생각지 않았습니다. 그런데 나중에 이야기를 들으시겠지만 저는 감쪽같이 속았던 것입니다.

5

그러는 동안 언쇼 어른께서는 몸이 쇠약해지기 시작하셨습니다. 그분은 활동적이고 건강하였지만 갑자기 원기를 잃으셨던 것입니다. 벽난롯가에 앉아 있게만 되신 뒤로는 심할 정도로 짜증을 잘 내셨습니다. 아무것도 아닌 일에도 화를 내셨고 자기의 권위가 조금이라도 무시되었다고 생각되면 거의 발작을 일으키실 정도였습니다.

그분이 귀여워하던 그 아이를 누가 업신여겨 덤빈다거나 곯려 주려고 할 때에는 특히 그러셨습니다. 히스클리프에게 누가 몹쓸 소리라도 하지 않나 하고 그분은 성화가 대단하였습니다. 당신이 히스클리프를 귀여워하니까 다들 그 애를 미워해서 혼내주고 싶어 한다는 생각이 머리에 박히신 듯했습니다.

그것은 오히려 그 아이에게 불리했습니다. 왜냐하면 우리 가운데서도 마음씨가 고운 사람들은 주인어른이 짜증을 내시지 않도록 히스클리프에 대한 편애(偏愛)에 맞장구를 쳐주었는데, 그것은 히스클리프에게 오만함과 나쁜 성미를 길러 주었기 때문입니다. 하지만 그것은 어떤 면에서 필요한 일이 되었습니다. 두 번인가 세 번, 힌들리 도련님이 아버지 옆에서 히스클리프를 경멸해서 그 어른을 화나게 한 적이 있었습니다. 그때 그 어른은 지팡이를 들어 힌들리 도련님을 때리려고 하시다가, 그렇게 할 수 없는 데 화가 나서 부들부들 떨기까지 하셨으니까요.

마침내 우리들의 부목사(副牧師)님(그때 이 고장에는 린튼 및 언쇼 집안의 아이들에게 글을 가르치고 작은 땅뙈기를 갈아서 살아가고 있던 부목사가 있었습니다)이 힌들리 도련님을 대학에 보내야 한다고 충고해서 언쇼 어른도 동의를 하셨지만, 별로 마음 내켜 하시진 않았습니다. 그분이 이렇게 말씀하신 것으로 보아 알 수 있었지요.

"힌들리는 쓸모도 없는 놈이니까 어디를 가나 별 수 없을 거야."

이제는 평화롭게 지내야 한다고 저는 정말 바랐습니다. 주인어른께서 착한 일을 하시고서도 도리어 고생을 하셔야 했던 것을 생각하면 마음이 아픕니다. 저는 그 어른의 노쇠와 병환의 불편이 가족 간의 불화에서 생기는 것이라고 생각했습니다. 그 어른도 그렇다고 말씀하시곤 했지만 실은 역시 몸 자체가 약해졌기 때문이었습니다.

그럼에도 캐시 아가씨와 조지프 두 사람만 없었더라면 우리는 그냥 편안히 지냈을 것입니다. 주인님께서는 거기 가셨을 때 아마 조지프를 보셨겠지요. 그 영감은 아직도 필시 그렇겠지만 기막히게 성가시고 잘난 체만 하는 위선자라서, 언제나 성경 구절을 끄집어내어 자기에게만 유리하게 이야기하고 주위 사람들을 저주했지요. 설교와 경건한 이야기를 하는 재주가 있어서 그는 언쇼 어른을 탄복시키곤 했습니다. 그래서 그는 주인어른이 쇠약해지시면 쇠약해질수록 더욱더 방자해졌습니다.

그는 주인어른의 영혼에 관계된 문제라든가 아이들을 엄격히 다스리는 일들로 주인어른을 몹시 괴롭혀 드렸습니다. 주인어른을 충동질해서는 힌들리 도련님이 망나니라고 생각하시게 하고, 밤마다 히스클리프와 캐서린 아가씨에 대해서 있는 이야기 없는 이야기를 늘어놓으면서 투덜댔으며, 특히 언제나 캐서린 아가씨 이야기를 가장 나쁘게 말함으로써 언쇼 어른의 약점을 이용하는 것도 잊지 않았습니다.

확실히 캐서린 아가씨에게는 어떤 아이에게서도 본 적이 없는 별난 버릇이 있었습니다. 아가씨는 우리 모두를 하루에 50번이나 그 이상씩 화를 내게 했습니다. 아침에 아래층으로 내려와서 저녁에 자러 갈 시간까지 단 1분도 그 아가씨가 일을 저지르지 않으리라고 마음 놓은 적이 없었지요. 아가씨는 항상 들뜬 기분으로 지껄여대고, 노래를 부르다간 깔깔 웃고, 자기 행동에 장단을 맞춰 주지 않는 사람에게는 성가시게 굴곤 했습니다. 이렇게 걷잡을 수 없는 말괄량이기는 했지만, 아가씨는 그 근방에서 가장 눈이 아름다운 처녀였고, 달콤한 웃음과 경쾌한 걸음걸이로도 최고였지요. 그리고 아가씨의 심술에도 그다지 악의는 없는 것 같았습니다. 아가씨는 일단 누구를 울려 놓고도 대개는 그 옆에서 달래면서 붙어 있었기 때문에, 도리어 상대방이 아가씨 마음이 편해지도록 울음을 그쳐야만 하는 형편이었으니까요. 아가씨는 히스클리프를 너무 좋아했습니다. 그래서 우리들이 그런 아가씨에게 줄 수 있는 제법 큰 벌은 히스클리프와 떼어 놓는 일이었지요. 그래도 히스클리프 때문에 우리들 중의 어느 누구보다도 많은 꾸중을 들은 사람은 아가씨였습니다.

놀이를 할 때면 어린 안주인 노릇을 하는 것을 무척 좋아해서, 함부로 손을 놀리고 주위 사람들에게 명령을 하곤 했습니다. 저에게도 마찬가지였습니다만, 저는 얻어맞는다든가 명령받는다는 것은 견딜 수 없기 때문에 번번이 바른 말을 하곤 했지요.

그런데 언쇼 어른은 어린아이들의 농담을 이해하지 못하셨으며, 아이들에게 언제나 엄격하시고 어렵게 대하셨습니다. 캐서린 아가씨는 또 자기대로, 아버님이 병약해지신 뒤부터는 건강하실 때보다 더 화를 잘 내시고 참을성이 없으신 것을 이해하지 못했습니다.

그분이 화를 내서 꾸짖으면 아가씨는 재미있어 했고, 그 때문에 언쇼 어른은 더 화를 내시곤 했습니다. 아가씨는 우리가 모두 함께 꾸짖어도 태연히 건방진 얼굴을 하고 척척 말대꾸를 했습니다. 조지프가 종교적인 저주를 퍼부어도 그것을 농담으로 넘기며 저를 곯리고, 아버님이 가장 싫어하시는 짓을 하는 것이었습니다. 아가씨는 곧잘 언쇼 어른이 진짜라고 생각한 오만불손한 태도를 가장하여 아버지의 친절보다도 자기의 오만이 히스클리프에겐 큰 힘을 발휘하고, 히스클리프는 아버지가 시키는 것은 마음이 내킬 때만 하지만, 자기 명령이면 무엇이든 한다는 것을 보여 주었던 것입니다.

아가씨는 온종일 할 수 있는 대로 못 되게만 굴다가 밤이 되면 때때로 죄를 씻으려고 아버지한테 응석을 부리러 가기도 했습니다.

"아니야, 캐시." 그 어른은 말씀하시곤 했습니다. "나는 너를 귀여워할 수 없어. 너는 네 오빠보다도 더 나빠. 저기 가서 기도를 드리고 하느님께 용서를 빌어. 어머니와 나는 너 같은 아이를 기른 것을 뉘우치지 않으면 안 될 것 같구나!"

그렇게 말씀하시면 아가씨는 처음에는 우는 것이었습니다. 그러나 늘 그렇게 푸대접을 받는 동안에 뻔뻔스러워져서, 제가 옆에서 잘못에 대해 사과를 하고 용서를 빌라고 하면 도리어 깔깔 웃는 것이었습니다.

그러나 드디어 언쇼 어른이 이 세상의 근심을 잊으실 때가 왔습니다. 그분은 10월 어느 날 저녁, 의자에 걸터앉은 채 조용히 돌아가셨던 것입니다.

그날, 집 주위에서는 거센 바람이 불어대고 굴뚝 속에서도 바람이 윙윙거리고 있었습니다. 소리는 거센 폭풍 같았지만 춥지는 않았고, 우리는 모두 한데 모여 있었습니다. 저는 난로에서 좀 떨어진 곳에서 열심히 뜨개질을 하고 있었고, 조지프는 테이블 가까이에서 성경을 읽고 있었습니다(그 당시에는 하인들은 일이 끝나면 대개 거실에 앉아 있었으니까요).

캐시 아가씨는 몸이 불편해서 가만히 있었습니다. 아가씨는 아버지의 무릎에 기대어 있었고, 히스클리프는 캐시 아가씨의 무릎을 베고 방바닥에 누워 있었습니다.

주인어른이 잠이 드시기 전에 아가씨의 고운 머리를 쓰다듬으며—그렇게 얌전히 하고 있는 것을 보면 그분은 무척 기뻐하셨으니까요—말씀하시던 것이 생각나는군요.

"캐시야, 너는 왜 늘 이렇게 얌전히 있을 수 없니?"

그러자 아가씨도 그분의 얼굴을 쳐다보고 웃으면서 대답하는 것이었습니다.

"아버지, 아버지는 왜 항상 무섭게만 하시죠?"

그러나 그 어른이 다시 화를 내는 것을 보았을 때 아가씨는 손에다 입을 맞추고 주무시도록 노래를 불러드리겠다고 말했습니다. 그러고는 아주 나직한 소리로 노래를 부르기 시작했는데, 이윽고 아가씨가 잡고 있던 주인어른의 손이 툭 떨어지며 고개가 앞으로 푹 수그러졌습니다. 그래서 저는 아가씨에게 잠이 깨시면 안 되니까 잠자코 움직이지 말고 있으라고 말했습니다. 우리는 모두 꼬박 반 시간 동안을 생쥐처럼 소리를 죽이고 있었습니다. 만일 성경 읽기를 마친 조지프가 기도를 드리고 주무시도록 주인어른을 깨워야겠다고 말하지만 않았더라면, 우리는 아마도 더 오래 그렇게 하고 있었을 것입니다. 조지프는 앞으로 나아가서 주인어른을 부르고 어깨에 손을 얹었습니다. 그러나 주인어른은 움직이려 하지 않으셨습니다. 그래서 그는 촛불을 들고 그 어른을 살펴보았습니다. 조지프가 촛불을 놓았을 때 저는 무언지 이상하다고 생각했습니다. 그래서 두 아이들의 팔을 잡고 속삭였습니다.

"위층에 가서 자요. 큰 소리는 내지 말구요. 오늘 밤엔 둘이서만 기도를 해도 돼요. 조지프는 할 일이 있으니까요."

"먼저 아버지에게 안녕히 주무시라고 인사를 드릴 테야." 그렇게 말하고 캐서린 아가씨는 우리들이 말릴 새도 없이 그 어른의 목을 껴안았습니다.

가엾게도 아가씨는 아버지가 돌아가신 것을 곧 알아차리고는 소리를 질렀습니다.

"아버지가 돌아가셨어, 히스클리프! 아버지가 돌아가셨어!"

그리고 아가씨는 히스클리프와 같이 애절한 울음을 터뜨렸습니다.

저도 그들과 함께 소리를 내어 몹시 울었습니다. 그러나 조지프는 우리에게 무엇 때문에 천국에서 성자가 되신 분을 두고 그렇게 울부짖느냐고 묻는 것이었습니다.

그는 저에게 외투를 걸치고 기머튼으로 달려가 의사와 목사님을 불러오라고 말했습니다. 그때 의사나 목사님이 무슨 소용이 있는지 저로서는 알 수 없었습니다. 그래도 저는 비바람을 뚫고 가서 의사를 모시고 돌아왔습니다. 목사님은 다음날 아침에 오시겠다고 했습니다.

사정 이야기는 조지프에게 맡겨 두고 저는 아이들의 방으로 달려갔습니다. 문이 조금 열려 있어 그들이 자정이 지났는데도 잠들지 않고 있는 것이 보였습니다.

그러나 그들은 아까보다는 조용히 하고 있어서 제가 위로할 필요가 없었습니다. 두 아이들은 저 같으면 생각도 못할 영리한 생각으로 서로를 위로하고 있었습니다. 세상에 어떤 목사님도 그들이 순진한 이야기를 하면서 상상한 것만큼 아름다운 천국을 그려내지 못했을 겁니다. 흐느끼면서 두 아이들의 이야기에 귀를 기울이는 동안, 저는 우리도 모두 무사히 그런 천국에 갔으면 하고 바라지 않을 수 없었습니다.

6

대학에 다니던 힌들리 도련님이 장례식 때 돌아왔습니다. 그런데 우리도 놀라고 이웃들도 여기저기서 수군거렸습니다. 도련님이 부인을 데리고 왔던 것입니다.

그 부인이 어떤 사람인지 어디 태생인지는 우리에게 알려 주지 않았습니다. 아마 자랑거리가 될 만큼 돈이나 이름이 없었던가 보지요. 그렇지 않으면 도련님이 그 결혼을 아버님에게 감추었을 리가 없으니까요.

부인은 자기 때문에 집안을 시끄럽게 할 사람은 아니었습니다. 장례식 준비며 거기 와 있는 문상객들을 빼고는, 그 집에 들어서자마자 눈에 들어온 모든 물건과 주위에 벌어진 모든 일들이 그분을 기쁘게 하는 것 같았습니다.

장례식 동안의 태도만으로 봐서는 그분은 좀 모자라는 것 같았습니다. 제가 아이들의 옷을 입혀야 할 때에도 자기 방으로 와 달라고 하더니 벌벌 떨고 앉아서 자기 손을 감싸 쥐고 되풀이하여 묻는 것이었습니다.

"아직도 다들 있나요?"

그분은 검은 상복을 보면 무서워 죽겠다며 히스테리를 일으킨 듯 이야기하기 시작했습니다. 그리고 소스라치게 놀라며 부르르 떨다가 나중에는 울어버리는 것이었습니다. 그래서 제가 왜 그러시느냐고 물으면 자기도 모르겠다, 다만 죽는다는 것이 아주 무섭게 느껴진다고만 대답했습니다.

그러나 저처럼 그분도 죽는다든가 할 것 같지는 않았습니다. 몸은 좀 가냘픈 편이었지만 젊고 표정이 생생하며 눈은 마치 금강석처럼 반짝였습니다. 하지만 계단을 오를 때는 몹시 숨차했고 조금만 갑작스러운 소리가 들려도 온몸을 부들부들 떨었으며, 때때로 괴롭게 기침하는 것은 저도 알고 있었습니다. 그러나 이런 증세가 무슨 조짐인지는 전혀 알지 못했고 별로 가엾다는 생각도 들지 않았습니다. 주인님, 이 고장 사람들은 상대가 먼저 이쪽을 좋아하지 않으면 대체로 다른 곳에서 온 사람들을 좋아하지 않는답니다.

그 댁의 젊은 양반은 객지에 나가 있는 3년 동안 매우 변해 있었습니다. 전보다 몸이 여위고 얼굴빛도 좋지 않았으며 말씨나 차림새가 아주 달라져 있었습니다. 돌아온 바로 그날 그분은 조지프와 저에게 이제부터 부엌 안쪽에서 지내라고 하면서 거실은 자기가 쓴다는 것이었습니다. 실은 작은 빈 방에 양탄자를 깔고 도배를 해서 거실로 쓰고 싶었던 모양이지만, 아씨가 거실의 흰 마룻바닥과 따뜻하고 큰 벽난로와 백랍 접시, 도자기들과 개집, 그리고 늘 거처하는 곳에서 돌아다닐 수 있는 넓은 공간을 무척 좋아했기 때문에, 아씨에게 편하도록 따로 방을 꾸밀 필요가 없다고 생각하고 그 생각을 버렸던 것입니다.

아씨는 새 식구 중에 시누이가 있는 것을 알고 기뻐했습니다. 그래서 처음에는 캐서린 아가씨에게 이야기도 잘하고 입도 맞춰 주고, 같이 뛰어다니고, 선물도 많이 주었습니다. 그러나 그 애정은 오래 계속되지 못했습니다. 그리고 아씨가 골을 내면 힌들리 서방님은 사나워지는 것이었습니다. 아씨가 히스클리프는 싫다는 말을 조금만 해도 그 아이에 대한 힌들리 서방님의 오래된 증오가 그대로 되살아나곤 했지요. 힌들리 서방님은 히스클리프를 자기들과 함께 있지 못하게 하인들 있는 데로 쫓아 버렸으며, 부목사님한테서 글을 배우지도 못하게 하고 밖에 나가서 일을 하게 해야 한다고 우겼습니다. 그리고 그 아이에게 농장에서 일하는 여느 젊은이들이 하는 고된 일을 시켰습니다.

히스클리프는 처음에는 그렇게 일하는 것을 꽤 잘 견디었습니다. 그것은 캐시 아가씨가 배운 것을 그에게 가르쳐 주고 밭에서도 함께 일하거나 놀았기 때문입니다. 그 아이들은 둘 다 야만인처럼 거칠게 자라날 게 뻔했습니다. 젊은 주인은 자기 눈에 띄지만 않으면 그들이 어떻게 행동을 하든, 그리고 무슨 짓을 하든 전혀 개의치 않았습니다. 두 아이가 교회에 나가지 않아서 조지프와 부목사님이 그의 부주의를 나무라지 않았더라면, 힌들리 서방님은 아이들을 일요일에 교회에 보내는 일에도 무관심하였을 것입니다. 그는 그런 꾸지람을 듣고서 히스클리프에게는 매질을 하고, 캐서린 아가씨에게는 점심과 저녁을 굶도록 명령하였습니다.

그 두 아이들에게 가장 즐거운 일 중 하나는 아침에 벌판으로 달아나서 하루 종일 돌아오지 않는 것이었습니다. 나중에는 벌을 받는 것도 웃어넘기는 일밖에 되지 않았습니다. 부목사님이 벌로써 캐서린 아가씨에게 외우라고 아무리 많은 숙제를 주든, 조지프가 자기 팔이 아프도록 히스클리프를 때리든, 두 아이들은 다시 함께 있게만 되면, 그리고 적어도 보복삼아 어떤 못된 계획을 생각해 내기만 하면 모든 것을 까맣게 잊는 것이었습니다.

그들이 날로 더 철없어지는 것을 보고 저는 혼자서 숱하게 울기도 했습니다. 그러면서도 편들어 주는 사람도 없는 아이들에 대해서, 그래도 제가 가지고 있는 조그마한 영향력이나마 잃기가 두려워서 잔소리 한마디조차 감히 할 수 없었습니다.

어느 일요일 저녁 그들은 떠들었든가 무슨 그런 대수롭지 않은 일로 해서 거실에서 쫓겨난 적이 있었습니다. 그 뒤 제가 저녁을 먹으라고 부르러 갔을 때 그들은 아무 데서도 눈에 띄지 않았습니다.

우리는 집안을 아래 위층으로 뒤지고, 그리고 뜰과 마구간까지 다 찾아보 았지만 그들은 보이지 않았습니다. 드디어 화가 난 힌들리 서방님은 우리에 게 문을 모두 걸라고 말하고, 그날 밤엔 아무도 그들을 집에 들여놓아서는 안 된다고 별렀습니다.

온 집안이 다 잠이 들어 버렸습니다. 저는 너무 걱정이 되어 눕지도 못하 고, 비가 오고 있었지만 창을 열어 놓고 무슨 기척이라도 있나 하고 내다보 았습니다. 그들이 돌아오기만 한다면 비록 주인이 금했지만 들여놓을 작정 이었거든요.

잠시 뒤 길을 걸어오는 발걸음 소리가 들리더니 초롱불빛이 대문으로 비 쳐들었습니다.

저는 숄을 뒤집어쓰고, 그들이 문을 두드려서 언쇼 씨를 깨우지 않도록 달 려갔습니다. 그러나 돌아온 것은 히스클리프 혼자였습니다. 그가 혼자 돌아 온 것을 보고 저는 깜짝 놀랐습니다.

"캐서린 아가씨는 어디 갔어?" 저는 다급하게 외쳤습니다. "사고는 없었 겠지?"

"드러시크로스 저택에 있어." 그는 대답했습니다.

"나도 있고 싶었지만 그 집 사람들은 예의를 몰라서 내게는 자고 가라는 말도 하지 않더군."

"아니, 그런 말 하면 꾸중들어요!" 저는 말했습니다. "쫓겨나야만 속이 시원해질 모양이지. 도대체 드러시크로스 저택까진 무엇 하러 갔었지?"

"젖은 옷이나 벗고 나서 이야기해 줄게, 넬리." 그는 대답했습니다.

주인을 깨우지 않도록 그에게 주의를 시키고, 옷을 벗는 동안 촛불을 들고 옆에 서 있자니까 그가 말을 계속하였습니다.

"캐시와 나는 마음대로 돌아다니려고 빨래터로 해서 도망을 쳤지. 그런데 그 집의 불빛이 언뜻 보이는 거야. 우리는 갑자기 그 집에서도 일요일 저녁 에 어른들은 먹고 마시며 노래하고 웃으며 눈알이 탈 정도로 불을 쬐고 있는

데, 아이들은 구석에 서서 떨고 있는지 보고 싶어졌어. 어떨 것 같아? 그
사람들도 설교집을 읽고 머슴한테 교리 문답을 받아서, 옳게 대답 못하면 사
람 이름이 잇달아 나오는 성경 한 대목을 외우라고 하는 줄 알아?"

"아마 그렇진 않겠지." 저는 대답했습니다. "그 집 아이들은 틀림없이 착
한 아이들일 테니까, 이 집 아이들처럼 나쁜 짓을 해서 벌을 받진 않을 거
야."

"설교는 집어치워, 넬리." 그는 말했습니다. "당치 않은 소리야! 우리는
이 언덕 꼭대기에서 그 집 숲까지 쉬지도 않고 달려갔어. 캐서린은 맨발이었
기 때문에 경주에는 졌지. 내일은 늪에 빠뜨린 캐서린의 신을 찾아야 할 거
야. 우리는 생울타리가 뚫린 데로 들어가서 길을 더듬거리며 올라가 응접실
창 밑의 화단에 심어놓은 듯이 섰거든. 응접실에서 불빛이 새어나오고 있었
어. 그들은 그때까지 덧창도 닫지 않았고, 커튼도 반밖엔 가려져 있지 않았

어. 우리는 둘 다 받침대 위에 서서 창턱을 붙잡고 안을 들여다볼 수 있었지.

아, 참 아름답더군. 진홍빛 양탄자가 깔려 있고 의자와 탁자도 진홍빛 보로 씌워져 있고 새하얀 천장은 금빛으로 선을 둘렀고, 그 한복판에 은사슬로 매단 촛대엔 유리 장식이 쏟아질 듯이 드리워져 작은 촛불빛에 반짝거리고 있었어. 린튼 할아버지와 할머니는 안 계셨어. 에드거와 그의 누이밖에 없었지. 그들이 어떻게 행복하지 않을 수 있겠어. 우리 같으면 천국에라도 있는 듯한 기분이었을 거야!

자, 당신이 착하다고 말한 아이들은 무엇을 하고 있었는지 알아? 이사벨라, 그 아이는 캐시보다 한 살 아래인 11살일 거야. 그애는 방 저쪽 끝에 주저앉아, 마치 마귀할멈이 새빨갛게 단 바늘로 찌르기나 하듯이 아우성치면서 울고 있었어. 에드거도 벽난로 앞에 서서 소리내지 않고 울고 있었지. 그리고 테이블 한복판에는 작은 개 한 마리가 앉아 앞발을 흔들면서 짖어대고 있었어. 그들 둘이 서로 나무라는 것으로 보아 그 개를 두 동강이 날 만큼 서로 당기고 있었던 모양이야. 바보 같은 것들! 누가 그 폭신하고 따뜻한 개를 껴안을 것인가를 놓고 싸움을 하고 서로 빼앗으려 한 다음, 이번엔 둘 다 가지지 않겠다고 우는 것이 재미있나 봐. 우리는 그 응석꾸러기들을 소리내어 비웃어주었어. 정말 한심하잖아! 난 한 번도 캐서린이 원하는 것을 빼앗고 싶어 한 적이 없는데. 또 우리는 놀다가 우리가 방 이쪽저쪽에서 울부짖고 훌쩍거리며 방바닥에서 뒹구는 꼴을 보이지도 않을 거라구. 나는 무엇을 줘도 여기서의 내 처지를 드러시크로스 저택의 에드거 린튼과 바꾸고 싶지는 않아. 조지프를 가장 높은 지붕에서 내던지고, 힌들리의 피로 이 집 정면을 칠할 권리를 가질 수 있대도 말야!"

"쉬, 쉬!" 나는 이야기를 막았습니다. "히스클리프, 아직도 캐서린 아가씨가 어떻게 해서 혼자 남게 되었는지 이야기하지 않았잖아?"

"우리가 웃었다고 말했지." 그가 대답했습니다. "그 집 아이들은 우리가 웃는 소리를 듣고서 의논이라도 한 듯이 쏜살같이 문간으로 달려왔어. 잠잠해졌는가 했더니 '어머니, 어머니! 저, 아버지! 아, 어머니, 이리 와 보세요. 아버지 빨리!'라고 외치는 소리가 들려왔어. 그 아이들은 정말 그런 식으로 아우성을 쳤어. 우리는 더욱더 그들을 무섭게 해 주려고 무시무시한 소리를 내줬지. 그러다 누군가 빗장을 열길래 창턱에서 손을 떼고 도망을 치는 게 좋겠다고 생각했어. 나는 캐시의 손을 잡고 빨리 가자고 재촉을 했는데 갑자기 캐시가 넘어졌단 말야.

'도망쳐, 히스클리프, 도망쳐!' 캐시가 속삭이더군. '이 집에서 풀어놓은 불도그가 나를 물었단 말야!'

정말 그놈이 캐시의 뒤꿈치를 물고 있었어, 넬리. 그놈이 흉측스럽게도 코를 킁킁대는 소리가 났어. 그러나 캐시는 비명을 지르진 않았어. 그렇고말고. 캐시는 미친 쇠뿔에 찔린다 해도 울부짖지는 않을 테니까. 그런데 나는 고함을 질렀어. 이 세상의 어느 악마라도 무색할 정도로 욕을 해 주었어. 그리고 돌멩이를 집어서 그 개 입을 틀어막고는 힘껏 목구멍 쪽으로 밀어 넣었지. 막판에 짐승 같은 머슴놈이 초롱을 들고 와서 소리를 쳤어.

'꽉 물고 있어, 스컬커, 꽉 물어!'

그러나 스컬커가 물고 있는 캐시를 보고서는 말투가 달라지더군. 목을 졸라 떼어놓으니까 개는 입에서 큼직한 자줏빛 혓바닥을 한 자나 늘어뜨리고, 축 늘어진 입술에서는 피가 섞인 침을 질질 흘리고 있었어.

그 머슴은 캐시를 부축해 일으키더군. 캐시는 질려 있었지만, 무서워서가 아니라 틀림없이 아파서 그랬을 거야. 머슴은 캐시를 안고 집으로 들어갔어. 나는 욕을 하고 원수를 갚겠다고 투덜대면서 뒤를 따랐지.

'로버트, 어떤 녀석을 잡았어?' 린튼 어른이 현관에서 소리치더군.

'스컬커가 어린 계집아이를 붙잡았어요.' 머슴이 말했어. '그리고 여기 사내애도 있습니다.' 그는 나를 잡으면서 말을 이었어. '아주 가당찮게 보이는 놈이에요! 도둑놈들이 우리가 잠이 들면 문을 열게 하여 우리를 쉽사리 죽여 버리려고 애들을 창으로 들여보내려 한 것이 틀림없어요. 아가리 닥쳐, 이 주둥이 더러운 도둑놈아, 이런 짓을 했으니 교수대로 가게 해 줄 테다. 주인어른, 총을 치우지 마세요!'

'그러지 않지, 로버트!' 그 바보 같은 영감이 말하더군. '악한들이 어제가 내 땅 세 받은 날이라는 것을 용케 알고 나를 털려고 한 게로군. 데리고 들어와. 내가 그 애들을 좀 볼 테니까. 여봐, 존, 사슬을 걸고 문단속을 해. 스컬커에게 물을 좀 줘, 제니. 대담하게 치안판사의 집에, 그것도 안식일에 들어오다니! 어디까지 사람을 깔보려는 건가? 여보, 메리, 여기 좀 봐요! 무서워하지 말아요. 애 녀석들에 불과하니까. 그런데도 분명히 악당 같은 얼굴을 하고 있군. 이 녀석의 천성이 얼굴에서뿐만 아니라 행실로 나타나기 전에 당장 목을 달아 죽이는 것이 이 고장을 위한 일이 아니겠어?'

주인은 나를 달아놓은 촛대 밑으로 끌고 갔어. 린튼 부인은 코에 안경을 걸치고 무서워서 두 손을 들며 어쩔 줄 몰라 하더군. 겁쟁이 아이들도 살며시 가까이 왔는데 이사벨라는 이렇게 종알거렸어.

'아이, 무서워! 그 애를 지하실에 가둬요, 아버지. 내가 길들여 놓은 꿩을 훔쳐간 점쟁이 아들과 아주 비슷해요. 그렇잖아, 에드거 오빠?'

그들이 나를 조사하는 동안 캐시도 그리로 끌려왔어. 캐시는 내가 점쟁이 아들과 꼭 같다는 말을 듣고는 웃었어. 에드거 린튼은 얼굴을 뚫어지게 들여다보더니 겨우 정신을 차리고 캐시를 알아보더군. 다른 데서는 좀처럼 만나지 않지만 교회에서는 본 적이 있으니까 말이지.

'이 앤 언쇼 씨 댁 따님이잖아!' 그는 그의 어머니에게 속삭였어. '봐요, 스컬커가 물었어요. 발에서 피가 흘러요!'

'언쇼 씨 댁 따님이라고? 무슨 소리야!' 그 부인이 외치더군. '언쇼 양이 집시와 함께 숲 속을 돌아다니다니! 그러나 상복을 입고 있군. 확실히 그래. 그런데 평생 절룩거리게 될지도 모르겠어!'

'이 아이 오빠가 무관심한 것이 문제란 말이야!' 린튼 영감은 나를 보다가 캐서린 쪽을 돌아다보면서 소리쳤어. '실더스(부목사입니다)에게서 들었지만 그 사람은 이 아이를 완전히 이교도처럼 자라게 놔 둔다는 거야. 그런데 이 녀석은 누구야? 어디서 이런 녀석을 친구로 삼았을까? 응, 그래! 바로 이놈이 돌아가신 언쇼 씨가 리버풀에 갔을 때 주워 온 아이군. 동인도 선원이나 미국인 또는 에스파냐 사람이 버리고 간 아이겠지.'

'아무튼 고약한 아이군' 그 부인이 말했어. '게다가 점잖은 집안에 있을 아이가 아니에요! 이 아이가 말한 것을 들었어요, 여보? 난 우리 아이가 들었을까봐 소름이 끼쳤어요.'

그래서 나는 또 욕을 퍼부어 줬지. 화내지 말아, 넬리. 그러니까 로버트를 시켜서 나를 데려가게 하더군. 나는 캐시가 안 가면 가지 않겠다고 버텨 줬지. 로버트는 나를 뜰로 끌고 나가서 초롱을 내 손에 쥐어 주고는, 내가 한 짓을 언쇼 씨에게 틀림없이 일러 주겠다고 벼르고는 당장 가라고 하면서 문을 다시 걸어 버렸어.

커튼 한구석은 아직 닫히지 않고 있어서, 나는 다시 붙어 서서 안을 엿보았지. 캐서린이 돌아가고 싶어 하는데 그들이 내보내 주지 않는다면, 그 큼직한 창유리를 산산이 부숴버릴 작정이었거든. 캐시는 소파에 가만히 앉아 있었어. 린튼 부인은 우리가 덮어쓰고 왔던 우유 짜는 여자의 회색 외투를 벗기고는 고개를 저으면서 캐시를 타이르고 있었던 모양이야. 캐시는 아가씨니까 나와는 달리 취급을 했지. 그러자 하녀가 더운 물을 한 대야 가지고 와서 캐시의 발을 씻겨 줬어. 린튼 영감은 큰 잔에 니거스주(포도주, 따뜻한 물, 설탕, 향료, 레몬 등을 섞어 만든 음료)를 타 주고, 이사벨라는 접시에 가득 과자를 담아 와서 캐시의 무릎에 쏟아 주었는데, 에드거는 멀리서 입을 벌리고 서서 보고 있었어. 나중에 그들은 캐시의 아름다운 머리를 말려 빗겨 주더니, 그 애에게 큼직한 슬리퍼를 신기고 그 애가 앉은 의자를 불 앞으로 밀고 갔어. 캐시는 과자를 강아지와 스컬커에게 나누어 주고, 그것을 먹고 있는 스컬커의 코를 잡아당겨 주기도 하며 매우 유쾌한 것 같았어. 그것을 바라보고 있는 멍청한 그 집 사람들의 푸른 눈에도 생기가 도는 듯했는데, 그것은 말하자면 캐시의 매력 있는 얼굴이 그렇게 만든 것이었어. 그들은 바보처럼 캐시에게 온통 반했더군. 캐시는 그들보다 아니, 이 세상의 어느 사람보다도 훨씬 나으니까. 그렇잖아, 넬리?"

"이번 일은 네가 생각하는 것보다 훨씬 더 큰일로 번질 거야." 저는 대답하고는 그에게 이불을 덮어주고 불을 껐습니다. "너는 어쩔 도리가 없어, 히스클리프. 두고 봐, 힌들리 서방님은 어떤 지독한 짓이라도 하고 말 테니까."

제가 한 말은 제가 생각했던 것보다도 더 적중했습니다. 그 불행한 모험은 서방님을 펄펄 뛰게 했지요. 그리고 다음날 아침, 사태를 설명하려고 일부러 찾아온 린튼 어른이 젊은 주인에게 집안을 다스리는 도리를 설교하다시피 했기 때문에, 그분도 정말로 단속해야겠다는 생각이 들게 된 거예요.

히스클리프는 매는 맞지는 않았지만, 그때부터 캐서린 아가씨에게 한마디라도 말을 걸면 당장 쫓아내겠다는 경고를 받았습니다. 그리고 언쇼 아씨도 시누이가 돌아오는 대로 적당한 감독을 하기로 했습니다. 무리하지 않고 영리한 방법으로 할 작정이었지요. 무리하게 할 수는 없었을 테니까요.

7

캐시 아가씨는 크리스마스 때까지 5주일을 드러시크로스 저택에서 머물렀습니다. 그동안 발 뒤꿈치의 상처는 말끔히 나았고 행실도 많이 나아져 있었습니다. 아씨께서는 틈틈이 찾아가 고운 옷을 입히고 칭찬을 하는 것으로 아가씨의 자존심을 높여 줌으로써 그 성질을 고치려는 계획에 착수하셨지요. 캐시 아가씨도 그러는 것을 좋아했습니다. 그리하여 집에 돌아왔을 때 캐시 아가씨는 모자도 쓰지 않은 채 달려들어와 모두가 숨도 못 쉬게 얼싸안는 거친 계집애가 아니라, 예쁘고 까만 조랑말에서 내리는 매우 얌전한 분이 되어 있었습니다. 아가씨는 깃털 장식이 달린 수달피 모자 밑으로 갈색 고수머리를 늘어뜨리고 긴 모직 승마복을 입고 있었는데, 의젓이 걸어 들어오려고 옷자락을 두 손으로 집어 들어야 했답니다. 힌들리 서방님은 아가씨를 말에서 들어 내리고 기쁜 듯이 소리쳤습니다.

"아니, 캐시, 넌 아주 미인이 됐구나! 네가 이렇게 예쁜 줄 몰랐다! 이젠 아주 어른 같아. 이사벨라 린튼은 비교가 안 되겠어. 그렇잖아, 프랜시스?"

"이사벨라는 타고난 바탕이 없는 걸요." 아씨는 대답했습니다. "앞으로 아가씨도 다시 거칠어지지 않도록 주의해야 해요. 엘렌, 캐서린 아가씨가 옷을 벗는 것을 도와 드려. 잠깐 기다려요, 고수머리가 헝클어지겠어. 내가 모자 끈을 풀어 줄 테니."

승마복을 벗겼더니 그 밑에는 멋진 줄무늬의 비단 드레스와 흰 바지와 반들반들한 구두가 눈이 부실 정도로 반짝였습니다.

개들이 반가워하며 덤벼들자 아가씨는 기쁜 듯이 눈을 반짝였지만, 그 녀석들이 그 아름다운 옷에 매달릴까봐 쓰다듬어 주지도 않았습니다.

아가씨는 저에게 살며시 입을 맞추고―저는 그때 크리스마스 케이크를 만드느라 온통 밀가루투성이였기 때문에 껴안을 수는 없었던 겁니다―히스클리프가 없는가 하고 주위를 살폈습니다. 언쇼 내외분은 그들이 만나는 것을 걱정스럽게 지켜보고 있었습니다. 그 순간에 둘 사이를 떼어놓을 수 있는지 없는지 어느 정도 판단할 수 있으리라고 생각했기 때문입니다.

히스클리프는 처음에는 좀처럼 눈에 띄지 않았습니다. 캐서린 아가씨가 집을 비우기 전에 그가 되는 대로였고 아무도 그에게 신경쓰지 않았다면, 그 뒤로는 열 배나 더 그러했던 것입니다.

일 주일에 한 번씩 더러워졌으니 몸을 씻으라고 말해 주는 사람도 저밖에는 없었습니다. 게다가 그 나이에 목욕하는 것을 천성적으로 좋아하는 아이는 좀처럼 없는 법입니다. 그래서 석 달 동안 입고 다닌, 진흙에 먼지투성이 옷과 칙칙하고 빗지 않아 뭉친 머리칼은 말할 것도 없이 불결했고, 그의 얼굴과 손은 기분이 언짢을 만큼 더러웠습니다. 그런 그는 자기처럼 머리가 헝클어진 아이가 나타나리라고 생각하고 있었으니, 그렇게도 아름답고 맵시 있는 소녀가 되어 돌아온 캐시 아가씨를 보고 긴 의자 뒤에 숨어 버린 것도 무리는 아니었습니다.

"히스클리프는 집에 없어?" 아가씨는 장갑을 벗고는, 아무것도 하지 않고 집 안에만 틀어박혀 있어서 아주 하얗게 된 손가락을 내보이면서 묻는 것이었습니다.

"히스클리프, 나와도 좋아." 그가 난처해 하는 것이 재미나고, 부랑자 같은 꼴로 아가씨 앞에 나서게 되는 것에 신이 난 힌들리 서방님이 외쳤습니다. "너도 나와서 다른 하인들처럼 캐서린 아가씨에게 인사를 드리도록 해라."

캐시 아가씨는 숨어 있는 친구를 언뜻 보자 껴안으려고 달려갔습니다. 그리고 눈 깜짝할 사이에 예닐곱 번이나 키스를 하다간 멈추고 뒤로 물러나 깔깔 웃으면서 소리를 쳤습니다.

"아니, 어쩌면 이렇게 시커멓고 무뚝뚝한 얼굴을 하고 있을까! 그리고 왜 이렇게 우습고 무서운 얼굴을 하고 있지? 아냐, 이건 내가 그새 에드거와 이사벨라 린튼에 익숙해졌기 때문에 그럴 거야. 그래, 히스클리프, 나를 잊어버렸니?"

아가씨가 그렇게 묻는 것에는 이유가 있었습니다. 왜냐하면 부끄러움과 자존심이 그의 얼굴에 이중의 어둠을 던져 그가 꼼짝도 하지 않았기 때문입니다.

"악수를 해, 히스클리프." 언쇼 서방님은 친절을 베푸는 듯이 말했습니다. "가끔 그 정도는 괜찮아."

"싫어." 소년은 드디어 입을 열었습니다. "나는 웃음거리가 되고 싶지 않아. 그건 견딜 수 없어!"

그리고 그는 그 자리를 빠져 나가려고 했지만 캐시 아가씨는 그를 다시 붙잡았습니다.

"너를 비웃으려고 한 것은 아니야." 아가씨는 말했습니다. "그냥 어쩌다 웃음이 나왔지. 히스클리프, 적어도 악수는 해! 뭣 때문에 시무룩한 거야? 네가 이상하게 보여서 그랬을 뿐이야. 얼굴을 씻고 머리에 빗질을 하면 괜찮을 거야. 하지만 지금은 너무 더러워!"

아가씨는 걱정스러운 듯이 잡고 있던 그 거무스름한 손가락을 보고 나서 다시 자기 옷을 보았습니다. 히스클리프의 옷에 닿아서 더러워지지나 않았을까 생각한 거죠.

"나한테 닿을 필요는 없어!" 히스클리프는 캐시의 눈치를 알아차리고 손을 빼면서 대답했습니다. "앞으로도 난 마음 내키는 대로 얼마든지 더럽게 하고 있을 테야. 나는 더러운 것이 좋아. 그러니까 나는 일부러 더럽게 할 거야."

그리고 그 애는 주인 내외가 껄껄대고, 캐서린 아가씨가 몹시 난처해 하고 있는 동안에 쏜살같이 밖으로 뛰어나갔습니다. 아가씨는 어째서 자기가 한 말에 그가 뛰쳐나갈 만큼 골을 내는지 이해할 수 없었습니다.

돌아온 아가씨의 시중을 들고 난 뒤 저는 과자를 오븐에 넣고, 크리스마스 이브답게 거실과 부엌에 불을 잔뜩 지펴 훈훈하게 만들고 나서, 편히 앉아 크리스마스 캐럴을 부르며 혼자 즐기려고 했습니다. 조지프는 제가 즐겨 부르는 캐럴은 보통 노래와 별로 다를 것이 없다고 놀렸지만, 저는 그런 것쯤 아무렇지도 않았습니다.

조지프는 벌써 자기 방에 틀어박혀 혼자 기도를 드리고 있었습니다. 언쇼 서방님 내외는 자신들이 사 온 잡다한 물건들을 내보이면서 캐서린 아가씨의 관심을 끌고 있었는데, 그것들은 린튼 댁의 친절에 대한 보답으로서 아가씨가 그 집의 어린 남매에게 선물할 것들이었습니다.

서방님 내외분은 린튼 댁의 남매가 크리스마스 때 워더링 하이츠에 초대하여 승낙도 받았지만, 거기에는 한 가지 조건이 붙어 있었습니다. 린튼 부인이 자기네 아이들이 그 '입버릇 사나운 개구쟁이'와 놀지 않도록 주의해 달라고 신신당부를 한 것이었습니다.

이런 사정으로 저는 혼자 남아 있었습니다. 부엌에서는 향료를 데우는 짙은 냄새가 났습니다. 반짝이는 주방 용구와, 호랑가시나무로 장식한 반들거리는 시계와, 향료를 넣어 데운 포도주를 저녁식사 때 곧 따를 수 있게 쟁반 위에 놓아 둔 은잔과, 무엇보다도 제가 특별히 손질하여 티 하나 없이 깨끗하게 닦고 말끔히 쓸어 놓은 마룻바닥을 대견스럽게 바라보았습니다.

마음속으로 그 하나하나에 박수를 보내고 나서, 저는 전에 이렇게 모든 것을 깨끗이 해 놓았을 때 언쇼 어른이 바지런한 계집애라며 저에게 크리스마스 용돈으로 1실링짜리 은화를 쥐어 주시던 일을 떠올렸습니다.

그러자 그분이 히스클리프를 좋아하신 일, 그리고 돌아가신 다음에 히스클리프가 푸대접을 받지는 않을까 염려하시던 일들 또한 생각났습니다. 그런 생각을 하니까 자연히 그 불쌍한 소년의 지금 처지가 생각나서 노래를 부르다가 갑자기 울고 싶어졌습니다. 그러나 눈물을 흘리기보다는 그 아이가 받고 있는 푸대접이 조금 덜하도록 해 주려고 노력하는 것이 더욱 현명한 일이라는 생각이 들었습니다.

저는 일어나서 그 애를 찾으러 안뜰로 걸어 나갔습니다. 그 애는 멀리 있지 않았습니다. 그는 마구간에서 새로 들여놓은 조랑말의 윤기 흐르는 털을 쓸어 주며, 언제나 그랬듯이 다른 말들에게도 먹이를 주고 있는 것이었습니다.

"빨리 해, 히스클리프!" 저는 말했습니다. "부엌이 참 아늑하고 좋아. 그리고 조지프는 위층에 올라갔어. 빨리 해. 내가 캐시 아가씨가 나오기 전에 깨끗하게 옷을 입혀 줄게. 그러면 둘이서 함께 앉아 난로를 모조리 차지할 수도 있고 자야 할 시간 전까지 오래도록 이야기할 수도 있을 거야."

그는 계속 말을 돌보면서 제가 있는 쪽으로는 얼굴도 돌리지 않았습니다.

"어서 와, 오는 거지?" 저는 말을 계속했습니다.

"둘이 먹어도 넉넉할 정도의 과자도 있어. 그런데 옷을 입는 데만도 반시간은 걸려야 할 거야."

5분쯤 기다렸지만 대답이 없길래 저는 들어왔습니다. 캐서린 아가씨는 오빠랑 올케와 저녁식사를 했습니다. 조지프와 저는 함께 식사를 했지만, 그쪽에서 잔소리를 하면 이쪽에서는 퉁명스럽게 대꾸를 해서 서먹서먹한 식사가 되었습니다. 히스클리프의 과자와 치즈는 요정들을 위한 것인 양 밤새도록 식탁 위에 남아 있었습니다. 그 애는 9시까지 이래저래 일을 계속하더니 말 없이 무뚝뚝한 표정으로 자기 방으로 들어가 버리는 것이었습니다.

캐시 아가씨는 새로 생긴 친구들을 맞이하기 위하여 여러 가지 시킬 일이 있어 늦게까지 앉아 있었습니다. 아가씨는 옛 친구에게도 말을 걸려고 한 번 부엌에 들어왔지만 그 애가 보이지 않자, 어떻게 된 거냐고 묻기만 하고는 가버렸습니다.

다음날 아침 히스클리프는 일찍 일어나 기분이 나쁜 채로 벌판에 나갔습니다. 그러고는 집안 식구들이 교회에 가고 나서야 다시 나타났습니다. 먹지도 않고 반성을 하느라고 기분은 좀 누그러진 것 같았습니다. 그는 제 앞에 와서는 한동안 우물거리더니 용기를 내어 불쑥 이렇게 소리쳤습니다.

"넬리, 나를 보기 싫지 않게 해 줘. 나는 점잖아지려고 해."

"잘 생각했어, 히스클리프." 저는 말했습니다. "너는 캐서린 아가씨를 슬프게 했어. 아가씨는 아마 집에 돌아온 것을 후회하고 있을 거야! 모두들 아가씨를 너보다도 소중히 여기니까 너는 시기를 하고 있는 것 같아."

그에게 캐서린을 시기한다는 말은 이해할 수 없는 것이었지만, 그녀를 슬프게 한다는 말은 분명히 알아들을 수 있는 것이었습니다.

"캐시가 슬프다고 말했어?" 그는 매우 심각한 얼굴로 물었습니다.

"네가 오늘 아침 다시 나갔다고 말하니까 아가씨는 울었어."

"글쎄, 나도 간밤에 울었단 말이야." 그 애는 대답했습니다. "캐시보다도 내가 울 이유가 더 많아."

"그래, 오만한 생각을 하고 밥도 먹지 않은 채 자러 간 것도 이유가 있었겠지." 저는 말했습니다. "오만한 사람들은 스스로 슬픈 일을 만드는 법이니까. 그러나 작은 일로 화를 낸 것이 창피하거든 캐서린 아가씨가 들어오면 용서를 빌어야 해. 곁에 가서 입을 맞추고 말해! 어떻게 말할 것인지는 네가 가장 잘 알 테니까 진심으로만 하면 돼. 몸차림이 훌륭해졌다 해서 서먹서먹하게 생각한다는 눈치를 보여선 안돼. 지금 나는 음식 준비를 해야 하지만 틈을 내어서, 네 옆에서는 에드거 린튼이 계집애처럼 보이도록 너를 멋지게 차려 줄 테야. 에드거는 정말 계집애 같잖아. 너는 나이는 어리지만 틀림없이 에드거보다 키가 크고, 어깨도 두 배나 넓으니까……. 그 녀석 정도는 눈 깜짝할 사이에 넘어뜨릴 수 있을 거야. 그렇게 생각되지 않니?"

히스클리프의 얼굴은 순간 밝아졌습니다. 그러나 다시 얼굴이 어두워지면서 한숨을 쉬는 것이었습니다.

"그렇지만 넬리, 내가 그 녀석을 스무 번쯤 쳐 넘긴다 하더라도, 그 때문에 그 녀석이 덜 예뻐지고 내가 더 예뻐지지는 않겠지. 나도 머리가 밝은 빛깔이고 살결이 희었으면. 그리고 그 녀석처럼 옷을 잘 입고 행실이 점잖고 그만큼 부자가 될 기회가 있다면 좋겠는데!"

"그리고 걸핏하면 엄마, 하고 울면서," 저는 말을 이었습니다. "촌뜨기가 주먹을 쳐들어도 벌벌 떨고, 비가 한참 쏟아졌다고 하루 종일 집에 처박혀 있고 싶다는 거야? 얘, 히스클리프, 너는 약한 마음을 드러내 보이고 있어! 거울 있는 데로 와. 네가 진짜 해야 할 일이 무언지 보여 줄 테니까. 네 눈과 눈 사이의 두 줄의 주름살과, 아치 모양으로 올라가지 않고 중간이 내려와 있는 저 짙은 눈썹, 그리고 그렇게도 깊이 들어가 있는 저 시커먼 악마 같은 두 눈, 그 창을 활짝 여는 법이 없고 마치 악마의 첩자처럼 그 아래 숨어서 번쩍이고 있는 두 눈이 보여? 그 시무룩한 주름살을 활짝 펴고 눈꺼풀을 솔직하게 뜨고, 악마 같은 두 눈을 누구든지 적이 아닌 경우에는 의심 없이 친구라고 생각하는 숨김없고 순진한 천사와 같은 눈으로 바꾸도록 힘써. 자기가 발에 차여도 당연하다는 걸 아는 듯하면서도, 그 아픔 때문에 찬 사람뿐만 아니라 모든 세상을 미워하는 사나운 똥개 같은 얼굴은 하지 말라구."

"결국 에드거 린튼같이 크고 푸른 눈과 번듯한 이마를 가지고 싶어 해야 한단 말이지." 그는 대답했습니다.

"나도 소원이지만…… 그러나 그렇다고 그렇게 되진 않아."

"마음씨가 착하면 얼굴도 좋아지는 거야, 이 사람아." 저는 말을 계속했습니다. "네가 진짜 흑인이더라도 말이야. 그리고 마음씨가 나쁘면 아무리 아름다운 얼굴도 보기 싫을 정도가 아니라 망측한 얼굴이 돼. 씻고, 빗고, 그리고 시무룩하던 것도 가셨으니, 네 자신이 좀 멋있어졌다고 생각되지 않니? 정말이지 나는 그렇게 생각해. 진짜 변장한 왕자라고 해도 되겠어. 너의 아버지가 중국의 황제이고 너의 어머니는 인도의 여왕이고, 그 둘이 각자 한 주일의 수입으로 워더링 하이츠와 드러시크로스 저택을 한꺼번에 살 수 있을 만큼 부자라고 해도 누가 알게 뭐야? 그런데 너는 고약한 뱃사람들에게 납치되어 영국으로 오게 된 거지. 내가 만일 너 같은 처지라면 나는 내 태생이 귀하다는 생각을 가질 거야. 그리고 그런 생각을 하면 하찮은 농부의 천대를 받았다고 하더라도 그걸 아무렇지도 않게 여길 수 있는 용기와 위엄이 솟아날 거야!"

이렇게 저는 이야기를 계속했습니다. 그러자 히스클리프는 차츰 찌푸린 얼굴을 폈고, 꽤 기분이 좋아진 듯 보였습니다. 그때 갑자기 길에서 안뜰로 들어서는 마차 소리가 들려와 우리들의 대화는 끊어졌습니다. 히스클리프는 창으로 달려갔고 저는 문간으로 달려갔습니다. 마침 린튼 댁의 두 남매가 외투와 털가죽에 숨이 막힐 만큼 싸여서 마차에서 내렸고, 언쇼 집안의 남매도 말에서 내리고 있었습니다. 그들은 말을 타고 교회로 갔다가 오는 길이었습니다. 캐서린 아가씨는 린튼 집안 남매들의 손을 하나씩 잡고 거실로 데리고 들어와서 불 앞에 앉혔습니다. 그러자 두 아이들의 흰 얼굴에는 곧 붉은 빛이 돌았습니다.

저는 히스클리프에게 빨리 가서 귀염성 있는 모습을 보이라고 재촉했고, 그는 기꺼이 그 말을 따랐습니다. 그러나 재수 없게도, 그가 부엌 쪽에서 연 문을 그 반대 편에서 힌들리 서방님이 열었던 것입니다. 두 사람은 얼굴이 마주쳤습니다. 그러자 서방님은 히스클리프가 깨끗하고 쾌활한 것이 화가 났는지, 또는 린튼 부인과의 약속을 지키고 싶어서였는지 그를 갑자기 떠밀고는 화난 듯이 조지프에게 당부하는 것이었습니다.

"이 녀석을 이 방에 넣지 말아. 식사가 끝날 때까지 다락방에 보내. 잠시라도 혼자 내버려두면 파이를 손가락으로 쑤시고 과일을 훔치고 있을 거야."

"아니에요, 서방님." 저는 대답하지 않을 수 없었습니다. "아무것도 건드리지 않을 거예요. 그리고 애도 우리와 마찬가지로 맛있는 것을 좀 먹어야지요."

"어두워지기 전에 다시 아래층에 내려오는 것이 눈에 띄면 내 주먹이나 먹여 주지." 힌들리 서방님은 외쳤습니다. "저리 가, 뜨내기 녀석 같으니! 아니, 맵시를 부리려고 해? 내가 그 맵시 있는 머리칼을 잡을 때까지 기다려. 내가 당겨서 좀더 길게 해 주지!"

"이미 충분히 긴데요." 린튼 도련님이 문간에서 들여다보며 참견했습니다. "머리칼이 저렇게 긴데 머리가 무겁지 않은지 몰라. 마치 망아지의 갈기가 눈을 덮고 있는 꼴이군!"

린튼 도련님은 히스클리프에게 모욕을 주려고 이 말을 한 것은 아니었지만, 히스클리프의 격한 성질은 이미 그때부터 경쟁자로 생각하던 호감 없는 사람의 건방진 말씨를 참으려고는 하지 않았습니다. 그 애는 맨 처음 손에 잡히는 대로 뜨거운 애플 소스가 든 그릇을 집어 들고, 그것을 온통 그 소년의 얼굴과 목덜미에 끼얹어 버렸습니다. 소년은 당장에 비명을 질렀고 그것을 듣고 이사벨라 아가씨와 캐서린 아가씨가 급히 그리로 달려왔습니다. 언쇼 서방님은 당장 히스클리프를 붙잡아 그의 침실로 데려갔습니다. 거기서 아마 자신의 흥분을 가라앉게 하려고 모진 매질을 했겠지요. 방을 나왔을 때 서방님은 얼굴이 시뻘겋게 되어 숨을 헐떡이고 있었으니까요. 저는 행주를 가지고 좀 심술궂게 에드거 도련님의 코와 입을 닦아 주면서 쓸데없는 참견에 대한 벌이라고 일러 주었습니다. 그의 누이는 집에 가려고 울기 시작했고, 캐시 아가씨는 창피해서 어쩔 줄 몰라 하며 서 있었습니다.

"그 애한테 말을 걸지 말았어야 해!" 캐시 아가씨는 린튼 도련님을 타일 렀습니다. "그 애는 오늘 처음부터 기분이 안 좋았다구. 이제 너희들의 방문도 이 꼴이 돼 버렸어. 그 애는 매를 맞을 거야. 나는 그 애가 매 맞는 것이 싫어! 나는 밥도 못 먹겠어. 왜 그 애에게 말을 걸었어, 에드거?"

"말을 건 게 아니야." 그 소년은 내 손에서 벗어나더니, 자기가 가진 흰 마직 손수건으로 아직도 남은 애플 소스를 마저 닦으면서 흐느끼듯 말했습니다. "나는 어머니에게 그 애에겐 말 한 마디도 하지 않겠다는 약속을 했고, 그리고 정말 아무 말도 안 했어!"

"자아, 울지 마!" 캐서린 아가씨는 경멸하듯이 말했습니다. "네가 죽은 것도 아니잖아. 이 이상 곤란하게 하지 말아 줘. 오빠가 와. 조용해! 그쳐! 이사벨라! 누가 널 해치기라도 했니?"

"자, 모두들 자리에 앉지!" 힌들리 서방님은 급히 들어오면서 외쳤습니다. "그 짐승 같은 녀석을 두들겨 줬더니 몸이 훈훈하군. 에드거, 다음 번에는 네가 두들겨 주는 거야. 그러면 입맛이 당길 테니까!"

그 조그마한 모임은 좋은 냄새가 나는 음식을 보자 다시 조용해졌습니다. 그들은 마차를 타고 오느라고 배가 고팠고, 실제로 누가 다친 것도 아니어서 쉽사리 마음이 풀어졌습니다.

언쇼 서방님은 고기를 썰어서 접시에 가득가득 담아 줬습니다. 그리고 아씨는 명랑한 이야기로 그들을 즐겁게 했습니다. 저는 아씨 뒤에서 시중을 들고 있었는데, 캐서린 아가씨가 눈물도 흘리지 않고 무관심한 얼굴로 자기 앞에 놓인 거위의 날갯죽지 살을 자르는 것을 보고 괘씸한 생각이 들었습니다.

'매정스러운 것 같으니!' 저는 혼자 생각했습니다. '옛 친구의 쓰라림을 저렇게 간단히 잊어버리다니, 저렇게 자기만 아는 앤 줄은 몰랐어.'

아가씨는 고기를 한 조각 입으로 가져가더니 다시 놓았습니다. 얼굴이 상기되고 눈물이 쏟아져 나왔습니다. 일부러 포크를 방바닥에 떨어뜨리고 그 것을 줍는 체하며 급히 식탁보 밑으로 들어갔습니다. 그녀가 매정스럽다는 생각은 곧 사라져 버렸습니다. 왜냐하면 아가씨가 그날 하루 종일 연옥(煉獄)과 같은 괴로움 속에서, 어떻게든지 혼자 있거나 히스클리프를 찾아갈 기회를 찾느라고 마음을 졸이고 있었다는 것을 알아챘기 때문입니다. 제가 살짝 음식을 갖다 주려고 하다가 알게 됐는데, 그때 주인은 히스클리프를 가두어 두었던 것입니다. 저녁에는 춤을 추었습니다. 캐시 아가씨는 이사벨라 아가씨가 춤출 상대가 없다며 히스클리프를 풀어 달라고 졸랐지만 그 간청은 받아들여지지 않았습니다. 그래서 제가 대신 이사벨라 아가씨의 상대를 하게 되었습니다.

우리는 신나게 춤을 추며 모든 우울함을 날려 버렸습니다. 그리고 가수들 외에도 나팔·트롬본·클라리넷·바순·프렌치호른과 첼로 등 모두 15명으로 구성된 기머튼 악단이 와서, 우리들의 즐거움은 한층 더했습니다. 그 악단은 훌륭한 집마다 찾아가 기부를 받는데, 우리는 이 악단의 노래를 듣는 것이 무엇보다도 즐거웠습니다.

언제나 그렇듯 크리스마스 캐럴을 부른 뒤 우리들은 그들에게 가곡과 합창곡을 청했습니다. 언쇼 부인은 음악을 좋아했기 때문에, 그들은 그 외에도 많은 노래를 불러 주었습니다.

캐서린 아가씨도 음악을 좋아했습니다. 그러나 아가씨가 계단 꼭대기에서 듣는 것이 가장 좋다고 말하곤 어둠 속을 올라가기에 저도 뒤따라 올라갔습니다. 밑에서는 우리가 없다는 것도 모르고 거실의 문을 닫아 버렸습니다. 아가씨는 계단 꼭대기에서 멈추지 않고 히스클리프가 갇혀 있는 다락방 쪽으로 더 올라가 그 애를 불렀습니다. 그는 잠시 동안은 아무리 불러도 대답하려고 하지 않았습니다. 그러나 아가씨가 끈기 있게 몇 번이고 불러서, 마침내 둘은 벽을 사이에 두고 이야기를 하게 되었습니다. 저는 방해를 하지 않고 둘이서 이야기하게 놓아두었습니다. 그 밑에서는 노래도 끝날 무렵이 되어 악사들이 가벼운 음식을 드는 참이라고 생각되었습니다. 그래서 저는 캐서린 아가씨에게 알려 주려고 다락방으로 통하는 사다리를 올라갔습니다.

그런데 캐서린 아가씨는 거기에 없고, 방 안에서 소리가 들려오는 것이었습니다. 이 원숭이 같은 아가씨가 이쪽 다락방의 들창으로 해서 지붕을 타고 저쪽 다락방의 들창으로 들어간 것이었습니다. 그래서 아가씨를 구슬러서 다시 나오게 하느라고 저는 무진 고생을 했습니다.

아가씨가 나왔을 때 히스클리프도 같이 나왔습니다. 아가씨는 제가 그 애를 부엌으로 데려가야 한다고 우겼습니다. 조지프는 우리가 불러 달라는 노래는 '악마의 노래' 같다고 하면서, 그 노랫소리를 듣지 않겠다고 이웃집에 가 버리고 없었습니다.

저는 그들에게 그들의 계략을 도울 생각은 조금도 없다고 말했지만 히스클리프가 어제 점심 이후로는 아무것도 먹지 않았기 때문에, 이번만은 힌들리 서방님을 속이는 것을 못 본 체해 주고 싶었습니다.

히스클리프가 밑으로 내려왔기에 불 가까이에 있는 의자를 내주고 맛있는 음식을 많이 주었습니다. 그러나 그는 속이 메스꺼운 탓에 거의 먹지 못해서 그 애를 대접하겠다는 저의 의도는 허사가 되어 버렸습니다. 그 애는 무릎 위에 두 팔꿈치를 괴고 손으로 턱을 받치고는 묵묵히 생각에 잠겨 있었습니다. 제가 무엇을 생각하느냐고 묻자 그는 침울하게 대답하였습니다.

"힌들리에게 어떻게 복수를 해 줄까 생각하고 있어. 언젠가 할 수만 있다면 기다리는 것쯤은 괜찮아. 제발 나보다 먼저 죽지나 말았으면!"

"망측해라, 히스클리프! 고약한 사람들을 벌하는 것은 하느님이 하시는 일이야. 우리는 용서할 줄 알아야지." 저는 그렇게 말했습니다.

"아니야, 하느님은 내가 맛볼 만족을 맛보지는 못할 거거든." 그는 대꾸했습니다. "나는 가장 좋은 방법을 알고 싶을 뿐이야! 나를 가만히 놔 둬. 난 그것을 생각해 낼 테니까. 복수할 것을 생각하는 동안엔 나는 아무렇지도 않아."

그러나 주인님, 이런 이야기가 기분을 전환시켜 드릴 리가 없다는 것을 잊어버렸군요. 어떻게 해서 이렇게 지루한 이야기를 계속하게 됐는지를 생각하면 송구스럽습니다. 죽은 식어 버렸고 주인님은 졸고 계시는데! 히스클리프의 내력 같은 것은 정말 필요한 대목만 꼽아 대여섯 마디로 충분히 이야기해 드릴 수도 있었을 것을.

이렇게 스스로 이야기를 멈추면서 가정부는 일어나 바느질거리를 치웠다. 그러나 나는 벽난로 앞을 떠날 수도 없을 것 같았고 졸음도 전혀 오지 않았다.

"가만히 앉아 있어요, 딘 부인." 나는 소리쳤다. "반 시간만 더 앉아 있어요. 천천히 딱 알맞게 이야기를 했소. 그렇게 이야기하는 것이 나는 좋소. 그러니 끝까지 그런 식으로 이야기를 해 줘요. 당신이 이야기한 인물이 어떻든 간에 나로서는 다 재미있거든."

"그렇지만 시계가 11시를 치고 있는 걸요."

"상관없소. 나는 11시나 12시에는 자지 않으니까. 아침 10까지 누워 있는 사람에게는 1시나 2시도 이른 시간이지."

"10시까지 누워 계셔서는 안 돼요. 그 때는 벌써 아침의 가장 좋은 때가 지나간 시간이니까요. 10시까지 하루 일의 반을 하지 않은 사람은 나머지 반도 못하기 일쑤지요."

"어쨌든 딘 부인, 다시 의자에 앉아요. 내일 나는 오후까지도 잘 작정이니까. 아무래도 이 감기는 곧 나을 것 같지 않군."

"그러시면 안 돼요. 글쎄 이야기를 한다고 하더라도 3년쯤은 뛰어넘게 해 주셔야겠어요. 그 3년 동안에 언쇼 부인께서는……."

"아니, 아니, 그럴 수는 없소. 이런 기분 아시오? 혼자 앉아서 양탄자 위의 고양이가 새끼를 핥고 있는 것을 너무 열심히 바라보아서, 만일 어미가 새끼의 한쪽 귀라도 그냥 지나친다면 매우 화가 날 것 같은 기분 말이오."

"할 일이 없어 심심한 기분 말씀이시군요."

"그와는 반대로, 지루한 것 같으면서도 활기 있는 기분이지. 그것이 지금 내 기분이란 말이오. 그러니까 이야기를 자세히 계속하오. 같은 거미라도 보통 집에 줄을 치면 반갑지 않지만, 감옥에서 줄을 치면 거기 있는 사람들에게는 반가운 거나 마찬가지로, 나로서는 도시 사람들은 재미가 없지만 이 고장 사람들은 매우 재미가 있소. 이 고장 사람들에게 깊은 매력을 느끼는 것은 내가 구경꾼의 입장에 있기 때문만은 아니오. 이 고장 사람들은 도시 사람들보다 더 열심히, 좀더 진솔하게 있는 그대로 살고 있소. 분주하고 하잘 것 없는 외적인 사물엔 별로 마음을 쓰지 않지. 이런 데서는 평생의 사랑을 할 수도 있을 것 같소. 나는 어떤 연애도 1년을 넘기지 못하는 걸로 믿고 있는 사람인데도 말이오. 한쪽은 배고픈 사람에게 한 가지의 음식만 주어서 식욕 모두를 그 한 접시에 집중시켜 그것을 충분히 맛보게 하는 것과 같고, 다른 한쪽은 프랑스 요리사들이 차려 놓은 식탁에 앉아 코스 전체를 즐기게 하는 것과 같소. 후자의 경우 요리 하나하나는 그의 관심과 기억에 거의 남지 않을 테지만 말이오.”

“아니에요! 여기 사람들도 알고 보면 어디 사람이나 마찬가지예요.” 딘 부인은 내 말이 좀 어리둥절하다는 듯이 깨우쳐 주었다.

“미안하지만,” 나는 응답했다. “무엇보다 당신 자신이 그 주장에 반대되는 뚜렷한 증거요. 대수롭지 않은 몇 가지 시골투를 제외하면, 당신은 당신과 같은 계층의 사람들 특유의 표시 같은 것이 전혀 없소. 확실히 당신은 보통 하인들보다 훨씬 생각을 깊게 하는 것 같소. 당신은 하잘것 없는 일들에 시간을 낭비하면서 살 기회가 없으니까, 더욱 깊이 생각하는 능력을 기르게 된 거요.”

딘 부인은 웃었다.

“확실히 저도 스스로를 꾸준하고 분별 있는 인간이라고 생각하고 있습니다만,” 그녀는 말했다. “하지만 그건 산골 구석에 살고 있어서 같은 사람들의 얼굴과 같은 행동만 보고 있기 때문만은 아니고, 엄격한 수련을 쌓아서 지혜를 배웠기 때문이에요. 게다가 저는 주인님이 생각하시는 것보다는 책을 많이 읽었답니다. 이 서재에는 제가 읽고 배우지 않은 책이 한 권도 없어요. 물론 저기 죽 꽂힌 그리스어와 라틴어, 그리고 프랑스어 책은 놔두고요. 하지만 그리스어인지 라틴어인지 구별만은 할 수 있어요. 가난한 사람의 딸로서 그 이상을 바랄 수는 없지요. 그러나 정말 잡담식으로 이야기를 해야 한다면 계속하지요. 그럼 3년을 뛰어 넘는 것은 그만두고 다음해 여름, 즉 1778년, 그러니까 지금으로부터 근 23년 전 여름 이야기로 넘어가겠습니다.”

8

화창한 6월 어느 날 아침, 제가 맨 처음 기른 아이이자 오랜 언쇼 집안의 혈통을 마지막으로 이어받을 아이가 태어났습니다.

우리가 멀리 떨어진 들판에 나가 건초를 만드느라고 바쁘게 일하고 있을 때, 늘 우리의 아침식사를 날라오는 계집아이가 한 시간이나 일찍 제 이름을 부르면서 풀밭을 건너 샛길을 달려 올라왔습니다.

"아이구, 어쩌면 그렇게 잘생긴 아긴지!" 그 계집애는 헐떡이면서 말했습니다. "그처럼 훌륭한 아기는 없을 거야! 하지만 의사가 주인아씨는 희망이 없다고 했어. 벌써 여러 달째 폐병을 앓고 있다는 거야. 힌들리 서방님께 이야기하는 것을 들었는데, 주인아씨는 이제는 버틸 기력이 없으니까 겨울까지도 못살 거래. 빨리 집으로 와. 넬리 언니가 그 아이를 키워야 된대. 설탕과 우유를 먹이고 밤낮으로 돌보는 거야. 내가 언니라면 좋겠어. 주인아씨가 돌아가시고 나면 그 아긴 언니 아기와 다름없을 거 아냐!"

"그러면 아씨는 정말 많이 아프신 거야?" 저는 갈퀴를 내던지고 보닛_(여자나 어린아이들이 쓰는 모자의 하나)의 끈을 매면서 물었습니다.

"그런가봐, 그렇지만 보기에는 아무렇지도 않으셔." 그 계집애는 대답하더군요. "아씨는 자신이 마치 아기가 어른이 될 때까지 살아 계실 것처럼 말씀하셔. 너무 좋아서 아무 생각이 없는 것 같아. 그만큼 아기가 훌륭하거든! 내가 아씨라면 절대로 죽지 않을 거야. 케네스 선생님이 뭐라고 하셔도 아기를 보기만 하면 병이 나을 거야. 나는 그분이 몹시 못마땅했어. 아처 할멈이 천사 같은 아기를 거실에 계시는 서방님께 안고 왔지. 그걸 본 서방님이 막 기쁜 얼굴을 하는데, 함부로 지껄이는 그 영감이 튀어나와서 이렇게 말했어.

'언쇼 씨, 부인이 아직까지 살아서 당신에게 이 아들을 남겨 준 것은 하느님의 은총이오. 처음 부인이 오셨을 때 오래 살지는 못하리라고 나는 확신했소. 그러나 지금 같아서는, 솔직히 말해서 아마 겨울을 넘기지는 못할 거요. 너무 슬퍼하거나 괴로워하지는 마오. 할 수 없는 일이니까. 그처럼 연약한 처녀를 택하지 말았어야지!'"

"그러니까 서방님은 뭐라고 대답하시던?" 나는 물었어요.

"무언가 상소리를 하셨던 것 같아. 하지만 나는 개의치 않았어. 아기를 보느라고 정신이 없었으니까." 그리고는 그 계집애는 다시 황홀한 듯이 아기 이야기를 시작했습니다. 그 계집애 못지않게 기뻤던 나도 아기가 보고 싶어 부지런히 집으로 돌아왔습니다. 물론 힌들리 서방님이 불쌍한 생각이 들었습니다. 그분 마음속에는 오직 두 사람밖에 없었지요. 바로 부인과 자기 자신 말입니다. 그분은 부인과 자기 자신을 모두 소중히 여겼지만 부인이라면 끔찍이 아꼈으므로, 만일 부인이 돌아가신다면 도저히 견디어 내지 못할 것이라는 생각이 들었습니다.

우리가 워더링 하이츠로 돌아왔을 때 그분은 현관 앞에 서 계셨습니다. 그 옆을 지나서 들어갈 때 저는 아기는 어떠냐고 물었습니다.

"금방이라도 뛰어다닐 것 같아, 넬리." 그분은 쾌활하게 웃음을 띠면서 대답했습니다.

"그리고 아씨께서는?" 저는 큰마음을 먹고 물어보았습니다. "의사 선생님 말씀으로는……."

"그 따위 의사가!" 서방님은 얼굴을 붉히면서 제 말을 가로막았습니다. "프랜시스 말이 옳아. 다음 주 이맘때쯤이면 완쾌될 거야. 2층으로 가는 거야? 아씨에게 말을 하지 않기로 약속한다면 내가 가겠다고 전해드려. 도무지 입을 다물려고 하지 않아서 그냥 나와 버렸거든. 케네스 선생이 안정하지 않으면 안 된다고 했는데도 말이야!"

나는 이 말씀을 아씨에게 전했습니다. 그러자 아씨는 들뜬 기분으로 명랑하게 대답하였습니다.

"난 한 마디도 말하지 않았어, 엘렌. 그런데 그이는 두 번이나 울면서 나가잖아. 그래, 말하지 않기로 약속한다고 해. 비웃어 주지 않는다는 약속은 못 하겠지만 말이야!"

가엾은 분이었죠! 죽기 1주일 전까지도 아씨는 이렇듯 명랑한 기분을 잃지 않으셨어요. 그리고 서방님은 하루하루 나아져 간다고 완고하게, 아니 맹렬하게 주장하는 것이었어요. 케네스 선생님이 병이 그 정도가 되면 자기가 주는 약도 소용이 없으니, 그 이상 치료하느라고 비용을 더 쓸 필요가 없다고 일러 주자 서방님은 말씀하셨습니다.

"필요 없다는 것은 알고 있어요. 집사람은 멀쩡하니까. 이제는 당신 치료를 받지 않을 생각이오! 본디 폐병에 걸린 적은 없소. 열이 있었을 뿐이지. 그러나 열도 없어졌소. 지금은 나만큼 맥박도 느리고 열도 식었으니까."

그분은 아씨에게도 같은 이야기를 하셨고 아씨도 그 말씀을 믿는 것 같았습니다. 그러나 어느 날 밤, 내일이면 일어날 수 있을 것 같다고 말씀하시면서 서방님의 어깨에 기대고 있었을 때 아씨는 한바탕 기침을 하셨습니다. 아주 가벼운 기침이었지요. 서방님은 아씨를 안아 일으켰습니다. 아씨는 주인의 목을 껴안았는데, 갑자기 얼굴이 달라지더니 그만 돌아가셨습니다.

그 계집애가 예상했듯이 헤어튼 아기는 전적으로 저한테 맡겨졌습니다. 언쇼 서방님은 아기가 건강하고 울지만 않으면 아기에 관해선 만족해 하셨습니다. 그러나 자기 자신은 자포자기가 되셨습니다. 그분의 슬픔은 울고불고 하는 따위의 것이 아니었습니다. 그분은 울지도 않으셨고 기도를 드리지도 않으셨습니다. 저주하고 반항하고, 하느님이고 인간이고 다 미워하며 멋대로 방탕하게 지냈습니다.

하인들은 그분의 포악하고 옳지 못한 행동을 오래 견딜 수 없었습니다. 얼마 되지 않아 붙어 있는 사람은 조지프와 저 두 사람뿐이었지요. 저는 제가 맡은 아기를 버리고 갈 용기가 나지 않았습니다. 게다가 저는 서방님과 같이 자랐으므로 남보다는 쉽게 그분의 행동을 용서할 수 있었던 거죠.

조지프는 남아서 소작인들과 일꾼들에게 우쭐거렸습니다. 그는 고약한 일들이 벌어지는 곳에서 잔소리를 하는 것이 천직인 사람이었으니까요.

주인의 고약한 행실이나 나쁜 친구들이 캐서린 아가씨와 히스클리프에게는 좋은 본보기가 되었습니다. 히스클리프에 대한 그의 학대란 성인(聖人)이라도 악마가 되게 하기에 충분한 것이었습니다. 그리고 정말 그 무렵 그 아이는 마치 악마가 썬 듯했습니다. 그 아이는 힌들리 서방님이 구원 받을 길 없이 타락해 가는 것을 보고 좋아했습니다. 그리고 날로 점점 더 음흉스럽고 사나워지는 것이 눈에 띄었습니다.

그때의 집안이 얼마나 지긋지긋했는지는 이루 다 말할 수가 없습니다. 부목사님도 오시지 않게 되었고, 마침내는 점잖은 사람치고 우리를 멀리하지 않는 이가 없었습니다. 다만 에드거 린튼 도련님이 캐시 아가씨에게 놀러오는 것만이 예외라면 예외였습니다. 15살이 되자 캐시 아가씨는 그 고장의 여왕과도 같았습니다. 비할 만한 상대가 없었으므로 아가씨는 오만한 고집쟁이가 되었지요. 솔직히 말해서 자란 뒤로는 저는 아가씨를 좋아하지 않았습니다. 그리고 그 오만을 누르려 하다가 자주 화를 내게 하기도 했습니다. 그러나 아가씨는 저를 싫어하지는 않았습니다. 아가씨에게는 이상할 만큼 옛 친구에 대해 변함없는 데가 있었던 것입니다. 히스클리프조차 변함없이 아가씨의 애정을 차지했을 정도니까요. 린튼 도련님은 그렇게 뛰어나면서도 그만큼 캐시 아가씨의 마음을 끌기는 어려웠습니다.

린튼 도련님은 저의 전주인으로, 벽난로 위에 걸린 것이 그분의 초상(肖像)입니다. 본디는 저 한쪽에 걸려 있었고 또 다른 한쪽에는 부인의 초상이 걸려 있었지만 부인의 초상은 내렸지요. 걸려 있었더라면 어떻게 생긴 분인지 알 수 있으실 것을. 저것은 잘 보이세요?

딘 부인이 촛불을 들어 주었다. 그래서 나는 워더링 하이츠에 있는 젊은 과부와 몹시 닮은, 부드러우면서도 표정이 그보다 더 차분하고 귀염성 있는 얼굴을 볼 수 있었다. 길고 빛깔이 엷은 머리칼이 관자놀이 위에서 조금 곱슬거리고 있었고 눈은 크고 진지했으며, 모습은 거의 지나칠 정도로 우아했다. 이 사람 때문이라면 캐서린 언쇼가 어릴적 친구인 히스클리프를 잊어버린 것도 무리는 아닌 것 같았다. 그러나 이 사람의 마음이 그 모습처럼 고왔다고 한다면, 내가 상상하는 캐서린 언쇼를 어떻게 좋아할 수 있었는지 이상하게만 생각되었다.

"아주 마음에 드는 초상인데." 나는 가정부에게 말했다. "꼭 닮은 거요?"

"네, 그래요." 그녀는 대답했다. "활기가 있을 때는 더 좋아 보이셨어요. 이것은 그분의 평소의 얼굴이에요. 대체로 활기가 없는 분이셨지요."

캐서린 아가씨는 린튼 댁에서 5주일을 지낸 이후로 그 집 사람들과 교제를 계속했습니다. 그런데 아가씨는 그 집 사람들이 있는 데서는 거친 면을 보이고 싶지 않았고 한결같이 예의바른 사람들 앞에서 무례하게 구는 게 창피한 일이라는 것도 알고 있었기 때문에, 교묘하게 처신을 하여 자기도 모르게 그 집 늙은 내외분을 속이게 되었습니다. 그녀는 이사벨라 아가씨를 탄복하게 했고, 그 오빠의 마음을 완전히 사로잡았습니다. 이렇게 린튼 집안의 호감을 산 것은 아가씨로서 아주 기쁜 일이었습니다. 아가씨에게는 허영심이 있었으니까요. 그래서 그녀는 꼭 어떤 사람을 속일 생각은 없었으면서도 차츰 이중적인 성격을 갖게 되었습니다.

그 집에서는 히스클리프를 '야비한 어린 악마'니 '짐승만도 못한 놈'이니 하는 말로 부르고 있었기 때문에, 그녀는 그와 같은 행동을 하지 않으려고 조심했습니다. 그러나 집에 돌아와서는 조금 얌전한 체해 봐야 비웃음만 살

뿐이고, 방종한 성질을 억제한대 봤자 신용을 얻거나 칭찬을 받을 수 있는 것도 아니므로 그러고 싶은 생각은 조금도 없는 듯했습니다.

에드거 도련님은 좀처럼 공공연하게 워더링 하이츠를 방문할 용기를 내지 못했습니다. 도련님은 언쇼 서방님에 대한 악평에 겁을 먹고 만나는 것도 피했습니다. 그러나 도련님이 찾아왔을 때에는 우리로서는 되도록 예의바르게 대접했습니다. 서방님도 그가 왜 왔는지를 알았으므로 그를 불쾌하게 만들지 않으려 했으며, 만일 의젓하게 행동할 수 없으면 자기가 피해 주었습니다. 에드거 도련님이 찾아오는 것을 캐서린 아가씨는 싫어했던 것 같습니다. 아가씨는 수완도 없었고 아양을 떠는 일도 없었으며, 분명 에드거 도련님과 히스클리프가 만나는 것도 좋아하지 않았기 때문입니다. 왜냐하면 히스클리프가 린튼 도련님에 대한 경멸을 표시하는 경우 도련님이 없을 때처럼 반쯤 맞장구를 칠 수가 없었고, 린튼 도련님이 히스클리프에 대한 혐오나 반감을 보일 때에도 그녀로서는 어릴 적 친구를 깎아내리는 것을 아무렇지도 않다는 듯 들어 넘길 수가 없었기 때문입니다.

저는 아가씨가 어쩔 줄 몰라 하거나 말 못할 괴로움을 겪는 것을 보고 웃은 적도 많았습니다. 제가 조롱하는 것이 싫어서 아가씨는 숨기려고도 했지만 잘 되지 않았습니다. 이렇게 말하면 제 성미가 고약한 듯이 들리겠습니다만, 아가씨는 하도 자존심이 강해서 저는 아가씨가 좀더 겸손해지기 전까지는 난처해 하는 것을 보고도 정말 가엾게 생각할 수 없었던 것입니다.

그러나 아가씨도 마침내는 저에게 고백을 하고 다 털어놓았습니다. 의논 상대로 삼을 수 있는 사람이 저밖에 없었으니까요.

어느 날 오후 힌들리 서방님이 밖에 나가고 없었습니다. 그래서 히스클리프는 그 틈을 타서 일을 쉬기로 했습니다. 그때 그는 16살이 되어 있었던 것으로 기억됩니다. 그는 얼굴이 추한 것도 아니고 머리가 나쁘지도 않으면서, 일부러 성질이나 모습이 고약한 인상을 주도록 꾸미고 있었습니다. 그러나 지금 그에게서 그때의 흔적을 찾아볼 수는 없답니다.

그때 그는 이미 어릴 적에 받았던 교육의 혜택을 잊어버리고 있었습니다. 아침 일찍 시작하여 저녁 늦게 끝나는 끊임없는 고된 일이 그가 한때 가졌던 지식욕과 책이나 학문에 대한 애정을 다 없애 버렸던 것입니다. 언쇼 어른의 귀염을 받아 가지게 되었던 어릴 적의 우월감도 사라져 버리고 없었습니다.

그는 공부에 있어서 캐서린 아가씨와 대등한 수준을 유지하려고 오랫동안 노력했음에도, 결국 조용하지만 사무치게 낙담할 수밖에 없었습니다. 그는 완전히 뒤쳐지고 말았던 것입니다. 그리고 어쩔 수 없이 그전의 수준보다 떨어질 수밖에 없다는 것을 알았을 때는 이미 자신을 향상시킬 도리가 없었습니다. 그러자 용모까지도 정신적인 퇴보와 보조를 같이하여, 걸음걸이도 어정거리게 되었고 얼굴도 천해졌습니다. 타고난 무뚝뚝한 성질은 더욱 두드러졌고, 거의 바보처럼 붙임성 없는 침울로 변해 버렸습니다. 그리고 그는 많지 않은 아는 사람들에게 호감보다는 차라리 미움을 받는 데 이상한 기쁨을 맛보는 것 같았습니다.

그가 일을 쉬는 철에도 캐서린 아가씨와 그는 변함없는 친구였습니다. 그러나 말로 아가씨를 좋아한다는 표시는 하지 않게 되었고, 아가씨가 소녀답게 그를 어루만지거나 하면, 자기한테 아무리 그런 애정의 표시를 보여도 보람 없는 일이라는 사실을 알고 있기라도 하듯이 화를 내고 의아해하면서 피하는 것이었습니다.

아까 말씀드린 그날 오후, 히스클리프는 거실에 들어와서 그 날 하루 동안은 아무 일도 하지 않을 작정이라고 선언했습니다. 그때 저는 캐시 아가씨가 옷을 입는 것을 거들고 있었습니다. 아가씨는 그가 일을 쉬려는 생각을 하고 있는 줄은 짐작도 못하고 있었습니다. 그래서 그날 거실은 자기 차지라고 생각하여 에드거 도련님에게 오빠가 없다는 것을 알린 다음 그를 맞이할 준비를 하고 있었던 것입니다.

"캐시, 너 오늘 오후에 바빠?" 히스클리프는 물었습니다. "어디 가려고?"

"아니, 비가 오는데." 아가씨가 말했습니다.

"그러면 왜 비단옷을 입는 거야?" 그는 말했습니다. "누가 오는 건 아니지?"

"내가 알기로는 아니야……." 아가씨는 말을 더듬거렸습니다. "지금쯤 넌 들에 가 있어야 하잖아, 히스클리프. 점심 때가 지난 지도 한 시간이나 됐어. 나는 나간 줄 알았지."

"힌들리가 밉살맞게 붙어 있지 않은 적은 별로 없는데, 오늘은 좋은 기회잖아." 소년은 말했습니다. "오늘은 일을 그만두고 너와 같이 있을 테야."

"아니, 그렇지만 조지프가 이를걸," 하고 아가씨는 말하는 것이었습니다.

"일하러 가는 게 좋을 거야!"

"조지프는 페니스턴 절벽 저쪽에서 석회를 싣고 있어. 어두워져서야 일이 끝날 텐데 알 게 뭐야."

그는 불 있는 데로 걸어가서 앉았습니다. 캐서린 아가씨는 잠시 미간을 찌푸리면서 생각에 잠겼습니다. 아가씨는 오빠가 없는 틈을 타서 찾아오는 사람들을 위해 방해되는 일이 없도록 할 필요가 있었던 것입니다.

"오늘 오후에 이사벨라와 에드거 린튼이 온다고 했어." 아가씨는 잠시 입을 다물었다가 말했습니다. "비가 오니까 올 것 같지는 않지만, 올지도 몰라. 만일 온다면 네가 빈둥거린다고 꾸지람을 들을 수도 있어."

"엘렌을 시켜서 네가 바쁘다고 하라고 해, 캐시." 그는 고집을 부렸습니다. "그 형편없이 어수룩한 친구들 때문에 날 쫓아내지는 말아! 가끔 걔네들 때문에 불만스러울 때도 있다구. 그따위들이…… 아니야, 그만두겠어."

"그들이 어떻다는 거야?" 캐서린 아가씨는 난처한 얼굴로 노려보면서 외쳤습니다. "아이 참, 넬리!" 아가씨는 내 손에서 머리를 빼내면서 화를 내며 잇따라 외쳤습니다. "그렇게 머리를 빗으면 고수머리가 풀어진단 말야! 됐어, 그냥 둬요. 넌 무엇이 불만이라는 거야, 히스클리프?"

"아무것도 아니야. 하지만 저 벽에 걸린 달력을 보란 말야." 그는 창 가까이 걸려 있는 테두리가 쳐진 종잇장을 가리키면서 말을 계속했습니다. "저 십자(十字) 표지는 네가 린튼네 남매와 함께 보낸 저녁이고, 점을 찍은 것은 나와 같이 있었던 저녁이야, 알겠어? 나는 매일 표를 해 왔어."

"흥! 어리석기도 하군. 내가 그런 걸 마음에 둘 줄 알고!" 캐서린 아가씨는 뾰로통한 어조로 대꾸했습니다. "그게 무슨 의미가 있어?"

"나는 마음에 두고 있다는 것을 보여 주기 위해서지." 히스클리프는 말했습니다.

"그래, 내가 항상 너와 같이 있어야 한단 말야?" 아가씨는 차츰 더 화가 나 따지고 들었습니다. "그게 무슨 소용이 있어? 대체 무슨 이야기를 하고 있는 거야? 나를 즐겁게 하려고 무슨 이야기를 하든, 무슨 짓을 하든 너는 벙어리나 어린아이 같은데!"

"지금까지 내가 너무 말이 없다거나, 나하고 같이 있는 것이 싫다고 한 적 없잖아, 캐시!" 히스클리프는 매우 흥분하여 소리쳤습니다.

　"아무것도 알지 못하고, 아무 말도 하지 않는 사람하고도 상대가 되는 줄 아나 봐." 아가씨는 중얼거렸습니다.

　히스클리프가 일어섰지만 그는 그 이상 자기의 감정을 이야기할 시간도 없었습니다. 포석(鋪石)에 닿는 말발굽 소리가 들리더니, 곧 이어 조용히 노크를 한 린튼 도련님이 뜻밖의 부름을 받은 기쁨으로 싱글벙글하면서 들어섰기 때문입니다.

　한쪽이 들어서고 한쪽은 나갔을 때, 캐서린 아가씨는 틀림없이 그 두 친구 사이의 차이를 눈치챘을 것입니다. 두 사람은 황량한 언덕배기 탄광지대를 본 다음에, 아름답고 기름진 골짜기에 들어섰을 때의 느낌처럼 서로 비교가 되었습니다. 게다가 에드거 도련님의 말소리나 인사는 그의 모습만큼이나 히스클리프와는 정반대였습니다. 에드거 도련님은 듣기 좋고 나직하게 말을 했고, 그 말투가 주인님처럼 도시 사람들 같았습니다. 이 고장 사람들처럼 거친 말씨가 아니라 한결 더 부드러운 억양으로 말씀하셨으니까요.

"너무 빨리 온 거 아니오?" 도련님은 저를 흘끗 보면서 말했습니다. 저는 접시를 닦으며 요리대 저쪽 끝에 달린 서랍 정리를 시작하고 있었던 것입니다.

"아니에요." 캐서린 아가씨는 대답했습니다. "거기서 무얼 하고 있어, 넬리?"

"일을 하고 있어요, 아가씨." 저는 대답했습니다. 힌들리 서방님은 제게 린튼 도련님이 혼자 찾아오거든 언제든지 두 사람 옆에 있어 달라고 지시를 해 두었던 것입니다.

아가씨는 제 뒤에 와서 화난 듯이 속삭였습니다.

"걸레를 가지고 가요. 손님이 오셨을 때 하녀가 그 방에서 청소를 하는 것이 아냐!"

"서방님이 계시지 않으니까 마침 잘됐다고 생각했어요." 저는 일부러 큰소리로 대답했습니다. "그분이 계시는 데서 이런 일로 수선을 떨고 있으면 싫어하시니까요. 하지만 에드거 도련님은 이해하실 거예요."

"그런 수선은 나도 싫어해요." 손님에게 대답할 틈을 주지 않고 아가씨는 재빨리 말했습니다. 아가씨는 히스클리프와의 작은 말다툼 때문에 그때까지도 진정하지 못했던 것입니다.

"미안합니다, 캐서린 아가씨!" 저는 말했습니다. 그리고 저는 다시 열심히 제 일을 계속하였습니다.

아가씨는 에드거 도련님께는 보이지 않으리라고 생각하고, 내 손에서 걸레를 빼앗더니 매우 밉살스러운 듯이 내 팔을 지그시 비틀면서 꼬집었습니다.

제가 아가씨를 좋아하지 않았다는 말씀을 드렸듯이, 저는 이따금 그녀의 허영심을 긁어 주는 것을 재미로 삼았습니다. 게다가 몹시 아팠으므로 저는 벌떡 일어서면서 아우성을 쳤습니다.

"아니, 아가씨, 너무 심하지 않아요! 왜 꼬집으시는 거예요? 나도 이런 건 참지 않겠어요."

"나는 네게 손도 대지 않았어, 이 거짓말쟁이!" 아가씨는 다시 저를 꼬집고 싶어서 손가락이 근질근질해지고 귓불까지 새빨개져, 화가 나서 소리쳤습니다. 본디 그녀는 감정을 숨기지 못하고 화가 나면 언제나 얼굴 전체가 새빨갛게 되곤 했지요.

"그럼, 이건 뭐죠?" 저는 아가씨에게 반박하기 위한 증거로 또렷이 보랏빛으로 멍든 팔을 내보였습니다.

아가씨는 발을 구르고 잠시 머뭇거리다가, 어쩔 수 없는 사나운 성미에 복받쳐 두 눈에 눈물이 나도록 매섭게 제 뺨을 갈겼습니다.

"캐서린, 여봐요! 캐서린!" 린튼 도련님은 그의 애인이 거짓말과 폭행이라는 이중의 잘못을 저지르는 것을 보고 크게 놀라서 참견했습니다.

"이 방을 나가, 엘렌!" 아가씨는 온몸을 부들부들 떨면서 거듭 말했습니다.

어디나 저를 따라다녔고, 그때 역시 제 옆에서 앉아 있던 헤어튼 아기가 제 눈물을 보고 따라 울기 시작했습니다. 그러고는 "나쁜 캐시 고모!" 하고 흐느끼면서 투덜댔습니다. 그 말을 듣자 아가씨는 그 불쌍한 아이에게 분풀이를 하는 것이었습니다. 그녀는 아기의 어깨를 붙잡더니 파랗게 질릴 때까지 흔들었습니다. 에드거 도련님은 아이를 구하려고 별 생각 없이 아가씨의 손을 붙잡았습니다. 그러자 아가씨는 한쪽 손을 비틀어 뿌리치고는, 놀란 그 도련님의 뺨을 장난이라고는 할 수 없을 정도로 호되게 후려갈겼습니다.

도련님은 깜짝 놀라서 뒤로 물러섰습니다. 저는 헤어튼 아기를 안고 부엌으로 데려갔지만 통로의 문은 그대로 열어 두었습니다. 왜냐하면 두 사람이 싸움을 어떻게 해결하는지 보고 싶었기 때문입니다.

모욕당한 손님은 새파랗게 질려 입술을 떨면서 모자를 놓아 둔 곳으로 갔습니다.

"그거 잘한다!" 저는 혼자 중얼거렸습니다. "알기나 알고 돌아가야지! 아가씨의 본성을 구경하게 한 것도 친절이지 뭐야."

"어딜 가는 거예요?" 캐서린 아가씨는 문간으로 다가서면서 다급히 물었습니다.

도련님은 비키면서 지나가려고 했습니다.

"가면 안 돼요!" 아가씨는 힘을 주어 소리쳤습니다.

"돌아가야만 하오, 돌아가야겠소!" 도련님은 가라앉은 목소리로 대답했습니다.

"안 돼요!" 아가씨는 문의 손잡이를 잡고 고집을 부렸습니다. "아직은 안 돼요, 에드거 린튼. 앉아요. 그런 기분으로 가게 하지는 않겠어요. 밤새도록 괴로울 테니까요. 나는 당신 때문에 괴로워하고 싶지는 않아요!"

"당신한테 얻어맞고도 내가 여기 있을 수 있다고 생각해요?" 린튼 도련님은 물었습니다.

캐서린 아가씨는 잠자코 있었습니다.

"나는 당신이 무섭고 부끄러워졌소!" 그는 말을 계속했습니다. "다시는 이 집에 오지 않겠소!"

아가씨의 눈에는 눈물이 글썽거리기 시작했고 곧 이어 눈꺼풀도 깜박거리기 시작했습니다.

"게다가 당신은 일부러 거짓말을 했소!" 도련님은 말했습니다.

"그렇지 않아요!" 아가씨는 겨우 입을 떼면서 이렇게 소리쳤습니다. "난 아무것도 일부러 한 것은 없어요. 자, 갈 테면 가요. 가란 말이에요! 그러면 나는 울겠어요. 병이 나도록 울겠어요!"

아가씨는 의자 옆에 무릎을 꿇고 정말로 울기 시작했습니다.

에드거 도련님은 자기의 결심을 굽히지 않고 안뜰까지 나갔다가 거기서 머뭇거렸습니다. 저는 그의 용기를 북돋아 주려고 결심했습니다.

"아가씨는 지독하게 자기 맘대로예요!" 저는 큰 소리로 말했습니다. "그렇게 버릇없는 사람은 없어요. 집으로 돌아가시는 게 좋을 거예요. 그렇지 않으면 우리를 곤란하게 만들려고 아프다느니 뭐니 할 테니까요."

그 마음 약한 청년은 곁눈질로 창을 들여다보았습니다. 고양이가 다 죽여 놓은 생쥐나 반쯤 먹다가 둔 새를 두고 가기 어려운 것처럼, 그도 그냥 가버리기가 어려운 모양이었습니다.

'아, 그렇다면 하는 수 없겠군.' 저는 생각했습니다. '악운을 짊어지고 파멸로 뛰어드는 거지!'

과연 그대로였습니다. 도련님은 갑자기 돌아서더니, 바삐 거실로 다시 들어가서 문을 닫아 버렸습니다. 그리고 잠시 뒤 제가 서방님이 지독하게 취해 돌아오셔서 언제 소란을 피울지도 모른다고(정말 취하면 보통 그랬었습니다), 알려 주러 들어가니까, 두 사람은 도리어 사이가 좋아져 있었습니다. 그 일은 오히려 그들의 소년·소녀다운 표면적인 수줍음을 깨뜨리는 계기가 되어서, 두 사람은 친구라는 탈을 벗어 버리고 서로 사랑을 고백할 수 있게 되었던 것이지요.

힌들리 서방님이 돌아왔다는 말을 듣고 린튼 도련님은 급히 말 있는 데로 달려갔고, 캐서린 아가씨도 급히 자기 방으로 도망쳐 갔습니다. 저는 헤어튼 아기를 숨기고 서방님의 사냥총에서 총알을 뽑아 버렸습니다. 그분은 미친 듯이 흥분했을 적에는 사냥총을 만지기를 좋아했으며, 기분을 거스르거나 심지어 지나치게 주의를 끌거나 하면 누구라도 쏠 것 같았거든요. 그래서 저는 그 총을 쏘게 되더라도 피해가 없도록 총알을 뽑아 버리기로 한 것입니다.

9

서방님은 듣기에도 무시무시한 저주의 말을 떠들썩하게 뇌까리면서 들어왔습니다. 그런데 그때 저는 그 아드님을 부엌 찬장 속에 숨기고 있다가 들키고 말았습니다. 헤어튼 아기는 아버지가 야수처럼 귀여워하는 것이나 미친 사람처럼 성내는 것에 자연히 겁을 집어먹었습니다. 왜냐하면 귀여워할 때에는 꺼안고 입을 맞추고 하여서 숨이 막힐 지경으로 만들었고, 성을 낼 때는 불 속이나 벽으로 집어던질 기세였기 때문입니다. 그래서 그 불쌍한 아기는 제가 자신을 어디에 두든지 간에 소리를 죽이고 가만히 있는 것이었습니다.

"그래, 이번에야말로 잡혔군!" 힌들리 서방님은 개처럼 제 목덜미를 뒤로 잡아당겼습니다. "틀림없이 너희들은 그 아이를 죽일 작정이었지! 아이가 언제나 내 눈에 띄지 않는 이유를 이제야 알았어. 사탄의 힘을 빌려서라도 너로 하여금 식칼을 삼키게 해줄 테다, 넬리! 웃을 일이 아냐. 나는 이제 막 케네스 녀석을 블랙호스 늪에 거꾸로 처박고 오는 길이야. 하나나 둘이나 마찬가지지. 난 너희들 가운데 누군가를 죽이고 싶어. 그러지 않고는 편하질 않겠어!"

"전 식칼을 삼키긴 싫어요, 힌들리 서방님." 저는 그렇게 대답했죠. "그걸로 구운 청어를 자르고 있었는걸요. 죽이시려면 차라리 총으로 쏴 주세요."

"차라리 지옥에 떨어지는 것이 나을 거야." 그분은 말했습니다. "정말 그렇게 해 주지. 영국에는 집안의 질서를 바로잡는 일을 방해하는 법은 없어. 그런데 내 집안은 몸서리가 날 정도야! 자아, 입을 벌려."

그분은 칼끝을 제 이빨 사이로 밀어 넣었습니다. 그러나 저는 그분의 주정엔 별로 겁을 내지 않았습니다. 저는 침을 탁 뱉고, 그 맛이 고약해서 어떤 일이 있어도 먹지 않겠다고 일러 드렸습니다.

"아아!" 힌들리 서방님은 저를 놓으시면서 말했습니다. "저 흉측한 작은 녀석은 헤어튼이 아니야. 내 아들인데 나를 맞이하러 달려오지도 않고, 마치 내가 마귀인 것처럼 아우성만 치니 산 채로 껍질을 벗겨 줄만도 하지. 이 인정머리도 없는 녀석, 이리 와! 인심 좋고 늘 속기만 하는 애비에게 아양 떠는 법을 가르쳐 주지. 그런데 저 녀석 귀라도 잘라 주는 것이 보기 낫지 않을까? 개도 귀를 자르면 더 사납게 보이지. 나는 사나운 것이 좋단 말이야. 사납고도 깔끔한 것이 좋아! 게다가 귀를 소중히 하는 것은 돼먹지 않은 겉치레고 지독히 건방진 짓이야. 귀 같은 건 없어도 우린 본디 바보야. 그쳐, 이 녀석, 그쳐! 그러고 보니 너는 내 귀여운 아이로군. 조용히 해. 울지 마라. 자, 웃으면서 내게 입을 맞춰. 뭐! 싫다구? 당장 입을 맞춰, 헤어튼! 정말 이런 괴물 같은 녀석은 기르지 않았는데! 두고 봐, 영락없이 이 녀석의 모가지를 부러뜨려 놓을 테니!"

불쌍한 헤어튼은 아버지의 품 안에서 힘을 다하여 울부짖으며 발버둥쳤습니다. 그리고 위층에 데리고 가서 난간 너머로 쳐들었을 때는 갑절이나 더 크게 울었습니다. 아이가 놀라서 발작이라도 일으키겠다고 저는 소리를 치면서 구하려고 달려갔습니다.

제가 달려갔을 때 힌들리 서방님은 몸을 내밀고, 손에 든 것을 거의 잊어버린 채 밑에서 들려오는 소리에 귀를 기울이고 있었습니다.

"저건 누굴까?" 서방님은 계단 밑으로 가까이 다가오는 발소리를 들으며 물었습니다. 저는 그것이 히스클리프의 발걸음 소리라는 것을 알고서, 그에게 이쪽으로 오지 못하게 하려고 저도 몸을 내밀었습니다. 그런데 제가 헤어튼에게서 눈을 떼는 순간, 그 아이는 갑자기 뛰어올라 부주의하게 안고 있던 아버지의 품 안에서 밑으로 떨어졌습니다.

아찔한 두려움을 경험할 틈도 없이 우리는 아이가 무사하다는 것을 알았습니다. 그 아슬아슬한 순간에 바로 밑에 와 있던 히스클리프가 떨어지는 아이를 본능적으로 받았던 것입니다. 그러고는 아이를 세우면서 사고를 낸 사람이 누군가 알아보려고 위를 쳐다보았습니다.

그 위에 있는 언쇼 서방님의 모습을 보았을 때의 그의 얼굴은, 복권을 5실링에 팔아 버린 구두쇠가 다음날 5천 파운드를 놓쳤다는 것을 알았을 때보

다도 더 어이없는 표정을 하고 있었습니다. 그의 얼굴에는 스스로 자신의 복수를 방해했다는 데 대한 더할 나위 없는 괴로움이 말보다도 더 뚜렷하게 나타나 있었습니다. 아마 어두웠더라면 헤어튼을 내던져 골통을 부수고라도 자기의 실수를 보상하려 했을 겁니다. 그러나 헤어튼 아기가 구조된 것을 우리가 보고 만 것입니다. 저는 곧 밑으로 내려가서 제가 맡고 있는 소중한 아기를 꼭 껴안았습니다. 힌들리 서방님은 술도 깨고 창피하기도 해서 저보다도 천천히 내려왔습니다.

"네가 잘못한 거야, 엘렌" 하고 서방님은 말했습니다. "아이를 내 눈에 띄지 않는 곳에 둬야 했고, 내게서 데려가야 했어! 어디 다친 데는 없어?"

"다친 데는 없냐구요!" 저는 화를 내며 외쳤습니다. "밑에 아무도 없었다면 죽지 않았더라도 바보가 되었을 거예요, 정말! 서방님이 아기를 어떻게 다루는가를 알면 아기 어머니께서 무덤에서 벌떡 일어날 거예요. 서방님은 이교도보다도 더 고약하세요. 자기의 혈육을 그렇게 다루시다니!"

서방님께서는, 제 품에 안기자 무서운 것도 잊어버리고 울음을 그친 아이를 다시 만지려고 했습니다. 그러나 아버지의 손가락이 닿자마자, 아기는 전보다 더 큰 소리로 소리를 지르며 경련이라도 일으킬 듯이 몸부림쳤습니다.

"아기를 건드리지 마세요!" 저는 말을 계속했습니다. "아기는 서방님을 미워해요. 다들 미워하지요. 정말입니다. 행복한 가족을 거느리셨군요. 그리고 서방님 처지도 훌륭하시구요!"

"머잖아 더 훌륭한 처지가 되겠는데, 넬리!" 그 마음이 비뚤어져 버린 사람은 다시 냉혹한 성미로 돌아가서 껄껄 웃었습니다. "지금은 그 아이를 안고 저쪽으로 가 줘. 그리고 히스클리프도 들어! 너도 내 곁에서 멀찍이 비키란 말야. 오늘 밤엔 죽이지 않겠어. 내가 집에 불이라도 지른다면 어떻게 될지 모르지만 말이야. 그러나 그것도 내 마음이 내키는 대로지."

그리고 나서 그분은 요리대에서 1파인트짜리 브랜디 병을 꺼내 와서는 큰 잔에 따랐습니다.

"아니, 안 돼요!" 저는 애원했습니다. "힌들리 서방님, 제 말을 들으세요. 서방님 자신은 상관 않으셔도 이 불쌍한 아이만은 어여삐 생각하셔야 해요."

"누가 길러도 나보다 나을 테니까." 그분은 이렇게 대답했습니다.

"자신의 영혼도 소중히 생각하세요!" 저는 그분의 손에서 잔을 빼앗으려고 애쓰면서 말했습니다.

"나는 싫어! 그와는 반대로, 나는 조물주를 처벌하기 위해서라면 내 영혼을 지옥에 보내는 일이라도 기꺼이 할 용의가 있어." 신을 모독하는 그 사람은 소리쳤습니다. "내 영혼의 온전한 파멸을 위해서 축배를!"

그분은 그 독주를 마시고는 갑갑한 듯이 우리에게 가라고 했습니다. 그리고 마지막에는 무시무시한 저주를 한바탕 늘어놓았는데, 그것은 되풀이하거나 다시 생각하기도 역겨울 정도로 지독한 것이었습니다.

"저 녀석이 술로 뒈지지 않는 게 이상해." 히스클리프는 힌들리 서방님이 문을 닫고 나가자, 서방님이 늘어놓은 저주를 흉내내며 말했습니다. "마실 대로 마시고는 있지만 몸이 좋으니까 죽지 않는 거지. 케네스 선생은 그가 기머튼 쪽 사람 중 누구보다도 오래 살 테고, 백발이 될 때까지 죄를 짓다가 죽을 거라면서 자기의 암말을 걸고 내기라도 하겠다고 하더군. 적당히 어떤 사고라도 일어나지 않는다면 말이야."

저는 부엌으로 들어가서 귀여운 아기를 잠재우려고 했습니다. 히스클리프는 방으로 해서 헛간으로 갔다고만 생각했습니다. 그가 벽 옆에 있는 긴 의자에 누워 있었다는 것은 나중에 알게 되었지요. 불 있는 데서 먼 곳에 드러누워 잠자코 있었기 때문에, 등이 높은 긴 의자에 가려져 보이지 않았던 것이었습니다.

아무튼 저는 헤어튼을 무릎 위에 올려놓고 흔들면서 이렇게 시작되는 노래를 흥얼거리고 있었습니다.

이슥한 밤에 아기가 울면,
무덤 속 어머니가 들으시고,

그때 자기 방에서 그 소동에 귀를 기울이고 있던 캐시 아가씨가 머리를 들이밀고 속삭였습니다.

"혼자 있어, 넬리?"

"그래요, 아가씨." 저는 대답했습니다.

아가씨는 들어와서 불 가까이 왔습니다. 저는 그녀가 무슨 말을 할까 하고 쳐다보았습니다. 걱정스럽고 곤란한 듯한 표정이었습니다. 무슨 말을 하려는 듯이 입술이 반쯤 열리며 숨을 들이쉬었지만, 그건 말이 아닌 한숨이 되어 나왔습니다.

저는 아가씨가 그날 오후에 제게 한 짓을 잊어버리지 않았기 때문에 모르는 척하고 노래를 불렀습니다.

"히스클리프는 어디 갔어?" 아가씨는 제 노래를 가로막으면서 말했습니다.

"마구간에서 일을 하고 있을 거예요." 저는 대답했습니다.

히스클리프도 자신이 거기 있다는 말은 하지 않았습니다. 아마 긴 의자 뒤에서 잠이 들었던 모양이에요. 그리고 나서도 오랫동안 말이 끊겼습니다. 그동안 캐서린 아가씨의 뺨을 타고 흐른 눈물 한두 방울이 돌바닥에 떨어졌습니다.

'자기의 부끄러운 행동을 슬퍼하고 있는 것일까.' 저는 혼자 생각했습니다. '그런 적은 지금까지 없었는데. 그러나 하고 싶은 말이 있으면 자기가 먼저 할 일이지, 내가 물어볼 것까지는 없어. 그래, 그녀는 자기 자신의 문제 이

외에는 어떤 일에도 별로 마음을 쓰지 않는데 뭐.'

"아이, 참!" 아가씨는 마침내 외쳤습니다. "나는 정말 불쌍해!"

"안 됐군요." 저는 말했습니다. "아가씨는 성미가 까다로워요. 친구가 그렇게 많고 걱정이 그렇게 적어도 만족할 수 없으니까요!"

"넬리, 비밀을 지켜 주겠어?" 아가씨는 조르면서 제 옆에 무릎을 꿇고, 화를 낼 만한 때에 도무지 화를 내지 못하게 하는 그런 매력적인 눈초리로 제 얼굴을 쳐다보는 것이었습니다.

"지킬 만한 비밀이에요?" 저는 마음을 조금 누그러뜨리면서 물었습니다.

"그래. 나는 걱정이 돼서 털어놓지 않을 수 없어! 어떻게 해야 할지 알고 싶어. 오늘 에드거 린튼이 나에게 결혼해 달라고 해서 나는 대답해 버렸어. 그런데 내가 승낙했는지 거절했는지는 일단 덮어 두기로 하고, 마땅히 어떻게 했어야 하는지 말을 해 줘."

"아니, 캐서린 아가씨, 내가 어떻게 알겠어요?" 저는 대답했습니다. "하지만 오늘 오후 그가 있는 데서 아가씨가 그런 짓을 한 것을 생각하면 거절하는 것이 현명하리라고 말하고 싶어요. 그런 일이 있은 다음에 청혼을 했으니까, 그이는 형편없이 미련하거나 앞뒤를 못 가리는 바보임에 틀림없을 테니까요."

"그렇게 말하면 나는 아무 말도 않겠어." 아가씨는 일어서면서 뾰로통하게 대꾸했습니다. "난 승낙을 했어, 넬리."

"승낙했다구요? 그렇다면 이제 와서 이러니저러니 해봤자 소용이 없잖아요? 이미 약속을 해버렸으니까 그만둘 수도 없지요."

"그러나 내가 그렇게 한 것이 마땅한 것인지 아닌지 말해 봐. 얼른!" 아가씨는 손을 마주 비비고 얼굴을 찌푸리면서 약이 오른 듯한 어조로 소리쳤습니다.

"그 질문에 옳게 대답을 하자면 여러 가지를 생각해야지요." 저는 점잔을 빼면서 말했습니다. "첫째, 무엇보다 에드거 도련님을 사랑하세요?"

"당연하지. 누가 뭐래도 사랑해." 아가씨는 대답했습니다.

그리고 저는 다음과 같이 여러 가지 질문을 했습니다. 전 22살 난 아가씨로서는 분별이 없지 않은 셈이었지요.

"왜 그이를 사랑해요, 캐시 아가씨?"

"무슨 소리야, 사랑하니까 사랑하는 거지. 그걸로 충분해."

"결코 그렇지 않아요. 이유를 말해야만 해요."

"글쎄, 그이는 잘생겼고 함께 있으면 유쾌하니까."

"그걸론 안 돼요"라는 것이 저의 의견이었습니다.

"그리고 그이는 젊고 명랑하니까."

"아직도 안 돼요."

"그리고 그이는 나를 사랑하니까."

"그건 관계없는 거지요."

"그리고 그는 재산을 많이 물려받을 거고, 나는 근방에서 제일가는 부인이 되고 싶고, 그렇게 훌륭한 남편을 가지면 자랑스러울 테니까."

"제일 못 쓰겠군요! 자, 이번에는 아가씨가 어떻게 그를 사랑하는지 말해 봐요."

"다른 아가씨들과 마찬가지지. 실없기는, 넬리."

"조금도 실없지 않아요. 대답해 보세요."

"그이가 살고 있는 땅, 그이가 있는 머리 위의 하늘, 그리고 그이의 손이 닿는 모든 것, 그리고 그이가 하는 모든 말을 다 사랑해. 그이의 모든 표정, 그이의 모든 행동, 그리고 그이의 모두를 사랑하지. 그만하면 됐지!"

"그렇다면 왜 그렇게 좋아졌을까요?"

"싫어, 놀리나봐. 아주 성미가 고약한데! 나는 농담을 하고 있는 게 아냐!" 아가씨는 상을 찌푸리면서 불 있는 데로 얼굴을 돌렸습니다.

"나도 농담을 하고 있는 게 아니에요, 캐서린 아가씨." 저는 대답했지요. "아가씬 에드거 도련님을 잘생기고, 젊고, 명랑하고, 돈 많고, 그리고 당신을 사랑하기 때문에 사랑한다고 합니다. 그러나 마지막 이유는 아무 뜻이 없어요. 아마 그것이 없어도 아가씨는 그분을 사랑할 거예요. 그리고 비록 그분이 아가씨를 사랑한다고 하더라도, 앞의 네 가지 매력이 없다면 당신은 그분을 사랑하지 않을 거예요."

"그렇지, 그렇고 말고. 그렇다면 그를 불쌍하게 여기기만 했겠지. 그가 보기 싫고 촌뜨기라면 난 아마 그를 싫어할 거야."

"그렇지만 세상에는 잘나고 돈 많은 젊은 사람이 그 말고도 많이 있어요. 어쩌면 그보다도 더 잘나고 부자인 사람들이 있을지도 모르죠. 그렇다면 왜 그런 사람들을 좋아할 순 없어요?"

"그런 사람이 있다고 하더라도 내 눈 앞에는 없잖아. 난 에드거 같은 사람은 본 적이 없거든."

"몇 명쯤 볼지도 모르죠. 그리고 린튼 씨가 늘 잘생기고 젊지는 않을 거고, 언제까지나 돈을 지탱하지 못할는지도 모르고요."

"그러나 지금은 젊고 부자잖아. 더욱이 나는 현재만을 생각하니까 좀 이치에 맞게 얘기해 주면 좋겠어."

"그렇다면 그뿐이죠. 정말 현재만을 생각한다면 린튼 도련님과 결혼하세요."

"난 넬리의 허가를 받고 싶지는 않아. 아무튼 그와 결혼할 테니까. 그런데 넬리는 아직 내가 승낙한 게 잘한 건지 잘못한 건지 말해 주지 않았어."

"만일 현재만을 생각해서 결혼해도 좋다면 조금도 틀리지 않았어요. 이번에는 뭣 때문에 불행한지 들어 봅시다. 오빠께서는 좋아하실 거고, 린튼 집안 노인 내외분도 반대는 안 하실 거예요. 그리고 지금의 어수선하고 편치 않은 집안을 피해서 돈 많고 점잖은 집으로 가게 되고, 아가씨도 에드거 도련님을 사랑하고 에드거 도련님도 아가씨를 사랑하지요. 그러니 모든 것이 순조로워 보이는데 어디에 무슨 잘못이 있단 말예요?"

"여기에! 그리고 여기에도!" 캐서린 아가씨는 한쪽 손으로는 이마를 치고 다른 한쪽 손으로는 가슴을 치면서 대답하는 것이었습니다.

"어느 쪽에 영혼이 들어 있든, 영혼에 물어 봐도 마음에 물어봐도 대답은 내가 옳지 않은 일을 하는 거래!"

"정말 이상한데요! 무슨 소린지 모르겠어요."

"비밀이야. 그러나 나를 조롱하지 않겠다면 설명을 하겠어. 똑똑히 설명할 수는 없지만 내 느낌만은 말해 주겠어."

아가씨는 다시 내 곁에 앉았어요. 얼굴은 더 슬프고 침울해졌으며 마주 잡은 손은 떨리고 있었습니다.

"넬리, 넬리는 혹시 이상한 꿈을 꾸지 않아?" 아가씨는 몇 분 동안 생각한 끝에 불쑥 말했습니다.

"네, 저도 이따금 꾸지요." 저는 대답했습니다.

"나도 그래. 나는 언제나 마음속에 남아 내 생각을 바꾸게 한 꿈을 꾼 적이 있어. 마치 물에 탄 포도주처럼, 그런 꿈은 내 속에 샅샅이 스며들어 내 마음의 빛깔이 변하게 해. 지금부터 이야기하는 것도 그런 꿈이야. 그러나 어떤 이야기를 하더라도 웃지 말아줘."

"제발 그만두세요, 캐서린 아가씨!" 저는 외쳤습니다. "성가신 유령과 환 영(幻影) 없이도 이미 침울할 대로 침울해요. 자, 아가씨답게 기운을 내세 요. 헤어튼 아기를 봐요. 음산한 꿈이라고는 전혀 꾸고 있지 않잖아요. 자면 서 어쩌면 저렇게 귀엽게 웃을까!"

"그래. 그런데 이 아이의 아버지가 혼자서 저주를 뇌까리는 꼴은 또 얼마 나 귀여워? 그런 오빠도 이 아이처럼 토실토실하고 어리고 순진했던 아이였 다는 것을 넬리는 아마 기억하고 있겠지. 자, 넬리. 내 꿈 이야기를 들어 줘 야겠어. 별로 길지도 않아. 그리고 오늘 밤은 도저히 명랑할 수 없어."

"나는 듣지 않겠어요, 듣지 않겠어요!" 저는 급하게 말을 되풀이했습니다.

저는 그 당시 꿈에 관해서는 미신을 가지고 있었고, 지금도 마찬가지입니 다. 게다가 캐서린 아가씨의 모습이 여느 때보다도 침울하길래, 무슨 나쁜 조짐이 되고, 무서운 파국을 내다보게 하는 이야기를 듣게 되지 않을까 두려 웠던 것입니다.

캐서린 아가씨는 화가 난 것 같았지만 꿈 이야기를 꺼내지는 않았습니다. 다른 이야기를 하다가 잠시 후 아가씨는 다시 말을 시작했습니다.

"내가 만일 천국에 간다면, 넬리, 난 아주 불행할 거야."

"아가씨는 거기에 어울리지 않지요." 저는 대답했습니다. "죄 지은 사람들 은 천국에서는 불행하니까요."

"그런 게 아니야. 한번은 내가 천국에 간 꿈을 꾸었어."

"나는 꿈 이야기는 듣지 않겠어요. 나는 자러 가겠어요." 나는 다시 말을 가로막았습니다.

아가씨는 깔깔 웃고 저를 끌어 앉혔습니다. 제가 의자에서 일어서려 했기 때문입니다.

"이건 아무것도 아니야." 아가씨는 외쳤습니다. "천국은 내가 갈 곳이 아 닌 것 같다고 말하려 했을 뿐이야. 나는 지상으로 돌아오려고 가슴이 터질 만큼 울었어. 그러니까 천사들이 몹시 화를 내면서, 나를 워더링 하이츠 정 상에 있는 벌판 한복판에 내던졌어. 거기서 나는 기뻐서 울다가 잠이 깼지.

이것이 다른 것과 마찬가지로 내 비밀을 설명하는 것이 될 거야. 나는 천국에 가지 않아도 되는 것처럼, 에드거 린튼과 꼭 결혼할 필요도 없는 거지. 저 방에 있는 저 고약한 사람이 히스클리프를 저렇게 천한 인간으로 만들지 않았던들 내가 에드거와 결혼하는 일 같은 것은 생각지도 않았을 거야. 그러나 지금 히스클리프와 결혼한다면 격이 떨어지지. 그래서 내가 얼마나 그를 사랑하고 있는가를 그에게 알릴 수 없어. 히스클리프를 사랑하는 건 그가 훌륭하기 때문이 아니라 넬리, 그가 나보다도 더 나 자신이기 때문이야. 우리의 영혼이 무엇으로 되어 있든 그의 영혼과 내 영혼은 같은 것이고, 린튼과 나의 영혼은 달빛과 번개, 서리와 불같이 전혀 달라.”

이 말이 끝나기 전에 저는 히스클리프가 가까이에 있다는 것을 깨달았습니다. 살며시 움직이는 기척이 나길래 그쪽을 돌아다보니, 그가 긴 의자에서 일어나서 조용히 나가는 것이 보였습니다. 그는 캐서린 아가씨가 그와 결혼한다면 격이 떨어질 거라고 말할 때까지 듣고 있다가, 그 이상은 듣지 않고 나갔던 것입니다.

바닥에 앉아 있던 캐서린 아가씨는 긴 의자의 등 때문에 그가 있었던 것도 나간 것도 몰랐지만, 저는 깜짝 놀라 아가씨에게 조용히 하라고 했습니다.

“왜?” 아가씨는 걱정스러운 듯이 주위를 살피면서 물었습니다.

“조지프가 왔어요.” 저는 때마침 길에서 그의 짐마차 소리가 나길래 말했습니다. “히스클리프도 같이 들어올 거예요. 벌써 문간에 와 있는지도 모르겠어요.”

“아니, 문간에선 내가 한 말이 들릴 리가 없지.” 아가씨는 말했습니다. “저, 식사준비를 하는 동안 헤어튼은 내게 줘. 그리고 식사가 준비되거든 넬리와 같이 먹을 수 있도록 불러줘. 이런 편치 않은 마음을 잊어버리고 싶고, 히스클리프가 이런 일을 눈치채지 못했다는 것을 확인하고 싶어. 눈치채지 못했겠지? 사랑하고 있다는 것이 어떤 것인지를 그는 모르겠지?”

“아가씨가 알고 계시다면 그도 모르리란 법은 없죠.” 저는 대꾸했습니다. “만일 히스클리프가 아가씨를 좋아한다면 그보다 불행한 사람은 없어요! 아가씨가 린튼 부인이 되면 그는 친구도 연인도, 모든 것을 잃어버리니까! 아가씨는 그와 헤어진다는 것을 어떻게 참을 것인지, 또 그가 이 세상에서 외톨이가 된다는 것을 어떻게 참아야 할지 생각해 본 적이 있어요? 왜냐하면 캐서린 아가씨……."

"그가 외톨이가 된다고! 우리가 헤어진다고!" 아가씨는 화가 난 듯이 말했습니다. "누가 우리를 갈라놓는단 말야? 그따위들은 밀로(고대 그리스의 폭군으로, 압제를 견디다 못한 백성들에 의해 알피오스 강에 던져졌다)와 같은 꼴이 될 거야! 내가 살아 있는 한 나는 그를 버리지 않아, 넬리. 어떤 사람을 위해서도. 린튼 집안의 사람이 모조리 지상에서 사라지더라도 히스클리프를 버릴 생각은 없어. 결코 그럴 생각은 없어. 그럴 작정은 아니고말고!

그런 희생을 치러야 한다면 나는 린튼 부인이 되지 않을 거야! 히스클리프는 이때까지와 마찬가지로 앞으로도 내게 소중한 거야! 에드거는 그를 싫어하지 말아야 하고, 적어도 그를 너그럽게 대해야 해. 히스클리프에 대한 나의 진정을 알면 그도 그렇게 할 거야. 넬리, 넬리는 나를 지독히 이기적인 계집애라고 생각하겠지만, 만일 히스클리프와 내가 결혼한다면 우리들은 거지가 될 거라는 생각 안 들어? 그러나 내가 린튼과 결혼하면 히스클리프의 출세를 도와서 그가 오빠의 손아귀를 벗어나게 할 수 있어."

"당신 남편의 돈으로 말이죠, 캐서린 아가씨?" 하고 저는 물었습니다. "그분은 아가씨가 생각하고 있는 것만큼 만만치는 않을 거예요. 게다가 저로서는 뭐라고 할 수 없지만, 린튼 도련님과 결혼하는 동기로서 여태껏 말씀하신 것 가운데서도 그것이 가장 나쁘다고 생각해요."

"그렇지 않아" 하고 아가씨는 반박했습니다. "그것이 가장 좋은 동기지! 다른 동기는 내 변덕을 만족시키는 것들이었고, 에드거의 만족을 위한 거였어. 그러나 이것은 에드거와 나 자신에 대한 나의 느낌을 몸소 이해해 주는 사람을 위한 것이거든. 꼭 집어 말할 순 없지만 확실히 당신이나 다른 사람 모두가 자기를 넘어선 자신의 존재가 있고, 또 있어야 한다고 생각하고 있을 거야. 만일 내가 이 몸 안에만 갇혀 있는 것이어야 한다면 이 세상에 태어난 보람이 무엇일까? 내가 이 세상에서 겪은 가장 커다란 불행은 히스클리프의 불행이었어. 그리고 처음부터 나는 그 하나하나를 보고 느꼈어. 내가 이 세상에 살면서 무엇보다도 중요하게 생각하는 것은 바로 히스클리프란 말이야. 만일 모든 것이 없어져도 그만 남는다면 나는 또한 살아갈 거야. 그러나 모든 것이 남고 그가 없어진다면, 온 세상이 낯설게 느껴질 거야. 내가 그 일부분으로 느껴지지도 않을 거라구. 린튼에 대한 나의 사랑은 숲의 잎사귀

99

와 같아. 겨울이 되면 나무의 모습이 달라지듯이 시간이 흐르면 그것도 변하리라는 것을 잘 알고 있어. 그러나 히스클리프에 대한 사랑은 땅 밑에 있는 영원한 바위와 같아. 눈에 보이는 기쁨의 근원은 아니더라도 없어서는 안 되는 것이야. 넬리, 내가 바로 히스클리프야! 그는 언제나 내 마음속에 있어. 내 자신이 반드시 나의 기쁨이 아닌 것처럼, 그도 그저 기쁨으로서가 아니라 내 자신으로서 내 마음속에 있는 거야. 그러니 다시는 우리가 헤어진다는 말은 하지 말아. 그것은 있을 수 없는 일이니까. 그리고……."

아가씨는 거기서 말을 끊고 제 옷자락에 얼굴을 묻었지만, 저는 그녀를 억지로 밀어냈습니다. 아가씨의 어리석은 이야기를 참을 수 없었던 것입니다!

"제가 아가씨의 종잡을 수 없는 이야기를 듣고 알 수 있는 건요," 하고 저는 말했습니다. "아가씨가 결혼에 있어서 져야 할 의무를 모르시거나, 그렇지 않으면 고약하고 절조 없는 분이라는 사실뿐이에요. 그러니 이 이상 비밀이니 뭐니 하며 저를 괴롭히지는 말아 주세요. 비밀을 지키겠다는 약속은 하지 않을 테니까요."

"그러나 지키겠지?" 아가씨는 열을 올리며 물었습니다.

"아닙니다. 전 약속할 수 없어요." 저는 말을 되풀이했습니다.

아가씨가 약속해야 한다고 막 우기려는 찰나에 조지프가 들어왔기 때문에 우리의 대화는 끊어졌습니다. 그리고 캐서린 아가씨는 한구석으로 자리를 옮겨 헤어튼 아기를 보고, 그 동안 저는 저녁식사 준비를 했습니다.

식사 준비가 되고 나서 조지프와 저는 누가 힌들리 서방님께 저녁을 날라가느냐 하는 것으로 다투기 시작했습니다. 그런데 음식이 거의 식을 때까지도 결정을 짓지 못했습니다. 그리고 나서 우리는 그분이 저녁 생각이 들어 식사를 가져오라고 하시도록 내버려 두기로 합의를 보았습니다. 얼마 동안 그분이 혼자 계실 때에 가까이 가는 것을 우리는 특히 두려워했기 때문입니다.

"그건 그렇고, 그 녀석은 어째서 아직도 들에서 돌아오지 않는 건가? 무엇을 하고 있을까? 게을러빠진 녀석 같으니!" 하고 그 노인은 히스클리프는 없는가 하고 두루 살피면서 다녔습니다.

저는 대답했습니다.

"내가 불러오겠어요. 틀림없이 헛간에 있을 거야."

저는 가서 불렀지만 대답이 없었습니다. 돌아와서 저는 캐서린 아가씨에게 그녀가 아까 말한 것의 대부분을 틀림없이 그가 들었을 것이라고 작은 소리로 일러 주었습니다. 그리고 아가씨가 막 히스클리프의 위치를 끌어내린 오빠의 행동에 대해서 불평을 했을 때 그가 부엌을 나가는 것을 봤다는 이야기도 해 주었습니다.

아가씨는 몹시 놀라서 헤어튼 아기를 긴 의자에 내버려 두고, 스스로 히스클리프를 찾으러 달려나갔습니다. 자기가 왜 그렇게 당황하는지, 또한 자기가 한 말이 그에게 어떻게 들렸을지 생각할 겨를조차 없었던 것입니다.

아가씨가 너무 오래 돌아오지 않았으므로 조지프는 더 기다릴 것 없이 식사를 하자고 말했습니다. 조지프는 자기의 장황한 기도를 듣는 것을 피하기 위하여 그들이 도망친 것이라고 그럴 듯하게 짐작하고 있었습니다. 그러면서 "그들은 못할 짓이 없다"고 말하는 것이었습니다. 그래서 그날 밤에는 15분 동안의 식전 기도에 그들을 위한 특별 기도가 추가되고, 식후 기도가 끝난 다음에는 또 하나의 특별 기도가 곁들여질 판이었습니다. 그런데 그때 아가씨가 황급히 뛰어들어와서 당장 밖으로 나가 히스클리프가 어디를 돌아다니고 있든 찾아서 곧 돌아오도록 하라고 명령했습니다.

"그에게 이야기할 게 있어. 자러 올라가기 전에 꼭 이야기를 해야겠어!" 하고 아가씨는 말했습니다. "대문이 열려 있으니까, 어디 불러도 들리지 않는 곳에 가 있을 거야. 양 우리 꼭대기에서 있는 힘을 다해 외쳤지만 대답이 없었어."

조지프는 처음에는 반대했습니다. 그러나 아가씨가 너무 심각해져 그의 의견을 받아들이지 않았으므로 마침내 그는 투덜거리면서 모자를 쓰고 나갔습니다.

그동안 캐서린 아가씨는 방을 왔다갔다하면서 소리치는 것이었습니다.

"어디를 갔는지 몰라. 도대체 어디에 있는 거야! 내가 뭐라고 말했지, 넬리? 나는 잊어버렸어. 오늘 오후 내가 성질을 부려서 히스클리프가 화가 났던가? 아니! 내가 무슨 말을 해서 그를 슬프게 했는지 말해 줘. 그가 돌아왔으면 좋겠어. 제발 돌아왔으면!"

"아무것도 아닌 것을 가지고 무슨 쓸데없는 소동이에요!" 저도 좀 걱정이 되었지만 말했습니다. "뭘 그런 하잘것 없는 일로 걱정을 하세요! 히스클리프가 달밤에 벌판을 어정거리고, 우리하고 말하기 싫어 건초장(乾草場)에 누워 있다고 해서 그렇게 난리를 칠 것은 조금도 없어요. 틀림없이 거기에 숨어 있을 거예요. 제가 찾아낼 테니까 보세요!"

저는 다시 찾아보려고 나갔습니다. 그러나 그것은 실패로 그쳤고 조지프의 수색도 또한 마찬가지였습니다.

"그 녀석은 점점 못 쓰게 되어 가는데!" 그는 되돌아와서 외치는 것이었습니다. "그 녀석이 문을 활짝 열어 놓고 가서, 아가씨의 조랑말이 보리밭을 두 이랑쯤 짓밟고 그대로 목장 쪽으로 올라가 버렸어. 그러니 주인어른이 내일 화가 나서 가만 있지 않으실 거야. 그런 부주의하고 쓸모없는 녀석을 그래도 잘 참으셔. 정말 참을성이 있으시다니까! 그러나 언제까지 그렇지는 않으실 거야. 두고 봐! 공연히 그분을 화나게 해서는 안 된다구!"

"히스클리프는 찾았어, 이 바보 영감?" 캐서린 아가씨가 말을 가로막았습니다. "내가 시킨 대로 찾아보기는 한 거야?"

"그 녀석을 찾느니, 말이라도 찾는 게 낫지." 그는 대답했습니다. "그것이 더 지각 있는 일이지. 그러나 이런 밤에 말이든 사람이든 찾을 게 뭐야. 마치 굴뚝 속처럼 캄캄한데! 게다가 히스클리프는 내 휘파람 소리쯤으로 올 녀석이 아니거든. 아가씨가 부르신다면 올지 모르지만."

여름치고는 정말 지독하게 어두운 밤이었습니다. 구름은 곧 천둥소리라도 낼 듯했습니다. 그래서 저는 모두 앉아서 기다리는 것이 낫겠다고 말했습니다. 비가 오면 가만히 둬도 틀림없이 돌아올 것이었기 때문입니다.

그러나 캐서린 아가씨는 무슨 소리를 해도 가만히 있지를 못했습니다. 조바심이 나서 잠자코 있지를 못하고, 대문과 문간 사이를 바삐 왔다갔다했습니다. 마지막에 아가씨는 제가 뭐라고 해도, 또 천둥이 치고 굵다란 빗방울이 떨어지기 시작해도, 아랑곳없이 길과 가까운 담에 붙어선 채 꼼짝도 하지 않았습니다. 그리고 때때로 그를 부르다가 귀를 기울이고, 그러다가는 울음을 터뜨려버리는 것이었습니다. 아가씨는 몹시 복받쳐서 울 적에는 어린 헤어튼 아기나 다른 어떤 아이보다 더더욱 심했습니다.

우리는 자정 때까지도 앉아 있었는데, 그때 그 언덕 너머로 폭풍이 맹렬하게 불어왔습니다. 천둥뿐만 아니라 바람도 사나웠고, 어느 쪽인지 집 모퉁이에 선 나무가 부러졌습니다. 그러자 커다란 가지 하나가 지붕에 넘어져서 동쪽 굴뚝 한 모서리가 무너졌고, 돌이며 검댕이 부엌 난로 속으로 와르르 떨어졌습니다.

우리는 우리가 있던 곳 한복판에 벼락이 떨어졌다고 생각했습니다. 조지프는 무릎을 꿇고 하느님께 죄 있는 자는 벌하시더라도, 족장(族長)인 노아와 롯을 생각하시어 옛날처럼 바르게 사는 자들은 살려 주십사고 기도를 드렸습니다. 저에게도 그것은 분명 우리에 대한 심판이라는 생각이 들 정도로 사나운 폭풍이었습니다. 요나 (^{구약성서)의 인물로, 하느님의 명령을 어기고 항해에 나섰다가 풍랑을 만나는 바람에 하느님의 노여움을})가 바로 언쇼 서방님이라는 생각이 들어서, 그가 아직 살아 있는지를 확인하려고 그분의 방문 손잡이를 흔들어 보았습니다. 대답 소리는 충분히 들려왔지만 여느 때와 같이 무서운 소리여서, 조지프는 더욱 요란하게 자기와 같은 성자(聖者)와 주인과 같은 죄인 사이에 확실한 구별을 해 주십사고 고함을 지르며 기도하는 것이었습니다. 20분 후에 폭풍은 지나갔고, 우리는 모두 무사했습니다. 다만 캐시 아가씨만이 고집을 부려 비를 피하지 않고 보닛과 숄도 쓰지 않은 채 서 있었기 때문에 머리고 옷이고 함빡 젖었습니다.

아가씨는 방에 들어와서도 온통 젖은 채로 긴 의자에 드러누워, 의자의 등쪽을 향한 얼굴을 두 손으로 가리고 있었습니다.

"자, 아가씨!" 저는 아가씨의 어깨에 손을 얹으면서 소리쳤습니다. "설마 죽고 싶은 건 아니겠죠? 지금 몇 시인 줄 아세요? 12시 반이에요. 자, 주무세요. 그 어리석은 아이를 더 기다려봐야 소용없어요. 그 앤 기머튼에 가서 자고 오려나 봐요. 그 애는 우리가 이렇게 늦게까지 자지 않고 자기를 기다리고 있는 줄은 모를 거예요. 힌들리 서방님만이 일어나 계시리라고 생각하고 주인께 문을 열게 하는 일을 피하려고 하는 거겠죠."

"아니야, 아니야, 기머튼에 가지 않았어!" 조지프가 말했습니다. "틀림없이 늪구멍 바닥에라도 빠져 있을 거야. 이렇게 하느님이 노하시는 데 까닭이 없는 것이 아니야. 아가씨께서도 조심해야겠어요. 다음 차례가 될지도 모르니까. 하느님께 모든 것을 고마워해야 돼. 쓰레기 속에서 가려 낸 자들을 위해서는 다 잘 된 거지! 성경에서도 그렇게 말하고 있어."

그는 성경 구절을 몇 구절 인용하면서 그것이 몇 장 몇 절인지까지 가르쳐 주었습니다.

그 고집 센 아가씨는 일어나서 젖은 옷을 벗으라고 아무리 말해도 듣지 않았기 때문에, 저는, 조지프는 설교를 하게 놔두고 아가씨는 떨게 내버려 둔 채 헤어튼 아기를 데리고 잠자리에 들었습니다. 아기는 마치 다른 식구들도 모두 조용히 자는 듯이 곤히 잠들었습니다.

잠시 동안 조지프가 계속 성경을 읽는 소리가 들렸습니다. 조금 후에 그가 다락방으로 올라가는 사다리를 천천히 올라가는 소리가 들렸고, 그 뒤 저도 잠이 들었습니다.

보통 때보다 좀 늦게 내려가니 덧창 틈으로 비친 햇빛으로 캐서린 아가씨가 아직도 벽난로 가까이 앉아 있는 것이 보였습니다. 거실의 문도 열려 있고, 또한 닫지 않은 창으로 햇빛이 비쳐들고 있었습니다. 그리고 방에서 나온 힌들리 서방님이 초췌하고 졸린 얼굴로 부엌 난롯가에 서 계셨습니다.

"왜 그래, 캐시?" 제가 들어갔을 때 그분은 말씀하시는 것이었습니다.

"마치 물에 빠진 강아지 꼴이구나. 너 왜 그렇게 흠뻑 젖어 있고 얼굴빛이 나쁘니?"

"비를 맞았어요." 아가씨는 귀찮은 듯이 대답했습니다. "그리고 추워요. 그뿐이에요."

"아이구, 말씀 마세요!" 저는 서방님께서 술이 웬만큼 깨신 것을 눈치채고 외쳤습니다. "아가씨는 간밤에 소나기를 흠뻑 맞고서 거기 앉아 밤을 새웠답니다. 그런데 어떻게 해도 움직이게 할 수가 없었어요."

언쇼 서방님은 놀란 듯이 우리를 노려보셨답니다.

"밤새도록," 그분은 되물으셨습니다. "뭣 때문에 자지 않았어? 천둥이 무서웠던 것은 아니겠지? 천둥이 멎은 지도 오래 되니까."

우리는 숨길 수 있는 데까지는 히스클리프가 없어졌다는 말을 하고 싶지 않았습니다. 그래서 저는 왜 아가씨가 자지 않고 앉아 있으려 했는지 모른다고 대답했고 아가씨도 잠자코 있었습니다.

신선하고 상쾌한 아침이었습니다. 창을 열어 젖혔더니 뜰에서 풍겨오는 향기가 곧 방을 채웠습니다.

그러나 캐서린 아가씨는 뾰로통하게 제게 말하는 것이었습니다.

"엘렌, 창을 닫아. 추워 죽겠어!" 그러면서 아가씨는 꺼져 가는 불 앞으로 다가앉아 몸을 움츠리고 이를 딱딱 맞부딪혔습니다.

"몸이 불편한 모양이군." 힌들리 서방님은 그녀의 손목을 잡으면서 말했습니다.

“그래서 자지 않았던 게로구나. 제기랄! 집안에 또 병자가 생기는 건 질색이야. 뭣 때문에 비가 오는데 나갔던 거냐?”

“언제나와 마찬가지로 사내들 뒤를 쫓아간 게지요.” 조지프는 우리가 망설이고 있는 이 기회를 놓칠세라 거친 목소리로 악담을 늘어놓았습니다. “만일 내가 당신이라면 주인어른, 귀천(貴賤)을 가리지 않고 그놈들을 이 집에 얼씬도 못하게 해 주겠어요! 주인어른만 안 계시면 그 고양이 같은 린튼 녀석이 살그머니 오지 않는 날이 없어요! 그러면 저 얌전한 넬리도 부엌에 앉아 주인어른이 돌아오시는가 망을 본답니다. 그래서 서방님이 들어오시면 그 녀석은 다른 문으로 도망을 치고, 그러면 우리 아가씨도 그놈을 뒤따라 나가신단 말씀이지! 그러고서 밤 12시가 지나면 저 더럽고 망할 놈의 집시 녀석 히스클리프와 들판에 숨어 돌아다니니 훌륭도 하시지! 내가 장님인 줄 알겠지만, 천만에! 나는 바보는 아니거든! 린튼 녀석이 오는 것도 가는 것도 다 보고 있지. 그리고 너(말머리를 제게로 돌리면서)도 쓸모없고 지저분한 계집애야! 서방님의 말발굽 소리가 길에서 가까이 오는 것을 들으면 당장 쫄랑쫄랑 거실로 뛰어들어 가거든.”

“입 닥쳐, 이 엿듣기나 하는 늙은이!” 캐서린 아가씨가 외쳤습니다. “내 앞에서 건방진 소리 하지 마. 에드거 린튼은 어제 우연히 왔어요, 오빠. 그리고 그에게 가라고 말한 것도 나였어요. 오빠가 그렇게 취해 있어서 그를 만나고 싶지 않으리라는 것을 알고 있었거든요.”

“거짓말이지, 캐시? 틀림없어.” 그분은 말했습니다. “너는 바보야! 하지만 지금은 린튼이 문제가 아니지. 너 엊저녁에 히스클리프와 같이 있었지? 자, 바른대로 말해. 같이 있었다고 해도 그 녀석을 어쩌지는 않을 테니. 그 녀석을 미워하는 것은 마찬가지지만, 어제 그 녀석이 한 일을 생각해서 그 녀석의 목을 부러뜨리지는 않을 거야. 그런 일이 없도록 오늘 아침 그 녀석을 내쫓아 버릴 테니까. 그리고 그 녀석 가고 없거든 너희들도 모두 정신을 차리는 것이 좋을 거야. 내 성미가 그만큼 너희들 쪽으로 쏠릴 테니까!”

“나는 간밤에 히스클리프를 본 적이 없어요.” 캐서린 아가씨는 몹시 흐느끼기 시작했습니다. “만일 오빠가 그를 내쫓는다면 나도 그와 함께 가겠어요. 하지만 오빠에겐 그럴 기회도 없을 거예요. 그는 떠나버린 것 같으니까요.” 여기까지 말하고 나서 그녀가 슬픔을 억누르지 못하고 울음을 터뜨리는 바람에 그 나머지 말들은 잘 알아들을 수 없었습니다.

힌들리 서방님은 아가씨에게 경멸에 가득 찬 악담을 퍼붓고 당장 자기 방으로 들어가든지, 아니면 아무것도 아닌 일로 우는 것을 그치라고 했습니다. 저는 억지로 아가씨를 거실에서 데리고 나왔습니다. 방에 갔을 때 아가씨가 슬퍼하던 광경을 저는 잊을 수가 없을 것입니다. 그것은 무시무시했습니다. 저는 그녀가 미친 것이라고 생각하고 조지프에게 의사를 불러오라고 애걸했습니다.

과연 그것은 정신착란의 시초였습니다. 케네스 선생은 아가씨를 보자마자 위험하다고 진단했습니다. 아가씨는 열병에 걸렸던 것입니다.

의사는 피를 뽑고 나서, 아가씨에게 단백질을 뺀 우유와 미음만을 먹이고 그녀가 아래층이나 창밖으로 몸을 내던지지 못하도록 하라고 일러 주고 나서 떠났습니다. 집과 집 사이가 보통 2, 3마일 떨어져 있는 이 마을에서 그분은 이리저리 뛰어다녀야만 했기 때문입니다.

제 자신도 살뜰한 간병인 노릇을 했다고 말할 수는 없지만, 조지프와 주인은 더 말할 것도 없었습니다. 게다가 캐서린 아가씨도 환자로서는 가장 귀찮고 고집이 센 편이었지만요. 아무튼 아가씨는 차츰 병을 이겨나갔습니다.

린튼 댁 노부인께서는 분명히 대여섯 번은 찾아오셔서 이것저것 일들을 바로잡아 주고, 우리 모두를 꾸짖기도 하고 지시를 내리기도 하셨습니다. 그리고 캐서린 아가씨가 회복하기 시작했을 때, 그 할머니는 아가씨를 드러시 크로스 저택으로 옮기라고 우기셨습니다. 그렇게 하는 것을 우리는 매우 고맙게 생각했습니다. 그러나 그분은 가엾게도 자기의 친절을 후회하셨을 것입니다. 그 내외분은 병이 옮아 모두 며칠 사이에 돌아가시고 말았으니까요.

우리 아가씨는 전보다도 자주 화를 내는 성격이 되어, 오만해져서 돌아왔습니다. 히스클리프는 천둥이 치고 폭풍이 불던 그날 밤 이후로는 소식이 없었습니다. 어느 날 저는 아가씨에게 몹시 화가 나서 그만 히스클리프가 사라진 것이 아가씨 때문이라고 말했습니다. 정말 그렇다는 것은 아가씨도 잘 알고 있었지요. 그때부터 몇 달 동안 아가씨는 단순히 하녀에게 하는 지시 외에는 저에게 어떤 말도 건네지 않았습니다. 또한 조지프도 상대하지 않았습니다. 그는 말하고 싶은 것을 다 말하고 마치 아가씨가 아직도 어린아이인 양 늘 설교를 하고 싶어 했습니다. 그러나 아가씨는 자기 자신은 어른이요

우리의 안주인이라고 생각했고, 병을 앓고 난 다음이라 자기를 극진히 대접
해 줘야 한다는 생각을 가지고 있었습니다. 게다가 의사도 너무 화를 내게
해서도 안 되며, 마음대로 하게 놔둬야 한다고 말했습니다. 그러니까 누구라
도 자기에게 맞서서 대꾸하려는 것은 그녀에게 견딜 수 없이 불쾌한 일이었
던 것입니다.

　아가씨는 언쇼 서방님과 그분의 친구들에게도 냉담했습니다. 케네스 선생
한테 들은 바도 있고 화를 내면 흔히 심한 발작을 일으키려고 했기 때문에,
아가씨의 오빠도 누이동생의 요구는 무엇이든 들어주어 대개는 그 불같은
성미를 부채질하는 것을 피했습니다. 지나칠 정도로 누이동생의 변덕에 맞
춰 주었다고 할까요. 그분은 동생이 린튼 집안에 시집감으로써 자기 집안을
영광되게 하기를 열렬히 바라고 있었습니다. 아가씨에 대한 애정이 아닌 자
기 자부심을 위한 일로 말입니다. 그는 자기에게 방해만 되지 않으면 누이동

생이 우리들을 노예처럼 짓밟아도 모르는 척하고 계셨습니다.

에드거 린튼 도련님은, 예나 지금이나 많은 사람들이 그렇습니다만, 사랑에 눈이 어두워져 있었습니다. 그리하여 그는 부친이 돌아간 지 3년 뒤 캐서린 아가씨의 손을 잡고 기머튼 예배당으로 들어가던 날에, 자기를 세상에서 가장 행복한 사람이라고까지 생각했습니다.

저는 몹시 싫었지만 다들 타이르는 바람에 워더링 하이츠에서 아가씨를 따라 이 집으로 옮겨왔지요. 헤어튼 아기가 거의 다섯 살이 되어, 저로부터 막 글자를 배우기 시작했던 때입니다. 우리는 헤어지기가 슬퍼 울었지만, 캐서린 아가씨가 더욱 심하게 울어 뜻을 이룬 것이지요. 제가 가지 않겠다고 말하면서 아가씨가 아무리 부탁해도 움직이지 않자, 아가씨는 울면서 남편과 오빠에게 갔습니다. 아가씨의 오빠는 저에게 짐을 싸라고 명령하였습니다. 이제 안주인이 없으니까 집안에 여자는 소용이 없으며, 헤어튼은 머지않아 부목사가 맡을 것이라고 하면서요. 그래서 제가 택할 길은 한 가지밖에 없었지요. 즉 명령대로 따를 수밖에 없었던 것입니다. 저는 주인에게 참된 사람들을 모두 버린다면 좀더 빨리 파멸할 뿐일 거라고 말씀해 드렸지요. 헤어튼 아기에게는 입을 맞추고 작별을 했습니다. 그 뒤로 그 아기는 저에게 낯선 사람이나 다름없었지요. 생각하면 퍽 이상하지만, 그 아기는 틀림없이 저 엘렌 딘에 관한 일을 모두 잊었을 겁니다. 그리고 그가 제게 이 세상에서 가장 소중했고, 저 또한 그에게 그러했었다는 것도 말이에요.

여기까지 이야기하고 나서 가정부는 무심코 벽난로 위에 놓인 시계를 보았다. 그리고 바늘이 1시 반을 가리키는 것을 보고 깜짝 놀라는 것이었다. 그녀는 1초도 더 이곳에 있으려고 하지 않았다. 사실 나도 그녀의 그 다음 이야기는 나중으로 미루고 싶었던 참이었다. 그녀가 쉬러 간 뒤에도 나는 한두 시간 더 생각에 잠겨 있던 탓에 곧 머리와 사지가 쑤시고 나른하여 잠자리에 들어야 했다.

10

은둔 생활의 첫걸음으로는 멋진 것이었다! 4주일 동안을 앓아 뒤척이며 병석에 눕게 되었으니! 아, 이 스산한 바람, 매운 북녘의 하늘, 다닐 수 없는 길, 또 꾸물대는 시골 의사들! 그리고 아, 사람의 얼굴도 볼 수 없는 이 적막! 무엇보다도 망측한 것은 케네스 선생에게서 봄이 올 때까지는 문 밖에 나갈 생각 따위 아예 하지 말라는 무서운 선고를 받은 것이다.

히스클리프 씨가 이제 막 문병을 와 주었다. 그는 이레 전쯤에는 뇌조(雷鳥)를 한 쌍 보내주기도 했다. 이 겨울철의 마지막 것이었다. 악당 같으니! 내가 이렇게 몸져누운 것은 그에게도 책임이 없지 않다. 나는 그렇다는 것을 그에게 말해 주고 싶었다. 그러나 침대 곁에서 한 시간이나 앉아 있어 주고, 다른 이들처럼 알약이나 물약, 발포고(發疱膏)나 거머리 얘기 따위를 늘어놓지도 않는 고마운 사람에게 내가 어떻게 감히 거스를 수 있었으랴!

이것은 아주 한가로운 휴양 기간이기도 하다. 너무 허약해서 책을 읽을 수도 없지만, 재미있는 것이면 즐길 수는 있을 것 같다. 딘 가정부를 불러올려 그 이야기를 마치게 하면 좋을 게 아닌가. 그녀가 전에 얘기한 데까지의 주요한 사건들은 기억할 수 있다. 그래, 그녀 얘기의 주인공은 도망을 간 채 3년 동안이나 소식이 없었지. 그리고 여주인공은 결혼하고. 종을 흔들어 그녀를 불러야지. 내가 명랑하게 이야기할 수 있는 것을 알면 그녀도 기뻐할 거야.

딘 부인이 왔다.

"약을 잡수실 때까지는 아직 20분이나 남았어요."

"그 제발 약 얘기는 하지 말아요! 난……."

"가루약은 그만 잡수셔야 한다고 의사 선생님이 말씀하셨어요."

"대환영이오! 내 말이나 좀 들어 보오. 이리 와 앉아요. 그 죽 늘어놓은 쓴 약병만 만지지 말고, 주머니에서 뜨개질거리나 꺼내시오. 옳지, 자, 히스클리프 씨의 내력 이야기나 계속해 줘요. 전에 얘기한 데서 현재까지. 그는 뭘 해서 지금처럼 됐다고 합디까? 대륙에 건너가서 교육을 마저 받고 신사가 되어 돌아왔소? 대학에서 특대생이라도 됐던 거요? 아니면 미국에라도 도망가서 동족인 영국 군인의 피를 흘리게 하여 이름을 떨친 거요? 그것도 아니면 영국의 한길에서 강도질이라도 한 건가?"

"그런 일들을 조금씩 했는지도 모르지요, 주인님. 그러나 꼭 그렇다고는 말할 수 없어요. 그가 어떻게 돈을 벌었는지는 모른다고 전에 말씀드렸죠. 야만인처럼 무식했던 사람이 어떻게 해서 그만큼 슬기로워졌는지도 저는 몰라요. 하지만 제 이야기가 재미있고 싫증나지 않으시다면 분부대로 제 나름대로 이야기를 계속하지요. 오늘 아침에는 기분이 좀 나으신가요?"

"훨씬 낫소."

"잘됐군요."

저는 캐서린 아씨를 모시고 드러시크로스 저택으로 옮겨 왔습니다. 뜻밖이었습니다만, 아가씨는 예상했던 것보다도 훨씬 처신이 얌전해져서 기뻤습니다. 아씨는 린튼 서방님을 지나칠 정도로 좋아하는 듯했습니다. 그리고 시누이에게도 아주 살뜰했습니다. 그 남매도 확실히 아씨를 마음 편하게 해 주려고 애를 썼습니다. 그러니까 가시나무가 인동(忍冬)덩굴 쪽으로 휘어진 것이 아니라, 인동덩굴이 가시나무를 감은 격이었지요. 서로 양보하는 것이 아니라 한쪽이 꼿꼿이 서 있으면 다른 쪽 사람들이 굽어드는 것이었습니다. 자기를 적대하거나 자기에게 냉담하지도 않은데 상대에게 고약하게 굴거나 화를 낼 사람은 없겠지요.

에드거 서방님은 아씨의 기분을 건드릴까봐 몹시 두려워하는 것 같았습니다. 그분은 그것을 아씨에게 숨겼지만, 제가 아씨에게 딱딱하게 대답하는 것을 듣거나 다른 하인이 아씨의 오만한 명령에 시무룩해지는 것을 보거나 하면, 자기 때문에는 그런 일이 없는 얼굴을 불쾌하게 찌푸리시고 곤란한 표정을 지으시는 것이었습니다. 서방님은 여러 번 고분고분하지 못한 저의 태도에 대해서 엄격한 주의를 주셨습니다. 그분은 아씨가 화를 내는 것을 보실 때의 괴로움이란 칼에 찔린 아픔보다 더하다고 단언하시는 것이었습니다.

마음씨 고운 서방님을 괴롭혀 드리지 않으려고 저도 화를 덜 내게 되었습니다. 그리고 반 년 동안은 폭발을 일으키는 불이 가까이 없었기 때문에, 화약 같은 아씨의 성미도 모래처럼 잠잠하였습니다. 그러나 이따금 캐서린 아씨는 우울하고 말이 없는 때가 있었습니다. 그럴 때면 서방님은 말없이 동정하시는 것이었습니다. 그분은 아씨가 전에는 기분이 침울한 적이 없었는데 중병 때문에 체질에 변화가 생긴 것 같다고 말씀하셨지요. 그러나 다시 햇빛이 쬐듯 아씨의 기분이 좋아지면 그분도 명랑한 얼굴로 반겼습니다. 정말 그분들 사이에는 날로 더해 가는 깊은 행복이 깃들었다고 말해도 좋을 것 같았습니다.

그러나 그 행복도 끝장이 났습니다. 글쎄, 우리 인간이란 결국은 자기 본위가 되고 마는가 보죠. 순하고 너그러운 사람들도 오만한 사람들보단 좀 정당하게 이기적인 것뿐이니까요. 그리하여 여러 가지 사정으로 서로 상대편이 자기 위주로 생각해 주지 않는다고 느끼게 되었던 것입니다.

9월 어느 아늑한 저녁에, 저는 손수 딴 사과를 담은 무거운 바구니를 들고 뜰에서 돌아오고 있었습니다. 이미 어두워져서 안뜰의 높은 담 너머로 달이 떠 있어, 여기저기 집의 튀어나온 모서리에 무언가 숨어 있는 듯한 그늘이 져 있었습니다. 저는 문 옆에 있는 계단에 바구니를 놓고 쉬면서 아늑하고 향그러운 공기를 좀더 들이마시고 있었습니다. 현관을 등지고 달을 쳐다보면서 말이지요.

그때 제 뒤에서 목소리가 들렸습니다.

"넬리, 당신이오?"

그것은 깊이 있는 음성이었으며 외국인 같은 억양이었습니다. 그러나 제 이름을 발음하는 투가 어딘지 귀에 익은 데가 있었습니다. 저는 누군가, 하고 두려워하면서 돌아보았습니다. 문들은 닫혔고 계단 쪽으로 오는 사람이라고는 보이지 않았기 때문입니다.

그러나 현관에서 무엇인가 움직이는 것이 보였습니다. 가까이 가 보니 얼굴과 머리가 검고, 검은 옷차림을 한 키가 큰 사람이라는 것을 알 수 있었습니다. 그는 현관 옆에 기대어 서서 문을 열려고 하는 것처럼 걸쇠에 손을 대고 있었습니다.

'대체 누굴까? 언쇼 서방님일까? 아니지! 목소리가 닮은 데가 없는데.'
저는 생각했습니다.

"여기서 한 시간 동안 기다렸소." 그는 제가 계속 뚫어지게 살피는 동안 다시 말했습니다. "그동안 주위는 사뭇 죽은 듯 고요했지. 그래서 감히 들어갈 수 없었소. 나를 모르겠소? 봐요, 낯선 사람이 아니오!"

달빛이 한 가닥 그의 모습을 비쳤습니다. 두 뺨은 거무스름했고 반쯤 검은 구레나룻으로 덮여 있었습니다. 눈썹은 험상궂고, 두 눈은 깊이 박혀 특이한 데가 있었습니다. 저는 그 두 눈을 기억해 냈습니다.

"세상에!" 저는 그가 이 세상 사람이 맞는지 몰라 놀라움에 소리치며 두 손을 쳐들었습니다. "세상에! 네가 돌아온 거야? 정말 너야, 정말?"

"그래, 히스클리프요." 그는 대답하고서 나를 보던 눈을 들어 창들을 쳐다보았습니다. 하지만 그것들은 달빛만을 반사하고 있었고 안에서 불빛이 새어나오는 곳은 없었습니다.

"다들 집에 없는 거요? 그녀는 어디 있소? 넬리, 당신은 반갑지 않겠지만, 그렇게 당황할 필요는 없소. 그녀는 여기 있소? 말해 봐요! 그녀와 한 마디만 이야기하고 싶소. 당신 안주인 말이오. 가서 기머튼에서 온 어떤 사람이 만나고 싶어 한다고 말해 주오."

"아씨가 어떻게 받아들이실까?" 저는 소리쳤습니다. "아씨가 어떻게 생각하실까? 나도 이렇게 어리둥절한데. 아씨는 감당 못 하실 거야! 정말 히스클리프란 말이지? 하지만 못 알아보겠어. 아니, 전혀 모르겠어. 군인이라도 됐던 거야?"

"가서 내 말을 전해 주오." 그는 갑갑한 듯이 말을 가로막았습니다. "어서요! 지금 마치 지옥에 있는 기분이란 말이오."

그는 걸쇠를 벗겼고 저는 들어갔습니다. 그러나 린튼 내외분이 계시는 거실에 이르렀을 때, 저는 아무래도 들어갈 수 없었습니다.

마침내 저는 촛불을 켜 드릴까요, 하고 여쭈어 보는 것을 구실로 삼기로 결심하고 문을 열었습니다.

그분들은 함께 창가에 앉아 계셨습니다. 창은 바깥벽에 닿도록 열려 있어, 뜰의 나무와 넓은 자연 그대로의 푸른 숲 너머로 기머튼 골짜기가 보이고 있었지요. 그곳엔 한 가닥 안개가 굽이쳐 그 꼭대기까지 올라가 있었습니다. (아마 보셨을 겁니다만, 예배당을 지나면 얼마 안 가 늪에서 흘러오는 도랑이 그 골짜기를 돌아 흐르는 개천과 합쳐지거든요.) 워더링 하이츠는 그 은빛 안개 위에 솟아 있었지만, 우리가 살던 그 집은 보이지 않았습니다. 그것은 그 너머 좀 낮은 곳에 있었던 것입니다.

방안도, 거기 있는 사람들도, 또 그들이 바라보는 경치도 모두 너무나 평화롭게 보였습니다. 그래서 촛불 켜는 일을 묻고 나서는 용건을 말하지 않고 나오려 했지만, 어리석은 듯한 생각이 들어 되돌아가서 중얼거렸습니다.

"기머튼에서 온 분이 뵈었으면 합니다, 아씨."

"무슨 볼일로?" 캐서린 아씨가 물었습니다.

"물어보지는 않았습니다." 저는 대답했습니다.

"그러면 커튼을 닫아 줘, 넬리." 아씨는 말했습니다. "그리고 차를 가져 와. 곧 다시 돌아올 테니까."

그러고 나서 아씨는 방을 나갔습니다. 에드거 서방님은 별 생각 없이 그가 누구냐고 물었습니다.

"아씨께는 뜻밖의 사람이에요." 저는 대답했습니다.

"히스클리프예요. 생각나시겠지만 언쇼 서방님 댁에 살던 사람 말예요."

"뭐라고, 그 집시라고! 그 들에서 일하던 녀석이라고?" 그분은 외쳤습니다. "왜 캐서린에게 그렇게 말하지 않았어?"

"쉿! 그 사람을 그렇게 부르시면 안 됩니다." 저는 말했습니다. "아씨께서 들으시면 언짢아하실 거예요. 그 사람이 달아났을 때 얼마나 상심하셨다 구요. 그가 돌아온 것을 아씨는 무척 기뻐하실 거예요."

린튼 서방님은 안뜰이 내려다보이는 방 저쪽의 창가로 걸어갔습니다. 그분은 창을 열고 몸을 내밀었습니다. 두 사람이 그 밑에 있었던 거지요. 그분은 재빨리 이렇게 소리치셨으니까요.

"여보, 캐서린, 그런 데 서 있지 말아요! 누구든 특별한 손님이거든 이리로 모시고 들어와요."

곧 걸쇠가 열리는 소리가 나더니 캐서린 아씨는 너무 흥분하여 반갑다는 기색도 없이, 숨이 막힌 채 미칠 듯이 2층으로 뛰어올라왔습니다. 정말 그 얼굴을 보았다면 누구라도 무서운 사고가 일어난 줄로 짐작했을 겁니다.

"오, 에드거, 에드거!" 아씨는 그분의 목덜미를 와락 껴안고 헐떡이며 말하는 것이었습니다. "아, 에드거, 여보! 히스클리프가 돌아왔어요! 그가 돌아왔어!" 그리고 캐서린 아씨는 껴안은 팔을 쥐어짜듯이 죄었습니다.

"그래, 그래." 서방님은 조금 언짢은 듯이 외쳤습니다.

"그렇다고 내 목을 조르진 마오! 그 사람이 그렇게 소중한 사람이라고는 생각한 적이 없소. 그렇게 미친 듯이 기뻐할 필요는 없잖소?"

"당신이 그를 좋아하지 않는다는 건 알고 있어요." 아씨는 자기의 기쁨을 좀 억누르면서 대답했습니다. "그러나 나를 위해서 이제는 두 분이 사이좋게 지내셔야 해요. 올라오라고 할까요?"

"이리로?" 그분은 말했습니다. "거실로 부르려고?"

"그러면 어디로 부르란 말예요?" 아씨는 되물었습니다.

그분은 화가 난 듯이 그 사람에게는 부엌이 적당한 곳일 거라고 비추셨습니다.

캐서린 아씨는 우습다는 듯이 그분을 보았습니다. 그분의 까다로움을 노여움 반, 비웃음 반으로 대하는 듯했습니다.

"안 돼요." 아씨는 잠시 후에 말을 이었습니다. "내가 부엌에 앉을 수는 없어요. 여기 테이블을 둘 놓아, 엘렌. 하나는 지체가 높은 주인과 이사벨라 아가씨를 위해서, 그리고 또 하나는 신분이 낮은 히스클리프와 나를 위해서. 그렇게 하면 속 시원하시겠지요, 여보? 아니면 다른 방에 불을 켜라고 해야 하나요? 그렇다면 말씀을 하세요. 나는 가서 손님에게 올라오라고 해야겠어요. 너무 기뻐서 믿기지가 않아요!"

아씨는 막 다시 뛰어가려고 하였지만 에드거 서방님이 붙잡았습니다.

"넬리가 가서 올라오라고 해." 그분은 저를 보고 말했습니다. "그리고 캐서린, 기뻐하는 건 좋지만 바보같이 굴진 마오! 당신이 도망간 하인을 오빠로서 맞이하는 것을 집안사람 모두에게 보일 필요는 없으니까."

제가 내려가니까 히스클리프는 분명히 들어오라는 말을 예상했다는 듯이 현관 밑에서 기다리고 있었습니다. 그는 아무 말 없이 제가 안내하는 대로 따라왔습니다. 그를 주인과 아씨가 있는 데로 안내했을 때, 두 분이 얼굴을 붉히고 있는 것으로 보아 격한 말이 오고 간 것이 분명했습니다. 그러나 아씨의 얼굴은 히스클리프가 문간에 나타났을 때는 또 다른 감정으로 상기되었습니다. 아씨는 뛰어나와 그의 두 손을 잡고 린튼 서방님에게로 데리고 갔습니다. 그리고는 린튼 서방님의 내키지 않는 손을 잡아 그의 손에 덥석 쥐어주었습니다.

그때 난롯불과 촛불에 환히 비친 히스클리프의 모습을 보니, 얼마나 변했는지 정말 깜짝 놀랄 정도였습니다. 그는 키가 크고 튼튼하고 균형이 잘 잡힌 사람이 되어 있어, 그 옆에 선 우리 주인은 아주 가냘픈 소년 같아 보였습니다. 히스클리프의 곧은 자세는 군대라도 다녀오지 않았나 하는 생각이 들게 했습니다. 그의 얼굴 표정과 윤곽은 린튼 서방님의 얼굴보다 훨씬 나이 들고 총명해 보였으며, 옛날의 천했던 티는 조금도 남아 있지 않았습니다. 미개인과 같이 사나운 인상이 아직도 그 찌푸린 미간과 음울한 열정으로 불타는 두 눈에 숨어 있었지만, 이제 별로 두드러지지는 않았습니다. 그의 태도에는 위엄까지 있었고, 우아하다고 하기에는 너무 준엄하였지만, 거친 점은 말끔히 가시어 있었습니다.

우리 주인의 놀라움은 저와 같았거나 그 이상이어서, 방금 전에 일하는 녀석이라고 부른 그 사람을 어떻게 불러야 할지 몰라 잠시 어리둥절해 있었습니다. 히스클리프는 린튼 서방님의 가냘픈 손을 놓고 상대가 말을 할 때까지 차갑게 그분을 보고 서 있었습니다.

"앉으시죠." 마침내 주인은 말했습니다. "집사람이 옛 시절을 생각해서 내가 진심으로 당신을 대접해 주었으면 하는군요. 물론 나도 집사람을 기쁘게 하는 일이 생길 때에는 마음이 흐뭇합니다."

"나도 그렇습니다." 히스클리프는 대답했습니다.

"특히 나와 관계가 있는 일일 때에는 더욱 그렇지요. 나는 기꺼이 한두 시간 머물겠습니다."

히스클리프는 캐서린 아씨 맞은편에 자리를 잡았습니다. 캐서린 아씨는 마치 자기가 눈을 떼면 그가 사라져버리지나 않을까 염려하듯이 시선을 그에게 고정시켰습니다. 히스클리프는 아씨를 자주 보지는 않았고 이따금 슬쩍 보는 것으로 그쳤습니다. 그러나 볼 적마다 더 자신 있게, 아씨의 눈길로부터 얻는 기쁨을 숨김없이 내비치는 것이었습니다.

그들은 서로의 기쁨에 너무 열중해서 거북한 것도 잊어버렸습니다. 그러나 그 반대로 에드거 서방님은 불쾌감으로 인해 차츰 해쓱해졌습니다. 그리고 자기 부인이 일어서서 히스클리프에게 다가가 손을 잡고 제 정신이 아닌 것처럼 깔깔거리고 웃었을 때, 그 불쾌감은 절정에 다다랐습니다.

"내일쯤이면 꿈같은 생각이 들 거예요!" 아씨는 외쳤습니다. "다시 한 번 당신을 보고, 만지고, 이야기했다는 것이 믿어지지 않을 거예요. 그러나 잔인한 히스클리프! 사실은 이렇게 맞이해 줄 것도 없지. 3년 동안이나 자취도, 소식도 없이 내 생각은 하지도 않았으니!"

"당신이 나를 생각한 것보다는 좀더 많이 했을 거요!" 그는 중얼거렸습니다. "캐시, 당신이 결혼했다는 소식을 들은 지가 얼마 되지 않소. 저 밑 뜰에서 기다리는 동안 나는 이런 생각을 했소. 아마 놀라면서 그저 기쁜 시늉만 할 테지만 그래도 그런 당신의 얼굴을 한 번만 보자, 그리고 그 뒤에 힌들리에게 복수를 하고, 법의 신세를 지기 전에 자살을 해 버리자고 말이오. 그러나 당신이 이렇게 반갑게 맞아 줘서 내 마음에서 이런 생각은 사라져 버렸소. 이 다음에 찾아올 때 이와 다른 태도로 나를 대하지는 말아 주오! 아니, 당신은 또 다시 나를 쫓아내지는 않겠지? 당신은 나한테 정말 미안했을 거요. 그렇지 않소? 정말 그럴 만도 하오. 당신의 목소리를 마지막 들은 날 이후 나는 지독한 고생을 했으니까. 그러나 오직 당신을 위해서 이겨냈으니 나를 용서해 줘야 하오."

"캐서린, 식은 차를 마시지 않으려거든 부디 식탁으로 오지." 린튼 서방님은 자기의 보통 때의 억양과 적당한 정도의 예의를 유지하려고 애쓰면서 말을 가로막았습니다. "오늘 밤 어디서 자는지는 모르지만 히스클리프 씨는 먼 길을 가야 할 거요. 그리고 나도 목이 마르고."

캐서린 아씨는 차 주전자 앞에 나섰고, 이사벨라 아가씨가 종소리를 듣고 왔습니다. 그래서 저는 두 분에게 의자를 가져다 드리고 방을 나왔습니다.

차 마시는 시간은 10분도 채 걸리지 않았습니다. 캐서린 아씨는 잔을 채우질 않았습니다. 아씨는 먹을 수도 없었고 마실 수도 없었던 것입니다. 에드거 서방님도 잔에 차를 좀 따랐지만 또한 한 모금도 마시질 못했습니다.

손님인 히스클리프는 그날 저녁엔 한 시간 이상 머무르지 않고 돌아갔습니다. 그가 떠날 적에 저는 기머튼으로 가느냐고 물었습니다.

"아니오, 워더링 하이츠로 가는 거요." 그는 대답했습니다. "아침에 갔을 때 언쇼 씨가 나를 초대했소."

언쇼 씨가 그를 초대했고, 그가 언쇼 씨를 방문했다! 그가 간 다음 저는 이 말을 골똘히 생각해 보았습니다. 위선을 좀 익혀 이 고장에 돌아와 그 탈을 쓰고 나쁜 짓을 하려는 건가? 곰곰 생각해 보았지만, 그는 돌아오지 말았어야 했다는 예감만이 드는 것이었습니다.

한밤중에 캐서린 아씨가 살며시 제 방에 들어와 침대 옆에 앉아, 저를 깨우려고 머리를 당기는 바람에 저는 초저녁 잠에서 깨어났습니다.

"난 잘 수 없어! 엘렌." 아씨는 변명삼아 말했습니다. "나는 너무 기뻐서 누가 상대를 해 줬으면 해! 에드거는 자기에겐 흥미가 없는 것을 내가 좋아한다고 기분이 나쁜 거야. 하찮고 싱거운 소리나 하지, 입도 열려고 하지 않아. 그렇게 몸이 불편하고 잠이 오는데 이야기하고 싶어 하는 것은 잔인하고 이기적이라는 거야. 조금만 화가 나면 언제나 몸이 불편해지는 거지! 내가 히스클리프를 몇 마디 칭찬했더니 두통이 나는지 시기하는 건지 그만 울기 시작하는 거야. 그래서 일어나서 와 버렸어."

"그분에게 히스클리프 칭찬을 해서 무슨 소용이 있어요?" 저는 그렇게 말했습니다. "어릴 적에도 서로 싫어했으니, 히스클리프도 그분을 칭찬하는 것을 들으면 마찬가지로 싫어할 거예요. 그것이 인간이니까요. 두 분 사이에 싸움을 벌이고 싶지 않으시거든 그분 앞에서 그런 이야기는 꺼내지 마세요."

"그러나 그건 커다란 약점을 드러내는 게 아니야?" 아씨는 말을 계속했습니다. "나는 시기를 하지 않아. 이사벨라의 머리칼이 금빛이고 살결이 희고 화사하고, 가족 모두가 그녀를 좋아한다고 해서 나는 결코 마음이 상하지는 않아. 심지어 넬리 당신까지도 우리가 말다툼을 할 때는 무조건 이사벨라 편을 들잖아. 그러나 나는 마치 너그러운 어머니처럼 양보하고, 그녀를 아기라고 부르고 아양을 떨어서 화를 풀게 하지. 우리 사이가 좋은 것을 보면 오빠 되는 사람도 기뻐하고, 그러면 나도 기쁘단 말야. 그러나 그 남매는 아주 닮았어. 너무 귀염 속에서만 자랐거든. 이 세상이 자기네들만이 살도록 만들어진 거라고 생각하는 모양이지. 나도 두 사람 비위를 맞추고는 있지만, 역시 한 번 곯려 주는 것이 그들에게 좋을 것 같아."

"그렇지 않아요, 아씨." 저는 말했습니다. "그분들이 아씨의 비위를 맞추시지요. 비위를 맞추지 않는다면 어떻게 될지 뻔해요! 그분들이 아씨가 원하는 것을 들어 주려고 애쓰는 동안은, 아씨도 그분들의 일시적인 변덕을 너그럽게 봐 주실 수 있겠지요. 그러나 양쪽에게 똑같이 중요한 일 때문에 부딪치면 결국은 싸우게 되실지도 몰라요. 그러면 아씨가 약하다고 말씀하시는 그분들도 아씨 못지않게 고집을 부릴 수도 있을 거예요."

"그때는 죽도록 싸우는 거지, 뭐. 그렇잖아, 넬리?" 아씨는 깔깔 웃으면서 대답하였습니다. "아니야! 실은 나는 그이의 사랑을 믿고 있어. 내가 그이를 죽인다고 하더라도, 그이는 나에게 보복하고 싶어 하지도 않을 거야."

저는 그녀에게 그토록 사랑해 주시니까 더욱더 그분을 소중히 해야 한다고 충고했습니다.

"그야 소중히 하지." 아씨는 대답했습니다. "그러나 사소한 일로 홀쩍거릴 필요까지 없잖아. 그건 유치해. 내가 이제 히스클리프는 어느 누구로부터도 존경받을 만하고, 그와 사귄다는 것은 이 고장 제일의 신사에게도 명예가 될 것이라고 말했다고 눈물 흘릴 게 아니라, 자기도 그 정도의 말을 하면서 함께 기뻐했어야 해. 그도 히스클리프와 친해져야만 하고, 또 그를 좋아하는 편이 나을 거야. 히스클리프에게도 에드거에 대한 불만이 있을 텐데, 그걸 생각하면 그의 행동은 훌륭했잖아!"

"그가 워더링 하이츠로 가는 것은 어떻게 생각하세요?" 저는 물었습니다. "겉으로 보기에 그는 모든 점이 달라졌어요. 완전히 기독교도다워졌잖아요? 사방의 원수에게 우정의 손을 내미니까요!"

"그가 설명을 하더군." 아씨는 대답했습니다. "나도 넬리 못지않게 놀랐어. 그는 넬리가 아직도 거기 살고 있다고 생각하고, 나에 관한 소식을 들으려고 갔었다는 거야. 그래서 조지프가 힌들리 오빠에게 말했더니, 오빠가 나와서 그동안 무엇을 했으며 어떻게 살았느냐고 묻기 시작하더라는군. 그리고 마지막엔 들어오라고 하더래. 마침 몇 사람이 노름을 하고 있었는데, 히스클리프도 끼게 되었고 오빠가 그에게 돈을 좀 잃었대. 게다가 그에게 돈이 많은 것을 알고 저녁에 다시 와 달라고 해서 그도 승낙했다는 거야. 힌들리 오빠는 너무 무모해서 신중하게 친구를 고르지 못하지. 그렇게 야비하게 욕을 보인 사람에게는 조심을 해야 할 텐데, 그런 생각은 전혀 하지를 않는단 말야. 그러나 히스클리프가 옛날에 자기를 학대하던 사람과 다시 인연을 맺으려는 것은 무엇보다도 이 저택에서 가까운 곳에 살고 싶고, 우리가 함께 산 집에 애착을 가지고 있기 때문이랬어. 게다가 기머튼보다 거기서 살아야 나도 그를 만날 기회가 더 많으리라고 생각했다는 거야. 워더링 하이츠에서 살게 해 주면 사례는 후하게 할 작정이라니까, 틀림없이 오빠는 욕심이 나서 단박에 허락할 거야. 오빠는 언제나 욕심이 많았거든. 오른손으로 잡은 것을 왼손으로 내버리기도 하지만 말야."

"젊은 사람이 살기에는 알맞은 집이지요!" 저는 말했습니다. "그 결과가 어떨지 염려되지 않으세요, 아씨?"

"히스클리프라면 조금도 걱정 없어." 아씨가 대답했습니다. "그는 똑똑하니까 위험한 일은 하지 않을 거야. 힌들리 오빠는 조금 걱정이 되지만, 지금보다 마음씨가 나빠질 리도 없잖아. 그리고 해를 입힌다거나 하지 않도록 내가 중간에 나서지 뭐. 오늘 저녁 일로 나는 다시 신과 인간에게로 돌아서게 된 거야. 지금까지 나는 하느님의 뜻에 화가 나서 거역했었어. 정말 넬리, 나는 몹시 괴로웠어! 그 괴로움이 얼마나 지독했는지 안다면, 저분도 괜한 심술로 그것이 가셔진 기쁨을 흐리게 하는 일을 부끄러워할 거야. 그 괴로움을 혼자 참으려 한 것은 그분에 대한 친절이었어. 자주 느끼는 괴로움을 내가 표시라도 했더라면, 저분도 나와 마찬가지로 그게 사라지기를 원하셨을 거야. 그러나 이젠 지난 일이야. 그러니 그분이 어리석은 짓을 했다고 해서 보복하지는 않겠어. 나는 지금부터는 무슨 일이든지 참을 수 있어. 아무리 친한 인간에게 뺨을 맞더라도 다른 쪽 뺨을 내밀 뿐만 아니라, 화를 내게 한 데 대해 용서를 빌 거야. 그 증거로 나는 당장 에드거한테 가서 화해를 할 테야. 잘 자요. 나는 천사가 됐으니."

아씨는 이렇게 우쭐해 하면서 나갔습니다. 그리고 다음날이 되자 그 결심을 수행한 결과가 성공했다는 것이 명백해졌습니다. 즉 린튼 서방님은 화를 내지 않았을 뿐만 아니라(캐서린 아씨가 너무 쾌활해서 조금 흥이 내키지는 않는 것 같았지만), 캐서린 아씨가 이사벨라 아가씨를 데리고 그날 오후 워더링 하이츠로 가기로 한 것에도 반대하시지 않았습니다. 그리고 캐서린 아씨는 그 보답으로서 한껏 살뜰함과 애정을 쏟아, 며칠 동안 그 집은 마치 천국과 같았습니다. 그리하여 주인도 하인들도 끊임없이 햇빛을 쬐는 듯했지요.

히스클리프는—앞으로는 히스클리프 씨라고 해야 하겠지만—처음에는 조심스럽게 드러시크로스 저택을 방문하였습니다. 그 집 주인이 자기의 방문을 어느 정도까지 참아 주는가를 알아보려는 눈치였지요. 캐서린 아씨도 그를 맞이할 때에는 지나치게 기쁜 표시를 않는 것이 지각 있는 일이라고 생각하셨습니다. 그리하여 그는 차츰 드러시크로스 저택에 찾아올 수 있는 손님으로서의 권리를 굳혔습니다.

그는 소년 시절에 남 앞에서 몹시 수줍어했었는데, 어른이 되어서도 그 버릇이 많이 남아 감정을 야단스럽게 드러내지 않는 데 도움이 되었습니다. 이렇게 상황이 안정되자 우리 주인도 한시름 놓게 되었지만 그것도 잠깐, 그 뒤의 사정으로 그분은 한동안 또 다른 걱정을 하지 않으면 안 되게 되었습니다.

왜냐하면 그가 인내심으로 맞는 손님인 히스클리프를 이사벨라 린튼 아가씨가 갑자기, 그리고 걷잡을 수 없이 좋아하게 된 예기치 못한 불행한 일이 생겼기 때문이었습니다. 이사벨라 아가씨는 그때 18살의 매력있는 처녀였지요. 태도에는 아직도 어린 티가 남아 있었고, 두뇌가 날카롭고 감정도 퍽 예민해서 화가 나면 참을 줄을 몰랐습니다. 누이동생을 몹시 사랑했던 린튼 서방님은 이사벨라 아가씨가 터무니없는 사람을 좋아하는 것에 놀랐습니다. 집안도 없는 사나이와 결혼해서 격이 떨어지는 일이나, 자기에게 아들이 없으면 자기 재산이 그런 자에게로 넘어갈 수 있다는 사실을 제쳐 놓고라도, 린튼 서방님은 히스클리프의 성질을 뚫어 보고 외모가 달라졌어도 마음은 달라질 수 없으며, 또한 달라지지도 않았다는 것을 알 만한 눈치가 있었기 때문입니다. 그분은 그 마음씨가 두렵고 싫었습니다. 그리고 불길한 예감에 이사벨라 아가씨의 삶을 히스클리프에게 맡긴다는 것은 생각하기도 싫어하셨습니다.

게다가 이사벨라 아가씨 혼자서 히스클리프를 좋아했으며 그에게는 아무 감정이 없다는 걸 알았더라면, 더욱더 마음이 내키지 않으셨을 것입니다. 그분은 이사벨라 아가씨의 마음을 알자마자 계획적으로 접근한 것이라고 히스클리프를 비난하셨으니까요. 우리는 모두 한동안 이사벨라 아가씨가 왠지 초조해 하고 무언가에 연연한다는 눈치는 채고 있었습니다. 아가씨는 그때 점점 성미를 부리고 귀찮게 굴었거든요. 늘 캐서린 아씨에게 대들고 곯리고 하여, 본디 참을성이 적은 아씨를 금방이라도 화나게 할 듯했습니다. 우리는 건강이 나쁜 탓이라고 해서 어느 정도까지는 내버려 두었습니다. 아무튼 수척해지는 것이 우리의 눈에도 뚜렷했었으니까요. 그러던 어느 날 아가씨는 이상하게 고집을 부리면서 아침도 먹지 않았습니다. 그러더니 하인들이 시킨 일을 하지 않는다는 둥, 자기가 집안에서 푸대접을 받아도 아씨는 내버려 두며, 에드거 서방님도 자기를 소홀히 한다는 둥, 문을 열어 두어서 감기가 들었는데 우리가 자기 성미를 건드리려고 일부러 거실의 불을 꺼 버렸다는 둥 하고 투덜댔습니다. 그리고도 또 그밖의 여러 가지 하찮은 비난을 늘어놓자, 캐서린 아씨는 잔말 말고 자라고 실컷 꾸짖어 준 다음 의사를 부르러 보내겠다고 소리쳤습니다.

케네스 선생 말이 나오자 이사벨라 아가씨는 단박에, 자기는 아픈 데는 없지만 캐서린 언니가 심하게 구니까 마음이 언짢은 거라고 했습니다.

"어떻게 나를 심하다고 말할 수 있어? 버릇없는 어린애 같으니!" 아씨는 부당한 주장에 놀라면서 외쳤습니다.

"정말 제 정신이 아닌 게 분명해. 내가 언제 심하게 했단 말야?"

"어제." 이사벨라 아가씨는 흐느끼면서 말했습니다. "그리고 또 지금!"

"어제라구?" 캐서린 아씨는 말했습니다. "어제 언제 말야?"

"우리가 벌판으로 걸어오고 있을 때야. 언니는 나에게 맘대로 돌아다니라고 하고는 자기는 히스클리프 씨와 산책을 했지!"

"심하다는 게 그거야?" 캐서린 아씨는 웃으면서 말했습니다. "네가 옆에 있다고 해서 방해가 된다는 뜻은 아니었어. 옆에 있든 없든 우리는 상관하지 않았으니까. 나는 다만 히스클리프의 이야기가 너에게 조금도 재미가 없으리라고 생각했을 뿐이야."

"아니야! 그렇지 않아!" 이사벨라 아가씨는 울면서 말했습니다. "언니는 내가 같이 있고 싶어 하는 것을 알고, 나를 쫓으려고 한 거야!"

"저 아가씨가 제 정신일까?" 캐서린 아씨는 제게 하소연하면서 물었습니다. "우리가 한 얘기를 한 마디도 빼지 않고 되풀이 하겠어요, 이사벨라. 그러니 당신에게 재미있었을 부분이 있으면 말해 봐요."

"누가 이야기에 신경이나 쓴대?" 아가씨는 대답했습니다. "내가 원하는 건……"

"그래, 뭐야?" 캐서린 아씨는 이사벨라 아가씨가 말을 맺기를 주저하는 것을 눈치채곤 말했습니다.

"그이하구 같이 있는 거란 말이야! 그런데 항상 나를 쫓아보내고!" 아가씨는 열을 올리면서 말을 계속하는 것이었습니다. "언니는 이솝 이야기에 나오는 말구유의 개처럼 심사가 고약해. 자기만 사랑을 받으려고 하잖아!"

"이 건방진 멍청이!" 캐서린 아씨는 깜짝 놀라 소리쳤습니다. "그러나 그런 바보 같은 수작은 믿지 않겠어! 네가 히스클리프의 사랑을 탐내고, 그를 좋은 사람이라고 생각한다는 건 있을 수 없는 일이야! 내가 아마 잘못 들은 거겠지, 이사벨라?"

"아니야! 잘못 듣진 않았어." 그 사랑에 빠진 아가씨는 말했습니다. "언니가 에드거 오빠를 사랑하는 것보다 더 나는 그이를 사랑한단 말야. 그리고 언니만 내버려 둔다면 그이도 나를 사랑할 거야!"

"그렇다면 나는 무엇을 준대도 너와 같이 되고 싶지는 않아!" 캐서린 아씨는 힘을 주어 잘라 말했습니다. 그리고 그 말은 진지한 것 같았습니다. "넬리, 저 아가씨가 미쳤다는 걸 납득시켜 줘. 히스클리프가 어떤 사람인지 말해 줘. 그가 세련된 데라고는 없고, 교양도 없는 야만인이며, 퍼즈(금작화 종류의 하나)와 현무암뿐인 메마른 들판과 같은 인간이란 것을 얘기해 주라구. 난 당신에게 그를 사랑하라고 권하느니, 차라리 저 어린 카나리아를 겨울날 숲에 놓아 주겠어!

이봐요, 그런 꿈을 꾼다는 것은 다만 그의 성질을 한심할 정도로 모르기 때문이야. 그를 겉으로만 보고는 마음속에 깊은 인자함과 애정을 감추고 있는 사람이라고 생각하면 큰 잘못이야! 그는 아직 다듬지 않은 다이아몬드나 진주가 들어 있는 조개와 같은 시골뜨기가 아니라구. 히스클리프는 사납고 무자비하고 늑대 같은 사나이야. 그 사람에게는 원수들을 해치는 것은 너그럽지 못하고 잔인하니까 그대로 놓아두라는 말은 통하지 않아. 그들이 욕보는 것은 내가 싫으니까 놔두라고 말해야 알아듣는다구. 그리고 자기에게 귀찮게 여겨지면 그는 당신을 참새알처럼 터뜨려 버릴 거야. 그가 린튼집 사람을 사랑할 리가 없다는 것을 난 알고 있어. 하지만 그는 충분히 당신의 재산과 앞으로 받게 될 유산을 보고 결혼할 수 있는 사람이야. 내가 보기에 그 사람은 차츰 탐욕이라는 죄에 빠지고 있는 것 같으니까. 그리고 나는 그와 친구 사이란 말야. 그가 정말 당신을 차지하려고 한다면, 나는 당신이 덫에 걸리도록 가만히 보고만 있어야 할 정도로 그와 친하다구."

이사벨라 아가씨는 올케를 노여운 눈초리로 바라보았습니다.

"어쩌면, 어쩌면!" 아가씨는 화가 나서 말을 되풀이했습니다. "언니는 스무 명의 적(敵)을 합한 것보다도 더 나빠. 악독한 친구 같으니!"

"아! 그렇다면 내 말을 믿지 않는단 말야?" 캐서린 아씨가 말했습니다. "당신은 내가 고약한 이기심에서 이런 말을 하는 줄 알아?"

"그렇지, 확실히 그렇지." 이사벨라 아가씨는 비꼬았습니다. "언니를 보니까 몸서리가 쳐져."

"좋아!" 상대편도 외쳤습니다. "정 그렇게 생각한다면 자기가 해볼 일이지. 난 말을 다했으니 이제 이야기는 그만두고 당신의 건방진 오만에 져 주기로 하지."

"언니의 이기심 때문에 정말 괴로워!" 이사벨라 아가씨는 캐서린 아씨가 방을 나가자 흐느끼면서 말했습니다. "모두가 나를 방해하고 있어. 언니는 단 하나밖에 없는 나의 위안을 망쳐 버렸어. 하지만 언니가 말한 것은 거짓말이었지. 그렇잖아? 히스클리프 씨는 악마 같은 사람이 아니야. 훌륭하고 진실한 정신을 가지고 있어. 그렇지 않다면 어떻게 언니를 잊지 않고 있었겠어?"

"그는 잊어버려요, 아가씨." 저는 말했습니다. "그는 불길한 조짐을 가지고 오는 새 같은 사람이에요. 아가씨의 짝이 될 사람이 아니죠. 아씨의 말이 좀 지나치긴 했지만 나도 그 말을 틀렸다고는 할 수 없어요. 그의 마음을 나나 그 밖의 어느 사람보다도 더 잘 알고 있거든요. 아씨는 그 사람을 있는 그대로보다 더 나쁘게 말하는 법이 없어요.

그리고 정직한 사람은 자기가 한 짓을 감추지 않아요. 그는 어떻게 살아왔으며, 어떻게 돈을 벌었을까요? 왜 자신이 미워하는 사람의 집인 워더링 하이츠에서 머물고 있다고 생각하세요? 그 사람이 오고부터는 언쇼 서방님이 차츰 더 나빠지고 있다는 말들을 한답니다. 그 두 사람은 밤마다 밤새 노름을 하고, 힌들리 서방님은 토지를 잡혀 돈을 꿔 가지고 노름과 술 외에는 하는 일이 없다고 해요. 바로 일 주일 전에 들은걸요. 조지프 영감이 그랬어요. 기머튼에서 만났거든요.

'넬리' 그가 말했어요. '우리는 머지않아 검시관(檢屍官)의 조사를 받아야 한대. 우리 집 두 양반 중에 한 사람이, 다른 하나가 마치 송아지라도 죽이듯 자기 몸에 칼을 꽂는 것을 말리려 하다가 손가락을 잘릴 뻔 했어. 자살하려고 한 것은 주인이야. 하느님의 심판을 받고 싶어서 못 견디겠다는 거지. 주인은 하느님의 법정에 앉아 있는 재판관들을 두려워하지 않아. 바오로·베드로·요한, 또 마태, 그 어느 누구도 겁내지 않는단 말이야. 우리 주인은, 그 뻔뻔스러운 얼굴을 그런 성자들 앞에 내밀고 싶다는 거지.

게다가 그 히스클리프라는 녀석 말이야! 진짜 악마의 장난을 보고도 누구 못지않게 껄껄 웃을 수 있으니 말이야. 임자네 집에 가서 우리 집에서 그가 얼마나 멋지게 살고 있는지 이야기를 하지 않던가? 이런 식이야. 해질 때 일어나서 주사위를 던지고 브랜디를 마시고 덧창을 닫고, 다음날 낮이 될 때까지 촛불을 켜 놓는단 말야. 그러고 나면 우리 집 주인은 욕지거리를 하고 고래고래 고함을 지르면서 자기 방으로 가는데, 점잖은 사람은 부끄러워서 손가락으로 귀를 틀어막아야 해. 그리고 그 악한은 돈 계산을 하고 먹고 자고, 그리로 가서 남의 마누라와 쓸데없는 수작을 하는 거지. 물론 캐서린 아씨하고 말이야. 아씨의 아버님 돈이 어떻게 하여 자기 주머니로 들어오는가, 그리고 아씨의 오빠가 몰락의 한길로 달음질쳐 가는 마당에 어떻게 자기가 그 파멸을 부채질하고 있는지 신나게 얘기할 테지.' 자, 보세요, 린튼 아가씨. 조지프는 고약한 늙은이입니다만 거짓말쟁이는 아닙니다. 히스클리프의 행동에 대한 그 영감의 이야기가 사실이라면 당신도 그런 남편을 가지고 싶지는 않겠지요?"

"엘렌도 다른 사람들과 한 패가 되어 있군!" 아가씨는 대답했습니다. "나는 그런 헐뜯는 말은 듣지 않겠어. 이 세상에 행복은 없는 것이라고 나에게 납득시키고 싶어 하다니, 당신도 틀림없이 고약한 사람이야!"

혼자 내버려 두었다면 이사벨라 아가씨가 그런 생각을 유지했을는지 저로서는 알 수 없습니다. 아가씨에게는 생각할 겨를도 없었으니까요.

그 다음날 이웃 읍내에서 치안판사 회의가 있어 우리 서방님도 참석해야 했습니다. 그래서 히스클리프는 그분이 없다는 것을 알고 보통 때보다도 좀 일찍 찾아왔던 것입니다. 캐서린 아씨와 이사벨라 아가씨는 서로 적의를 품고 있었지만 말없이 서재에 앉아 있었습니다. 이사벨라 아가씨는 은밀히 품고 있던 생각을 즉흥적으로 털어놓는 경솔함을 범한 것에 당황해 하고 있었고, 캐서린 아씨는 아무리 생각해도 이사벨라 아가씨가 정말 괘씸했습니다. 이사벨라 아가씨의 건방짐을 비웃기는 했어도, 그것이 자기로서는 웃을 만한 일이 아니었던 것입니다.

그러나 히스클리프가 창 밑으로 지나가는 것을 보았을 때, 캐서린 아씨는 정말 웃음을 띠었습니다. 저는 난로 청소를 하고 있어서 아씨의 입술에 짓궂은 미소가 떠오르는 것을 보았던 것입니다. 이사벨라 아가씨는 생각에 잠겨 있었거나 책에 열중해서, 문이 열릴 때까지도 거기 있었습니다. 할 수만 있다면 도망치고 싶었겠지만, 때는 너무 늦어 그럴 수도 없었습니다.

"들어와요. 마침 잘됐어요!" 아씨는 난롯불 앞으로 의자를 끌어다 놓으면서 명랑하게 소리쳤습니다. "여기 우리 두 사람은 우리들 사이의 얼음을 녹여 줄 제삼자를 정말로 필요로 하고 있는 판인데, 당신이 바로 적격자거든요, 히스클리프. 드디어 나보다도 더 당신을 생각하는 분을 소개하게 돼 기뻐요.

정말 기분 좋지 않아요? 아니, 넬리가 아니에요. 그쪽을 보지 말아요. 가엾게도 내 시누이가, 당신의 모습과 마음이 얼마나 아름다운지 생각하기만 해도 그리움에 애가 탄다네요. 이 집 주인의 매부가 되는 것도 당신 마음에 달렸어요. 아니, 아니, 이사벨라, 달아나게 놔두지는 않겠어." 아씨는 어쩔 줄 몰라 화를 내듯이 일어서는 이사벨라 아가씨를 놀리는 척하면서 붙들고는 말을 계속했습니다. "우리는 어제 당신 일로 마치 고양이들처럼 다투었답니다. 그리고 이사벨라 아가씨가 당신에 대한 감탄과 헌신적인 사랑을 들고 나오는 데 나는 완전히 지고 말았어요. 게다가 내 경쟁자가 되려는 그녀는 만일 내가 점잖게 물러서기만 한다면, 당신 가슴에 사랑의 화살을 쏘아 영원토록 당신을 자기 것으로 삼고, 내 모습 같은 것은 영원히 잊어버리게 만들 거라고 말하는 거예요!"

"캐서린!" 이사벨라 아가씨는 체면을 차려서, 자기를 꼭 붙들고 있는 언니의 손을 뿌리치려고도 하지 않고 말했습니다. "농담이라 하더라도 진실을 잊지 않고 나를 중상하지 않은 것을 감사하고 싶어. 히스클리프 씨, 당신의 친구에게 나를 좀 놓아 주라고 말씀해 주시지 않겠어요? 언니는 당신과 내가 친한 사이가 아니라는 것을 잊어버리고 있어요. 그리고 언니는 그런 이야기를 해서 재미있어 하지만, 나에게는 말할 수 없이 괴로워요."

손님은 아무 대답도 하지 않고 의자에 앉았고, 상대가 자기에 대해 어떤 감정을 가졌든 전혀 무관심한 듯이 보였으므로, 그녀는 자기를 괴롭히고 있는 언니를 향해 속삭이는 소리로 놓아 달라고 정말로 하소연했습니다.

"절대로 안 되지!" 캐서린 아씨는 큰 소리로 대답했습니다. "또 말구유의 개라는 소리는 듣기 싫으니까, 여기 있어요! 자, 그러면 히스클리프, 좋은 소식을 듣고도 왜 기쁜 얼굴을 하지 않지요? 이사벨라는 나에 대한 에드거의 사랑 같은 건 당신에 대한 자기의 사랑에 비하면 아무것도 아니라고 단언하고 있어요. 확실히 그런 말을 했지, 엘렌? 그리고 이 사람은 그저께 산책을 한 뒤로는 단식(斷食)을 하고 있어요. 내가 자기를 당신하고 같이 있지 못하게 하려고 쫓아버렸다고 화가 났기 때문이에요."

"그건 믿을 수 없군요." 히스클리프는 두 사람 쪽을 향하기 위해 의자를 돌리면서 말했습니다. "아무튼 이사벨라 아가씨는 지금 나 있는 곳을 되도록 피하고 싶어하오!"

그리고 나서 히스클리프는 화제의 중심 인물인 이사벨라 아가씨를 뚫어져라 바라보았습니다. 예를 들면, 인도에서 가져온 지네와 같은, 징그럽지만 호기심에서 보고 싶어지는 이상하고 계면쩍은 동물이라도 보듯이 말이에요.

가엾게도 이사벨라 아가씨는 그것을 참을 수 없었습니다. 얼굴빛이 잇따라 붉으락푸르락하다가 속눈썹에 눈물이 맺히면서, 그 작은 손가락에 힘을 주어 자신을 꼭 붙잡고 있는 캐서린 아씨의 손을 놓게 하려고 했습니다. 그러나 팔을 잡고 있는 한 손가락을 풀면, 곧 다른 손가락이 감겨와서 손을 놓게 할 수 없다는 것을 알자 아가씨는 손톱을 사용하기 시작했습니다. 그 날카로운 손톱에 긁힌 캐서린 아씨의 손에는 단박에 초승달 같은 새빨간 자국이 났습니다.

"이건 호랑이 같군!" 캐서린 아씨는 아픈 나머지 손을 흔들며 소리쳤습니다. "제발 가 버려, 그리고 그 여우 같은 낯짝을 내놓지 말아! 좋아하는 사람 앞에서 손톱을 드러내다니 어리석기도 하지. 그이가 어떻게 생각할지 짐작도 안 가? 봐요, 히스클리프! 저 손톱이 사람을 잡을 무기예요. 눈을 할퀴지 않도록 조심하셔야겠어."

"만일 나를 할퀴려 한다면 그 손톱을 뽑아 주겠어." 히스클리프는 이사벨라 아가씨가 문을 닫고 나갔을 때 우악스럽게 대답했습니다. "그런데 무슨 생각으로 저 여자를 그런 식으로 굻린 거요, 캐시? 아까 말한 게 정말은 아니겠지?"

"정말이었어요." 아씨는 대답했습니다. "이사벨라는 몇 주일 동안이나 당신 때문에 애를 태우고 있는 거예요. 그리고 어제 아침에는 당신 이야기로 온통 야단이었어요. 그래서 좀 진정시키려고 내가 똑바로 당신의 결점을 말했더니, 기분이 나빴는지 고래고래 소리를 지르면서 악담을 퍼붓는 거예요. 그러나 이 이상 신경 쓰지 말아요. 건방진 애를 굻려 주려고 했을 뿐이에요. 히스클리프, 나는 이사벨라를 좋아하기 때문에 당신이 꼼짝 못하도록 붙잡아서 집어삼키도록 내버려 둘 수는 없어요."

"나는 그녀를 별로 좋아하지 않으니까 그럴 일은 없소." 그는 말했습니다. "하기야 굴(ghoul : 송장 파 먹는 귀신)처럼 뜯어먹으려고 든다면 별문제지만. 내가 만일 그 매스꺼운 납인형 같은 얼굴과 함께 산다면 이상한 소문이 날 거요. 가장 평범한 소문이라도, 내가 매일 하루 건너 그 흰 얼굴을 무지갯빛으로 멍들게 하고, 푸른 눈에는 시커멓게 핏발이 맺히게 한다는 정도일걸. 그녀의 두 눈은 보기 싫을 정도로 린튼의 눈과 닮았더군."

"아름답잖아요." 캐서린 아씨는 말했습니다. "그건 비둘기의 눈, 천사의 눈이에요."

"그 아가씨가 자기 오빠의 상속인이지, 아마?" 그는 잠시 말을 끊었다가 물었습니다.

"그렇게 생각만 해도 분해요." 캐서린 아씨는 대답했습니다. "에드거와 나 사이에 대여섯 명의 아이가 태어나, 아가씨의 상속권이 사라지기를 축원해요! 아무튼 지금 그런 생각은 잊어요. 당신은 주위 사람들의 재산을 너무 탐내는군요. 이 집의 재산은 내 것이라는 걸 잊지 말아요."

"만일 이 집 재산이 내 것이라면 당신의 것과 다름 없는 거지." 히스클리프는 말했습니다. "그러나 이사벨라 린튼이 어리석을지는 몰라도 미쳤을 리는 없어. 어쨌든 당신이 충고한 대로 그 문제는 덮어 두지."

두 사람은 그 이야기를 멈추었습니다. 그리고 캐서린 아씨는 그 화제를 그 이상 입에 올리지 않았을 뿐만 아니라, 머릿속에서도 지워버린 모양이었습니다. 그러나 그날 밤 히스클리프는 틀림없이 자꾸 그 생각을 하는 것 같았습니다. 캐서린 아씨가 그 방에서 나가는 일이 있을 때마다, 그가 혼자서 미소를 띤다기보다는 빙그레 웃으며, 무언가 골똘한 생각에 잠기는 것을 보았기 때문입니다.

저는 그의 행동을 감시하기로 결심했습니다. 제 마음은 언제나 캐시 아씨 쪽보다도 서방님 쪽으로 기울어져 있었습니다. 왜냐하면 서방님은 친절하고 사람을 믿어 주며, 명예를 존중했기 때문입니다. 캐시 아씨는 정반대라고는 할 수 없더라도 몸가짐이 너무 단정치 못한 것 같아서, 저는 아씨의 절조(節操)를 별로 믿을 수 없었습니다. 그리고 아씨의 기분에는 더욱더 공감할 수 없었지요. 워더링 하이츠와 드러시크로스 저택을 히스클리프로부터 조용히 벗어나게 하여, 그가 돌아오기 전의 상태로 되돌리는 일이라도 일어나기를 바랐습니다. 그의 방문은 제게 끊임없는 악몽과 같았고, 서방님에게도 아마 그랬을 것입니다. 히스클리프가 워더링 하이츠에서 살고 있다는 것은 이루 말할 수 없는 압박감을 주었습니다. 그건 마치 하느님이 거기 살고 있는 길 잃은 양, 힌들리 서방님을 그 악의 구렁텅이에서 헤매도록 버리시자, 그를 노리는 한 마리의 악독한 짐승이 돌아오는 길목에서 기다리고 있다는 느낌이 들었지요.

11

때로 혼자서 이런 일들을 생각할 때면 갑자기 무서운 생각이 들어 벌떡 일어서서, 그 집 농장이 어떻게 돼 가는가 보러 가려고 보닛을 쓴 적도 있었습니다. 제 양심에서는 힌들리 서방님께 자신에 대해서 세상 사람들이 어떻게 말하는가를 경고삼아 알리는 것도 제 의무라는 생각이 우러나왔습니다. 그러다가도 그분의 나쁜 버릇이 이제는 굳어져 고칠 수 없을 것 같고 제 말도 곧이듣지 않으리라는 생각이 들어, 그 음산한 집에 다시 들어가기가 망설여지는 것이었습니다.

한 번은 기머튼으로 가는 길에 일부러 길을 돌아 그 옛집 대문을 지났습니다. 제가 지금 이야기하는 대략 그 무렵이었지요. 활짝 갠 싸늘한 오후였고 땅은 황량하고 길은 단단하고 메말라 있었습니다.

저는 왼편 벌판으로 길이 갈라지는 곳에 서 있는 돌기둥까지 갔습니다. 그 돌기둥은 거친 사암(砂巖)이었는데, 거기에는 그 북쪽으로 W.H. 동쪽으로 G. 그리고 서남쪽으로는 T.G.라는 글자가 새겨져 있었습니다. 이것들이 저택과 하이츠와 마을로 가는 이정표(里程標) 구실을 하는 것입니다.

햇빛이 여름을 연상시키며, 잿빛 나는 그 돌의 꼭대기를 황금빛으로 비치고 있었습니다. 그런데 까닭은 모르지만 갑자기 가슴속에 어린시절의 감회가 왈칵 이는 것이었습니다. 그곳은 20년 전에 힌들리 도련님과 제가 즐겨 놀았던 곳이었습니다.

저는 그 비바람에 깎인 돌을 오랫동안 물끄러미 보고 있었습니다. 그러고 나서 몸을 구부려 보니까 그 밑의 구덩이에는 달팽이 껍질과 조약돌이 가득 차 있었습니다. 우리는 그런 것들을 곧 썩어버릴 잡동사니와 함께 파묻으며 놀곤 했었지요. 그래서 제 앞에는 어릴 적 친구인 힌들리 도련님이 메마른 잔디에 앉아 까맣고 가지런한 머리를 앞으로 숙이고, 그 작은 손으로 납작한 돌조각을 잡고 흙을 파내고 있는 모습이 눈에 선하게 떠올랐습니다.

"불쌍한 힌들리 도련님." 저는 무심코 한탄하다가 깜짝 놀랐습니다.

어릴 적의 힌들리 도련님이 얼굴을 쳐들고 저를 똑바로 쳐다보는 것이 뚜렷이 보이는 듯했던 것입니다. 눈 깜짝할 사이에 그 모습은 사라졌습니다만, 저는 당장 어떻게 해서라도 그 집에 가보지 않고는 못 견딜 만큼 강한 그리움을 느꼈습니다. 게다가 미신 같은 생각까지 들어서 그 기분에 따르지 않을 수 없었습니다. 만일 그분이 죽었다면! 또는 곧 죽게 되어 있다면! 이것이 죽음을 알리는 것이라면! 하는 생각이 불현듯 들었던 것입니다.

그 집에 가까이 가면 갈수록 저는 차츰 걱정이 되었고, 그 집을 보자 온몸이 부들부들 떨렸습니다. 조금 전에 본 환영(幻影)이 저보다 미리 가서 대문으로 내다보면서 서 있는 것 같았습니다. 그것이 고수머리에 갈색 눈을 가진 아이가 창살에 불그레한 얼굴을 갖다 대고 있는 것을 보았을 때 처음 떠오른 생각이었습니다. 그러나 잘 생각해 보니 그것은 열 달 전에 제가 두고 온 뒤, 별로 변한 데가 없는 헤어튼 도련님이 틀림없었습니다.

"아이구, 도련님이군요!" 저는 조금 전의 어리석은 두려움도 잊어버리고 외쳤습니다. "헤어튼 도련님, 넬리에요…… 도련님을 기르던 넬리라구요."

하지만 헤어튼 도련님은 제 팔이 닿지 않는 곳으로 물러서서 큼직한 돌멩이를 집어 들었습니다.

"아버지를 만나 뵈러 왔어요, 헤어튼 도련님." 저는 그가 하는 짓으로 보아 넬리를 기억한다 해도, 제가 그 넬리라고 알아보지는 못하는 것이려니 짐작하고 말을 이었습니다.

도련님은 돌을 쳐들고서 던지려고 했습니다. 저는 달래려고 말을 시작했지만 도련님의 손길을 막지는 못했습니다. 그 돌은 제 보닛에 맞았고, 그 어린 도련님의 더듬거리는 입에서는 한바탕 욕지거리가 튀어나왔습니다. 그 욕지거리는 그 뜻을 알았든 몰랐든 익숙하게 강조점을 둔 것이었고, 그 일그러뜨린 어린 얼굴에서는 몸이 오싹할 정도의 악의가 나타났습니다.

제가 화가 나기보다 슬펐던 것은 말할 것도 없습니다. 울고 싶은 심정으로 주머니에서 오렌지 한 개를 꺼내어 도련님을 달래려고 주었습니다. 도련님은 망설이다가, 다만 꾀는 것일 뿐 주지는 않으리라고 생각한 것처럼 제 손에서 냉큼 오렌지를 빼앗았습니다.

저는 또 한 개를 꺼내 도련님의 손이 닿지 않게 쳐들어 보였습니다.

"누가 그런 걸 가르쳐 줬어요, 도련님?" 저는 물었습니다. "부목사님인가요?"

"부목사나 너 같은 게 다 뭐람! 그것이나 줘." 도련님은 대답했습니다.

"어디서 배웠는지 알려 주면 이걸 줄게요. 누가 선생님이지요?"

"악마 같은 아빠지." 도련님이 대답했습니다.

"그러면 아빠가 그런 말을 가르쳤어요?" 저는 말을 계속했습니다.

헤어튼 도련님은 오렌지를 잡으려고 덤볐으나, 저는 그것을 더 높이 쳐들었습니다.

"아빠가 그런 걸 가르쳐 줬어요?"

"아무것도 가르쳐 주지 않아." 도련님은 말했습니다. "그저 옆에 오면 안 된다고만 그래서. 내가 아빠한테 욕을 하니까 아빠는 배겨 내지 못하는 거야."

"아! 그러면 악마가 아빠한테 욕을 하라고 가르쳐 줬어요?"

"응, 아니, 아니야." 도련님은 꾸물대면서 말했습니다.

"그럼, 누구예요?"

"히스클리프야."

저는 히스클리프가 좋으냐고 물어보았습니다.

"응!" 도련님은 대답했습니다.

그를 좋아하는 이유를 알고 싶었지만, 저는 다만 이런 말을 주워들었을 뿐입니다.

"모르겠어. 아버지가 내게 뭐라고 하면 그 아저씨가 다 갚아 줘. 아버지가 나에게 욕을 하면, 그 아저씨도 아버지에게 욕을 하거든. 아저씨는 뭐든 내 멋대로 해도 된다고 했어."

"그러면 부목사님이 읽고 쓰는 것을 가르쳐 주지 않으셔요?" 저는 계속 물었습니다.

"안 가르쳐 줘. 히스클리프가 부목사님이 집에 들어오기만 하면 이빨을 부러뜨려 목구멍으로 삼키게 해 준대. 나한테 약속했어!"

저는 오렌지를 그의 손에 쥐어 주고, 그의 아버지에게 가서 넬리 딘이라는 여자가 말씀드릴 일이 있어 대문에서 기다리고 있다고 말하라고 시켰습니다.

도련님은 뜰을 걸어서 집에 들어갔습니다. 그러나 잠시 뒤에 문간 디딤돌 위로 나타난 것은 힌들리 서방님이 아닌 히스클리프였습니다. 그래서 저는 곧 돌아서서 그 이정표 있는 데까지 쉬지 않고 그 길을 달려 내려갔습니다.

이런 일은 이사벨라 아가씨와는 별로 관계가 없습니다. 다만 이런 일이 있은 다음부터 저는 더욱더 경계를 하여, 비록 캐서린 아씨의 기쁨을 방해함으로써 집안싸움을 일으키는 일이 있더라도, 그 나쁜 기운이 이 저택에까지 미치는 것을 힘을 다해서 막기로 더욱 굳게 결심한 것입니다.

그 다음 히스클리프가 왔을 때 이사벨라 아가씨는 마침 안뜰에서 비둘기에게 모이를 주고 있었습니다. 사흘 동안이나 올케에게는 말 한 마디 하지 않았지만, 또한 짜증내며 투덜대지도 않게 되어 우리는 매우 편했습니다.

히스클리프는 그때까지 이사벨라 아가씨에게는 불필요한 인사말 같은 것은 단 한마디도 한 적이 없다는 것을 저는 알고 있었습니다. 그러나 그날 그는 이사벨라 아가씨를 보자마자, 먼저 조심스럽게 집 정면을 훑어보았습니다. 그때 마침 부엌 창가에 서 있었던 저는 살짝 몸을 숨겼지요.

그는 포도(鋪道)를 건너 아가씨에게로 가서 뭐라고 말을 건넸습니다. 아가씨는 거북해 하면서 피하고 싶은 눈치였습니다. 하지만 그렇게 하지 못하게 그가 아가씨의 팔을 잡았습니다. 아가씨는 외면을 했습니다. 무언지 대답하기 싫은 질문을 한 모양이었습니다. 다시 집 쪽을 재빨리 슬쩍 보고 아무도 자기를 보지 않는다고 생각하자, 그 악한은 능청맞게도 아가씨를 껴안는 것이었습니다.

"유다 같은 놈! 배신자!" 저는 소리쳤습니다. "이제 봤더니 위선자군 그래? 작정한 사기꾼 같으니."

"누구 얘기야, 넬리?" 바로 옆에서 캐서린 아씨의 목소리가 들렸습니다. 저는 밖에 있는 두 사람에게 너무 정신이 팔려 있었으므로 아씨가 들어온 것도 알지 못하고 있던 것입니다.

"아씨의 형편없는 친구 말예요!" 저는 흥분해서 대답했습니다. "저기 있는 좀도둑 말이지 누구겠어요. 아, 우리를 보았어요. 들어오는군요. 아씨에게는 싫다고 말해 놓고, 뒤로 가선 이사벨라 아가씨에게 연애를 거는 데에 그럴 듯한 변명을 갖다 붙일 재주가 있는지 몰라!"

캐서린 아씨도 이사벨라 아가씨가 히스클리프의 손을 뿌리치고 뜰로 뛰어 들어가는 것을 보았습니다. 잠시 후 히스클리프가 문을 열었습니다.

저는 분풀이로 몇 마디 하지 않을 수 없었습니다. 그러나 캐서린 아씨는 가만히 있으라고 화를 내며 소리치고는, 만일 제가 그렇게 건방진 소리를 한다면 내보내겠다고 으름장을 놓았습니다.

"넬리 말을 들으면 마치 넬리가 이집 안주인인 것 같아!" 아씨는 외쳤습니다. "자기 분수를 알아야지! 히스클리프, 왜 이런 소동을 일으키는 거죠? 이사벨라에게는 손대지 말라고 했잖아요! 이 집에 오는 것이 싫증이 났거나 에드거가 문에 빗장을 걸고 당신을 못 들어오게 하길 원하지 않는다면 내 말을 들어요!"

"그렇게 해보시지!" 그는 대답했습니다. 저는 그렇게 말하는 그 녀석이 몹시 싫었지요. "순순히 참고 있으라고 해! 지금 날이 갈수록 그 녀석을 천당에 보내고 싶어서 미칠 지경이니!"

"쉿!" 캐서린 아씨는 안쪽 문을 닫으면서 말했습니다. "나를 흥분 시키지 말아요. 왜 내 부탁을 무시했지? 이사벨라가 일부러 당신한테 가까이 갔던 가요?"

"그것이 어떻다는 거요?" 그는 성내며 말했습니다. "만일 그녀가 원한다 면, 내게는 그녀에게 입을 맞춰 줄 권리가 있소. 하지만 당신에게는 그걸 반 대할 권리가 없어! 나는 당신의 남편이 아니오. 질투할 필요는 없소!"

"질투하는 게 아니야." 아씨는 대답했습니다. "당신을 위해서 조심하는 것 뿐이지. 얼굴을 펴요. 그렇게 찌푸리지 말고! 이사벨라가 마음에 들거든 결 혼시켜 주겠어요. 하지만 정말 그녀를 좋아하나요? 사실대로 말해 봐요. 저 봐, 대답을 못하잖아. 좋아하지 않는다는 것을 나는 확신해요!"

"서방님께서 누이동생이 저런 사람하고 결혼하는 것을 승낙하시겠어요?" 제가 물었습니다.

"내가 승낙하시게 하겠어." 아씨는 분명한 어조로 대답했습니다.

"승낙할 필요도 없을 거요." 히스클리프는 말했습니다. "그의 허락을 받지 않고서도 나는 결혼할 수 있을 테니까. 그리고 캐서린, 이런 이야기가 나온 김에 당신에게 몇 마디 하고 싶소. 당신이 나를 지독하게, 정말 지독하게 대 접한 것을 내가 기억하고 있다는 걸 알아 달란 말이오! 알겠소? 만일 내가 모르고 있다고 생각한다면 당신은 바보요. 그리고 다정한 말 몇 마디로 날 위로할 수 있다고 생각한다면 당신은 그야말로 천치요. 또 내가 복수하지도 않고 그냥 있으리라고 생각한다면, 얼마 안 있어 그렇지 않다는 것을 납득시 키겠소! 어쨌든 당신 시누이의 비밀을 내게 말해 줘서 감사하오. 나는 그걸 최대한으로 이용할 작정이오. 당신은 방해나 마시오!"

"이런 사람인 줄은 몰랐어!" 캐서린 아씨는 놀라면서 소리쳤습니다. "내 가 당신을 지독하게 대접했다고? 그래서 복수를 하겠다고? 어떻게 복수를 한단 말예요? 배은망덕도 분수가 있지. 내가 뭘 어쨌기에 당신을 지독하게 대접했다는 거예요?"

"당신에게 복수하려는 건 아니야." 히스클리프는 좀 누그러져서 대답했습 니다. "그럴 계획은 아니오. 노예들은 폭군에게 학대받아도 반항하지 못하 고, 도리어 그들 밑에 있는 자를 괴롭히지. 당신이 재미있다면. 나를 죽도록 곯려 줘도 좋아. 다만 나도 마찬가지로 약한 자를 곯려서 재미를 보게 해 달란 말이오. 그리고 될 수 있는 대로 나를 모욕하지 말아 줘요. 내 궁전을 헐고 오막살이를 세우고는, 나에게 집을 지어 줬다고 우쭐해서 생색을 내지 말란 말이오. 당신이 정말로 내가 이사벨라와 결혼하기를 바란다면, 내 목을 그어 죽어 버리겠소!"

"그렇군, 내가 질투를 하지 않는 것이 나쁘다는 거지?" 캐서린 아씨는 외쳤습니다. "그렇다면 다시는 당신한테 아내를 권하지 않겠어. 하긴 그것은 사탄에게 어차피 지옥으로 갈 사람을 데리고 가라는 거나 마찬가지지. 당신은 사탄처럼 불행을 몰고 오는 게 재미나는 거야. 지금도 봐. 에드거도 이제 당신의 방문에 성질을 내지 않고, 나도 안정되고 조용한 생활을 시작하니까 당신은 우리가 평화로운 것을 보고 안절부절못해서, 싸움을 일으킬 결심을 한 거잖아. 하고 싶거든 이 집 주인과 싸움을 해요, 히스클리프. 그리고 그의 누이동생을 속여요. 그것이 바로 내게 복수를 하는 가장 효과적인 방법일 테니."

이야기는 여기서 끊어졌습니다. 캐서린 아씨는 난롯가에 앉아서 얼굴이 상기된 채 우울해졌습니다. 지금까지 아씨의 힘이 되었던 그 활기는 차츰 걷잡을 수 없게 됐습니다. 아씨는 그것을 가라앉힐 수도 조절할 수도 없었습니다. 히스클리프는 팔짱을 끼고 난로 옆에 서서, 이것저것 못된 생각에 잠겨 있었습니다. 그들을 그대로 둔 채 저는 서방님을 찾으러 갔습니다. 서방님은 무엇 때문에 캐서린 아씨가 아래층에서 그렇게 오래 있나 매우 궁금해 하시고 있었습니다.

"엘렌," 그분은 제가 들어갔을 때 말했습니다. "아씨를 보았어?"

"네, 부엌에 계세요." 저는 대답했습니다. "히스클리프 씨의 행동 때문에 화가 나 계세요. 전 정말 그가 찾아오는 것을 어떻게 달리 생각해 봐야 할 때가 왔다고 생각해요. 너무 상냥하게 대하면 해로워요. 벌써 이렇게까지 되었으니까요."

그리고 나서 저는 안뜰에서 일어난 일과, 그 뒤에 일어난 싸움 이야기를 되도록 자세히 말씀드렸습니다. 저는 그렇게 이야기하는 것이 캐서린 아씨에게 그리 불리할 것은 없으리라고 생각했습니다. 물론 나중에 아씨 자신이 히스클리프를 옹호하느라 그렇게 만들지만 않는다면 말이에요.

에드거 린튼 서방님은 제 이야기를 끝까지 듣는 것이 힘이 드는 모양이었습니다. 그분의 첫마디로 봐서는 자기 부인에게도 허물이 없지는 않다고 생각하는 눈치였습니다.

"이건 정말 참을 수 없군!" 그분이 소리쳤습니다.

"그런 녀석을 친구로 두고 나에게까지 교제를 강요하다니 창피한 일이야! 엘렌, 하인들 방에서 두 녀석을 불러 줘. 이 이상 더 캐서린을 그 비열한 녀석과 말다툼하게 내버려 두지는 않겠어. 비위를 맞춰 주는 것도 분수가 있지."

서방님은 내려가서 하인들에게 복도에서 기다리라고 하고, 일단 저를 데리고 부엌으로 갔습니다. 부엌에 있던 두 사람은 말다툼을 다시 시작하고 있었습니다. 캐서린 아씨는 새로 기운을 내어 꾸짖고 있었고, 히스클리프는 창가로 가서 아씨의 격한 말투가 좀 마음에 걸린 듯이 고개를 숙이고 있었습니다.

히스클리프가 서방님을 먼저 보고 급히 아씨에게 가만히 있으라는 시늉을 했습니다. 그러자 아씨도 그 이유를 알고는 갑자기 입을 다물었습니다.

"도대체 어떻게 된 거요?" 린튼 서방님은 아씨를 보고 말했습니다. "저런 녀석에게 그런 말을 듣고도 여기 그대로 있다니! 저 녀석의 말투가 늘 그러니까 당신은 아무렇지도 않은 모양이지. 이미 저 녀석의 야비함에 길들여져, 어쩌면 나도 길들일 수 있을 거라고 생각하는 거요?"

"문 뒤에서 듣고 있었어요, 당신?" 아씨는 남편이 화가 난 것도 아랑곳하지 않고, 경멸하듯이 일부러 그분의 성미를 돋구려는 듯 물었습니다. 그러자 서방님의 이야기에 눈을 치켜올리고 있던 히스클리프는 아씨의 말을 듣고, 일부러 린튼 서방님의 주의를 끌려는 듯이 비웃는 것이었습니다. 에드거 서방님은 그를 보았지만 그의 계략대로 감정을 폭발시키려고 하시지는 않았습니다.

"이때까지 내가 자네의 행동거지를 참아온 것은," 그분은 조용히 말했습니다. "자네의 야비하고 타락한 성격을 몰라서가 아니라, 그것이 자네의 잘못만도 아니라고 생각했기 때문이야. 그리고 캐서린이 자네와 교제를 계속하고 싶어 했기 때문에 어리석게도 나는 그걸 용인했지. 하지만 자네는 가장 훌륭한 사람도 악에 물들이는 도덕적인 해독을 끼친단 말야. 그 때문에, 그리고 더 나쁜 결과를 막기 위해서 앞으로는 이 집에 발을 들여놓지 못하게 하겠어. 그러니 지금 즉시 떠나 주었으면 해. 3분 이상 주저하면 별수 없이 창피를 당하고 돌아가야 할 거야."

히스클리프는 그렇게 말하는 상대의 키와 어깨 너비를 아주 싸늘하게 비웃는 눈초리로 바라보았습니다.

"캐시, 당신의 양새끼가 황소처럼 위협을 하는군!" 그는 말했습니다. "그러면 내 주먹에 머리통이 깨어질 염려가 있어. 정말 린튼, 자네가 때려눕힐 가치도 없다는 것이 유감천만이야!"

우리 서방님은 복도 쪽을 흘끗 보면서 저에게 하인들을 데려오라고 눈짓했습니다. 자기 자신이 직접 그자를 상대하는 위험을 무릅쓸 생각은 없으셨던 것입니다. 저는 그 지시를 따랐습니다. 그러나 캐서린 아씨가 무엇인가 의심쩍어 하면서 따라오더니, 제가 그들을 부르려고 할 때 저를 끌어당기고는 문을 쾅 닫고 잠가버렸습니다.

"떳떳한 방법이군요!" 아씨는 노여워하면서도 놀란 듯한 남편의 얼굴을 보고 말했습니다. "그에게 덤빌 용기가 없으면 사과를 하든지 두들겨 맞든지 해요. 그렇게 해야 실력 이상으로 허세를 부리는 버릇이 고쳐질 거예요. 안 돼요, 열쇠를 주느니 삼켜 버리겠어요. 나는 두 사람 다 친절히 대했건만, 정말 유쾌한 보답을 받는군요! 심약한 남편과 성질 못된 친구를 화 한 번 내지 않고 참아 줬는데, 그 대가로 돌아온 건 터무니없고 어리석은 배은 망덕의 표본들이라니! 여보, 나는 당신과 당신의 재산을 지켜 주고 있었던 거예요. 그런데 감히 나를 나쁘게 생각하다니, 히스클리프가 당신을 병이 나도록 때려 줬으면 좋겠어요!"

하지만 주인은 맞기도 전에 이미 병이 날 것 같았습니다. 캐서린 아씨의 손에서 열쇠를 빼앗으려고 하던 서방님은 아씨가 그것을 난로 한가운데에 던져 넣자, 몸을 덜덜 떨면서 얼굴이 파랗게 질려 버린 것입니다. 아무리 해도 그분은 그 격정을 피할 수가 없었고, 괴로움과 굴욕이 한데 뒤섞여 기진맥진해 했습니다. 결국 그분은 의자 등에 기대서 얼굴을 두 손으로 감쌌습니다.

"세상에! 옛날 같으면 기사라도 됐을 용기군요!" 아씨는 소리쳤습니다. "우리가 졌어요, 우리가 졌어요. 히스클리프는 당신에게 손가락 하나 대지 않을 거예요. 왕이 생쥐 왕국에 군대를 보내지 않듯이 말이에요. 기운 차리세요. 다치지는 않을 테니까! 당신 같은 사람은 양새끼가 아니라 젖먹이 토끼새끼예요."

"이 젖내 나는 겁쟁이를 남편으로 둔 행복을 즐기기 바라오, 캐시!" 히스클리프는 말했습니다. "당신의 취향이 경탄스럽소. 나보다도 이렇게 침 흘리고 벌벌 떠는 것을 좋아하는 취미 말이오! 이런 녀석은 주먹으로 치기보다 발로 차면 될 것 같은데? 당신 남편은 지금 울고 있는 거요, 아니면 무서워서 까무러치려 하고 있는 거요?"

그 녀석은 가까이 가서 린튼 서방님이 기대고 있는 의자를 떠밀었습니다. 그러나 그렇게 하지 않았으면 좋았을 겁니다. 우리 서방님은 벌떡 일어나더니 좀더 약한 사람이었으면 나가떨어졌을 정도로 힘껏 히스클리프의 목을 갈겼으니까요. 히스클리프는 잠시 숨을 쉬지 못했습니다. 그가 숨이 막힌 동안 린튼 서방님은 뒷문으로 하여 뜰로 나가, 거기서 현관으로 들어갔습니다.

"봐요! 이제는 여기 다시 오지 못하게 됐군요." 캐서린 아씨는 외쳤습니다. "자아, 이제는 가요! 그는 권총 두어 자루와 대여섯 사람을 거느리고 돌아올 테니까. 그가 정말 우리의 말을 엿들었다면, 물론 당신을 용서할 수 없을 거예요. 나한테 이런 일을 겪게 하다니, 히스클리프! 가요, 빨리! 나는 당신보다는 차라리 에드거가 곤경에 빠지는 걸 보겠어요."

"내가 그 녀석에게 얻어맞고도 순순히 가리라 생각하오?" 히스클리프는 고함을 질렀습니다. "절대로 안 가! 이 집을 나가기 전에 그 녀석의 갈비뼈를 썩은 개암나무 껍질처럼 부숴 놓을 거야. 만일 지금 때려눕히지 않는다면 언젠가는 그 녀석을 죽일 테니까, 그 녀석이 살아 있기를 바란다면 지금 그 녀석에게 덤비게 놔둬요!"

"서방님은 오시지 않아요." 저는 거짓말을 꾸며댔습니다. "마차꾼과 정원사 두 명이 왔어요. 그 사람들에게 길바닥으로 떠밀려 나갈 때까지 기다리지는 않겠죠! 셋 다 몽둥이를 들고 있어요. 서방님은 틀림없이 거실의 창에서 그들이 시킨 대로 하는지 보고 계실 거예요."

정원사들과 마차꾼이 거기 온 건 사실이었습니다. 그러나 서방님도 함께였습니다. 그분은 벌써 안뜰에 들어서고 있었습니다. 히스클리프는 생각을 달리하고, 세 사람의 하인과 싸우는 것은 피하기로 결심했습니다. 그래서 그들이 부지깽이로 안쪽 문의 자물쇠를 부수고 들어 왔을 때, 그는 벌써 달아나 버리고 없었습니다.

캐서린 아씨는 매우 흥분한 표정으로 저에게 위층까지 따라오라고 했습니다. 아씨는 제가 이 소동을 일어나게 한 장본인인 줄을 모르고 있었고, 저도 끝내 알리지 않으려고 애썼습니다.

"거의 미칠 지경이야, 넬리!" 캐서린 아씨는 소파에 몸을 던지면서 소리쳤습니다. "머릿속에서 천 명이나 되는 대장장이들이 내 머릿속에서 망치질을 하는 것 같아! 이사벨라에게 내 곁에 오지 말라고 말해 줘. 이 소동은 그 애 때문이니까. 그녀든 누구든 지금 더 날 화나게 하면 나는 미쳐버릴 거야. 그리고 넬리, 오늘 밤에 서방님을 보거든 내가 큰 병이 날 염려가 있다고 말해 줘. 정말 그랬으면 좋겠어. 그이는 나를 지독하게 놀라게 했고 괴롭혔으니까, 나도 그이를 놀라게 해 주고 싶어. 게다가 그이가 여기 와서 한바탕 악담이나 넋두리를 늘어놓기 시작할지도 몰라. 그러면 나도 필시 가만히 있지 않을 거야. 그러면 끝판에는 어떻게 될지 모르지. 그러니까 아프다고만 해 줘.

착한 넬리! 이번 일에 나는 책임이 없다는 것을 넬리는 잘 알지? 어떻게 해서 그가 엿듣게 되었는지 몰라! 히스클리프의 이야기는 넬리가 나간 뒤로는 지독했어. 하지만 얼마 안 가서 내가 이사벨라의 이야기는 하지 않게 할 수 있었을 거야. 그러면 그 뒤의 이야기는 아무렇지도 않았을 거고. 귀신이라도 지핀 듯이, 자기에 대한 악담을 듣고 싶어 안달한 바보 같은 그이 때문에 만사는 다 틀렸어. 만일 우리 이야기를 듣지만 않았더라면, 에드거에게도 별일이 없었을 텐데. 정말 내가 자기를 위해서 목이 쉬도록 히스클리프를 꾸짖었는데 그이가 와서 싫은 소리를 했을 때는, 그들이 서로 무엇을 하든 될 대로 되라는 생각이었어. 게다가 끝장이 어떻게 나든 우리들은 모두 뿔뿔이 헤어져 다시 얼굴을 맞댈 날이 오지 않을지 모른다는 생각이 들었으니 더욱 그럴 수밖에. 어쨌든 히스클리프를 내 친구로 둘 수 없다면, 그리고 그이가 그렇게도 인색하고 질투를 한다면, 내가 애를 태우다 죽어서 그들의 가슴을 아프게 해줄 테야. 내가 극도에 다다르면 그렇게 하는 것이 모든 일을 단숨에 끝장나게 하는 길이 되는 거야!

그러나 한 가닥 외로운 희망을 위해서라도 그렇게는 하지 않겠어. 에드거에게 갑자기 그런 짓을 하기는 싫으니까. 지금까지는 그이는 나를 화나게 하는 것을 두려워해서 신중했었지. 그에게 그 방법을 버린다면 위험하다는 것을 말해 줘. 잘못 건드리면 미칠 지경이 될 나의 격한 성미를 잊지 말도록 깨우쳐 줘요, 넬리, 그렇게 무심한 얼굴만 하지 말고 좀더 내 걱정을 해 줄 수는 없는 거야?”

저는 멍청하게 이 말을 들었으므로 아씨는 틀림없이 좀 화가 나셨을 겁니다. 왜냐하면 그 말들은 정말 진지하게 한 것이었기 때문입니다. 그러나 저는 자기 감정의 발작을 이용할 것을 미리 계획할 수 있는 사람이라면 그 영향하에서도 의지의 힘으로 자기 자신을 억제할 수 있으리라고 생각했습니다. 그리고 저는 아씨가 원하는 대로 서방님을 놀라게 하거나 아씨의 비위를 맞추기 위해 그분을 더욱 성가시게 하고 싶지는 않았습니다.

그러므로 저는 서방님이 거실로 오고 있는 것을 보았을 때에도 아무 말 하지 않았습니다. 저는 그분들이 다시 말다툼을 시작하지나 않나 하고 되돌아와 엿들었던 것입니다.

서방님은 먼저 말을 시작하셨습니다.

“당신은 그대로 있어요, 캐서린.” 그분은 화난 목소리가 아니라 매우 슬프고 침울한 어조로 말했습니다. “곧 나가겠소. 말다툼을 하거나 화해를 하러 온 것은 아니오. 다만 알고 싶은 것이 있소. 오늘 저녁 일이 있은 뒤에도 당신은 계속 그를 가까이할 작정이오?"

"아, 제발!" 아씨는 발을 구르면서 말을 가로막았습니다. "제발 이제 그 이야기는 하지 말아요! 당신의 차가운 피는 아무리 해도 뜨거워질 수가 없군요. 당신의 혈관은 얼음물로 가득 차 있지만 내 혈관은 끓고 있어서, 그렇게 찬 것을 보면 더욱더 끓게 돼요."

"나를 내보내려거든 내 질문에 대답하오." 린튼 서방님은 계속 버텼습니다. "대답해야만 하오. 당신의 끓는 피도 겁나지 않소. 당신은 마음만 먹으면 누구 못지않게 냉철하다는 것을 알았소. 이제 히스클리프를 버릴 거요? 아니면 나를 버릴 거요? 우리 둘을 동시에 친구로 둘 순 없소. 나는 당신이 어느 쪽을 택할지 반드시 알아야겠소."

"나를 가만히 좀 내버려 두세요!" 캐서린 아씨는 화가 치밀어 소리쳤습니다. "가만히 두란 말예요! 지금 일어설 수도 없는 지경인 거 안 보여요? 나가 줘요!"

아씨가 종을 너무 세게 흔들어 쨍그렁 하고 종이 깨졌습니다. 저는 천천히 들어갔습니다. 아씨는 하도 분별없이 고약하게 화를 내서 성인(聖人)이라도 참지 못할 정도였습니다. 아씨는 누운 채 소파의 모서리에 머리를 부딪고 으스러질 만큼 이를 갈아댔습니다.

린튼 서방님은 갑자기 후회스럽고 겁먹은 듯한 얼굴로 바라보며 서 있었습니다. 서방님은 제게 물을 좀 가져오라고 말했습니다. 캐서린 아씨는 숨이 막혀 말을 할 수도 없었습니다.

저는 물을 한 잔 가득 부어 가져갔습니다. 그리고 아씨가 마시려 하지 않았으므로 아씨의 얼굴에 뿌렸습니다. 그러자 아씨는 몸이 뻣뻣해지고 눈을 치켜뜨더니, 두 볼이 퍼렇게 납빛으로 변해 죽은 사람 같이 보였습니다.

린튼 서방님은 겁에 질렸습니다.

"아무것도 걱정하실 것 없어요." 저는 속삭였습니다. 저도 마음속으로는 염려가 안 될 수 없었지만, 서방님이 걱정하는 것을 원하지 않았던 것입니다.

"입술에 피가 묻었어." 서방님은 벌벌 떨면서 말했습니다.

"괜찮아요!" 저는 대답했습니다. 그리고 서방님이 오시기 전부터 아씨가 미친 체하기로 마음먹고 있었다는 것을 말씀드렸습니다.

제가 그 이야기를 너무 큰 소리로 했기 때문에, 캐서린 아씨는 그것을 들고 말았습니다. 아씨가 벌떡 일어난 것으로 알 수 있었지요. 그때 아씨의 머리칼은 어깨 위로 나부끼고 두 눈은 번쩍였으며, 목과 팔의 근육은 이상하게 뒤틀려 있었습니다. 저는 적어도 뼈가 몇 개 부러질 각오를 했지만, 아씨는 다만 잠시 주위를 살피다가 방에서 뛰어나갔습니다. 서방님은 저에게 따라가라고 지시했습니다. 저는 아씨의 침실문까지 따라갔으나, 아씨가 들어오지 못하게 그 문을 잠가버렸으므로 안으로 들어갈 수가 없었습니다. 다음날 아침, 식사를 하러 내려오려고 하시지 않아서, 저는 무엇을 올릴지 물으러 갔습니다.

"안 먹겠어." 아씨는 딱 잘라 대답했습니다.

점심 때와 차 마시는 시간에도 다시 물어 보았습니다. 그리고 다음날도 물으러 갔습니다만, 답은 마찬가지였습니다.

린튼 서방님도 서재에서 시간을 보내면서 아씨가 무엇을 하고 있는지 묻지도 않으셨습니다. 서방님은 이사벨라 아가씨와 한 시간쯤 이야기를 나누시면서, 누이에게서 히스클리프의 접근을 두려워하는 눈치를 찾아보려고 하셨습니다. 하지만 누이의 대답은 분명치 않았으므로 얻은 바도 없이 대화를 그만두지 않을 수 없었습니다. 그러나 서방님은 만일 누이가 그 쓸모없는 사나이에게 마음을 줄 정도로 정신이 불건전하다면, 남매간의 관계를 완전히 끊어 버리겠다고 엄숙하게 경고하시는 것이었습니다.

12

이사벨라 아가씨는 늘 말없이, 거의 언제나 눈물을 흘리면서 뜰을 하염없이 거닐었습니다. 에드거 서방님은 펴 보지도 않으시던 책에 파묻혀 계셨고, 제 생각으로는 아씨 스스로 자신의 행동을 뉘우치고 제 발로 걸어와서 용서를 빌고 화해를 청할 것이라는 막연한 기대를 품는 데 지친 듯하셨습니다. 캐서린 아씨는 끈기 있게 단식을 계속하였습니다. 아씨는 서방님이 식사 때마다 자기의 빈 자리에 목이 멜 지경이지만, 자존심 때문에 자기 발치에 몸을 내던지지 못하는 것이라고 생각하는 것 같았지요. 그러는 동안 저는 이 집에는 한 사람밖에 분별 있는 사람이 없고, 그 사람이 바로 저 자신이라는 것을 확신하면서 집안일을 돌보았습니다.

저는 아씨에게 쓸데없는 위로도 하지 않고 아씨를 타이르지도 않았으며, 아씨의 목소리를 들으실 수 없기 때문에 아씨의 이름이라도 듣고 싶어 하는 서방님의 한숨도 아는 체하지 않았습니다.

'화해를 하고 싶다면 그분들끼리 하라지.' 저는 그렇게 마음먹고 있었습니다.

그것은 지루할 만큼 더딘 과정이기는 했으나 반갑게도 마침내 화해할 기색이 조금씩 보이기 시작하는 듯했습니다. 그것 또한 조금 뒤에 사라지고 말았지만요.

사흘째 되던 날 캐서린 아씨는 방문을 열고 물그릇에도, 물병에도 물이 남아 있지 않으니 물을 갖다 달라고 하고는, 죽을 것만 같으니 죽도 한 그릇 먹고 싶다고 말했습니다. 저는 아씨가 서방님이 들으라고 그런 말을 한다고 생각하고 그것을 곧이곧대로 믿지는 않았기 때문에, 저 혼자만 알고 차와 버터를 바르지 않은 토스트를 가져갔습니다.

아씨는 열심히 먹고 마셨습니다. 그리고는 다시 베개에 쓰러지면서 두 주먹을 쥐고 신음하는 것이었습니다.

"아, 죽을 것 같아." 아씨는 소리쳤습니다. "아무도 내 걱정은 하지 않으니까, 그것도 먹지 않았더라면 좋았을걸."

그리고 나서 꽤 시간이 지난 다음에 저는 아씨가 중얼거리는 것을 들었습니다.

"아니, 죽지 않겠어. 그이가 좋아할 거 아냐? 그이는 조금도 나를 사랑하지 않으니까 내가 없어도 보고 싶어 하지 않을 거야."

"시키실 일은 없으세요, 아씨?" 아씨가 무서운 얼굴로 이상스럽게 과장된 시늉을 하고 있음에도, 저는 겉으로는 여전히 태연한 체하면서 물었습니다.

"그 인정머리 없는 사람은 무엇을 하고 있지?" 아씨는 여윈 얼굴에서 칙칙하고 헝클어진 머리칼을 밀쳐내면서 다그쳐 물었습니다. "무슨 병에라도 걸렸나, 또는 죽기라도 했나?"

"어느 쪽도 아니에요." 저는 대답했습니다. "주인님 말씀이시라면, 서재에 너무 오래 계시는 것 같기는 합니다만 건강은 좋은 편이세요. 달리 상대가 없으니까 줄곧 책에만 파묻혀 계세요."

아씨의 상태를 옳게 알았더라면 저는 그렇게 말하지는 않았을 것입니다.

그러나 저로서는 아무래도 아씨가 꾀병을 앓고 있다는 생각이 들었던 것입니다.

"책에 파묻혀 있다고!" 아씨는 어이없다는 듯이 외쳤습니다. "내가 죽어 가고 있는데! 난 지금 한 발을 무덤에 걸치고 있다구! 이럴 수가! 내가 얼마나 쇠약해졌는지 알고나 있는 거야?" 캐서린 아씨는 건너편 벽에 걸린 거울에 비친 자기 모습을 뚫어지게 바라보면서 말을 계속했습니다. "저것이 캐서린 린튼이란 말인가? 그이는 내가 심술이 나서 아마 일부러 이러고 있는 줄 아는 모양이지? 조금도 거짓이 아니라는 것을 그이에게 알려 줄 수는 없어? 넬리, 나는 그이의 마음을 아는 즉시 두 가지 중의 하나를 택하겠어. 당장 굶어 죽든지, —그이에게 인정머리가 없다면 벌이 되지도 않겠지만— 회복해서 이 고장을 떠나버리든지 할 거라구. 넬리는 지금 그이에 대해서 사실대로 말하고 있는 거야? 거짓말을 해선 안 돼. 그이는 정말로 내가 어떻게 되든 아주 무관심한 눈치야?"

"아니에요, 아씨." 저는 대답했습니다. "서방님은 아씨의 정신이 이상하다는 것을 모르고 계세요. 그리고 물론 굶어서 돌아가실 거라는 생각도 못하고 계시구요."

"그렇다고 생각해? 내가 그럴 거라고 그이에게 말해 줄 수는 없어?" 하고 아씨는 대꾸했습니다. "잘 얘기를 하란 말야! 넬리 자신이 그렇게 생각한다는 투로 말이지! 틀림없이 내가 그럴 것이라고 말해 줘!"

"안 돼요, 아씨!" 저는 넌지시 말했습니다. "아씨는 오늘 저녁에 맛있게 음식을 좀 드셨다는 것을 잊어버리고 계세요. 내일이면 생기가 나실 거예요."

"내가 죽으면 그이도 죽는다는 게 확실하기만 하다면……" 하고 아씨는 말을 막았습니다. "지금 당장 죽겠는데! 그 지긋지긋한 사흘 밤 동안 나는 눈을 붙인 적이 없어. 게다가 또 얼마나 고생을 했는지! 나는 가위에 눌린 듯이 괴로웠어, 넬리! 그런데 넬리는 나를 좋아하지 않는 것 같아. 정말 이상해! 모든 사람이 서로 미워하고 경멸한다 해도 누구든 나를 사랑하지 않을 수는 없을 거라고 생각했는데, 몇 시간 뒤에는 모조리 돌아서서 적이 되거든. 정말 그렇단 말이야. 바로 이 집에 있는 사람들이 그래. 그들의 싸늘한 얼굴에 둘러싸여 죽는다면 얼마나 쓸쓸하겠어! 이사벨라는 내가 죽는 것을 보기가 무섭고 겁이 나고 소름끼쳐서, 이 방에 들어오려고도 하지 않을 거야. 에드거는 엄숙한 얼굴로 옆에 서서 내가 죽는 것을 보고, 자기 집에 평화가 돌아왔다고 하느님께 감사하는 기도를 드릴 테지. 그러고 나면 그이는 또 책 읽는 데로 돌아가겠지! 조금이라도 인정이 있다면 내가 죽어가고 있는데 도대체 책이 읽혀지겠어?"

제가 그런 생각을 하게 했지만, 서방님이 체념하고 있다는 것이 아씨는 참을 수 없었던 모양입니다. 몸을 뒤치락거리면서 아씨는 미칠 것처럼 열에 들떠 이빨로 베개를 물어뜯다가, 온몸이 불덩어리가 되어 일어나서 제게 창을 열어 달라고 했습니다. 때는 한겨울이라 북동풍이 강하게 불어서 저는 창을 여는 데 반대했습니다.

그러나 아씨의 얼굴을 스치는 표정이나 기분의 변화에 저는 지독히 겁이 나서, 아씨가 전에 아팠던 일과 아씨의 성미를 건드려서는 안 된다는 의사의 말이 생각났습니다. 1분 전까지도 미쳐 날뛰던 아씨는 이번에는 한쪽 팔을 괴고 앉아서 제가 창을 열지 않은 것도 잊어버리고서, 자기가 이빨로 물어뜯은 베개에서 깃털을 꺼내 종류별로 홑이불 위에 늘어놓으며 어린애처럼 좋아하고 있었습니다. 아씨는 벌써 다른 생각에 잠겨 있었던 것입니다.

"이건 칠면조 깃털이야." 아씨는 혼자 중얼거렸습니다.

"그리고 이건 들오리 깃털이고, 이건 비둘기 깃털이야. 아하, 비둘기 털을 베개 속에 넣었군. 어쩐지 죽을 수 없더라니! 내가 죽을 때에는 잊어버리지 말고 방바닥에 내던져야겠군. 그리고 이건 붉은 뇌조의 깃털이고. 이것은 다른 게 아무리 많이 섞여 있어도 알겠어. 이건 도요새의 깃털이야. 귀여운 새지. 벌판 한복판에서 우리의 머리 위를 빙빙 돌곤 했어. 구름이 언덕 위에 드리우고 비가 올 것 같으면 둥지로 돌아가고 싶어 했지. 이 깃털은 벌판에서 주운 거야. 새를 쏘지는 않았어. 겨울에 둥지를 보니까 조그마한 해골들이 소복이 들어 있었어. 히스클리프가 그 위에 덫을 놓았기 때문에 어미새들이 돌아오지 못했던 거야. 그에게 그 뒤로는 도요새는 쏘지 않겠다는 약속을 하라고 했고 그도 약속을 지켰어. 그래, 여기도 또 있군! 히스클리프가 내 도요새를 쏘았던가, 넬리? 그 중에는 붉은 것이 있어? 보여 줘."

"그런 어린애 같은 짓은 그만두세요!" 저는 말을 가로막으면서 베개를 빼앗아 찢긴 구멍을 밑으로 해서 요 위에 놓았습니다. 아씨가 그 안에 든 깃털

을 한 줌씩 꺼내고 있었기 때문입니다. "누워서 눈을 감으세요. 아씨는 엉뚱한 생각을 하고 계세요. 야단났군요! 깃털이 날리고 있잖아요!"

저는 여기저기 널린 깃털을 주우면서 돌아다녔습니다.

"넬리," 아씨는 꿈꾸듯 말을 계속했습니다. "나는 넬리가 할멈처럼 보여. 머리가 희고 어깨가 구부러진 할멈 말야. 이 침대는 페니스턴 절벽 아래에 있는 요정의 동굴인데, 넬리는 우리의 송아지를 해치려고 돌촉을 줍고 있어. 내가 가까이 있을 때는 양털을 줍고 있는 체하면서. 지금부터 50년 뒤에 넬리는 그렇게 될 거야. 지금은 그렇지 않다는 것을 알아. 아냐, 잘못 생각한 거야. 난 지금 여기 있잖아. 그렇지 않다면 넬리가 정말로 그 쪼그라진 할멈이고, 난 페니스턴 절벽 아래에 있었나? 모르겠어. 그저 지금은 밤이고 테이블에 초 두 자루가 타고 있어서, 검은 장롱이 흑옥(黑玉)처럼 빛나고 있다는 것만 알 수 있는걸."

"검은 장롱? 그런 것이 어디 있어요?" 저는 물었습니다. "아씨는 지금 잠꼬대를 하고 계세요!"

"언제나 그렇듯이 벽 있는 데 서 있잖아." 아씨는 대답했습니다. "이상하게 보이는군. 그 안에 얼굴이 보여!"

"이 방에는 장롱이 없고, 또 있었던 적도 없어요." 저는 그렇게 말하면서 다시 자리에 앉아 아씨가 잘 보이도록 커튼을 올렸습니다.

"저 얼굴이 보이지 않아?" 아씨는 열심히 거울을 보면서 물었습니다. 그녀에게 뭐라고 해도 자기의 얼굴이 비친 것임을 이해시킬 수 없어서, 저는 일어서서 숄로 거울을 덮어 버렸습니다.

"아직도 저 뒤에 있어!" 아씨가 걱정스러운 듯이 말을 계속했습니다. "그리고 움직였어. 누굴까? 넬리가 가고 나서 그것이 나오지 않았으면 좋겠는데! 아! 넬리, 이 방에는 유령이 나오는군! 혼자 있기가 무서워!"

저는 아씨의 손을 잡고 진정하라고 말했습니다. 온몸을 부들부들 떨고 몸을 뒤틀면서도 거울 쪽을 보려고 기를 쓰고 있었기 때문입니다.

"이 방에는 아무도 없어요!" 제가 말했습니다. "그것은 아씨 자신이었어요! 아씨, 아까는 알고 계셨잖아요."

"나 자신이라고?" 아씨는 신음하듯이 말했습니다. "그리고 시계가 12시를 치고 있군. 그러고 보니 사실인 모양이지? 아이 무서워!"

아씨는 손가락으로 옷을 거머쥐고 그것으로 눈을 가렸습니다. 저는 주인을 부를 양으로 문 있는 데로 살그머니 가려고 했습니다. 그러나 날카로운 비명 소리가 나는 바람에 되돌아섰습니다. 숄이 거울에서 떨어졌던 것입니다.

"왜, 왜, 그러세요?" 저는 외쳤습니다. "지금 보니 아씨는 겁쟁이군요? 눈을 바로 뜨세요! 저것은 거울, 거울이에요, 아씨. 거울에 아씨가 비친 거예요. 그리고 아씨 옆에 저도 있고."

아씨는 떨고 당황하면서 저를 꼭 붙들었지만, 차츰 아씨의 얼굴에서 두려움이 가시었습니다. 해쓱했던 얼굴이 이번에는 부끄러움으로 붉어졌습니다.

"아아, 세상에! 나는 집에 있는 줄 알았어" 하고 아씨는 한숨지었습니다. "워더링 하이츠의 내 방에 누워 있는 줄 알았어. 허약해지고 머리가 혼란되어 무의식적으로 소리를 질렀어. 아무 말도 하지 말고 나와 함께 있어 줘. 나는 잠드는 것이 두렵고, 꿈꾸는 것이 무서워."

"한참 푹 자고 나면 괜찮을 거예요, 아씨." 저는 대답했습니다. "이만큼 고생을 하셨으니 다시는 굶으려고 하시지 말았으면 좋겠어요."

"아, 우리 집 내 침대에 누워 있다면 얼마나 좋을까!" 아씨는 애처롭게 말을 계속하면서 두 손을 꼭 쥐는 것이었습니다. "그리고 창 밖에 선 전나무를 잡아 흔들던 그 바람 소리, 그 바람을 쐬게 해 줘. 바로 저 벌판으로 불어오니까, 그 바람을 한 번만 들이마시게 해 줘!"

저는 아씨를 진정시키려고 잠시 창문을 열었습니다. 그러나 차가운 바람이 불어 들어오기에 창을 닫고 제자리에 돌아왔습니다.

이번엔 아씨는 눈물로 얼굴이 흠뻑 젖은 채 조용히 누웠습니다. 몸이 지칠 대로 지쳐서 기운이라고는 전혀 없었던 것입니다. 성미가 불같았던 캐서린 아씨도 우는 어린아이에 불과했습니다.

"내가 여기 틀어박힌 지 며칠이나 된 거야?" 아씨는 갑자기 생기를 띠면서 물었습니다.

"월요일 저녁부터였어요. 그리고 지금은 목요일 밤, 아니, 금요일 아침이에요."

"뭐? 같은 주의 금요일이란 말이지?" 아씨는 소리쳤습니다. "그렇게밖에 되지 않았어?"

"냉수만 마시고 화만 내시면서 오래 버티신 거지요." 저는 말했습니다.

"아무튼 지칠 정도로 지루했던 것 같아." 아씨는 의아한 듯이 중얼거렸습니다. "틀림없이 더 오래된 것 같은데. 그들이 다툰 다음에 나는 거실에 있었던 것이 생각나거든. 그리고 그이가 지독한 소리를 하길래, 나는 화가 나서 될 대로 되라고 이 방으로 달려왔지. 문을 닫아걸고 나니까 앞이 캄캄해져서 방바닥에 쓰러진 거야. 그이가 언제까지나 나를 괴롭힌다면 내가 발작을 일으키거나 미친 듯이 펄펄 날뛰게 될 거라는 것이 확실했지만, 그걸 그이에게 설명할 순 없었어. 내 혀는 마음대로 움직이지 않았고, 머리도 바보가 되어 있었어. 그러니까 그이가 나의 괴로움을 몰랐던 모양이지. 나는 그가 있는 데서, 그리고 그의 말소리가 들리는 데서 피하고만 싶었어. 내가 눈도 보이고 귀도 들릴 만큼 회복되기도 전에 이미 날이 새고 있더군.

넬리, 내가 무슨 생각을 했는지, 또 무엇 때문에 내 정신이 이상해질 정도로 같은 일을 되풀이해서 생각했는지를 말해 주겠어. 나는 저 테이블 다리에 머리를 기대고 누워, 희뿌애지는 네모난 창을 어렴풋이 바라보고 있었어. 난 내가 옛집의 그 참나무 판자로 둘러싸인 침대에 누워 있는 줄 알았지. 내 마음은 굉장한 슬픔으로 쑤셨지만, 막 눈을 뜬 참이었기 때문에 무슨 슬픔인지 생각이 나질 않았어. 나는 곰곰이 생각하면서 그것이 무엇이었는지 알아내려고 애를 썼어. 그런데 아주 이상하게도 지난 7년 동안의 생활 전체가 텅 빈 것처럼 생각되었어! 도대체 그 7년간이 있었다는 것도 생각이 나질 않았어! 나는 어린아이였고 아버지는 돌아가신 지 얼마 안 되었는데, 힌들리 오빠로부터 히스클리프와 같이 놀아서는 안 된다는 말을 듣고 슬퍼하고 있었어. 나는 난생 처음으로 혼자가 된 거야. 밤새도록 울고 나서 쓸쓸한 채로 잠이 들었다가, 깨어서 판자를 밀어젖히려고 손을 들었지. 그런데 손에 부딪친 것은 테이블이잖아! 그래서 양탄자 끝에서 끝으로 그것을 더듬어 보았어. 그랬더니 갑자기 기억이 되살아나서, 그때까지의 슬픔은 절망적인 발작 속으로 휩쓸려 들어갔어.

왜 그렇게 미칠 듯이 슬펐는지 모르겠어. 틀림없이 일시적인 정신착란이었을 거야. 별다른 원인이라곤 없었으니까. 그러나 12살이라고 생각했는데, 나는 워더링 하이츠와 어렸을 때 친숙했던 모든 것과 그 당시의 나에게는 가장 소중했던 히스클리프로부터 억지로 떨어져 나와서, 단박에 린튼 부인이며, 드러시크로스 저택의 안주인이며, 그리고 낯선 사람의 아내가 되어 버린 거야. 나는 그때까지의 자기 세계에서 쫓겨나고 버림받은 사람이 되었던 거지. 깊은 수렁을 기어 다닌 듯한 내 기분을 조금은 알 수 있겠지? 넬리가 아무리 머리를 흔들어댄대도, 넬리도 내 머리를 이상하게 만드는 걸 거든 셈이야! 넬리는 에드거에게 말을 해야 했어! 정말 넬리는 그가 나를 가만 놔두게 얘기를 해 줬어야 했다구! 나는 몸이 불덩이같아! 밖으로 나갔으면. 다시 야성스럽고 억세고 자유스러운 계집애가 되어, 어떤 상처를 입더라도 미치거나 하지 않고 깔깔 웃을 수 있었으면! 나는 왜 이렇게 달라졌을까? 왜 무슨 소리만 들으면 내 피는 끓어오를까? 저 언덕 위에 무성한 히스 속에 한번 뛰어들면 나는 틀림없이 정신이 날 거야. 다시 창을 활짝 열어 줘. 빨리, 왜 가만히 있어?"

"감기가 들어서 돌아가시는 일이 없도록 하기 위해서예요." 저는 그렇게 대답했습니다.

"나에게 살 기회를 주지 않겠단 말이지." 아씨는 심술궂게 말했습니다. "그러나 나는 아직도 기운을 다 잃지는 않았어. 내가 열겠어."

캐서린 아씨는 제가 말릴 사이도 없이 침대에서 미끄러져 내려가, 매우 불안정한 걸음걸이로 방을 가로질러 가서 창을 활짝 열고는 칼날처럼 에는 듯한 차가운 공기도 아랑곳하지 않고 몸을 내밀었습니다.

저는 사정을 하다가 마지막에는 억지로라도 침대에 되돌아가도록 하려고 했습니다. 그러나 곧 열에 들뜬 아씨의 힘을 도저히 이겨낼 수 없다는 것을 알아차렸습니다. 그런 행동과 헛소리들로 저는 아씨가 정말 제 정신을 잃었다는 것을 확실히 알게 되었지요.

달 없는 밤이어서 지상의 모든 것은 안개 같은 어둠에 싸여 있었습니다. 멀리서나 가까이에서나 불빛이 새어나오는 집은 없었습니다. 모두들 불을 끈 지 오래였고, 워더링 하이츠의 불빛도 전혀 보이지 않았습니다. 그런데도 아씨는 불빛이 보인다고 우기는 것이었습니다.

"저 봐!" 아씨는 열에 들떠 외쳤습니다. "촛불이 켜져 있고 그 앞에 나무가 흔들리고 있는 것이 내 방이야. 그리고 또 하나의 촛불이 조지프의 다락방에 켜져 있군. 조지프는 언제나 늦게까지 자지 않지? 그는 대문을 잠그려고 내가 들어올 때까지 기다리고 있는 거야. 뭐, 그를 좀더 기다리게 하지. 길은 험하고, 그 길을 걸어가노라면 슬픈 생각이 들어. 게다가 그 길을 가자면 기머튼 교회를 지나지 않으면 안 되지. 우리는 툭하면 유령 같은 것은 무섭지 않다고 하면서, 서로에게 묘지에 들어가 유령을 불러내 보겠느냐고 말했었지. 그러나 히스클리프, 지금 해보라면 당신은 해낼 수 있겠어? 당신이 할 수 있다면 당신을 데려가죠. 나 혼자 거기 누워 있는 건 정말 싫어요. 열두 자 깊이로 나를 묻고 교회를 그 위에 얹어 준대도, 당신이 내 곁으로 오는 날까지 나는 편안히 잠들지 못할 거야, 절대로!"

아씨는 잠시 말을 끊었다가, 이상스러운 웃음을 띠면서 다시 말을 계속했습니다.

"그는 생각하고 있을 거야. 내가 와 줬으면 좋겠다고! 그렇다면 저 교회를 통하지 않고 가는 길을 찾아봐요. 무얼 꾸물대는 거예요! 투덜대지 말아요. 당신은 언제나 내 뒤를 따라왔으니까!"

제 정신을 잃고 있는 아씨에게 무슨 소리를 해도 소용이 없다는 것을 알고, 저는 아씨를 붙잡은 채 몸에 걸칠 것을 가져올 도리가 없을까 하고 생각했습니다. 열린 창가에 아씨를 혼자 둔다는 건 마음이 놓이지 않았기 때문입니다. 그런데 그때 놀랍게도 문 손잡이가 덜커덕거리더니 린튼 서방님이 들어왔습니다. 그는 막 서재에서 나와 복도를 지나다가 우리의 말소리가 들리자, 궁금했는지 걱정스러운 마음이 들었는지 그렇게 늦은 시간에 무슨 일인지 알아보려 한 것입니다.

"아, 서방님!" 저는 우리의 태도와 찬바람이 불어 닥치고 있는 방안을 보고 놀란 그분의 입에서 터져 나오려는 탄성(嘆聲)을 막으려는 듯이 외쳤습니다. "아씨는 가엾게도 병이 나셨는데, 저의 말은 들으려고 하시지 않으세요. 저로서는 어쩔 도리가 없으니 제발 오셔서 자리에 드시도록 타일러 주세요. 노여움은 잊어버리세요. 아씨는 고집만 피우시니 어떻게 할 도리가 없어요."

"캐서린이 병이 났다구?" 그분은 우리에게로 빨리 걸어오시면서 말씀하셨습니다. "창을 닫아, 엘렌! 캐서린! 왜……."

서방님은 말을 잇지 못했습니다. 아씨의 초췌한 모습을 보고 말이 막혔던 것입니다. 그리고는 무섭고 놀라서 다만 아씨와 저를 번갈아보실 뿐이었습니다.

"아씨는 이 방에서 애를 태우고 계셨어요." 전 말을 계속했습니다. "그리고 거의 아무것도 잡수시지 않고 불평도 하시지 않으셨어요. 오늘 저녁까지 아무도 방에 들여놓으려고 하시지 않았고, 우리도 몰랐기 때문에 서방님께도 알리지 못했어요. 그러나 별일은 없어요."

저는 제 설명이 어색했다고 생각했고 서방님도 얼굴을 찌푸리셨습니다.

"아무것도 아니라니, 엘렌 딘?" 그분은 준엄하게 말씀하셨습니다. "이렇게 되도록 내가 모르게 둔 것에 대해 좀더 똑똑히 설명해 봐!" 그리고는 아씨를 품안에 안고 괴로운 듯이 바라보셨습니다.

처음에 아씨는 그분에게 아는 척하지 않았습니다. 아씨의 멍한 눈에는 그분이 보이지 않았던 것입니다. 그러나 아씨는 완전히 정신을 잃은 것은 아니었습니다. 물끄러미 보고 있던 어둠으로부터 눈을 떼고 그분에게 주의를 집중시키자, 자기를 부축하고 있는 것이 누구인가 알아보았습니다.

"아하, 당신이 왔군요, 당신이. 에드거 린튼?" 아씨는 노여움 때문에 거칠게 말했습니다. "당신은 바라지도 않을 때 나타나고 바랄 때는 나타나지 않는 그런 사람이군요! 이제 실컷 탄식할 때가 올 거예요. 내게는 그것이 모두 보여요. 그러나 내가 저기 있는 무덤으로 가는 것을 막을 수는 없어요! 봄이 가기 전에 난 그리로 가게 되어 있어요! 저기에요, 예배당 안에 묻혀 있는 린튼 집안의 조상들 사이가 아니라, 빈터의 묘석(墓石) 아래 묻히겠어요. 당신은 그분들이 묻힌 데로 가든, 내가 묻힌 데로 오든 마음대로 해요!"

"캐서린, 대체 어떻게 된 거요!" 서방님이 말을 꺼냈습니다. "당신에겐 이젠 나라는 사람이 아무것도 아니란 말이오? 당신은 그 녀석을 사랑하는 거요, 그 히스……."

"쉿!" 아씨는 외쳤습니다. "지금은 말하지 말아요! 당신이 그 이름을 입 밖에 내면 나는 당장 창에서 뛰어내려 모든 것을 끝장내 버리겠어요! 지금 당신의 손이 닿고 있는 내 몸은 당신의 것일지 몰라도, 당신이 내게 다시 손을 대기 전에 내 영혼은 저 언덕 꼭대기에 가 있을 거예요. 이제 당신은 소용없어요. 당신이 필요한 때는 지났어요. 당신은 서재로 돌아가요. 당신이 책이라는 위안을 가진 것이 다행이군요. 당신이 사랑했던 나는 이제 사라져 버렸으니까요."

"아씨는 지금 정신이 오락가락하세요." 제가 말참견을 했습니다. "저녁 내내 헛소리만 하고 계시답니다. 그러나 안정시켜 드리고 적당히 간호를 해드리면 나으실 거예요. 앞으로는 우리 모두 아씨의 기분을 거스르지 않도록 조심해야 할 것 같아요."

"이제는 넬리의 충고는 듣지 않겠어." 린튼 서방님은 대답하셨습니다. "넬리는 아씨의 성질을 잘 알고 있으면서 나를 충동해서 아씨를 괴롭게 했어. 게다가 지난 사흘 동안 아씨가 어떻다는 것을 조금도 알려 주지 않았어! 매정스럽게도! 몇 달을 앓아도 이렇게 변할 순 없을 거야!"

남의 고약한 고집 때문에 책망을 받는 것은 너무 억울하다는 생각이 들어 저는 변명을 하기 시작했습니다.

"아씨는 고집이 세어서 자기 마음대로 하신다는 건 알고 있었어요." 저는 외쳤습니다. "그러나 서방님께서 그분의 격한 성미를 부추기고 싶어 하신다는 건 몰랐네요. 아씨의 비위를 맞추기 위하여 히스클리프 씨를 눈감아 줘야 한다는 것도 몰랐습니다. 저는 충실한 하녀로서의 의무를 다하느라고 서방님께 말씀을 드린 것뿐이었어요. 그런데 그 대가가 고작 이것이군요! 좋습니다. 이것으로 다음에는 조심해야겠다는 것을 알았습니다. 이제부터 서방님께서 직접 정탐을 하시는 것이 좋을 겁니다!"

"이 다음에 내게 또 쓸데없이 이야기를 꾸며대면 이 집에서 내보내겠어, 엘렌 딘." 그분은 격한 목소리로 말씀하셨습니다.

"그렇다면 아예 아무 말씀도 듣지 않으시는 게 좋으시겠군요, 서방님" 하고 저는 말했습니다. "그러니까 히스클리프 씨가 이사벨라 아가씨를 꾀어내려고 오고, 서방님이 안 계실 때마다 아씨와 서방님 사이를 일부러 망쳐 놓기 위해서 와도 좋다고 허락하신 셈인가요?"

아씨는 정신이 혼란되어 있기는 했지만 우리의 대화를 열심히 듣고 있었습니다.

"아! 넬리가 배반을 했군."

아씨는 격해져서 소리를 쳤습니다. "넬리가 나의 숨은 적이었구나. 이 마녀 같은 년, 정말 너는 우리를 해치려고 돌촉을 찾고 있었군! 자, 나를 놓아 줘요. 저년을 뉘우치게 해 주겠어! 저년을 큰 소리로 울게 해 주겠어!"

아씨는 두 눈에 미친 사람과 같은 노기를 띤 채 서방님의 품안에서 벗어나려고 몸부림쳤습니다. 저는 이 일을 보고 있을 기분이 나지 않아 제 나름으로 의사를 부르려고 마음먹고서 그 방을 나왔습니다.

길을 나서려고 뜰을 지나다가 말을 매는 고리가 박혀 있는 담장 쪽에서 무언가 흰 물건이 불규칙적으로 움직이는 것을 보았습니다. 분명히 바람 때문에 흔들리는 것은 아니었습니다. 나중에라도 그것이 유령이었다고 생각하고 싶지 않아서 저는 바쁜 걸음을 멈추고 자세히 살펴보았습니다.

눈으로 보았다기보다는 손으로 만져 보고 나서야, 저는 그것이 이사벨라 아가씨의 스패니얼 종(種) 개 '패니'라는 것을 알았습니다. 그리고 누군가 그 녀석을 손수건으로 매달아 놓아서, 그것이 거의 숨이 넘어갈 지경임을 알았을 때 저는 몹시 놀라고 어리둥절하였습니다.

저는 급히 그 개를 풀어서 뜰에 놓아 주었습니다. 저는 그놈이 이사벨라 아가씨가 자러 갈 때 뒤를 따라 이층으로 가는 것을 본 기억이 났습니다. 그래서 어떻게 하여 거기 나와 있었는지, 그리고 어떤 고약한 사람에게 그런 변을 당했는지 몹시 궁금했습니다. 고리에 감은 매듭을 풀며 저는 조금 떨어진 곳에서 달려가는 말발굽 소리를 들은 것 같기도 했습니다. 그러나 하도 여러 가지 일에 정신이 팔려 있었기 때문에, 오전 2시에 그런 곳에서 이상한 소리가 났어도 그 이상 더 생각하지 않았습니다. 제가 케네스 선생님을 찾아갔을 때, 그는 마침 마을의 환자를 보러 가려고 집에서 나오는 참이었습니다. 제가 캐서린 아씨의 병 이야기를 했더니 그분은 곧 저를 따라왔습니다.

그분은 단순하고 거친 분이었습니다. 그래서 만일 캐서린 아씨가 전에 앓았을 적보다도 더 고분고분히 그의 지시에 따르지 않으면, 두 번째인 이번에는 살아날지 어떨지 모르겠다는 말을 아주 예사로이 하는 것이었습니다.

"넬리 딘," 그분은 말씀하셨습니다. "여기에는 특별한 이유가 있다고 생각하지 않을 수 없소. 그 댁에 무슨 일이 있었던 것이 아니오? 이쪽에는 이상한 소문이 퍼져 있소. 캐서린 같이 튼튼하고 생기 있는 젊은 여자는 사소한 일로 병이 나지 않소. 그리고 그래서도 안 되지. 그것이 열병이건 무어건 치료하기가 여간 어려운 것이 아니니까. 그래, 어떻게 시작되었소?"

"주인께서 말씀하실 거예요." 저는 대답했습니다. "그러나 선생님도 언쇼 집안사람들의 격한 성질을 알고 계시지요? 린튼 부인은 그분들 가운데서도 으뜸가니까요. 이 정도는 말씀드려도 될 것 같네요. 그 시초는 말다툼이었어요. 아씨는 화가 나서 펄펄 뛰는 동안에 일종의 발작을 일으켰어요. 적어도 아씨 자신은 그렇게 말씀하세요. 아씨는 한창 화가 났을 적에 그 자리를 박차고 나가 방에 틀어박혀 버렸거든요. 그 뒤로는 아무것도 먹으려 하지 않으셨어요. 그리고 지금은 헛소리를 하면서 반쯤 꿈을 꾸고 있는 형편이에요. 옆에 있는 사람들은 알아봅니다만 머릿속에는 온갖 이상한 생각과 환상이 가득 차 있답니다."

"린튼 씨는 안됐다고 생각하시오?" 케네스 선생은 의심스러운 듯이 말했습니다.

"안됐다고 생각하시나구요? 무슨 일이라도 일어나면 가슴이 찢어지실 거예요!" 저는 그렇게 대답했습니다. "그러니까 필요 이상으로 그분을 놀라게 하지 마세요."

"그래? 주의를 하라고 말했었는데," 저의 동행자는 말했습니다. "내 주의에 따르지 않아서 이런 일이 일어났으니 감수해야지! 그는 최근에 히스클리프 씨와 친하지 않나?"

"히스클리프가 자주 그 댁에 찾아오죠," 저는 대답했습니다. "그러나 어렸을 적에 아씨를 알고 있었기 때문이지, 서방님이 그를 반겨서가 아니에요. 그리고 지금은 찾아오지 못하게 되어 됐어요. 주제 넘게도 린튼 아가씨를 넘보는 눈치를 보였기 때문이죠. 아마 다시는 집에 들여놓지 않을 거예요."

"그리고 아가씨도 그에게 냉담한 태도를 취하는가?" 의사는 거듭 물었습니다.

"아가씨는 저에게는 털어놓고 얘기하지 않으세요." 저는 그 이야기를 계속하기를 꺼려하면서 대답했습니다.

"그 처녀는 여간내기가 아니야." 그분은 고개를 내저으면서 말했습니다. "혼자 비밀을 간직하고 있단 말이지! 그러나 정말 어수룩하거든. 믿을 만한 데서 들었는데, 간밤(아주 멋진 밤이었지!)에 그 처녀와 히스클리프가 당신네 집 뒤 숲 속을 두 시간 이상이나 거닌 모양이야. 그런데 그가 다시 집에는 들어가지 말고, 자기 말을 타고 함께 도망을 치자고 졸랐던 모양이야. 그래서 다음번에는 그렇게 할 준비를 해가지고 나오겠다는 굳은 약속을 받고 겨우 헤어졌다는 거야. 다음번에 만나는 날이 언젠지는 듣지 못했다지만, 당신이 린튼 씨에게 잘 보살피라고 말해 둬!"

이 소식을 듣고 제 마음은 새로운 걱정으로 가득 찼습니다. 저는 케네스 선생보다도 앞서서 거의 달음박질을 하다시피 하여 돌아왔습니다. 그 작은 개는 아직도 뜰에서 짖고 있었습니다. 저는 잠시 걸음을 멈추어 그 개를 위해서 대문을 열어 주었습니다. 하지만 그 녀석은 현관 쪽으로 가지 않고 풀밭을 이리저리 냄새 맡으며 돌아다녔습니다. 제가 그놈을 붙잡아 데리고 들어가지 않았더라면 밖으로 도망쳐 나가기라도 할 것 같았지요.

이사벨라 아가씨의 방에 올라가 보니까 제가 걱정했던 일이 이미 벌어진 뒤였습니다. 방이 비어 있었던 것입니다. 제가 몇 시간만 더 빨랐더라도, 이사벨라 아가씨는 아씨의 병을 알고 경솔한 짓은 하지 않았을지도 몰랐습니다. 그러나 이제는 어떻게 할 도리가 없었지요. 당장 뒤쫓았다면 그들을 따라갈 수 있었을지도 몰랐습니다. 그러나 저는 따라갈 수 없었습니다. 게다가 감히 온 집안사람들을 깨워서 소동을 벌일 수도 없었고, 서방님께 그 일을 알릴 수는 더더욱 없었습니다. 그분은 이미 아씨의 병에 골몰해 있었으므로 또 새로운 걱정을 할 마음의 여유가 없으셨으니까요. 입을 다물고 일이 되어가는 대로 내버려 둘 수밖에 없었습니다. 그때 케네스 선생이 도착해서 저는 몹시 착잡한 얼굴을 한 채, 의사가 오셨다는 걸 알리러 갔습니다.

캐서린 아씨는 괴로운 듯한 모습으로 잠들어 있었는데, 서방님께서 미쳐 날뛰는 것을 구슬려 가라앉힌 모양이었습니다. 서방님은 머리맡에서 아씨의 얼굴을 보며, 괴로움이 뚜렷하게 나타나는 표정의 변화 하나하나를 지켜보고 계셨습니다.

의사는 진찰을 하고 나서, 만일 주위 사람들이 아주 조용하게만 해 준다면 틀림없이 나을 것이라고 서방님에게 희망적으로 말했습니다. 그러나 제게는, 죽지는 않겠지만 영영 정신이 이상해질 위험이 있다는 말을 했습니다.

저는 그날 밤 눈을 붙이지 못했고, 린튼 서방님도 마찬가지였습니다.

사실 우리는 아예 잠자리에 들지도 않았습니다. 다음날 아침엔 하인들도 모두 여느 때보다 훨씬 일찍 일어났습니다. 그리고 발걸음 소리를 죽이고 집 안을 돌아다니며, 각자 자기 일을 하다가 얼굴이 마주치면 서로 수군거리는 것이었습니다. 모두 일어나 있었지만 이사벨라 아가씨만은 보이지 않았습니다. 그래서 다들, 참 잠도 잘 자고 있다고 말하기 시작했습니다. 서방님도 아가씨가 일어났는지 물으셨습니다. 그분은 아가씨가 나타나는 것을 몹시 고대하면서, 그녀가 올케에 대해 걱정하는 빛을 보이지 않는 것에 기분이 상한 듯했습니다.

서방님이 아가씨를 불러오라고 시키지나 않을까 하고 저는 떨고 있었습니다. 그러나 저는 이사벨라 아가씨가 도망친 것을 제 입으로 먼저 말해야 하는 괴로움을 면할 수 있었습니다. 아침 일찍 기머튼으로 심부름을 보냈던 철없는 하녀가, 입을 벌리고 헐떡거리면서 위층으로 올라와 방으로 뛰어들면서 외쳤기 때문입니다.

"아이구, 이 일을 어쩐담! 다음엔 또 무슨 일이 일어날까? 서방님, 서방님, 아가씨께서……."

"조용히 해!" 저는 그녀의 요란스러운 태도에 화가 나서 급히 외쳤습니다.

"목소리를 낮춰, 메리. 무슨 일인가?" 린튼 서방님이 말씀하셨습니다. "아가씨가 어쨌다는 거야?"

"아가씨가 도망을 갔어요, 글쎄, 도망을 갔다니까요! 저 히스클리프가 아가씨를 데리고 달아났어요!" 그 계집애는 신음하듯 말했습니다.

"그럴 리가 있나!" 서방님은 당황하여 일어나면서 소리쳤습니다. "그럴 리가 없어. 어째서 그런 소릴 하지? 엘렌 딘, 가서 그 애를 찾아봐. 믿어지질 않아, 그럴 리가 없어."

그리고 그분은 하녀를 문 있는 데로 데려가서는 왜 그런 말을 했는지 거듭 다잡아 물었습니다.

"제가 길에서 여기 우유를 배달하는 젊은 사람을 만났는데……." 그녀는 말을 더듬거렸습니다. "글쎄, 여기서 큰 소동이 벌어지지 않았느냐고 묻잖아요. 저는 마님이 편찮으신 것을 말하는가 보다고 생각하고서 그렇다고 대답했지요. 그러자 그는 이렇게 말했어요. '누가 따라갔겠지?' 저는 눈이 휘둥그레졌어요. 그는 제가 아무것도 모른다는 것을 알고는 모든 것을 알려 주었어요. 간밤에 자정이 좀 지나서 기머튼에서 2마일쯤 떨어진 대장간에 점잖은 남녀가 말에 편자를 박으려고 들렀더래요! 그래서 대장간집 딸이 일어나 누군가 하고 봤더니 단박에 알겠더라나요. 그 처녀의 말로는 그 남자가 히스클리프였음이 틀림없다고 하더래요. 아무도 그를 잘못 알아볼 리는 없지요. 그 남자가 대금으로 자기 아버지 손에 1파운드 금화(金貨)를 한 개 쥐어 주는 것을 보았대요. 여자는 외투로 얼굴을 가리고 있었다지만, 물을 한 모금 달라고 해서 마시는 동안 외투가 흘러내려 똑똑히 얼굴을 봤대요. 히스클리프는 고삐를 둘 다 잡고 말을 타고서, 그 마을을 떠나 그 험한 길을 되도록 빨리 가더라는 거예요. 그 처녀는 자기 아버지에게는 아무 말도 하지 않고 있다가, 오늘 아침 온 기머튼 마을에 그 이야기를 퍼뜨렸대요."

저는 달려가서 그저 형식적으로 이사벨라 아가씨의 방을 들여다보았습니다. 그리고 돌아와서 그 하녀가 한 말이 사실이라고 말했습니다. 린튼 서방님은 다시 침대 옆에 앉아 계셨습니다. 그분은 그저 눈을 들어 멍하니 제 표정의 의미를 알아차리실 뿐, 한 마디 명령이나 말씀도 없이 다시 시선을 떨어뜨렸습니다.

"쫓아가서 아가씨를 데려오려면 무슨 수를 써야 할까요?" 저는 물었습니다 "어떻게 할까요, 서방님?"

"이사벨라는 제 발로 갔어." 서방님은 대답했습니다. "가고 싶다면 갈 권리가 있지. 이젠 그 애의 일로 나를 괴롭히지 말아. 이제부터 그 애는 다만 명목상의 누이에 지나지 않아. 그것도 내가 인연을 끊은 것이 아니라 그 애가 인연을 끊은 것이니까."

주인님은 그 말밖에 하지 않았습니다. 그분은 그 이상 아무것도 묻지 않으셨고, 또 이사벨라 아가씨에 대한 어떤 이야기도 하지 않으셨습니다. 하지만 어디에서든 이사벨라 아가씨가 새 보금자리를 꾸민 것을 알게 되면, 이 집에 있는 그녀의 물건은 다 그리로 보내라고 저에게 지시하시는 것이었습니다.

13

도망간 두 사람은 두 달 동안 나타나지 않았습니다. 그 두 달 사이에 캐서린 아씨는 뇌막염 중에서도 가장 악성인 뇌막염에 시달렸으나, 결국 이겨냈습니다. 외동 자식을 간호하는 어머니도 그렇게 헌신적으로는 못했을 만큼, 에드거 서방님은 지성으로 아씨를 돌보았습니다. 그분은 밤낮을 가리지 않고 병자 옆에 지켜 앉아, 캐서린 아씨가 짜증을 내기 쉬운 신경과 실성한 머리로 아무리 성가시게 굴어도 끈기 있게 참는 것이었습니다. 케네스 선생은, 서방님이 아씨의 목숨을 건지기는 했지만 그 간호의 대가로 앞으로 끊이지 않을 걱정거리를 얻게 되었다—사실 서방님의 건강과 기력은 한 사람의 폐인을 살리는 데 희생되었던 것입니다—고 했지만, 캐서린 아씨의 생명이 위험을 벗어났다는 말을 들었을 때 서방님의 감사와 기쁨은 말로 다할 수 없는 것이었습니다. 서방님은 몇 시간이고 계속 아씨의 곁에 앉아서 아씨가 차츰 건강을 회복하는 것을 지켜보곤 했습니다. 그분은 아씨의 정신이 차츰 돌아와서 머지않아 옛날의 캐서린으로 돌아가리라는 꿈을 안고 너무나 밝은 희망으로 마음이 부풀어 계셨지요.

아씨가 처음으로 그 방을 나온 것은 그 이듬해 3월이 시작될 무렵이었습니다. 서방님은 그날 아침, 아씨의 베개 위에 한줌의 금빛 크로커스를 갖다 놓았습니다. 오랫동안 즐거움이라는 것을 모르던 아씨는 잠이 깨어 그 꽃을 보자, 기쁨에 눈을 반짝이면서 열심히 그것을 끌어안았습니다.

"이것이 하이츠에서 맨 먼저 피는 꽃이에요." 아씨는 소리쳤습니다.

"이것을 보니까 눈 녹이는 부드러운 바람, 따뜻한 햇볕, 그리고 거의 다 녹은 눈이 생각나는군요. 여보, 남풍이 불지 않아요? 그리고 눈이 이젠 거의 녹지 않았어요?"

"이곳 평지에서는 아주 다 녹아 버렸어, 여보." 서방님은 대답하셨습니다. "그리고 온 벌판에서 흰 곳이라고는 두 군데 밖에 눈에 띄지 않는구려. 하늘

은 푸르고 종다리는 노래 부르며, 개울물과 시냇물도 모두 다 넘쳐흐르고 있
소. 캐서린, 지난 봄 이맘때에는 나는 당신을 이 집으로 몹시 데려오고 싶어
했었지. 그런데 지금은 당신이 저 언덕을 한두 마일이라도 올라갈 수 있으면
하고 있군. 바람이 저렇게도 향기롭게 불고 있으니 저런 바람을 쏘이면 당신
몸도 나을 것 같아."

"나는 거기를 한 번밖에는 더 갈 수 없을 거예요!" 환자는 말했습니다.
"그때에는 당신이 나를 내버려 두고 갈 거고, 나는 영원히 거기 남을 거예
요. 다음해 봄에 당신은 내가 이 방에 있었으면, 하고 바라게 되겠죠. 그리
고 오늘 일을 돌이켜 보면서, 그때는 행복했거니 하고 생각에 잠길 거예요."

린튼 서방님은 그지없이 살뜰하게 부인을 어루만지고 가장 정다운 말로
기쁘게 해 주려고 하셨습니다. 그러나 물끄러미 그 꽃을 바라보는 아씨의 속
눈썹에는 눈물이 맺혔습니다. 아씨는 눈물이 뺨으로 흐르는 것을 내버려 둔
채 닦지도 않았습니다.

우리는 아씨의 병이 나은 것으로 알고 있었습니다. 그러므로 이렇게 침울
해하는 것도 오랫동안 한곳에만 갇혀 있었기 때문이고, 거처만 달라지면 나
아지리라고 생각했습니다.

서방님은 저에게 여러 주일 비워 두었던 거실에 불을 지피고 창가의 볕이 드는 곳에 안락의자를 내놓으라고 말씀하셨습니다. 그리고 나서 그분은 아씨를 데리고 내려왔습니다. 아씨는 아늑한 따뜻함을 즐기면서 오래 앉아 있었습니다. 그리하여 우리가 예상한 대로 아씨는 주위의 여러 가지 것들로 생기를 되찾았습니다. 주위의 것들이야 늘 보아오던 것이지만, 그래도 그것들로 인해 아씨가 싫어하던 병실에서 비롯된 음산한 연상(聯想)이 사라졌던 것입니다. 저녁 무렵에 아씨는 매우 지친 듯했습니다. 그러나 우리가 타일러도 자기 방으로 돌아가려고는 하지 않았습니다. 그래서 저는 다른 방이 준비될 때까지 거실의 소파에 누울 수 있도록 해 드려야 했습니다.

층계를 오르내리는 피로를 덜게 하기 위해 우리는 거실과 같은 층에 있는, 지금 주인님께서 누워 계시는 이 방을 꾸며 놓았습니다. 아씨는 얼마 안 가서 서방님의 팔에 기대어 이 방과 거실 사이를 오고갈 수 있을 만큼 기운을 차렸습니다.

그렇게도 지극한 간호를 받았으니까, 이제는 나으시려나 보다 하고 저는 생각했습니다.

우리가 그토록 아씨의 소생을 간절히 바라는 데는 또 다른 이유가 있었습니다. 그것은 아씨가 살아야만 또 하나의 생명도 살아날 수 있었기 때문입니다. 우리들은 조금만 있으면 린튼 서방님의 마음도 기쁘게 될 것이고, 뒤를 이을 아기가 태어나 그분의 토지도 남의 손에 빼앗기지 않게 되리라는 희망을 품고 있었던 것입니다.

집을 나간 지 6주쯤 지난 뒤, 이사벨라 아가씨가 자기 오빠에게 짧은 편지를 보내어 히스클리프와의 결혼을 알려 왔습니다. 편지는 냉담한 내용이었지만, 그 끝에는 연필로 자기의 행동에 화가 났더라도 용서해 달라는 어색한 변명과 자기를 너무 나쁘게 생각하지 말고 화해해 달라는 간청이 적혀 있었습니다. 그리고 그때는 어쩔 수 없었으며 결혼한 지금 그걸 취소할 수도 없다는 것이었습니다.

린튼 서방님은 그 편지에 답장을 보내지 않았을 것입니다.

그리고 2주일이 지난 뒤에 저에게도 긴 편지가 왔는데, 그것은 신혼여행에서 갓 돌아온 신부가 썼다기에는 좀 이상한 것이었습니다. 그 편지를 읽어 드리겠어요. 아직 가지고 있으니까요. 살았을 적에 소중한 사람이었다면 그 사람의 유물(遺物) 역시 소중한 것이지요.

엘렌에게,

간밤에 워더링 하이츠에 와서 캐서린 언니가 많이 아팠고, 아직도 그렇다는 말을 처음으로 들었어. 언니에게 편지를 써서는 안될 것 같고, 오빠 또한 내가 보낸 편지에 답장을 하기에는 너무 화가 나 있거나, 또는 너무 슬픔에 잠겨 있을 것 같아. 그래도 누구에게 편지를 써야만 하겠기에 결국 엘렌을 선택한 거야.

에드거 오빠에게 부디 이 말을 전해 줘. 내가 어떻게 해서라도 오빠의 얼굴을 다시 보고 싶어한다고. 집을 떠난 지 하루 만에 이미 내 마음은 드러시크로스 저택에 돌아가 있었으며, 이 순간에도 에드거 오빠나 캐서린 언니에 대한 애정으로 가득 차 있다는 걸 말이야! 그러나 내 몸은 마음을 따라 돌아갈 수 없어(이 말에는 밑줄을 쳤습니다).

그러니까 내가 돌아가리라고 기대하지는 말아. 오빠나 언니가 어떤 결론을 내려도 괜찮아. 하지만 이런 나의 상황이 의지가 약하거나 애정이 식어서라고 생각하지는 말아 줘.

지금부터는 엘렌에게만 하는 이야기야. 엘렌에게 물어보고 싶은 일이 두 가지 있어.

첫째는, 엘렌은 이 집에 있었을 적에 어떻게 인간으로서 가지는 동정심을 잃지 않을 수가 있었느냐는 거야. 이 집의 사람들이 나와 같은 감정을 가지고 있다고는 생각할 수 없으니 하는 말이야.

둘째 질문은 내가 꼭 알아야 하는 것이야. 히스클리프 씨는 과연 인간이야? 만일 인간이라면 미친 것인지? 만일 인간이 아니라면 악마일까? 내가 이렇게 묻는 이유는 말하지 않겠어. 그러나 엘렌이 알고 있다면 대체 내가 결혼한 상대가 무엇인지를 설명해 주기 바래. 엘렌이 나를 만나러 올 때 말이야. 그리고 엘렌, 될 수 있는 대로 빨리 찾아와 줘. 편지는 하지 말고 직접 와 주어야 해. 그때 에드거 오빠로부터 무슨 전갈이든지 받아 가지고 오기 바래.

이제 나의 새로운 가정이 될 것 같은 이 하이츠에서 내가 어떤 대우를 받았는지를 이야기하겠어. 주위에 아무런 위안도 없다고 넋두리를 하면 조금이라도 위안을 얻을 수 있겠지. 위안을 그리워할 일이 없다면 그런 것은 생각지도 않겠지만. 만일 주위에 어떤 위안도 없다는 것이 내 불행의 모두이고 그밖의 모든 것은 터무니없는 꿈이라면 나는 기뻐서 웃으며 춤이라도 출 거야!

우리가 벌판 쪽을 돌아보았을 때 해가 우리 집 뒤에서 저물고 있었으니 6시쯤이었을 거야. 히스클리프는 반 시간쯤 머물러 숲이며 뜰이며 아마 집까지도 될 수 있는 대로 자세히 돌아봤던 모양이야. 그래서 우리가 돌을 깐 이 집의 뜰에 들어섰을 때는 이미 어두워져 있었어. 당신의 옛 동료인 조지프가 작은 촛불을 들고 나와 우리를 맞아 주었어. 하도 정중하게 맞이해 주어서 나는 탄복했어. 그런데 그는 먼저 내 얼굴 있는 데까지 촛불을 들고 심술궂게 흘겨보더니, 아랫입술을 삐죽이 내밀고 돌아서 가버리더군.

그러고 나서 그는 우리가 타고 온 두 마리의 말을 마구간으로 데리고 가더니, 마치 우리가 옛 성(城)에서라도 살고 있는 듯이 바깥 대문의 자물쇠를 채우려고 다시 나오는 것이었어.

히스클리프는 뒤에 머무르면서 그에게 이야기를 했고, 나는 부엌으로 들어갔어. 그 더럽고 지저분한 굴속으로 말이야. 아마 당신이 본다면 못 알아볼 거야. 당신이 없고부터는 그만큼 변했으니까.

난로 옆에는 악당 같은 아이가 서 있었어. 팔다리가 튼튼하고 옷은 더러웠지만, 눈매와 입 언저리는 어딘지 캐서린 언니와 닮은 데가 있었지.

'이 애가 에드거 오빠의 처조카로군.' 나는 생각했어. '그러고 보면 나에게도 조카뻘이 되는군. 악수를 하고, 그렇지, 입을 맞춰야만 해. 처음부터 서로 잘 이해하도록 해두는 것이 좋을 테니까.'

나는 가까이 가서 그 통통한 손을 잡으려고 하면서 말했어.

"안녕, 꼬마 도련님!"

그 아이는 무어라고 중얼거렸지만, 알아들을 수 없었어.

"우리 친구가 될까, 헤어튼?" 나는 두 번째로 말을 걸어 보았어.

그런데 내가 참을성 있게 대하는데도 그 아이는 욕을 하며, 나가지 않으면 드로틀러를 풀어 물게 하겠다고 위협하는 것이었어.

"야, 드로틀러!" 그 녀석은 구석빼기에 누워 있는 잡종 불도그를 작은 소리로 불러냈어. 그러더니 위세를 부리면서 "자아, 나가지 못해?" 하고 말하는 것이었어.

나는 무서워서, 바깥으로 나와 다른 사람들이 들어오기를 기다렸어. 히스클리프는 어디를 갔는지 보이지 않았어. 그리고 그 조지프는 내가 마구간까지 따라가서 같이 들어가 달라고 부탁을 했는데도 나를 노려보면서 혼자 중얼거린 다음, 콧등에 주름을 잡고 혀를 차면서 이렇게 대답하는 거였어.

"그런 소리는 난 도무지 들은 적이 없어. 당신이 말하는 건 도무지 알아들을 수 없어."

"나와 함께 집으로 들어가 주었으면 한다고 말하는 거예요!" 나는 그가 귀머거리인가 하고 크게 외쳤는데, 사실 그의 무례함에 몹시 화가 났었어.

"안 돼요, 또 할 일이 있는걸." 그는 대답하고서 일을 계속했어. 그러면서도 긴 턱을 움직이면서 내 옷과 얼굴(옷은 너무 화려했지만 얼굴은 그지없이 슬펐을 거야)을 매우 경멸하는 표정으로 훑어보았어.

나는 뜰을 돌아 작은 문을 빠져나와, 또 하나의 문 있는 데로 가서 좀더 예의바른 하인이 나와 줄까 하고 문을 두드려 보았어.

잠시 조마조마하고 있으니까 키가 크고 여윈 사내가 문을 열어 주었어. 그 사내는 목도리를 하지 않았을 뿐만 아니라, 도무지 단정치도 못했어. 얼굴은 어깨 위에 드리운 더부룩한 머리칼에 가리워져 있었어. 그러나 눈만은, 캐서린 언니의 눈과 어딘가 닮은 데가 있었어. 언니 눈에서 모든 아름다움이 사라지고 유령 같이 보일 때와 비슷했거든.

"무슨 볼일로 왔소?" 그는 엄한 기색으로 물었어. "당신은 누구요?"

"제 이름은 전에는 이사벨라 린튼이었어요." 나는 이렇게 대답했어. "전에 저를 보신 적이 있으세요. 최근에 히스클리프 씨와 결혼을 해서 그가 저를 이리로 데려온 거예요. 아마 당신의 허가를 받았겠지요."

"그러면 그가 돌아온 거요?" 그 은자(隱者)와 같은 사나이는 굶주린 늑대처럼 눈을 번들거리면서 묻는 것이었어.

"네, 우린 이제 막 왔어요." 나는 말했어. "그러나 그이는 저를 부엌 문간에 두고 어디로 갔어요. 그래서 집 안에 들어가려고 하니까, 댁의 아이가 지켜 서선 불도그를 불러 저를 쫓아버렸어요."

"그 마귀 같은 놈이 내가 시킨 대로 약속을 잘 지켰군!" 지금부터 내가 신세를 지려는 이 집 주인은 으르렁대듯이 말하며 히스클리프를 찾으려는 듯이 내 뒤의 어둠 속을 살피는 것이었어. 그리고는 혼잣말로 실컷 욕지거리를 하다가 그 '악마 같은 녀석'이 자기를 속이기라도 하면 어떻게 해 주겠다는 둥 위협을 하는 것이었어.

나는 다시 그 집에 들어가려 한 것이 후회가 돼서 그가 투덜대고 있는 동안에 도망쳐 버리고 싶었어. 하지만 그렇게도 하지 못하고 있는 참에, 그는 나에게 들어오라고 하고는 문을 닫고 다시 걸어 버렸어. 안에서는 커다란 난로에 불이 타고 있었지만, 큰 방을 비추고 있는 불빛이라고는 그 난로뿐이었어. 방바닥은 골고루 잿빛으로 변해 있었고, 옛날엔 번쩍번쩍해서 어릴 적에 늘 내 눈길을 사로잡던 백랍 접시도 녹이 슬고 먼지가 앉아 거무칙칙했어.

하녀를 불러 침실로 안내를 받아도 좋으냐고 나는 물어보았어. 그러나 언쇼 씨는 대답하지 않는 것이었어. 그는 내가 있다는 것도 까맣게 잊어버린 듯 호주머니에 손을 꽂은 채 이리저리 거닐고 있었어. 완전히 정신이 나간 듯했고, 거동 전체가 사람을 싫어하는 눈치여서 나는 다시 그에게 말을 걸지 못했어.

엘렌, 당신은 내 기분이 어떠했을지 짐작할 수 있을 거야. 내가 이 세상에서 누구보다도 사랑하는 사람들이 사는 그 편안한 집이 고작 4마일 밖에 있는데, 난 혼자 있을 때보다 더한 외로움을 이 푸대접하는 집의 난롯가에 앉아 있다니! 더구나 이제 그 4마일은 대서양과도 같이 내게는 건널 수 없는 먼 거리가 되고 말았으니!

나는 스스로 물어보았어. 어디서 위안을 찾아야 하는가를. 에드거 오빠나 캐서린 언니에게 이야기하지 않도록. 그러고 보니 그밖의 어떤 슬픔보다도 히스클리프에 대해 내 편이 되어 줄 사람이 없는 것이 가장 막막했어!

내가 기꺼이 워더링 하이츠에서 신세를 지려고 한 것은, 그렇게 하면 그이와 둘이서만 살지 않아도 된다는 생각을 했기 때문이었어. 그러나 그이는 이 집 사람들을 잘 알기 때문에, 그들이 아무런 방해도 되지 못할 것을 알고 있었던 거야.

나는 한참 동안 서글프게 앉아 생각에 잠겼어. 시계가 8시를 치고 9시를 쳤으나 언쇼 씨는 여전히 고개를 푹 숙인 채 묵묵히 방안을 이리저리 거닐면서 간간이 신음이나 탄식하는 소리를 낼 뿐이었어.

집안에서 여자 소리가 나지 않나, 하고 나는 귀를 기울였어. 그러는 동안 나는 미칠 듯한 뉘우침과 불길한 예감에 사로잡혀 있었기 때문에, 마침내는 걷잡을 수 없는 한숨과 울음이 터져 나오고 말았어.

내가 얼마나 슬픈 기색을 보였던지 언쇼 씨는 그 규칙적인 걸음걸이를 멈추고 내 맞은편에 서서 새삼스럽게 놀란 듯이 나를 보았어. 그가 다시 주의를 기울인 기회를 타서 나는 소리를 쳤어.

"저는 먼 길을 오느라고 피곤해서 자야겠어요! 하녀는 어디 있지요? 와 주지 않을 모양이니 어디 있는지 가르쳐나 주세요!"

"하녀라고는 없소." 그는 대답했어. "자기 일은 자기가 해야 하오!"

"그러면 어디서 자야 하지요?" 나는 흐느꼈어. 피로와 비참한 생각에 지쳐 체면을 차릴 수도 없었던 거야.

"조지프가 히스클리프의 방으로 안내할 거요." 그는 말했어. "저 문을 열어봐요. 거기 있을 테니."

그가 시키는 대로 하려는데, 그가 갑자기 나를 붙잡고 괴상한 어조로 말을 이었어.

"문을 잠그고 빗장을 걸도록 하시오. 잊지 말고."

"아니!" 하고 나는 말했어. "왜 그러세요, 언쇼 씨?" 나는 히스클리프와 단둘이서 문을 닫아걸고 있을 생각은 없었던 거야.

"이걸 봐요!" 그는 대답하며 조끼에서 모양이 이상한 피스톨을 꺼냈는데, 총신(銃身)에는 용수철을 장치한 쌍날 칼이 붙어 있었어. "자포자기한 사내에게 이건 대단한 유혹이 아니오? 나는 밤마다 이걸 들고 가서 그녀석의 방문을 흔들어 본다오. 문이 열리기만 하면 그 녀석은 마지막이오! 방금 전까지 그런 짓을 삼가야 하는 이유를 여러모로 생각하다가도 나는 별수 없이 이걸 가지고 그 방문까지 가 본단 말이오. 그 녀석을 죽임으로써 내 자신의 계획을 망쳐 버리고 싶어지는 게 아무래도 무슨 마귀가 시키는 것 같다니까. 당신은 그 녀석을 사랑할 수 있도록 끝까지 그 마귀와 싸워 보구려. 그러나 때가 오면 하늘의 천사들이 모조리 나서도 그 녀석을 살리진 못할 거요!"

나는 그 무기를 유심히 보았어. 그러자 내게 이상한 생각이 들었어. 그런 무기를 가질 수 있다면 얼마나 든든할까! 나는 그것을 그의 손에서 빼앗아 그 칼날을 만져 보았어. 그 사람은 내 얼굴에 잠깐 스치는 표정을 보고 놀라는 듯했어. 무섭다는 표정이 아니라 갖고 싶다는 눈치를 보였으니 말야. 그는 경계하는 듯이 그 피스톨을 도로 빼앗아 칼을 접고 자기 조끼 속에 집어넣었어.

"그 녀석에게 말해 주어도 상관없소." 그는 말했어. "그 녀석에게 주의를 시키고 당신도 감시해 주오. 우리 사이가 어떻다는 건 알고 있을 줄 아오. 그의 신변이 위험하다고 하더라도 당신은 놀라진 않겠지."

"히스클리프가 도대체 당신에게 무슨 짓을 한 거예요?" 나는 물었어. "당신에게 무슨 몹쓸 짓을 했길래 이렇게 미움을 받는 거예요? 차라리 이 집에서 나가라고 하는 것이 낫지 않겠어요?"

"안 돼!" 언쇼는 고함을 질렀어. "만일 이 집에서 나가겠다고 말만 해 봐, 살려 두는가. 그렇게 하라고 부추긴다면 당신이 살인을 범하는 거나 다름이 없지! 내 돈을 되찾을 가망도 없이 몽땅 잃어버리란 말이오? 헤어튼은 거지가 되라고? 천만의 말씀! 나는 도로 찾고야 말겠어. 그 녀석의 돈까지 빼앗아야겠어. 그리고 그 녀석의 피도. 영혼은 지옥으로 보내주지! 그 녀석이 가면 지옥도 10배는 더 어두워질 거야!"

엘렌, 당신은 내게 옛 주인의 버릇을 이야기한 적이 있지. 그분은 분명히 미친 것만 같아. 적어도 간밤엔 그랬어. 옆에 있자니 몸이 떨릴 지경이었어. 하인인 조지프의 천박한 퉁명스러움이 차라리 마음에 들 정도였어.

그가 다시 방안을 거닐기 시작하길래 나는 빗장을 열고 부엌으로 피해 갔어.

조지프는 난로 위에 몸을 구부리고 거기 걸려 있는 큼직한 냄비를 들여다보고 있더군. 바로 옆에 놓인 긴 의자 위에는 오트밀이 담긴 나무 그릇이 놓여 있었어. 냄비가 끓기 시작하자 그는 나무 그릇 안으로 손을 넣었어. 그게 우리의 저녁식사 같았어. 나는 배가 고팠으므로 그 죽이 적어도 먹을 만한 음식이어야 한다는 생각이 들었어. 그래서 "죽은 내가 쑤겠어요!"라며 날카롭게 외치면서, 그 그릇을 그의 손이 닿지 않는 데로 옮기고

서 모자와 승마옷을 벗기 시작했지. "언쇼 씨가 내 일은 반드시 내가 하라고 했어." 나는 말을 계속했어. "그렇고 말고, 여기서 점잔을 빼다간 굶어 죽겠어."

"어이구!" 하고 중얼거리며 그는 앉은 채로 줄무늬로 짜인 긴 양말을 무릎에서 발목까지 두들겼어. "겨우 두 주인 섬기기에 길이 들만하니까 또 새로 명령하는 분이 생기는군. 마님 상전까지 모셔야 할 판이면 꽁무니를 뺄 때도 된 모양이지. 난 오래 살던 이 집을 떠나야 할 날이 오리라고는 생각한 적도 없는데, 그날도 멀지 않은가 보군!"

이렇게 투덜거리는 것을 들은 체도 하지 않고 부지런히 저녁 준비를 하면서도, 나는 모든 것이 즐거웠던 지난날을 생각하고는 한숨지었어. 그러나 곧 그런 생각은 하지 않으리라 마음먹었어. 지난 일들을 생각하는 것은 괴로운 일이었거든. 게다가 옛일이 눈앞에 선히 떠오르면 떠오를수록 막대기로 죽을 젓는 손이 빨라졌고, 한줌씩 굵은 가루를 물에 넣는 것도 빨라지는 것이었어.

조지프는 내 요리 솜씨를 볼수록 화가 났던 모양이야.

"저것 봐!" 그는 소리를 쳤어. "헤어튼, 오늘 밤엔 죽 못 먹을 거야. 죽이 아니라 주먹만한 덩어리일 테니까. 저것 또 보지! 내가 당신처럼 죽을 쑬 판이면 그릇이고 뭐고 할 것 없이 다 한데 집어넣겠어! 저것 봐, 위꺼풀만 걷어내면 다 됐는데. 게다가 쿵덕쿵덕 소리까지 내고. 그러고도 냄비 밑바닥이 빠지지 않으니 다행이지!"

죽을 그릇에 담아 보니 과연 잘된 음식은 아니었어. 그래도 네 사람 분량은 되더군. 소젖을 짜는 데서 1갤런들이 단지로 우유를 가져왔는데, 헤어튼은 그 단지에 입을 대고 우유를 마시면서 질질 흘리는 것이었어.

나는 그러지 말라고 타이르고, 그렇게 더럽게 마시면 내가 마실 수 없으니까 그릇에 따라 마시라고 했어. 그러자 그 빈정대기 좋아하는 영감이 내가 그렇게 까다롭게 군다고 굉장히 화를 내지 뭐야. 그러면서 그 아이는 나보다 조금도 못한 것이 없고 몸에 병이라고는 없다면서, 어떻게 그렇게 뽐낼 수 있느냐고 어이없다는 표정을 짓는 것이었어. 그러는 동안에도 그 녀석은 계속 우유를 마셨고 단지 속에 침을 흘리면서 네가 뭐냐는 듯이 나를 노려보았어.

"난 딴 방에서 식사를 하겠어요." 나는 말했어. "거실은 없어요?"

"거실!" 조지프는 비웃듯이 그 말을 되풀이했어. "거실이라고! 없소. 이 집에 그런 건 없소. 우리와 함께 있는 것이 싫다면 주인어른의 방이 있고, 주인어른이 싫다면 우리와 함께 있는 거요."

"그럼, 위층으로 가겠어요." 나는 말했어. "방을 안내해 줘요!"

나는 내 그릇을 쟁반에 놓고, 직접 가서 우유를 좀더 가져왔어.

조지프는 몹시 투덜대면서 일어나 앞장서서 계단을 올라갔어. 우리가 올라간 데는 다락이었는데, 그는 중간에 이따금 문을 열고 우리가 지나치는 방들을 들여다보는 것이었어.

"여기요." 그는 드디어 돌쩌귀를 단 덜렁거리는 판자문을 열어젖히면서 말했어. "죽그릇이나 핥기엔 충분한 방이지. 저기 구석에 보릿자루가 놓여 있지만, 그만하면 더럽진 않아. 그래도 당신의 좋은 비단 옷을 더럽힐 염려가 있거든 그 위에 손수건이라도 펴시구려."

그 '방'이란 골방이었어. 거긴 엿기름과 곡식 냄새가 코를 찌르고, 그런 물건이 든 온갖 자루가 둘레에 가득 쌓여 있었는데, 그 한가운데에 넓고 엉성한 자리가 비어 있었어.

"아니, 여봐요!" 나는 노엽게 그를 보면서 소리쳤어. "여긴 자는 곳이 아니야. 침실을 보여 달란 말예요."

"침실이라고!" 그는 조롱하는 투로 그 말을 되풀이했어. "여긴 침실이라곤 저것뿐인데. 저건 내 침실이오."

그가 보여 준 다음 다락방은 벽 근처에는 아무것도 놓여 있질 않았어. 한쪽 끝에 남빛 이불이 놓인, 커튼도 없는 큼직하고 낮은 침대가 있다는 것이 먼저 방과는 다른 점이었지.

"영감의 침실을 봐서 뭘 해?" 나는 비꼬면서 말했어. "히스클리프 씨가 설마 다락방에서 거처하진 않겠지?"

"아하! 당신이 찾고 있는 것이 히스클리프 어른의 침실이었소?" 그는 마치 새로운 발견이라도 한 듯 외치는 것이었어. "진작 그렇게 말할 일이지. 그랬으면 이런 수고를 하지 않고, 진작 그 방만은 볼 수 없다고 말했을 텐데. 그분은 항상 그 방을 잠가 놓아서 그분 외에는 아무도 얼씬거리지를 못하는걸."

"참 좋은 집이군, 조지프 영감." 나는 그렇게 말해 주지 않을 수 없었어. "그리고 사람들도 좋고. 내 운명이 이 집 사람들과 얽힌 날부터, 이 세상 모든 광증(狂症)이 한데 엉겨 내 머릿속에 들어온 것 같군! 그러나 그런 건 지금 문제 삼을 것이 못되고, 달리 방법이 있을 테니까 제발 빨리 어디든지 들어앉게 해 줘요!"

조지프는 이 말에는 대답도 않고 무뚝뚝하게 나무계단을 터덜터덜 내려가 어느 방 앞에서 걸음을 멈추었어. 그렇게 발걸음을 멈춘 것이나 그 방의 가구가 훌륭한 것으로 보아 나는 그곳이 제일 좋은 방이라고 생각했어. 거기에는 양탄자가, 그것도 좋은 것이 깔려 있었지만 먼지 때문에 무늬는 보이지 않았어. 벽난로에는 예쁘게 오린 종이 장식이 드리워져 있었으나 갈기갈기 찢어져 있었어. 꽤 비싼 천으로 만든 현대식의 치렁한 진홍빛 커튼이 드리워진 훌륭한 참나무 침대도 놓여 있었어. 그러나 이 커튼은 분명히 험하게 쓰여진 듯 장식 천도 고리에서 떨어져 늘어져 있고, 그 고리가 걸려 있는 쇠막대기도 한쪽이 활처럼 휘어져서 그 천이 방바닥에 질질 끌리고 있었어. 의자도 모두 망가져 있었는데 심하게 부서진 것도 여럿 있었어. 그리고 벽의 판자도 군데군데 깊이 패어 있어 볼품 사나웠지.

내가 그 방을 쓸 결심을 하기 위해 겨우 마음을 다잡고 있는데, 그 바보 같은 안내자는 말하는 것이었어.

"이건 주인어른의 방이오."

그때는 이미 내 저녁식사는 식어 버렸고 식욕도 없어졌으며, 또 그 이상 견딜 수가 없었어. 당장에 들어갈 수 있는 곳을 마련해서 쉴 수 있도록 해 달라고 우겨댔지.

"도대체 어디로 들어가겠다는 거지?" 하느님을 찾는 그 영감은 말하기 시작했어. "주여 복을 내리소서! 용서하옵소서! 도대체 어디를 가겠다는 거요? 되지못한 귀찮은 사람 같으니! 헤어튼의 작은 방을 빼고는 모조리 다 보았잖소. 이 집에는 그밖에는 잘 수 있는 방이라곤 없소."

나는 하도 화가 나서 들고 있던 쟁반과 거기 담긴 것을 바닥에 내던지고는 계단 꼭대기에 앉아 손으로 얼굴을 가리고 울었어.

"어이구! 어이구!" 조지프는 소리를 쳤어.

"잘했어, 이사벨라 아가씨! 잘했어! 그러나 주인어른이 깨진 사기그릇에 걸려 넘어지기라도 해 봐. 틀림없이 야단법석이 날 테니 두고 보라지. 아무 짝에도 쓸모없는 사람 같으니라구! 화가 났다고 하느님께서 주신 음식을 발치에 동댕이치다니. 지금부터 크리스마스 때까지 굶어도 아무 말도 못하게 됐소. 그러나 그런 성미도 오래 못 갈 것만은 틀림없어. 히스클리프가 그런 짓을 참을 것 같아? 그렇게 화를 내고 있는 걸 그가 봤으면 참 좋겠어. 제발 그랬으면 좋겠는데."

그는 이렇게 잔소리를 늘어놓으면서 촛불을 들고 밑에 있는 자기 방으로 내려가 버렸어. 나는 어둠 속에 혼자 남게 된 거야.

이런 실없는 짓을 한 뒤 잠시 생각해 보니, 자존심과 분노를 억제하고 내가 엎질러 놓은 것은 내가 치워야 할 것 같았어.

그런데 마침 뜻밖에도 드로틀러라는 놈이 와서 도움이 되었어.

그때 보니 그놈은 옛날에 우리가 키우던 스컬커의 새끼로 우리 집에 있다가 아버지가 힌들리에게 선물한 녀석이었지. 그놈은 나를 아는 것 같았어. 죽을 핥아먹기 전에 인사를 하듯이 코를 내 코에 갖다댔거든.

그동안 나는 계단 하나하나를 손으로 더듬어 가며 깨어진 사기조각을 주워 모으고 난간에 묻은 우유를 손수건으로 닦았어.

우리의 작업이 끝날 즈음에 복도에서 언쇼 씨의 발걸음 소리가 났어. 드로틀러는 뒷다리 사이로 꼬리를 틀어박고 벽에 몸을 딱 붙였고 나도 가장 가까운 방문 쪽으로 몸을 숨겼어. 곧 드로틀러가 계단을 급히 뛰어 내려가는 소리와 함께 길게 애처로운 울음소리를 낸 것으로 보아, 그 개는 주인을 피해 내지 못한 것 같았어. 나는 운이 좋았어. 언쇼 씨는 내 옆을 지나 자기 방에 들어가서 문을 닫았어.

그러자 조지프가 헤어튼을 재우려고 데리고 올라왔어. 내가 피해 들어간 곳은 헤어튼의 방이어서 그 영감은 나를 보자 이렇게 말했어.

"자, 이제는 이 집에서 뽐내든지 어쩌든지 당신 맘대로 해도 좋을 거요. 다 잠들었으니 맘대로 할 수 있단 말이오. 당신같이 돼먹지 못한 사람에게 언제나 따라다니는 건 악마 정도일 테니까!"

나는 그 말을 들은 것을 다행으로 생각하고, 난롯가에 있는 의자에 몸을 내던지기가 무섭게 꾸벅거리며 잠이 들었어.

나는 곤하게 잠이 들었지만, 곧 깨어났어. 히스클리프가 깨웠던 거야.

그는 들어오자마자 내게 부드러운 말투로 거기서 무얼 하고 있느냐고 묻지 않겠어.

나는 이렇게 늦게까지 일어나 있었던 것은 우리 방의 열쇠가 그의 주머니에 들어 있었기 때문이라고 말해 주었지.

그러나 그는 '우리'라는 말에 몹시 화가 났던 모양이야. 그는 절대로 우리 방은 아니며 내 방으로 만들어 주지도 않겠다는 거야.

그는 또 다른 말도 했지만 그의 말을 옮겨 놓거나 그의 행동을 이야기하진 않겠어. 그는 교묘하게도 끈질기게 나의 미움을 사려는 거였어. 그는 때로 너무 어이가 없어 무서운 것도 잊어버릴 지경이야. 하지만 호랑이나 독사도 내게는 그처럼 무섭지는 않아. 그는 내게 캐서린 언니가 앓는다는 이야기를 하고는 에드거 오빠가 병에 걸리게 했다고 비난하는 것이었어. 그리고 에드거 오빠를 손에 넣을 수 있을 때까지 나를 대신 괴롭히겠다는 거야.

나는 히스클리프를 증오해. 난 정말 비참한 상황이야. 내가 바보였어. 이런 이야기는 집에 있는 누구에게도 한 마디도 하지 말아 줘. 당신이 오기를 날마다 기다리겠어. 실망시키지 말아 줘.

이사벨라

14

저는 이 편지를 읽자마자 주인한테 가서 이사벨라 아가씨가 하이츠에 도착했다는 것을 알려드렸지요. 그리고 저에게 아씨의 병세를 슬퍼하고 서방님을 몹시 보고 싶어 하는 편지를 보내왔다는 것도 말씀드렸습니다. 그분이 저를 시켜 될 수 있는 대로 빨리 어떤 용서의 표시를 아가씨에게 전했으면 싶었던 것입니다.

"용서라니!" 서방님은 말씀하셨습니다. "난 이사벨라를 용서할 게 하나도 없지, 엘렌. 가보려거든, 오후에 워더링 하이츠에 가서 나는 절대로 화를 내고 있는 게 아니며, 다만 그 애를 잃은 것을 서운하게 생각하고 있노라고 말해도 좋아. 그 애가 행복하리라고는 생각할 수 없으니까 더욱 그렇지. 그러

나 내가 그 애를 보러 간다는 것은 말도 안 돼. 우리는 영원히 헤어진 거고, 만일 그 애가 정말로 내게 잘해 주고 싶다면 제가 결혼한 그 악당에게 이 고장을 떠나도록 말해 달라고나 해."

"그럼, 아가씨에게 한마디도 안 쓰시겠다는 말씀이세요?" 저는 애원하듯 물었습니다.

"안 쓰겠어." 그분은 그렇게 대답하는 것이었습니다. "그럴 필요가 없어. 내가 히스클리프의 식구와 연락하는 것도 그가 우리 집에 연락하는 것만큼 싫으니까. 편지 왕래 같은 것도 절대로 안 돼!"

에드거 서방님의 냉담한 태도에 저는 몹시 맥이 빠졌습니다. 집을 떠나 하이츠로 가는 동안 저는 그분의 말씀을 아가씨에게 전할 때 어떻게 좀더 다정하게 전할 것이며, 또 아가씨를 위로하기 위해서 몇 줄 적는 것조차 거절한 것을 어떻게 좀더 완곡하게 설명할 것인가 생각해 내느라 머리를 짜 보았습니다.

아가씨는 아침부터 제가 오는가 하고 내다보고 있었던 모양이었습니다. 마당에 들어섰을 때 아가씨가 집 밖을 내다보고 있길래 저는 고개를 끄덕였죠. 그러나 아가씨는 누가 보고 있지나 않을까 두려워하는 듯이 물러서는 것이었습니다.

저는 노크도 하지 않고 집 안으로 들어섰습니다. 전에는 퍽 명랑하던 집이 몹시 쓸쓸하고 음산했습니다! 정말이지 제가 만일 아가씨였다면 적어도 난로를 치우고, 테이블도 행주로 닦았을 것입니다. 그러나 이사벨라 아가씨는 이미 자기 주변에 무관심한 생활에 젖어 있었습니다. 아가씨의 그 예쁜 얼굴은 해쓱하고 맥이 없었지요.

머리칼도 풀어진 채로 몇 가닥은 축 늘어져 있었고, 또 몇 가닥은 아무렇게나 머리에 휘감겨 있었습니다. 입고 있던 옷은 그 전날 저녁부터 갈아입지 않았던 것 같았습니다.

힌들리 서방님은 보이지 않았습니다. 히스클리프 씨는 테이블에 앉아 지갑 속에 든 종이쪽지를 뒤적거리고 있었는데, 제가 나타나자 일어서더니 안부를 묻고 의자를 내미는 것이었습니다.

거기서 의젓하게 보이는 것은 그 사람뿐이었습니다. 그리고 얼굴도 그렇게 좋아 보인 적은 없었던 것 같습니다. 환경이 신분을 뒤바꿔 놓아서, 모르는 이가 보았다면 그는 신사로 태어나서 신사로 자란 사람이고, 그의 부인은 단정치 못한 여자로 생각할 정도였습니다.

아가씨는 저를 맞으러 황급히 달려와서 기다리던 편지를 받으려고 한 손을 내밀었습니다. 저는 고개를 저었습니다. 그러나 아가씨는 그 눈치를 알아차리지 못하고, 제가 보닛을 놓으러 간 선반 있는 데까지 따라와서 가져온 것을 어서 내놓으라고 작은 소리로 졸라댔습니다.

히스클리프는 이사벨라 아가씨의 거동의 의미를 짐작하고 말했습니다.

"물론 있겠지만, 이사벨라에게 전할 것이 있거든 주구려, 넬리. 숨길 필요는 없소. 우리 사이에 비밀은 없으니까."

"그런데 저는 가져온 것이 없어요," 저는 당장 사실대로 말해 버리는 것이 상책이라고 생각하고 대답했지요. "우리 집 서방님께서는 지금으로서는 아가씨께서 그분의 편지나 방문을 기대해서는 안 된다고 말씀드리라고 하셨어요. 그분은 아씨에게 안부를 전하고 행복을 빌며, 걱정은 시키셨지만 아씨를 용서하신다고 말씀하셨어요. 하지만 이 시간 이후부터는 그분의 집안과 이 집안이 교제를 해보았댔자 아무 소용이 없을 테니까, 왕래가 없어야 한다고 생각하고 계세요."

히스클리프 부인은 입술을 조금 떨면서 처음에 앉아 있던 창 있는 데로 돌아왔습니다. 그 남편은 제 옆에 있는 벽난로 바닥을 딛고 서서 캐서린 아씨에 대하여 묻기 시작했습니다.

저는 아씨의 병에 대해서 말해도 괜찮을 만큼만 이야기를 해 주었습니다.

그러나 그는 몹시 꼬치꼬치 캐물어서, 그 병의 원인에 관계되는 사실을 대충 말하지 않으면 안 되게 만들었습니다.

저는 모든 것을 캐서린 아씨 스스로 자초한 것이라며 아씨를 나무랐습니다. 사실 아씨는 나무람을 받을 만도 했지요. 그리고 마지막으로 저는 히스클리프 씨도 린튼 서방님의 본을 따라서, 좋든 나쁘든 앞으로 그 집안의 일에 간섭하는 것은 피하는 것이 좋으리라고 말했습니다.

"우리 아씨께서는 이제 차츰 회복되고 계세요." 저는 그렇게 말했습니다. "결코 전같이 되시지는 않을 겁니다만 목숨은 건지셨습니다. 정말 그분을 생각하시거든 다시는 만나시는 것을 피해 주세요. 아니, 이 고장을 아주 떠나주시는 것이 좋겠어요. 미련이 없으시도록 말씀드리지만, 지금의 캐서린 린튼 아씨는 당신의 옛 친구인 캐서린 언쇼 아가씨와는 완전히 다른 사람이 되셨어요. 모습도 많이 변했지만 성격은 더욱더 변한걸요. 싫더라도 그분과 같이 계실 수밖에 없는 우리집 서방님은, 지금부터는 옛날의 그분에 대한 추억과 인정과 의무감 때문에 더욱 애정을 지탱해 나가실 거예요!"

"물론 그럴 수 있는 일이지." 히스클리프 씨는 억지로 냉정한 체하면서 말하는 것이었습니다. "당신 주인이 인정과 의무감밖에 의지할 것이 없다는 것은 아주 그럴 법한 말이오. 그러나 당신은 내가 캐서린을 그 사람의 의무와 인정에 맡겨 두리라고 생각하오? 그리고 당신은 캐서린에 대한 나의 감정과 그의 감정을 비교할 수 있다고 생각하는 거요? 난 지금 당신에게서 나를 캐서린과 만나게 해 주겠다는 약속을 받아야만 하겠소. 당신이 승낙을 하든 반대를 하든 나는 만나고야 말겠소! 그러니 어서 말해 봐요."

"히스클리프 씨," 저는 대답했습니다. "제가 두 분을 만나시게 할 수는 없어요. 그렇게 하지도 않을 거고요. 당신과 우리집 서방님이 다시 만나게 된다면 우리집 아씨께서는 아주 돌아가시고 말 거예요!"

"당신이 도와준다면 그것은 피할 수 있을 거요." 그는 말했습니다. "그리고 만일 그런 위험이 있다면, 에드거 때문에 캐서린의 생명이 조금이라도 더 위태롭게 된다면, 비록 내가 극단적인 일을 한다고 해도 이치에 어긋나지는 않을 거요! 그러니 에드거가 없어질 경우 캐서린이 크게 괴로워할지 솔직하게 말해 줘요. 내가 망설이는 건 캐서린 때문이니까. 알겠소? 우리 두 사람의 감정은 바로 여기서 큰 차이가 나는 거요. 만일 우리 처지가 바뀌었더라면, 나는 그에 대한 미움이 아무리 견디기 어려울지라도 그에게 손끝 하나 까딱하지 않았을 것이오. 당신이 믿기지 않는다는 얼굴을 해도 좋소! 나는 캐서린이 바라는 한 그와 만나게 내버려 두었을 거요. 그녀가 흥미를 잃는 날 그놈의 심장을 꺼내고 피를 마셨겠지만. 그러나 그때까지는, 내 말이 믿기지 않는다면 당신은 나라는 사람을 전혀 모르는 거요. 그때까지는 그 자의 머리칼 하나라도 건드리기보다는 차라리 내가 조금씩 말라 죽는 편을 택했을 거란 말이오."

"말씀은 그렇게 하시지만," 저는 그의 말을 가로막았습니다. "당신은 아씨께서 당신을 거의 잊어버리신 지금, 다시 당신 생각을 하시게 하여 새로운 불화를 일으키려고 하는군요. 아씨가 완전히 회복하실 수 있다는 희망을 송두리째 없애도 상관이 없다는 건가요?"

"나를 거의 잊었다고?" 그는 말했습니다. "아, 넬리! 그렇지 않다는 것을 알잖소! 린튼을 한 번 생각하는 동안에 나를 천 번이나 생각하고 있다는 것을, 나와 마찬가지로 당신도 잘 알고 있지 않소? 내 평생에 가장 비참했던 시기엔 나도 캐서린에게 잊혀졌다고 생각한 적이 있었어. 작년 여름 이곳에 돌아왔을 때도 그런 생각을 했었지. 그러나 이제는 캐서린 자신이 그렇다고 단언하지 않는 한, 다시는 그런 무서운 생각은 하지 않을 것이오. 그렇게 된다면 린튼이고 힌들리고 내가 지금까지 꾼 꿈이고 뭐고 다 사라지는 거요. 단 두 마디의 말이 내 앞날을 대신하게 되겠소. 죽음과 지옥이라는 두 마디 말이오. 캐서린을 잃어버린 뒤의 나의 삶이란 지옥일 것이오.

한때 나 또한 어리석게도 캐서린이 나의 애정보다 에드거 린튼의 애정을 더 소중히 여긴다고 생각한 적이 있었소. 하지만 그가 그 빈약한 몸집으로 있는 힘을 다하여 사랑한대도, 그의 80년 동안의 사랑은 나의 하루 동안의 사랑에도 미치지 못할 거요. 그리고 캐서린은 나와 마찬가지로 속이 깊은 사람이오. 그러므로 그 애정을 에드거가 송두리째 차지한다는 것은 바닷물을 말죽통에 담을 수 있다는 거나 마찬가지요. 쳇! 그 녀석은 캐서린에게 개나 말보다 조금도 더 소중할 게 없소. 나처럼 사랑을 받을 수가 없지. 사랑할 건더기가 없는데 캐서린이 어떻게 사랑을 하겠소?"

"캐서린과 에드거는 어느 누구 못지않게 서로 사랑하고 있어요!" 이사벨라 아가씨가 갑자기 큰 소리로 외쳤습니다. "아무도 그런 식으로 이야기할 권리는 없어요. 그리고 우리 오빠를 얕보는 것을 가만히 듣고 있진 않겠어요!"

"당신 오빠는 당신을 퍽도 좋아하지!" 히스클리프는 경멸하듯이 말했습니다. "놀랄 만큼 빨리도 당신을 버렸으니까."

"오빠는 내가 고생한다는 건 알지도 못하고 있어요." 그녀는 대답했습니다. "그런 말은 안했으니까."

"그럼, 조금은 이야기했군 그래? 편지를 한 거지?"

"결혼했단 말을 하기 위해 편지를 했어요. 그 쪽지를 보셨잖아요."

"그 뒤로는?"

"안 했어요."

"이사벨라 아씨께서는 이리로 오셔서 얼굴이 더 나빠지셨어요." 저는 말해 주었습니다. "분명히 사랑이 부족한 모양인데, 어느 분의 사랑인지 짐작은 가지만 아마 말하지 않는 게 좋겠죠."

"나는 이사벨라 자신의 사랑이 모자라는 걸로 생각하는데," 히스클리프 씨는 말했습니다. "아주 게으른 여자가 돼 버렸단 말야! 나를 기쁘게 하는 것에도 유난히 빨리 싫증을 내더군. 당신은 믿지 않겠지만 결혼 다음날 벌써 집에 가고 싶어서 울고 있었으니까. 그러나 너무 깔끔하지 않은 것이 이 집에서는 도리어 어울릴지 모르지. 그러나 밖으로 나돌아다녀서 나를 창피하게 하는 일이 없도록 주의시킬 테야."

"글쎄요, 아씨께서는 누가 돌봐 주고 시중을 들어 주는 데 익숙해져 있다는 걸 좀 생각하셨으면 합니다. 늘 주변에서 시중을 들게 되어 있는 외동딸로 자란 분이라는 것도 말이에요. 깨끗이 신변을 보살펴 드리도록 하녀를 두셔야 하고 살뜰히 해 주셔야 해요. 에드거 서방님을 어떻게 생각하시든 간에, 아씨는 사람을 깊이 사랑하실 수 있는 분이라는 것을 의심해서는 안 되세요. 만일 그렇지 않으시다면 그렇게도 우아하고 편안한 집과 가족을 버리고 이처럼 살풍경한 곳에서 당신과 함께 살 수 없으실 테니까요."

"제 환상에 빠져서 집이며 가족을 버린 거지," 히스클리프는 대답했습니다. "나를 로맨스의 주인공으로 생각하고는 내가 기사(騎士)처럼 헌신적으로 무엇이든 바라는 대로 해 주리라고 기대한 거야. 나는 이사벨라를 이성(理性)을 가진 사람으론 볼 수 없어. 그렇게도 끈덕지게 나라는 사람에 대하여 터무니없는 생각을 하고, 그릇된 인상을 가지고 행동했으니 말이지. 그러나 드디어 나라는 사람을 알기 시작한 것같아. 처음에 내 비위를 거스르던 그 싱거운 웃음이나 찡그리는 얼굴을 이제는 볼 수 없으니까 말이야. 그리고 그런 환상과 자기 자신에 대해 말했던 내 생각이 진심이었다는 것을 알아차리지 못하던 그 무분별도 이제는 사라진 것 같거든. 내가 자신을 사랑하지는 않는단 걸 알아차리기 위해, 영리한 이사벨라는 참으로 굉장한 노력을 해야 했지. 한때는 나도 이 사람은 무슨 짓을 해도 못 깨달을 거라고 생각했단 말이야! 그리고 실은 지금도 잘 모르고 있어. 오늘 아침에도 굉장한 발견이나 한 듯이, 내가 자기로 하여금 나를 미워하게 하는 데 성공했다고 말하더란 말이야! 그건 확실히 헤라클레스의 노력에 필적하는 거야! 만일 그것이 성공한다면 나는 감사할 만해.

당신이 말한 것이 틀림없겠지. 이사벨라? 나를 정말 미워하고 있는 게 확실해? 내가 한나절만 당신을 혼자 내버려 둔다면 다시 한숨을 쉬고 다정한 말을 걸면서 내게로 올 게 아닌가? 이사벨라는 아마 당신 앞에서는 내가 아주 다정한 체해 주었으면 할 거요. 이렇게 진실을 폭로하는 것은 자존심을 손상시키는 일일 테니까. 그러나 나는 사람들이 이 사랑이 전적으로 일방적인 것이었음을 안대도 상관없소. 나는 그 점에 대해 이사벨라에게 거짓말을 한 적이 없어. 단 한번도 마음에 없이 살뜰한 척한 적도 없으니까, 그런 일로 나를 비난할 수는 없을 거요.

그날 그 집에서 나와서 내가 맨 처음 해보인 것은 그녀의 조그만 개를 매단 거지. 그리고 이사벨라가 그 개를 풀어 주라고 말했을 때, 내가 말한 첫마디는 한 사람을 빼놓고는 그 집안 사람은 모조리 목을 매다는 것이 내 소원이라는 것이었소. 이사벨라는 그 예외가 자기 자신인 줄 알았을 거야. 이 사람은 내가 아무리 잔인한 짓을 해도 예사로 생각했거든. 자기만 다치지 않는다면, 은근히 잔인한 짓을 좋아하는 모양이지! 저렇게 가엾고 노예같이 비굴한 계집이 내 사랑을 받을 수 있으리라고 생각한다는 것은 그지없이 어리석고, 실로 어이없는 일이었다고 생각하지 않소?

넬리! 내 평생에 이 사람처럼 비열한 인간은 처음 보았다고 당신 주인에게 말해 주오. 저런 사람은 린튼 댁의 부끄러움이야. 아무리 심한 짓을 해도 참고서 여전히 창피하게 매달려 오잖아. 때로는 정말로 더 이상 곯려 줄 궁리가 떠오르지 않아서 더 시험해 보지도 못하고 그만두는 수밖에 없을 때가 있다니까! 그러나 린튼에게 그가 오빠로서 그리고 치안판사로서는 걱정할 필요가 없다고 말해 줘요. 나는 엄밀히 법률의 한계 내에서 그러는 것이니까. 지금까지 이사벨라에게 이혼을 청구할 구실은 조금도 주지 않았소. 그리고 게다가 누가 우리를 떼어놓는 댔자 이사벨라는 고마워하지도 않을 거요. 만일 나가고 싶다면 나갈 수도 있지. 괴롭히는 것도 재미있긴 하지만 옆에 있어서 귀찮은 일이 오히려 더 많으니까!"

"히스클리프 씨," 저는 말했습니다. "그건 미친 사람이나 하는 수작이에요. 그리고 아마 부인께서는 필시 당신이 미쳤다고 생각하실 거예요. 그러니 이때까지 참아 오신 거지요. 그러나 당신이 나가도 좋다고 하신 이상 틀림없이 좋아라 하고 나가실 거예요. 아씨, 자진해서 저분과 함께 살 만큼 홀리신 것은 아니겠지요?"

"조심해, 엘렌!" 이사벨라 아씨는 분한 듯이 눈을 반짝이면서 대답했습니다. 그 눈길로 보아 그녀에게 미움을 받으려는 그 남편의 노력이 완전히 성공한 것은 의심할 여지가 없었습니다. "저이가 말하는 것은 단 한마디도 믿어서는 안 돼. 저이는 거짓말쟁이에다 괴물이지, 사람이 아니야! 전에도 나가도 좋다는 말을 들은 적이 있었어. 그래서 나가려고 한 적도 있었지만, 차마 두 번 다시 그러지는 못하겠어. 엘렌 다만, 저이의 부끄러운 수작을 오빠나 캐서린 언니에게 말하지 않겠다고 약속해 줘. 저이는 무슨 방법을 써서라도 결국 에드거 오빠를 화나게 하여 자포자기하도록 만들고 싶은 거야. 저이는 오빠를 맘대로 하기 위한 속셈으로 나와 결혼했다고 하지만, 난 그렇게 하도록 내버려두지는 않을 테니까! 그렇게 하느니 차라리 내가 먼저 죽어 버리겠어! 나는 오직 저이가 악마 같은 집념을 버리고 나를 죽여주었으면 하고 바랄 뿐이야. 내가 생각해 낼 수 있는 단 한 가지 기쁨이라곤 내가 죽거나 저이가 죽는 것을 보는 것뿐이지!"

"자아, 그만하면 됐어!" 히스클리프 씨는 말했습니다. "넬리, 만일 당신이 법정에 불려간다면 저 사람이 지금 한 말을 증언할 수 있겠지! 그리고 저 얼굴을 잘 보아 둬요. 이젠 제법 나와 어울리게끔 됐지. 아니, 이사벨라, 이제는 당신을 그냥 내버려 둘 수는 없어. 나는 당신을 법률상으로 보호할 위치에 있으니까. 아무리 그 의무가 언짢다 하더라도 내 감독 아래 두어야만 하겠어. 위층으로 올라가. 나는 엘렌 딘에게 조용히 할 말이 있으니까. 그리로 가서는 안 되지, 위층이라는데. 아니, 위층은 이리로 올라가는 거야!"

히스클리프 씨는 이사벨라를 붙잡아 방에서 밀어내고는 혼잣말을 중얼거리면서 돌아왔습니다.

"내가 불쌍히 여길 줄 알아! 어림도 없지! 버러지들이 꿈틀거리면 꿈틀거릴수록, 나는 더욱더 짓밟아서 창자가 튀어나오게 만들고 싶어진단 말이야. 마치 이빨이 돋아나느라고 아픈 거나 마찬가지지. 아프면 아플수록 더 지그시 힘을 주어 물고 싶거든!"

"불쌍히 여긴다는 말이 무슨 뜻인지는 아시나요?" 저는 급히 보닛을 집어 들며 말했습니다. "당신 평생에 조금이라도 불쌍하다는 감정을 느낀 일이 있어요?"

"그것 내려놔!" 그는 제가 떠나려 하는 것을 알고 제 말을 가로챘습니다. "당신은 아직 가서는 안 돼. 자아, 이리 와요. 넬리, 나는 캐서린을 만날 결심이지만, 그러기 위해선 당신을 설득하든지 억지로라도 나를 도와주게 해야만 하겠어. 그것도 당장에 말이야. 해를 끼칠 생각은 없다는 것을 맹세하지. 무슨 소란을 피우거나 린튼 씨를 화나게 하거나 모욕하고 싶지는 않아. 다만 캐서린에게서 병세가 어떠하며 왜 병을 앓고 있는지 이야기를 듣고, 그녀에게 내가 할 수 있는 일로서 도움이 될 것이 있는지 묻고 싶은 거요. 간밤에 나는 그 집 뜰에서 여섯 시간 동안이나 있었고, 오늘 밤에도 다시 그리로 가려고 해. 지금부터 밤마다 나는 그곳에 갈 거요. 안으로 들어갈 기회가 있을 때까지 매일 말이오. 에드거 린튼과 마주친다면 당장 그 녀석을 때려눕히고 내가 머무르는 동안 잠자코 있도록 해 주겠어. 만일 하인들이 덤빈다면 이 피스톨로 위협하여 쫓아 버릴 거요. 그러나 내가 하인들이나 에드거와 충돌하는 것은 피하는 게 좋지 않겠어? 그리고 당신 같으면 매우 쉽게 우리를 만나게 할 수 있을 거란 말이오! 내가 가면 당신에게 신호를 하겠소. 그러면 캐서린이 혼자 있게 되는 즉시 아무도 보지 못하게 나를 들여놓을 수 있겠지. 그리고 내가 떠날 때까지 감시를 할 수도 있고. 양심의 가책을 받을 필요는 전혀 없어. 당신은 불행한 일을 막는 것뿐이니까."

저는 제가 시중들고 있는 집에서 그런 배신행위를 하기는 싫다고 말했습니다. 게다가 자신의 만족을 위해서 린튼 아씨의 안정을 파괴하는 것은 잔인하고 이기적인 일이라고 주장했습니다.

"매우 평범한 일로도 아씨께서는 애처로울 만큼 놀라시는걸요," 하고 저는 말했습니다. "아주 신경이 예민하셔서 당신이 불쑥 찾아가신다면 정말 충격을 견디지 못하실 거예요. 제발 고집 부리지 마세요! 끝끝내 그렇게 하시겠다면 저는 도리 없이 서방님께 당신의 계획을 알려 드리겠어요. 그렇게 하면 그분께서는 집과 집안사람들의 안전을 위해서 그런 부당한 침입을 막을 방도를 취하실 테지요!"

"그렇다면 나는 당신을 붙잡아 둘 방도를 취하겠어!" 히스클리프 씨는 소리쳤습니다. "당신을 내일 아침까지 여기 잡아 두겠어. 캐서린이 나를 만날 수 없다고 주장하는 것은 어리석은 수작이야. 게다가 나도 갑작스럽게 만나고 싶지는 않아. 당신이 미리 말해 두는 거야. 내가 가도 좋은지 물어 주면 되잖아. 캐서린이 내 이름을 말하는 일이 없고, 그녀에게 내 말을 해 주는 사람도 없다고 당신이 말했지. 그 집에서 내 이야기를 하는 것이 금지되어 있다면 캐서린인들 누구에게 내 이야기를 하겠어? 그녀는 당신네들을 모두 남편의 스파이라고 생각하고 있는 거야. 아니, 캐서린은 당신네들 틈에서 정녕 지옥에 있는 기분일 거라구! 무엇보다도 말을 안 한다는 것으로 나는 그 사람의 기분을 알겠어. 당신은 그 사람이 흔히 안절부절못하며 걱정스러워 보인다고 말했는데, 그것이 안정의 증거란 말이오? 당신도 그 사람의 마음이 안정되어 있지 못하다는 이야기를 했잖소. 그런 지긋지긋한 고독 속에서 도대체 어떻게 마음의 안정을 얻는단 말이오? 게다가 그 멋쩍고 하잘것없는 녀석이 의무와 인정으로 간병을 한다고! 연민과 자비심으로? 그 어설픈 간병으로 캐서린의 기력을 회복시킬 수 있다고 생각하는 것은, 참나무를 화분에 심어 놓고 무성해지기를 바라는 거나 마찬가지지! 자아, 당장 결정짓기로 하지. 당신은 여기 있고 내가 가서 린튼과 그의 하인들을 밀어 젖히고 억지로 캐서린을 만나는 게 좋겠소? 그렇지 않으면 당신이 지금까지 그랬던 것처럼 내 편이 되어 나의 부탁을 들어 주겠소? 자, 결정을 하잔 말이오! 만일 끝끝내 옹고집을 부릴 참이면 잠시라도 더 망설일 필요는 없으니까!"

저는 따지기도 하고 불평도 하면서 몇 번이나 거절했습니다. 그러나 결국 그는 제가 어쩔 수 없이 그의 말을 듣지 않을 수 없게 만들었어요.

저는 그의 편지를 아씨에게 전하기로 하고, 만일 아씨가 좋다고 하신다면 그에게 린튼 서방님이 집을 비우는 시간을 알려 주기로 했지요. 그때 그가 오면 집으로 들어오게 해 주겠다는 약속을 하면서 말이에요. 저도 그 자리에는 있지 않기로 하고, 다른 하인들도 마찬가지로 방해가 안 되도록 밖에 나가 있게 한다는 것이었습니다.

그것은 옳은 일이었을까요, 아니면 그른 일이었을까요? 할 수 없는 일이었다고 하더라도 저는 잘못했었던 것 같아요.

저는 히스클리프 씨의 말을 듣게 되면 또 하나의 충돌을 막는다고 생각했지요. 그리고 또 그것이 계기가 되어서 캐서린 아씨의 정신병에 차도가 생길지도 모른다고 생각했어요.

하지만 그때 에드거 서방님이 저더러 말을 옮긴다고 몹시 나무라시던 일이 생각나더군요. 그래서 주인의 믿음에 대한 배반은 이제 그 일이, 그것이 그렇게 심하게 부를 만한 일이라면요, 마지막이라고 되풀이하여 다짐함으로써 불안감을 없애보려고 했습니다.

그럼에도 집으로 돌아갈 때의 기분은 워더링 하이츠로 갈 때보다 더욱 슬펐습니다. 게다가 그 편지를 전해 주는 것은 굉장히 망설여져서, 그것을 린튼 부인의 손에 쥐어 주기 위해서는 큰 마음을 먹어야 했습니다.

그런데 케네스 선생이 오셨군요. 제가 내려가서 주인님이 훨씬 나아지셨다고 말씀드리지요. 제 이야기는 이 고장 사투리로, '지리한' 것이지만 그래도 아침나절의 심심풀이는 될 거예요.

'지루하고 음산한 얘기군!' 나는 그 기특한 여인이 의사를 맞이하러 내려가고 난 뒤 생각했다. 그리고 그것은 그냥 재미로 들어 두는 이야기로는 좀 적절치 못하다는 생각도 들었다. 그러나 개의할 것은 없다! 나는 쓴 약초와 같은 딘 부인의 이야기에서 몸에 좋은 약을 뽑아내기로 하자.

그건 무엇보다 워더링 하이츠에서 본 캐서린과 히스클리프의 빛나는 두 눈에 숨은 매력을 경계해야 한다는 사실일 것이다. 만일 내가 그 젊은 과부에게 맘을 뺏기고, 또 그녀가 모친과 같은 운명을 타고 나기라도 했다면, 그야말로 나는 이상한 입장에 놓이게 될 테니까!

15

또 한 주일이 지났다. 나도 어느 정도 건강을 되찾았고, 봄도 그만큼 가까워졌다! 가정부가 다른 요긴한 일에서 틈이 날 때마다 몇 번이고 이야기를 계속해 주어서, 나는 내 이웃 사람의 내력을 모조리 들었다. 나는 그 이야기를 조금만 줄여서, 되도록 가정부가 말한 대로 옮기려고 한다. 그녀는 대체적으로 이야기 솜씨가 매우 훌륭하여, 그 이야기를 더 맵시 있게 고칠 수는 없을 것 같으니 말이다. 그녀는 이렇게 시작하는 것이었다.

제가 하이츠에 다녀온 그날 저녁, 저는 히스클리프 씨가 보이지는 않았지만 그 근처에 있다는 것은 분명히 알고 있었어요. 그래서 전 밖으로 나가는 것을 피했습니다. 아직도 그의 편지가 주머니 안에 있었고 더 이상 협박이나 괴로움을 겪기도 싫었기 때문이지요.

캐서린 아씨께서 그 편지를 받으시면 어떻게 될지 알 수가 없었기 때문에, 전 서방님께서 어디에 가시기 전까지는 그것을 전하지 않기로 작정했던 것입니다.

그 때문에 그 편지는 사흘이 지나도록 아씨에게 전해지지 않았습니다. 일요일이어서 집안 사람들이 교회에 가고 난 뒤에 저는 그것을 가지고 아씨가 계시는 방으로 갔습니다. 그때 남자 하인이 한 사람 저와 함께 남아서 집을 지키고 있었습니다. 우리 집에서는 교회에서 예배를 보는 동안에는 대개 문을 잠그기로 되어 있었지만, 그날은 하도 날씨가 따뜻하고 좋아서 문을 활짝 열어 놓았었습니다. 저는 그 하인에게 아씨께서 몹시 오렌지를 먹고 싶어 하시니 급히 마을로 내려가서 돈은 내일 준다고 하고 몇 개 가져오라고 말했습니다. 올 사람이 누군지 알고 있으니, 약속을 지키기 위해서 그렇게 한 것이었지요. 그래서 하인이 떠나자 저는 위층으로 올라갔습니다. 린튼 부인은 헐렁한 흰 옷을 입고 가벼운 숄을 어깨에 걸치고 여느 때와 마찬가지로 열어놓은 창가에 앉아 있었습니다. 아씨의 탐스럽고 긴 머리는 병이 나셨을 적에 조금 잘렸었으나, 이제는 빗질을 하여 자연스럽게 관자놀이와 목덜미에 드리워져 있었습니다. 제가 히스클리프 씨에게 말했던 것처럼 아씨의 모습은 변해 있었지만, 이렇게 조용히 계실 적에는 그 변화 속에 이 세상 사람 같지 않은 아름다움이 깃드는 것 같았습니다. 그 빛나던 두 눈은 꿈꾸는 듯하였고 수심에 찬 듯이 부드러워 보였습니다.

이제는 주위의 것들은 눈여겨보지도 않는 것 같았고 언제나 저편을, 그것도 먼 곳을, 말하자면 이 세상 밖을 응시하는 것 같았습니다. 얼굴은 조금 살이 올라 여윈 흔적은 가신 모습이었습니다. 그리고 그 해쓱한 얼굴과 그 정신 상태에서 오는 특이한 표정이 애처롭게도 그렇게 된 원인을 내비치면서도 보는 사람의 마음을 끄는 것이었습니다. 그런 인상은 언제나 제게, 또 그분을 보는 사람이면 누구에게라도, 눈에 띄는 회복의 증세는 사라지고 이제는 영 나을 가망이 없는 듯한 느낌이 들게 했습니다.

그분 앞의 창턱엔 책이 한 권 펴진 채 놓여 있었습니다. 그리고 부는 듯 마는 듯한 바람결에 이따금 책장이 팔락거렸습니다. 그 책은 린튼 서방님이 그 자리에 놓아두셨던 것 같습니다.

아씨께서는 책을 읽는다든가 다른 무슨 일을 하여 기분을 돌리려고 하신 적이 없어, 서방님께서는 무엇이든 아씨가 전에 즐거움으로 삼던 일에 주의를 기울이게 하려고 몇 시간씩 애쓰시곤 했던 것입니다. 아씨도 그분의 생각을 알고 계셔서 기분이 좀 좋을 적에는 그런대로 조용하게 계셨지만, 이따금은 지친 듯 새어나오는 한숨을 참다가 결국 그지없이 슬픈 미소나 키스로써 그 모든 것이 소용없다는 것을 보여 주는 것이었습니다. 또 기분이 언짢을 때는 뾰로통하게 외면한 채 두 손으로 얼굴을 가리거나, 심지어는 화를 내며 남편을 떠밀어 내시기도 했습니다. 그러면 서방님도 아씨를 혼자 있게 하려고 애를 쓰는 것이었습니다. 어떤 노력도 아무 소용이 없다는 것을 그분은 잘 알고 있었기 때문입니다.

기머튼 예배당의 종은 아직도 울리고 있었습니다. 그리고 넘실거리며 부드럽게 흐르는 골짜기의 시냇물 소리가 사람의 마음을 달래듯 귓전에 들려왔습니다. 그것은 아직 들을 수 없는 여름철 나뭇잎의 속삭임을 대신하는 듯한 아름다운 소리였습니다. 집 둘레의 나무가 잎이 무성해지면 보통 시냇물 소리 같은 것은 들려오지 않았으니까요. 하지만 워더링 하이츠에서는 눈이 한창 녹거나 비가 줄곧 온 뒤의 조용한 날에는 언제나 그 시냇물 소리를 들을 수 있었습니다.

아마 캐서린 아씨는 그때 그 소리에 귀를 기울이면서 워더링 하이츠를 생각하고 있었을 것입니다. 아씨가 조금이라도 생각할 수 있거나 귀를 기울일 수 있었다면 말입니다. 그러나 아까 말씀드린 것처럼 아씨는 멍하니 한 곳을 보고 있어서, 눈으로나 귀로나 전혀 이 세상의 것을 보고 듣는 것 같지가 않았습니다.

"편지가 왔어요, 아씨." 저는 무릎 위에 놓인 한 손에 그 편지를 살짝 쥐어 드리면서 말했습니다. "답장을 해야 하니까 곧 읽으셔야 합니다. 제가 겉봉을 뜯을까요?"

"그래."

저는 그것을 뜯었습니다. 그것은 매우 간단한 쪽지였습니다.

"자아, 읽어 보세요." 저는 말을 이었습니다.

아씨가 손을 움츠리는 바람에 편지가 떨어졌습니다. 저는 다시 그것을 아씨의 무릎 위에 놓아 드리고, 아씨가 아래를 내려다볼 생각이 드실 때까지 서서 기다렸습니다. 그러나 좀처럼 그런 기색이 없어 마침내 저는 다시 말했습니다.

"제가 읽어 드릴까요, 아씨? 이건 히스클리프 씨한테서 온 거예요."

그러자 아씨는 깜짝 놀라며 추억을 더듬는 듯 괴로운 빛을 보이더니, 생각을 가다듬으려고 애쓰는 듯했습니다. 그리고는 편지를 집어 들어 자세히 읽는 모양이었습니다. 아씨는 히스클리프 씨의 이름이 적힌 것을 보고 한숨을 쉬었습니다. 그러면서도 그 편지의 뜻은 알지 못하는 것 같았습니다. 왜냐하면 제가 회답을 듣고 싶다고 말했을 때, 아씨는 다만 그 이름을 가리키고는 서글프고 의아해 하는 눈초리로 열심히 저를 응시할 뿐이었기 때문입니다.

"저, 그분이 아씨를 만나고 싶어 하세요." 저는 설명해 드릴 필요가 있다고 생각하고 말했습니다. "그분은 지금쯤 뜰에서 제가 어떤 회답을 가지고 올 것인가 초조하게 기다리고 계실 거예요."

저는 그렇게 말하면서, 창 밑으로 양지바른 풀밭에 누워 있던 큼직한 개가 막 짖으려다가 가까이 다가오는 사람이 낯선 이가 아님을 알고 꼬리를 흔드는 것을 눈여겨보고 있었습니다.

저는 앞으로 몸을 구부리고 숨을 죽이며 귀를 기울였습니다. 조금 뒤에 현관을 걸어오는 발걸음 소리가 났기 때문입니다.

문이 열려 있었기 때문에, 히스클리프 씨는 들어오고 싶은 유혹을 이기지 못했던 것입니다. 십중팔구 제가 약속을 피하려 하는 줄만 알고 자기 자신의 용기를 믿을 수밖에 없다고 결심했던 모양입니다.

긴장된 얼굴로 캐서린 아씨는 자기 방 입구 쪽을 보고 있었습니다. 히스클리프 씨는 어느 방문을 열어야 할지 알아내지 못하고 있는 것 같았습니다. 그래서 아씨는 그를 안내하라는 시늉을 하셨지요. 하지만 제가 미처 방문 있는 데까지 가기도 전에 그는 방을 알아내고 성큼성큼 아씨에게 다가와 아씨를 껴안는 것이었습니다.

그는 5분쯤 입을 열지도 않았고 껴안은 팔을 풀지도 않았습니다. 그리고 그 동안에 그가 그때까지 평생 했던 것보다 더 많은 키스를 퍼부었습니다. 먼저 키스한 것은 아씨 쪽이었지만, 히스클리프 씨는 너무나 괴로워 차마 아씨의 얼굴을 내려다보지 못하였지요. 그는 아씨를 보는 순간 저와 마찬가지로, 아씨는 끝내 회복될 가망이 없고 그렇게 죽을 수밖에 없다고 확신했던 것입니다.

"아, 캐시! 아, 나의 생명이여! 내가 어떻게 참을 수 있단 말이오?"

이것이 그의 첫마디였습니다. 그 어조에는 그의 절망이 숨김없이 드러나 있었지요.

그때 그는 하도 열심히 아씨를 바라보고 있어서, 바로 그 열렬한 눈길 때문에 눈물을 흘릴 것만 같았습니다. 그러나 그는 괴로움으로 눈을 이글거릴 뿐 울지는 않았습니다.

"뭐라구요?" 캐서린 아씨는 갑자기 몸을 뒤로 젖히고 이마를 찌푸리면서 그를 마주 바라보았습니다. 아씨의 기분은 항상 변하는 변덕스러운 바람개비 같았던 것입니다. "히스클리프, 당신과 에드거는 내 가슴을 찢어 놓았어! 그러면서도 둘 다 불쌍한 것은 자기네들인 것처럼 나한테 와서 탄식하는 거예요! 나는 당신네들을 불쌍하게 생각하지 않겠어, 그렇고말고. 당신네들은 나를 죽여 놓고는 그 덕분에 잘 사는 것 같군요. 정말 굳세기도 하네요! 내가 죽은 뒤 몇 해나 더 살려고들 하는 거예요?"

히스클리프 씨는 아씨를 안기 위해 한쪽 무릎을 꿇고 있었는데, 그가 일어서려고 하자 아씨는 그의 머리를 붙잡고 일어나지 못하게 했습니다.

　"우리가 둘 다 죽을 때까지 이렇게 붙잡고 있을 수만 있다면," 아씨는 분한 듯이 말을 계속했습니다. "당신이 얼마나 괴롭든 상관하지 않을 거예요. 당신의 괴로움 같은 건 아무것도 아녜요. 당신이라고 괴롭지 말라는 법이 어디 있어요? 나도 괴로워하고 있는데! 당신은 나를 잊어버릴 건가요? 내가 땅에 묻혀도 행복할 수 있겠어요? 20년 뒤에는 어떻게 말할 건가요? '저것이 캐서린 언쇼의 무덤이야. 오래 전에 나는 그녀를 잃고 슬퍼했지. 그러나 그것은 다 지난 일이야. 그 후로도 나는 여러 사람을 사랑했고, 이젠 그녀보다도 내 아이들이 더 소중하지. 죽을 때도 내가 그녀에게로 간다는 것을 좋아하기보다는 아이들을 두고 떠나는 것이 슬플 거야!' 이렇게 말하겠어요, 히스클리프?"

　"당신처럼 미칠 때까지 나를 괴롭히려는 거요?" 히스클리프 씨는 잡힌 머리를 뿌리치고 이를 갈면서 외쳤습니다.

두 사람의 모습은 옆에서 냉정하게 보는 사람에게는 이상하고도 무서운 것이었습니다. 캐서린 아씨가 육신과 함께 생시의 성격을 버리지 않는 한, 아씨는 천국에 가더라도 귀양간 것으로밖에는 생각지 않을 것 같았습니다. 그때 아씨의 표정은 그 해쓱한 뺨과 핏기 없는 입술과 반짝이는 눈에서 불타는 복수심을 나타내고 있었습니다. 그리고 거머쥔 손가락 사이에는 잡고 있던 히스클리프 씨의 머리칼이 한줌 빠져 남아 있었습니다. 한편 히스클리프 씨는 한쪽 손으로 몸을 일으키려고 하면서도 또 다른 손으로는 아씨의 팔을 잡고 있었습니다. 그런데 그에게 그런 병자를 다루는 데 필요한 부드러움 같은 것은 없었기 때문에, 그가 팔을 놓았을 때 아씨의 핏기 없는 피부에는 네 개의 손가락 자국이 파랗게 남아 있었습니다.

"죽어가면서도 내게 그런 투로 말하다니, 악마에게라도 홀린 거요?" 히스클리프 씨는 사납게 말을 계속했습니다. "당신이 지금 한 말이 내 기억에 새겨져서, 당신이 세상을 떠난 뒤에도 영원토록 내 마음을 괴롭히리라는 것을 알지 않소? 내가 당신을 죽여 놓았다고 하는 것도 거짓말이라는 것은 당신도 알고 있소. 그리고 캐서린, 내가 내 생명과 같은 당신을 잊을 수 없으리라는 것도 누구보다 잘 알고 있지 않소! 당신이 무덤에서 편안히 잠들어 있는 동안 나는 살아남아서 지옥 같은 괴로움으로 몸부림치리라는 것을 생각하면, 아무리 지독하게 자기만을 생각하는 당신이라도 만족할 게 아니오?"

"나도 편안히 잠들지는 못할 거예요." 캐서린 아씨는 맹렬하고도 고르지 못한 심장의 고동으로 자기 몸의 쇠약함을 깨닫고 신음하듯 말하였습니다. 지나친 흥분으로 아씨의 가슴은 눈으로도 볼 수 있고 귀로도 들을 수 있을 만큼 세차게 뛰고 있었던 것입니다.

아씨는 그 발작이 끝날 때까지 더 이상 아무 말도 하지 못했습니다. 그러고 나서 좀더 부드러운 어조로 말을 계속했습니다.

"당신이 나보다 더 괴롭기를 바라는 건 아니에요, 히스클리프. 나는 오직 우리가 언제까지라도 헤어지지 않기를 바랄 뿐이에요. 그러니까 내가 한 말이 나중에 당신을 슬프게 하는 일이 있거든, 나도 땅속에서 마찬가지로 슬퍼한다고 생각하세요. 그러니까 나를 생각한다면 나를 용서해 주세요! 이리 와서 다시 무릎을 꿇어 줘요! 당신은 지금까지 나를 해친 적이 없었어요. 당신이 그렇게 화를 낸다면, 그건 나한테서 심한 말을 들은 것보다도 더 언

짧은 기억이 될 거예요. 다시 이리 와 주세요, 부디!"

히스클리프 씨는 아씨가 앉은 의자 뒤로 가서 허리를 굽혔지만, 아씨에게 그의 얼굴이 보일 만큼 굽히지는 않았습니다. 그의 얼굴은 복받치는 감정 때문이었는지 핏기라곤 찾아볼 수 없었습니다. 아씨는 몸을 돌려 그를 보려고 했지만 그는 얼굴을 보이려고 하지 않았고, 갑자기 돌아서더니 벽난로 쪽으로 걸어가서 우리에게 등을 돌린 채 말없이 서 있었습니다.

저는 의아한 눈초리로 그를 보고 있었습니다. 그의 태도 하나하나가 그녀의 가슴속에 새로운 감정을 일깨우는 것이었습니다. 잠시 말없이 바라본 다음 아씨는 실망하여 화가 난다는 투로 저에게 말하기 시작하였습니다.

"저렇다니까, 넬리! 저이는 잠시 동안이라도 나를 살리려고는 하지 않는 거야! 내가 받은 사랑이란 저런 것이야! 하지만 괜찮아! 저런 것이 나의 히스클리프는 아니니까. 나는 그래도 나의 히스클리프를 사랑할 것이고, 저승까지도 데리고 갈 거야. 그는 언제나 내 마음속에 있으니까." 그리고 잠깐 쉰 다음 아씨는 생각에 잠긴 듯이 말했습니다. "내가 싫어하는 것은 이 부서진 감옥 같은 육신이란 말이야. 나는 이런 육신 속에 갇혀 있는 것에 지칠 대로 지쳤어. 나는 한시바삐 여기서 벗어나 저 영광스러운 세계로 가서 항상 거기에 있고 싶은 거야. 눈물에 흐려진 눈으로 어슴푸레하게 그것을 보고, 아픈 가슴을 벽으로 한 채 그것을 동경하는 것이 아니라, 정말 그것과 함께 그 속에 있고 싶은 거야. 넬리, 당신은 나보다도 더 나은 상황이고 더 행복하다고 생각하지. 건강하고 기운이 많으니까 내가 불쌍할 거야. 그러나 머지 않아 처지가 바뀌게 될 거야. 내가 당신을 불쌍하다고 생각하게 될 테니까. 나는 당신네들보다 비할 바 없이 멀고 높은 곳에 가 있을 거야. 그런데 저이가 내 옆에 오지 않으려고 하니 이상하지." 아씨는 혼잣말을 계속하는 것이었습니다.

"내 옆에 오고 싶어 할 줄 알았는데. 이봐요, 히스클리프! 당신은 지금 그렇게 시무룩해서는 안 돼요. 나 있는 데로 와요, 히스클리프."

열중한 나머지 아씨는 일어서서 의자 팔걸이에 몸을 기댔습니다. 그렇게 간절한 하소연을 못 이겨 그가 아씨를 돌아다보았을 때, 그의 얼굴은 완전히 절망적인 표정을 띠고 있었습니다.

그는 눈을 크게 뜨고 마침내 눈물에 젖은 눈으로 아씨를 매섭게 쏘아보았고, 그의 가슴은 맹렬히 뛰고 있었습니다. 잠시 두 사람은 떨어진 채 서 있었는데, 그 다음에 어떻게 서로 껴안게 되었는지는 저도 알 수 없었습니다. 캐서린 아씨가 몸을 내던지니까 그가 얼른 붙들었고, 그런 채로 둘이 얼마나 꼭 껴안았던지 도저히 아씨가 살아서는 그 팔에서 풀려날 것 같지가 않았습니다. 사실 제가 보기에는 아씨는 곧 실신할 것 같았습니다. 히스클리프 씨는 가장 가까운 의자에 몸을 내던졌습니다. 아씨가 까무러치지나 않았나 하고 제가 급히 달려가자, 그는 미친 개처럼 이를 갈며 입에 거품을 물더니 제가 얼씬도 못하게 아씨를 끌어당기는 것이었습니다. 저는 그가 저와 같은 사람처럼 느껴지지 않을 정도로 광적으로 보였지요. 그에게 말을 해 보았댔자 알아들을 것 같지도 않았습니다. 그래서 저는 몹시 당황한 나머지 물러서서 잠자코 서 있었습니다.

곧 캐서린 아씨가 움직이는 바람에 저는 마음이 좀 놓였습니다. 아씨는 손을 올려 그의 목덜미를 끌어안고, 안긴 채 그의 뺨에 자기 뺨을 비볐습니다. 그도 미친 듯이 아씨를 쓰다듬으며 정신없이 이렇게 말하는 것이었습니다.

"이제야 당신이 얼마나 잔인하고 위선적이었나 하는 것을 알겠소. 왜 나를 경멸했소? 왜 자기 마음을 배반했소, 캐시? 나에겐 당신을 위로할 말이라고는 한 마디도 없소. 이건 당신이 자초한 일이니까. 당신은 자기 마음을 죽인 거요. 그래, 나에게 입 맞추고 울어도 좋소. 그리고 내게서 입맞춤과 눈물을 짜내도 좋소. 그러면 당신은 더욱 이지러질 것이고 스스로를 망치게 될 테니까.

당신은 나를 사랑했소. 그러면서도 무슨 권리로 나를 버렸던 거요? 무슨 권리로, 대답해 보오. 린튼에 대한 어리석은 환상 때문이었소? 불행도, 타락도, 죽음도, 그리고 하느님이나 악마가 할 수 있는 어떤 것도 우리를 떼어놓을 수는 없었기 때문에, 당신 스스로가 나를 버린 거요. 당신의 마음을 찢어 놓은 것은 내가 아니라 당신 자신이오. 그리고 그렇게 해서 당신은 내 가슴도 찢어 놓은 거요. 건강한 만큼 나는 불리한 거요. 내가 살고 싶어 하는 줄 아오? 당신이 죽는다면 내 삶이 어떻게 될지 아오? 아, 당신 같으면 자신의 영혼을 무덤 속에 묻고도 살고 싶겠소?"

"나를 가만히 둬요, 가만히 좀!" 캐서린 아씨는 흐느끼면서 말했습니다. "내가 잘못했다면 나는 그 때문에 죽는 거예요. 그것으로 충분하지요! 당신도 나를 버리고 가지 않았어요? 그러나 나는 당신을 책망하지는 않겠어요! 나는 당신을 용서해요. 당신도 나를 용서해 줘요!"

"용서하는 것도, 그 두 눈을 보는 것도, 그리고 그 여윈손을 만지는 것도 괴로운 일이오." 그는 대답했습니다. "다시 내게 입을 맞춰 줘요. 그러나 그 눈은 보게 하지 말아 주오! 당신이 내게 한 짓은 용서하겠소. 나를 죽인 당신을 사랑하오. 하지만 당신을 죽인 나 자신은…… 아아!"

그들은 입을 다물었습니다. 서로 얼굴을 맞대고 서로의 눈물로 얼굴을 적시면서, 둘다 울고 있는 것 같았습니다. 히스클리프 씨조차도 그렇게 벅찰 때는 울 수 있는 모양이었습니다.

그러는 동안 나는 매우 걱정이 되었습니다. 왜냐하면 오후의 시간은 빨리 지나가서 제가 심부름을 보낸 사람도 돌아왔고, 골짜기 위로 기울어진 서녘 햇빛으로 기머튼 예배당 현관 밖으로 사람들이 밀려나오는 것이 보였기 때문입니다.

"예배가 끝났어요." 저는 알렸습니다. "반 시간만 있으면 서방님이 돌아오실 거예요."

히스클리프 씨는 신음하듯 저주하면서 캐서린 아씨를 더욱 힘주어 껴안았고, 아씨는 꼼짝도 하지 않았습니다.

조금 뒤에 하인들 한패가 앞마당으로 해서 부엌채 쪽으로 지나가는 것이 보였습니다. 곧 린튼 서방님도 그 뒤를 따라왔습니다. 그분은 대문을 손수 열고 여름처럼 부드러운 바람이 부는 아름다운 오후를 즐기는 듯이 천천히 걸어오고 있었습니다.

"서방님이 돌아오셨어요." 나는 소리쳤습니다. "제발 빨리 내려가 주세요! 앞층계로 내려가시면 아무도 만나지 않을 거예요. 빨리 내려가세요. 그리고 서방님이 방으로 들어오실 때까지 숲에 숨어 계세요."

"캐시, 나는 가야 하오." 히스클리프는 자기를 껴안고 있는 상대의 팔을 풀려고 하면서 말했습니다. "그러나 내가 살아 있는 한, 당신이 눈을 감기 전에 다시 만나겠소. 당신의 창문에서 5야드도 떨어져 있지 않을 거요."

"가서는 안 돼요!" 아씨는 있는 힘을 다 짜내 그를 꼭 붙들면서 대답하는 것이었습니다. "난 안 보낼 테니까."

"한 시간 동안만." 그는 진심으로 애원했습니다.

"1분이라도 안 돼요." 아씨는 대답했습니다.

"정말 가야 하오. 린튼이 곧 올라올 거요." 불안해진 침입자는 우겼습니다.

하지만 그가 일어서서 아씨의 손을 풀려고 하면, 아씨는 헐떡이면서 매달리는 것이었습니다. 아씨의 얼굴에는 미친 듯한 기색이 나타나 있었습니다.

"안 돼요!" 아씨는 소리를 질렀습니다. "아, 가지 말아요. 이것이 마지막이에요. 에드거도 우리를 어쩌지는 못할 거예요. 히스클리프, 나는 죽어요! 나는 죽는단 말이에요!"

"빌어먹을 녀석 같으니, 저기 오는군." 히스클리프 씨는 이렇게 외치고는 의자에 털썩 주저앉았습니다. "가만히 있어, 가만히, 캐서린! 나는 가지 않겠어. 이대로 그 녀석이 총을 쏜대도 나는 축복을 하면서 죽겠어."

그리고 그들은 다시 꼭 껴안았습니다. 저는 서방님이 층계를 올라오시는 소리를 듣자 이마에서 식은땀이 흐르고 겁이 났습니다.

"당신은 아씨의 헛소리를 들으려는 거예요?" 저는 격해서 말했습니다. "아씨는 자신이 무슨 말을 하는지 모르세요. 아씨가 정신을 잃고 어쩔 수 없으시다고 해서, 당신이 아씨를 망쳐 놓을 작정이에요? 일어서요! 당장 뿌리칠 수 있잖아요. 이건 당신이 한 짓 가운데서 가장 몹쓸 짓이에요. 우리들은, 서방님이고 아씨고 하인이고 이걸로 다 마지막이에요!" 저는 손을 쥐어짜면서 고함을 질렀습니다. 그 소리를 들은 린튼 서방님은 급히 달려오셨습니다.

이런 흥분 속에서도 저는 캐서린 아씨의 팔이 축 늘어지고 머리가 앞으로 숙여지는 것을 보고 정말로 살았다는 느낌이 들었습니다.

'아씨는 까무러쳤거나 돌아가신 거야,' 저는 생각했습니다. '그렇다면 오히려 잘 된 거지. 주위 사람들 모두에게 짐이 되고 불행을 안겨 주는 존재로 남기보다는 돌아가시는 게 훨씬 나아.'

에드거 서방님은 놀라움과 분노로 하얗게 질려 그 불청객에게 덤벼들었습니다. 그가 어떻게 하려고 했는지는 알 수가 없습니다만, 히스클리프가 죽은 듯이 보이는 캐서린 아씨를 안겨 주는 바람에 에드거 서방님은 당장 아무런 행동도 취할 수 없게 되었습니다. "자!" 그는 말했습니다. "당신이 악마가 아니라면 부인을 먼저 살리고 나서 나를 상대하시오."

그리고 나서 히스클리프 씨는 응접실로 걸어 들어가서 앉는 것이었습니다. 린튼 서방님은 저를 불렀습니다. 우리는 무척 애를 먹으며 여러 가지로 손을 쓰고 나서야 겨우 아씨의 의식을 회복시켰습니다. 그러나 아씨는 갈피를 못 잡은 채 한숨을 쉬고 신음할 뿐 아무도 알아보지 못했습니다. 에드거 서방님은 아씨 때문에 걱정이 돼서 그 원수가 있는 것도 잊어버렸습니다. 그러나 저는 될 수 있는 대로 빨리 그에게로 가서, 캐서린 아씨가 좀 나아졌으니 오늘 밤 경과는 내일 아침에 알려 주겠다고 다짐하고 떠나 달라고 부탁했습니다.

"밖으로 나가지 않겠다고는 안 하겠어." 그는 대답했습니다. "그러나 나는 뜰에 있을 거야. 그러니 넬리, 내일 약속을 잊지 마오. 나는 저기 낙엽송 밑에 있을 테니까, 정말이야! 그러지 않으면 린튼이 있든 없든 난 다시 찾아올 거요."

그는 반쯤 열린 방문으로 침실 안을 재빨리 힐끗 보고 제가 말한 것이 진실임을 확인하고 나서, 이 집으로부터 그 불길한 존재를 감췄습니다.

16

그날 밤 자정 무렵에 태어난 분이 바로 당신이 워더링 하이츠에서 본 그 캐서린입니다. 당시 일곱 달밖에 안 된 아주 조그만 아기였지요. 그리고 두 시간 뒤, 아씨는 히스클리프 씨가 없는 것을 안타깝게 여기거나 에드거 서방님을 알아볼 만한 의식도 회복하지 못한 채, 세상을 떠나고 말았습니다.

아씨를 잃은 에드거 서방님의 낙심하시는 모습은 어떻게나 비통한지 이루 다 말할 수 없었습니다. 그 슬픔이 얼마나 깊었는지는 그 뒤의 결과로도 알 수 있었습니다.

제가 보기에, 그분이 집안을 이을 아들 하나 없이 혼자 되셨다는 것이 그 불행을 더욱 크게 만드는 것 같았습니다. 저는 그 연약하고 어미 없는 아기를 바라보노라니 더욱 슬퍼졌습니다. 그래서 돌아가신 린튼 영감님이, 그야 순전히 어버이의 정 탓이겠지만, 재산을 손녀에게 물려주지 않고 당신의 따님에게 물려주도록 한 것을 마음속으로 원망했습니다.

가엾게도 아기는 환영받지 못했지요! 태어난 후 몇 시간 동안은 울다가

지쳐 죽을 지경이 되어도 누구 하나 거들떠보지 않았습니다. 나중에는 그런 무관심함이 없어졌으나, 그 아인 처음부터 친절하게 돌봐 주는 사람 하나 없었습니다. 나중에 죽을 때도 그렇게 될 가능성이 크지만요.

다음날 아침 바깥은 밝고 화창했습니다. 방안은 고요했지요. 덧창 틈으로 아침 햇살이 부드럽게 새어들어, 침상과 그 위에 누워 있는 시체 위에 아늑히 비치고 있었습니다. 에드거 린튼 서방님은 베개를 베고 눈을 감고 누워 있었습니다. 그분의 젊고 수려한 모습은 옆에 누워 있는 아씨의 모습과 마찬가지로 거의 죽은 사람의 형상이었고, 또 거의 움직이지도 않았습니다. 그러나 서방님의 모습에는 고뇌에 지친 뒤의 고요가 서려 있었고, 아씨의 모습에는 다시없는 아늑함이 깃들여 있었습니다. 아씨의 이마는 매끈하고 눈은 감겨 있었으며, 입술에는 웃는 기색조차 어려 있었습니다. 하늘의 천사도 아씨의 그 모습보다 더 아름답지는 못했을 것입니다. 저도 아씨가 누워 있는 그 끝없는 고요 속에 젖어드는 것 같았습니다. 성스러운 안식에 묻힌 그 편안한 모습을 우두커니 바라보고 있을 때만큼 제가 신성한 기분에 젖어 본 일은 없을 것입니다. 저는 저도 모르게 불과 몇 시간 전에 아씨가 했던 말을 되뇌고 있었습니다. "우리 모두보다도 비할 수 없이 멀고 높은 곳으로 가시겠지. 아직도 지상에 머무르고 있든, 이제는 천국에 가 있든 아씨의 영혼은 하느님과 함께 있는 거야!"

이건 저의 괴벽인지 모르지만 미친 듯이 절망에 빠져 슬퍼하는 사람과 함께 있지만 않으면, 전 시신이 있는 방을 지키고 있는 동안 대개 행복을 느낀답니다. 거기엔 이승의 괴로움도, 저승의 괴로움도 깨뜨릴 수 없는 안식이 있거든요. 그리고 저는 그들에겐 앞으로 끝없이 그늘이라고는 없는 세상이 펼쳐지리라는 확신 같은 것을 느낍니다. 고인들은 영원한 세계로 갔으니까요. 거기서는 생명이 끝없이 지속되고 사랑이 가득하며, 기쁨이 넘쳐흐를 거예요. 전 그때 린튼 서방님이 캐서린 아씨의 그런 복된 해방을 몹시 서러워하는 것을 보고, 그분이 지닌 애정에조차 얼마나 많은 이기심이 있는가, 하고 생각했습니다! 하긴 누구나 아씨가 그처럼 바쁘고 참을성 없는 일생을 마친 뒤에도 평화로운 천국에 들어갈 자격이 있는지 의심할 거예요. 냉정하게 돌이켜볼 때는 그런 의심도 나겠지요. 그러나 그때 아씨의 시신에는 스스로의 안식이 뚜렷하게 드러나 있었고, 그것은 아씨의 영혼도 그와 같은 고요함을 얻을 수 있다고 보증하는 듯했습니다.

주인님은 어떻게 생각하세요? 그런 사람들도 저 세상에 가면 행복할까요? 전 그게 몹시 알고 싶어요.

딘 부인의 이 물음에는 무엇인가 이단적인 느낌이 들어 나는 대답하려고 하지 않았다. 딘 부인도 그냥 이야기를 계속했다.

캐서린 린튼 아씨의 일생을 돌이켜보면, 나는 그분이 저 세상에서도 행복하지 못할 것 같아 두렵군요. 그러나 그분은 이젠 하느님께 맡겨 두기로 하지요.

서방님이 잠들어 있는 것 같아서, 저는 해가 떠오르자 곧 맑고 신선한 공기가 퍼진 바깥으로 나왔습니다. 하인들은 내가 긴 시간 자지 않고 있었으므로 졸려서 바람을 쏘이러 나왔거니 하고 생각했겠지만, 사실은 히스클리프 씨를 만나려고 했던 것입니다. 만일 그가 밤새껏 낙엽송 사이에 있었다면 어쩌면 기머튼으로 가는 심부름꾼의 말발굽 소리는 들었을지 몰라도, 저택 안에서 일어난 소동은 전혀 눈치채지 못했을 것이었습니다. 혹 그가 좀더 가까이 와 있었다면 아마 불빛이 이리저리 움직이고 바깥문이 열렸다, 닫혔다 하는 것을 보고 집안이 심상치 않다는 것을 알아차릴 수 있었을 테지만요.

저는 히스클리프 씨를 찾으면서도 한편으로는 만나는 것이 두려웠습니다. 무서운 소식을 전해 주지 않으면 안 된다, 어서 그 이야기를 해 버려야지, 하고 생각은 하면서도 막상 어떻게 말을 꺼내야 할지를 몰랐던 것입니다.

그는 거기에 있었습니다. 적어도 몇 야드쯤 숲 속으로 깊이 들어간 곳이었지요. 그는 그곳에서 모자를 벗은 채 고목이 된 물푸레나무에 기대고 서 있었습니다. 그의 머리는 싹이 튼 가지에 맺혔다가 떨어진 이슬로 흠뻑 젖어 있었습니다. 그는 그 자리에 그대로 오랫동안 서 있었던 모양이었습니다. 메추리 한 쌍이 그에게서 3피트도 채 떨어져 있지 않은 곳에서 왔다 갔다 하며 바삐 둥지를 치고 있으면서도, 그곳에 있는 그를 나무토막인 양 여기고 있었으니 말입니다. 제가 가까이 가자 새들은 날아가 버리더군요. 그는 눈을 쳐들어 이렇게 말하는 것이었습니다.

"그녀가 죽었군! 난 그 이야기를 들으려고 기다린 건 아니오. 손수건일랑 걷어치워. 내 앞에서 찔끔거리진 말란 말이야. 모두 죽일 것들이야! 그녀가 너희들 눈물을 바라는 줄 알아?"

하지만 저는 아씨뿐만 아니라 그를 위해서도 울었습니다. 우리는 더러 자기 자신이나 남을 동정할 줄 모르는 사람들을 불쌍하게 여길 때가 있습니다. 처음 그의 얼굴을 들여다보았을 때, 저는 그가 캐서린 아씨의 죽음을 알고 있다는 것을 짐작했습니다. 그리고 그를 보고 저는 어리석게도 그가 마음을 가라앉히고 기도를 드리는가 보다고 생각했습니다. 그가 입술을 달싹거리면서 땅을 굽어보고 있었기 때문입니다.

"네, 돌아가셨어요!" 저는 흐느낌을 억누르고 볼을 훔치면서 대답했습니다. "천국으로 가셨을 거예요. 우리도 조심하여 악을 버리고 선을 쫓는다면 누구나 아씨와 함께 그리로 갈 수 있겠지요!"

"그럼, 그녀는 조심했단 말인가?" 히스클리프 씨는 일부러 비웃는 듯이 물었습니다. "성자처럼 죽었단 말인가? 자아, 죽을 때 어땠는지 그대로 이야기해 줘. 어떻게 해서……."

그는 아씨의 이름을 말하려고 애를 썼지만, 결국 입 밖에는 내지 못하고 말았습니다. 그는 입을 꼭 다물고는 말없이 마음속의 고뇌와 싸우면서도, 저의 동정 따위는 아랑곳하지 않는다는 듯이 사나운 눈초리로 뚫어지게 저를 노려보았지요.

"어떻게 죽었느냔 말이야?" 그는 다그쳐 물었습니다. 결국 그 완강한 성격을 가진 그도 별수없이 나무에 기댈 수밖에 없었습니다. 괴로움과의 싸움 끝에 어쩔 수 없이 손끝까지도 떨리고 있었던 것입니다.

'가엾은 사람 같으니!' 저는 생각했습니다. '역시 다른 사람들처럼 마음과 신경을 가지고 있었군! 그것을 왜 그렇게 숨기지 못해 안달을 한단 말인가? 아무리 버티어 보아도 하느님을 속이지는 못할 텐데! 하느님을 시험하려고 하면, 결국 이렇게 하느님의 힘에 못 이겨 굴욕의 울음을 터뜨리게 되는 것을!'

"아씨는 어린 양처럼 조용히 숨을 거두셨어요!" 저는 큰 소리로 대답했습니다. "마치 잠자던 아이가 눈을 떴다가 다시 잠이 들듯이 한숨을 들이쉬고는 몸을 폈습니다. 손을 대보니 5분쯤 있다가 가슴이 한 번 힘없이 뛰더니 그만 멎어 버리더군요!"

"한 번이라도 내 말을 하던가?" 그는 마치 참고 들을 수가 없는 이야기가

나올까 두렵다는 듯이 머뭇거리면서 물었습니다.

"아씨는 정신이 깨어나시지 않으셨습니다. 당신이 나간 다음에는 아무도 알아보시지 못했어요." 저는 말했습니다. "얼굴에 상냥한 미소를 띠고 누워 계셨어요. 마지막 순간에는 즐거웠던 어린 시절의 일들이 다시 떠올랐던 모양입니다. 아씨의 일생은 조용한 꿈속에서 끝을 맺으신 거지요. 부디 저승에서도 그렇게 살면서 눈을 뜨셨으면."

"괴로움 속에서 눈을 뜨라지!" 그는 발을 구르며 갑자기 걷잡을 수 없는 격정으로 발작을 일으켜 신음하면서 무시무시하게 외쳤습니다. "그래, 끝까지 거짓말쟁이였군! 어디로 갔지? 그곳이 아니야, 천국이 아니지. 없어진 것도 아냐! 그러면 어디로 간 거지? 아! 당신은 내 괴로움 같은 건 알 바가 아니라고 했지! 그래, 난 한 가지만 기도하겠어. 내 혀가 굳어질 때까지 되풀이하겠어! 캐서린 언쇼, 당신이 내가 살아 있는 동안은 편히 쉬지 못하기를 빌겠어! 당신은 내가 당신을 죽였다고 했지. 그러면 귀신이 되어 나를 찾아오란 말이오! 죽임을 당한 사람은 그 살인자에게 귀신이 되어 찾아간다면서? 난 유령이 지상을 떠도는 것을 알고 있어. 그러니 나와 함께 있어 줘. 언제나 어떤 형체로든지, 차라리 나를 미치게 해 줘! 제발 당신을 볼 수 없는 이 지옥 같은 세상에 나를 버리지만 말아 주오. 아! 나는 견딜 수가 없어! 내 생명인 당신 없이는 못 산단 말이야! 내 영혼인 당신 없이는 살 수가 없단 말야!"

그러면서 그는 불거진 나무 등에 마구 머리를 부딪쳤습니다. 그리고는 눈을 쳐들고서 사람이 아니라 칼이나 창에 맞아 죽어가는 야수처럼 고함을 쳤습니다.

나무껍질 몇 군데에 피가 뛴 자국이 보였고 그의 손과 이마에도 피가 묻어 있었습니다. 제가 본 그 광경은 밤중에도 여러 번 되풀이된 것인 듯했습니다. 그것은 제 동정심을 자아내는 것이 아니라 오히려 저를 떨게 만드는 장면이었습니다. 그래도 저는 그를 그대로 둔 채 돌아설 생각은 나지 않았습니다. 그러나 그가 제가 그 광경을 보고 있다는 것을 알아차릴 만큼 정신이 나자마자 가라고 버럭 고함을 치는 바람에 저는 돌아서고 말았습니다. 제 재주로는 그를 도저히 진정시키거나 위로할 수가 없었던 것입니다!

린튼 부인의 장례는 돌아가신 그 주의 금요일에 치르기로 했습니다. 그리고 그때까지 관은 뚜껑을 덮지 않은 채 그 위에 꽃이며 향기로운 나뭇잎을 뿌려 널찍한 응접실에 놓아두었습니다. 린튼 서방님은 낮이나 밤이나 그 방에서 지내면서 잠도 자지 않고 그 옆을 지켰습니다. 그리고 저밖에는 아무도 모르는 일이었지만, 히스클리프 또한 적어도 밤에만은 바깥에서 린튼 서방님과 마찬가지로 밤을 새우는 것이었습니다.

저는 그와 연락은 하지 않았지만, 그가 할 수만 있다면 들어올 생각을 하고 있다는 것을 알고 있었습니다. 화요일에 날이 저문지 얼마 되지 않았을 때, 서방님이 순전히 피로 때문에 어쩔 수 없이 두 시간쯤 그 방을 비우게 되었습니다. 그래서 저는 가서 창문을 하나 열었지요. 그의 참을성에 마음이 움직여, 변해 버린 모습의 그의 우상에게 마지막 인사를 할 수 있는 기회를 주고 싶었던 것입니다. 그는 조심스럽고도 신속하게 그 기회를 놓치지 않고 이용했습니다. 어떻게나 조심스럽게 움직였던지 조금도 소리가 나지 않아저조차 그가 온 줄 모를 정도였습니다. 사실 시신의 얼굴을 가린 천이 헝클어지고 은실로 맨 엷은 빛깔의 머리카락이 방바닥에 떨어져 있는 것을 보지 않았더라면 저도 그가 왔다 간 것을 몰랐을 것입니다. 나중에 보니까 그 머리카락은 캐서린 아씨의 목에 걸었던 로켓(사진 등을 넣어 목걸이에 다는 여성의 장신구)에서 빼낸 것이 틀림없었습니다. 히스클리프는 로켓의 뚜껑을 열어 안에 든 것을 비우고는 자기의 검은 머리카락을 대신 넣어 두었던 것입니다. 저는 두 사람의 머리카락을 감아 함께 넣어 주었습니다.

언쇼 씨는 물론 누이의 유해가 묘지로 가는 날 참석해 달라는 부탁을 받았는데, 거절하겠다는 말도 없이 끝내 오지 않았습니다. 그리하여 문상객이라고는 서방님 이외에 소작인과 하인들밖에 없었지요. 이사벨라 아씨는 부르지도 않았던 것입니다.

마을 사람도 놀랐지만, 캐서린 아씨의 무덤은 예배당 안의 린튼 집안의 묘석 아래도 아니고, 그렇다고 그 바깥에 있는 아씨 친척들의 무덤 옆도 아니었습니다. 아씨는 교회 공동 묘지의 한구석에 있는 푸른 언덕배기에 묻혔습니다. 그곳은 그 근처 담이 아주 낮아서 히스며 월귤나무가 벌판 쪽으로부터 기어 올라와 덮여 있고, 토탄질의 흙에 거의 묻히다시피 되어 있는 곳입니다. 아씨의 서방님도 지금은 같은 자리에 묻혀 있지요. 두 분의 무덤에는 각각 간단한 비석이 서 있고, 밑에는 무덤이 있다는 표시로 수수한 잿빛 받침돌이 놓여 있을 뿐입니다.

<h1 style="text-align:center">17</h1>

캐서린 아씨의 장례를 치른 그 금요일을 마지막으로 한 달 동안이나 계속되던 좋은 날씨도 끝이 났습니다. 날이 저물자 날씨가 궂기 시작하더군요. 바람이 남쪽에서 북동쪽으로 바뀌었고, 처음에는 비가 오더니 나중에는 진눈깨비가 되어 다시 눈으로 변했습니다.

그 이튿날 아침에는 여름이 된 지 3주일밖에 안 되었다고는 믿어지지 않을 정도였어요. 앵초와 크로커스는 겨울처럼 눈더미 속에 덮이고 말았고, 종다리 소리도 들리지 않았습니다. 일찍 피는 나무의 새싹들은 이지러져 까맣게 변해 버렸지요.

쓸쓸하고 춥고 우울한 그날이 어느 새 저물었습니다. 서방님은 방에서 나오시지 않았습니다. 저는 텅 빈 응접실을 아기 방으로 만들어 거기에 있었습니다. 울고 있는 인형 같은 아기를 무릎에 올려놓고 거기에 앉아서 아기를 흔들어 주면서, 커튼도 없는 유리창에 소리 없이 눈송이가 날려와 쌓이는 것을 바라보고 있었습니다. 그때 문이 열리더니 웬 사람이 헐레벌떡거리며 들어와서는 깔깔 웃는 것이었습니다!

저는 잠시 동안 놀라기도 했지만 그보다도 화가 났지요. 하녀의 한 사람이겠거니 생각하고 저는 외쳤어요.

"무슨 짓이야! 어쩌자고 여기 와서 그렇게 까부는 거야? 서방님께서 들으시면 뭐라고 하시겠어?"

"미안해!" 대꾸하는 소리를 들으니 귀에 익은 목소리였어요. "하지만 에드거 오빠는 주무시지 않아? 그리고 난 지금 웃음이 나오는 걸 참을 수 없어."

목소리의 주인은 숨을 헐떡거리며 옆구리에 손을 짚고 난로 쪽으로 다가왔습니다.

"워더링 하이츠에서 내내 뛰어왔다구!" 잠시 끊어졌던 말은 다시 계속됐습니다. "넘어졌을 때를 빼면 말이야, 몇 번이나 넘어졌는지 셀 수도 없어. 아이구, 온몸이 쑤시는군! 놀라지 말아요. 숨을 돌리는 대로 이야기해 줄테니까. 그런데 미안하지만 지금 나가서 기머튼까지 날 데려다 주도록 마차를 불러 줘야겠어. 그리고 하녀에게 내 옷을 몇 벌 챙겨 오도록 말해 주고."

이렇게 갑자기 뛰어들어온 사람은 바로 히스클리프 부인이었어요. 아씨는 확실히 웃고 있을 형편은 아닌 것 같았지요. 머리는 어깨까지 축 늘어진 채 눈에 젖어 물방울이 뚝뚝 떨어졌고, 옷은 처녀 때와 같은 차림이었는데 나이에는 어울렸지만 부인답지는 않았습니다. 소매가 짧은 옷을 입고 있었는데 모자도 쓰지 않았으며 목도리도 하지 않았던 것입니다. 그 옷은 얇은 비단이라 젖어서 몸에 착 붙어 있었지요. 그리고 얇은 슬리퍼를 신고 있었습니다. 게다가 한쪽 귀 밑에는 깊은 상처가 있었는데 추위에 얼어서 피가 많이 흐르지 않았을 뿐이었고, 헬쑥한 얼굴은 할퀴고 멍이 들었으며, 몸은 지쳐서 가누지도 못할 지경이었습니다. 그러니 제가 아씨를 천천히 살펴본 뒤에도 처음에 놀란 제 마음이 별로 가시지 않았다는 걸 상상하실 수 있을 거예요.

"아이구, 아씨!" 저는 소리쳤어요. "입은 것일랑 다 벗어 버리시고 마른 것으로 갈아입으실 때까지, 전 여기서 한 발짝도 움직이지 않고 아무 말도 듣지 않겠어요. 그리고 정말 오늘 밤엔 기머튼에 못 가십니다. 그러니까 마차를 부를 필요도 없어요."

"난 꼭 가야겠어." 아씨는 말했습니다. "걸어가든 타고 가든 말이야. 흥하지 않게 옷은 갈아입지. 세상에, 이 목에 흐르는 피 좀 봐! 불을 쬐니까 따끔따끔 쑤시는군."

아씨는 제가 자신의 부탁을 들어 주기 전에는 자기 몸에 손을 못 댄다고 우겼습니다. 그리고 결국 제가 마부에게 떠날 채비를 하도록 이르고 하녀에게 필요한 옷가지를 꾸리도록 한 다음에야, 저에게 상처에 붕대도 감고 옷을 갈아입는 걸 거들도록 했습니다.

"자, 엘렌," 제가 일을 끝마치자 아씨는 난로 앞에 있는 안락의자에 앉아서 찻잔을 앞에 놓고 말하는 것이었습니다. "내 앞에 앉아. 그 불쌍한 언니의 아기는 저리 뉘어 놓고. 난 보기 싫단 말이야! 내가 들어올 때 그런 바보 같은 짓을 했다고 해서 캐서린 언니를 생각하지 않는 건 아니야. 나도 몹시 울었어. 정말 누구나 울 만한 이유가 있겠지만 난 누구보다도 더 울었어. 엘렌도 기억하겠지만, 우린 싸운 채 화해도 않고 헤어졌었지.

그래서 난 지금도 내가 나쁘다고 생각하고 있어. 그렇긴 하지만 그놈에겐 동정하고 싶은 마음이 나질 않았어. 그 짐승 같은 놈에게는! 참, 그 쇠꼬챙이 좀 이리 줘! 내가 지니고 있는 그놈의 물건이라고는 이것이 마지막이야." 아씨는 가운뎃손가락에서 금반지를 빼더니 마룻바닥에 내던졌습니다. "내 이걸 깨뜨려 버릴 테야." 아씨는 어린애가 앙심을 풀 듯 그 반지를 두드리며 말을 계속했어요.

"그리고 이걸 태워 버리겠어." 아씨는 마구 두드리던 금반지를 집어선 석탄불 속에 던져 버렸습니다. "좋아. 그놈이 날 다시 끌고 가려면 또 하나 사 와야 할 거야. 나를 찾고 오빠를 못살게 굴기 위해서 다시 올 테니까. 그 악독한 머릿속에 그따위 생각을 품지 못하게 나는 여기에 있어선 안돼! 게다가 에드거 오빠는 내가 그놈과 결혼한 이후 나와 의절했으니까, 난 오빠한테 도와 달라고는 하지 않을 거고 오빠를 이 이상 괴롭히지도 않을 거야. 다급해서 어쩔 수 없이 이리로 피해 왔어. 그렇지만 오빠가 주무신다는 걸 몰랐더라면 부엌에서 잠깐 쉬었다가 세수나 하고 몸이나 좀 녹인 다음, 필요한 것은 엘렌더러 가져오게 해서 그 지긋지긋한 놈의 손에 닿지 않는 곳으로 떠났을 거야. 그 사람의 탈을 쓴 악마가 찾아올 수 없는 곳으로 말이야! 아아, 그놈이 어떻게 화를 내는지! 내가 그놈한테 잡혔다면 어떻게 되었을지 몰라! 힌들리가 그놈을 당할 수 없는 게 유감이야. 힌들리가 그자를 이길 수만 있었다면, 그자가 거꾸러지는 걸 볼 때까지는 도망쳐 나오지 않았을 텐데!"

"원, 그렇게 급하게 이야길 하시면 어떻게 해요, 아씨!" 저는 말을 가로막았습니다. "얼굴에 매어 드린 손수건이 풀려 상처에서 또 피가 나겠어요. 차를 드시고 좀 쉬세요. 그리고 웃질랑 마세요. 이 댁은 아직 웃음이 나올 곳이 아니에요. 그리고 아씨도 웃으실 입장이 아니구요!"

"그건 틀림없는 사실이야." 아씨는 대답했습니다. "저 애 좀 봐! 내내 울고 있잖아. 한 시간 동안만 저 우는 소리 좀 안 들리는 곳으로 데리고 나가 줘. 난 그 이상 여기 있지 않을 테니까."

저는 종을 울려서 하녀를 부르고는 아기를 맡겼습니다. 그러고 나서 저는 물었지요. 무엇 때문에 이렇게 심상치 않은 모습으로 워더링 하이츠에서 도 망쳐 나오지 않으면 안 되었으며, 우리와 함께 있고 싶지 않다니, 도대체 어 디로 갈 작정이냐구요.

"난 여기 있어야 하고 또 있고 싶기도 해." 아씨는 대답했습니다. "오빠를 위로하고 아기를 돌봐야 한다는 두 가지 일을 위해서도 그렇고, 또 이 집이 진짜 내 집이니까. 그렇지만 틀림없이 그가 나를 그냥 놔두지 않을 거야! 내가 차츰 살이 오르고 즐겁게 지내는 걸 보고 그가 가만히 있을 것 같아? 그리고 우리들이 오붓하니 지낸다고 생각하면 우리의 편안한 생활을 해치지 않을 것 같아?

그놈은 내 소리가 들리거나 내 모습이 보이기만 해도 아주 성가시게 여겨. 그 정도로 나를 싫어한다는 게 틀림없다고 생각하니 이젠 안심이 돼. 내가 그의 앞에 나타나기만 하면 저도 모르게 안면 근육이 일그러지며 아주 마땅 치 않은 표정이 된단 말이야. 그건 한편으로는 내가 자신에게 감정을 품지 않을 수 없는 충분한 이유가 있다는 것을 알고 있기 때문이고, 또 한편으로 는 본디부터 나를 싫어하기 때문이지. 내가 어떻게 해서든지 감쪽같이 자취 를 감춘다면, 굳이 날 찾지는 않을 거라고 확신할 만큼 날 싫어하는 거지. 그러니까 나는 아주 자취를 감춰야겠어.

그의 손에 죽어도 좋다는 처음 생각이 이젠 없어졌어. 오히려 이젠 그가 자살이라도 했으면 좋겠어. 그는 내 애정을 용케도 없애버린 거야. 그러니 내 마음은 편하게 됐지. 그렇지만 내가 그를 얼마나 사랑했던가를 기억할 수 있고, 또 아직도 그를 사랑할 수 있으리라는 것을 어렴풋이나마 상상할 수는 있어. 만일…… 아니, 아냐! 비록 그가 나를 사랑했다 하더라도 그 악마 같 은 성질은 어떻게든 그 모습을 드러냈을 거야. 캐서린 언니는 그만큼 그를 잘 알면서도 그렇게 극진히 좋아했으니, 지독히도 별난 취미였지. 정말 그는 사람이 아니야! 그런 인간은 이 세상에서, 그리고 내 기억에서 사라져 버렸 으면 좋겠어!"

"쉿, 진정하세요! 그도 사람인 걸요." 저는 말했어요. "좀더 너그럽게 생 각하세요. 이 세상엔 그보다 더 나쁜 인간들이 있으니까요!"

"그는 사람이 아냐," 아씨는 대답하였습니다. "그놈은 나에게 너그러운 마음을 요구할 권리 같은 건 없어. 난 내 마음을 바쳤는데 그자는 그걸 받아 비틀어 죽이고는 도로 내던지는 거야. 사람이란 마음이 있으니까 느끼는 거지, 엘렌. 그런데 그놈이 내 마음을 깨뜨려 버렸으니, 나에겐 그를 동정할 힘도 없어. 그리고 비록 그가 지금부터 그가 죽는 날까지 신음하고 캐서린 언니를 위해서 피눈물을 흘린대도 난 동정하지 않겠어! 정말, 절대로!"

그리고 이사벨라 아씨는 울기 시작했습니다. 그러나 곧 속눈썹에 괸 눈물을 훔치더니 다시 이야기를 시작하는 것이었습니다.

"무엇 때문에 도망치지 않으면 안 되었으냐고 물었지? 내가 그놈의 화를 건드려서 그놈이 그냥 심술이라고는 할 수 없을 정도로 날뛰었으므로 그렇게 하지 않을 수 없었어. 붉게 달군 족집게로 신경을 집어내는 일은 주먹으로 머리를 두드리는 것보다 더 냉정함이 필요한 거야. 그놈은 점점 화가 치밀어오르자 자기가 뽐내는 악마 같은 조심성도 잊어버리고 살인이라도 할 듯이 폭력을 휘둘러 댔지. 난 그를 격노하게 할 수 있었다는 데에 쾌감을 느꼈어. 그러자 자신을 지켜야겠다는 나의 본능이 되살아난 거야. 그래서 아주 뛰쳐나왔지. 만일 내가 그의 손아귀에 들어간다면 그놈은 어떤 복수라도 하려 들 거야.

어제는 말이야 언쇼 씨도 사실은 장례식에 나올 참이었어. 그러기 위해서 평소보다 술을 삼갔던 거야. 너무 취하지 않으려고 생각했지. 6시쯤 미친 사람처럼 잠자리에 들었다가 12시쯤 술이 깨지 않은 채 일어나는 일은 하지 않으려고 말이야. 그래서 일어났을 때는 자살이라도 할 듯이 우울해서 교회에도 나가지 못할 형편이었어. 그러니 장례식에도 가지 못하고 난롯가에 주저앉아서는 진인지 브랜디인지를 큰 잔으로 들이켜고 있었지.

히스클리프는—난 그의 이름을 부르기만 해도 몸서리가 쳐질 지경이야—지난 일요일부터 오늘까지 집에서도 잘 보이지 않았어. 천사가 먹여 주었는지 아니면 땅 속에 있는 친척한테서 얻어먹었는지 모르지만, 어쨌든 거의 한 주일 동안을 식구들과 함께 식사한 일이 없어. 그는 동이 틀 무렵에야 겨우 돌아와서는 위층 자기 방으로 올라가 문을 잠가 버리는 거야. 마치 누가 귀찮게 자기를 따라다니기라도 하는 듯이 말이야. 거기서 그는 감리교인처럼 계속 기도를 드렸지. 그가 애원하는 신이란 오직 아무런 감각도 없이 흙이 되어 버린 캐서린 언니였어. 그리고 어쩌다가 하느님에게 기도를 드려도 이상스럽게 그가 부르는 하느님은 악마와 혼동이 되는 거야! 그런 귀중한 기도를 끝마친 다음에는—기도는 대개 목이 차츰 쉬어, 소리가 목구멍에 걸려 안 나올 때까지 계속되곤 했지만—그는 또 나가는 거야. 언제나 이 집으로 곧장 내려왔던 거지! 오빠는 왜 순경을 불러 그를 가두지 않았는지 모르겠어! 난 캐서린 언니가 죽어서 슬프기는 했지만, 그 지긋지긋한 압박에서 풀려난 요 며칠 동안은 정말 휴가라도 얻은 것 같았어.

난 조지프의 기나긴 잔소릴 눈물 흘리지 않고도 들어 넘길 수 있을 만큼 기운이 회복됐고, 그전과는 달리 놀란 도둑처럼 걷지 않고도 집안을 돌아다닐 수 있게 됐어. 엘렌도 내가 조지프의 잔소리 정도에 울리라고는 생각하지 않을 거야. 그런 조지프나 헤어튼과 한자리에 있는 것은 질색이야. 그 '작은 주인'이나 그의 충실한 지지자인 저 밉살스러운 늙은이보다는, 차라리 힌들리와 함께 앉아 그의 듣기 싫은 이야기를 듣는 게 낫지!

히스클리프가 집에 있을 때는 별수없이 부엌으로 기어들어가서 부엌 사람들 틈에 끼거나 축축한 빈 방에서 굶은 일이 한두 번이 아냐. 그가 없을 때는, 바로 이번 주일이 그랬지만, 난 거실 난롯가 한구석에다 테이블과 의자를 갖다 놓고 언쇼 씨야 무엇을 하든 신경쓰지 않고 앉아 있었지. 언쇼 씨 또한 내가 하는 일에 참견하지는 않았거든. 아무도 집적거리지만 않으면. 언쇼 씨는 요즈음 그전보다 훨씬 조용해. 더욱 시무룩하고 침울하지만 화는 덜 내지. 조지프의 말을 들으면 그는 틀림없이 사람이 달라졌다는 거야. 그의 마음에 하느님의 신령이 내려서 그가 '불로 구원받듯^(고린도 전서)_{제3장 15절}' 구원을 받았다는 거지. 그가 그렇게 좋은 사람이 되었다는 표적이 더러 눈에 띄어 나도 놀라고 있지만 내가 알 바는 아냐.

어젯밤, 나는 한구석에 앉아서 12시가 다 될 무렵까지 옛날 책을 읽고 있었어. 밖에는 눈이 휘몰아치고 있었고, 생각은 끊임없이 교회 마당의 새 무덤으로 쏠리는 바람에 위층에 올라가면 몹시 쓸쓸할 것 같았어! 앞에 펴놓은 책에서 눈을 떼기만 하면 그 순간 그 서글픈 묘지의 광경이 눈에 선하게 떠올라서 눈을 뗄 수 없었지.

힌들리는 맞은편에 앉아 있었어. 손으로 이마를 받치고 있었는데 아마 똑같은 생각에 잠겨 있었을 거야. 그는 몹시 취하기 전에 술잔을 놓더니 두세 시간 동안 움직이지 않고 입을 열지도 않더군. 이따금 창문을 덜컥거리는 우짖는 듯한 바람 소리, 난로에서 희미하게 석탄이 튀는 소리, 그리고 내가 가끔 길어진 촛불의 심지를 자를 때 나는 가위 소리가 들릴 뿐 집안은 괴괴했어. 헤어튼과 조지프는 아마 정신없이 자고 있었을 거야. 나는 너무나 슬펐어. 책을 읽는 동안에도 한숨이 나왔어. 모든 기쁨이 이 세상에서 사라져 버리고 다시는 돌아오지 않을 것만 같았으니 말이야.

드디어 그 구슬픈 정적은 부엌 쪽에서 난 빗장 소리로 깨졌어. 히스클리프가 여느 때보다도 일찍 밤샘에서 돌아온 거지. 아마 갑자기 폭풍이 일어났기 때문이었을 거야.

문은 잠겨져 있었거든. 다른 문으로 들어오려고 돌아가는 소리가 나더군. 나는 참고 있던 감정을 억누를 수가 없어 고함을 지르며 일어났지. 그러자 문 쪽을 응시하고 있던 힌들리가 나를 돌아보았어.

'5분쯤 들여놓지 않겠어.' 힌들리는 소리를 쳤어. '괜찮겠어요?'

'그럼요, 나는 밤새도록 못 들어오게 해도 좋아요.' 나는 대답했어. '어서 걸쇠를 잠그고 빗장을 걸어요.'

히스클리프가 앞으로 돌아오기 전에 언쇼는 현관문을 걸어 버렸지. 그러고 나서 내 테이블로 의자를 갖다 놓고 기대면서, 타는 듯한 증오의 눈빛을 뿜으며 내 눈에서도 같은 감정을 찾는 거야. 그는 살인이라도 할 것처럼 보였고 또 그러고 싶기도 한 것 같아서, 나는 공감한다는 기색까지는 보이지 않았어. 하지만 내 눈빛이 이 말을 할 정도의 격려는 되었던 모양이야.

'당신이나 나나,' 그는 말했어. '밖에 있는 녀석에게 갚아 줘야 할 큰 빚이 있소! 우리 두 사람 다 겁쟁이가 아닌 바에야 힘을 합해 그 빚을 갚을 수도 있을 거요. 당신도 오빠처럼 마음이 약하오? 복수할 생각도 못하고 끝까지 참을 작정이오?'

'나도 이젠 참는 게 지겨워요.' 나는 대답했지.

'자신에게 되돌아오지만 않는다면 나도 얼마든지 보복하겠어요. 하지만 배반이나 폭력은 양쪽 끝이 다 뾰족한 창과 같은 것이어서, 그것을 쓰는 사람이 자신의 적보다 더 크게 다치는 법이지요.'

'배반과 폭력은 배반과 폭력으로 갚는 것이 당연한 일이오!' 하고 힌들리는 외쳤어. '히스클리프 부인, 나는 당신에게 무언가를 하라는 게 아니오.

그저 가만히 아무 소리 말고 앉아 있어 달라는 겁니다. 어서 말해 보시오, 그럴 수 있는지? 난 나 못지않게 당신도 저 악마의 목숨이 끝장나는 것을 보면 기쁘리라고 생각하오. 당신이 미리 손을 쓰지 않으면 당신이 죽게 될 거고 나도 파멸할 거요. 지긋지긋한 저 악마 같은 놈! 벌써 이 집 주인이나 된 듯 문을 두드리는군! 지금 1시 3분 전이오. 아무 소리 않겠다고 약속하시오. 그럼, 저 시계가 치기 전에 당신은 자유로운 몸이 될 테니!'

그는 내가 넬리에게 보낸 편지에서 이야기한 그 칼이 달린 피스톨을 가슴에서 꺼내더니 촛불을 끄려고 했어. 그래서 나는 그걸 낚아채고는 그의 팔을 붙들었지.

'나는 잠자코 있을 순 없어요!' 나는 말했어.

'저자에게 손을 대면 안 돼요. 문이나 잠근 채 가만히 있어요!'

'안 되오! 난 이미 결심했소. 기어코 해치우고 말겠소!' 자포자기한 그는 그렇게 외치는 것이었어. '당신이야 뭐라고 하든 난 당신에게 좋은 일을 하는 거요. 그리고 헤어튼을 위해서도 마땅히 해야 할 일이고! 나를 감싸기 위해서 골치 아파할 필요는 없소. 캐서린도 이미 가 버렸고, 내가 당장 내 목을 찔러 죽는대도 슬퍼하거나 부끄러워할 사람도 없을 테니……. 끝장을 낼 때가 온 거요!'

그를 말린다는 건 곰과 맞붙는다는 거나 마찬가지이고, 또 타일러 보았자 미친 사람을 상대하는 거나 다름없었어. 결국 할 수 있는 일이라고는 창가로 뛰어가서 그가 노리고 있는 히스클리프에게 들어오면 위험하다고 일러 주는 것뿐이었지.

'오늘 밤은 어디 다른 데서 자는 것이 좋겠어요.' 나는 좀 의기양양하게 소리를 쳤지. '당신이 정 들어오겠다면 언쇼 씨가 쏜다는 거예요.'

'문을 여는 게 좋을 걸, 이…….' 그는 옮기기도 싫은 호칭으로 나를 불러 가며 대답했지.

'난 참견하지 않겠어요.' 나는 그렇게 대꾸해 주었어. '총에 맞고 싶으면 어서 맘대로 들어와 봐요. 난 내가 할 일은 다 했으니까.'

이렇게 말하고 나서 난 창문을 닫고 난롯가에 있는 내 자리로 돌아왔어. 그가 위험하다 해서 조금이라도 걱정스러운 척하는 위선을 떨기도 싫었으니까 말이야.

언쇼는 내게 마구 소리를 지르면서 아직도 내가 그 악한을 사랑해서 야비한 짓을 했다고 온갖 욕설을 퍼부었어. 그런데 나는 마음속으로 (그렇다고 조금도 양심의 가책을 받지는 않았어), 히스클리프가 언쇼를 끝장낸다면 언쇼 자신을 위해서 얼마나 다행한 일이며, 또 언쇼가 히스클리프를 갈 곳으로 가게 한다면 나를 위해서 얼마나 고마운 일일까, 하고 생각했어. 이런 생각을 하면서 앉아 있는데 내 뒤의 창문이 히스클리프의 주먹질에 마룻바닥으로 떨어지더니 그 징그러운 검은 얼굴이 나타났어. 하지만 문설주 사이가 너무 좁아서 그의 어깨가 들어오질 못했어. 난 못 들어오겠거니 안심하고 미소를 띠었지. 머리와 옷에는 흰 눈이 쌓였고, 추위와 노여움으로 드러낸 식인종 같은 이가 어둠 속에서 번뜩였어.

'이사벨라, 날 들여보내 줘. 그렇지 않으면 후회할 테니!' 그는 조지프의 말마따나 을러대는 것이었어.

'난 살인은 할 수 없어요.' 나는 대답했어. '힌들리 씨가 칼이 달린 피스톨에 실탄을 끼워 가지고 서 있어요.'

'그럼 부엌문으로 들어가게 해 줘!'

'힌들리가 먼저 가 있을걸요.' 나는 대답했지. '당신의 애정은 눈이 한바탕 내리면 참지 못하는 보잘것 없는 것이군요! 그래요, 여름 달이 비치는 동안에는 편안히 잠자리에 누워 있었어도, 겨울바람이 돌아오면 당장 피해 달아나야겠죠. 히스클리프, 내가 당신이라면 그녀의 무덤 위에 누워서 충성스러운 개처럼 죽을 거예요. 지금 세상은 확실히 살 만한 곳이 못되잖아요? 분명 캐서린 언니는 당신 삶의 모든 즐거움이었는데, 어떻게 당신이 그녀 없이 살 생각을 할 수 있는지 모르겠네요.'

'그 녀석이 거기 있소?' 힌들리는 소리치면서 문짝이 떨어져 나간 곳으로 달려왔어. '팔을 내뻗칠 수만 있다면 쏘아 버리겠소!'

엘렌은 나를 정말 고약하다고 생각할 거야. 하지만 엘렌은 사정을 다 알고 있지는 못하니 그렇게 판단하지는 마! 나도 그의 목숨까지 빼앗겠다는 일을 돕거나 시킬 수는 없었으니까. 그가 죽었으면 하는 생각은 하지 않을 수 없어. 그래서 창밖에 있던 그놈이 언쇼의 팔을 붙잡아 그 손아귀에서 총을 비틀어 빼앗았을 때 난 몹시 실망했어. 그리고 아까 했던 말들 때문에 일어날 일이 무서워서 용기를 잃고 말았지.

총알이 튀고 총에 달린 칼이 다시 접히는 듯하다가 언쇼의 팔목에 꽂히는 것이었어. 히스클리프가 있는 힘을 다해서 그걸 당겼으므로 살이 쭉 째졌는데, 그놈은 총에 달린 칼에서 피가 뚝뚝 떨어지는 채로 그것을 자기 호주머니에 쑤셔 넣었어.

그리고 나서 그는 돌을 집어 들어 창과 창 사이의 칸막이를 두드려 부수고 안으로 뛰어들어 왔어. 상대는 심한 통증과, 동맥에서 솟는지 굵은 정맥에서 솟는지 모를 많은 출혈로 의식을 잃고 쓰러졌어.

그 악당놈은 쓰러진 그를 발로 차고 밟고, 머리를 잡아 돌바닥에 대고 몇 번이나 짓이기는 거였어. 그러면서도 조지프를 부르지 못하도록 한 손으로는 나를 꼭 붙들고 있었어.

언쇼를 아주 없애버리고 싶은 마음을 참느라고 그는 초인적인 자제력을 발휘한 셈이었지. 하지만 그도 숨이 차오자 결국 아주 단념하고 보기엔 죽은 거나 다름없는 언쇼의 몸뚱이를 의자 위에 끌어다 놓더군.

그리고는 언쇼의 윗옷 소매를 찢어서 난폭하게 상처난 곳을 처매면서도 아까 발로 찰 때와 같은 기세로 침을 뱉고 욕지거리를 퍼붓고 있었어.

나는 몸이 자유롭게 되자 냉큼 그 하인 영감을 찾으러 갔는데, 내가 다급하게 지껄이는 이야기의 뜻을 겨우 알아들은 영감은 계단을 한 번에 두 계단씩이나 뛰어내리며 헐레벌떡 아래로 달려왔어.

'이걸 어떡하면 좋아? 이걸 어쩐단 말인가?'

'너의 주인이 미쳤다는 것뿐이야.' 히스클리프는 고함을 쳤어. '저놈이 한 달만 더 산다면 정신병원에 집어넣어 줄 테야. 넌 도대체 어째서 나를 들어오지 못하게 한 거야, 이 얼빠진 개자식! 거기서 중얼거리면서 서 있지 말고 저 피나 씻어 버려. 그리고 그 촛불을 조심해. 저놈의 피는 반 이상이 브랜디니까!'

'그래서 당신은 주인을 죽이려고 했단 말이지?' 조지프는 무서워서 손을 쳐들고 천장을 쳐다보면서 소리쳤어. '이런 무참한 광경은 처음 보았어! 하느님이시여!'

히스클리프는 그를 떠다밀어 피가 흐르는 한복판에 무릎을 꿇게 하고는, 수건을 던져 주었어. 그러나 영감은 피를 닦으려고는 하지 않고 두 손을 모으고 기도를 드리기 시작했는데, 그 말씨가 하도 이상해서 난 웃음을 터뜨리고 말았어. 난 이제 어느 것을 보아도 놀라지 않는 그런 배짱을 가지게 되었거든. 교수대 아래 태연히 서는 죄수들과 같은 기분이었지.

'그렇지! 네가 있는 걸 잊어버렸군.' 그 폭군은 말했어. '너도 같이 해. 무릎을 꿇고, 그래도 저놈과 짜고 내게 반항하겠지. 이 독사 같은 년! 어서 해, 너 따위에겐 꼭 알맞은 일이야!'

그는 이에서 딱딱 마주치는 소리가 나도록 나를 흔들더니 조지프 앞에 내동댕이쳤어.

영감은 끈질기게 그 기도를 끝마치고 일어서더니, 곧장 우리 집에 다녀오겠다고 말했어. 린튼 어른은 치안판사니까, 아무리 마나님을 잃으셨더라도 이런 사건은 조사해야 한다는 거야.

아무래도 그래야 한다고 고집을 부리니까 히스클리프도 내 입으로 그 사건의 요점을 설명하게 하는 것이 편리하겠다고 생각했던 모양이었어. 그의 질문에 대답하면서 내가 달갑지 않게 설명을 하니까, 그는 증오감이 치밀어 씨근덕거리며 내 옆에 서 있었어. 히스클리프가 먼저 달려든 게 아니었다는 것을 영감이 알아듣도록 설명하자니 무척 힘이 들었어. 더구나 꼬치꼬치 캐묻는 말에 하는 수 없이 하는 대답이었으니까. 그런데 곧 그는 언쇼 씨가 아직 살아 있다는 걸 알았어. 조지프가 그에게 얼른 술을 한 모금 먹이니까 그 덕택에 그는 곧 다시 몸을 움직이고 의식도 회복되었어.

히스클리프는 언쇼가 의식 불명인 상태에서 자기가 당한 일을 모르는 것을 알자, 그가 취해서 제 정신이 아니었다고 말했어. 그리고 그가 저지른 몹쓸 짓에 대해선 신경을 쓰지 않아도 좋으니 가서 잠이나 자라고 했어.

다행히 히스클리프는 이런 말을 하고서 나가버렸어. 그리고 흔들리는 난로의 받침돌 위에 누워 버렸어. 나도 그렇게 쉽게 빠져나오게 된 걸 신기하게 생각하면서 내 방으로 갔지.

오늘 아침 11시 반쯤 위층에서 내려오니까 언쇼 씨가 몹시 편찮은 듯 난롯가에 앉아 있었어. 그리고 그에게 붙어 다니는 마귀 같은 히스클리프도 똑같이 초췌하고 험상궂은 모습으로 난로에 몸을 기대고 있었지. 식탁 위에 있는 음식이 모두 식어빠질 때까지 둘 다 먹으려는 기색조차 보이지 않아 나는 혼자 먹기 시작했어.

식사하는 데 아무것도 마음에 걸릴 게 없어서 나는 마음껏 먹었어. 묵묵히 앉아 있는 두 사람에게 가끔 눈길을 보내면서 난 일종의 만족감과 우월감 같은 걸 맛보았고, 또 아무 거리낌없는 마음의 위안 같은 걸 느꼈지.

식사를 한 뒤 여느 때와는 달리 대담하게 난롯가에 가서 언쇼의 자리를 돌아 그의 옆 모퉁이에 앉았어. 히스클리프는 내 쪽을 거들떠보지도 않았어. 그래서 난 얼굴을 똑바로 쳐들고 마치 그의 모습이 돌이나 된 듯이 침착하게 그 얼굴의 이모저모를 뜯어보았어. 전에는 아주 남자답게 생겼구나 싶던 이마가 그땐 몹시 독살스럽게 보였어. 거기에는 침울한 그림자가 서려 있었고 뱀 같은 두 눈도 잠을 못 자서 거의 빛을 잃고 있었어. 눈썹이 젖어 있었던 걸로 보아 아마 울었던 모양이야. 입술에서도 그 사나운 냉소가 가셨고 말할 수 없이 슬픈 표정으로 굳어져 있었어. 그게 다른 사람이었더라면 그런 비통한 꼴에 난 그만 얼굴을 가리고 말았을 거야. 그런데 바로 그의 꼴이라 난 속이 후련해져서, 쓰러진 적을 모욕하는 것 같아 야비하기는 하지만 그를 한 번 쏘아 줄 수 있는 기회를 놓칠 수가 없었어. 악을 악으로 갚는다는 쾌감을 맛볼 수 있는 건 오직 그가 약해졌을 때뿐이니까."

"아이구, 저런, 아씨!" 나는 말을 가로막았습니다. "다른 사람이 들으면 아씨는 평생 성경을 펴 본 적도 없다고 생각할 거예요. 하느님께서 원수에게 벌을 내리시면 그것으로 충분하지요. 거기에 아씨까지 그를 괴롭힌다는 건 비겁하고 지나친 짓이에요."

"여느 때 같으면 나도 당신 말이 맞다고 수긍할 거야, 엘렌." 아씨는 말을 계속했어요. "하지만 나도 한몫 끼어 혼내 주지 않는 한 히스클리프가 아무리 비참한 일을 당한대도 난 시원치 않아. 만일 내가 그에게 괴로움을 줄 수 있고 또 내가 자신의 괴로움을 초래한 장본인임을 그가 알기만 한다면, 그가 지금보다 덜한 괴로움을 당하더라도 난 상관없어. 난 그에게 갚을 것이 너무나 많단 말이야. 내가 그를 용서할 수 있는 조건은 한 가지 뿐이야. 그건 내가 눈에는 눈으로, 이에는 이라는 식으로 갚아 줄 수 있어야 한다는 거야. 내가 당한 모든 괴로움을, 그 쓰라린 괴로움을 되돌려 주고, 그를 나와 대등한 위치로 끌어내릴 수 있어야 해. 그가 먼저 해를 입혔으니까 그가 먼저 용서를 빌도록 해 주는 거지. 그런다면—그리고 난 다음이라면—엘렌, 나도 너그럽게 대할 수가 있을 거야. 하지만 나의 복수는 이루어지지 않을 것 같아. 그러니까 나는 용서할 수 없는 거야.

힌들리가 물이 마시고 싶다기에 한 잔 따라 주고 어떠냐고 물어보았지.

'난 더 아프고 싶은데 그렇지 않군.' 그는 이렇게 대답했어. '그런데 팔을 빼고는 온몸이 마치 도깨비 떼들과 한바탕 싸우고 난 것처럼 쑤시는걸!'

'네, 그럴 거예요.' 나는 말했지. '캐서린 언니는 자기가 있어서 당신이 몸을 다치지 않는 거라고 늘 뽐냈지요. 어떤 사람들은 자기가 화를 낼까봐 당신에게 손을 대지 않는다고 말이에요. 죽은 사람들이 무덤에서 나올 수 없기에 망정이지, 그렇지 않았다면 어젯밤에 정말 언니는 망측한 광경을 봐야 했을 거예요! 가슴과 어깨에 온통 멍이 들지 않으셨어요?'

'모르겠소.' 그는 대답했어. '그건 왜 묻는 거요? 내가 넘어졌을 때 그가 날 쳤단 말인가?'

'발로 밟고 찬 다음, 방바닥에다 메쳤어요.' 나는 작은 소리로 일러줬어. '그리고 당신을 물어뜯으려고 입에서 침을 흘리고 있었어요. 하기야 그는 반은 사람도 아니니까요. 악마지요.'

언쇼 씨도 나처럼 우리 공동의 원수인 그의 얼굴을 쳐다보았어. 그런데 그는 슬픔에 빠져서 주위의 일은 아무것도 모르는 모양이었어. 그가 오래 서 있을수록 그 흉악한 마음씨가 더욱 뚜렷하게 얼굴에 나타났지.

'아, 하느님께서 이 마지막 괴로움 속에서나마 내게 저자의 목을 졸라 죽일 수 있는 힘을 내려 주신다면, 기꺼이 지옥에라도 가겠는데.' 초조하게 말하며 언쇼 씨는 일어서려고 애를 쓰며 신음하다가, 싸울 수 있는 힘이 자기에게는 없다는 걸 알고 실망하여 도로 주저앉는 것이었어.

'아니, 저자는 댁의 분들 가운데서 한 사람을 죽였으면 됐지.' 나는 큰 소리로 말했지. '우리 집에서는 모두 히스클리프만 아니었더라면 당신의 누이동생이 죽지 않았을 것이라고 생각하고 있어요. 결국 저런 사람한테는 사랑을 받는 것보다는 차라리 미움을 받는 게 나아요. 우리가 얼마나 즐거웠던가, 저자가 오기 전에는 캐서린 언니가 얼마나 행복했던가를 생각하면 그날이 저주스러워져요.'

아마 히스클리프는 그날이 저주스럽다는 걸 나 자신보다도 더욱 절실히 느꼈을 거야. 그 말을 듣고 그가 정신이 든 것을 알 수 있었어. 두 눈에서 쏟아지는 눈물을 재 속에 뚝뚝 떨어뜨리며 답답한 숨을 내리쉬는 걸 보았으니까. 나는 그를 똑바로 쳐다보고는 경멸하듯이 웃어 주었어. 그러자 지옥의 흐린 창과도 같던 그의 두 눈이 나를 향해 번쩍였어. 그런데 그 속에서 내뿜는 마귀 같은 눈빛이 하도 희미하고 눈물에 젖었기에, 나는 별로 두려운 생각도 없이 모험삼아 다시 한번 소리내어 비웃어 주었지. 그러자 그 비탄에 빠진 자가 소리쳤어. '일어나! 내 눈 앞에서 당장 사라져 버려!'

그 말은 거의 알아들을 수가 없었지만 적어도 그는 그렇게 말한 것 같았어. '미안해요.' 나는 대답했지. '그렇지만 나도 캐서린 언니를 사랑했어요. 그런데 그 언니의 오빠가 이렇게 시중들 사람이 있어야 하니까 언니 대신이라고 생각하여 내가 돌보아 드리는 거예요. 언니가 죽고 나니까, 난 힌들리 씨에게서 언니를 보는 것 같아요. 만일 당신이 이분의 눈을 후벼내려고 하지 않고, 눈언저리에 검은 멍을 들이고 붉은 상처만 입히지 않았다면, 힌들리 씨의 눈은 언니의 눈과 똑같은 걸요. 그리고 언니의……'

'이 비열한 멍청아, 밟아 죽이기 전에 어서 일어나!' 그가 외치면서 다가오려고 했으므로 나는 뒤로 물러섰어.

'하지만,' 나는 언제든지 도망칠 태세를 갖추고 말을 계속했어. '만일 캐서린 언니가 당신을 믿고 히스클리프 부인이라는 그 우스꽝스럽고 더럽고 창피한 칭호를 가지게 되었더라도, 곧 나와 같은 꼴이 되고 말았을 걸요! 언니인들 당신의 그 지긋지긋한 행동을 조용히 참고 있진 않았을 거란 말이에요. 밉살스럽고 넌더리가 나서 가만히 있지는 못했을 테니까.'

그때 나와 그 사이에는 긴 의자와 언쇼 씨가 있었으므로 그는 나를 잡으려고 애쓰는 대신, 식탁 위에 있는 식사용 나이프를 집어서 내 얼굴을 향해 던졌어. 나이프가 내 귀 밑에 박혀 난 하던 말을 끝맺지 못했어. 하지만 그걸 뽑고 문께로 달아나면서 나는 또 한 마디 해 주었지. 그것이 그가 던진 칼보다도 좀더 날카로웠기를 바라.

내가 마지막으로 흘끗 보니까, 그자가 미친 듯이 날 쫓아오는 것을 힌들리가 껴안고 막는 바람에 두 사람은 서로 끌어안은 채 난로 위에 넘어지고 말았어.

부엌을 빠져나와 달아나면서 나는 조지프에게 빨리 주인한테 가 보라고 일러 주고, 문간에서 의자의 등받이에다 강아지를 수두룩 매달아 놓고 놀고 있는 헤어튼을 넘어뜨리고는, 연옥을 빠져나온 영혼처럼 기쁜 마음으로 그 가파른 길을 뛰어내려 왔어. 그러고는 꾸불꾸불한 그 길을 벗어나 곧장 벌판을 지나 뒹굴듯이 둑을 넘고 늪을 건너서, 우리집의 불빛을 표지삼아 쏜살같이 달려온 거야. 다시 그 워더링 하이츠의 지붕 밑에서 단 하룻밤이라도 보내느니 차라리 영원히 지옥에서 살라는 선고를 받는 편이 훨씬 낫겠어."

이사벨라 아가씨는 말을 멈추고 차를 한 모금 마셨어요.

그리고 일어서서, 보닛과 내가 가져온 큰 숄을 씌워 달래더니 한 시간만 더 있다 가라는 나의 간청을 들은 척도 않고, 에드거 서방님과 캐서린 아가씨의 초상에 입을 맞추고 내게도 같은 인사를 한 다음 마차 있는 데로 내려갔습니다. 패니란 놈이 옛 주인을 만나 기뻐서 미친 듯이 짖어대며 따라갔지요. 아가씨는 그렇게 마차를 타고 떠난 다음 다시는 이 고장을 찾지 않았어요. 그러나 모든 일이 좀 안정이 되고 난 후에는 오빠 되시는 우리 주인어른과 규칙적인 편지 왕래가 있었습니다.

아가씨가 새로 옮겨간 곳은 남쪽 지방으로 런던에 가까운 곳이었다고 알고 있어요. 거기서 아가씨는 도망간 지 몇 달 만에 아들을 낳았습니다. 린튼이라고 이름을 지었는데, 아가씨는 처음부터 병이 잦고 까다로운 아이라는 소식을 전했습니다.

히스클리프 씨가 하루는 마을에서 나를 보더니 아가씨가 어디 사느냐고 물었어요. 나는 일러 주지 않았습니다. 히스클리프 씨는 아가씨가 어디 살든지 그건 중요한 문제가 아니지만, 다만 그녀의 오빠한테 오는 것만은 조심하지 않으면 안 된다고 말씀하셨죠. 그는 자기 자신이 그녀를 부양해야만 한다 하더라도 그녀가 오빠와 같이 살아서는 안 된다는 거였어요. 나는 어쨌든 아무 말도 하지 않았는데, 그는 다른 하인들 가운데 누군가의 입을 통해서 이사벨라 아가씨가 살고 있는 곳이며 어린애가 있다는 것을 다 알아냈습니다. 그렇다고 아가씨를 괴롭히거나 하지는 않았어요. 이사벨라 아가씨는 그렇게 가만히 내버려 두는 것도 자기를 싫어하는 덕택이라고 고맙게 생각했을지 모르지요.

그는 저를 만나면 곧잘 그 어린아이에 대해서 묻곤 했어요. 그리고 그 애의 이름을 들었을 때는 험상궂게 미소를 지으면서 말하는 것이었습니다.

"내가 어린것도 미워하기를 바라고 있군."

"다들 당신이 그 애에 대해서 아무것도 모르기를 바라고 있어요." 나는 대답했습니다.

"하지만 그 애는 내가 데려올 거야." 히스클리프는 말했어요. "내가 데려오고 싶을 때 말이야. 모두들 그렇게 알고 있는 게 좋을걸!"

다행히 그 애의 어머니는 그때가 오기 전에 세상을 떠났습니다. 캐서린 아가씨가 돌아가신 지 13년쯤 뒤인데, 그때 린튼은 12살 아니면 아마 그보다 좀 더 되었죠.

이사벨라 아가씨가 뜻밖에 찾아왔던 그 다음날 저는 주인어른께 그 방문에 대해 이야기할 기회가 없었습니다. 그분은 남과 이야기하는 것을 피했고 의논 같은 걸 할 만한 상태가 아니었던 것입니다. 나중에 어떻게 해서 그분에게 이야기를 건넸더니, 그분은 누이가 남편에게서 뛰쳐나왔다는 것을 좋아하는 눈치였어요. 그분은 그 유순한 성질로서는 할 수 없을 만큼 지독하게 그 남편을 미워했거든요. 그분의 증오감이 얼마나 깊고 날카로웠던지, 히스클리프를 만날 만한 장소나 그에 대한 소문이 들릴 만한 곳에는 아예 가질 않았으니까요. 캐서린 아가씨를 잃은 슬픔과 그런 증오의 감정 때문에 그분은 아주 은자(隱者)가 돼 버렸어요. 그분은 치안판사 일도 걷어치우고 교회에조차 나가지 않았으며, 무슨 일이 있어도 마을에 나타나지 않고 숲과 울타리 안에서 완전히 은거 생활을 했어요. 그가 하는 다른 일이라고는 벌판을 홀로 어슬렁거린다거나 부인의 무덤을 찾아가는 것뿐이었는데, 그것도 대개는 저녁이 아니면 다른 사람들이 밖에 나돌아 다니지 않는 이른 아침에 하셨지요.

그러나 그분은 워낙 착하신 분이라 언제까지나 그렇게 불행하게만 지낼 수는 없었어요. 그분은 캐서린 아가씨의 영혼에게 자기 앞에 나타나 주도록 빈다든가 하지는 않았어요. 시간이 흐름에 따라 그분도 체념을 하게 되었는데, 그분의 우울한 표정은 흔해 빠진 즐거운 표정보다 아름다운 것이었습니다.

그분은 열렬하면서도 부드러운 애정과 천국에 대한 희망에 찬 동경으로 부인을 회상했고, 부인이 틀림없이 천국에 갔다는 것을 의심하지 않았어요.

그리고 그분은 또 지상에서의 위안과 애정도 찾게 되었습니다. 아까도 말했지만, 처음 며칠 동안 그분은 돌아가신 부인이 남기고 간 어린 것에게는 관심이 없는 것 같았지요. 그런데 그 냉담함은 4월의 눈처럼 슬슬 녹아 버렸습니다. 그래서 그 조그만 애는 더듬더듬 말을 하고 아장아장 발걸음을 내딛기도 전에, 벌써 독재자처럼 그분의 마음을 지배해 버렸지요.

그 아기에겐 캐서린이라는 이름을 지어 주었으나 그분은 돌아가신 부인 이름을 애칭으로 부른 일이 없었듯이, 그 아기의 이름을 본명대로 부르는 일이 없었습니다. 부인 이름을 애칭으로 부르지 않은 것은 아마 히스클리프가 그렇게 부르는 버릇이 있었기 때문이었을 거예요.

그래서 그 어린 아기는 언제나 캐시라고 불렸지요. 그렇게 부르는 것이 그분에게는 아기 어머님과 분명히 구별되었고, 그러면서도 한편 관련을 맺게 하기 때문이었어요. 그분은 자신의 아이라는 점에서보다도 그녀의 아이라는 점에서 그 아이를 더욱더 사랑했습니다.

나는 늘 그분과 힌들리 서방님을 비교해 보곤 했었지요. 왜 그분들의 행동은 비슷한 환경 속에서 그렇게 반대될까 하고 만족한 설명을 얻으려고 애쓰면서 말이지요. 그분들은 다같이 좋은 남편이었고 또 똑같이 아이들을 사랑했습니다. 그런데 어떻게 그분들이 좋든 나쁘든 같은 길을 걷지 않았는지 모르겠어요. 저는 더 강해 보이는 힌들리가 오히려 더 나쁘고 더 약한 인간이라는 것을 스스로 드러내 보인 거라고 생각했지요.

힌들리는 배가 암초에 부딪혔을 때, 선장이 자기 자리를 버리고 승무원들도 배를 건지려고 애쓰지 않고 소동과 혼란 속에 빠져, 자신들의 배에 조금도 미련을 두지 않는 상황과 같았습니다. 그와 반대로 린튼 서방님은 고지식하고 충실한 정신에서 우러나는 참된 용기를 보이는 경우였지요. 그는 끝까지 하느님을 믿고 하느님도 그를 위로했으니까요. 한 분은 희망을 가졌고, 또 한 분은 희망을 버렸어요. 그분들은 스스로의 운명을 선택했으니 마땅히 그것을 견디지 않으면 안 되었습니다.

그러나 제 설교 같은 걸 듣고 싶지는 않으시겠지요, 주인님. 주인님도 이 모든 것을 저와 마찬가지로 판단할 수 있을 거예요. 아무튼 그렇게 생각하실 테니까 결국 마찬가지지요.

언쇼 씨의 죽음은 대체로 예상한 그대로였습니다. 그의 누이인 캐서린 아가씨의 뒤를 바로 따른 것이었습니다. 아가씨가 죽은 지 반 년도 못되어 돌아가셨으니까요. 이 댁에선 아무도 그분이 죽기 전의 사정에 대해서는 아주 간단한 말 한마디도 듣지 못했어요. 저도 장례식 준비를 거들러 가게 되었을 때 비로소 알게 됐으니까요. 케네스 선생님이 서방님에게 그 일을 알리러 왔더군요.

"저, 넬리," 그분이 어느 날 아침 마당으로 말을 타고 들어오는데, 저는 너무 이른 때라 금세 좋지 않은 소식이구나 하는 예감이 들어 놀랐어요. "이제 나와 넬리가 문상을 가야 할 차례가 왔어. 자, 누가 죽었는지 알겠어?"

"누가 죽었어요?" 저는 당황하며 물었죠.

"어디 알아맞춰 봐!" 그분은 말에서 내려 굴레를 문고리에다 걸어 매면서 대답했어요. "그리고 그 앞치마 자락을 잡고 울 준비나 하지. 꼭 그래야 할 테니까."

"히스클리프는 아니겠죠, 네?" 저는 소리쳤어요.

"뭐라고! 그가 죽어도 울어 줄 테야?" 의사는 말했어요. "아니, 히스클리프야 젊고 건강한 친구지. 오늘따라 팔팔해 보이던데. 지금 막 만나고 오는 길인걸. 마누라가 나간 뒤로 빠진 살이 다시 찌고 있어."

"그럼, 누구예요, 케네스 선생님?" 저는 조바심이 나서 다그쳐 물었습니다.

"힌들리 언쇼야! 당신의 옛 친구, 힌들리 말야." 그는 이렇게 대답하더군요. "나에겐 나쁜 친구였지. 요즘 한동안은 지나치게 난폭해져서 접촉을 하지 않았지만 말이야! 그거 봐요! 내 울 거라고 그랬지. 그러나 낙담하지 마오! 그는 마음껏 취해 가지고 그답게 죽은 거요. 가엾은 친구지. 나도 섭섭하오! 누구에게나 옛 친구를 잃는다는 건 섭섭한 일이 아닐 수 없지. 그 친구에겐 우리가 생각지도 못한 나쁜 버릇이 있었지만 말야. 나도 몹쓸 짓을 여러 번 당한 일이 있거든. 그 사람 아마 이제 겨우 27살인 모양이던데, 그렇다면 넬리와는 동갑이군 그래. 둘이 한 해에 태어났다고 누가 생각이나 하겠소!"

솔직히 말해서 그때 제가 받은 충격은 아씨가 돌아가셨을 때보다도 훨씬 더 컸습니다. 옛 생각이 내 마음을 맴돌고 있었으니까요.

케네스 선생님더러는 다른 하인을 데리고 서방님께 가시라고 부탁드리고, 저는 현관에 주저앉아 혈육이라도 잃은 듯이 마구 울었답니다.

"편안히 돌아가셨을까?" 저는 곰곰이 생각하지 않을 수 없었습니다. 무슨 일을 해도 그 생각이 저를 괴롭혔습니다. 어떻게 그 생각이 성가시고 끈덕지게 괴롭히던지, 저는 워더링 하이츠에 가서 망자의 장례식을 거들도록 허락을 받을 결심을 했지요. 린튼 서방님은 몹시 마땅치 않은 기색이었지만, 저는 돌보아 줄 사람이 없는 그분의 처지를 잘 말씀드렸습니다. 그리고 그분은 제 옛 친구인 동시에 한 젖을 먹고 자란 형제 같은 분이니, 서방님이나 똑같이 제가 모셔야 할 의무가 있다고 말씀드렸지요. 게다가 헤어튼 아기는 서방님의 처조칸데 더 가까운 친척이 없으니 서방님께서 마땅히 아기의 보호자가 되셔야 하며, 또 유산은 어떻게 되었는지 알아보셔야 하고 그밖에 처남의 뒷일을 살피셔야만 된다는 것을 일깨웠습니다. 서방님은 그 무렵 그런 일을 돌보실 처지가 아니었으므로 그분의 변호사와 의논해 보라고 제게 이르시고는, 마침내 제가 워더링 하이츠에 가는 것을 허락해 주셨습니다. 그분의 변호사는 언쇼 서방님의 변호사이기도 했습니다. 저는 마을로 변호사를 찾아가서 저와 함께 가기를 청했습니다. 그는 머리를 설레설레 흔들더니, 히스클리프가 하는 대로 내버려 두라고 권하면서 사실을 들춰 본다면 헤어튼은 거지꼴이나 다름없으리라고 귀띔해 주었습니다.

"그 애의 아버지는 빚을 지고 죽었어요." 변호사는 말하더군요. "재산은 모두 저당잡혀 있습니다. 그러니 상속인에게 남은 유일한 기회는, 채권자의 마음에 다소나마 관심을 불러일으켜서, 그가 되도록 일을 너그럽게 처리하도록 하는 것뿐입니다."

하이츠에 이르자, 저는 모든 일이 제대로 잘 돼 나가는지 보려고 왔다고 말했습니다. 몹시 근심스러워 보이던 조지프는 내가 온 것을 만족해 하는 표정이었습니다. 히스클리프 씨는 제가 필요하다는 생각은 없었지만, 기왕 온 것이니 제가 원한다면 남아서 장례식 준비나 맡아 보는 게 좋겠다고 말하는 것이었습니다.

"사실은, 저 바보 같은 놈의 시체는 장례식이고 뭐고 치를 것도 없이 네거리에 갖다 묻어야 해. 어제 오후에 내가 10분쯤 집을 비웠더니, 그 사이에 나를 못 들어오게 집의 양쪽 문을 다 잠가 놓고 일부러 밤새도록 술을 마시다가 죽은 거야! 오늘 아침 말이 코를 고는 듯한 소리가 나기에 문을 부수고 들어가 보니 긴 의자에 벌렁 나자빠져 있더군. 껍데기를 벗기거나 머리 가죽을 벗긴대도 깰 것 같지 않았어. 그래 케네스 선생님에게 사람을 보냈는데 선생님이 왔을 때 이미 저놈은 시체가 되어 있었단 말이야. 죽어서 차디차고 빳빳하게 굳어져 버린 거지. 그러니 그 녀석 때문에 그 이상 법석을 떨어 보았자 소용이 없었다는 걸 알 수 있겠지!"

늙은 하인도 그의 이야기를 인정하면서도 이렇게 중얼거렸습니다.

"차라리 저 양반이 의사를 부르러 가 주었으면 하고 생각했어! 주인어른은 내가 더 잘 보살펴 드릴 수가 있었을 텐데. 그리고 내가 떠날 때는 돌아가시지 않았거든. 절대로 돌아가실 기미는 없었단 말이야!"

저는 장례식을 훌륭하게 지내야 한다고 우겼지요. 히스클리프 씨는 그것도 제 마음대로 하라는 것이었습니다. 다만 모든 비용이 자기 호주머니에서 나온다는 것만은 잊지 말라고 당부하더군요.

그는 기쁘지도 슬프지도 않은 기색으로 내내 냉담하고 무관심한 태도였습니다. 굳이 말하자면 어려운 일을 무사히 치르고 났을 때 느끼는 그런 냉철한 만족감 같은 것이 드러난 표정이었다고나 할까요.

정말 한번은 무엇인가 굉장히 기뻐하는 것 같은 그의 모습을 보았어요. 그것은 마침 사람들이 관을 집에서 들어내 갈 때였습니다. 그도 위선의 탈을 뒤집어쓰고 문상객 틈에 끼었더군요.

헤어튼과 함께 장례 행렬을 따라가기 전에 그는 그 불행한 아이를 테이블 위에 올려놓더니 색다른 즐거움을 느끼며 중얼거리는 것이었습니다.

"야, 이 녀석아, 이제 너는 내 거야! 이 나무가 다른 나무처럼 구부러지지 않고 자랄 수 있는지 어디 두고 보자. 똑같이 뒤틀린 바람을 맞고도 말이야!"

아무것도 모르는 그 아이는 그 말을 듣고 즐거웠던지 히스클리프의 구레나룻을 만지작거리며 볼을 쓰다듬었지만, 저는 그 말의 뜻을 알아채고 신랄하게 꼬집어 줬지요.

"여보세요, 그 도련님은 저와 함께 드러시크로스 저택으로 가야 해요. 그 도련님이 당신의 것이라니 세상에 그런 법이 어디 있어요!"

"린튼이 그렇게 말하던가?" 그는 따지듯이 물었습니다.

"물론이죠. 서방님께서 그 도련님을 데려오라고 하셨어요." 저는 그렇게 대답했습니다.

"자아," 그 악당은 말하는 것이었습니다. "이 마당에선 그 문제를 논의하지 않기로 하지. 그러나 나는 내 손으로 아이를 하나 길러 보고 싶은 생각인데. 당신 주인에게 만일 그가 이 애를 데려간다면, 난 그 대신 내 자식을 데려와야 되겠다고 말해. 아무 소리 없이 헤어튼을 보내지도 않겠지만, 언젠가 내 자식을 데려온다는 건 틀림없을 거야! 잊지 말고 그렇게 말하라고."

이런 말을 듣고 보니 우리는 어쩔 수 없었습니다. 돌아와서 그 이야기를 말씀드렸더니, 처음부터 별로 흥미가 없다는 듯이 듣고 있던 에드거 린튼 서방님께서는 그 이상 더 간섭하려는 말씀은 하지 않았습니다. 비록 서방님께서 꼭 그럴 생각이 있으셨다 하더라도 어느 정도의 효과를 거두실 수 있었을는지는 모르지요.

식객이던 사람이 이제는 워더링 하이츠의 주인이 되었습니다.

그는 빈틈없는 소유권을 쥐고서 언쇼가 도박에 미쳐 현금을 대기 위해서 소유지를 모두 저당잡혔는데, 저당권자가 바로 자기라는 것을 변호사에게 증명하고, 변호사는 이런 사실을 린튼 서방님께 증명한 것입니다.

그리하여 지금쯤 이 근처에서 첫째 가는 신사가 되었어야 할 헤어튼 도련님은, 꼼짝없이 아버님의 오랜 원수에게 매달려 사는 신세가 되고 말았습니다. 자기 집에서 월급도 못 받는 하인이 되어 살고 있는 데도 옆에서 보살펴 주는 사람이 없고, 또 자신이 부당한 대접을 받고 있다는 것을 모르기 때문에 전혀 자신의 권리를 되찾을 수 없는 것이지요.

18

"그런 암담한 시기가 지난 후 열 두 해 동안은 제 생애에서 가장 행복한 시절이었어요." 딘 부인은 이야기를 계속했다.

그동안에 제가 겪은 어려운 일이라면 가장 심한 것이 어린 아가씨의 잔병 치레 정도였지요. 그야 있는 집 아이나 없는 집 아이나 다같이 치러야 할 병들이었습니다.

그밖에는 아무 일도 없이 처음 6개월이 지나자 아가씨는 낙엽송 자라듯이 잘 자라서, 캐서린 아씨의 무덤 위에 두 번째로 히스 꽃이 피기 전에 혼자서 걸어 다니고 말도 할 수 있게 되었습니다. 이 귀여운 아기야말로 쓸쓸한 집 안에 밝은 햇빛을 비치게 하는 존재였지요. 언쇼 댁의 아름다운 검은 눈에다 린튼 댁의 고운 살결과 오밀조밀한 생김새와 노란 고수머리를 물려받은 정말 예쁜 아기였어요. 거칠지는 않았지만 활발한 성질로, 애정에 대해서는 지나칠 정도로 민감하고 발랄한 마음씨를 가지고 있었습니다. 열렬한 애정을 가질 수 있다는 점에서는 자신의 어머니를 연상케 했지만, 그러면서도 완전히 닮은 것은 아니었지요. 아가씨는 비둘기처럼 순하고 부드러웠으며 목소리가 상냥했을 뿐 아니라, 무엇인가 생각에 잠기는 듯한 표정을 띠고 있었으니까요. 화를 내도 결코 난폭하지 않았으며, 애정도 분별없고 격렬하게가 아니라 깊고 부드럽게 표현했습니다.

그렇지만 그 천품을 깎는 결점이 있었던 것도 사실입니다. 자칫 건방지게 되는 것도 그 중의 하나였고, 또 성품이야 좋든 나쁘든 귀엽게 자란 아이들이 흔히 갖는 앵돌아지는 버릇이 있었습니다. 혹, 하인이 아가씨를 성가시게 굴기라도 할 때면 언제든지 "아빠한테 이를 테야!" 하고 소리쳤지요. 그리고 서방님께서 그저 눈을 흘길 정도나마 아가씨를 나무라는 기색이 보이면 굉장히 슬픈 일을 당한 것처럼 야단이 났습니다. 사실 서방님께서는 아가씨에게 엄한 말씀이라고는 한 마디도 하신 일이 없으셨던 것 같습니다.

서방님께서는 아가씨의 교육을 전적으로 몸소 맡으셨고 또 그걸 즐거움으로 삼으셨습니다. 아가씨는 다행히 호기심도 있고 이해도 빨라서 곧잘 배웠습니다. 그래서 서방님께서도 가르치시는 데 대한 보람을 느끼셨지요.

아가씨가 13살 때까지는 혼자서 울안 숲 밖으로 나간 일이 한 번도 없었습니다. 린튼 서방님은 어쩌다 아가씨를 데리고 1마일쯤 바깥에 나가시는 일은 있어도 절대로 다른 사람에게 데리고 가게 하지는 않았습니다. 기머튼이라는 마을도 아가씨의 귀에는 생소한 이름이었고, 아가씨가 자기 집 이외에 가까이 가 보거나 들어가 본 집이라고는 오직 예배당뿐이었습니다. 워더링 하이츠와 히스클리프 씨는 아가씨에게 존재하지 않는 거나 마찬가지였습니다. 아가씨는 완전히 바깥세상과는 격리된 생활을 하고 있었지만 그것으로 충분히 만족하는 것 같았습니다. 하지만 더러는 창밖으로 이 고장 경치를 내다보면서 이렇게 말하기도 했지요.

"엘렌, 난 얼마나 있으면 저기 저 산꼭대기까지 올라갈 수 있을까? 산 너머에는 무엇이 있지? 바다야?"

"아니에요, 캐시 아가씨. 그 너머에도 또 저런 산이 있어요." 저는 대답했습니다.

"그럼, 저 금빛 나는 바위들은 그 밑에 가서 보면 어떻게 보여?" 아가씨는 묻는 것이었습니다.

깎아지른 듯한 페니스턴 절벽이 무엇보다도 아가씨의 마음을 끌었는데, 그곳 가장 높은 봉우리에 저녁 해가 비치고 그 옆의 풍경에 모두 그늘이 질 때는 특히 더욱 매력적으로 보이는 모양이었습니다.

저는 그 절벽은 아주 큰 돌덩어리라서, 나무 하나 자랄 만한 흙도 없다고 설명했지요.

"그럼, 여기는 벌써 저녁때가 되었는데 왜 저기는 저렇게 오래까지 훤하지?" 아가씨는 캐물었습니다.

"저기는 여기보다 훨씬 더 높으니까 그렇죠." 저는 대답했어요. "저기는 너무 높고 험해서 아가씨는 올라갈 수 없어요. 여기에 겨울이 오기도 전에 저곳에는 서리가 내려요. 한여름에 동북쪽에 있는 저 시커먼 골짜기 아래에서 눈을 본 적도 있는걸요!"

"어머나, 그럼 엘렌은 저길 올라가 본 일이 있겠네?" 아가씨는 기뻐하면서 소리쳤어요. "그럼, 나도 어른이 되면 올라갈 수 있겠군. 아빠도 가 보셨을까, 엘렌?"

"아버지께서는 말이에요, 아가씨." 저는 급히 대답했습니다. "저런 데는 일부러 가 볼 필요가 없다고 말씀하실 거예요. 아버지와 함께 산책하는 저 벌판이 훨씬 더 좋죠. 그리고 이 드러시크로스 숲이 이 세상에선 가장 좋은 곳이구요."

"하지만 난 이 숲은 잘 알지만, 저긴 모르거든." 아가씨는 혼자 중얼거리는 것이었습니다. "그리고 말이야, 가장 높은 저 산꼭대기에 올라가 사방을 둘러보면 참 좋을 거야. 언제든 내 조랑말 미니를 타고 한번 가 봐야지."

하인들 가운데 누군가가 그곳에 요정 동굴이 있다는 이야기를 해서, 아가씨의 머리에는 온통 그 계획을 실현할 생각뿐이었습니다. 그래서 아가씨는 그 일을 가지고 린튼 서방님에게 졸라댔습니다. 서방님은 아가씨가 좀더 큰 다음에 보내 주겠다고 약속했습니다. 그러나 캐서린 아가씨는 달수로 나이를 따지면서 입버릇처럼 물었습니다.

"이제 페니스턴 절벽에 갈 만큼 컸잖아?"

그곳으로 가는 길은 구불구불 돌아서 워더링 하이츠 바로 옆으로 나 있었습니다. 서방님은 그곳을 지나가고 싶지가 않았던 것입니다. 그래서 아가씨는

언제나 "아직 멀었어, 아가. 아직 못 가"라는 대답을 들을 수밖에 없었지요.

아까도 히스클리프 부인은 남편 곁을 떠난 뒤로 12년 남짓 더 사셨다고 말씀드렸지요. 이사벨라 아가씨네 친정 식구는 모두가 병약했습니다. 아가씨나 오라버니인 에드거 서방님이나 모두 이 고장에서 흔히 볼 수 있는 그런 혈색 좋은 건강체는 아니었습니다. 아가씨가 마지막 앓은 병이 무슨 병이었는지는 잘 모르지만 두 분 남매가 다 같은 병으로 돌아가시지 않았나 싶습니다. 그건 일종의 열병이었는데, 처음에는 대단치 않지만 불치의 병이어서 뒤에 가서는 갑자기 재촉하는 듯이 목숨을 빼앗아 가는 것이었지요.

아가씨는 넉 달 동안이나 병으로 신음하신 뒤에, 오라버님께 곧 이어질 결과를 예견한 듯한 내용의 편지를 보내 왔어요. 여러 가지 처리해야 할 일도 있고, 마지막 인사도 드리고 싶고, 또 린튼을 오라버님 손에 안전하게 맡겨 두고 싶으니 되도록이면 와 주십사고 간청했더군요. 아가씨의 희망은 린튼이 자신과 함께 살아왔으니, 오라버님이 그를 길러 주셨으면 하는 것이었습니다. 아가씨는 아이의 아버지인 히스클리프 씨가 아드님의 양육이랄지 교육에 대한 짐을 맡으려 하지 않을 것이라고 믿었던 것이지요.

서방님은 조금도 주저하시지 않고 아가씨의 청에 응하셨습니다. 보통 일로는 집을 떠나시는 걸 여간 꺼리지 않으셨지만, 그 소식을 들으시고는 곧장 달려가셨습니다. 집을 비우시는 동안 캐서린 아가씨를 각별히 보살피라고 저에게 분부하시면서, 비록 저와 함께라도 아가씨를 숲 바깥으로 나가 놀게 해서는 안 된다고 누누이 당부하셨어요. 서방님에겐 아가씨가 혼자서 다닌다는 것은 생각조차 할 수 없는 일이었습니다.

서방님은 3주일 동안 가 계셨습니다. 처음 하루 이틀 동안 아가씨는 너무 쓸쓸해서 책도 읽지 않고 놀지도 않았으며, 서재 한구석에만 앉아 있었어요. 그렇게 조용하게 지내니 저는 별로 할 일이 없었지요. 그런데 그 뒤로는 가끔 싫증이 나는지 짜증을 내기 시작하더군요. 그 무렵, 저는 너무 바쁘기도 하고 나이도 먹은 때라 아래위로 오르내리면서 아가씨를 즐겁게 해 줄 수 없어서, 아가씨 혼자 놀게 할 수 있는 방법을 생각해 냈지요.

저는 아가씨 혼자서 뜰 안을 여기저기 돌아다니게 해 보았습니다. 걷게도 하고 말을 태우기도 했지요. 그리고 아가씨가 돌아온 뒤에는, 아가씨가 실제로 한 일이며 머릿속으로 상상한 모험 따위를 모두 참을성 있게 들어 주었습니다.

여름이 한창이었습니다. 아가씨는 혼자서 돌아다니는 것에 아주 재미가 나서, 그럭저럭 아침을 먹고 나가면 차 마실 시간이 되어서야 돌아오는 일도 가끔 있었습니다. 그런 날 밤이면 아가씨의 공상에 찬 이야기들을 들으며 지냈지요. 대문은 대개 잠겨 있었고, 또 열려 있더라도 아가씨 혼자서 함부로 뛰어나가리라고는 생각지 않았습니다. 그래서 저는 아가씨가 울타리 밖으로 나가리라는 염려는 하지 않았지요.

불행히도 아가씨를 믿은 것이 잘못이었습니다. 어느 날 아침 8시쯤 되었을 때인데, 아가씨가 제게 오더니 오늘은 자기가 아라비아 상인이 되어 대상(隊商)을 거느리고 사막을 건너갈 거라는 거예요. 그러니까 아가씨와 말 한 마리와 낙타 세 마리가 먹을 식량을 충분히 줘야 한다는 것이었습니다. 낙타 세 마리란 큰 하운드 한 마리와 포인터 두 마리를 두고 말한 거지요.

저는 맛있는 것을 잔뜩 가져다 바구니에 넣어서 말안장 한쪽에 매달아 주었어요. 아가씨는 7월의 햇볕을 가리기 위한 차양 넓은 모자와 얇은 베일을 쓰고 요정처럼 즐겁게 말에 뛰어오르더니, 빨리 달리지는 말고 일찍 돌아와야 한다는 제 충고는 듣는 둥 마는 둥 하고 웃으면서 빠른 속도로 말을 몰고 나갔습니다.

그 장난꾸러기는 차 마실 시간에도 영 모습을 보이지 않더군요. 동행 가운데 하운드는 나이를 먹어 편안한 것을 좋아하기 때문에 혼자 먼저 돌아왔습니다. 그런데 캐시 아가씨와 조랑말과 두 마리의 포인터는 아무 데도 보이지 않았습니다. 이곳저곳으로 사람을 내보내고 나중에는 저도 같이 아가씨를 찾아 헤맸습니다.

마침 일꾼 하나가 마당과 경계를 이루고 있는 숲의 울타리를 손질하고 있길래, 저는 그 사람에게 아가씨를 못 보았느냐고 물어보았지요.

"아침에 보았어요." 그는 대답했습니다. "나한테 개암나무 회초리를 베어 달래가지고는, 그 조랑말로 저쪽 울타리의 가장 낮은 곳을 뛰어넘어서 어디론지 달려가 버립디다."

이 이야기를 들은 제 마음이 어떠했겠는가는 짐작하실 수 있을 거예요. 저는 대뜸 아가씨가 틀림없이 페니스턴 절벽 쪽으로 갔으리란 생각이 들더군요.

"이 일을 어째!" 저는 이렇게 외치고는 그 인부가 고치고 있던 울타리의 뚫린 곳을 빠져나가 곧장 큰길로 갔습니다.

마치 내기라도 한 사람처럼 몇 마일을 급히 걸어가서 마침내 구부러지는 모퉁이에 이르자 하이츠가 보였습니다. 그러나 멀리서건 가까이서건 캐서린 아가씨는 보이지 않았지요.

그 절벽은 히스클리프 씨네 집에서 1마일 반쯤 떨어진 곳에 있고, 이 저택에서는 4마일이나 되므로 저는 거기까지 이르기 전에 날이 저물까봐 뛰기 시작했습니다.

'혹시 아가씨가 그 절벽에 올라가려다가 미끄러져서 죽었거나, 어디 뼈라도 부러졌으면 어떻게 하지?' 제 머릿속엔 이런 생각이 떠올랐습니다.

저의 불안한 마음은 정말 이만저만이 아니었습니다. 그런데 워더링 하이츠의 옆을 급히 지나가다가 우리 집 포인터 중에서 가장 사나운 찰리란 놈이 머리가 붓고 귀에서는 피를 흘리면서 유리창 밑에 누워있는 것이 보이자, 처음에는 다행이구나 싶어 반갑더군요. 저는 옆문을 열고 현관문으로 뛰어가서는 문을 열어 달라고 마구 문을 두드렸지요. 그러자 전에 기머튼에서 살던 사람으로 저도 낯이 익은 여자가 나왔습니다. 이 여자는 언쇼 서방님이 돌아가신 뒤부터 그 집 하녀로 와 있었던 것입니다.

"어머나!" 그 여자는 말했습니다. "작은 아씨를 찾으러 오셨군! 걱정하지 말아요. 여기서 잘 놀고 있으니까. 그런데 주인양반이 아니어서 다행이군요."

"그럼, 주인양반은 집에 안 계시군요!" 저는 급히 걸어온 데다 놀란 참이라 아주 숨이 차서 헐떡거리며 말했습니다.

"네, 안 계세요." 그녀는 대답하더군요. "주인도 안 계시고 조지프도 나갔어요. 한 시간 남짓 있어야 돌아올걸요. 들어가서 좀 쉬었다 가시구려."

들어가 보니 저의 길 잃은 양, 캐시 아가씨는 난롯가에서 아가씨의 어머니가 어렸을 때 쓰시던 조그만 의자에 앉아 몸을 흔들면서 놀고 있더군요. 모자는 벽에 걸어 놓고, 조금도 낯설지 않은지 전에 없이 쾌활한 기분으로 헤어튼과 히히덕거리며 재잘대고 있는 거예요. 헤어튼은 벌써 큼직하고 건장한 18살의 젊은이였는데 대단한 호기심을 가지고 놀라운 듯이 아가씨를 바라보고 있었어요. 그러나 아가씨의 입에서 쏟아져 나오는 그 거침없는 여러 가지 이야기며 질문에 대해서는 거의 알아듣지 못하는 것 같았습니다.

"잘 하는 짓이군요, 아가씨!" 저는 반가운 마음을 화낸 얼굴로 감추고 소리를 질렀습니다. "아버님이 돌아오실 때까지 이제 말은 다 탔어요. 다시는 문 밖에 내보내지도 않겠어요. 말괄량이 아가씨 같으니!"

"어머나, 엘렌!" 아가씨는 유쾌하게 외치면서 벌떡 일어서더니 제가 있는 쪽으로 뛰어왔어요. "오늘 밤엔 재미있는 이야기를 해 줄 참인데. 용케 찾아왔네. 엘렌은 그전에도 여기에 와 본 일이 있어?"

"저 모자나 쓰시고 어서 집으로 돌아가요." 저는 말했습니다. "캐시 아가씨, 난 아가씨 때문에 얼마나 속이 상했는지 몰라요. 아가씨는 정말 나쁜 짓을 하셨어요. 토라져서 울어도 소용없어요. 그렇다고 아가씨를 찾느라고 온 동네를 쏘다니며 애를 태운 것을 그냥 넘길 것 같아요? 아버님께서 아가씨를 내보내지 말라고 얼마나 당부를 하셨는데 그렇게 살그머니 빠져나가다니! 이제 아가씨가 깜찍하고 작은 여우 같다는 걸 알았으니 아무도 다시는 아가씨를 믿지 않을 거예요."

"내가 어쨌다는 거야?" 아가씨는 흐느끼더니 곧 울음을 그치고 말하는 것이었습니다. "아빠가 나한테는 아무 말도 하시지 않은걸. 그러니까 아빠는 야단치시지 않을 거야. 엘렌, 아빠는 엘렌처럼 그렇게 화내지 않으신단 말이야!"

"자, 이리 오세요!" 저는 다시 말했습니다. "제가 리본을 매 줄게요. 이제 우리 화내지 말아요. 아이, 창피해. 13살이나 되었는데 이렇게 아기 짓을 하다니!"

아가씨가 모자를 벗어 버리고 제 손에 닿지 못하게 굴뚝 쪽으로 달아났으므로 저는 그렇게 말했습니다.

"내버려 두세요." 그 하녀가 말했습니다. "귀여운 아가씨를 너무 나무라지 마세요, 딘 부인. 우리가 붙들은 걸요. 아가씨는 당신이 걱정할까봐 그냥 가려고 했어요. 그런데 헤어튼이 같이 가 주겠다고 했고 저도 그랬으면 좋겠다고 생각했지요. 산길은 험하니까요."

헤어튼은 이런 말이 오고가는 동안 거북해서 말도 하지 않고 호주머니에 손을 꽂은 채 서 있기만 하더군요. 제가 나타난 것이 마땅치 않은 눈치이기도 했지만요.

"얼마나 더 기다리란 말이에요?" 저는 그 여자의 참견에는 대꾸도 하지 않고 말을 계속했어요. "10분만 있으면 어두워져요. 말은 어디다 뒀어요, 아가씨? 피닉스는 어디 있고? 빨리 서두르지 않으면 떼어놓고 갈 테니 마음대로 하세요."

"말은 뜰 안에 있어." 아가씨는 대답했습니다. "그리고 피닉스도 저기 가둬 뒀고. 피닉스는 물렸어, 찰리도 물렸고. 다 이야기하려 했는데 엘렌이 화를 내니까 말하지 않을 테야."

저는 모자를 집어 들어 다시 씌워 주려고 가까이 갔어요. 그런데 그 집 사람들이 자기 편을 드는 걸 알자 아가씨는 방안을 이리저리 뛰기 시작했습니다. 그리고는 내가 쫓아가자, 생쥐처럼 가구 위를 뛰어넘었다 밑으로 빠져나갔다가 뒤로 숨었다 하는 바람에 쫓아다니는 제가 우습게 되어버렸지요.

그걸 보고 헤어튼과 하녀가 웃으니까 아가씨도 따라 웃으면서 점점 더 건방지게 구는 것이었습니다. 저는 얼마나 화가 나던지 소리를 치고 말았지요.

"이봐요, 아가씨! 이게 누구네 집이란 걸 안다면 더 있고 싶지 않을 거예요."

"이거 너의 아빠네 집이지, 그렇잖아?" 아가씨는 헤어튼을 돌아다보면서 말하는 것이었습니다.

"아니야." 헤어튼은 눈길을 내리깔고 부끄러운 듯 얼굴을 붉히며 대답했습니다.

아가씨의 두 눈이 자신의 눈과 꼭 닮았는데도 헤어튼은 아가씨의 눈길을 똑바로 마주 보지 못했던 것입니다.

"그럼, 누구네 집이야. 너의 주인네 집이야?" 아가씨가 물었습니다.

헤어튼은 또 다른 감정으로 더욱 얼굴을 붉히더니 욕지거리를 해대면서 외면해 버렸습니다.

"저 애네 주인이 누구야?" 그 성가신 아가씨는 나를 보고 계속 물었습니다. "저 애는 우리 집, 우리 식구들이라고 말했어. 그래서 저 애가 이 집 주인의 아들인 줄 알았지. 그리고 저 애는 나를 아가씨라고 부르지 않았거든. 저 애가 하인이면 그렇게 불렀을 텐데 말이야. 그렇지 않아?"

철모르는 이 말을 들은 헤어튼의 얼굴은 먹구름처럼 어두워졌습니다. 저는 조용히 아가씨를 달래어 드디어 떠날 채비를 차리게 하는 데 성공하였습니다.

"자, 내 말을 데려와야지." 아가씨는 마치 자기 집에 있는 어린 마부에게 명령하듯이 그 미지의 친척을 향해 말했습니다. "그리고 나와 함께 가는 거야. 난 마귀 사냥꾼이 나온다는 늪도 보고, 네가 말한 그 요정 이야기도 듣고 싶어. 그러니 빨리 해! 뭘 하는 거야, 말을 데려오라는데!"

"네까짓 것 하인이 되느니 네가 뒈지는 꼴을 보겠다!" 그 젊은이는 덤벼들 듯이 말하더군요.

"뭘 보고 말겠다구?" 캐서린 아가씨가 놀라 물었습니다.

"뒈지는 걸 말이야. 요 건방진 계집애야!" 그는 대답했습니다.

"그거 보아요, 캐시 아가씨! 좋은 친구를 알게 됐군요!" 제가 가로막고 말했지요. "젊은 아가씨 앞에서 그런 말을 쓰다니. 부디 저 사람과 다시는 이야기하지 말아요! 자, 우리는 어서 미니를 찾아 가지고 가요."

"그렇지만 엘렌," 아가씨는 놀라 눈이 휘둥그레지면서 외쳤습니다. "어떻게 감히 내게 그런 말을 할 수 있지? 저 앤 내가 시킨 대로 해야 하잖아! 넌 나쁜 놈이야. 네가 말한 것을 아빠한테 이를 테니 두고 봐!"

헤어튼은 그 따위 위협은 아무렇지도 않다는 표정이었습니다. 그래서 아가씨는 화가 나서 눈물이 글썽했습니다. "그럼 당신이 말을 데려와요!" 아가씨는 하녀를 보고 소리쳤습니다. "그리고 내 개도 당장 풀어 놓으란 말이야!"

"조용히 해요, 아가씨." 그 말을 들은 하녀가 대답했습니다. "얌전해서 나쁠 건 하나도 없으니까요. 그런데 말이에요, 저 헤어튼 도련님은 주인양반의 아드님은 아니지만 아가씨의 사촌이라우. 그리고 나도 아가씨의 시중을 들려고 온 사람이 아니구요."

"저 애가 내 사촌이라니!" 캐시 아가씨는 비웃으면서 외쳤습니다.

"그래요, 정말이에요." 아가씨를 꾸짖은 하녀는 대꾸하는 것이었습니다.

"아이, 엘렌! 저 사람들이 저런 말을 못하게 해 줘." 아가씨는 매우 난처한 표정으로 말을 계속했습니다. "내 사촌은 런던에 있어. 아빠가 그 애를 데리러 가셨단 말이야. 내 사촌은 신사의 아들이야. 내 사촌은……." 아가씨는 말을 잇지 못하고 그만 울음을 터뜨렸습니다.

이런 시골뜨기와 한 집안 사람이 된다는 생각만 해도 분통이 터진 거지요.

"그만, 울지 말아요!" 제가 가만히 말했지요. "사촌이 많을 수도 있고 별의 별 사촌도 있을 수 있는 거예요, 캐시 아가씨. 그렇다고 나쁠 건 하나도 없어요. 그저 그 사촌들이 싫고 나쁜 사람들이라면 만나지 않으면 그뿐인 거예요."

"저 애는 아냐. 내 사촌이 아니란 말야, 엘렌!" 아가씨는 생각해 보니 다시 슬픈 생각이 드는지, 그 생각을 떨쳐버리기라도 하려는 듯이 제 팔에 몸을 던지면서 말했습니다. 저는 아가씨와 그 하녀가 서로 공연한 이야기를 터뜨렸나 싶어 몹시 속이 상했습니다. 이제 어린 린튼 도련님이 멀지 않아 런던에서 이곳으로 온다는 사실이 틀림없이 히스클리프 씨에게 알려지게 됐고, 서방님이 돌아오시면 캐서린 아가씨는 대뜸 그 버릇없는 친척에 대해 캐물을 것이 분명했기 때문이었지요.

헤어튼은 하인 취급을 당한 억울한 감정도 사그라지고 아가씨가 슬퍼하는 것이 마음에 걸리는 모양이었습니다. 그는 말을 문께로 끌어다 놓고, 아가씨를 달랠 양으로 개집에서 다리가 구부러진 잘생긴 테리어 새끼를 데려왔습니다. 그러고는 자기는 별 뜻 없이 한 말이니까 조용히 하라고 이르면서 그 녀석을 아가씨 팔에 안겨 주는 것이었습니다.

잠시 울음을 멈춘 아가씨는 두려움과 증오에 찬 눈초리로 힐끗 헤어튼을 살피더니 다시 울음을 터뜨렸습니다.

저는 아가씨가 그 불쌍한 사촌을 싫어하는 것을 보고 아무래도 웃음을 참을 수 없었습니다. 헤어튼은 체격도 좋고 힘이 센 젊은이로, 얼굴도 잘생기고 튼튼하며 건강했습니다. 하지만 입고 있는 옷은 밭에서 매일같이 일을 할 때나 벌판에서 토끼 같은 사냥감을 찾아다닐 때나 입으면 알맞은 것이었지요. 그래도 저는 그의 인상으로 보아 그가 아버지보다 훨씬 좋은 마음씨를 지닌 것 같다는 생각이 들었습니다. 확실히 우거진 잡초 속에 묻혀 있는 좋은 성품이 엿보였지요. 다만 그것을 가꾸지 않고 방치했으므로 잡초가 그 위로 훨씬 높이 자라 버린 꼴이었고, 다른 좋은 환경 아래에 놓이게 된다면 풍성한 수확을 거둘 수 있는 기름진 토양과 같은 바탕임이 분명했습니다.

제가 믿기에 히스클리프 씨는 그를 신체적으로 학대하지는 않았던 것 같습니다. 헤어튼의 겁 없는 성질 덕분에 히스클리프 씨는 그를 그런 식으로 억누를 생각은 하지 않았던 것입니다. 헤어튼에게는 학대하는 것을 즐겁게 만들 만한 유약함이 없다고 판단을 내린 거지요. 그래서 그는 대신 헤어튼을 짐승 같은 사람으로 만들려는 악의를 품었던 모양이었습니다. 헤어튼은 읽기나 쓰기를 배운 적도 없었습니다. 또 주인을 성가시게 하지만 않으면 어떤 나쁜 습관에 대해서도 꾸중이라고는 들어 본 일이 없으며, 좋은 곳으로는 한 발짝도 인도를 받아 본 일이 없고, 나쁜 일을 해서는 안 된다는 말도 한 번 들어 본 일이 없었던 것입니다.

그리고 제가 들은 바에 의하면, 헤어튼이 오랜 집안의 종손이라 해서 조지프 노인이 소견 없이 편애하여 어린애 다루듯이 비위를 맞추고 귀여워하기만 하는 바람에, 그가 더 나빠졌다고 했습니다. 그리고 조지프는 캐서린 아가씨와 히스클리프가 씨가 어렸을 때 그의 말대로 하면 '몹쓸 짓'을 해서, 서방님이 화가 나 술을 찾게 했다며 늘 그분들을 비난했듯이, 이제는 헤어튼의 모든 잘못을 그의 재산을 빼앗은 히스클리프 씨의 책임으로 돌렸던 것이었습니다.

헤어튼이 욕을 해도 조지프는 버릇을 고쳐주려고 하지 않고 아무리 좋지 못한 짓을 해도 내버려 두었습니다. 헤어튼이 최악으로 치닫는 것을 보는 것이 조지프에게는 분명히 유쾌한 일인 것 같았습니다. 그는 헤어튼은 글렀다느니, 그의 영혼은 지옥에 떨어졌다느니 하면서도 그 책임은 히스클리프가 져야 한다고 생각했습니다. 헤어튼의 타락은 히스클리프의 책임이라고 생각하면 조지프는 무척 마음이 놓이는 것이었습니다.

조지프는 헤어튼에게 그의 집안과 혈통에 대한 자부심을 불어넣어 주고 있었습니다. 그리고 감히 하려고만 들었다면 헤어튼에게 하이츠의 현 주인인 히스클리프에 대한 증오심을 품도록 할 수도 있었을 것입니다. 하지만 그의 주인에 대한 두려움은 거의 미신에 가까운 정도여서 그에 대한 감정은 입 속에서만 중얼거리며 비꼬거나 자기 혼자서 하는 위협으로 그치고 말았습니다.

저는 그 당시 워더링 하이츠의 일상생활이 어떠했는지 잘 알지는 못합니다. 별로 가 보지 않았기 때문에 그저 소문을 듣고 이야기하는 것뿐이지요. 동네 사람들은 히스클리프 씨가 소작인들에게 인색한 데다가 잔인하고 가혹한 지주라고 말했습니다. 그러나 집안은 여자가 와서 살림을 했기 때문에 옛날과 같이 아늑한 옛 모습을 되찾았고 힌들리 서방님이 있을 때에 흔히 볼 수 있던 소동은 더 이상 일어나지 않았다고 했습니다. 주인은 너무 침울해서 좋은 사람이건 나쁜 사람이건 누구와도 친히 지내려고 하지 않는다고도 했지요. 아직도 그렇긴 합니다만.

그런데 이야기가 다른 데로 흘렀군요. 캐시 아가씨는 화해하자는 표시로 준 테리어 새끼를 거부하고 자기가 데리고 온 찰리와 피닉스를 내놓으라고 했습니다. 두 마리의 개는 머리를 숙이고 다리를 절뚝거리며 나타났습니다. 그리고 우리는 모두 풀이 죽어서 집으로 향했습니다.

아가씨는 그날 겪은 일에 대해서 입을 열려고 하지 않았습니다. 다만 제가 짐작한 대로 아가씨의 여행 목적지가 페니스턴 절벽이었다는 것은 확실했지요. 그리고 그 농가의 대문까지는 별일 없이 갔는데 그때 헤어튼이 우연히 나타났으며, 그가 데리고 나온 개들이 아가씨 일행에게 덤벼들었다는 것 정도를 알 수 있을 뿐이었습니다.

개들은 주인들이 미처 떼어놓기도 전에 한바탕 몹시 싸웠답니다. 그래서 서로 인사를 하게 됐다는 거지요. 캐서린 아가씨가 헤어튼에게 자기의 이름과 가는 곳을 댔고 길을 안내해 달라고 부탁해서, 결국 그를 꾀어가지고 동행하게 되었답니다.

그는 아가씨를 안내하면서 요정 동굴에 대한 전설이며 그밖에 여기저기 괴상한 곳에 대한 이야기들을 들려주었던 모양이었습니다. 그렇지만 저는 아가씨의 기분을 상하게 했으므로 아가씨가 본 여러 가지 재미있는 것에 대한 이야기는 듣지 못했습니다.

그런데 아가씨는 자신을 안내해준 헤어튼이 마음에 들었던 모양이었습니다. 아가씨가 헤어튼을 하인 취급해서 그의 감정을 상하게 하고, 또 히스클리프네 가정부가 헤어튼을 아가씨의 사촌이라고 해서 아가씨의 기분을 상하게 하기 전까지는 말이지요.

그리고 또 헤어튼이 퍼부은 욕지거리가 아가씨의 마음을 섭섭하게 했던 것입니다. 아가씨는 집에서 누구한테서나 '사랑'이니, '귀염둥이'니, '여왕'이니, '천사'니 하는 말로만 불리다가 낯선 사람한테서 그런 말을 들었으니 심한 모욕을 당한 셈이었지요! 아가씨는 그걸 이해하지 못했으므로 아버님에게 이르지 않겠다는 약속을 받느라고 저는 무척 애를 썼어요.

저는 서방님께서 하이츠의 사람들을 얼마나 싫어하시는지, 또 아가씨가 거기에 갔었다는 것을 아시면 얼마나 섭섭해 하실지를 설명해 드렸지요. 그러나 제가 무엇보다 강조한 것은, 만일 서방님께서 제가 그분의 분부를 소홀히 했다는 걸 아시게 되는 날이면, 아마 굉장히 화를 내시고 저에게 이곳을 떠나라고 말씀하실 것이라는 점이었습니다. 캐시 아가씨에게 제가 나간다는 것은 생각만 해도 견딜 수 없는 일이었습니다. 그리하여 아가씨는 굳게 약속을 했고 또 저를 위해서 그 약속을 지켜 주었습니다. 어쨌든 아가씨는 착한 아이였으니까요.

19

검정 테두리를 한 편지가 날아와서 서방님이 돌아오실 날짜를 알려 주었습니다. 이사벨라 아가씨가 돌아가셨던 것입니다. 서방님은 따님에게 상복을 입히고, 어린 조카를 위한 방과 그 밖의 여러 가지를 준비해 놓으라고 당부하셨더군요.

캐서린 아가씨는 아버지가 돌아오시는 것을 맞이할 생각으로 기뻐서 어쩔 줄을 몰랐습니다. 그리고 '진짜' 사촌에게는 이루 헤아릴 수 없이 훌륭한 점이 있으리라는 희망에 잔뜩 부풀어 있었습니다.

그들이 도착하기로 되어 있던 날 저녁이 되었습니다. 새벽부터 아가씨는 하인들에게 자신의 자질구레한 일들을 시키기에 바빴습니다. 그러고 나서 새로 지은 검정 상복을 입고, 가엾게도 고모님이 돌아가셨는데도 별로 슬픈 빛은 보이지 않고 정원을 나와 마중을 나가야 한다고 사뭇 성가시게 저를 조르는 것이었습니다.

"린튼은 나보다 꼭 여섯 달 늦게 태어났대." 아가씨는 나무 그늘 밑 울퉁불퉁한 이끼 낀 잔디밭 위를 저와 함께 한가로이 걸어가면서 말했습니다. "그 애와 함께 놀면 얼마나 재미있을까? 이사벨라 고모가 아빠한테 그 애의 고운 머릿단을 보냈거든. 그런데 내 머리칼보다도 더 연한 빛깔이었어. 아마 (亞麻)빛에 더 가까웠는데, 내 것과 마찬가지로 부드러웠지. 난 그걸 조그만 유리 상자 속에 소중히 넣어 두었어. 그리고 여러 번 그 머리카락의 주인을 만날 수 있다면 얼마나 좋을까 생각했어. 아이, 좋아라! 그리고 우리 아빠가 오시는 거야! 빨리 와, 엘렌, 우리 뛰어가! 뛰어가자니까."

아가씨는 내가 서두르지 않는 걸음걸이로 대문에 이를 때까지 몇 번이나 뛰어갔다가 돌아오고 다시 뛰어가곤 했습니다. 길가 언덕 풀밭에서 침착하게 기다려 보려고도 했지만 그것은 어림도 없는 일로 단 1분도 가만히 있기를 못했습니다.

"왜 이렇게 늦는담!" 아가씨는 소리쳤습니다. "앗, 저 길 위에 먼지가 나는 걸 봐. 오시는가 봐! 아닌데! 언제 오실까? 우리 조금만 더 가 볼 수 없을까? 반 마일만, 엘렌. 꼭 반 마일만 가자! 간다고 대답 좀 해. 저 모퉁이 떡갈나무 숲 있는 데까지만 말야!" 저는 냉정히 거절했지요. 그리고 결국 아가씨의 조바심도 끝이 났어요. 역마차가 굴러오는 것이 보였던 것입니다.

캐시 아가씨는 마차의 창으로 내다보는 아버지의 얼굴이 보이자 소리를 지르면서 두 팔을 내밀었습니다. 아버지도 딸 못지않게 정신없이 어울렸답니다. 한참 동안이나 그들은 옆에 다른 사람이 있다는 생각을 할 겨를도 없었습니다.

두 분이 얼싸안고 있는 동안, 저는 린튼이 어떻게 하고 있나 싶어 안을 들여다보았습니다. 그는 마치 겨울을 만난 것처럼 따뜻한 털로 안을 댄 외투를 걸치고 한쪽 구석에 잠들어 있었습니다. 얼굴이 희고 가냘픈 것이 여자같이 생긴 소년이었는데, 서방님의 동생이라고 해도 곧이들을 만큼 아주 닮았더군요. 그러나 에드거 린튼 서방님에게는 볼 수 없었던 병약하고 까다로운 기색이 엿보였습니다.

서방님이 안을 들여다보고 있는 저를 보시고 악수를 하시면서 여행을 해서 피곤할 테니 그대로 놓아두고 문을 닫으라고 말씀하셨습니다.

캐시 아가씨도 한번 들여다보고 싶은 모양이었습니다. 그러나 아버님이 어서 오라고 부르셔서 아버님과 함께 정원을 걸어 올라갔습니다. 그동안 저는 하인들에게 미리 알리기 위해서 빨리 앞서 갔습니다.

"애, 캐시야," 린튼 서방님은 현관 앞 계단 밑에서 걸음을 멈추자 따님에게 말씀하셨습니다.

"네 사촌동생은 말이야, 너처럼 건강하지도 않고 또 명랑하지도 못해. 엄마가 죽은 지 얼마 되지 않는다는 걸 너도 알고 있지? 그러니까 오자마자 함께 뛰어다니며 놀 생각은 말거라. 그리고 너무 말을 많이 해서 귀찮게 하지도 말고……. 적어도 오늘 밤만은 가만 내버려 둬야 해. 알았지?"

"응, 알았어, 아빠." 캐서린 아가씨는 대답했습니다. "하지만 한번 보았으면 좋겠어. 그 애는 아직 한 번도 바깥을 내다보지 않은걸."

마차가 서고, 잠자던 도련님은 깨어서 외삼촌에게 안겨 내렸습니다.

"네 사촌 캐시야, 린튼." 서방님은 두 어린이의 손을 쥐어 주면서 말했습니다. "캐시는 벌써 너를 좋아하고 있어. 그러니까 오늘 밤 울어서 누나를 걱정시켜선 안 되겠지? 자, 이제 기운을 좀 내야지. 여행도 끝났으니 네가 할 일이라고는 편히 쉬고 네 맘대로 재미있게 노는 일뿐이다."

"그럼, 난 잘래." 소년은 캐서린 아가씨가 인사하는 것도 제대로 받지 않고서 말했습니다. 그리고 손가락을 눈에 갖다 대고는 솟아나오는 눈물을 닦는 것이었습니다.

"자, 이리 와요. 착한 도련님." 저는 조그만 목소리로 달래면서 안으로 데리고 들어갔습니다. "도련님이 울면 아가씨도 울어요. 저 봐요! 아가씨가 도련님 때문에 걱정하고 있잖아요!"

아가씨가 도련님 때문에 걱정을 한 것인지 어쨌는지는 모르지만, 어쨌든 아가씨도 도련님과 똑같은 슬픈 얼굴을 하고는 아버님한테로 돌아갔습니다. 세 분이 함께 집 안으로 들어가 차 마실 준비를 해 놓은 서재로 올라가셨습니다.

저는 린튼 도련님의 모자와 외투를 벗겨 주고 그를 테이블 옆에 있는 의자에 앉혔습니다. 그러나 도련님은 앉자마자 다시 울기 시작했습니다. 서방님이 왜 그러냐고 물으셨습니다.

"난 의자에는 못 앉아." 도련님은 흐느껴 울었습니다.

"그럼, 소파에 앉으렴. 엘렌이 차를 갖다 줄 테니." 린튼 도련님의 외삼촌은 참을성 있게 대답하였습니다.

저는 서방님이 이 까다롭고 병약한 조카를 데리고 오느라고 여행 중에도 틀림없이 무척 애를 먹었으리라는 생각이 들었습니다.

도련님은 천천히 몸을 끌듯이 의자에서 내려와 소파에 드러누웠습니다. 캐시 아가씨는 자기 발받침과 찻잔을 가지고 그의 옆으로 갔습니다.

아가씨는 처음에는 잠자코 앉아 있었으나 오래 가지는 못했습니다. 아가씨는 그렇게 되었으면 하고 바랐던 대로 어린 사촌동생을 자기 귀염둥이로 삼을 작정이었습니다. 그래서 아가씨는 그의 머리카락을 매만지기도 하고, 볼에 입을 맞추며, 갓난아기를 다루듯이 자기 차 접시에 차를 따라서 먹이려 들었습니다. 도련님은 갓난아기나 별로 다를 바가 없었으므로 이런 것이 그를 즐겁게 했습니다. 그래서 도련님은 눈물을 닦고 희미하게 웃는 것이었습니다.

"그래, 저만 하면 됐어." 서방님은 잠시 그들을 지켜보고 나서 제게 말하셨습니다. "잘 됐어. 우리에게 있게만 된다면 말이야, 엘렌. 제 또래의 어린애와 놀게 되면 곧 새로 기운이 날 테니까. 그리고 노력만 한다면 몸도 튼튼해질 거야."

'우리가 데리고 있을 수만 있다면 그렇게 되겠죠!' 저는 속으로 생각했습니다. 그렇게 될 희망은 거의 없다는 염려를 씻을 수 없었습니다. 그러자 저는 대체 저런 약골이 어떻게 워더링 하이츠 같은 데서 그의 아버지와 헤어튼 틈에 끼어 살 수 있을까 하는 생각이 들었습니다. 그 사람들이 어떻게 친구가 되고 선생이 되랴 싶었던 것입니다.

저희들이 의심했던 상황은 제가 예상한 것보다도 빨리 다가왔습니다. 저는 차를 마시고 난 뒤 곧 두 아이를 위층으로 데리고 가서 린튼 도련님이 잠드는 것을 지켜보았지요. 도련님은 잠이 들 때까지 저를 옆에서 떠나지 못하게 했으니까요. 그러고는 내려와서 마루에 있는 테이블 옆에 서서 서방님 침실에 놓을 촛불을 켜고 있는 참인데, 하녀 하나가 부엌에서 나오더니 히스클리프 씨네 하인 조지프가 문간에 와서 서방님께 말씀드릴 게 있단다고 알려 주었습니다.

"무슨 일로 왔는지 내가 먼저 알아보지." 저는 좀 떨리는 마음으로 말했습니다. "남의 집을 찾아오기에는 너무 늦은 시간 아닌가? 그리고 서방님께선 먼 여행에서 막 돌아오신 참인데 말이야. 서방님은 만나시지 않을 것 같은데."

제가 이런 말을 하고 있는데 조지프는 부엌을 지나 어느새 마루로 들어서고 있었습니다. 그는 주일에 입는 나들이옷을 입고 몹시 경건하고 엄숙한 체하는 얼굴로, 한 손에는 모자를 들고 다른 손에는 지팡이를 들고 매트 위에서서 신을 닦으려던 참이었습니다.

"안녕하세요, 조지프." 저는 차갑게 말했습니다. "이 밤에 무슨 일로 오셨어요?"

"린튼 서방님께 드릴 말씀이 있어서." 그는 나 같은 건 저리 비키라는 듯이 경멸하는 투로 손을 흔들며 대답했습니다.

"서방님은 지금 자리에 드실 참인데 특별히 말씀드려야 할 일이 아니면 오늘 밤엔 들으려고 하지 않으실 거예요." 저는 말을 계속했습니다. "나한테 볼일을 이야기해 두는 것이 좋을 걸요."

"주인양반 방은 어디요?" 영감은 캐물으면서 쭉 늘어선 닫힌 문들을 훑어보는 것이었습니다.

그는 제가 용건을 전하도록 가만두지 않을 기세였습니다. 그래서 저는 몹시 마땅치 않았지만 서재로 올라가서 때 아닌 손님이 왔다는 것을 알려 드리고, 내일 다시 오도록 하는 게 좋겠다고 말씀드렸습니다.

서방님께서는 저더러 그렇게 하라고 이르실 겨를도 없었습니다. 조지프가 바로 제 뒤를 따라 올라왔기 때문이죠. 영감은 방안으로 들어와서는 두 주먹을 지팡이 손잡이에다 포갠 채 테이블 맨 끝에 버티고 서서, 반대할 것을 예상하고 왔다는 듯이 높은 소리로 이야기를 꺼냈습니다.

"히스클리프 씨가 아드님을 데리고 오라고 보내서 왔습지요. 그래서 저는 도련님 없이는 돌아가지 못합니다."

서방님은 잠시 말이 없으셨습니다. 몹시 슬픈 듯한 표정이 얼굴을 덮었습니다. 서방님 스스로도 그 아이를 불쌍하게 여기셨겠지요. 하지만 그 애를 넘겨준다는 것이 서방님께 더욱 가슴 아픈 이유는 죽은 이사벨라 아가씨의 자식에 대한 소망과 근심, 애절한 소원, 그리고 부탁들 때문이었습니다. 서방님은 어떻게 그것을 피할 수 없을까 하고 궁리하는 표정이었지만 이렇다 할 묘안이 떠오르지 않는 듯했습니다. 그 애를 데리고 있겠다는 생각을 겉으로 보이기만 해도 저쪽에서는 더욱 강경하게 나올 터이니 딴 도리가 없었던 거지요. 그러나 서방님은 자고 있는 아이를 깨울 생각은 없었습니다.

"아드님을 내일 워더링 하이츠로 데리고 간다고 히스클리프 씨에게 전해 주게." 서방님은 조용히 대답하셨습니다. "그 애는 자고 있는데 너무 피곤해서 지금은 아무 데도 갈 수 없어. 그 애 엄마가 내가 아들을 데리고 있어 달라고 부탁하더라는 것과 지금 그 애의 건강이 매우 위험한 상태에 있다는 것도 아울러 이야기해 줘."

"안 됩니다!" 조지프는 그의 지팡이로 방바닥을 탕 치고는 위세 당당한 태도로 말했습니다. "안 되지요! 그까짓 건 아무것도 아닙니다. 주인양반은 아기 어머님이나 당신은 대수롭게 여기지 않아요. 다만 자기 아들을 찾겠다는 것뿐입니다. 그러니 나는 꼭 데리고 가야겠어요. 이만 하면 아시겠지요!"

"오늘 밤에는 못 데려가!" 서방님도 단호하게 대답하셨습니다. "당장 내려가. 그리고 주인에게 내가 말한 대로 전하기나 해. 엘렌, 이 영감을 데리고 내려가. 어서 가게!"

그리고 서방님은 잔뜩 화가 난 영감의 팔을 잡아서 방 밖으로 쫓아내고는 문을 닫아 버렸습니다.

"좋소!" 조지프는 천천히 물러나면서 소리를 질렀습니다. "내일은 주인양반이 직접 오실 테니, 어디 그 양반도 내쫓을 수 있으면 내쫓아 보라지!"

20

히스클리프 씨가 직접 온다는 위협이 현실화되는 것을 막기 위해 서방님은 저에게 다음날 아침 일찍 도련님을 캐서린 아가씨의 조랑말에 태워 데려다 주라고 이르시고는 이렇게 말씀하셨습니다.

"이제 우린 그 애의 운명에 대해서 좋건 나쁘건 어떤 수도 쓸 수 없을 테니, 캐시에게는 그 애가 어디로 갔다는 얘기를 하지 말아야 해. 어차피 그 애하고는 접촉할 수가 없을 테니까 말이야. 그리고 그 애가 가까운 곳에 있다는 것도 모르고 지내는 게 좋을 거야. 그렇지 않으면 캐시가 마음을 잡지 못하고 하이츠에 가고 싶어 할 테니까. 그저 그 애의 아버지가 갑자기 데리러 와서 어쩔 수 없이 떠나지 않을 수 없었다고만 말해 줘."

린튼 도련님은 새벽 5시에 일어나는 것이 몹시 싫은 데다 다시 여행할 준비를 해야 한다는 말을 듣자 깜짝 놀랐습니다. 그러나 저는 도련님이 잠시 아버님인 히스클리프 씨와 함께 지내게 되며, 아버님이 하도 보고 싶어 하시고, 또 여행의 피로가 풀릴 때까지 기다리실 수가 없다 하시므로 어쩔 수 없다는 말로 달랬습니다.

"우리 아버지라구?" 도련님은 몹시 당황하면서 외쳤습니다. "엄마는 한 번도 아버지가 있다는 말을 한 일이 없는데. 아버지는 어디 살아? 난 외삼촌과 살고 싶은데."

"아버님은 이 댁에서 별로 멀지 않은 곳에 사세요." 저는 대답했습니다. "저 언덕 너면데요, 그다지 멀지 않으니까 도련님이 건강해지시면 걸어서 넘어올 수도 있어요. 도련님은 집에 가서 아버님을 만나면 좋으시겠네요. 어머님을 좋아했던 것처럼 아버님도 좋아해야 돼요. 그러면 아버님도 도련님을 사랑해 주실 테니까."

"하지만 왜 나는 지금까지 한 번도 아버지 이야기를 듣지 못했을까?" 도련님은 물었습니다. "왜 엄마와 아빠는 다른 사람들처럼 함께 살지 않았어?"

"아버님은 북쪽에 계셔야 할 일이 있었기 때문이에요," 제가 대답했습니다. "그리고 어머님은 건강 때문에 남쪽에서 사셔야 했구."

"그런데 왜 엄마는 나한테 아버지 이야기를 안 하셨지?" 도련님은 캐물었습니다. "엄마는 외삼촌 이야기는 가끔 하셨거든. 그러니까 나도 어릴 때부터 외삼촌을 좋아하게 된 거야. 어떻게 아빠가 좋아질 수 있을까? 난 아빠를 모르는데."

"아, 아이들은 누구나 부모님을 좋아하는 거예요," 저는 말했습니다. "어머님은 도련님에게 자주 아버님 이야길 하시면 도련님이 아버님과 함께 살

려고 할 거라고 생각하셨나 보죠. 자, 빨리 해요. 이렇게 날씨가 좋은 날 아침에 일찍 말을 타는 것은 한 시간 더 자는 것보다 훨씬 좋아요."

"그 애도 우리랑 함께 가는 거야?" 도련님은 물었습니다. "어제 만난 그 여자애 말이야."

"오늘은 아니에요." 저는 대답했습니다.

"외삼촌은?" 도련님은 다시 물었습니다.

"안 가세요. 내가 거기까지 같이 갈 거예요."

린튼 도련님은 베개 위에 도로 드러눕더니 골똘히 생각에 잠겼습니다.

"외삼촌이 안 가시면 나도 안 갈래," 도련님은 드디어 소리쳤습니다. "나를 어디로 데려가는지 알 수 없는걸."

저는 아버지를 만나러 가는 것이 싫다니, 그건 버릇없는 짓이라고 타일러 보았습니다. 그래도 도련님은 옷을 갈아입는 것조차 싫다고 하며 막무가내

였기 때문에, 저는 그를 달래어 자리에서 일어나도록 하는 데 서방님의 도움을 청하지 않을 수 없었습니다.

곧 돌아오게 될 거라느니, 외삼촌과 캐시가 찾아갈 것이라느니 하는 몇 가지 허황한 다짐을 받고 나서야 그 불쌍한 도련님은 마침내 자리에서 일어났습니다. 저는 하이츠로 가면서도 틈틈이 그와 비슷한 지킬 수 없는 몇 가지 약속을 되풀이하여 말해 주어야 했지요.

히스 향기가 풍기는 맑은 공기에 밝은 햇빛, 그리고 뚜벅뚜벅 순하게 걸어가는 조랑말의 발걸음, 이런 것들로 하여 잠시 뒤에는 도련님의 침울했던 기분도 풀어졌습니다. 도련님은 그의 새 집이며, 거기에 사는 사람들에 관해 그때까지보다도 훨씬 더 흥미를 가지고 활발하게 묻기 시작했습니다.

"워더링 하이츠도 드러시크로스 저택처럼 좋은 곳이야?" 도련님은 골짜기 쪽으로 마지막 눈길을 돌리면서 물었습니다. 골짜기에서는 엷은 안개가 피어올라 푸른 하늘가에 흰 양털구름이 되어 퍼지고 있었습니다.

"거기는 그렇게 나무가 울창하지는 않아요," 저는 대답했습니다. "그리고 그렇게 크지도 않지만 사방으로 아름다운 시골 경치를 볼 수 있지요. 그리고 공기는 도련님 몸에 더욱 좋을 거예요. 훨씬 신선하고 건조하니까요. 도련님은 어쩌면 처음에는 집이 낡고 어둡다고 생각하실는지 몰라요. 하지만 훌륭한 집이고 이 근방에서는 두 번째 가는 집이랍니다. 벌판을 거닐면 얼마나 즐겁다구요! 헤어튼 언쇼 도련님이—캐시 아가씨의 외사촌이니까 도련님하고도 사촌뻘이 되는 사이지요—아주 좋은 곳들을 안내해 줄 거예요. 날씨가 좋을 때면 책을 가지고 나가서 푸른 골짜기를 서재로 삼아 공부할 수도 있을 거구요. 그리고 가끔 외삼촌이 오셔서 도련님들과 함께 산책도 하실 겁니다. 외삼촌께서는 저 언덕 위로 자주 산책을 나가시니까요."

"그런데 우리 아버지는 어떻게 생긴 분이야?" 도련님은 물었습니다. "아버지도 외삼촌처럼 젊고 잘생겼어?"

"아버님도 젊으시지요," 저는 대답했습니다. "그렇지만 머리와 눈이 검고 더 엄하게 보이세요. 키와 몸집도 더 크시답니다. 본디 성격이 그런 분이므로 처음에는 외삼촌처럼 인자하시고 친절해 보이지는 않는지 몰라요. 그렇지만 아버님께는 숨김없고 다정하게 대해야 해요. 그러면 자연히 외삼촌보다도 더 도련님을 사랑해 주실 거예요. 도련님은 그분의 아드님이시니까요."

"머리와 눈이 검은 빛깔이야?" 린튼 도련님은 생각에 잠기는 것이었습니다. "짐작이 가질 않는데. 그럼 난 아버지와 닮지 않았어?"

"별로 닮지는 않았어요." 저는 대답했습니다. 저는 섭섭한 마음으로 도련님의 해쓱한 얼굴빛이며 가냘픈 몸매, 그리고 크고 생각에 잠긴 듯한 눈을 살피면서 조금도 닮은 곳이 없다고 생각했습니다. 그의 눈은, 병적인 과민함으로 잠깐 빛날 때가 아니면 그 어머니의 불꽃 같은 기운은 티끌만큼도 드러내지 않는다는 점만 빼면, 어머니의 눈 그대로였습니다.

"아버지가 한번도 엄마와 나를 보러 오지 않았다는 것은 정말 이상한 일이야!" 도련님은 중얼거렸습니다. "아버지는 나를 본 일이 있을까? 보셨다면 틀림없이 내가 갓난아기 때였을 거야. 아버지에 대해선 아무것도 생각나지 않는걸!"

"이봐요, 린튼 도련님," 저는 말했습니다. "300마일은 아주 먼 거립니다. 그리고 어른들에게 10년이란 세월은 도련님이 생각하시는 것과는 그 길이가 아주 다른 법이에요. 아버님께서는 여름만 되면 가 보시려니 생각하시다가 마땅한 기회가 없어 못 가셨나 보죠. 그러다 이젠 너무 늦어버리게 된 거죠. 그러니 그런 걸 아버님에게 귀찮게 묻지 말아요. 아버님을 성가시게 해드릴 뿐이지 아무 소용도 없으니까요."

그 뒤로 도련님은 우리가 하이츠의 농가 대문 앞에 가서 멈출 때까지 혼자 골똘히 생각에 잠겨 있었습니다. 저는 도련님이 어떤 인상을 받는지 그 얼굴을 지켜보고 있었습니다. 도련님은 조각을 해 놓은 현관이며 낮게 달려 음침해 보이는 창이며, 제멋대로 자란 까치밥나무 숲이며 구부러진 전나무들을 엄숙한 표정을 짓고 열심히 살펴보고는 고개를 내젓는 것이었습니다. 새로 살게 된 그 집의 바깥 모양이 속으로는 아주 마땅치 않았던 것입니다. 그러나 당장 불평을 하지 않을 만큼의 분별은 있었습니다. 안에 들어가 보면 그렇지 않을 수도 있을 테니까요.

도련님이 말에서 내리기 전에 제가 가서 문을 열었습니다. 6시 반이었는데도 식구들은 이미 아침식사를 마치고 난 참이어서 하녀가 식탁을 치우고 있었습니다. 조지프는 주인의 의자 옆에 서서 절름발이 말의 이야기를 하고 있는 중이었고, 헤어튼은 건초 밭에 나갈 준비를 하고 있었습니다.

"어서 오오, 넬리!" 히스클리프 씨는 나를 보자 소리쳤습니다. "난 내가 직접 내려가서 내 것을 찾아와야 되나 보다 했는데 넬리가 데려온 거요? 어디 쓸 만한가 좀 보자꾸나!"

히스클리프 씨는 일어서서 문 쪽으로 성큼성큼 걸어왔습니다. 헤어튼과 조지프가 호기심에 멍청히 입을 벌리고 따라왔습니다. 불쌍한 린튼 도련님은 놀란 눈으로 세 사람의 얼굴을 번갈아 처다보았습니다.

"이런!" 조지프가 상을 찌푸리면서 살펴보고는 말하는 것이었습니다. "그 양반이 아이를 바꿨습니다요, 주인어른. 이 아이가 그 양반의 따님 같은뎁쇼!"

히스클리프 씨는 자신이 뚫어지게 바라보자 당황해서 학질이라도 걸린 것처럼 덜덜 떠는 자기 아들을 보고 경멸하듯 웃었습니다.

"이거 참! 예쁜 아이로군. 참 예쁘고 귀엽기도 하군!" 그는 큰 소리로 말하는 것이었습니다. "넬리, 저 애를 달팽이와 쉬어빠진 우유를 먹여 기른 거아냐? 에이, 빌어먹을! 생각했던 것보다도 못쓰겠군. 하기야 처음부터 기대를 하지도 않았지만 말이야!"

저는 벌벌 떨며 어쩔 줄 모르는 도련님에게 말에서 내려 안으로 들어가라고 일렀습니다. 도련님은 그의 아버지가 한 말의 뜻을 제대로 알아듣지도 못했고, 또 그것이 자기를 두고 한 말인지도 잘 몰랐습니다. 사실 도련님은 그때까지 험상궂고 사람을 경멸하는 그 낯선 사람이 자신의 아버지라는 것도 확신하지 못하고 있었지요. 그래서 도련님은 더욱더 무서워하며 저에게 달라붙었습니다. 그리고 히스클리프 씨가 자리에 앉으면서 "이리 와 봐" 하고 말을 하자 그만 얼굴을 제 어깨 위에 파묻고 우는 것이었습니다.

"쯧쯧!" 히스클리프 씨는 혀를 차더니 한 손을 뻗쳐 함부로 도련님을 자기 무릎 사이로 끌어당겨서, 아들의 턱을 잡고 고개를 올렸습니다. "바보같이 울긴 왜 울어! 아무도 너를 해치려는 게 아냐, 린튼. 네 이름이 린튼이랬지? 너는 그야말로 네 어머니의 자식이구나! 어느 구석에 나를 닮은 데가 있단 말이냐, 이 울보야!"

히스클리프 씨는 도련님의 모자를 벗겨 숱이 많은 아마빛 고수머리를 뒤로 넘기고, 가는 팔과 조그만 손가락 등을 만져 보았습니다. 그러는 동안 도련님도 울음을 그치고 그 커다란 파란 눈을 들어 자기 아버지를 훑어보는 것이었습니다.

"너, 나를 알겠니?" 히스클리프 씨는 아이의 손발이 모두 한결같이 가늘고 약하다는 것을 확인하고 나서 물었습니다.

"몰라요!" 린튼 도련님은 멍하니 두려운 눈으로 쳐다보면서 말했습니다.

"그럼, 내 이야기를 들은 일이 있겠지?"

"못 들었어요." 도련님은 대답했습니다.

"못 들었어? 아비에 대한 정을 깨우쳐 준 일이 없다니 네 어머니란 사람은 참 몹쓸 사람이구나! 말해 두겠지만 너는 내 아들이야. 네 아비가 어떤 사람인지 말도 해 주지 않다니, 네 어미는 정말 나쁜 여자가 아냐. 자, 그렇게 겁을 내며 얼굴을 붉히지 말아. 얼굴이 붉어지는 걸 보면, 피가 희지는 않은 모양이니 마음이 놓이는군. 얌전히 행동해야 해. 그러면 나도 잘할 테니까. 넬리, 피곤하거든 좀 앉아 쉬지 그래? 그렇지 않으면 돌아가고. 당신은 듣고 본 대로 그 집의 그 바보 같은 친구에게 보고하겠지. 이 녀석은 당신이 옆에서 서성거리는 동안에는 안정이 되질 않겠어."

"그럼," 저는 대답했습니다. "도련님에게 친절히 해 주시기 바랍니다. 히스클리프 씨. 그렇지 않으면 오래 데리고 계시지 못할 테니까요. 그리고 도련님은 이 넓고 넓은 세상에서 오직 하나뿐인 당신의 혈육이 아닙니까, 잘 아시겠지만요."

"친절히 해 주고말고. 염려 말아!" 그는 껄껄 웃으며 말하는 것이었습니다. "다만 아무도 이 애에게 친절히 해서는 안 돼. 난 이 애의 애정을 독점할 작정이니까. 자, 일단 밥은 먹어야 하니까, 조지프! 이 애에게 아침식사를 갖다 줘. 헤어튼, 이 망할 녀석아, 넌 나가서 일이나 해. 참 넬리!" 그들이 나가자 그는 제게 말을 건네는 것이었습니다. "내 아들은 장차 그곳의 주인이 될 거야. 그러니까 만일 이 애에게 어떤 일이 생긴 뒤에도, 그 집이 내 손에 들어올 것이라는 게 확실해 질 때까지는 죽게 하고 싶지 않단 말이야. 더욱이 이 애는 내 자식이니까, 내 아들이 당당하게 그 집의 주인 노릇을 하는 걸 보고 싶어. 내 후손이 그 집 자식들에게 품삯을 주어 그들의 조상이 물려 준 땅을 갈게 하는 것을 보는 쾌감을 맛보고 싶단 말이야. 내가 이 녀석을 참고 받아들이는 것도 오직 그런 생각이 있기 때문이지. 난 이 녀석 자체도 싫지만, 이 녀석이 기억을 되살려 주기 때문에 더 싫어. 그러나 아까 말한 그런 생각이 있으니까 문제없겠지. 저 녀석을 나한테 두어도 괜찮아. 당신네 주인이 자기 자식을 보살피는 것 못지않게 나도 저 녀석을 잘 돌볼 테니까.

난 저 녀석에게 주려고 위층에 방도 잘 꾸며 마련해 놓았어. 저 녀석이 배우고 싶은 것을 가르쳐 줄 가정교사도 20마일이나 떨어진 곳에서 한 주일에 세 번씩 오도록 해 두었지. 헤어튼에게도 저 애의 말에 순종하도록 일러 놓았어. 정말 저 애가 주위 사람들과는 달리 제 자신의 우수한 점과 신사적인 면을 유지하도록 모든 준비를 갖춰 놓았지. 그런데 그런 애쓴 보람이 거의 없으니 몹시 섭섭하군. 내가 이 세상에서 바라는 복이 있었다면, 저 녀석이 자랑할 만한 자식이었으면 하는 것뿐이었는데, 저렇게 하얀 얼굴에 울기만 하는 녀석이니 실망했어!"

히스클리프 씨가 이런 이야기를 하고 있는 동안 조지프는 한 그릇의 우유죽을 들고 돌아와서 도련님 앞에 놓았습니다. 도련님은 마땅치 않은 얼굴로 그 변변치 않은 죽을 휘휘 젓더니 이런 건 먹을 수 없다고 말했습니다.

조지프 영감은 그의 주인과 마찬가지로 린튼 도련님을 경멸하는 눈치였습니다. 히스클리프 씨가 분명히 그의 하인들에게 도련님을 존경하는 태도를 보이라고 했으므로, 그런 생각을 어쩔 수 없이 마음속에 감추고 있기는 했지만 말입니다.

"먹을 수 없다구?" 조지프는 도련님의 얼굴을 돌아보면서 남이 들을까봐 목소리를 낮춰 작은 소리로 말했습니다. "헤어튼 도련님이 어렸을 때 먹은 것은 이것밖에는 없어. 헤어튼 도련님이 먹을 만한 것이면 도련님도 먹을 수 있을 것 같은데!"

"난 먹지 않아!" 린튼 도련님은 퉁명스럽게 말했습니다. "가져 가."

조지프는 화가 나서 죽그릇을 냉큼 집어 들고 우리 쪽으로 가져왔습니다.

"그래, 이 음식이 뭐가 잘못됐습니까?" 조지프는 쟁반을 히스클리프 씨의 코밑에 들이대면서 물었습니다.

"잘못되긴 뭐가 잘못됐단 말이야?" 히스클리프 씨는 말했습니다.

"원 참!" 조지프가 대답했습니다. "서방님의 까다로운 아드님께서 이런 것은 못 잡수시겠다는뎁쇼. 헌데 그도 그럴 법하군요! 도련님의 어머님이 꼭 그랬거든요. 그 아씬 우리같이 더러운 것들이 심은 밀로 만든 빵은 드시지도 않았으니까요."

"저 애 어머니 얘기는 하지 마." 주인이 화를 내며 말했습니다. "애가 먹을 수 있는 걸 갖다 주면 되잖아. 저 애는 여느 때 무얼 먹었지, 넬리?"

저는 데운 우유나 차가 좋을 것이라고 일러 주었어요. 그러니까 히스클리프 씨는 가정부에게 그런 걸 좀 만들어 오라고 말했습니다.

'옳지, 아버지의 욕심이 아들을 편안하게 할 수 있겠구나!' 저는 혼자 그렇게 생각했습니다. 히스클리프 씨는 아들의 체질이 약하니 그에 알맞게 적절히 다뤄야 할 필요가 있다는 것을 알아차린 것 같았습니다. 저는 히스클리프 씨의 기분이 그렇게 돌아가더라는 것을 말씀드려 서방님을 안심시켜 드려야겠다고 생각했지요.

더 머뭇거릴 이유도 없어, 저는 도련님이 순하게 생긴 셰퍼드 한 마리가 가까이 오는 것을 겁내며 쫓고 있는 사이에 살짝 빠져나왔습니다. 그런데 도련님은 제가 나오는 것을 모를 만큼 방심하지는 않았던 모양이었습니다.

문을 닫자마자 울음소리와 함께 미칠 듯이 되풀이하여 외치는 말이 들렸으니까요.

"나를 두고 가지 마! 난 여기 있지 않을 테야! 여기엔 있지 않겠어!"

그러자 빗장을 올렸다가 다시 내리는 소리가 났습니다.

그들이 도련님을 못 나오게 했던 것이지요. 저는 미니에 올라타고 그 조랑말을 급히 몰았습니다. 이렇게 해서 잠시 동안 도련님의 보호를 맡았던 제 임무는 끝이 났습니다.

21

그날 우리는 캐시 아가씨 때문에 슬픈 고역을 치렀습니다. 아가씨는 아침에 사촌과 함께 놀고 싶은 생각으로 아주 기분이 좋아서 일어났던 것입니다. 그런데 그가 떠났다는 말을 듣고는 어찌나 슬피 우는지, 에드거 서방님 자신이 나서서 린튼은 곧 돌아온다고 하시며 아가씨를 달래지 않을 수 없었습니다. 그러나 '데려올 수만 있으면.' 하는 단서를 붙이는 것이었습니다. 그런데 그런 희망은 조금도 없었습니다. 이 약속으로 아가씨를 겨우 진정시킬 수 있었지만, 무엇보다도 시간이 더욱 큰 힘이 되었습니다. 가끔 아가씨는 린튼은 언제 돌아오느냐고 묻기도 했지만, 그를 다시 만나보기 전에 그의 얼굴에 대한 기억은 차츰 희미해져서 만나도 알아볼 수 없을 정도가 되었습니다.

저는 볼일로 기머튼에 가는 길에 워더링 하이츠의 가정부를 우연히 만날 때면, 늘 그 어린 도련님이 어떻게 지내느냐고 물어보았습니다. 도련님도 캐서린 아가씨나 마찬가지로 거의 집안에서만 갇혀 살다시피 해서 통 만날 수 없었던 것입니다. 저는 그 가정부의 이야기로 도련님은 여전히 약골이고 귀찮은 식구라는 것을 알 수 있었습니다. 그녀의 말로는 히스클리프 씨는 될 수 있는 대로 겉으로 나타내지는 않으려 하지만, 날이 갈수록 도련님을 더욱 싫어하는 듯하다는 것이었습니다. 히스클리프 씨가 도련님의 목소리만 들려도 싫어하고 한 방에 몇 분 동안 함께 앉아 있는 것조차 영 견디지 못한다는 이야기였어요.

두 사람은 서로 거의 말이 없이 지낸다고 했습니다. 그 가정부는 도련님은 공부를 하거나 응접실이라고 부르는 조그만 방에서 저녁을 보내지 않으면 하루 종일 침대에서 잠을 잔다고 전했습니다. 도련님은 늘 기침을 하거나 감기에 들거나, 어디가 아프거나 아니면 무슨 병을 앓기 때문이라는 것이었습니다.

"그렇게 심약한 아이는 처음 보았어요," 그녀는 나에게 말하는 것이었습니다. "또 누가 그렇게 제 몸을 위합니까. 저녁에 어쩌다 조금만 늦게까지 창문을 닫지 않으면 잔소리가 나오는 거예요. '아이! 밤바람을 쐬면 추워 죽겠어!' 하고 말이에요. 그리고 한여름에도 불을 피우지 않으면 안 되지요. 조지프가 담뱃대로 담배를 피우면 독하다고 잔소리구요. 그리고 언제나 음식에 까다롭고 또 밤낮 '우유, 우유' 하면서 우유만 찾는답니다. 우리가 겨울에 추워서 얼마나 고생하는지는 아랑곳하지 않아요. 그러고는 자기만 털외투로 몸을 감싸고 난롯가의 의자에 앉아서, 토스트나 물이나 그 밖의 먹을 것을 벽난로 옆 시렁 위에 올려놓고 야금야금 먹고 마시는 거예요. 그리고 혹 헤어튼이 불쌍하게 생각하고 기분이라도 북돋아 줄라 치면—헤어튼은 좀 거칠기는 해도 본심은 나쁘지 않아요—반드시 하나는 욕지거리를 하고 다른 하나는 울면서 돌아서게 마련이랍니다. 만일 그가 주인양반 자신의 아드님만 아니라면, 그 양반도 틀림없이 헤어튼이 그를 납작해지도록 두들겨 주는 것을 좋아하실 거예요. 그리고 분명 벌써 밖으로 쫓아내고 말았을 겁니다. 아드님이 자기 몸을 챙기느라 얼마나 사람들을 귀찮게 하는지 절반만이라도 아신다면 말이에요. 그러나 주인양반은 스스로 그런 유혹에 빠지려고 하시질 않는 거지요. 그분은 응접실에 들어가시는 일이 없고, 또 도련님이 자신이 계신 곳에서 그런 짓을 하려 하면 당장 위층으로 올려 보내 버리신답니다."

이 이야기를 듣고 저는 린튼 도련님이 본디부터 그렇지 않았다 하더라도, 아무도 전혀 동정해 주지 않는 곳에서 자연 이기적이고 달갑지 않은 성격이 되어 버렸다는 것을 알 수 있었습니다. 그래서 그의 운명에 대해 슬퍼하며 우리와 함께 있었더라면 좋았을 거라는 생각을 했지만, 결국 그에 대한 제 흥미는 사라지고 말았습니다.

에드거 서방님은 도련님에 대한 소식을 알아보라고 자주 말씀하셨습니다. 서방님은 도련님에 대해서 끔찍이 생각하셨고, 조금 모험을 무릅쓰고라도 만나보고 싶으신 모양이었습니다. 한번은 그 댁 가정부에게 도련님이 동네에 나오는 일이 있는지 물어보라고 제게 말씀하신 일이 있었습니다.

그 가정부의 말로는, 도련님은 꼭 두 번 마을에 나온 일이 있었는데, 아버지와 함께 말을 타고 왔었다는 것입니다. 그리고 두 번 다 마을에 다녀온 뒤에는 3, 4일 동안은 아주 녹초가 된 모양이더라고 전했습니다.

제 기억이 틀림없다면 그 가정부는 도련님이 온 지 2년 뒤에 나갔고, 제가 모르는 다른 여자가 그 뒤를 이어 들어와서 아직도 살고 있을 것입니다.

캐시 아가씨가 16살이 될 때까지 이 댁에서는 예전과 다름없이 즐거운 세월이 흘러갔습니다. 아가씨의 생일에 우리는 조금도 축하다운 축하를 한 일이 없었습니다. 왜냐하면 그날은 돌아가신 아씨의 제삿날이기도 했기 때문입니다. 그 날이 되면 서방님께서는 반드시 서재에서 홀로 지내셨고, 어두워지면 기머튼에 있는 교회 묘지까지 걸어가셔서 때때로 자정이 지날 때까지 머물곤 하셨습니다. 그래서 캐서린 아가씨는 자신의 생일이면 혼자서 하고 싶은 일을 하고 놀았습니다.

그해 3월 20일은 아름다운 봄날이었습니다. 서방님이 서재에 들어가시자 아가씨는 나들이옷으로 갈아입고는 나와 함께 벌판으로 산책을 나가도 좋겠느냐고 여쭈었습니다. 서방님은 멀리 가지 않고 한 시간 안으로 돌아올 수만 있다면 그렇게 하라고 승낙하셨지요.

"자, 빨리 해, 엘렌!" 아가씨는 재촉했습니다. "난 꼭 가보고 싶은 곳이 있어. 뇌조들이 많이 살고 있는 곳이야. 아직 집을 지었는지 안 지었는지 보고 싶어."

"거긴 꽤 멀 텐데." 저는 대답했습니다. "뇌조는 벌판 가에서는 새끼를 치지 않거든요."

"아냐, 그렇게 멀지 않아." 아가씨는 말했습니다. "아빠랑 바로 그 근처까지 갔다 온 일이 있는걸."

저는 그런 일에 대해서는 그 이상 더 생각하지 않고 보닛을 쓰고 기분 좋게 집을 나섰습니다. 아가씨는 제 앞을 껑충거리며 뛰어갔다가 옆으로 돌아와서는 다시 뛰어가고 하는 것이 마치 어린 사냥개 같았습니다. 저는 처음에는 여기저기서 지저귀는 종다리 소리에 귀를 기울이기도 하고 따뜻한 햇볕을 쬐기도 하면서, 제 귀염둥이며 즐거움이기도 한 아가씨가 하는 짓을 지켜보기도 하면서 아주 흥겨운 기분이었습니다. 아가씨의 금빛 고수머리는 묶지 않아 뒤로 나부끼고 있었고, 환한 볼은 막 피어난 들장미처럼 부드럽고 순결했을 뿐 아니라 눈은 구김없는 즐거움으로 빛나고 있었습니다. 아가씨는 그 무렵에는 행복하고 천사와 같은 아이였습니다. 그런데도 아가씨가 만족하지 못했다는 것은 가엾은 일이었지요.

"자아," 저는 말했습니다. "그 뇌조가 어디 있단 말이에요, 아가씨? 지금쯤 눈에 띄어야 할 텐데. 이제 저택의 숲 울타리가 까마득해요."

"아이, 조금만 더 가. 정말 조금만 더 가봐, 엘렌." 아가씨는 줄곧 졸라대는 것이었습니다. "저 언덕에 올라가서, 저 둑을 지나, 엘렌이 저쪽에 내려가면 새가 날아갈 거야."

그러나 오르고 지나야 할 언덕과 둑이 너무 많아서 마침내 저는 지치기 시작했고, 그래서 이제 그만 돌아가야 한다고 말했습니다. 아가씨가 저보다 훨씬 앞서 갔으므로 소리를 질러야 했지요. 그런데 아가씨는 제 소리가 들리지 않았는지 듣고도 모르는 체했는지 자꾸만 뛰어갔으므로, 저도 어쩔 수 없이 쫓아가지 않을 수 없었습니다. 드디어 아가씨는 어느 골짜기로 뛰어내렸습니다. 그래서 제가 다시 아가씨의 모습을 보았을 때는 아가씨는 자기 집보다도 워더링 하이츠가 2마일이나 더 가까운 곳에 가 있었습니다. 그리고 두 사람이 아가씨를 붙잡는 것이 보였는데, 그 중의 한 사람은 히스클리프 씨임에 틀림없었습니다.

캐시 아가씨는 뇌조의 둥지에서 뭔가를 훔치거나, 아니면 적어도 그것을 찾고 있는 동안 붙잡혔던 것입니다.

하이츠는 히스클리프 씨네 소유지니까 그는 밀렵자를 꾸짖는 것이었지요.

"저는 하나도 훔치지 않았고, 보지도 못한걸요." 아가씨는 제가 애를 쓰며 그들 옆에 갔을 때 그 증거로 두 손을 펴 보이면서 말하는 것이었습니다. "저는 뭘 훔칠 생각은 없었어요. 아빠가 이 근처에는 뇌조가 많이 있다고 가르쳐 주셨거든요. 그래서 그 알을 보고 싶었던 거예요."

히스클리프 씨는 아가씨가 누구라는 것을 알고 있으며 따라서 그냥 두지는 않겠다는 듯이 능글맞게 웃으면서 저를 힐끗 쳐다보고는, '아빠'가 누구냐고 묻는 것이었습니다.

"드러시크로스 저택의 린튼 씨예요." 아가씨는 대답했습니다. "아저씨는 나를 모르시는 모양이죠, 아신다면 그렇게 말씀하실 리가 없는데."

"그럼, 너의 아빠가 아주 훌륭하고 존경받는 분이라고 생각하는군?" 그는 비웃는 듯이 말했습니다.

"그런데 아저씨는 누구세요?" 캐서린 아가씨가 상대를 신기한 눈초리로 쳐다보면서 물었습니다. "저 사람은 전에 본 일이 있는데, 아저씨 아들인가요?"

아가씨는 옆에 서 있는 헤어튼을 가리켰습니다. 헤어튼은 나이를 두 살 더 먹는 동안에 몸이 더 건장하고 튼튼해졌을 뿐 달라진 데라고는 하나도 없었습니다. 거칠고 어색해 보이는 것까지 여전했지요.

"캐시 아가씨," 제가 가로막았습니다. "한 시간만 산책을 한다는 게 곧 세 시간이 다 돼 가요. 정말 이제 돌아가야 되겠어요."

"아냐, 이 아이는 내 아들이 아니야." 히스클리프 씨는 저를 밀어내면서 아가씨를 보고 대답했습니다. "하지만 나도 아들이 하나 있긴 하지. 너는 그 애를 전에 본 일이 있을 거야. 그리고 말이야, 저 아줌마는 가자고 서두르지만 둘 다 좀 쉬었다 가는 게 좋을 것 같군. 이 벌판 꼭대기를 잠깐 돌아서 우리 집으로 가자. 좀 쉬면 더 빨리 집에 돌아갈 수 있을 테니까. 그리고 우리 집에 가면 너를 반갑게 맞이할 사람도 있고."

저는 아가씨에게 무슨 일이 있어도 그의 청을 받아들여서는 안 되며, 그런 일은 생각조차 말라고 작은 소리로 일러 주었습니다.

"아니, 왜?" 아가씨는 큰 소리로 물었습니다. "난 뛰어다녔더니 피곤해. 그리고 땅도 이슬에 젖어서 여기서는 앉을 수도 없구. 우리 가 봐, 엘렌! 게다가 저분의 아들을 내가 본 일이 있다고 하잖아. 잘못 생각한 건지도 모르지만, 난 저분이 어디 사는지 짐작이 가. 내가 페니스턴 절벽에 갔다 오다 들렀던 그 농가지? 그렇지 않아?"

"맞았어, 자, 넬리! 다른 말 말고 집에 들러. 모두 만나면 저 애도 좋아할 거야. 헤어튼, 너 저 아가씨와 함께 먼저 가거라. 넬리는 나와 함께 갈 테니까."

"안 돼요, 아가씨는 그런 데는 못 가요." 저는 그이가 붙잡는 팔을 뿌리치려고 애를 쓰면서 외쳤습니다. 그러나 아가씨는 잽싸게 언덕배기를 돌아 마구 뛰어서, 어느 새 거의 그 집 문 앞에 깔아 놓은 돌 있는 데까지 가 있었습니다. 아가씨와 함께 가라고 한 헤어튼은 따라가려고도 하지 않고 길옆으로 비켜나더니 보이지 않았습니다.

"히스클리프 씨, 이건 정말 나쁜 짓이에요." 저는 말을 계속했습니다. "좋지 않다는 것을 아시지 않아요? 댁에 가면 아가씬 린튼 도련님을 만날 텐데. 그러면 집에 돌아가자마자 모든 걸 다 털어놓을 거란 말이에요. 그 야단은 제가 맞게 되지요."

"난 저 애가 린튼을 만났으면 한단 말이야." 그는 대답했습니다. "린튼은 요 며칠 동안 좀 나아졌지. 그 애가 남을 만나 볼 만큼 기분이 좋은 때가 별로 없거든. 그리고 오늘 만난 일은 비밀로 해 두라고 캐시를 타이를 수도 있을 거야. 대체 뭐가 곤란하단 말이야?"

"제가 옆에 있으면서 아가씨를 댁에 들어가게 내버려 두었다는 걸 서방님이 아시게 되면 제가 꾸중을 들을 테니까 곤란하지요. 그리고 히스클리프 씨가 아가씨에게 자꾸만 가자고 권하는 데는 좋지 않은 계획이 있다는 걸 잘 알고 있어요." 저는 대답했습니다.

"내 계획은 매우 정직해. 그 내막을 모두 이야기하지." 그는 말했습니다. "그건 저 두 사촌끼리 사랑하게 되어 결혼할 수 있으면 좋겠다는 거야. 이건 그 댁 주인에 대해서도 너그럽게 생각해서 하는 짓이야. 그의 어린 딸은 받을 유산도 없으니, 그 애가 내 생각대로 되기만 하면 즉시 린튼과 함께 재산의 상속인이 되는 거지."

"만일 린튼 도련님이 죽는다면," 저는 대답했습니다. "사실 도련님은 정말 믿을 수 없을 만큼 몸이 약하시니까 말인데요, 그렇게 되면 캐서린 아가씨가 상속인이 되겠지요."

"아니, 그렇게는 안 되지." 그는 말했습니다. "유언에는 그런 보장을 한 조목이 없으니까. 재산은 내게로 돌아오게 돼. 그러나 말썽이 나지 않도록, 저 두 아이가 결합하기를 바라는 거야. 또 그것을 실현시킬 작정이고."

"그런데 저는 아가씨를 다시는 댁의 문전에 가까이 가게 두지 않을 작정이에요." 저는 대문 앞에 왔을 때 대꾸했습니다. 문간에는 캐시 아가씨가 우리가 오기를 기다리고 있었습니다.

히스클리프 씨는 저에겐 잠자코 있으라고 하더니 우리를 앞서 길을 올라가 현관문을 열었습니다. 캐시 아가씨는 그에 대해서 어떻게 생각해야 좋을지 확실히 마음을 결정하지 못하겠다는 듯이 몇 번이나 그를 쳐다보았습니다. 그러나 그는 아가씨의 눈과 마주치자 미소를 지었고 아가씨에게 이야기할 때는 목소리도 한결 부드러웠으므로, 저는 어리석게도 아가씨의 어머니에 대한 추억이 아가씨를 해치려는 그의 마음을 사그라지게 했나 보다고 상상했습니다.

린튼 도련님은 난로 앞에 서 있었습니다. 모자를 쓰고 있는 것이 들에 나가 거닐다 온 모양으로, 조지프에게 마른 신을 가져오라고 말하는 중이었습니다. 15살이 되려면 아직도 몇 달이 지나야 했지만 나이에 비해서 키가 컸습니다. 도련님의 얼굴 모습은 아직도 예뻤고, 건강에 좋은 공기와 따뜻한 햇볕을 쬐어 생긴 일시적인 윤기이기는 했겠지만, 눈이며 안색도 제가 생각하고 있었던 것보다는 훨씬 밝았습니다.

"자, 저게 누구지?" 히스클리프 씨는 캐시를 보고 물었습니다. "누군지 알겠지?"

"아저씨네 아들인가요?" 아가씨는 의심스러운 듯이 한 사람씩 번갈아보면서 말했습니다.

"그래, 맞았어." 그는 대답했습니다. "그런데 저 애를 지금 처음 보는 거니? 생각해 보렴! 이런! 기억력이 나쁘구나. 애, 린튼, 네가 보고 싶다고 그렇게 졸라 대던 네 사촌을 모르겠니?"

"뭐, 린튼이라고!" 아가씨는 그 이름을 듣자, 뜻밖의 기쁨으로 얼굴이 활짝 밝아지며 외쳤습니다. "저게 그 린튼이야? 나보다 키가 더 큰데. 네가 정말 린튼이야?"

소년은 앞으로 다가서더니 그렇다고 말했습니다. 아가씨는 그에게 열렬히 입을 맞추었으며, 두 사람은 세월이 각자의 용모에 가져다 준 변화를 놀라워하며 서로 유심히 바라보았습니다.

캐서린 아가씨는 자랄 대로 다 자랐습니다. 모습은 토실토실하면서도 날씬했고 용수철처럼 탄력이 있어 보였으며, 몸 전체가 건강하고 생기에 넘쳐 발랄해 보였습니다.

린튼 도련님의 용모와 동작은 아주 기운이 없어 보였고 몸집은 몹시 가냘 펐습니다. 그러나 그의 태도에는 그런 결점을 메워 주는 맵시가 있어서 싫은 인상을 주지는 않았습니다.

사촌과 여러 가지 정다운 인사를 주고받은 뒤에 아가씨는 히스클리프 씨에게로 갔습니다. 히스클리프 씨는 문 옆을 서성거리면서 집안에서 벌어지는 일들과 밖의 풍경 양쪽에 마음을 쓰고 있는 것 같았습니다. 하지만 실은 밖을 내다보는 척하면서 집안에만 주의를 기울이고 있었지요.

"그럼, 아저씨는 제 고모부군요!" 아가씨는 그에게 인사하려고 다가서면서 외쳤습니다. "처음엔 아저씨가 화를 내셨지만 전 아저씨가 좋다고 생각했어요. 왜 아저씨는 린튼을 데리고 우리 집에 안 오시죠? 이렇게 가까운 이웃에 살면서 한 번도 우리를 보러 오시지 않다니 이상한데요. 무엇 때문에 그러셨어요?"

"네가 태어나기 전에 한때는 너무 자주 찾아갔었단다," 그는 대답했습니다. "이런! 그만둬! 그렇게 입을 맞추고 싶으면 린튼에게나 맞추렴. 나한텐 소용이 없지."

"엘렌은 심술쟁이야!" 캐서린 아가씨는 소리치고는 이번에는 그 주체할 수 없는 키스를 저한테 퍼부으려고 덤벼드는 것이었습니다. "엘렌은 나빠! 나를 이 집에 들어가지 못하게 하고 말이야. 하지만 앞으론 아침마다 이렇게 산책을 올 테야. 아저씨, 와도 되죠? 그리고 때때로 아빠도 모시구요? 아저씬 우리를 만나는 게 좋지 않아요?"

"좋구말구!" 그는 대답했으나, 아침마다 오겠다는 두 사람에 대한 깊은 혐오감으로 말미암아 찌푸려지는 표정을 애써 억누르는 것이었습니다. "그러나 잠깐," 그는 아가씨를 향하여 말을 이었습니다.

"이제 생각나는데 말이야, 네게 이야기해 두는 게 좋겠군. 너의 아버지는 내게 반감을 가지고 있거든. 언젠가 한번 서로 매우 심하게 화를 내며 싸운 일이 있지. 만일 여기 온다는 걸 아버지에게 이야기하면, 너 혼자 오는 것마저 반대할 거다. 그러니 이 뒤로 네 사촌을 보고 싶지 않다면 몰라도, 그게 아니라면 그 이야기는 아버지한테 해서는 안 돼. 네가 오고 싶으면 와도 좋지만, 그걸 이야기해서는 안 된단 말이다."

"두 분이 왜 싸우셨어요?" 아가씨는 물었습니다.

"너의 아버지는 내가 너무 가난해서 자기 동생과 결혼할 수 없다고 생각했지." 히스클리프 씨는 대답했습니다. "그런데 내가 기어이 결혼을 하고 마니까 원망을 하게 되었어. 자기의 자존심이 깎인 거야. 그래서 그 일을 절대 용서하지 않는 거란다."

"그건 잘못이지요!" 아가씨가 말했습니다. "언제든 아빠한테 그렇게 말씀드리겠어요. 하지만 린튼과 나는 두 분의 싸움과는 아무런 관계도 없잖아요. 그럼, 저는 오지 않을 테니까 린튼을 집으로 오게 해요."

"나한텐 너무 멀어," 아가씨의 사촌은 중얼거렸습니다. "4마일이나 걸었다가는 나는 죽을 거야. 그러지 말고 캐서린 양이 와. 아침마다 오지 말고 가끔 오면 되잖아. 1주일에 한두 번씩 말이야."

아버지는 아들에게 심한 경멸의 눈초리를 보냈습니다.

"넬리, 아무래도 나는 헛수고를 하나 봐." 히스클리프 씨는 저를 보고 중얼거렸습니다. "저 '캐서린 양'은 저 멍청한 놈이 얼마나 못났는지 알아보고 상대도 하지 않을 거야. 아, 저게 헤어튼이라면 얼마나 좋을까! 저렇게 천하게 내동댕이쳐 두긴 하지만, 헤어튼이 내 자식이라면 얼마나 좋을까, 하고 하루에 몇 번씩이나 저놈을 탐내는지 알아? 헤어튼이 언쇼의 자식이 아니었다면 나도 저놈을 귀여워했을 거야. 그래도 헤어튼이 캐서린의 마음에 들 리는 없을 테니, 저 못난 녀석이 활발하게 나도는 구석이 없으면 변변찮은 헤어튼과 경쟁을 붙여 주겠어. 아무래도 린튼 녀석 18살까지 살 것 같지도 않지만 말이야. 아아, 저 김빠진 바보 같은 녀석. 저 녀석은 발을 말리는 데만 골몰해서 캐서린 쪽은 한번 보지도 않는군. 애, 린튼!"

"네, 아버지." 그 소년은 대답했습니다.

"너는 네 사촌에게 아무 데고 안내할 곳이 없니? 하다못해 산토끼나 족제비집 같은 거라도 없느냐 말이야. 신을 바꿔 신기 전에 마당으로라도 안내해 줘. 마구간에 가서 네 말이라도 보여 주란 말이야."

"여기 앉아 있는 게 좋지 않아?" 다시 움직이기 싫다는 듯한 어조로 린튼 도련님은 캐서린 아가씨를 보고 물었습니다.

"글쎄," 아가씨는 문 쪽으로 아쉬운 눈길을 던지면서 분명 몹시 뛰어다니고 싶은 눈치로 대답했습니다.

그러나 린튼 도련님은 자리에 앉은 채 난롯가에 더 가까이 다가가 몸을 웅크렸습니다.

히스클리프 씨는 일어서서 부엌에 들어가더니 다시 뒷마당으로 나가서 헤어튼을 불렀습니다.

헤어튼이 대답하는 소리가 들리고 곧 두 사람이 다시 들어왔습니다. 두 볼이 불그레하고 머리가 젖은 것으로 보아 헤어튼은 몸을 씻고 있었던 모양입니다.

"참, 아저씨한테 물어볼 게 있어요," 아가씨는 가정부가 한 말이 생각나서 큰 소리로 말했습니다. "저 사람은 내 사촌이 아니죠?"

"왜 아냐?" 히스클리프 씨는 대답했습니다. "네 어머니의 조칸데. 그 애가 싫으니?"

캐서린 아가씨는 이상한 얼굴을 했습니다.

"훌륭한 젊은이 같지 않니?" 히스클리프 씨는 말을 계속했습니다.

그러자 버릇없는 소녀는 발돋움을 하고 히스클리프 씨의 귀에다 대고서 무엇인가 소곤거리는 것이었습니다.

히스클리프 씨는 껄껄 웃었습니다. 헤어튼의 얼굴이 어두워졌습니다. 저는 그가 자기를 경멸하지 않나 하는 데 대해서 아주 민감하고, 또 분명히 희미하게나마 열등감을 가지고 있다는 것을 알 수 있었습니다. 그러나 그의 주인인지 보호자인지가 다음과 같이 큰 소리로 말함으로써 그의 찌푸렸던 얼굴은 다시 펴지게 되었습니다.

"네가 우리 가운데 가장 사랑을 받겠구나, 헤어튼! 캐서린이 말하는데 너는 말이다, 뭐랬더라? 어쨌든 매우 칭찬하는 말이야. 애! 너 캐시와 함께 농장이나 한 바퀴 돌고 오너라. 그리고 신사답게 굴어야 해, 알았지? 조금도 나쁜 말은 쓰지 말아. 그리고 아가씨가 너를 보고 있지 않을 때 아가씨를 물끄러미 쳐다보아서는 안 돼. 또 아가씨가 너를 볼 때는 얼굴을 돌리고 말이야. 말할 때는 또박또박 천천히 하고, 호주머니에 손을 넣지 마라. 나가 봐. 그리고 될 수 있는 대로 친절하게 해 줘."

그는 둘이 창문을 지나 걸어가는 것을 지켜보았습니다. 언쇼 도련님은 그의 얼굴을 돌려 아가씨를 숫제 외면하고 있었습니다. 그는 마치 눈에 익은 풍경을 처음 본 사람이나 화가와 같은 흥미를 가지고 살피기라도 하는 것 같았습니다.

캐시 아가씨는 그를 흘끔 훔쳐보았으나 별로 훌륭하게 생각하는 것 같지도 않은 표정이었습니다. 그리고 곧 아가씨는 혼자서 무엇인가 재미있는 것을 찾는 데에 마음을 돌리고는 즐겁게 발걸음을 옮기면서, 상대가 말이 없는 틈에 노래를 흥얼거리는 것이었습니다.

"입을 막아 놓았으니," 히스클리프 씨는 말했습니다. "저 녀석 내내 말 한 마디 못하고 말 거야! 넬리, 내가 저만한 나이 때를 기억하지. 아니, 좀 더 어렸을 때 말이야. 나도 저렇게 보잘것없고, 조지프 말마따나, 미련하게 보였던가?"

"더 했지요." 저는 대답했습니다. "더 침울했으니까요."

"난 저 녀석을 보면 즐겁단 말이야!" 그는 계속하여 자기의 속마음을 이야기하는 것이었습니다. "저 녀석은 내 기대에 어긋나지 않았어. 만일 저 녀석이 바보로 태어났더라면 내가 이렇게 즐거움을 느끼지는 않았을 테지.

그러나 저 녀석은 바보가 아니거든. 내 자신이 경험했으므로 저 녀석의 기분을 다 알 수 있단 말이야. 가령 지금 저 녀석이 무엇을 괴로워하고 있는지 난 그대로 알고 있지. 그건 다만 그가 앞으로 겪을 괴로움의 시초에 지나지 않는 것이지만.

헤어튼은 자기가 빠져 있는 비천함과 무지 속에서 절대 벗어나지 못할 거야. 나는 저 녀석의 못된 아비가 나에게 한 것 이상으로 저 녀석을 단단히 붙잡고 내가 당한 것보다 더욱 천하게 다루고 있거든. 저 녀석은 제가 짐승 같은 점에 대해서 자부심까지 가지고 있어. 내가 저 녀석에게 짐승과 같지 않은 것은 모조리 어리석고 약한 것이니 경멸하라고 가르쳐 주었으니까.

만일 힌들리가 살아서 저 녀석을 본다면, 그자도 제 자식을 자랑스러워 할 것 같지는 않지? 내가 내 아들을 그렇게 생각하지 않듯이 말이야. 그러나 차이는 있지. 한쪽은 금덩어리인데도 길에 까는 돌로 쓰이고 다른 한쪽은 양 철조각을 은처럼 보이려고 닦는 셈이거든. 내 자식은 아무런 쓸 만한 점이 없는 놈이지만, 그래도 그런 빈약한 놈이 갈 수 있는 데까지 가게 해서 되도록 소질을 살려 볼 작정이야. 하지만 언쇼의 아들놈은 여러 가지 훌륭한 소질을 타고났지만 다 잃어버리고 말았거든. 쓸모가 없기는커녕 그 보다도 더 나빠진 거야. 나야 조금도 섭섭할 게 없어. 허나 힌들리는 내가 알고 있는 누구보다도 훨씬 더 슬퍼할 테지. 그리고 그 중에서도 최악의 일은 헤어튼이란 놈이 나를 몹시 좋아한다는 사실일 거야! 그 점에 있어서는 내가 힌들리보다 낫다는 걸 당신도 인정하겠지. 그 죽은 악한이 자기 자식에게 잘못한다고 나를 비난하기 위해서 무덤에서 기어 나올 수 있다 해도, 그 자식놈은 제 아버지에게 이 세상에서 둘도 없는 자기 친구에게 어쩌면 그렇게 욕할 수 있느냐고 분개하여 싸워서 다시 쫓아 보낼 거란 말이야!"

히스클리프 씨는 그런 광경을 생각하고 악마처럼 킥킥거리는 것이었습니다. 저는 그가 제 대답을 바라고 있지 않다는 것을 알았으므로 가만히 있었습니다.

그러는 동안에, 우리의 이야기가 들리지 않을 만큼 떨어져서 앉아 있던 도련님이 불안한 기색을 보이기 시작했습니다. 아마 좀 피곤하다고 캐서린 아가씨와 놀 수 있는 좋은 기회를 스스로 포기한 것을 후회하고 있던 모양이었습니다.

그의 아버지는 그가 불안한 눈초리로 창문 쪽을 두리번거리며 어물어물 모자를 집으려고 하는 것을 보았습니다.

"일어나, 이 게으름뱅이야!" 그는 일부러 쾌활하게 소리를 질렀습니다.

"저 애들을 쫓아가 봐! 이제 막 모퉁이, 벌통 옆을 돌아가고 있어."

린튼 도련님은 기운을 내어 난로 옆을 떠났습니다. 창문은 열려 있었습니다. 도련님이 막 나가자 캐시 아가씨가 그 무뚝뚝한 헤어튼에게 문 위에 새겨져 있는 글자는 무엇이냐고 묻는 소리가 들렸습니다.

헤어튼은 물끄러미 쳐다보더니 정말 시골뜨기같이 머리를 긁적거렸습니다.

"뭐, 시시한 말이 씌어 있겠지. 읽을 줄은 모르지만."

"저걸 못 읽어?" 아가씨가 소리쳤습니다. "난 읽을 수 있어. 저건 우리말이야. 그런데 왜 저기다 새겨 놓았는지 모르겠어."

린튼 도련님은 킬킬 웃었습니다. 처음으로 즐거운 표정을 보인 것이지요.

"그 앤 글자를 모른단 말야." 린튼 도련님이 아가씨에게 말했습니다. "저런 커다란 바보가 있다는 걸 몰랐지?"

"온전한 애 맞아?" 캐시 아가씨는 진지하게 물었습니다. "둔하든지, 어디가 좀 이상하지? 방금 두 가지나 물어보았는데 두 번 다 아주 바보 같은 얼굴을 했거든. 내가 말하는 걸 알아듣지 못하는가 봐. 사실은 나도 저 애가 말하는 걸 거의 모르겠어!"

린튼 도련님은 다시 킬킬 웃고는 조롱하는 듯이 헤어튼을 흘끗 쳐다보았습니다. 그때 헤어튼은 확실히 뭐가 뭔지 모르는 모양이었습니다.

"그저 게을러서 그런 것뿐이야. 그렇지, 언쇼?" 린튼 도련님은 말했습니다. "내 사촌은 너를 바본 줄 알고 있어. 네가 늘 '쓸모없는 학문'이니 뭐니 하고 공부하는 걸 경멸하니까 이런 꼴이 되는 거야. 캐서린, 저 애의 지독한 요크셔 사투리 들어 봤지?"

"그래, 그 망할 놈의 공부는 해서 무슨 소용이 있다는 거야?" 헤어튼은 매일 함께 지내는 친구에게는 대답하기가 좀더 쉬웠던지 으르렁대듯이 말하는 것이었습니다. 그는 뭐라고 좀더 말할 참이었으나 두 젊은이들이 요란스럽게 즐거운 웃음을 터뜨리는 바람에 말문이 막혀 버렸습니다. 경망스러운 우리 아가씨는 자기가 헤어튼의 이상한 말버릇을 웃음거리로 삼을 수 있었다는 것을 알고서 재미가 났던 것입니다.

"망할 놈의 공부는 해서 무슨 소용이 있느냐고 말했지?" 린튼 도련님은 킬킬거렸습니다. "아빠가 나쁜 말은 하나도 쓰지 말라고 하셨는데 넌 입만 벌리면 나쁜 말이 나오잖아. 신사다운 행동을 하도록 해, 제발!"

"네놈이 만일 계집애 같지만 않다면 내 당장 때려눕히고 말지, 가만두지 않아. 이 병신 같은 말라깽이야!" 성이 난 그 시골뜨기는 물러가면서 대꾸하는 것이었습니다. 그의 얼굴은 분한 마음이 창피한 생각과 범벅이 되어 붉게 달아올랐습니다. 모욕을 당했다는 것을 알면서도 어떻게 분풀이를 해야 할지 몰랐기 때문이었습니다.

저는 물론 히스클리프 씨도 그들의 이야기를 들었고, 헤어튼이 물러가는 것을 보자 빙그레 웃었습니다. 그러나 곧 문간에 서서 지껄이고 있는 경박한 두 아이를 이상하게 언짢은 눈으로 쳐다보았습니다. 린튼 도련님은 헤어튼의 실수와 결점을 이러니저러니 늘어놓고 그의 행동에 대한 재미있는 이야기들을 설명하느라고 신이 났고, 아가씨는 아가씨대로 도련님의 건방지고 심술궂은 그 말들에는 비뚤어진 심보가 드러나 있다는 것은 생각지도 못하고 즐겁게 듣고 있었습니다. 그러자 저는 린튼 도련님이 측은하다기보다 미운 생각이 들기 시작했고, 그의 아버지가 그를 하찮게 여기고 있는 것에 대해서도 어느 정도 수긍이 가기 시작했습니다.

저희들은 오후까지 거기에 있었습니다. 캐시 아가씨를 억지로 데리고 올 수는 없었기 때문이었습니다. 그러나 다행히 서방님은 서재에서 나오시지 않은 채였고, 우리가 그렇게 오랫동안 나가 있었던 것도 모르고 계셨습니다.

돌아오면서 저는 지금 헤어지고 오는 사람들의 성격이 어떻다는 것을 아가씨에게 일러 주고 싶었습니다. 그러나 아가씨는 제가 그들에 대해서 어떤 편견을 가지고 있는 줄로 알았던 모양입니다.

"아하!" 아가씨는 외쳤습니다. "엘렌은 아빠 편을 드는군. 엘렌은 공평하지 못해. 그렇지 않다면 그렇게 오랫동안 린튼이 아주 먼 곳에서 사는 것처럼 나를 속이지는 않았을 거야. 난 정말은 굉장히 화가 나는데 오늘은 아주 기분이 좋으니까 화내지 않는 것뿐이야! 하지만 엘렌은 아저씨에 대해서 입을 열면 안 돼. 그분은 우리 고모부 되시는 분이란 말이야, 알지? 집에 가면 내가 아빠한테 왜 고모부와 싸웠느냐고 뭐라고 해 줄 테야!"

이와 같이 아가씨가 계속 이야기를 늘어놓는 바람에 저는 아가씨의 생각이 잘못이라는 걸 깨우쳐 주려다가 그만두었습니다.

아가씨는 그날 밤에는 서방님을 뵙지 못했으므로 하이츠에 갔다 온 이야기를 하지 않았습니다. 아쉽게도 다음날 모든 것이 탄로가 났지만 저에게는 그것이 전적으로 딱하기만 한 일도 아니었습니다. 제가 아가씨를 지도하고 훈계하는 것보다도 서방님께서 하시는 게 더욱 효과를 거둘 수 있을 것이라는 생각이 들었기 때문입니다. 그러나 서방님은 너무 마음이 약해서 왜 아가씨가 그 집 사람들과 접촉해서는 안 되는가 하는 것에 대해서는 납득이 갈 만한 이유를 밝혀 주시지 못했습니다. 아가씨는 아가씨대로 지금까지 자기 멋대로 하는 것을 막은 이유에 대해 충분한 설명을 듣고 싶어 했습니다.

"아빠!" 아가씨는 아침 인사가 끝난 뒤에 큰 소리로 말했습니다. "어제 말이야, 벌판에 산책 갔을 때나 누구 만났는지 알아맞혀 봐요. 아이, 아빠! 지금 아빠 놀랐지! 그런데 아빠가 잘못한 일 있잖아? 난 알았어. 그런데 들어 봐. 내가 어떻게 알게 됐는지 이야기를 할 테니까. 그리고 엘렌도 아빠와 한편이었어. 내가 린튼이 돌아오기를 그렇게 바라다가 실망했을 때 동정하는 척하더니!"

아가씨는 산책 갔을 때의 일이며 그 뒤에 일어난 일들을 모두 다 털어놓았습니다. 서방님은 몇 번이고 꾸짖는 듯한 눈으로 저를 보셨지만, 아가씨의 말이 끝날 때까지 아무런 말씀도 안 하셨습니다. 그러고 나서 서방님은 아가씨를 가까이 오게 하시더니 왜 린튼이 바로 이웃에 사는 걸 숨기고 있었는지 아느냐, 그리고 네가 아무런 지장 없이 린튼을 만나 재미있게 놀 수 있으면 굳이 그 즐거움을 막았겠느냐고 물으시는 것이었습니다.

"그건 아빠가 히스클리프 씨를 싫어하시니까 그렇지 뭐." 아가씨는 대답했습니다.

"그럼 캐시야, 넌 아빠가 아빠를 위해서 네 감정을 희생시키고 있다고 생각하는 거냐?" 서방님은 말씀하셨습니다. "그렇지 않아. 그건 내가 히스클리프 씨를 싫어하기 때문이 아니라, 그가 나를 싫어하기 때문이야. 그리고 그는 아주 악한 사람이어서 조그만 꼬투리라도 잡으면 자기가 미워하는 사람을 괴롭히고 망치려 한단다. 나는 네가 그 사람과 만나지 않고 네 사촌과 교제를 시작하더라도 결국 그와 알게 될 것이고, 그러면 그는 나를 미워하니까 너도 미워할 거라고 생각한 거야. 네가 린튼을 만나지 않도록 경계를 한 것은 너를 위해서 한 일이지 다른 이유는 아무것도 없어. 이건 언제든 네가 좀더 나이를 먹으면 이야기할 생각이었는데 이제까지 이야기를 못 해 줘서 미안하구나."

"하지만 히스클리프 씨는 아주 친절하던데, 아빠," 아가씨는 전혀 납득이 안 간다는 듯이 말했습니다. "그리고 고모부는 우리가 서로 만나는 것을 반대하시지 않았어. 그렇지만 자기가 아빠와 싸운 일이 있고 또 아빠가 이사벨라 고모와 결혼한 것을 용서하려고 하지 않으니까, 아빠한테는 말하지 말고 내가 오고 싶으면 집에 와도 좋다는 거야. 그런데 아빠는 용서하지 않으시려는 거지. 나쁜 건 아빠야. 그분은 적어도 우리가 친구가 되기를 원하고 있어. 린튼과 내가 말이지. 그런데 아빠는 그렇지 않거든."

서방님은 아가씨가 그 고모부의 나쁜 성미에 대한 당신의 말씀을 믿으려고 하지 않는 것을 아시고, 그가 이사벨라 아가씨에게 한 짓과 워더링 하이츠를 자기 소유로 만든 경위를 대강 들려주었습니다. 서방님은 그 문제에 대해 오래 이야기하는 것은 참을 수 없었습니다. 왜냐하면 아가씨가 돌아가신 뒤부터 서방님의 마음속에는 그 숙적(宿敵)에 대한 두려움과 증오가 자리잡게 되었고, 그분께 그 감정들은 여전히 새삼스러운 것들이었기 때문이었습니다. 비록 서방님 스스로는 그것에 대해 말하시는 일도 거의 없었으니까요.

'그자만 아니었더라면 아내는 아직 살아 있을 게 아닌가!' 이런 쓰라린 생각이 언제나 서방님의 마음을 떠나지 않아서 서방님의 눈에는 히스클리프 씨가 살인자로 비쳤던 것입니다.

급한 성미와 경망스러운 생각으로 말을 잘 듣지 않는다든지, 억지를 쓴다든지, 아니면 화를 내는 것과 같은 조그만 잘못 이외에 나쁜 행동이라고는 알지 못하고, 또 그런 일들도 저지른 바로 그날 후회하는 캐시 아가씨는, 몇 해씩이나 복수심을 속에 품고 있다가 양심의 가책도 받지 않고 어김없이 그 계획을 실행하는 흉악한 마음을 가진 사람도 있는가 하고 깜짝 놀랐습니다. 아가씨는 지금까지 한 번도 보지도 못하고 생각해 본 일도 없는 성품의 사람이 있다는 것을 처음 알게 되어 매우 깊은 인상과 충격을 받은 것 같았습니다. 그래서 서방님은 그 이야기를 더 할 필요가 없다고 생각하셨습니다. 다만 그분은 이렇게 덧붙이셨지요.

"아가, 이제부터는 왜 아빠가 네게 그 집을 멀리하고 그 집 사람들을 만나지 않기를 바라는지 너도 알 거야. 자아, 다시 전에 하던 공부를 하고 그 사람들에 대해선 더 생각하지 마라!"

캐서린 아가씨는 아버님께 입을 맞추고 나서 습관대로 조용하게 앉아서 두어 시간 공부를 했습니다. 그리고 나서 아가씨는 아버님을 따라 뜰에 나가 시간을 보냈고, 여느 때와 같은 하루가 지났습니다. 그런데 저녁에 아가씨가 자기 방에 들어간 뒤, 제가 옷을 갈아입히려고 들어가니까 아가씨는 침대 옆에 무릎을 꿇고 앉아서 울고 있었습니다.

"아니, 이런! 이게 무슨 바보짓이에요!" 저는 소리쳤습니다. "아가씨가 정말 슬픈 일이 뭔지 안다면 이런 하찮은 일로 눈물을 흘린다는 걸 부끄럽게 생각하실 거예요. 캐서린 아가씨, 아가씬 아직도 진짜 슬픔을 못 겪어봤어요. 잠시나마 아버님과 내가 죽어서 아가씨 홀로 이 세상에 남았다고 생각해 보세요. 그땐 어떤 생각이 들까요? 지금의 경우와 그런 불행한 경우를 비교해 봐요. 그리고 새로운 친구를 욕심내지 말고 아버님이나 나 같은 사람이 옆에 있다는 걸 고맙게 생각하세요!"

"나 자신 때문에 우는 게 아냐, 엘렌." 아가씨는 대답했습니다. "린튼이 불쌍해서 그래. 그 앤 내일 또 나를 만날 줄 알고 있으니 굉장히 실망할 거야. 그 애가 기다릴 텐데 나는 못 가니까 말이야!"

"그런 소리 말아요!" 저는 말했습니다. "그 도련님이 아가씨가 도련님을 생각하듯이 아가씨를 생각할 줄 아세요? 함께 노는 헤어튼이 있지 않아요? 겨우 두 번, 그나마 오후에만 만난 친척을 만나지 못하게 되었다고 우는 사람은 백에 한 사람도 없어요. 린튼 도련님도 사정을 짐작하고 아가씨 같은 사람은 염두에 두지 않을 거예요."

"그렇지만 못 가는 이유를 편지로라도 써 보내면 안 될까?" 아가씨는 일어서면서 물었습니다. "그리고 내가 빌려 주기로 약속한 책들만 보내 주고 말이야. 그 애의 책들은 내 것들만큼은 좋지 않아. 그래서 내 책들이 아주 재미있다고 이야기했더니 몹시 보고 싶어 했어. 빌려 줄 수 없을까, 엘렌?"

"안 돼요. 정말 안 되고 말고요!" 저는 잘라 대답했습니다. "그렇게 되면 린튼 도련님이 아가씨에게 편지를 내게 될 텐데. 그럼 끝이 없을 거예요. 안 돼요, 아가씨. 아주 접촉을 끊으셔야 합니다. 아버님께서도 그럴 줄로 알고 계시고, 나도 그렇게 시키겠어요."

"하지만 짤막한 편지 한 장쯤이야." 아가씨는 애원하는 얼굴로 다시 말을 시작했습니다.

"잠자코 있어요!" 저는 말을 가로막았습니다. "그 편지에 대해선 이젠 그만 이야기해요. 잠이나 자요!"

아가씨는 아주 버릇없는 눈을 하고 저를 쳐다보았습니다. 그게 어쩌나 심했던지 저는 처음으로 잘 자라는 입맞춤도 하지 않고 이불을 덮어 주고는 몹시 언짢게 문을 닫았습니다. 그러나 도중에 안됐다 싶어 조용히 다시 들어갔습니다. 그랬더니 어쩌면! 아가씨는 책상 앞에 서서 흰 종이조각을 앞에 놓고 손에는 연필을 쥐고 있다가 죄라도 지은 듯이 얼른 그것들을 감추는 것이었습니다.

"아가씨, 그걸 갖다 줄 사람은 아무도 없어요. 편지를 쓴다 해도 말이에요. 그러니 이제 촛불을 끄겠어요."

제가 촛불에 덮개를 씌우는데 제 손등을 찰싹 때리면서 버럭 화를 내며 "심술쟁이!" 하는 것이었습니다. 그러고 나서 저는 다시 나왔는데 아가씨는 몹시 토라져서 빗장을 걸어 버렸습니다.

한참 뒤에야 알게 되었지만, 그 편지는 마을의 우유 배달부를 통해 기어이 목적지에 전달되었던 모양이었습니다. 몇 주일이 지났고, 아가씨의 기분도 가라앉았습니다. 그 동안 아가씨는 혼자서 살그머니 구석차지를 하는 버릇이 생겼고, 가끔 책을 읽고 있을 때 제가 가까이 가려 하면 깜짝 놀라며 분명히 책을 보이지 않을 양으로 그 위에 엎드렸습니다. 그러면 책갈피 사이로 다른 종이 끄트머리가 삐죽이 내밀어 보이는 것이 눈에 띄는 것이었습니다.

아가씨는 또 아침 일찍 내려와서 마치 무엇인가 도착하기를 기다리는 듯 부엌을 서성대는 버릇도 생겼습니다. 그리고 서재에 있는 벽장에 달린 작은 서랍을 하나 자기 것으로 쓰면서 그것을 몇 시간씩 뒤적거렸지요. 그 서랍의 열쇠는 아가씨가 특별히 간수해 두기도 했습니다.

하루는 아가씨가 그 서랍을 들여다보고 있는 것을 보니까 얼마 전까지만 해도 그 안에 들어 있던 장난감이며 자질구레한 물건들이 없어지고 그 대신 차곡차곡 접은 종이조각들이 들어 있었습니다.

저는 호기심과 의심이 생겼습니다. 그래서 아가씨의 그 신비스러운 보물을 몰래 훔쳐보기로 마음먹었습니다. 그리하여 밤에 아가씨와 서방님이 위층으로 올라가자마자 제가 가지고 있는 집안 열쇠를 뒤적거려서 곧 그 서랍에 맞는 것을 하나 찾아냈습니다. 서랍을 열어 그 속에 들어 있는 것들을 몽땅 앞치마에 털어 가지고 제 방에 가서 천천히 조사해 보려고 가져왔습니다.

수상쩍다는 생각은 하고 있었지만 저는 매우 놀랐습니다. 그것들은 모두 아가씨가 보낸 편지에 대한 린튼 히스클리프의 답장이었고, 그것도 모두 매일같이 온 것임에 틀림없었기 때문입니다. 처음 편지들은 수줍고 짤막한 것들이었습니다. 그런데 그것들은 갈수록 연애편지로 바뀌어 갔습니다. 물론 쓴 사람의 나이도 나이인지라 유치하기는 했지만, 그래도 제 생각으로는 더 경험 있는 사람으로부터 빌려 온 것 같은 솜씨도 여기저기 눈에 띄었습니다.

그 중에는 열렬함과 평범함이 이상하게 뒤섞인 것들도 있었는데, 강렬한 감정으로 시작하여 마치 중학생이 있지도 않은 공상적인 애인에게라도 보냄직한 투로 끝을 맺은 것이었습니다.

캐시 아가씨는 그 편지들을 읽고 좋아했는지 모르지만, 어쨌든 제게 그것들은 아무 쓸모없는 종이쪽지로밖에 보이지 않았습니다.

이만하면 알 만하다 할 만큼 몇 장을 훑어 본 다음 저는 그것들을 손수건에 싸서 따로 내놓고 빈 서랍을 다시 잠가 버렸습니다.

여느 때와 마찬가지로 아가씨는 이튿날도 일찍 내려와서 부엌으로 들어왔습니다. 가만히 지켜보고 있으니까 아가씨는 심부름꾼 소년이 도착하자 문쪽으로 가는 것이었습니다. 그리고 젖짜는 하녀가 그가 가지고 온 통에 우유를 따라주는 동안, 아가씨는 그의 저고리 호주머니에 무엇인가 쑤셔 넣더니 또 무엇인가를 끄집어냈습니다.

저는 마당으로 돌아가서 그 소년을 기다렸습니다. 그가 자신의 신용을 지키려고 용감하게 내게 대드는 바람에 그만 우유가 쏟아져 버렸습니다. 그러나 저는 결국 그 편지를 빼앗는 데 성공했습니다. 그리고 소년에게 냉큼 돌아가지 않으면 큰일난다고 을러놓고, 담 밑에 서서 캐시 아가씨의 열렬한 편지를 읽었습니다. 그것은 사촌의 편지보다는 더욱 단순하고 더욱 뜻이 잘 나타나 있는 편지였습니다. 아주 귀엽고 천진한 글이었지요.

저는 고개를 흔들고 곰곰이 생각하면서 집으로 들어갔습니다. 그 날은 비가 왔으므로 아가씨는 뜰에 나가 놀 수도 없어, 아침공부가 끝나자 그 서랍으로 가서 마음을 달래려는 모양이었습니다. 서방님은 책상에 앉아 책을 읽고 계셨습니다. 저는 일부러 커튼의 술이 조금 터진 곳을 찾아 몇 바늘 꿰매면서 아가씨의 태도를 줄곧 지켜보고 있었습니다.

아가씨는 "어머나!" 하고 외마디소리를 지르며, 조금 전까지도 즐거웠던 얼굴빛을 싹 거두고 실망하는 모습을 보였습니다. 짹짹거리는 새끼들을 가득 두고 나갔다가 돌아와, 약탈당한 둥지를 발견하고 절망하는 어미새의 모습도 그처럼 대단치는 못했을 것입니다. 서방님이 캐서린 아가씨를 쳐다보면서 물으셨습니다.

"웬일이냐, 아가? 어디 다쳤니?"

아가씨는 아버지의 음성과 표정으로 소중히 감춰 둔 것을 찾아낸 것은 아버지가 아니라는 것을 알았습니다.

"아니야, 아빠." 아가씨는 숨이 가쁜 듯이 말했습니다. "엘렌! 위층으로 좀 와, 나 좀 아픈 것 같아."

저는 아가씨의 말에 따라 함께 서재를 나왔습니다.

"아, 엘렌! 엘렌이 꺼냈지?" 아가씨는 위층 방으로 들어가 문을 닫고 우리들만 있게 되자 곧 무릎을 꿇으면서 말했습니다. "제발 돌려줘! 그럼 다시는 그런 짓 안 할게! 아빠한테 말하지 말고, 아빠한테 아직 말하지 않았지, 엘렌? 하지 않았다고 말해 줘! 나 정말로 잘못했어. 다시는 그러지 않을 거야!"

저는 아주 엄숙한 태도로 아가씨에게 일어서라고 말했습니다.

"그러고 보니," 저는 큰 소리로 말했습니다. "아가씨 꽤 깊이 빠지신 모양이군요. 부끄러운 줄 아셔야 해요! 진짜 할 일 없을 때 볼 만한 종이다발이잖아요. 정말 인쇄를 해도 될 만하더군요! 제가 서방님께 그걸 보여 드린다면 어떻게 생각하실 것 같아요? 아직 보여 드리지는 않았지만 앞으로도 그 우스꽝스런 비밀을 지켜 주리라는 생각은 아예 하지 마세요. 정말 부끄러운 일이에요! 틀림없이 아가씨가 꾀어서 그런 어리석은 것을 쓰게 했을 거예요. 저쪽에서는 그런 걸 먼저 시작할 생각도 하지 않았다는 걸 분명히 알고 있어요."

"난 그 애를 사랑한다는 생각은 한 번도 한 일이 없었단 말이야. 그런데 ……."

"사랑이라구요!" 저는 그 말을 경멸하는 듯이 소리쳤습니다. "사랑이라니! 그런 말이 어디 있어요! 그건 마치 내가 일 년에 한 번씩 집에 밀을 사러 오는 방앗간 사람에게 사랑한다고 말하는 거나 같은 꼴이지 뭐예요. 정말 굉장한 사랑이군요. 아가씨가 지금까지 린튼 도련님을 만난 것은 두 번 다 합해서 네 시간도 채 못돼요! 그런데 벌써 이런 유치한 편지 나부랭이나 쓰다니! 서재로 가지고 가겠어요. 그런 사랑에 대해서 아버님은 뭐라고 말씀하시나 들어 봅시다."

아가씨는 그 귀중한 편지를 빼앗으려고 펄쩍 뛰어올랐습니다. 그러나 저는 머리 위로 쳐들었습니다. 그러고 나자 아가씨는 저더러 그것을 태워 버려도 좋다고, 아니 보이지만 않게 한다면 어떻게 해도 좋다고 하면서 더욱 미친 듯이 애원하는 것이었습니다. 저는 그게 모두 소녀다운 허영심이라고 생각되어, 혼내 줄 생각 못지않게 정말로 웃음이 터져 나올 것만 같고 좀 딱한 생각도 들어 이렇게 물어보았습니다.

"만일 내가 이것들을 태우기로 한다면 아가씨는 약속하겠어요? 다시는 편지를 주고받지 않고, 책도—책을 보낸 것도 알고 있어요—보내지 않고, 또 머리타래며 반지 장난감 같은 것도 받지 않겠다고 말이에요."

"우린 장난감 같은 건 보내지 않아!" 아가씨는 자존심이 상해 부끄럼도 잊어버리고 외쳤습니다.

"그럼 아무것도 보내지 않겠다는 거지요, 아가씨?" 저는 말했습니다. "어쨌든 그러겠다고 약속하지 않으면 전 아버님께 가겠어요."

"약속하겠어, 엘렌!" 아가씨는 제 옷자락을 붙들며 말했습니다. "제발 그거 불 속에 던져 버려. 어서 던져 버리래두!"

그러나 제가 부지깽이로 벽난로 안에 편지를 집어넣을 자리를 만들기 시작하자 아가씨는 그 희생이 너무나 쓰라려 견딜 수 없는 모양이었습니다. 곧 그 중 한두 통만 남겨 달라고 애원했으니까요.

"엘렌, 제발 린튼을 위해서 한두 통만 남겨 줘!"

손수건을 풀어 한쪽으로부터 편지를 던지기 시작하자 불꽃이 빙빙 돌면서 굴뚝으로 솟아올랐습니다.

"난 하나라도 꺼낼 거야. 이 지독한 여편네!" 아가씨는 날카로운 소리를 지르더니 손가락 데는 건 생각지도 않고 덥석 불 속에 손을 넣어 반쯤 남은 조각 몇 장을 끄집어냈습니다.

"잘하시는군요. 그럼, 나는 아버님께 몇 장이라도 갖다 보여 드리겠어요!" 저는 이렇게 말하고 나머지를 다시 싸가지고 또 문 쪽으로 향했습니다.

아가씨는 까맣게 된 조각들을 불 속에 집어 던지더니 나머지도 마저 태워 버리라는 시늉을 했습니다. 결국 모두 태워 버리고 말았습니다. 저는 타 버린 재를 휘젓고 그 위에 석탄을 한 삽 덮었습니다. 그러자 아가씨는 몹시 기분이 상해서 잠자코 자기 방으로 물러갔습니다. 저는 아래로 내려가서 서방님께 아가씨의 몸은 괜찮아졌지만 잠시 누워 있게 하는 것이 좋겠다고 말씀드렸습니다.

아가씨는 점심은 먹으려고 하지 않았습니다. 하지만 차 마시는 시간이 되자, 얼굴이 해쓱하고 눈언저리가 불그레하기는 했지만 신통하게도 겉으로는 침착한 모습을 꾸며 내보이며 다시 나타났습니다.

이튿날 아침 저는 린튼 도련님에게서 온 편지의 답장으로 종이쪽지에다 이렇게 적어 보냈습니다.

'캐서린 아가씨께서는 히스클리프 도련님이 보내시는 편지를 받지 않을 것이니 앞으로는 보내지 마시기를.' 그 뒤로부터 그 우유를 가져오는 소년도 빈 주머니로 오게 되었습니다.

22

여름도 끝나가고 가을로 들어섰습니다. 미가엘 축일(祝日)이 지났는데도 그 해는 추수가 늦어 우리 밭에서도 아직 더 거둬들이지 못한 곳이 몇 군데 있었습니다.

서방님과 아가씨는 가끔 추수하는 사람들이 있는 데로 산책을 나갔습니다. 마지막 밀다발들을 들여오는 날은 두 분도 어두울 때까지 밭에 남아 계셨는데, 그날 저녁 따라 공기가 차고 습했습니다. 서방님은 독한 감기가 드셨다가 그것이 그만 난치인 폐병의 원인이 되어, 온 겨우내 거의 밖에도 못 나가시고 집 안에만 들어앉아 계셨습니다.

가엾은 캐시 아가씨는 그 조그만 연애 사건으로 기가 꺾여, 그것을 단념한 뒤로는 아주 쓸쓸하고 맥이 없어 보였습니다. 그래서 아버님께서는 너무 책만 읽지 말고 운동을 좀더 하라고 권하셨습니다. 그 무렵에는 서방님도 병 때문에 아가씨의 친구가 되어 주지 못하시던 때라, 제가 될 수 있는 대로 서방님 대신 동무가 되어 주어야 했습니다. 하지만 저는 이런저런 일들을 해야 했으므로 한두 시간밖에는 아가씨를 따라다녀 줄 수 있는 짬을 내지 못했지요. 게다가 캐시 아가씨에겐 저와 어울리는 것이 아버님과 함께 다니는 것보다 마음이 내키지 않는 것도 사실이었습니다.

10월이었던가 11월 초순께였던가 어느 날 오후였습니다. 그날은 서늘하고 비가 뿌리는 날씨라 잔디밭과 좁은 길에는 젖은 가랑잎이 바스락거리고 있었습니다. 싸늘하게 갠 푸른 하늘이 반쯤 구름에 가려지고 몇 가닥의 잿빛

구름이 갑자기 서쪽 하늘에 덮이는 것이 큰 비가 올 것 같아서, 저는 틀림없이 소나기가 올 것 같으니 산책을 그만두자고 아가씨에게 말했습니다. 아가씨는 듣지 않았습니다. 저는 어쩔 수 없이 외투를 입고 우산을 들고 숲 끝까지 아가씨를 따라 산책하게 되었습니다. 아가씨가 맥이 빠질 때면 흔히 잠깐 나갔다 오는 형식적인 산책이었습니다. 그런데 서방님께서는 산책을 여느 때보다 조금만 더 하셔도 그만 영락없이 맥이 빠지시는 것이었습니다. 서방님 자신이 그런 말씀을 입 밖에 내신 일은 한 번도 없었지만, 더욱 말이 없으시고 표정이 우울해지시는 것을 보고 아가씨와 저는 그렇게 짐작할 수 있었지요.

아가씨는 쓸쓸하게 걸었습니다. 바람이 싸늘했으므로 아가씨는 달리고 싶었을 법한데도, 그때는 달리지도 않았고 뛰지도 않았습니다. 그리고 저는 가끔 곁눈으로 아가씨가 손을 들어 뺨을 훔치는 것을 볼 수 있었습니다.

저는 아가씨의 마음을 돌릴 만한 일이 없나 하고 둘러보았습니다. 길 한쪽은 높고 울퉁불퉁한 언덕이었는데 거기에는 개암나무며, 제대로 자라지 못한 참나무들이 뿌리를 반쯤 드러낸 채 언제 넘어질지 모를 불안한 모양으로 서 있었습니다. 그 중에는 둘레의 흙이 무너져 내려서 강풍으로 거의 땅에 닿을 만큼 넘어져 버린 것도 있었습니다. 여름이면 아가씨는 곧잘 그런 나무 줄기 사이로 기어올라가, 그 가지 위에 걸터앉아 20피트나 되는 높다란 곳에서 놀곤 했습니다. 그러면 저는 아가씨의 그 민첩한 몸짓이며 경쾌하고 어린애다운 기분을 보고 기쁘게 생각하면서도, 그렇게 높은 곳에 올라가는 것을 볼 때마다 야단을 쳐 주는 것이 필요하다고 생각했습니다. 그렇지만 아가씨도 내려올 필요까진 없다는 걸 알고 있었습니다. 아가씨는 점심을 먹고 나면 차 마시는 시간까지 그 산들산들 흔들리는 요람에 혼자 기대어 저한테서 어렸을 때 배운 옛노래를 부르거나, 같은 나무에 앉아 있는 새들이 새끼들에게 먹이를 먹이고 나는 연습을 시키는 것을 지켜보곤 했습니다. 그렇지 않으면 아가씨는 그곳에서 눈을 감고 편안하게 누워서 반은 생각에 잠기고 반은 꿈을 꾸는 듯 말할 수 없는 행복한 기분에 젖는 것이었습니다.

"저기 보세요, 아가씨!" 저는 뒤틀린 나무의 뿌리 밑에 있는 움푹한 곳을 가리키며 큰 소리로 말했습니다. "여긴 아직 겨울이 오지 않았군요. 저기 조그만 꽃이 있잖아요. 7월에는 블루벨꽃들이 저 잔디밭 길에 라일락 빛깔의 안개처럼 함빡 피었었는데. 저건 그 꽃들이 다 시들고 그 중에 마지막으로 핀 거예요. 올라가서 꺾어다 아버님께 보여 주세요."

아가씨는 후미진 곳에 외롭게 흔들거리고 있는 꽃을 한참 동안 쳐다보고 나더니 마침내 대답하는 것이었습니다.

"아냐, 난 꺾지 않을 테야. 그런데 쓸쓸해 보이지 않아, 엘렌?"

"그래요, 어쩐지 아가씨처럼 시들시들하고 맥이 없는 것 같군요. 아가씨의 볼에는 핏기가 없어요. 우리 손을 잡고 한 번 뛰어 봐요. 아가씨가 기운이 없으니까 저도 아가씨를 따라 뛸 수 있을 것 같군요."

"싫어." 아가씨는 대답하고는 계속 거닐면서 이따금 걸음을 멈추고 한 줌의 이끼며, 하얗게 시든 풀포기, 아니면 갈색의 가랑잎 더미 속에서 밝은 오렌지 빛을 하고 돋아난 버섯 같은 것들을 물끄러미 내려다보며 생각에 잠기는 것이었습니다.

그리고 가끔 얼굴을 돌리고는 손을 갖다대는 것이었습니다.

"아가씨, 왜 울어요, 네?" 저는 다가서서 어깨를 감싸 주며 물었습니다. "아버님이 감기 같은 것으로 편찮으시다고 울면 안 돼요. 그보다 더한 병이 아닌 걸 다행으로 여기세요."

그러자 아가씨는 그 이상 참지 못하고 울음을 터뜨리고 말았습니다. 숨이 막힐 듯이 흐느껴 우는 것이었습니다.

"하지만, 더 나쁜 병이 되실지 누가 알아." 아가씨는 말했습니다. "그리고 아빠와 엘렌이 내 곁을 떠나고 혼자 남는다면 난 어떻게 해? 난 엘렌이 한 말을 잊을 수 없어. 언제든지 내 귀에 남아 있단 말이야, 엘렌. 아빠와 엘렌이 세상을 떠난다면 나는 어떻게 살아가? 이 세상이 얼마나 쓸쓸해지겠어!"

"우리가 아가씨보다 더 오래 살지 누가 알아요?" 저는 대답했습니다. "불행한 일을 미리 생각하는 건 나빠요. 우리 가운데 누구라도 세상을 떠나려면 아직도 멀고 멀었다는 걸 생각해야지요. 서방님은 아직 젊으세요. 저도 이렇게 튼튼하고 아직 마흔 다섯도 안 됐어요. 우리 어머니는 여든까지 사셨는데 돌아가실 때까지 정정한 할머니셨어요. 그리고 서방님께서 예순까지만 사신다고 해도 그때는 아가씨의 나이가 지금의 배 이상이 되는 걸요. 앞으로 올 불행을 20년이나 앞당겨 슬퍼한다는 건 어리석은 짓이 아녜요?"

"하지만 이사벨라 고모는 아빠보다 더 젊었는걸." 아가씨는 좀더 위안을 받고 싶다는 듯이 수줍은 희망을 보이면서 저를 쳐다보고 말하는 것이었습니다.

"이사벨라 고모님은 아가씨나 저같이 간호를 해 줄 사람도 없었어요." 저는 대답했습니다. "그분은 아버님만큼 행복하지도 못하셨고, 더 사실 만한 즐거움도 없으셨거든요. 무엇보다도 아가씨가 하실 일은 아버님을 잘 섬기고, 아가씨가 즐거운 모습을 보여 드려 기운을 내시게 하는 일이에요. 그리고 무슨 일로든지 아버님께 걱정을 끼쳐 드리지 않아야 해요. 아시겠어요, 아가씨? 그러니까 아버님이 어서 돌아가시기를 바라고 있는 사람의 아들에게 어리석고 헛된 사랑을 느끼셔선 안 돼요. 아가씨 멋대로 무모한 짓을 하거나 미련을 가지거나 하지 마세요. 또 아버님께서 충분히 생각하시고 못하게 한 교제에 대해서 고민하지도 마시구요. 솔직하게 말씀드리지만 만일 아버님께서 이런 사실을 아시게 된다면, 아버님이 돌아가시는 일이 생길지도 몰라요."

"난 아빠의 병환 이외에는 아무런 걱정도 없어." 아가씨는 대답했습니다. "난 정말 아빠 이외에는 아무것도 생각하지 않는단 말이야. 그리고 난 절대로, 절대로, 정말 절대로, 내 정신이 어떻게 되지 않는 한, 아빠를 성가시게 해 드리는 행동이나 말은 하지 않을 테야. 난 내 몸보다도 아빠를 더 사랑하고 있어, 엘렌. 그건 이걸 봐도 알 수 있어. 난 밤마다 내가 아빠보다 오래 살게 해 주십사고 기도드린단 말이야. 왜냐하면 난 아빠가 슬퍼하시는 것보다는 차라리 내가 슬픈 일을 당하는 것이 낫다고 생각하기 때문이야. 이것으로도 내가 나보다 아빠를 더 사랑하고 있다는 걸 알 수 있지."

"좋은 말씀이에요." 저는 대답했습니다. "하지만 실제로 행동으로도 그렇다는 걸 보이셔야 해요. 그리고 아버님이 나으신 뒤에도 아버님을 염려하던 그때의 결심을 잊지 않도록 하세요."

이런 이야기를 주고받는 사이에 우리는 집 쪽으로 열려 있는 문에 가까이 왔습니다. 아가씨는 다시 명랑한 기분이 되어 담장 위로 기어올라가, 큰길 쪽으로 우거진 찔레꽃나무 맨 위 가지에 빨갛게 달려 있는 열매를 따려고 손을 뻗쳤습니다. 낮은 데 열린 열매들은 벌써 없어졌고, 지금 아가씨가 있는 곳을 빼고는 새들이나 오를 수 있는 높은 데에 열매가 달려 있었습니다. 열매를 따려고 몸을 내밀었을 때 그만 아가씨의 모자가 벗겨졌습니다. 그런데 문이 잠겨져 있었으므로 아가씨는 내려가서 모자를 주워 오겠다고 했지요. 제가 떨어지지 않도록 조심하라고 이르자마자 아가씨는 재빠르게 담 밖으로 내려가 버렸습니다.

그러나 다시 올라오기란 그리 쉬운 일이 아니었습니다. 돌은 반반하고 보기 좋게 시멘트를 발라 쌓아올린 것이었고, 찔레꽃나무 덤불과 엉겨 붙은 산딸기 덩굴은 다시 올라오는 데 도움이 되지 못했습니다. 아가씨가 웃으면서 큰 소리로 이렇게 말하는 소리가 들려올 때까지는 바보같이 저도 그런 생각을 못하고 있었습니다.

"엘렌, 엘렌이 열쇠를 가져와야 되겠어! 그렇지 않으면 내가 문지기네 집까지 뛰어 갔다와야 되니까 말이야. 이쪽에서는 담을 올라갈 수 없어!"

"거기 그대로 계세요." 저는 대답했습니다. "제 호주머니에 열쇠 뭉치가 있으니까 어쩌면 열 수 있을지도 몰라요. 열리지 않으면 제가 갔다 올 테니까요."

캐서린 아가씨는 제가 큰 열쇠를 차례로 하나씩 다 끼워 보는 동안 문 앞에서 왔다갔다하며 춤을 추면서 혼자 놀고 있었습니다. 저는 마지막 남은 하나를 끼워 보았으나 결국 맞는 것은 하나도 없었습니다. 그래서 제가 아가씨에게 그대로 거기 계시라고 다시 말하고 막 집으로 뛰어가려는 찰나, 무엇이 다가오는 소리가 들렸습니다. 그것은 빠른 걸음으로 뛰어오는 말발굽 소리였습니다. 캐시 아가씨도 춤을 멈추었고, 곧 말도 멈추는 소리가 났습니다.

　"거기 누구예요?" 제가 가만히 물었습니다.

　"엘렌, 문이 빨리 열렸으면 좋겠어." 아가씨도 걱정스러운 듯, 저쪽에서 조그만 목소리로 말했습니다.

　"허어, 린튼 아가씨군!" 말을 타고 온 사람의 굵직한 소리가 외치는 것이었습니다. "참 반갑군. 아가씨에게 듣고 싶은 말이 있으니 너무 서둘지 말아요."

　"히스클리프 아저씨, 전 아저씨와 이야기하지 않겠어요." 캐서린 아가씨는 대답했습니다. "아빠가 그러시는데, 아저씨는 나쁜 사람이래요. 그리고 아저씬 아빠와 나를 미워한대요. 엘렌도 그러던데."

　"그런 건 지금 문제가 아냐." 히스클리프 씨는 말했습니다(말을 타고 온 사람은 바로 히스클리프 씨였던 것입니다). "난 내 아들을 미워할 생각은 없어. 그리고 내가 너에게 생각해 달라는 것도 그 애에 관한 이야기야. 그렇지! 너에게도 얼굴을 붉힐 만한 이유가 있지. 이삼 개월 전만해도 넌 줄곧 린튼에게 편지를 보내지 않았나? 장난으로 연애를 했지, 응? 너희들은 둘이 다 벌로 매를 맞아도 싸! 넌 손위이니까 더욱 그렇지. 그리고 나중에 알고 보니까 네가 더 매정스러웠어. 난 네가 보낸 편지를 가지고 있으니까, 네가 만일 내게 버릇없이 굴면 그 편지를 모두 너의 아버지에게 보낼 테야. 난 네가 그 장난에 싫증이 나서 집어치운 걸로 알고 있는데 그렇지 않니? 어쨌든 네가 그러는 바람에 린튼이란 놈은 '절망의 수렁' 속에 빠져 버리고 말았어. 그 녀석은 진정이었단 말이야. 사랑에 빠졌던 거지.

정말로 그 녀석은 너 때문에 죽어가고 있어. 너의 변심으로 그 녀석은 가슴이 터질 지경이란 말야. 이건 비유해서 하는 말이 아니라 사실 그대로를 말하는 거야. 헤어튼이란 놈이 여섯 주일 동안을 내리 놀려대고, 나도 더욱 엄한 수단을 써서 그 녀석의 어리석은 생각을 깨우쳐 주려고 해보았지만 아무 소용이 없어. 지금 그놈은 나날이 더 나빠지고 있다구. 네가 그 녀석의 마음을 돌이켜 주지 않으면 여름이 오기 전에 그 녀석은 땅속에 들어가고 말게 생겼어!"

"그 가엾은 어린애에게 어떻게 그렇게 허황된 거짓말을 할 수 있어요!" 저는 담 안에서 큰 소리를 질렀습니다. "어서 돌아가세요! 왜 그런 거짓말을 일부러 꾸며내느냔 말이에요? 캐시 아가씨, 제가 돌로 자물쇠를 두드려 부술 테니 그따위 시시한 말일랑 믿지도 마세요. 잘 알지도 못하는 사람을 사랑하다가 죽을 사람은 없다는 건 아가씨 혼자서 생각해 봐도 알 수 있을 거예요."

"엿듣는 사람이 있는 줄은 몰랐군." 거짓말을 하다 들킨 그 악당은 중얼거렸습니다. "훌륭하신 딘 부인, 난 당신이 좋지만 당신의 그 겉 다르고 속 다른 행동은 좋지 않아." 그는 큰 소리로 덧붙였습니다. "당신이야말로 어떻게 내가 이 '가엾은 어린 아가씨'를 미워한다는 따위의 허황된 거짓말을 할 수 있을까? 어떻게 그런 도깨비 같은 소리를 만들어내 캐서린이 무서워서 우리 집 문간에도 못 오게 할 수 있느냔 말이야! 캐서린 린튼, 귀여운 아가씨, 난 이번 주일은 내내 집에 없을 테니 내 말이 사실이 아닌지 가 보려무나. 꼭 가 봐. 넌 착한 아이니까 다른 사람의 기분이 어떨지 이해할 수 있을 거야. 너의 아버지와 나의 입장을, 그리고 린튼과 너의 입장을 바꿔 놓고 상상해 봐. 너의 아버지가 직접 네 애인에게 간청하는데도 그가 너를 위로하기 위해 한 발짝도 움직이지 않는다면, 너는 그런 매정스런 애인을 어떻게 생각하겠어? 넌 미련하게 이런 잘못을 저지르지 말아. 내 결단코 맹세하지만, 그 녀석은 지금 다 죽게 됐고 그 녀석을 구할 수 있는 사람은 너밖에 없단 말이야!"

자물쇠가 겨우 부서져서 저는 밖으로 뛰어나갔습니다.

"정말 린튼이 다 죽게 됐단 말이야." 히스클리프 씨는 저를 노려보면서 되풀이하여 말했습니다. "슬픔과 실망이 그 녀석의 죽음을 재촉하고 있는 거요. 넬리, 정 이 애를 못 가게 하려거든 당신이 직접 가 봐요. 그런데 난 다음 주 이맘때까지는 돌아오지 않을 거야. 그리고 당신네 주인도 설마 자기 딸이 사촌동생을 문병 간다는 데 반대하지는 않겠지!"

"들어와요." 저는 아가씨의 팔을 붙들고 반쯤 강제로 들어오게 했습니다. 히스클리프 씨가 거짓말을 하면서도 겉으로는 하도 엄격한 표정을 지어서 아가씨가 걱정스런 눈으로 바라다보면서 꾸물거리고 있었기 때문이었습니다.

히스클리프 씨는 아가씨에게 말을 가까이 대고 허리를 구부리며 이렇게 덧붙이는 것이었습니다.

"캐서린, 솔직하게 말해서 난 린튼을 어떻게 할 도리가 없어. 헤어튼과 조지프는 나보다 더 하지. 사실 그 녀석은 매정스런 패들과 살고 있는 셈이야. 그 녀석은 애정은 말할 것도 없고 친절이나마 갈망하고 있단다. 그러니 너의 친절한 말 한마디는 더없이 좋은 약이 될 거야. 딘 부인의 잔인한 경고 같은 것은 듣지 말고, 너그러운 마음으로 어떻게 하든지 그 녀석을 좀 만나 보도록 해. 그 애는 밤낮으로 너만 생각하고 있단다. 그런데 네가 편지도 내지 않고 찾아오지도 않은 뒤로는, 네가 그 녀석이 싫어서 그러는 게 아니라고 아무리 이야기를 해도 듣질 않는단 말이야."

저는 문을 닫고 부서진 자물쇠만으로는 걸리지 않겠기에 돌멩이를 굴려서 문에다 기대놓았습니다. 저는 우산을 펴서 아가씨를 그 밑으로 끌어당겼습니다. 바람 부는 소리에 울리는 나뭇가지 사이로 후드득후드득 빗방울이 떨어지기 시작해서 더 지체할 수가 없었습니다.

집으로 가는 길은 급히 걸어야 했으므로 히스클리프 씨에 대한 이야기는 미처 말할 틈이 없었습니다. 그러나 저는 이제 캐서린 아가씨의 마음이 두 겹으로 흐리게 되었음을 직감적으로 알아챘습니다. 아가씨의 모습은 어찌나 슬퍼 보였던지 마치 딴 사람의 얼굴 같았습니다. 아가씨는 틀림없이 히스클리프 씨의 이야기 한마디 한마디가 모두 사실이라고 믿는 눈치였습니다.

서방님은 우리가 돌아오기 전에 당신 방으로 돌아가 쉬고 계셨습니다. 캐시 아가씨가 살그머니 아버님 방으로 들어가서 좀 어떠시냐고 여쭈어 보려고 했으나 서방님은 벌써 잠이 드신 다음이었지요. 아가씨는 돌아오더니 저더러 서재에 함께 있어 달라고 했습니다. 우리는 함께 차를 마셨습니다. 그러고 나서 아가씨는 양탄자 위에 누워서 피곤하니까 이야기는 하지 말라고 했습니다.

저는 책을 한 권 들고 있는 척하고 있었습니다. 아가씨는 제가 책에 열중해 있으려니 생각했는지 또 소리없이 울기 시작했습니다. 그 즈음은 소리없이 우는 것이 아가씨의 유일한 소일거리가 된 듯이 보일 정도였지요. 저는 잠시 동안 맘대로 울게 내버려 두었습니다. 그러고 나서 마치 아가씨가 저에게 동조하리라는 확신이 있다는 듯이, 저는 히스클리프 씨가 그의 아들에 대해서 늘어놓은 이야기들을 비웃고 놀리면서 아가씨를 달랬습니다. 하지만 슬프게도 저에게는 히스클리프 씨의 이야기가 가져 온 효과를 약화시킬 만한 기술이 없었습니다. 그래서 정확히 히스클리프 씨의 뜻대로 되고 말았지요.

"엘렌 말이 옳을지도 몰라." 아가씨는 이렇게 대답하는 것이었습니다. "하지만 직접 사실을 확인할 때까지 난 절대로 마음을 놓을 수가 없을 거야. 그리고 내가 편지를 보내지 않은 것은 내 탓이 아니라는 것을 린튼에게 말해 주어야 되겠어. 내 마음은 변하지 않으리라는 것도 믿게 해 주고 말이야."

아가씨가 그렇게 어리석게 믿어 버리는 데 대해서 화를 내거나 반대를 해 보았자 무슨 소용이 있었겠습니까? 우리는 그날 밤 다투고 잠자리에 들었지요. 그러나 다음날 저는 우리 고집쟁이 아가씨의 조랑말을 따라 워더링 하이츠로 가는 길을 걷고 있었습니다. 저는 아가씨의 슬퍼하는 모습이나, 해쓱하고 풀이 죽은 얼굴과 근심에 싸인 눈을 차마 옆에서 볼 수 없었던 것입니다. 그리고 우리를 만난 린튼 도련님이 그 이야기가 얼마나 사실과는 다른지 보여 주리라는 막연한 희망도 있고 해서 저는 양보했던 것이지요.

밤에는 비가 오더니 아침이 되자 반은 서리에 반은 이슬비가 내리고 안개가 자욱이 끼었습니다. 비 때문에 갑자기 생긴 여울은 높은 지대로부터 콸콸 흐르는 물로 우리의 길을 막았습니다. 저는 발이 모두 흠씬 젖었습니다. 짜증도 나고 기분도 내키지 않았지요. 분명 이런 불쾌한 일들은 사람을 화나게 만들기에 딱 알맞은 것이었습니다.

우리는 히스클리프 씨가 정말로 집에 없는지 확인하기 위하여 부엌으로 해서 집안으로 들어갔습니다. 저는 그가 주장하는 말들을 별로 믿지 않았기 때문입니다.

조지프는 이글거리는 난로 옆에 혼자 앉아 있는 꼴이 무척 기분 좋아 보였습니다. 그는 옆에 있는 테이블 위에 6홉들이 맥주 한 병과 큼직한 구운 귀리 케이크 조각을 잔뜩 쌓아 놓고, 그 까만 짧은 파이프를 입에 물고 있었습니다.

캐서린 아가씨는 난롯가로 뛰어가서 불을 쬐었습니다. 저는 주인이 계시냐고 물었습니다.

묻는 말에도 한참 동안이나 대답이 없기에 저는 영감이 그동안 귀가 먹었나 싶어 다시 큰 소리로 물었습니다.

"아! 안 계신데!" 그는 으르렁거리며 말했는데 그건 오히려 코로 소리를 지르는 것처럼 들렸습니다. "안 계셔! 하지만 그대로 돌아가는 게 좋을걸."

"조지프!" 제가 묻는 말과 거의 동시에 안에서 역정을 내며 부르는 소리가 들려왔습니다. "몇 번이나 불러야 알아듣겠어? 이제 불이 다 꺼져 간단 말이야. 조지프! 빨리 좀 와 봐."

하지만 조지프는 담배연기만 폭폭 뿜어대면서 까딱도 하지 않고 난로 속을 뚫어지게 들여다보고 있는 폼이, 그 정도의 애원은 들리지도 않는다는 듯한 태도였습니다. 가정부와 헤어튼도 보이지 않았습니다. 아마 가정부는 심부름을 갔을 거고 헤어튼은 일을 하고 있었겠지요. 우리는 린튼 도련님의 목소리를 알아들었으므로 안으로 들어갔습니다.

"너 같은 건 정말 뒈져 버렸으면 좋겠어! 다락방에서 굶어 죽어야 해." 도련님은 우리가 가까이 가자 말을 듣지 않는 자기네 하인인 줄 알고 이렇게 말하는 것이었습니다.

도련님이 자신의 실수를 깨닫고 말을 멈추자, 사촌누이는 그에게로 뛰어 갔습니다.

"린튼 양이야?" 도련님은 기대앉았던 커다란 의자 손잡이로부터 머리를 들면서 말했습니다.

"아이, 입은 맞추지 마. 숨이 찬단 말이야. 웬일이야! 아빠도 캐서린 양 이 찾아올 거라고 말했어." 캐서린 아가씨의 포옹으로부터 숨을 좀 돌리고 난 다음 도련님은 말을 계속했습니다. 한편 아가씨는 그간의 일이 무척 미안 한 표정으로 옆에 서 있었습니다. "미안하지만, 문 좀 닫아줘. 열려 있잖아. 그런데 저 망할 것들이 난로에 탄을 넣어 주지 않는단 말이야. 추워 죽겠는 데!"

저는 난로 속의 재를 뒤적거려 놓고 나서 석탄을 한 통 가득 퍼왔습니다. 환자는 재가 난다고 투덜댔습니다. 그러나 그는 지겨운 기침을 하며 열이 나 고 몸이 좋지 않은 얼굴빛을 하고 있었으므로 저는 그의 투정을 나무라지 않 았습니다.

"어때, 린튼?" 도련님이 찌푸렸던 이마의 주름살을 펴자 아가씨는 중얼거 렸습니다. "내가 와서 좋으니? 내가 무슨 도움이 되겠어?"

"왜 진작 오지 않았어?" 도련님은 말했습니다. "편지를 보내는 대신 직접 오지 그랬어. 그 긴 편지를 쓰느라고 난 혼났단 말야. 직접 이야길 했으면 좋았을 텐데. 이젠 이야기할 기운도 없고 아무것도 하고 싶지 않아. 질라는 또 어딜 간 거야! (저를 보며) 부엌에 있는지 좀 가 봐."

제가 먼저 해 준 일에 대해 고맙다는 말 한마디 하지 않았기 때문에 저는 그의 명령으로 이리 가고 저리 가는 게 싫어서 이렇게 대답하고 말았습니다.

"부엌에는 조지프 말고는 아무도 없어요."

"물 좀 먹고 싶은데." 도련님은 골이 나서 큰 소리로 말하고 고개를 돌려 버렸습니다. "질라는 아빠가 나가신 뒤에 내내 기머튼에만 싸다니거든. 정 말 너무해! 그래서 난 어쩔 수 없이 이리 내려온 거야. 2층에서는 불러도 모두가 대답을 안 하기로 작정을 했는지 영 들어 주질 않거든."

"아버님은 잘해 주시나요, 도련님?" 저는 아가씨가 다정스럽게 무엇인가 말하려다가 그만두는 것을 보고 이렇게 물어보았습니다.

"잘해 주느냐구? 적어도 다른 사람들한테 내게 좀더 잘해 주라고 시키기는 하지," 도련님은 말을 내뱉었습니다. "망할 것들이야! 그런데 말이야. 캐서린, 저 짐승 같은 헤어튼이란 놈이 날 비웃는단 말이야. 난 그 자식이 보기 싫어 죽겠어. 정말은 모두가 다 밉지만 말이야. 다 나쁜 것들이거든."

캐시 아가씨는 물을 찾기 시작했습니다. 그러더니 조리대 위에 있는 주전자에서 물을 큰 컵에 가득 부어가지고 왔습니다. 도련님은 아가씨에게 테이블 위에 있는 포도주를 한 숟가락만 따라서 물에 타 달라고 말했습니다. 한 모금 마시고 나더니 한결 마음이 가라앉는 모양이었습니다. 그리고 아가씨더러 매우 고맙다고 인사말을 하는 것이었습니다.

"그래, 내가 와서 좋으니?" 아가씨는 아까 물어본 말을 되풀이하여 물어보고는 도련님의 얼굴에 엷은 미소가 어리는 것을 보고 기뻐했습니다.

"그럼, 좋구말구. 누나 같은 그런 목소리는 요즘 들어 처음 듣는 것 같아!" 그는 대답했습니다. "하지만 난 누나가 와 주지 않아서 화가 났었어. 그런데 아버지는 '누나가 오지 않는 건 나 때문'이라고 하는 거야. 그리고 나더러 불쌍하고 느려빠지고 못난 놈이라고 했어. 누나도 나를 경멸한다고 하시면서, 만일 아빠가 나였으면 지금쯤 누나네 아빠보다도 더 멋지게 그 집 주인 노릇을 하고 있을 거라고 말씀하셨어. 하지만 날 경멸하는 건 아니지, 캐서린 양?"

"그냥 캐서린이나 캐시라고 불러 줬으면 좋겠어!" 아가씨가 말을 가로막았습니다. "너를 경멸한다구? 천만에! 난 아빠와 엘렌 다음엔 누구보다도 너를 사랑하는걸. 하지만 너의 아빠는 싫어. 너의 아빠가 돌아오시면 난 못 올 거야. 여러 날 안 오시니?"

"여러 날은 아냐." 도련님은 대답했습니다. "하지만 사냥철이 시작돼서 아빠는 자주 들에 나가시니까, 아빠가 집에 안 계시는 동안 한두 시간은 나와 함께 지내도 돼. 그렇게 해! 그런다고 말해 줘! 캐시와 함께 있으면 화도 내지 않을 거야. 캐시는 나를 성가시게 하지 않고 또 언제나 나를 도와주려 할 테니까 말이야. 그렇잖아?"

"그럼." 캐서린 아가씨는 그의 길고 부드러운 머리를 쓰다듬으며 말하는 것이었습니다. "난 아빠가 승낙만 해 주시면 내 시간의 절반은 너와 함께 지낼 거야. 귀여운 린튼! 네가 내 동생이라면 좋겠어!"

"그럼 나를 네 아버지만큼 좋아하겠어?" 그는 더욱 기운이 나서 묻는 것이었습니다. "하지만 아빠가 그러시는데, 네가 내 아내가 된다면 너는 네 아빠보다도, 그리고 세상 누구보다도 나를 사랑할 거래. 그러니까 난 캐시가 내 아내가 됐으면 좋겠어!"

"안 돼! 난 누구도 아빠보다 더 사랑할 수는 없어." 아가씨는 심각한 얼굴을 하며 대답했습니다. "그리고 때로는 자기 아내를 미워하는 사람들이 있거든. 하지만 남매 간에는 그렇지 않단 말이야. 그리고 네가 만일 내 동생이라면 우리와 함께 살게 되고, 아빠는 나와 마찬가지로 너도 귀여워하실 텐데."

린튼 도련님은 사람들은 자기 아내를 미워하지 않는다고 말했습니다. 그러나 캐시 아가씨는 미워한다고 주장하면서, 자기가 아는 사실로 실례를 들어 바로 도련님네 아버지가 자기 아내인 아가씨의 고모를 미워했다는 말을 하는 것이었습니다.

저는 아가씨의 철없는 이야기를 막으려고 애를 썼습니다. 그러나 그것은 성공하지 못했고, 아가씨는 자기가 알고 있는 것은 모두 털어놓고 말았습니다. 린튼 도련님은 몹시 흥분해서 아가씨의 이야기는 거짓말이라고 우겼습니다.

"아빠가 이야기해 주었어. 그리고 우리 아빠는 거짓말은 하시지 않는단 말이야!" 아가씨는 화가 나서 대답했습니다.

"우리 아버진 네 아버지를 경멸해!" 린튼 도련님은 외쳤습니다. "아버지는 그가 겁쟁이 바보라고 하셨어!"

"너의 아버지는 나쁜 사람이야," 아가씨도 이렇게 대꾸했습니다. "그리고 너도 너의 아버지가 말한 대로 똑같이 말하다니 아주 나빠. 이사벨라 고모를 그렇게 도망치게 했으니 네 아버진 틀림없이 나쁜 사람이란 말야!"

"어머니는 도망간 게 아냐." 도련님은 말했습니다. "내 말에 반박하지 마!"

"도망갔단 말이야!" 아가씨는 외쳐댔습니다.

"나도 너에게 말해 줄 게 있어!" 린튼 도련님이 말했습니다. "네 어머니는 네 아버지를 미워했대, 자, 어때?"

"어머나!" 캐서린 아가씨는 소리치고는, 너무 화가 나서 말을 계속하지 못했습니다.

"그리고 네 어머니는 우리 아버지를 사랑했어!" 도련님은 덧붙였습니다.

"이 거짓말쟁이야! 이제 너 같은 건 싫어!" 아가씨는 헐떡거리며 말하고는 흥분해서 얼굴이 빨개졌습니다.

"그건 정말이야! 정말이란 말이야!" 린튼 도련님은 노래를 부르듯이 말하고는 의자에 푹 들어앉으며, 서 있는 상대의 흥분하는 꼴을 보아 주려고 머리를 뒤로 젖히면서 기대는 것이었습니다.

"쉿, 도련님!" 제가 말했습니다. "그것도 아버님이 지어내신 이야기일 거예요."

"그렇지 않아, 당신은 입을 닥치란 말이야!" 도련님은 대답했습니다. "정말이야, 정말이래도, 캐서린. 정말이야. 우리 아버지를 사랑했다구!"

이 말에 캐시 아가씨는 어쩔 줄 모르며 의자를 세게 밀어붙였고, 그 바람에 도련님은 한쪽 팔을 짚으며 의자에서 떨어졌습니다. 도련님은 갑자기 숨막힐 듯한 기침이 나기 시작했으므로, 그의 의기양양한 기세도 사라지고 말았습니다.

기침을 너무 오래 계속해서 저마저 놀랐습니다. 아가씨를 보니까 자기가 저지른 일에 당황하여 마구 울고 있는 것이었습니다.

저는 기침이 저절로 멎을 때까지 도련님을 붙들고 있었습니다. 기침이 그치자 그는 나를 떠밀어 내고 말없이 고개를 아래로 숙였습니다. 캐서린 아가씨도 울음을 그치고 맞은편에 앉아서 심각한 표정으로 난롯불을 들여다보았습니다.

"이제 좀 어때요, 도련님?" 저는 10분쯤 기다린 다음 물어보았습니다.

"난 캐시도 이렇게 당해 봤으면 좋겠어," 그는 대답했습니다. "잔인한 심술쟁이야! 헤어튼도 나를 건드리지 않는데. 그놈조차 이때까지 한 번도 나를 때린 일은 없단 말이야. 그리고 오늘은 기분이 좋았는데, 그런데……." 그의 목소리는 훌쩍거리느라고 잘 들리지조차 않았습니다.

"나는 널 때리진 않았어!" 캐시 아가씨는 다시 울음이 터지려는 것을 참으려고 입술을 깨물며 중얼거렸습니다.

도련님은 몹시 앓는 사람처럼 한숨을 쉬며 신음했습니다. 그리고 분명 자기 사촌을 괴롭히기 위해 15분 동안이나 그렇게 하는 것 같았습니다. 왜냐하면 아가씨가 흐느낌을 멈출 때마다 도련님은 새삼스럽게 괴롭고 슬픈 소리를 냈기 때문입니다.

"아프게 해서 미안해, 린튼!" 아가씨는 결국 견디다 못해 말했습니다. "하지만 나 같으면 그렇게 조금 밀었다고 아프지는 않을 거야. 그리고 너도 그렇게 아프리라고는 생각하지 않았어. 별로 아프지는 않지? 안 그래, 린튼? 너를 아프게 했다는 생각을 하며 돌아갈 수는 없어! 대답해 줘. 말해 봐."

"난 말을 못 하겠어," 그는 중얼거렸습니다. "나를 이렇게 아프게 해 놓았으니 밤새도록 기침에 시달려서 잠도 못 잘 거야! 너도 한번 당해 보면 어떤지를 알 수 있을 텐데. 하지만 나는 괴로워서 못 견디는 데도 너는 편안히 잘 자겠지. 아무도 내 옆에 있어 주는 사람도 없는데 말이야! 너 같으면 이런 무서운 밤을 어떻게 지낼지 모르지!" 그는 자신이 몹시 가엾어 큰 소리로 서럽게 울기 시작했습니다.

"도련님은 늘 그렇게 지긋지긋한 밤을 보내시니까," 제가 말했습니다. "도련님을 괴롭게 하는 건 아가씨가 아니지 않아요? 아가씨가 오지 않았더라도 도련님은 마찬가지였을 텐데. 어쨌든 아가씨가 다시 도련님을 괴롭히지는 않을 거예요. 우리가 돌아가면 아마 도련님도 좀 가라앉겠지요."

"나, 가야만 해?" 아가씨는 슬픈 표정으로 그에게로 몸을 구부리며 물었습니다. "내가 갔으면 좋겠니, 린튼?"

"한 번 한 일을 되돌릴 수는 없는 거야," 도련님은 아가씨에게서 몸을 움츠려 돌아서며 대답했습니다. "나를 괴롭혀 열이 나게 해서 더 나쁘게 할 수는 있겠지만."

"그래, 내가 가야만 되겠니?" 아가씨는 다시 물었습니다.

"제발 나 좀 가만 내버려 둬," 그는 말했습니다. "네가 이야기하는 것을 견딜 수 없단 말이야!"

아가씨는 제가 가자고 권해도 듣지 않고, 한동안 지루할 정도로 머뭇거렸습니다. 하지만 린튼 도련님이 아가씨를 쳐다보지도 않고 말도 하지 않자 결국 문 쪽으로 발을 옮겼고 그래서 저도 뒤를 따랐습니다.

하지만 그때 비명 소리가 들려서 우리는 다시 방으로 뛰어들어 갔습니다. 도련님은 의자에서 난롯가로 미끄러져 내려와 있었습니다. 버릇없이 성화를 해 대는 어린애같이 심술을 부려 될 수 있는 대로 슬프고 괴롭게 보일 작정으로 몸을 뒤틀며 누워 있었던 것입니다.

저는 그의 행동으로 그의 성격을 충분히 짐작할 수 있었습니다. 그래서 그에게 비위를 맞춰 주려는 것은 어리석은 짓이라는 것을 당장 알 수 있었지요. 그런데 아가씨는 그렇지 못해서, 놀라 뛰어가서는 무릎을 꿇고 함께 울면서 달래기도 하고 애원도 했습니다. 그러는 사이에 도련님은 결코 아가씨를 괴롭게 한 것을 미안하게 생각해서가 아니라, 숨이 차서 어쩔 수 없이 조용해졌습니다.

"도련님을 긴 의자에 눕혀야겠어요," 제가 말했습니다. "그러면 맘대로 뒹굴겠지요. 우린 이렇게 도련님을 지켜보고 있을 수만은 없어요, 아가씨. 아가씨가 도련님에게 도움을 줄 수 있는 사람이 아니라는 것을 아시겠죠? 아가씨를 보고 싶어 하다가 도련님의 건강이 저렇게 된 게 아니라는 것도 이제 충분히 아셨을 거예요. 본디 저러셨으니까요! 자, 어서 갑시다. 도련님도 자기의 바보 같은 짓을 아무도 들어 주지 않았다는 걸 알면 별 수 없이 조용히 누워 있을 거예요!"

아가씨는 쿠션을 머리 밑에 베어 주고 물도 갖다 주었습니다. 도련님은 물을 안 마시겠다면서 받쳐 준 쿠션이 마치 딱딱한 돌멩이나 나무토막이기라도 한 듯이 거북스럽게 고개를 움직였습니다.

아가씨는 좀더 편안하게 해 주려고 했습니다.

"이건 안 되겠어," 도련님이 말했습니다. "낮단 말야!"

아가씨는 쿠션을 또 하나 갖다 그 위에 받쳐 주었습니다.

"이젠 너무 높은데!" 그 성가신 친구는 투덜댔습니다.

"그럼, 어떻게 하면 돼?" 아가씨는 어쩔 줄 몰라 물었습니다.

도련님은 아가씨가 의자 옆에 반쯤 무릎을 꿇자, 몸을 일으켜 아가씨를 감싸 안으며 어깨에 머리를 기대는 것이었습니다.

"아니, 그러면 안 돼요!" 제가 말했습니다. "쿠션으로 충분하실 텐데, 도련님! 아가씨는 도련님 때문에 벌써 너무 시간을 보내셨어요. 우린 이제 5분 이상은 더 머무를 수가 없는걸요."

"아냐, 아냐, 괜찮아!" 아가씨는 대답했습니다. "린튼은 이제 얌전하게 잘 참는데 뭐. 나 때문에 린튼의 병이 더 깊어졌다는 생각을 하면 오늘 밤 내가 자기보다 더 괴로워하고, 또 다시는 오지 못하리라는 것을 린튼도 생각하는 모양이야. 바른대로 말해 봐, 린튼, 만일 나 때문에 네가 더 나빠졌다면 내가 다시 와선 안 되니까 말이야."

"네가 와서 고쳐 줘야 돼," 도련님은 대답했습니다. "나를 아프게 해 놓았으니까 와야 한단 말이야. 내 상태가 더 나빠지게 해 놓지 않았어? 네가 들어왔을 때는 난 지금처럼 아프진 않았단 말이야. 안 그래?"

"하지만 넌 네가 혼자서 울고 화내고 해서 더 아프게 된 거지 뭐. 나한테만 책임이 있는 건 아냐," 아가씨는 말했습니다. "어쨌든 말야, 우리 사이좋게 지내자. 너도 내가 오기를 원하고, 가끔 나를 만나고 싶었잖아, 안 그래?"

"그렇다고 말했잖아!" 도련님은 성급하게 대답했습니다. "저 의자에 앉아서 나를 무릎에 기대게 해 줘. 엄마는 늘 오후 내내 그렇게 해줬거든. 가만히 앉아서 말하지 말고 노래를 해 주든가, 아니면 재미있고 긴 발라드^(전하여 오는 소박한 서정적 소설 또는 설화)나 들려 줘. 나한테 가르쳐 준다고 약속한 것 말이야. 그렇지 않으면 이야기라도 괜찮아. 전설이 더 좋긴 하지만. 시작해."

캐서린 아가씨는 알고 있는 것 중에서 가장 긴 전설을 들려주었습니다. 그렇게 함으로써 두 사람은 매우 즐거워했습니다. 도련님은 또 하나 들려 달라고 했습니다. 그리고 그것이 끝나자 제가 화를 내며 반대하는 것도 아랑곳않고 또 다른 이야기를 해 달라는 것이었습니다. 그래서 아가씨의 이야기는 시계가 12시를 칠 때까지 계속되었고, 그 시간이 되자 마당에서 점심을 먹으러 돌아오는 헤어튼의 소리가 났습니다.

"다른 것들은 내일 해, 캐서린. 내일도 올 수 있지?" 린튼 도련님은 아가씨가 마지못해 일어나자 아가씨의 옷자락을 붙잡으며 물었습니다.

"안 돼요!" 제가 대답했습니다. "그리고 모레도 안 돼요." 그런데 아가씨가 허리를 구부리고 도련님의 귀에다 무엇인가 소곤거리자 그의 이마가 활짝 펴졌습니다. 아가씨는 다르게 대답을 한 것이 분명했지요.

"내일은 못 오세요, 아시겠지요, 아가씨!" 그 집을 나오자 제가 말을 꺼냈습니다. "그러실 생각은 아니겠죠?"

아가씨는 빙긋이 웃었습니다.

"참, 제가 단속을 잘 해야겠군요!" 저는 말을 계속했습니다. "그 자물쇠를 고쳐 놓으면 아가씨는 다른 데로는 빠져나갈 길이 없으니까요."

"담을 넘어가지 뭐," 아가씨는 웃으며 말했습니다.

"우리 집은 감옥이 아냐, 엘렌. 그리고 엘렌은 나를 지키는 간수도 아니구. 그뿐 아니라 나도 열일곱이 다 됐어. 나도 어른이란 말이야. 그리고 틀림없이 린튼은 내가 가서 돌봐 주기만 하면 곧 나을 거야. 난 그 애보다 나이도 많고 철도 더 들었고, 그리고 덜 어린애 같단 말이야. 그렇지 않아? 그리고 그 앤 내가 조금만 달래면 곧 나 하자는 대로 할 거야. 그 앤 얌전할 때는 귀여운 아이지. 만일 친동생이라면 정말 귀여워해 줄 텐데. 자주 만나서 친해지면 싸우지도 않을 거야. 그렇지? 엘렌은 그 애를 좋아하지 않아?"

"그가 좋으냐구요?" 저는 큰 소리로 말했습니다. "그렇게 고약한 성미에다 병까지 있는 어린 몸으로 용케 열 몇 살까지 견뎌 냈어요! 그리고 히스클리프 씨 말따나 스무 살을 넘기지는 못하겠더군요. 정말 봄이나 넘길지 의심스러워요. 그리고 그 도련님이 언제 세상을 떠난대도 그 댁에서 그건 별 큰일도 아닐 거예요. 그의 아버지가 그를 데려간 것이 우리한텐 큰 다행이죠. 도련님은 친절하게 해 주면 해 줄수록 더 귀찮은 욕심꾸러기가 되었을 테니까요! 아가씨가 도련님을 서방님으로 맞이하지 않아도 되게 생겼으니 안심입니다, 아가씨!"

이 말을 듣자 아가씨는 금세 표정이 굳어졌습니다. 도련님의 죽음에 대해서 그렇게 함부로 말한 것이 기분을 상하게 했던 것입니다.

"그 앤 나보다도 더 어린걸," 아가씨는 한참 동안 생각에 잠겨 있다가 대답했습니다. "그러니까 그 애가 가장 오래 살아야 해. 그리고 꼭 오래 살 거야. 나만큼은 살아야지. 그 앤 처음 이곳에 왔을 때와 마찬가지로 건강해. 틀림없어! 아빠나 마찬가지로 그저 감기 때문에 그러는 거야. 엘렌은 아빠는 곧 나으실 거라고 하면서, 왜 그 애는 낫지 못한다는 거지?"

"자, 자," 저는 외쳤습니다. "아무튼 우리가 걱정할 필요는 없으니까요. 잘 들어보세요, 아가씨. 그리고 저는 제가 한 말은 꼭 지키는 사람이라는 걸 알아 두세요. 만일 아가씨가 저와 함께 가시든 혼자 가시든 다시 워더링 하이츠에 가시려고 하기만 하면, 저는 아버님께 말씀드리겠어요. 그리고 아버님께서 승낙하지 않으시면, 그 사촌과 그전처럼 친하게 지내서는 안 돼요."

"이미 그전처럼 친하게 됐는걸!" 아가씨는 뾰로통하게 중얼거렸습니다.

"그러나 더 계속해서는 안 됩니다!" 저는 말했습니다.

"생각해 보겠어!" 아가씨는 이렇게 대답하고 뒤를 따르느라고 애쓰는 저를 떼어놓고 말을 몰았습니다.

우리는 둘 다 점심 전에 집에 이르렀습니다. 서방님은 우리가 숲을 거닐다 온 줄로 아시는 모양이었습니다. 그래서 어디 갔다 왔느냐고 묻지도 않으셨습니다. 집에 들어가자마자 저는 흠씬 젖은 신과 양말을 급히 갈아 신었습니다. 그러나 하이츠에서 그렇게 오랫동안 그대로 앉아 있었던 게 잘못이었습니다. 다음날 아침 전 아파서 일어날 수 없었던 것입니다. 그로부터 3주일 동안을 꼼짝도 못했지요. 그전에는 전혀 없었던 일이었고, 또 다행히 그 뒤로는 아직껏 한 번도 그런 일이 없었습니다.

우리 작은 아가씨는 마치 천사처럼 저에게 와서 시중을 들어 주고 외로움을 달래 주었습니다. 방안에 갇혀 있는 것은 몹시 기분이 우울한 일이었습니다. 저처럼 늘 움직이던 사람이 하는 일 없이 누워 있자니 무척 지루했지요. 그러나 저는 불평할 것이라고는 조금도 없었습니다. 캐서린 아가씨는 서방님의 방을 다녀 나오시는 즉시 제 침실에 들렀으니까요. 아가씨의 하루는 서방님과 제가 반씩 나누어 가진 셈이 되었고, 잠시도 즐길 시간이라고는 없었습니다. 식사며 공부며 그리고 노는 일 등을 모두 제쳐 두고 정말 다정다감하게 간병해 주었지요. 그렇게 아버님을 섬기면서도 저에게까지 그처럼 지성스러웠던 것으로 보아 아가씨는 마음씨가 따뜻한 사람임에 틀림없습니다.

아가씨의 나날이 서방님과 저를 위해 반씩 나누어졌다고 말씀드렸지만, 서방님은 일찍 방에 드셨고 저도 대개 6시만 지나면 아무것도 할 일이 없었으니까, 그때부터는 아가씨의 자유로운 시간이었습니다. 하지만 불행히도 저는 아가씨가 차 마시는 시간 이후 혼자서 무엇을 하셨는지를 미처 생각해본 일이 없었습니다. 밤이 되어 제 방을 들여다보며 잘 자라고 인사를 할 때, 저는 아가씨가 그저 서재의 난롯가에서 시간을 보내셨으려니 생각했습니다. 아가씨의 두 볼에 생기가 돌고 가느다란 손가락마저 불그레해진 것을 보고서도, 그것이 추운 들판을 가로질러 말을 몰고 온 탓이라고는 상상도 못했던 것입니다.

24

3주일이 지날 무렵이 되어서야 저는 제 방을 나와서 집안을 걸어다닐 수 있었습니다. 제가 처음으로 저녁에 일어나 앉아 있게 된 때의 일이었습니다. 저는 시력이 약해져서 아가씨에게 아무거나 좀 읽어 달라고 부탁했습니다. 서방님은 벌써 잠자리에 드신 뒤라 저희들은 서재에 앉아 있었습니다. 아가씨는 그러마고 승낙은 했지만 별로 마음이 내키지 않는 것 같았습니다. 제가 좋아하는 책은 아가씨의 마음에 들지 않으리라 싶어 저는 무엇이든 아가씨가 읽고 싶은 것을 맘대로 골라 읽어 달라고 했습니다.

아가씨는 자기가 좋아하는 것을 하나 골라서 한 시간 정도 계속 읽었습니다만, 마침내 몇 번씩이나 이렇게 묻는 것이었습니다.

"엘렌, 피곤하지 않아? 이제 그만 눕는 게 좋지 않을까? 이렇게 오래 앉아 있으면 몸에 좋지 않을 거야."

"아니, 괜찮아요, 아가씨. 아직 피곤하지 않다니까요." 저는 그럴 때마다 대답했습니다.

그런 말로는 제가 움직이려 하지 않는다는 것을 알아차린 아가씨는 책을 읽는 일이 싫어졌다는 것을 보이기 위해서 다른 방법을 써 보였습니다. 그것은 하품을 하고 기지개를 켜는 일이었지요. 그러고는 이렇게 말하는 것이었습니다.

"엘렌, 나 이제 피곤해졌어."

"그럼, 그만 읽으시고 이야기나 하세요." 저는 대답했습니다.

그건 더 좋지 않은 일이었습니다. 아가씨는 성가신 듯 한숨을 쉬며 8시가 될 때까지 시계만 보더니 마침내 자기 방으로 가 버렸습니다. 연방 눈을 비벼대는 것으로 보아 아가씨는 몹시 잠이 와서 못 견디겠던 모양이었습니다.

이튿날 밤 아가씨는 더욱 참기 어려운 듯 보였습니다. 그러다가 사흘째 되던 날 밤에는 골치가 아프다고 투정을 하면서 제 곁을 떠나고 말았습니다.

저는 아가씨 하는 짓이 이상하게 생각되었습니다. 그래서 한참 동안 혼자 앉아 있다가, 올라가서 골치 아픈 게 좀 나은지 물어보고 또 어두운 2층에 있지 말고 아래로 내려와서 소파에라도 누워 있으라는 말을 해 보려고 마음을 먹었습니다. 하지만 아가씨의 방으로 가 보니 캐서린 아가씨는 보이지 않았습니다. 아래에 내려와 보아도 또한 아가씨의 모습은 없었습니다. 하녀들도 아가씨를 보지 못했다는 것이었습니다. 서방님의 방문에 귀를 기울여 보았습니다. 아무 소리도 없었습니다. 저는 아가씨의 방으로 다시 들어가서 촛불을 끄고 창가에 앉았습니다.

달빛이 밝았습니다. 땅 위에는 눈이 하얗게 깔려 있었습니다. 어쩌면 아가씨가 바람을 쐬러 마당을 거닐 마음으로 밖으로 나간 것인지도 모를 일이라고 생각했습니다. 그래서 그렇게 앉아 창밖을 자세히 보고 있자니, 숲 울타리 안쪽을 따라 살금살금 걸어가는 사람의 그림자가 하나 나타났습니다. 아가씨는 아니었지요. 밝은 데로 모습이 나타나는 것을 보니 마부 중 한 사람이었습니다.

그는 마당 위에 나 있는 마차 길을 살펴보며 한참 동안 서 있더니 마치 무엇이라도 찾아낸 듯 날쌘 걸음으로 걸어갔다가, 이번에는 아가씨의 작은 말을 끌고 다시 나타났습니다. 그리고 바로 그 옆을 막 말에서 내린 아가씨가 걸어 나오고 있는 것이었습니다.

마부는 말을 끌고 살그머니 잔디밭을 지나 마구간으로 가 버렸습니다.

캐시 아가씨는 응접실 창문을 통해 안으로 들어오더니, 제가 기다리고 앉아 있는 아가씨의 방으로 소리 없이 가만가만 올라왔습니다.

아가씨는 조용히 문을 닫고는 눈이 묻은 신을 벗고 모자도 벗었습니다. 그리고 제가 숨어 있는 것도 모르고 외투를 벗어 놓으려고 할 때에, 저는 갑자기 일어서서 얼굴을 내밀었습니다.

아가씨는 깜짝 놀라 무어라 알아들을 수도 없는 큰 소리를 지르더니 꼼짝도 못하고 그대로 우두커니 서 있었습니다.

"캐서린 아가씨," 저는 그 무렵 누워 있던 저에게 베풀어 준 아가씨의 고마움이 너무나도 생생하게 머리에 박혀 있어서 화도 못 내고 이렇게 말을 꺼냈습니다. "이렇게 늦었는데 말을 타고 어딜 갔다 오세요? 그리고 어쩌면 그렇게 말을 꾸며 대서 저를 속이려 드십니까? 말해 보세요!"

"저 숲가에 갔어," 아가씨는 더듬거렸습니다. "난 거짓말을 하는 건 아냐."

"그리고 아무 데도 안 가셨어요?" 저는 캐물었습니다.

"정말이야." 아가씨는 우물우물 대답했습니다.

"아, 아가씨!" 저는 서글프게 외쳤습니다. "좋지 않은 짓을 하시는 걸 아시면서 그래요. 그렇지 않다면 저한테 거짓말을 하셔야 할 까닭이 없을 텐데요. 그게 저는 슬퍼요. 저는 아가씨가 그렇게 일부러 거짓말을 꾸며 대신다

면 전 차라리 석 달을 더 앓는 게 좋겠어요."

아가씨는 울음을 터뜨리면서 뛰어와 제 목을 얼싸안았습니다.

"하지만, 엘렌, 난 엘렌이 화내는 게 정말 무서워," 아가씨는 말했습니다. "화내지 않겠다고 약속해 줘. 그러면 사실대로 모두 이야기할 테야. 나도 숨기는 건 싫단 말이야."

우리는 창가에 앉았습니다. 저는 아가씨의 비밀이 어떤 것이든 절대 야단치지 않겠다고 다짐하며, 물론 짐작은 하고 있다고 말했습니다. 그러자 아가씨는 이렇게 말하는 것이었습니다.

"나, 워더링 하이츠에 갔다 오는 길이야, 엘렌. 그리고 엘렌이 병이 난 뒤부터는 하루도 빠지지 않고 갔다 왔어. 엘렌의 병이 낫기 전에 세 번, 그리고 그 뒤로는 두 번만 안 갔을 뿐이야. 마이클에게 책과 그림을 주고 매일 밤 미니를 끌고 나오게 하고, 갔다 온 뒤에는 다시 마구간에 데려다 두도록 부탁했어. 마이클은 야단치지 말아, 부탁이야. 6시 반에 하이츠에 가서 대개

8시 반까지 있다가 말을 달려온 거야. 내가 거기 간 것은 재미있어서가 아냐. 어떤 때는 밤새껏 몹시 슬플 때가 있었어. 한 주일이면 한 번쯤 더러 즐거운 때도 있긴 하지만 말이야.

처음에는 내가 린튼과 약속한 대로 그에게 갈 수 있도록 엘렌을 납득시킨다는 게 퍽 어려운 일이라고 생각됐어. 우리가 그 애를 만나고 온 이튿날 다시 가겠다고 내가 약속을 했으니까 말이야. 그런데 그 이튿날 엘렌은 2층에 누워 있게 돼서 그런 걱정은 안 해도 됐지. 그날 오후 마이클이 숲으로 들어오는 문의 자물쇠를 잠글 때 열쇠를 달랬어. 그리고 마이클에게 말했어. 내 사촌동생이 아파서 우리 집에 못 오는데 내가 찾아오기를 얼마나 기다리는지 모른다고 말이야. 그리고 아빠가 내가 거기에 가는 것을 싫어하신다고도 했어. 그러고 나서 난 마이클과 조랑말에 대한 교섭을 한 거야. 마이클은 책을 좋아하거든. 그리고 결혼하기 위해서 곧 떠날 생각이라는 거야. 그러니 내가 서재에서 책을 갖다 빌려 주면 내 소원대로 해 준다고 했지. 나는 내 책을 주는 게 좋겠다고 하니까 그러면 더욱 좋다고 하지 않겠어.

내가 두 번째 찾아갔을 때 린튼은 기분이 좋아 보였어. 그리고 그 집의 가정부 질라가 우리를 위해서 방을 깨끗하게 치워 주고 불을 잘 때 주면서, 조지프는 기도회에 갔으니, 나중에 들은 이야기지만 헤어튼 언쇼는 개를 데리고 우리 집 산으로 꿩을 잡으러 나갔으니까, 마음대로 놀아도 좋다는 거야.

질라가 데운 포도주랑 생강 과자를 갖다 주었는데 사람이 퍽 좋아 보였어. 린튼은 안락의자에 앉고 나는 난로 앞에 있는 조그만 흔들의자에 앉아서 아주 재미있게 웃으며 이야기하고 지냈는데, 할 이야기가 너무너무 많았지 뭐야. 우리는 여름에 어디를 가고 무엇을 할 것인가까지 계획을 짜 놓았어. 엘렌이 바보 같은 짓이라고 할 테니까 그 이야긴 안 할래.

하지만 우린 한번 싸울 뻔하기도 했어. 그 애가 그러는데 7월의 더운 날을 유쾌하게 지내는 방법은 말이지, 아침부터 저녁까지 벌판 가운데 있는 히스 언덕에 누워 있는 거래. 그렇게 누워서 꽃과 꽃 사이를 꿈꾸듯이 윙윙거리며 날아다니는 벌의 소리와 머리 위에 높이 솟아 지저귀는 종다리 소리를 듣고, 그리고 구름 한 점 없는 푸른 하늘을 보면서 내리쬐는 맑은 햇볕을 쬐는 거라지 뭐야. 그게 자기의 가장 완전한 행복이라고 했지. 그런데 내가 생각하는 이상적인 행복은 말이지, 살랑거리는 푸른 나무에 앉아 흔들흔들 불어오는 서풍을 받으며 하늘에 흘러가는 맑고 흰 구름을 보는 거란 말이야. 물론 둘레에선 종다리뿐만 아니라 지빠귀·굴뚝새·홍방울새 그리고 뻐꾸기 같은 새들이 울어 대는 소리가 들리고, 시원해 보이는 골짜기를 이루며 멀리 뻗쳐 있는 벌판도 으스름하게 보여야 하지. 또 가까이로는 산들바람에 물결치듯 나부끼는 긴 풀이 무성한 커다란 언덕과 숲, 소리내며 흐르는 물이 있으면 더 좋고, 그러면 그때 온 세상이 기쁨에 깨어 싱싱하게 살아나는 거야! 내 최고의 행복은 이런 것이거든. 린튼은 모든 것이 평화의 황홀경에 취해 있기를 원했고, 나는 모든 것이 눈부신 환희 속에서 빛나고 춤추는 것이 더 좋다고 말했지.

내가 그의 천국은 반만 살아 있고 반은 죽은 거라고 했더니 그 앤 내 천국은 술에 취한 상태라는 거야. 그래서 내가 나 같으면 그가 그리고 있는 천국에서는 잠이 오겠다고 말하니까, 그 앤 또 내가 원하는 천국 같은 데서는 숨을 쉬지 못할 것이라면서 골을 내잖아! 결국 우린 날씨만 좋아지면 곧 두 가지 다 해 보기로 하고 입을 맞춘 다음 풀어졌지 뭐야. 한 시간쯤 가만히 앉았다가 바닥이 매끄럽고 양탄자도 깔지 않은 그 커다란 방을 보니까 테이블만 치우면 놀기에 참 좋은 방이겠다 하는 생각이 들었어. 그래서 난 린튼에게 질라를 부르게 해서 우릴 도와 달랬지. 그리고 함께 장님놀이를 하자고 했어. 질라가 장님이 되어 우리를 잡게 하구 말이야. 엘렌도 전에는 늘 그렇게 하고 놀았잖아. 그런데 린튼이 장님놀이는 재미가 없어서 안 하겠다면서 나랑 공놀이를 하자는 거야. 벽장을 보니까 팽이·고리·배틀도어^(배드민턴의 원형)·채 같은 헌 장난감 더미 속에서 공이 두 개 나왔어. 하나는 C, 또 하나는 H자를 써 놓았길레 C는 캐서린의 첫 자이고, H는 그의 이름인 히스클리프의 첫 자이니까, C자는 내가 갖고 H자는 저더러 가지라고 했더니 H가 쓰여진 공 속에서 겨가 밀려나오는 걸 보고 좋아하질 않았어.

내가 계속 이기니까 그 앤 다시 토라져서 기침을 하며 제 의자로 돌아가지 않겠어. 그런데 그날 밤은 쉽게 풀어져서 내가 고운 노래를 두세 곡 불렀더니 좋아라 했어. 엘렌이 가르쳐 준 노래들을 했거든. 그러고 나서 내가 돌아와야 할 때가 되니까 내일 밤 다시 오라고 사정사정하기에 그러마고 약속했지.

난 미니를 타고 바람처럼 가볍게 집으로 달려왔어. 그리고 그날 밤은 아침까지 워더링 하이츠와 귀여운 사촌동생의 꿈을 꾸었어.

그런데 아침에 일어나니까 어쩐지 쓸쓸한 생각이 들더군.

엘렌이 아팠던 데다, 아빠가 내가 워더링 하이츠에 가는 걸 허락해 주시면 얼마나 좋을까, 하는 생각이 들었기 때문이야. 하지만 차 마시는 시간이 지나 아름답게 비치는 달빛 속에서 말을 타고 가니까 또 기분이 좋아졌어.

'오늘 밤도 재미있게 놀아야지.' 그렇게 혼자 생각하며 갔어. 그리고 귀여운 린튼이 좋아할 것을 생각하니까 더욱 기뻤지 뭐야.

내가 그 집 마당으로 말을 몰고 가서 집 뒤로 돌아가려고 하는데, 마침 언쇼 녀석이 나를 보더니 고삐를 붙잡고 앞문으로 들어가라는 거야. 미니의 목덜미를 토닥거리며 '좋은 말인데,' 하는 것이 마치 내가 저에게 말을 걸어 주었으면 하고 바라는 눈치였어. 난 그저 '말을 그냥 놓아 둬. 그렇지 않으면 말한테 채일 테니까' 하고 말해 줬어.

그 애는 그 상스런 말투로 이렇게 대답을 하지 뭐야.

'저런 말한테는 채여도 별일 없을 거야.' 그러고는 웃으면서 미니의 다리를 훑어보지 않아.

난 한번 차게 할까 싶었어. 그랬는데 문을 열러 뛰어가는 거야. 그리고 빗장을 벗기면서 위에 새겨 놓은 글자를 올려다보더니 어색하기도 하고 뽐내는 것 같기도 한 미련스런 표정을 하고 말했어.

'캐서린 양! 나도 이제는 저걸 읽을 수 있다구.'

'어머, 그래?' 나는 놀라서 소리쳤어. '어디 어서 한번 읽어 봐. 너도 이제 영리해 졌구나.'

그 앤 이름자의 글자 하나하나를 더듬거리며 말했지. '헤…어튼…언…쇼' 라고 말이야.

'그리고 저 숫자는?' 그가 딱 막히는 것을 보고 나는 격려하듯 큰 소리로 물었어.

'아직 그건 모르는데.' 그는 대답했어.

'저런 바보.' 나는 그렇게 말하고 나서 그가 못 읽는 것을 실컷 웃어 주었어.

그 바보는 나를 따라 웃어야 하는 건지 어떤지를 잘 모르겠다는 듯이, 입 모양으로는 웃으면서 눈께는 잔뜩 찌푸린 인상을 하고 나를 노려보지 뭐야. 그 앤 내 웃음이 유쾌하고 다정한 웃음인지, 아니면 무시하는 웃음인지를 분간하지 못했던 거야.

난 갑자기 다시 얌전한 표정을 짓고, 나는 너를 만나러 온 게 아니라 린튼을 만나러 온 거니까 길을 비켜 달라고 말을 해서 그 애의 의심을 풀어 주었지.

그 앤 얼굴을 붉히더니——달빛으로 얼굴이 붉어지는 게 보였어——빗장에서 손을 떼고서 풀이 꺾인 표정을 지으며 슬금슬금 물러가 버리는 거야. 그 앤 제 이름을 댈 수 있게 됐으니까 아마 저도 린튼만큼 유식해졌다 싶었던 모양이야. 그런데 내가 그렇게 생각하지 않으니까 몹시 당황한 거지 뭐."

"저 아가씨, 잠깐만!" 저는 말을 가로막았습니다. "아가씨를 나무라는 건 아니지만 말이에요, 아가씨가 그 댁에 가서 한 행동은 좋지 않아요. 히스클리프 도련님과 마찬가지로 헤어튼도 아가씨의 사촌이라는 걸 생각하셨다면, 아가씨의 그런 행동이 온당치 못한 짓이라는 걸 아셨을 거예요. 적어도 헤어튼 도련님이 린튼 도련님만큼 알고 싶어한다는 건 칭찬해 줄 만한 일이잖아요. 아마 그 도련님은 그저 뽐내기 위해서 배운 게 아닐 거예요. 전에도 아가씨는 그 도련님에게 글을 모른다고 창피를 준 일이 있었지요, 틀림없어요. 그래서 그 도련님은 모르는 걸 배워 가지고 아가씨를 기쁘게 해 드리고 싶었던 거죠. 그 도련님이 숫자를 못 깨우쳤다고 해서 그를 비웃는다는 건 아주 버릇없는 짓이에요. 아가씨가 만일 그 도련님과 같은 환경에서 자랐다면 얼마나 더 나을 것 같아요? 그 도련님도 어렸을 적에는 아가씨와 마찬가지로 영리하고 재주가 있었어요. 그 야비한 히스클리프 씨가 몹시 학대했으므로 그렇게 된 건데 이제 와서 그 도련님이 경멸을 당하다니 저는 기분이 나빠요."

"설마, 엘렌, 그 때문에 울지야 않겠지?" 아가씨는 제가 정색을 하고 이야기하는 데 놀라서 이렇게 큰 소리로 말하는 것이었습니다. "그리고 좀더 들어 봐. 그러면 그 애가 나를 기쁘게 할 양으로 ABC를 배웠는지, 그리고 그런 짐승 같은 놈에게 점잖게 해 줄 가치가 있는지 없는지를 알 수 있을 테니까 말이야. 내가 들어가니까 린튼은 긴 의자에 누워 있다가 나를 맞기 위해서 반쯤 몸을 일으켰어.

'나 오늘 밤엔 몸이 좋지 않아, 캐서린.' 린튼은 말했어. '그러니까 이야기는 너만하고 난 듣고만 있어야겠어. 이리 와 내 옆에 앉아. 난 네가 약속을 꼭 지킬 줄 알고 있었어. 그리고 오늘이 가기 전에 다시 약속을 해 줘야 해.'

난 린튼이 아프다니까 귀찮게 하지 말아야겠다고 생각했어. 그래서 조용

조용히 이야기만 하고 뭘 묻거나 하지도 않았어. 난 린튼에게 보이려고 가장 재미있는 책을 몇 권 가지고 갔었거든. 그 중의 한 권을 조금 읽어 달라기에 막 읽으려고 하는데, 그때 언쇼가 문을 활짝 열어젖히며 들어오지 뭐야. 가만히 생각해 보니 조금 전의 그 일이 분했던 모양이었어.

그놈은 곧장 우리한테 다가오더니 린튼의 팔을 붙잡아 의자에서 떠다 미는 게 아니겠어?

'네 방으로 가 버려!' 그는 흥분해서 거의 알아들을 수도 없는 소리를 질렀어. 얼굴이 부은 것 같고 아주 험악해 보였지. '이 계집애도 너를 만나러 왔으면 데리고 가. 네까짓 게 나를 이 방에서 내쫓진 못 해. 둘 다 나가란 말이야!'

그는 우리에게 욕을 퍼붓더니 린튼에겐 대답할 틈도 주지 않고 그 애를 부엌으로 내던지다시피 했어. 그리고 내가 린튼의 뒤를 따라가려는데 나를 때려 눕히고 싶어 못 견디겠다는 듯이 두 주먹을 불끈 쥐는 거야. 난 그때 너무 무서운 생각이 들어 그만 책을 한 권 떨어뜨리고 말았어. 그러니까 뒤에서 냅다 그 책을 차버리더니 우릴 내쫓고 나서는 문을 닫아 버리는 거야.

난롯가에서 심술궂고 목이 잠긴 웃음소리가 나기에 돌아다보니까 그 징그러운 조지프가 제 앙상한 손을 비비며 몸을 흔들고 서 있지 뭐야.

'난 틀림없이 헤어튼 도련님이 너희를 혼내 줄 줄 알았지! 헤어튼 도련님이야 훌륭한 도련님이지! 훌륭한 정신을 지닌 분이라 이 말씀야! 헤어튼 도련님도 알고 있다 이거야. 그렇구말구, 나야 말할 것도 없지만 그분도 누가 이 댁 주인이 돼야 한다는 걸 다 알고 있다, 이 말씀이지. 헤헤헤! 헤어튼 도련님이 보기 좋게 너희를 몰아낼 거다 이거야! 헤헤헤!'

'우린 어디로 가야 해?' 나는 그 망할 놈의 늙은이의 놀림 같은 건 못 들은 척하고 말했어.

린튼을 보았더니 얼굴이 파래가지고 벌벌 떨고 있지 뭐야. 그때는 보기 싫었어, 엘렌! 아이, 정말 끔찍하게 보이지 뭐야! 그 야윈 얼굴과 커다란 눈에 광기와 무력한 분노가 비쳤단 말이야. 그는 문의 손잡이를 쥐고 흔들어 보았지만, 안에서 잠겨 있었어.

'너 문 열지 않으면 죽여 버릴 테야! 들여보내 주지 않으면 너 죽여 버릴 테야!' 린튼은 말이라기보다는 비명에 가까운 소리를 질렀어. '망할 자식!

망할 자식! 내 널 죽일 테야. 죽여 버린단 말이야!'

조지프가 또 끼룩끼룩 목쉰 소리로 웃는거야.

'옳거니, 영락없는 아버지로구먼!' 영감이 소리를 치는 거야. '영락없는 아버지래두! 하기야 우리는 누구나 조금씩은 부모를 닮긴 하지. 헤어튼 도련님, 염려하지 말아요. 무서워할 것 없다구요. 린튼은 덤비지 못할 테니 말예요!'

난 린튼의 두 손을 잡아끌고 가려 했어. 그런데 어찌나 무섭게 소리를 치는지 두려워서 못했지 뭐야. 마침내 린튼은 무섭게 기침이 터져 나오는 바람에 고함도 못 지르고 입에서 피를 토하면서 방바닥에 쓰러져 버렸어.

난 겁이 나서 뒷마당으로 뛰어나가 있는 힘껏 큰 소리로 질라를 불렀어. 질라는 곳간 뒤 외양간에서 소젖을 짜고 있다가 급히 뛰어오면서 무슨 일이 났느냐고 묻는 거야.

난 숨이 차서 설명을 못하고 질라를 끌고 안으로 들어가서 린튼이 어떻게 됐나 하고 둘러봤지. 언쇼가 제가 저질러 놓은 일이 궁금해서 내다봤다가 가엾은 린튼을 이층으로 떠메고 가는 중이었어. 질라와 나는 뒤를 따라 올라갔지. 그런데 계단을 올라가자 헤어튼이 나를 가로막고 방에는 들어가지 못한다면서 내게 집으로 돌아가라는 거야.

난 그가 린튼을 죽였다고 소리를 지르고는 아무래도 들어가야 되겠다고 우겼어.

조지프가 문을 잠그더니 나더러 '그 따위 엉터리 짓'을 하면 못 쓴다고 떠들면서 나더러 린튼처럼 날 때부터 미쳤느냐고 하잖아.

난 질라가 나올 때까지 서서 울었어. 린튼은 조금만 있으면 나을 텐데 그렇게 울며 시끄럽게 하면 싫어한다면서, 질라는 나를 거의 안다시피 하여 식구들 방으로 데리고 내려왔어.

엘렌, 난 내 머리를 쥐어뜯고 싶었다니까! 얼마나 흐느끼며 울었던지 거의 눈앞이 보이지 않을 정도였지 뭐야. 그런데 엘렌이 그렇게 동정하는 그 악당 놈이 내 앞에 서서는 건방지게 나더러 조용히 하라고 하면서 자기가 잘못한 게 아니라는 거야. 그래서 내가 아빠한테 일러서 감옥으로 보내 교수형을 당하게 해 주겠다고 쏘아 줬어. 그러니까 그 녀석은 엉엉 울기 시작하며, 그렇게 비겁하게 겁먹은 것을 감추기라도 하듯 냅다 뛰어나가 버리지 뭐야.

그런데 그 녀석이 완전히 물러난 건 아니었어. 결국 내가 그들의 권유에 못 이겨 떠나오는데, 울안을 벗어나 몇 백 야드쯤 나오니까 갑자기 그 녀석이 길 옆 그늘에서 튀어나오더니 미니를 가로막고 나를 붙잡지 뭐야.

'캐서린, 난 정말 슬퍼,' 그러면서 말을 하는 거야. '하지만 그건 너무 지나치지 않아……?'

난 그 녀석이 나를 죽이려고 하는 게 아닌가 싶어 말채로 후려갈겼어. 그러자 그는 심한 욕지거리를 퍼부으면서 손을 놓았어. 그 틈에 정신없이 집으로 달려온 거야.

그날 밤엔 난 엘렌에게 안부도 묻지 않았어. 그리고 다음날은 워더링 하이츠에 가지도 않았고 말이야. 몹시 가고는 싶었지만 이상하게 흥분이 됐거든. 어떤 때는 린튼이 죽었다는 말을 들을까 무섭기도 하고 또 어떤 때는 헤어튼을 만날 생각을 하면 소름이 끼치기도 했어.

사흘째 되던 날 난 용기를 냈어. 그 이상 걱정만 하고 앉아 있을 수 없어서 다시 한 번 살그머니 빠져 나갔어. 5시에 갔는데, 누구의 눈에도 띄지 않게 그 집에 들어가서 살짝 린튼의 방으로 들어갈 참이었어. 그런데 개들이 짖는 바람에 내가 온 게 드러나게 됐지. 질라가 나를 맞으면서 린튼은 차츰 좋아져 간다고 일러 주며 작고 깔끔한 융단이 깔린 방으로 안내해 주었어. 그 방에서 린튼이 조그만 소파에 누워 내가 갖다 준 책을 읽고 있는 걸 보고 난 얼마나 기뻤는지 몰라. 그런데 그 앤 한 시간 동안이나 내내 나한테 말도 하지 않고 쳐다보지도 않지 뭐야, 엘렌. 그 앤 그렇게 좀 못된 성질이 있는 애야. 그런데 어처구니없게도 겨우 입을 열어 한다는 말이, 소란을 피운 건 나이며 헤어튼은 아무 잘못이 없다는 거야!

어떻게 화가 치미는지 대답도 나오질 않아 그대로 일어서서 나와 버렸지 뭐야. 뒤에서 들릴 듯 말 듯하게 '캐서린!' 하고 부르더군. 그 앤 내가 대답 대신 그렇게 나가버릴 거라곤 생각지도 않았을 거야. 하지만 난 다시 들어갈 수 없었어. 그래서 다음 날 나는 두 번째로 그 집에 가지 않았고 다시는 그 앨 찾아가지 않겠다는 결심까지 했었어. 그런데 그 애에 대한 소식을 듣지 못하고 지내려니까 어찌나 괴로운지 내 결심은 제대로 굳어지기도 전에 날아가 버렸지 뭐야. 전에는 그곳에 가는 것이 잘못인 것 같았는데 이젠 가지 않는 것이 잘못인 것처럼 생각됐어. 그런데 마이클이 와서 말을 탈 채비를 해야 하느냐고 묻기에 그만 '그래' 하고 대답하고 만 거야. 미니의 등에 앉아서 언덕을 넘어가면서도 무슨 의무를 수행하는 것 같은 생각이 들었어.

안마당으로 가려면 어쩔 수 없이 집 앞 창문 앞을 지나야 했으므로 내가 왔다는 걸 숨기려고 해 봤자 아무 소용이 없었어.

'도련님은 거실에 계시는데요.' 응접실로 들어가는 나를 보고 질라가 말했지.

들어갔더니 언쇼도 함께 있었는데 곧 나가버리는 거야. 린튼은 커다란 안락의자에 앉아서 반쯤 잠들어 있었어. 나는 난롯가로 걸어가서 신중한 말투로 이렇게 말을 꺼냈지. 그리고 그건 어느 정도 진심이었어.

'린튼, 너는 나를 싫어하고, 내가 일부러 네 마음을 상하게 하려고 온다고 생각하지? 또 지금까지 올 때마다 그런 눈치니까 오늘이 우리가 만나는 마지막 날이야. 오늘 난 작별 인사나 하자고 온 거야. 그리고 너의 아빠한테 말이야, 네가 나를 만나고 싶어 하지 않는다는 것을 말씀드리고, 또 이제부터는 이 문제에 대해서 더 이상 거짓말을 꾸며대서는 안 된다고 말씀드려.'

'앉아서 모자나 벗어, 캐서린.' 그 애는 말했어. '누난 나보다도 훨씬 행복하니까 나보다 더 좋은 사람이 돼야 해. 아빠는 늘 내 결점만 이야기하시고 또 늘 야단만 치시니까 자연히 난 자신을 잃게 됐어. 난 아빠가 자주 말씀하듯이 정말로 내가 한 푼어치의 가치도 없는 사람일지도 모른다는 생각을 하게 된 거야. 그러니까 성격이 비뚤어지고 고약해져서 모두가 보기 싫은 거야! 나라는 사람은 아무 가치도 없는 사람이고 성질도 나쁜 데다 거의 언제나 기분이 우울하단 말이야. 그러니까 누나가 원한다면 그렇게 해도 좋아. 누난 귀찮은 일을 한 가지 더는 셈이지.

하지만 캐서린, 다만 이것만은 분명히 해 두고 싶어. 나도 누나같이 상냥스럽고 친절하고, 또 착해질 수만 있다면, 그렇게 되고 싶어. 누나처럼 행복하고 건강하게 되기를 기꺼이 아니, 그 이상으로 바라고 있다구. 그리고 누나의 그 친절한 마음씨 때문에 나는 누나가 나를 사랑하는 이상으로 누나를 깊이 사랑하게 되었다는 걸 믿어 줘. 만일 내가 누나의 사랑을 받을 만한 자격이 있다면 말이야. 어쩔 수 없이 누나에게 나의 나쁜 성질을 보였고, 지금도 그러고 있지만 난 그걸 후회하고 속상하게 생각하고 있어. 그리고 앞으로도 내가 죽을 때까지 후회하고 속상해 할 거야!'

난 그 애의 이야기를 진정이라고 생각했어. 그래서 용서해 줘야 되겠다고 생각했지. 그리고 다음에 곧 또 우리가 싸우게 되더라도 난 다시 용서해 줘야겠다고 생각했단 말이야. 우리는 화해는 했지만 둘 다 내내 울었어. 꼭 슬퍼서 운 건 아니었지만, 그래도 난 린튼이 그런 비뚤어진 성질을 가지고 있다는 것만은 슬펐어. 그 앤 그와 가까운 사람들을 마음 편하게 해 주지 못할 것이고, 또 제 자신의 마음도 편치 못할 거란 말이야. 난 그 뒤부터는 언제나 그 애의 조그만 응접실로 갔어. 그 애네 아버지가 그 다음 날 돌아오셨기 때문이야. 한 세 번쯤은 맨 첫날 저녁처럼 즐겁고 희망에 찼었지. 그 나머지 방문들은 지루하고 귀찮았어. 어떤 때는 그 애의 고집과 심술 때문에 그랬고, 또 어떤 때는 그 애의 병 때문에 그렇기도 했어. 하지만 난 그 애가 고집을 부리거나 심술을 부릴 때도 그가 아플 때나 마찬가지로 화내지 않고 참을 수 있게 되었지.

히스클리프 고모부는 일부러 나를 피하고 있어. 통 얼굴을 볼 수 없었거든. 참, 지난 일요일엔 말이야, 여느 때보다 좀 일찍 갔더니 전날 밤에 한 짓에 대해서 가엾은 린튼에게 잔인하게 욕하는 소리가 들리지 않겠어? 그분이 엿듣지 않았다면 그걸 어떻게 알았는지 모르겠어. 어쨌든 린튼이 그날 밤 너무했던 건 분명하지만, 그래도 그건 나 이외에는 아무에게도 관계가 없는 일이잖아. 그래서 내가 들어가서 고모부의 말을 가로막고 그렇게 말했지 뭐야. 그러자 고모부는 웃음을 터뜨리면서 나가버리는 거야. 내가 그렇게 생각한다니 다행이라고 말하면서. 그때부터 난 린튼에게 언짢은 일은 조그만 소리로 말해야 한다고 주의를 줬어.

자, 엘렌! 이게 다야. 내가 워더링 하이츠에 못 가게 되면 오직 두 사람만이 불쌍하게 될 뿐이야. 그런데 엘렌만 아빠한테 말하지 않으면 내가 거기 가는 것은 아무한테도 방해가 되지 않는단 말이야. 말하지 않겠지? 만일 이른다면 너무 무정한 짓이야."

"내일까지 그 일에 대해서 결정하겠어요, 아가씨." 저는 그렇게 대답했습니다. "좀 생각해 봐야 할 문제니까요. 아가씨는 어서 쉬세요. 저는 가서 다시 생각해 보겠어요."

저는 아가씨 방에서 곧장 서방님 방으로 가서, 린튼 도련님과 아가씨가 나눈 이야기와 헤어튼에 관한 것만 빼놓고 모든 사실을 서방님께 말씀드리고 말았습니다.

린튼 서방님의 놀라움과 실망감은 겉으로 드러난 것 이상인듯 했습니다. 다음 날 아침 아가씨는 내가 자기의 신의를 배반했다는 것과 함께 이젠 그 비밀 방문도 불가능하게 되었다는 것을 알게 되었지요.

아가씨는 린튼 도련님과의 만남을 금지당하자 울며 몸부림쳤으나 그것은 아무 소용없는 일이었습니다. 그리고 린튼을 가엾게 생각해야 한다고 아버님께 애원하는 것 또한 허사였습니다. 기껏 아가씨가 위안을 받을 수 있었던 일은 서방님께서 린튼 도련님에게 편지를 보냈다는 것이었습니다. 서방님은 편지로 도련님이 원할 때 우리 집으로 오는 것은 좋으나, 아가씨의 워더링 하이츠 방문은 더 이상 기대해서는 안 된다는 것을 설명하셨거든요. 하지만 서방님께서 만일 당신 조카의 성질과 상태를 아셨다면 아마 그 조그만 위안 조차도 주어서는 안 된다고 생각하셨을 것입니다.

25

"이건 지난 겨울에 일어난 일들이죠, 주인님." 딘 부인은 말했다. "겨우 1년 남짓 된 일입니다. 그때만 해도 제가 1년 뒤에 이런 이야기를 그 집안 식구와는 아무런 관계도 없는 분에게 들려주게 될 거라고는 생각지도 않았지 뭡니까! 하기야 주인님이라고 언제까지나 관계가 없는 분일지 누가 알겠어요? 주인님은 아직 젊으시니까 항상 독신으로 사시는 데 만족하실 수는 없으시겠지요? 그리고 저는 어쩐지 캐서린 아가씨를 만나는 분은 아가씨를 사랑하지 않고는 배기지 못할 것 같아요. 주인님은 웃으시지만 왜 제가 캐서린 아가씨에 대한 이야길 할 때면 그렇게 생기가 돌고 흥미를 느끼시는 것같이 보이시나요? 그리고 저더러 주인님 방의 벽난로 위에 그 아가씨의 초상화를 걸어 놓으시라는 건 웬일이세요? 그리고 왜……."

"잠깐만요, 딘 부인!" 나는 외쳤다. "충분히 내가 그 여자를 사랑할 수도 있겠지요. 하지만 그 여자가 나를 사랑할까요? 될 것 같지 않은 일이라 난 내 조용한 생활을 버리고 그런 유혹 속에 뛰어들 수 없소. 또 여긴 내 고장이 아니란 말이오. 나는 바쁜 세상에서 사는 사람이니까 바로 또 그곳으로 돌아가야만 하오. 자, 어서 이야기나 계속하시오. 그래, 캐서린은 아버지 명령에 순종했던가요?"

"순종했지요." 가정부는 이야기를 계속하였다.

아버님에 대한 애정이 역시 무엇보다도 강했던 것입니다. 그리고 그 어른은 화를 내고 말씀하시는 법이 없었습니다. 그분은 자애에 넘치는 말씀을 하셨지요. 마치 자신의 보배를 위험과 원수들 속에 놓아두고 가야 하고, 그 어려움 속에서 딸의 앞길을 이끌기 위해서 남겨 둘 수 있는 유일한 도움은 자신의 말뿐이라고 생각하시는 듯 말입니다.

며칠이 지난 뒤 그 어른은 제게 이렇게 말씀하셨습니다.

"난 조카 놈이 편지를 보내거나 그렇지 않으면 찾아와 주었으면 싶은데 말이야, 엘렌. 엘렌이 그 애에 대해서 생각하고 있는 것을 진정으로 이야기해 봐. 그 녀석은 좀 나아졌는지, 어른이 되면 좀 나아질 것 같은가?"

"그 도련님은 너무나 약골이 되어서요, 서방님," 저는 대답했습니다. "제대로 성인이 될 때까지 살 것 같지 않아요. 하지만 도련님이 그 아버지를 닮지 않았다는 것만은 말씀드릴 수 있어요. 혹 캐서린 아가씨가 불행하게 그 도련님과 결혼을 하게 되더라도, 아가씨가 지나칠 정도로 멋대로 굴게 내버려 두는 어리석은 행동만 하지 않는다면 다루지 못할 분은 아닐 것 같습니다. 서방님, 그 도련님을 좀더 두고 보시면서 아가씨와 맞는지를 알아보실 시간이야 얼마든지 있습니다. 도련님이 성인이 되려면 아직 4, 5년은 더 있어야 하니까요."

에드거 서방님은 한숨을 짓고는 창가로 걸어가서 기머튼 교회 쪽을 내려다보셨습니다. 안개 낀 오후였습니다만, 2월의 햇빛이 희미하게 비쳐 교회 묘지에 서 있는 두 그루의 전나무와 드문드문 세워진 비석들은 분간할 수 있었습니다.

"난 가끔 빌었어." 서방님은 거의 혼자 말처럼 말씀하셨습니다. "앞으로 다가올 일에 대하여 말이야. 그러던 게 이젠 그게 겁이 나고 무서워졌어. 난 늘 내가 머지않아 몇 달 뒤, 어쩌면 몇 주일 뒤에라도 그 호젓한 골짜기에 눕게 되리라고 기대해 왔어. 이런 기대는 내가 새신랑이 되어 그 산골짜기를 내려올 때의 즐거웠던 기억보다 더 소중한 것이었지. 엘렌, 난 캐시가 있어 아주 행복하게 지내왔어. 그 많은 긴 겨울 밤과 여름날을 지내 오는 동안,

캐시는 내 곁을 떠나지 않는 살아 있는 희망이었어. 하지만 저 낡은 교회 아래 비석들 사이에서 나 혼자 깊은 생각에 잠기는 것도 또한 즐거웠지. 그 긴 6월 저녁을 그 애 어미의 푸른 무덤 위에 누워서, 그 아래 내가 눕게 될 날을 바라며 기다리는 것이 말이야.

캐시를 어떻게 하면 좋을지? 어떻게 그 애를 떼어 놓고 가야 안심이 될까? 내가 없는 캐시를 위로해 줄 수만 있다면 린튼이 히스클리프의 자식이라는 건 조금도 문제가 아니고, 또 그가 캐시를 내게서 빼앗아 간대도 염려될 게 없어. 히스클리프가 그의 목적을 이루어 나의 마지막 행복마저 빼앗아 가는 데 성공한다 해도 난 겁날 게 없다구! 그러나 린튼이란 녀석이 보잘것없는 인간이라면, 그저 제 아비의 하찮은 도구에 지나지 않는다면 말이야, 난 그 녀석에게 캐시를 내맡길 수는 없어! 캐시의 들뜬 기분을 눌러 버린다는 게 괴로운 일이긴 하지만, 내가 살아 있는 동안에는 캐시가 슬퍼하는 것을 억지로라도 참을 수밖에 없고 내가 죽게 되면 외롭게 혼자 놓아 둘 수밖에 없는 노릇이지. 아아, 내 귀여운 것! 차라리 그 애를 하느님께 맡겨, 나보다 먼저 땅속에 묻어 주고 싶어."

"지금 그대로 두시고 하느님께 맡기세요, 서방님." 저는 말했습니다. "그리고 혹시라도 서방님이 먼저 세상을 떠나신다면, 그럴 리가 없도록 기도드립니다만, 제가 아가씨의 벗이 되어 끝까지 돌봐 드리겠습니다. 캐서린 아가씨는 착한 아가씨예요. 아가씨가 일부러 잘못을 하실 염려는 없습니다. 그리고 누구나 자기 본분에 충실하면 결국 보답을 받게 마련이니까요."

봄이 한창때가 되었습니다. 서방님은 따님을 데리고 뜰 안을 산책하실 정도의 차도는 있었으나 아직도 원기를 차리지는 못하였습니다. 경험이 없는 아가씨는 그 정도만으로도 아버지가 회복되었다고 생각하셨지요. 게다가 서방님의 볼이 가끔 불그레하셨고 눈빛이 밝았으므로 아가씨는 틀림없이 서방님이 완쾌되신 걸로 알았습니다.

아가씨의 열일곱 번째 생일날에는 서방님은 성묘를 가시지 않았습니다. 그날은 비가 오고 있었습니다. 저는 이렇게 물어보았지요.

"오늘 밤에는 안 나가시겠지요, 서방님?"

서방님은 대답하셨습니다.

"응, 금년에는 좀 미뤄야겠는데."

서방님은 다시 린튼에게 몹시 만나고 싶다는 내용의 편지를 보내셨습니다. 도련님의 건강은 좋지 않았지만 사람 앞에 나설 수 있을 정도만 됐다면 도련님의 아버지는 틀림없이 아들을 보냈을 겁니다. 그런데 사실은 어딜 다닐 만한 몸이 아니었으므로, 자기 아버지가 이 집을 찾아가는 것을 반대하신다는 것을 넌지시 알리는 답장을 보내왔습니다. 히스클리프 씨가 시키는 대로 한 것이지요. 편지에는 또 아저씨가 자기를 잊지 않고 계시니 퍽 기쁘고 자기가 산책을 나올 때 때때로 만나 뵙기를 바라며, 사촌끼리 그렇게 아주 헤어진 채 오래도록 서로 못 만나고 지내지 않게 되기를 원하고 있다는 내용도 있었습니다. 이 대목은 단순한 것으로 보아 아마 도련님의 생각이었을 겁니다. 히스클리프 씨는 자기 아들이 캐서린 아가씨를 만나고 싶다는 사연 정도는 충분히 혼자서도 훌륭하게 써낼 수 있다는 것을 알고 있었던 것입니다.

　'저는 캐서린에게 이곳에 와 달라고 하는 것은 아닙니다.' 편지는 계속되었습니다. '하지만 아버지가 저를 그곳에 못 가게 하시고 또 아저씨가 캐서린을 우리 집에 못 오게 하신다고 해서, 저는 캐서린을 아주 만날 수 없을까요? 부디 때때로 캐서린을 데리고 하이츠 쪽으로 나와 주시기 바랍니다. 그리하여 아저씨가 보시는 앞에서 저희들이 몇 마디 말이라도 나눌 수 있게 해 주시기 바랍니다. 저희들은 이렇게 헤어져 있어야만 될 짓은 아무것도 하지 않았습니다. 그리고 아저씨는 저 때문에 화를 내고 계시는 것은 아니지요? 저를 싫어하실 이유가 없다는 것을 아저씨도 인정하시지요?

　그리운 아저씨! 내일 반가운 편지 보내 주세요. 그리고 드러시크로스 저택만 아니면 어디든지 아저씨께서 원하시는 곳에서 만나 뵙게 해 주세요. 아저씨께서 저를 만나 보시면 제가 아버지의 성격과는 다르다는 것을 반드시 알게 되시리라고 믿습니다. 아버지는 제가 아버지의 아들인 것 이상으로 아저씨의 조카라고 말씀하시더군요. 그리고 저는 캐서린과 어울릴 자격이 없을 만큼 많은 결점이 있지만 캐서린은 그런 것을 용서해 주었습니다. 그러니 캐서린을 생각해서라도 아저씨께서 저의 결점을 너그러이 봐 주시기 바랍니다. 염려하신 저의 건강은 좀 나아졌습니다. 그러나 모든 희망이 끊긴 채 고독에 묻혀, 이전에도 좋아한 일이 없고 앞으로도 결코 좋아하지 않을 사람들 틈에서 제가 어떻게 기운을 차리고 건강해 질 수 있겠습니까?'

　서방님은 도련님을 측은하게 생각은 하셨지만, 그의 요구를 들어 주실 수는 없었습니다. 서방님이 캐서린 아가씨를 데리고 가실 수 없었기 때문이었습니다.

서방님은 여름엔 어쩌면 둘이 만날 수 있을지 모르겠다고 말씀하셨습니다. 그 사이에도 때때로 편지를 내도록 하라고 하시며 편지로 할 수 있는 충고와 위로는 해 주겠다고 약속하셨습니다. 도련님이 집안의 다른 사람들과 어떤 사이인지 잘 알고 계셨기 때문이지요.

린튼 도련님은 그 말씀에 따랐습니다. 만일 도련님이 하는 대로만 내버려 두었더라면 도련님은 편지마다 불평과 비탄을 늘어놓아 만사를 망쳤을지도 모릅니다. 그러나 도련님의 아버지가 철저하게 감시를 했고, 물론 우리 댁 서방님이 보내는 편지는 한 줄도 빼놓지 않고 보이게 했던 것입니다. 그리하여 린튼 도련님은 언제나 가장 먼저 그의 머리에 떠오르는 자신의 괴로움이나 슬픔은 쓰지 못하고, 그저 친구이며 애인인 캐서린과 떨어져 있어야 하는 가혹한 처지에 대한 이야기만을 거듭 되풀이할 뿐이었습니다. 그리고 서방님께서 곧 만나 주셔야 한다고 점잖게 부탁하고, 만일 그렇지 않으면 서방님이 헛된 약속으로 일부러 자기를 속인 것이 되지 않겠느냐는 것이었습니다.

이쪽에서는 또 캐시 아가씨가 강력한 그의 편이었습니다. 그리하여 그들 사이에서 결국 서방님은 설득당하여, 한 주일에 한 번쯤 저의 감독 아래 우리 집에서 가장 가까운 벌판에서 함께 말을 타거나 산책을 해도 좋다는 허락을 내리고 말았습니다. 6월이 되어도 서방님은 건강은 여전히 나빠서 아가씨를 데리고 나가실 수가 없었기 때문이었습니다. 서방님은 해마다 수입의 일부를 아가씨 몫으로 떼어 놓긴 하셨지만, 당연히 대대로 내려오는 그 집도 아가씨가 소유하게 되기를 바라셨고, 혹 출가를 한다 하더라도 되도록 짧은 시일 안에 돌아와서 살기를 바랐습니다. 그리고 그렇게 할 수 있는 유일한 방법은 아가씨를 상속인과 결합시키는 길밖에 없다고 생각하셨습니다.

그러나 서방님은 자신의 상속인도 자기 못지않게 급속히 건강이 나빠지고 있다는 것은 전혀 모르고 계셨던 것입니다. 그리고 제 생각에 그걸 알고 있던 사람은 아무도 없었던 것 같습니다.

의사가 하이츠에 가는 일도 없었고, 히스클리프 도련님을 보고 와서 저희들에게 그의 건강 상태를 알려 주는 사람도 없었습니다.

저로 말하면, 당초에 제가 생각했던 것이 잘못이었다는 생각이 들기 시작했습니다. 도련님이 벌판에서 말을 타느니 산책을 하느니 하고, 또 매우 열심히 자기의 목적을 이루려고 노력하는 것 같아서 실지로 건강이 회복되었음에 틀림없다고 생각하게 되었던 것입니다.

나중에 가서야 린튼 도련님이 구태여 그렇게 열의를 보이지 않을 수 없게끔 한 것은 히스클리프 씨의 음모였다는 것을 알게 되었지요. 하지만 누가 죽어가는 자식을 그처럼 잔인하게 대하는 아버지가 있을 거라고 상상이나 했겠습니까. 히스클리프 씨는 그의 탐욕스럽고 냉혹한 계획이 린튼의 죽음으로 말미암아 허사가 될 것 같은 위협을 느껴 더욱 다급하게 서둘렀던 것입니다.

26

에드거 서방님은 그들의 애원에 어쩔 수 없이 둘의 만남을 승낙하셨습니다. 그래서 캐서린 아가씨와 제가 처음으로 도련님을 만나러 말을 타고 갔을 때는 어느덧 여름도 한고비 지날 무렵이었습니다.

그날은 숨이 막힐 듯한 무더운 날이었지요. 햇빛이 없고 온통 얼룩 구름이 낀 하늘이어서, 비가 올 것 같지는 않았습니다. 우리가 만날 장소는 네 갈래길 옆의 표석이 서 있는 곳으로 약속이 되어 있었습니다. 그런데 우리가 그곳에 이르자 심부름 온 듯한 어린 목동이 이렇게 말하는 것이었습니다.

"린튼 도련님은 바로 고개 너머에 계신데요. 미안하지만 조금만 더 오시래요."

"그렇다면 린튼 도련님은 아저씨가 주신 첫 번째 주의를 잊어버리신 게로군." 저는 말했습니다. "그 어른께서는 우리집 땅을 벗어나지 말라고 하셨는데 여기서 조금만 나가면 바로 남의 땅인걸."

"그럼 린튼이 있는 곳까지 갔다가 말을 돌리지," 아가씨가 대답했습니다. "우리 집쪽으로 거닐면 되잖아."

우리가 도련님이 있는 곳에 가 보니까, 그곳은 그 댁 정문에서 4분의 1마일도 채 안 되는 거리였습니다. 도련님은 말을 타지 않고 왔으므로 우리는 어쩔 수 없이 말에서 내리지 않을 수 없었고 말들은 풀을 뜯게 놓아두어야 했지요. 도련님은 풀밭에 누워서 우리가 오기를 기다리고 있었는데 바로 몇 야드 앞에 갈 때까지도 일어나지 않았습니다. 우리가 가자 겨우 일어나서 아주 힘없이 걸었는데, 얼굴빛이 몹시 해쓱해 보여 저는 대뜸 큰 소리로 물었습니다.

"웬일이에요, 도련님! 오늘 아침엔 산책을 못 하시겠네. 얼굴빛이 아주 좋지 않아 보이는데요!"

캐서린 아가씨는 슬프고 놀라운 표정으로 도련님을 바라보았습니다. 막 입 밖에 나오려던 즐거운 환성은 놀란 음성으로 바뀌었고, 오래 미루어오다가 겨우 하려고 하던 기쁨의 말은 그만 왜 여느 때보다도 건강이 더 나빠졌는가 하는 걱정스런 위로로 바뀌고 말았습니다.

"아냐, 괜찮아. 나아진걸!" 도련님은 떨면서 마치 아가씨의 손에 의지하지 않으면 안 될 듯이 아가씨의 손을 꼭 쥐고는 숨가쁘게 말하는 것이었습니다. 그리고 그 크고 푸른 눈은 수줍은 듯이 아가씨를 더듬어 보았습니다. 전에 어쩐지 기운 없는 표정이 깃들었던 두 눈은 이제 언저리가 움푹 파여 수척하고 사나워 보였습니다.

"아니야, 넌 더 나빠졌어." 아가씨는 곧이듣지 않았습니다. "지난번에 보았을 때보다 더 나빠졌단 말이야. 더 마르고, 그리고……."

"나, 피곤해," 도련님은 갑자기 말을 막았습니다. "더워서 걷지 못하겠어. 여기서 쉬지. 그리고 아침나절엔 가끔 몸이 좋지 않단 말이야. 아빠는 내가 크느라고 그렇다고 하시는데."

아가씨는 영 납득이 가지 않은 채로 앉았고 도련님도 그 옆에 누웠습니다.

"여기는 마치 네가 말한 천국 같은데," 아가씨는 애써 즐거운 표정을 지으면서 말했습니다. "우리 서로가 생각하는, 가장 즐겁게 하루를 보내는 방법을 각각 한 번씩 시험해 보기로 한 것 기억하지? 여기가 네가 말한 그 천국과 거의 비슷하구나. 구름이 끼긴 했지만 말이야. 그런데 구름이 저렇게 부드럽고 보기가 좋으니까 해가 비치는 것보다 더 좋은 것 같아. 다음 주일엔 말이야, 너만 갈 수 있다면 우리 집 숲으로 말을 타고 가서 내가 말한 천국을 보도록 해."

린튼 도련님은 아가씨가 이야기하는 것을 기억하는 것 같지 않았습니다. 그리고 분명 어떤 이야기건 그것을 계속하는 것이 무척 힘이 드는 모양이었습니다. 아가씨가 꺼낸 이야기에 도련님은 통 흥미가 없고 또 아가씨를 즐겁게 해 줄 힘도 없다는 것이 너무나도 분명했으므로, 아가씨는 실망한 빛을 감출 수 없었습니다. 확실하지는 않지만 어떤 변화가 도련님의 온몸과 태도에 일어났던 것입니다. 귀여워해 주면 어리광을 부리던 변덕스러운 성미는 어떤 일에도 마음 내켜 하지 않는 무관심함으로 변했고, 응석을 부리려고 일부러 안달을 하며 성가시게 굴던 어린애 같은 투정도 별로 보이지 않았습니다. 그리고 도련님은 환자처럼 자기만 아는 까다로운 성미가 더욱 강해져서 위로해 주는 것도 마다하고, 남이 기분 좋은 쾌활한 태도를 보이면 그걸 곧 자신에 대한 모욕이라고 생각하는 버릇이 생겼던 것입니다.

도련님은 저희들과 함께 지내는 것을 고맙게 생각하기보다는, 도리어 벌이라도 받는 것처럼 여긴다는 것을 저는 물론 캐서린 아가씨도 알아차렸습니다. 그래서 아가씨는 조금도 망설이지 않고 곧 돌아가자고 말했습니다. 그런데 아가씨가 돌아가려고 하자, 뜻밖에도 린튼 도련님은 그 무기력한 상태에서 깨어나 이상하게 당황하는 태도를 보이는 것이었습니다. 도련님은 겁이 난 눈초리로 하이츠 쪽을 힐끗 쳐다보더니 반 시간만 더 있어 달라고 사정했습니다.

"하지만," 아가씨가 말했습니다. "내 생각엔 네가 여기 앉아 있는 것보다 집에 가 있는 게 더 편안할 것 같은데. 오늘은 내 이야기나 노래나 잡담 같은 것으로 너를 즐겁게 해 줄 수 없는 것 같아서 그래. 지난 여섯 달 동안에 넌 나보다 더 영리해졌어. 그래서 이제 내가 즐기는 오락에는 흥미가 없어진 거야. 그렇지 않고 내가 너를 즐겁게 해 줄 수만 있다면야 내가 자진해서 머무를 텐데."

"여기서 좀 쉬었다 가," 도련님은 대답했습니다. "그리고 캐서린, 내가 아주 몸이 좋지 않다고 생각하거나 그렇게 말하지 말아. 날씨가 이렇게 흐리고 더워 맥이 풀려서 그러는 거니까 말이야. 누나가 오기 전에 나는 혼자서 많이 걸어 다녔어. 아저씨한테도 내가 건강하다고 말씀드려, 알겠지?"

"아버지한테 네가 그렇게 말하더라고 말씀드릴게, 린튼. 하지만 네 말대로 아주 건강하다고는 말씀드릴 수 없을 거야." 아가씨는 도련님이 굳이 뻔히 사실이 아닌 것을 우기는 걸 보고 이상하게 여기면서 말했습니다.

"그리고 요다음 목요일에 또 와." 린튼은 의아스럽게 쳐다보는 아가씨의 눈길을 피하면서 말하는 것이었습니다. "그리고 아저씨한테 네가 오도록 승낙해 주셔서 고맙다고 말씀드려. 정말로 고맙다고 말이야, 캐서린. 그리고, 그리고 말이야. 혹 우리 아버지를 만나게 됐을 때 아버지가 나에 대해서 물으시면, 내가 아주 말이 없고 멍청하니 있었다고 생각하시지 않도록 말씀드려야 해. 지금처럼 그렇게 슬프고 실망한 얼굴을 하지 마. 아버지가 화내실 테니까 말이야."

"난 네 아버지가 화내셔도 아무렇지 않아." 아가씨는 자기한테 화를 낼 경우를 상상하면서 큰 소리로 말했습니다.

"하지만 난 그렇지 않단 말이야." 도련님은 벌벌 떨면서 말했습니다. "나 때문에 아버지를 화내시게 하면 안 돼, 캐서린. 아버지는 매우 엄한 분이시니까."

"아버님이 도련님에게 무섭게 대하시나요, 히스클리프 도련님?" 저는 물어보았습니다. "응석을 참는 데 지치셔서 이제 드러내 놓고 미워하시나 봐요?"

린튼 도련님은 저를 쳐다보았으나 아무 대답도 하지 않았습니다. 아가씨는 10분쯤 더 그의 옆에 앉아 있기로 했습니다. 그동안 도련님은 머리를 푹 숙이고는 지쳐서 그런지 아니면 괴로워서 그런지 답답한 신음 소리만 낼 뿐 아무 소리도 하지 않았습니다. 아가씨는 심심풀이로 월귤나무 열매를 주워다가 제게 나누어 주었습니다. 아가씨는 린튼은 그 이상 건드려 보았자 귀찮아하고 괴로워할 뿐이라는 것을 알았으므로, 그에게는 하나도 주지 않았습니다.

"이제 반 시간은 됐지, 엘렌!" 아가씨는 마침내 제 귀에 대고 소곤거렸습니다.

"난 우리가 왜 여기 있어야 하는지 모르겠어. 저앤 잠이 들었고 아빠는 우리가 돌아오기를 기다리고 계실 텐데."

"하지만 잠든 사람을 두고 가서는 안 돼요." 제가 대답했습니다. "도련님이 깰 때까지 기다려요. 조금만 참으면 될 거예요. 떠나올 때는 무척 열심이더니 가엾은 린튼 도련님을 보고 싶은 생각이 벌써 사라진 거로군요!"

"저 앤 왜 날 만나고 싶어했을까?" 아가씨가 대꾸했습니다. "그전에 까다롭게 굴었을 때가 차라리 지금 저렇게 이상한 행동을 하는 것보다 더 나았어. 이건 마치 억지로 시켜서 하는 일 같아, 이렇게 만나는 게 말이야. 아버지한테 야단맞을까봐 무서워서 하는 짓 같애. 하지만 난 히스클리프 아저씨를 즐겁게 해 드리기 위해 오고 싶지는 않아. 아저씨가 린튼에게 이런 벌을 받도록 명령하는 데 어떤 이유가 있든지 간에 말이야. 그리고 린튼의 건강이 좋아진 것은 반가운 일이지만, 저 애의 명랑함과 나에 대한 애정이 그전보다 훨씬 못한 것이 섭섭하단 말이야."

"그럼 아가씨는 도련님의 건강이 좋아졌다고 생각하시는 거예요?" 제가 물었습니다.

"그래," 아가씨는 대답하는 것이었습니다. "그전까진 늘 아프다고만 야단이었잖아. 그런데 지금은 아빠한테 말하라는 것처럼 아주 좋아진 건 아니지만, 그전보다는 좋아진 것 같아."

"그건 제 생각하고는 다른데요, 아가씨," 제가 말했습니다. "저는 훨씬 나빠졌다고 생각되는 걸요."

그러자 도련님이 난데없는 두려움에 사로잡힌 듯이 갑자기 잠에서 깨더니 누가 자기 이름을 부르지 않느냐고 묻는 것이었습니다.

"아니," 아가씨가 대답했습니다. "꿈속에서 불렀다면 몰라도 부른 사람은 없어. 그런데 넌 어쩌면 아침에 이렇게 한데서 잠을 잘 수가 있지? 이상하구나."

"아버지가 부르는 것 같았는데." 도련님은 우리들의 머리 위에 잔뜩 찌푸리고 솟아 있는 듯한 언덕배기를 흘끗 쳐다보면서 숨이 가쁜 듯이 말했습니다. "정말 아무도 부르지 않았어?"

"정말이라니까," 아가씨는 대답했습니다. "엘렌과 내가 너의 건강에 대해서 이야기한 것뿐이야. 린튼, 너 정말 지난 겨울 우리가 헤어졌을 때보다도 건강해졌니? 만일 그렇다 하더라도, 분명 좋아지지 않은 것이 꼭 한 가지 있어. 나에 대한 너의 마음 말이야. 말해 봐, 그렇지?"

린튼 도련님은 눈물을 마구 쏟으면서 대답하는 것이었습니다.

"그렇지 않아! 그렇지 않단 말이야!"

그리고 여전히 그를 부르는 소리가 들리는 듯했는지 눈을 두리번거리면서 그 음성의 주인공을 찾는 것이었습니다.

캐시 아가씨는 일어섰습니다. "오늘은 이만 돌아가야 돼," 아가씨가 말했습니다. "그리고 난 오늘 우리가 만난 일에 대해서 실망했다는 걸 숨길 수 없어. 하지만 이건 너 이외에는 아무한테도 이야기하지 않을게. 히스클리프 아저씨가 무서워서 그러는 건 아니지만."

"쉿," 린튼 도련님이 소곤거렸습니다. "제발 조용히 해 줘! 아버지가 오셔." 그리고 도련님이 아가씨의 팔에 매달려 가지 못하게 붙드는 것이었습니다. 그러나 아가씨는 아저씨가 온다는 말을 듣자 급히 도련님을 뿌리치고는 미니에게 휘파람을 불었습니다. 미니는 강아지처럼 곧장 달려왔습니다.

"나, 다음 목요일에 올게." 아가씨는 그렇게 외치면서 안장에 올랐습니다. "잘 가. 빨리 가, 엘렌!"

이렇게 해서 우리는 그를 놓아두고 돌아왔습니다. 도련님은 아버지가 오시리라는 생각에 마음이 쏠려, 우리가 떠나는 것도 거의 모르는 모양이었습니다.

우리가 집에 이르기 전에 캐서린 아가씨의 불쾌감은 이미 사그라져서 동정과 후회가 뒤섞인 묘한 감정으로 변했습니다. 거기에는 린튼 도련님의 실제 건강과 환경에 대한 막연하고 불안한 의심이 다분히 섞여 있었지요. 저는 아가씨에게 어차피 다음에 가서 만나면 더 잘 알게 될 것이니 너무 깊이 생각하지 말라고 충고는 했습니다만, 사실 같은 의심이 드는 것은 어쩔 수 없었습니다.

서방님은 우리의 나들이에 대한 보고를 원하셨습니다. 조카가 고맙다고 말하더라는 것은 그대로 말씀드리고, 그 나머지는 아가씨가 적당히 말씀드렸습니다. 그리고 저 또한 무엇을 숨기고 무엇을 말씀드려야 할지 잘 몰랐으므로 서방님이 묻는 말씀에만 간단히 대답해 드릴 수밖에 없었습니다.

27

1주일이 흘러갔습니다. 그날부터 에드거 서방님의 병세는 누구나 그 증세를 알 수 있을 만큼 갑작스럽게 심해지기 시작했습니다. 그때 급속하게 진행된 파괴는 그 전까지 몇 달에 걸쳐 서서히 일어났던 잠식과 맞먹는 것이었습니다. 몇 달이 걸리는 악화가 단 몇 시간 만에 일어나는 거나 다름이 없었지요.

우리는 그때까지는 되도록 캐서린 아가씨에게는 이런 사실을 알리지 않으려고 했으나 본디 영리한 아가씨인지라 속지 않았습니다. 아가씨는 차츰 현실로 닥쳐올 것이 확실한 무서운 일을 남몰래 미리 짐작하여, 골똘히 생각하고 있었던 것입니다.

아가씨는 목요일이 돌아와도 산책 가자는 말을 꺼낼 만한 마음이 나지 않았습니다. 그래서 제가 대신 말을 해서 아가씨가 외출할 수 있도록 승낙을 얻었지요.

그동안 서방님이 매일 잠시 동안 머무르시는—그나마 겨우 일어나 앉아 계실 수 있는 잠깐 동안이지만—서재와 서방님의 침실이 아가씨 세계의 모두였습니다. 아가씨는 잠시도 자리를 비우지 않고 아버님의 머리맡에서 시중을 들었고, 그렇지 않으면 조용히 그 옆을 지켰지요. 서방님은 자신의 간병과 슬픔으로 아가씨의 얼굴이 해쓱해진 것을 보시고, 밖에 나가서 사촌이라도 만나면 기분전환이 되리라고 생각하셔서 쾌히 아가씨를 내보내셨습니다. 그리고 이젠 당신이 돌아가신 뒤에도 아가씨가 외톨이로 남지는 않으리라는 희망으로 위안을 받으셨던 것입니다.

서방님이 우연히 말씀하신 몇 가지 생각으로 제가 짐작한 것입니다만, 서방님은 자기 조카의 외모가 자기를 닮았으니 마음도 자기를 닮았으리라고 꼭 믿고 계셨던 모양입니다. 하기야 그것은 린튼 도련님의 편지에는 그의 성격적 결함이 거의, 또는 하나도 드러나지 않았기 때문이기도 했겠지요. 그리고 저도 잘못 알고 계시는 점을 고쳐 드리는 것은 삼갔습니다. 마음이 약해서 그런 것이었는데, 이런 정도야 용서받을 수 있겠지요. 저는 어차피 달리 생각하실 힘도 기회도 없는 분에게 부질없는 말을 해서, 마지막 순간까지 마음을 어지럽게 해 드려 무슨 소용이 있겠는가 하고 생각했던 것입니다.

우리는 산책을 오후로 미루었습니다. 화창한 8월 오후였습니다. 언덕에서 불어오는 바람결마다 얼마나 생기가 넘치는지 그것을 마시는 사람은 누구나, 설령 죽어 가는 사람이라도 소생할 것 같았습니다. 캐서린 아가씨의 얼굴도 마치 주위의 경치 같았습니다. 그늘과 햇빛이 잇따라 재빨리 얼굴 위를 스치고 지나갔습니다. 그러나 그늘은 오래 머물고 햇빛은 더욱 빨리 지나가는 것이었습니다. 그리고 아가씨의 가엾은 마음은 그렇게 잠깐 스쳐 지나가는 동안 근심을 잊는 것에조차 스스로 가책을 느끼는 것이었습니다. 린튼 도

런님이 전에 정했던 그 자리에 서서 우리들이 오는 것을 기다리고 있는 모습이 보였습니다. 아가씨가 말에서 내리더니, 잠깐만 있다 올 테니까 저더러 말에서 내릴 것 없이 아가씨의 조랑말을 붙들고 있으라고 말했습니다. 그러나 저는 반대했습니다. 제가 보호를 맡은 아가씨에게서 단 1분 동안이나마 눈을 뗄 수가 없었기 때문이었습니다. 그래서 우리는 함께 히스가 우거진 언덕길을 올라갔습니다.

린튼 도련님이 웬일인지 이번에는 아주 활발하게 우리를 맞아 주었습니다. 그러나 그것이 기분이 좋아서 나는 활기도 아니고, 즐거워서 그러는 것도 아니었습니다. 그보다도 두려워서 그러는 것 같았습니다.

"늦었구나!" 도련님은 짧지만 힘들여 말했습니다. "누나네 아버진 편찮으시지 않아? 난 못 오는 줄 알았어."

"왜 솔직하지 못하니?" 캐서린 아가씨는 인사 대신 이렇게 소리를 질렀습니다. "왜 내가 싫다고 똑바로 말하지 못하느냐 말이야? 분명 다른 이유는 아무것도 없으면서 우리 둘을 괴롭히려고 일부러 두 번씩이나 이런 데로 불러내는 게 이상하잖아!"

린튼 도련님은 몸을 떨면서 반은 애원하듯, 반은 부끄러운 듯이 아가씨를 힐끔 쳐다보았습니다. 그러나 아가씨는 그런 수수께끼 같은 태도를 견딜 만한 참을성은 없었습니다.

"우리 아버지는 지금 몹시 편찮으셔." 아가씨가 말했습니다. "그런데 왜 나를 아버지 머리맡에서 불러내느냔 말이야. 내가 약속을 지키지 않아도 좋다면 왜 그래도 좋다고 알리지 않았어? 어서 설명을 해 봐! 놀이나 장난 같은 건 이제 내 마음에서 아주 사라졌다구. 이젠 너의 그 사랑하는 척하는 장단에 춤을 출 수 없단 말이야!"

"내 장단이라구!" 도련님은 중얼거렸습니다. "그런 게 있기나 한 줄 알아? 제발, 캐서린, 그렇게 화난 얼굴을 하지 마! 맘대로 실컷 경멸해도 좋아. 난 아주 쓸모도 없는 겁쟁이니까. 난 아무리 욕을 먹어도 싸단 말이야! 하지만 난 네가 화를 낼 상대도 못 돼. 우리 아버지를 미워하고 난 경멸의 대상으로 놓아두란 말이야!"

"무슨 바보 같은 소리야!" 캐서린 아가씨는 화가 나서 소리쳤습니다. "바보, 천치 같으니! 어머나! 마치 내가 정말로 손이라도 댈 것처럼 떨고 있는 것 좀 봐! 경멸해 달라고 그렇게 미리 말해 둘 필요까진 없어, 린튼. 누구라도 널 보면 자연히 경멸하게 될 테니까 말이야. 가란 말이야! 난 돌아갈 테야. 너를 난롯가에서 끌어내어 이게 무슨 바보짓인지 모르겠어. 우리가 무엇 때문에 이래야 하는 거야? 옷자락을 놓아 줘. 그렇게 울며 놀란 표정으로 내게서 동정을 얻게 되더라도, 너는 그따위 동정은 차 버려야 하는 거라구! 엘렌, 이런 짓이 얼마나 부끄러운 것인가를 좀 가르쳐 줘. 일어나, 그리고 그런 천하고 비열한 짓은 하지 마. 하지 말란 말이야!"

린튼 도련님은 눈물에 젖은 슬픈 표정을 하고 힘없는 몸을 땅 위에 내던졌습니다. 마치 말할 수 없는 두려움에 몸이 경련이라도 일으키는 것 같았습니다.

"아아!" 도련님은 흐느끼며 말하는 것이었습니다. "난 견디지 못하겠어! 캐서린, 캐서린, 나도 배반자야. 그런데 말할 수는 없어! 하지만 나를 떼어 놓고 가면 난 죽는단 말이야! 캐서린, 내 목숨은 너의 손에 달렸어. 나를 사랑한다고 그랬지. 그렇다면 너에게는 괴로울 게 없을 거야. 그러니까 가지 않겠지? 친절하고 다정스럽고 착한 캐서린! 그리고 말이야, 아마 너도 승낙해 주겠지. 그렇게 되면 아버진 나를 네 옆에서 죽게 내버려 둘 거야!"

아가씨는 그가 못 견디게 괴로워하는 꼴을 눈앞에서 보자 그를 일으켜 주려고 몸을 굽혔습니다. 고분고분하게 응석을 받아 주던 예전의 감정이 되살아나, 아가씨의 노여움은 사그라지고 아주 가엾은 마음이 들고 걱정이 되었던 것입니다.

"무엇을 승낙한단 말이야?" 아가씨가 물었습니다. "여기 있겠다는 걸 승낙하란 말이야? 무슨 이상한 소리야, 무슨 뜻인지 말해 봐. 그러면 여기 있을 테니까. 네가 하는 짓이 말과 다르니까 나도 어리둥절하잖아? 진정하고, 솔직하게 마음속에 있는 걸 다 이야기해 봐. 넌 나를 해치려는 건 아니지, 린튼? 안 그래? 네가 막아 낼 수만 있다면, 넌 어떤 원수도 나를 해치지 못하게 할 게 아냐? 난 네가 너 혼자서는 겁쟁이지만 둘도 없는 친구를 배반하는 비겁한 사람은 아니라고 생각해."

"하지만 아버지가 위협한단 말이야," 도련님은 그의 여윈 손가락을 옴켜쥐고 헐떡이며 말했습니다. "그리고 난 아버지가 무서워, 아버지가 무섭단 말이야! 그러니까 말을 할 수 없어!"

"그럼, 좋아!" 아가씨는 딱하기도 하다는 듯이 경멸하는 태도로 말하는 것이었습니다. "비밀은 놔둬, 난 겁쟁이가 아니니까. 너나 조심해. 난 두려울 게 없단 말이야."

아가씨의 너그러운 태도가 도련님의 눈물을 자아내게 했습니다. 도련님은 자신을 부축해 주고 있는 아가씨의 손에 입을 맞추며 마구 큰 소리로 울면서도, 속마음을 털어놓을 용기는 내지 못하는 것이었습니다.

저는 그 비밀이 무엇일까 하고 곰곰이 따져보다가, 저의 호의로 말미암아 도련님이나 그 밖의 다른 사람을 이롭게 하기 위해 캐서린 아가씨가 괴로움을 당하는 일이 있어서는 안 된다고 생각했습니다. 그 때 히스나무 사이에서 바스락거리는 소리가 나기에 쳐다보았더니 히스클리프 씨가 언덕 위에서 우리들 바로 앞으로 내려오고 있는 것이었습니다. 그는 린튼 도련님의 흐느껴 우는 소리가 충분히 들릴 만큼 가까이 있는 데도 거들떠보지도 않고, 다른 사람 누구에게도 한 적이 없는 제법 다정한 억양으로 저를 반갑게 대하면서 다음과 같이 말했습니다. 저는 그의 진심을 의심하지 않을 수 없었지만요.

"이렇게 우리 집 가까이에서 만나니 반갑군, 넬리! 그 댁은 다 무고하시고? 이야기 좀 들어 봅시다! 소문에는 말이야," 그러면서 낮은 억양으로 덧붙이는 것이었습니다. "에드거 린튼이 다 죽게 됐다는 말이 있던데, 아마도 병세를 과장해서 하는 말이겠지?"

"그렇지 않답니다. 우리 서방님은 돌아가시게 됐어요." 저는 대답했습니다. "그건 틀림없는 이야기입니다. 우리들에게는 슬픈 일이겠지만, 그분을 위해선 다행한 일이죠, 뭐!"

"얼마나 버틸 것 같소?"

"그건 모르지요." 저는 대답했습니다.

"왜 그런가 하면 말야," 그는 눈앞에 뻣뻣이 서 있는 두 젊은이를 바라보면서 말했습니다. 린튼 도련님은 감히 몸을 움직이거나 머리를 들지도 못하는 눈치였고, 그 바람에 캐서린 아가씨도 움직이지 못하는 것이었습니다.

"사실은 말이야, 저기 저 녀석이 아무래도 곧 갈 모양이야. 그래 저 녀석의 외숙이 저 녀석보다 먼저 죽었으면 고맙겠는데. 아니! 저 녀석은 내내 저 꼴을 하고 있었나? 훌쩍거리면 좋지 않다고 단단히 일러 놓았는데. 보통 때는 어떤가, 제 사촌을 만나면 생기 있겠구나?"

"생기가 있냐구요? 그렇지 않아. 근심이 이만저만이 아니에요," 저는 대답했습니다. "도련님을 보면 애인과 더불어 언덕을 산책하는 것보다 자리에 누워서 의사의 치료를 받는 것이 훨씬 급하다는 생각이 드는걸요."

"하루나 이틀 후에는 그렇게 하겠는데," 히스클리프 씨는 중얼거렸습니다. "그러나 우선은…… 일어나, 린튼! 린튼! 일어나란 말이야!" 그는 소리쳤습니다. "그렇게 땅바닥에 주저앉아 있지 말란 말이야. 당장 일어나지 못해?"

린튼 도련님은 아버지의 눈총을 맞고, 또 어쩔 수 없는 무서움증이 발작하여 다시 땅바닥에 쓰러져 주저앉았습니다. 그를 그렇게 움츠러들게 한 것은 그 외에는 아무것도 없었습니다. 도련님은 몇 차례 일어나려고 애를 썼으나, 당장 그 빈약한 힘마저 아주 빠져 버려 끙끙거리며 다시 쓰러지는 것이었습니다. 히스클리프 씨는 다가서더니 도련님을 잡아 일으켜서는 둔덕이 진 잔디밭 위에 기대게 했습니다.

"자," 히스클리프 씨는 감정을 억누르면서 말했습니다. "화가 치밀어 오르는군. 너 그 못난 근성을 버리지 않으면 알지? 망할 자식! 냉큼 일어낫!"

"일어나겠어요, 아버지." 도련님은 헐떡거리며 말했습니다. "좀 가만있게 해 주세요. 그렇지 않으면 기절할 것 같아요! 아버지가 하라시는 대로 했어요. 정말이에요! 캐서린한테 물어보시면 제가 제가, 활발했다는 것을 말씀드릴 거예요. 아! 옆을 떠나지 말아, 캐서린. 손 좀 잡게 해 줘."

"내 손을 잡아." 아버지가 말했습니다. "네 발로 일어서란 말이야! 자 해 봐, 캐서린이 팔을 내밀 테니. 됐어, 캐서린을 봐라. 캐서린, 너는 내가 저 녀석한테 이렇게 무섭게 하니까 날 악마라고 생각하겠지. 부디 저 녀석을 데리고 집에까지 걸어가 주지 않으련? 저 녀석은 내가 건드리면 벌벌 떠니 말이야."

"이봐, 린튼!" 캐서린 아가씨가 속삭이듯 말했습니다. "난 워더링 하이츠에는 갈 수 없어. 아빠가 가지 못하게 했단 말이야. 아저씬 널 해치지 않으실 텐데 왜 그렇게 무서워하니?"

"나는 그 집엔 다시 못 들어가겠어." 도련님은 대답했습니다. "너와 함께 가지 않으면 난 정말 못 들어간단 말이야!"

"닥쳐!" 도련님의 아버지는 소리질렀습니다. "우린 캐서린의 입장을 존중해 줘야지. 넬리, 저 녀석 좀 데리고 들어가오. 그러면 당신 말대로 내 지체

없이 의사를 데려올 테니."

"그러시는 게 좋을 거예요." 저는 대답했습니다. "하지만 저는 우리 아가씨와 함께 있지 않으면 안 돼요. 댁의 아드님을 돌보는 것은 제가 할 일이 아닙니다."

"너무 딱딱하군!" 히스클리프 씨가 말했습니다. "나도 그건 알아요. 그럼 저 녀석을 꼬집어서 악이라도 쓰게 하면 동정심을 발휘하겠소? 자, 이리와, 우리 집 용사! 너, 나와 함께 집에 돌아가고 싶어?"

그분은 다시 한 번 도련님에게 다가서더니, 그 만지면 부서질 것같이 허약한 도련님을 붙들듯이 했습니다. 그러자 도련님은 더욱 움찔하면서 아가씨에게 매달려 거절할 틈도 주지 않고 미칠 듯이 달라붙어서는 함께 가지고 애걸하는 것이었습니다.

제가 아무리 반대해도 아가씨를 말릴 수는 없었습니다. 아가씨인들 그런 애원을 어떻게 거절할 수 있겠습니까? 린튼 도련님이 무엇 때문에 그렇게 무서워하는지를 우리는 알 도리가 없었습니다만, 아가씨에게 그렇게 꼭 매달린 채 맥이 빠져 있었고, 게다가 어떻게라도 한다면 놀라서 바보가 될 것만 같았으니까요.

우리는 문간에 이르렀습니다. 캐서린 아가씨는 안에 들어가고 저는 아가씨가 병자를 의자에 앉히면 곧 나오려니 하고 서서 기다렸습니다. 그러자 히스클리프 씨가 저를 집안으로 떠밀면서 큰 소리로 말하는 것이었습니다.

"우리 집에 전염병이 생기진 않았어, 넬리. 그리고 오늘은 대접할 생각이야. 어서 앉아요. 문을 닫아야겠으니."

그는 문을 닫더니 자물쇠까지 채워 버렸습니다. 저는 섬뜩했습니다.

"차라도 한잔 들고 가요." 그는 덧붙이는 것이었습니다. "나 혼자야. 헤어튼이란 녀석은 소를 몰고 목장으로 나가고 질라와 조지프는 놀러 나갔어. 그리고 난 혼자 지내는 데 길이 들었지만, 그래도 재미있는 친구가 있으면 싶단 말이야. 그럴 수만 있다면 말이지. 캐서린, 너도 저 녀석 옆에 앉아. 네게 줄 게 있어. 선물이래야 받을 만한 가치도 없는 것이지만, 그밖엔 줄 게 없으니까. 그건 바로 린튼이란 말이야. 캐서린도 그렇게 노려보나! 난 나를 두려워하는 사람이 있으면, 그에 대해서는 더 포악한 감정이 일어나니 이상한 일이지! 내가 만일 여기처럼 법이 엄하다거나 취미가 고상하지 않은 곳에 태어났더라면, 저 둘을 하룻저녁 심심풀이로 천천히 산 채로 해부해 버릴 텐데."

그는 숨을 한 번 들이쉬더니 테이블을 두드리며 혼자서 욕설을 퍼붓는 것이었습니다.

"에이 망할! 밉살스런 것들 같으니!"

"난 아저씨가 무섭지 않아요!" 캐서린 아가씨가 큰 소리로 말했습니다. 아가씨는 뒤에 혼자 욕한 것은 알아듣지 못했던 것입니다.

아가씨는 바싹 다가갔습니다. 검은 두 눈이 흥분과 결의로 번뜩였습니다.

"그 열쇠를 이리 주세요. 빨리 달란 말이에요!" 아가씨는 말했습니다. "난 굶어 죽는 한이 있어도 여기선 먹지도, 마시지도 않겠어요."

히스클리프 씨는 테이블 위에 있던 열쇠를 집었습니다. 그는 아가씨의 대담한 태도에 좀 놀란 듯이 쳐다보았습니다. 어쩌면 아가씨의 음성과 눈초리를 보고 아가씨의 어머님을 생각했는지도 모를 일입니다.

아가씨는 열쇠를 낚아챌 듯이 덤벼들어 느슨해진 그의 손가락 사이로 거의 빼앗을 뻔했습니다.

그러나 아가씨의 행동으로 정신이 든 그는 열쇠를 잽싸게 도로 빼앗았습니다.

"자, 캐서린 린튼." 그는 말하는 것이었습니다. "거기 서 있어. 그렇지 않으면 때려눕힐 테니. 그렇게 되면 저 딘 아주머니가 미친 듯이 날뛰겠지만."

"우린 가야 해요!" 아가씨는 그 쇳덩이 같은 손을 펴려고 안간힘을 쓰면서 이렇게 말했습니다. 그러나 아가씨의 손톱으로는 까딱도 하지 않자 이번에는 이빨로 힘껏 물었습니다.

히스클리프 씨는 흘끗 저를 쳐다보았는데, 그 눈길이 무서워서 저는 한동안 말리지도 못하고 있었습니다. 캐서린 아가씨는 손가락에만 너무 열중한 나머지 그의 얼굴은 쳐다볼 겨를이 없었습니다. 그는 갑자기 손가락을 펴더니 실랑이를 벌였던 열쇠를 내놓았습니다. 그러나 아가씨가 그걸 손에 쥐기도 전에 그는 풀린 손으로 아가씨를 붙들어 자기 무릎 위에 잡아당기더니 다른 손으로 아가씨의 양쪽 뺨을 무섭게 내리갈기는 것이었습니다. 아가씨가 만일 서 있기라도 했더라면 그의 위협대로 벌써 나가떨어지고 말았을 겁니다.

그 악마 같은 폭행에 저는 미친 듯이 덤벼들었습니다.

"이 악당놈아!" 저는 고함을 지르기 시작했습니다. "이 악마 같은 놈아!"

그러나 가슴을 한 번 세게 떠미는 바람에 저는 소리가 막히고 말았습니다. 보시는 대로 저는 뚱뚱한 편이어서 곧 숨이 찹니다. 그런데다 화까지 겹쳐 저는 눈앞이 아찔해서 비틀거리며 뒤로 물러섰습니다. 금방 숨이 막히거나 혈관이 터질 것만 같았습니다.

소동은 2분쯤 뒤에 끝났습니다. 캐서린 아가씨는 그의 손에서 풀리자 두 손을 관자놀이에 대고는, 마치 귀가 제자리에 붙어 있는지 떨어져 나갔는지 알 수 없다는 듯한 표정을 짓고 서 있었습니다. 아가씨는 가엾게도 갈대처럼 몸을 떨면서 너무 놀라 테이블에 기대는 것이었습니다.

"난 아이들을 다스리는 법을 알고 있단 말이야, 알았지?" 그 악한은 마룻바닥에 떨어져 있던 열쇠를 다시 주우려고 몸을 굽히면서 징그럽게 말하는 것이었습니다. "이제 내 말대로 린튼 옆으로 가서 맘대로 울어 봐! 내일이면 난 네 아비가 되는 거니까. 며칠 있으면 네 아비라고는 나뿐이란 말이야.

그렇게 되면 실컷 때려 줄 것이고, 넌 잘 견뎌내겠지. 약골이 아니니까 말이야. 다시 내 눈에 그 따위 악마 같은 성질이 비치기만 하면 매일같이 맛을 보여 줄 테니까!"

캐시 아가씨는 린튼에게 가지 않고 제게로 와서 무릎을 꿇고, 빨갛게 달아오른 볼을 제 무릎에 대고는 소리내어 울었습니다. 아가씨의 사촌은 긴 의자의 한쪽 구석에 쥐새끼처럼 웅크리고 앉아서, 그 벌이 자기 아닌 다른 사람에게 떨어진 것을 무척이나 다행스럽게 여기고 있는 것 같았습니다.

히스클리프 씨는 우리가 모두 멍하니 앉아 있는 것을 보자 일어나더니 금세 차를 준비했습니다. 컵을 접시에 받쳐 차려놓고 차를 따라서 저에게 한 컵 내밀었습니다.

"자, 한 잔 마시고 상한 속을 씻어 내지." 그가 말하였습니다. "그리고 댁의 저 버릇없는 말괄량이와 우리집 놈에게도 먹여 줘요. 내가 만들었지만 독을 타진 않았으니까. 난 나가서 그대들의 말을 찾아볼 테니."

그가 나가자 우리는 무엇보다도 먼저 어디로든 억지로라도 나가야겠다는 생각이 들었습니다. 우리는 부엌문을 건드려 보았으나 밖으로 잠겨 있었습니다. 유리 창문을 보았습니다. 너무 좁아서 캐시 아가씨의 작은 몸조차 빠져나갈 수 없었습니다.

"린튼 도련님." 저는 우리가 완전히 갇혀 있다는 것을 알고 고함을 쳤습니다. "도련님의 그 잔인한 아버지가 무엇 때문에 저러는지를 도련님은 알고 있을 테니 말해 보아요. 그렇지 않으면 도련님의 아버지가 아가씨에게 한 것처럼 나도 도련님의 따귀를 때려 주겠어요."

"그래, 린튼, 이야기해야 돼." 아가씨가 말했습니다. "내가 온 건 너 때문이었으니까, 말하지 않는다면 넌 은혜를 모르는 나쁜 사람이야."

"나도 차 좀 줘, 목이 마르니까. 그러면 이야기해 주지," 도련님은 말했습니다. "딘 아줌마는 좀 비켜요. 그렇게 가로막고 있는 건 싫으니까. 에이, 캐서린, 내 컵 속에 너의 눈물이 떨어지잖아! 난 이건 마시지 않을래. 다른 걸 줘."

캐서린 아가씨는 다시 한 잔 따라서 주고 자기 얼굴을 닦았습니다. 도련님이 자신은 이제 무섭지 않다는 표정을 보였으므로, 저는 그 어린 녀석의 침착한 태도가 비위에 거슬렸습니다. 그가 벌판에서 보였던 그 괴로워하던 모습은 워더링 하이츠에 들어서자 사라졌습니다. 그때는 우리를 끌어들이지 못하면 가만두지 않겠다는 무서운 위협을 받고 있었지만, 이제 그 일이 이루어졌으니 당장은 무서울 것이 없었기 때문이었습니다.

"아버지는 우리를 결혼시키려는 거야." 그는 차를 몇 모금 마시고 나서 말을 계속하는 것이었습니다. "아버지는 누나네 아버지가 지금 당장 우리들을 결혼시킬 마음은 없다는 것을 알고 있거든. 아버지는 더 기다리다가는 내가 죽지나 않을까 하고 걱정하고 있는 거야. 그래서 우리를 내일 아침에 결혼시키기로 하신 거지. 그러니까 너는 오늘 밤 내내 여기 있어야 돼. 그리고 아버지가 원하는 대로 하면 다음날부턴 집에 돌아가게 할 거야. 나도 함께 말이지."

"아가씨가 도련님을 데리고 간다구요? 이 불쌍한 바보 못난이 같으니!" 저는 소리를 질렀습니다. "도련님이 결혼을 해? 원 그 작자도 미쳤지! 그렇지 않으면 우리를 모두 바보로 알고 있는 거야? 그래 저렇게 건강하고 마음씨 고운 우리 예쁜 아가씨가 다 죽어가는 원숭이 새끼 같은 도련님에게 시집을 갈 줄 알아요? 캐서린 린튼 아가씨는 제쳐놓고라도, 어느 누가 도련님 같은 사람을 남편으로 삼겠다는 사람이 있을 줄 알아요? 그 비겁한 짓으로 우리를 속여서 끝내 여기까지 끌어들이다니, 도련님 같은 사람은 흠씬 때려줘도 좋아요. 그리고 제발 그런 바보 같은 얼굴은 하지 말아요. 그 비열한 배신과 천치 같은 자만에 속은 것을 생각하면 실컷 쥐어흔들어 주고 싶어요."

제가 도련님을 조금 쥐어흔들었더니 그는 기침을 하기 시작했습니다. 곧 그가 여느 때처럼 신음소리를 내며 울자 캐서린 아가씨가 저를 나무랐지요.

"밤새 여기 있으라고? 그건 안 돼!" 아가씨가 천천히 주위를 살피면서 말했습니다. "엘렌, 난 저 문에 불을 지르고라도 나가겠어."

그리고 아가씨는 당장 그 위협적인 말을 실행에 옮기려고 하는 것 같았습니다. 그러나 린튼 도련님이 그런 일이 있으면 제 자신이 또 어떻게 되지 않을까 하고 깜짝 놀라 일어섰습니다. 그는 그 가냘픈 두 팔로 아가씨를 얼싸안고는 흐느껴 우는 것이었습니다.

"나와 결혼해서 나를 살려 주지 않겠어? 나를 그 집으로 데리고 가지 않을 테야? 아! 나의 캐서린! 가면 안 돼, 제발 나를 떼어 놓고 가면 안 돼.

315

아버지 말대로 해야만 돼. 그렇게 해야만 된단 말이야!"

"난 우리 아버지 말을 따라야 돼," 아가씨는 대답했습니다. "그리고 이런 잔인한 짓 때문에 염려하시지 않도록 해 드려야 된단 말이야. 밤새 이렇게 있어야 한다니! 아버지가 어떻게 생각하시겠어? 아버지는 벌써부터 걱정하고 계실 텐데. 난 때려 부수든지 불을 지르고라도 이 집을 나갈 테니까 조용히 해! 네게 위험은 없으니까. 하지만 나를 방해하면…… 린튼, 난 너보다 아버지를 더 사랑한단 말이야!"

히스클리프 씨의 노여움에 대한 지독한 두려움이 도련님에게 비겁한 변명을 다시 늘어놓게 했습니다. 캐서린 아가씨는 미칠 것만 같았습니다. 그러면서도 아가씨는 계속 가야 한다고 하면서, 이번에는 그렇게 자기 괴로운 일만 생각하지 말라고 타이르면서 간청해 보는 것이었습니다.

둘이 그러고 있는 동안 우리들의 감시자인 히스클리프 씨가 다시 돌아왔습니다.

"그대들의 말은 달아나 버렸더군." 그는 말했습니다. "그런데 애, 린튼! 또 찔끔거리는 거냐? 캐서린이 너에게 어떻게 하든? 자, 자, 그만하고 잠이나 자거라. 한두 달만 있으면 말이야, 이 녀석아, 넌 지금 캐서린이 부린 횡포를 호되게 돌려 줄 수 있을 테니. 넌 지금 순결한 사랑을 갈망하고 있지, 그렇지? 이 세상에서 바라는 것이라고는 오직 그것밖에 없잖아. 그러니까 캐서린에게 장가보내 준단 말이야! 자, 가서 자! 질라는 오늘 밤에 안 들어온다. 네가 혼자 잠옷으로 갈아 입고 네 방에 들어가면, 아버지는 다시 너한테 안 갈 테니까 무서워할 필요는 없어. 이번 한 번은 너도 잘 했어. 뒷일은 내가 처리하지."

아들이 나가도록 문을 열어놓은 채 그는 이렇게 말하는 것이었습니다. 아들은, 마치 심술궂게 문 사이에 끼이게 하려는 게 아닌가 하고 주인을 의심하는 강아지처럼 슬금슬금 나갔습니다.

자물쇠가 다시 잠겼습니다. 히스클리프 씨는 아가씨와 제가 묵묵히 서 있는 난로 옆으로 다가왔습니다. 캐서린 아가씨는 얼굴을 들더니 대뜸 두 손으로 볼을 가렸습니다. 그를 보니 다시 통증이 일어나는 모양이었습니다.

다른 사람들이라면 아무도 그런 어린 행동에 딱딱하게 굴지는 못할 것이지만, 그는 아가씨에게 얼굴을 잔뜩 찌푸려 보이면서 중얼거리는 것이었습니다.

　"참, 넌 나 같은 건 무섭지 않다고 그랬지? 용기를 잘도 꾸며대는군. 내가 몹시 무서워 보이는 모양인데."

　"지금은 무서워요." 아가씨는 대답했습니다. "내가 여기서 묵으면 아버지가 몹시 걱정하실 테니까요. 정말 아버지에게 걱정을 끼쳐 드릴 수는 없어요. 아버지는 말이에요, 아버지는……. 아저씨, 저를 보내 주세요, 린튼과 결혼하겠다고 약속할 테니까요. 아버지도 제가 그런다면 좋아하실 거예요. 그리고 나는 린튼을 사랑하고 있으니까요. 왜 아저씨는 내가 자진해서 하겠다는 걸 억지로 시키려고 그러세요?"

　"억지로 될지 한번 해봐요!" 저는 외쳤습니다. "고맙게도 이 나라에는 법이란 게 있어요. 설령 도련님이 내 자식이라 하더라도 나는 고발을 하겠어요. 그리고 목사님도 부르지 않고 억지로 결혼시킨다는 건 중죄에 걸린다는 걸 알아야 해요."

　"닥쳐!" 악한은 말했습니다. "되지못하게 왜 떠드는 거야! 네가 지껄이는 소릴 듣고 싶지 않아. 캐서린, 너의 아버지가 걱정할 것을 생각하니 아주 기분이 좋은걸. 흐뭇해서 잠도 올 것 같지 않아. 그런 사실을 알려 주다니, 너는 무슨 일이 있어도 앞으로 24시간 동안은 우리집에 갇혀 있어야겠어. 린튼과 결혼하겠다는 네 약속은 내가 지키게 해 주지. 약속이 이루어질 때까지 네가 이곳을 떠나게 놔두지 않을 테니까."

　"그럼, 엘렌을 보내서 내가 무사하다는 걸 아버지께 알리도록 해 줘요!" 캐서린 아가씨는 마구 울면서 큰 소리로 말했습니다. "그렇지 않으면 지금 결혼하게 해 주세요. 아버지가 불쌍하세요! 엘렌, 아버지는 우리가 길을 잃은 줄 아실 테지. 어떻게 하면 좋아?"

　"그렇지 않아! 네가 시중드는 것이 싫증이 나서 좀 놀러 나갔으려니 생각할 거야," 히스클리프는 말했습니다. "너도 네가 아버지의 명령을 어기고 자발적으로 이 집에 들어왔다는 사실을 부인하지는 못하겠지. 그리고 너만한 나이에는 놀고 싶어한다는 게 아주 자연스런 일이야. 게다가 병자, 그것도 아버지 같은 사람의 간병에 싫증이 난다는 건 아주 당연한 일이지. 캐서린, 네 아버지의 행복한 시절은 네가 태어났을 때 이미 끝이 난 거야. 내 말해 두지만, 네 아버지는 아마 네가 태어난 것을 저주했을 거다(적어도 나는 그랬으니까). 그러니 그가 세상을 하직하는 마당에 너를 저주한다면 그도 그럴 법한 일이지. 그런 일이라면 나도 네 아비와 같이 하고 싶군.

난 너를 사랑하지 않는다! 나는 그럴 수 없지! 실컷 울어 봐라. 린튼 녀석이 곧 죽을 네 아버지의 자리를 메워 주지 않는 한, 이제부터는 우는 일이 너의 주된 소일거리가 될 테니까. 그런데 선견지명이 있는 너의 아버지는 린튼이 그렇게 할 수 있으리라고 생각하는 모양이야. 그가 린튼에게 보낸 충고와 위안의 편지는 아주 재미있게 읽었지. 그리고 맨 나중 편지에는 린튼에게 너를 잘 보살펴 주고, 결혼하게 되면 친절히 대해 주라고 부탁했더구나. 잘 보살피고 친절히 대해 줘라, 그야말로 아버지다운 말이지! 하지만 린튼은 자기의 온 관심과 친절을 제 몸에 쏟아야 될 애거든. 그 녀석은 작은 폭군 노릇을 잘 해 낸단 말이야. 이빨과 발톱을 뽑아 버린 고양이라면 얼마든지 못 살게 굴 놈이지. 넌 이번에 돌아가면 틀림없이 린튼이 여러 가지로 친절히 해 주더라는 반가운 이야기를 그 녀석의 외삼촌에게 전할 수 있을 거야."

"그 점만은 제대로 말하는군요!" 제가 말했습니다. "당신 아드님의 성격을 잘 설명해 줘요. 당신과 닮은 점을 잘 말해 주란 말이에요. 그러면 캐시 아가씨는 그런 독사 같은 괴물과 결혼하기 전에 다시 한 번 생각하실 테니까요!"

"이제는 그 녀석의 볼 만한 성격을 이야기해도 상관 없겠군," 그는 대답했습니다. "캐서린은 그 녀석을 맞이하든가, 그렇지 않으면 여기 갇혀 있어야만 되고, 당신도 주인어른이 죽을 때까지는 캐서린과 함께 여기 있어야 할 테니까 말이야. 난 두 사람을 감쪽같이 여기에 가둬 놓을 수가 있어. 내 말을 의심하거든 캐서린에게 약속을 취소하도록 일러 봐요. 그게 그 여부를 판단할 수 있는 기회가 될 테니까!"

"난 내 약속을 취소하진 않겠어요," 아가씨가 말했습니다. "곧 드러시크로스 저택에 갈 수만 있다면 지금 당장 린튼과 결혼하겠어요. 아저씨, 아저씨는 잔인하긴 하지만 악마는 아니겠지요. 그러니 단순한 악의에 찬 마음으로 나의 모든 행복을 여지없이 파괴하지는 않을 거예요. 만일 아버지가 내가 일부러 아버지를 버렸다고 생각하시는 채로 내가 돌아가기 전에 숨을 거두신다면 내가 어떻게 참고 살겠어요? 이제 울지 않겠어요. 하지만 저는 여기 아저씨 앞에 무릎을 꿇고 앉아 아저씨 얼굴에서 눈을 떼지도 않겠어요. 안 돼요, 그렇게 얼굴을 돌리지 마세요! 저를 쳐다보시란 말이에요! 아저씨 비위에 거슬릴 것은 보여 드리지 않을 테니까요. 아저씨가 나를 때렸다고 노여워하지도 않구요. 아저씨, 아저씨는 평생 아무도 사랑해 본 일이 없으신가요? 한 번도 없으세요? 아아! 한 번만이라도 쳐다보셔야 해요. 나는 슬퍼서 못 견디겠어요. 아저씬 내 얼굴을 보시면 가엾고 불쌍하게 생각하지 않을 수 없을 거예요."

"그 도마뱀 같은 손가락으로 만지지 마. 저리 비키란 말이야, 차 버릴 테니!" 히스클리프 씨는 무지막지하게 아가씨를 떠밀어 내면서 고함을 쳤습니다. "차라리 뱀에게 몸을 감기는 게 낫겠다. 내게 아양을 떨 생각을 하다니! 난 네가 질색이란 말이야!"

그는 어깨를 움찔했습니다. 정말로 징그러워 소름이 끼친 듯이 몸을 떠는 것이었습니다. 그리고 의자를 뒤로 밀었습니다. 그러는 동안 저는 일어서서 입을 열어 냅다 욕설을 퍼붓기 시작했습니다.

그러나 제가 한 마디만 더 하면 저를 다른 방에다 가둬 버리겠다고 위협하는 바람에 몇 마디도 못한 채 중도에서 입을 다물고 말았습니다.

차츰 어두워졌습니다. 뜰 문께서 사람들의 소리가 들렸습니다. 히스클리프 씨가 곧장 뛰어갔습니다. 그는 눈치가 빨랐지만 우리는 그렇지 못했습니다. 이삼 분 동안 이야기를 하고 나서 그는 혼자 돌아왔습니다.

"난 아가씨의 사촌오빠 헤어튼인 줄 알았어요." 저는 캐시 아가씨에게 말했습니다.

"그 도련님이라도 왔으면 좋으련만! 그 도련님이 우리 편을 들어 줄지 혹시 알아요?"

"당신네 댁에서 그대들을 찾으러 하인 셋을 보냈더군," 히스클리프 씨가 제 말을 듣고 말했습니다. "창문을 열고 소리를 쳤으면 좋았을걸 그랬지? 하지만 저 계집애는 틀림없이 당신이 그렇게 하지 않은 걸 좋아할 거야. 저 애는 이렇게 억지로라도 여기 있게 된 것을 분명 좋아하고 있을 테니까."

우리는 좋은 기회를 놓쳤다 싶어 걷잡을 수 없이 울음을 터뜨렸습니다. 그리고 그는 9시까지 우리를 울게 내버려 두었습니다. 그리고 나서 우리들에게 부엌으로 해서 위층에 있는 질라의 방으로 가라고 말하는 것이었습니다. 그래서 저는 아가씨에게 그렇게 하자고 소곤거렸습니다. 어쩌면 거기서는 유리창을 통해서나, 다락방 천장에 난 들창문을 통해서 밖으로 나갈 수 있을 지도 모른다고 생각했던 것입니다.

그런데 유리창은 아래층 것이나 마찬가지로 좁았고 다락방으로 가는 발판도 이용할 수가 없었습니다. 그래서 우리는 아래층에서와 마찬가지로 갇혀 있을 수밖에 없었지요.

우리는 둘 다 눕지 않고 있었습니다. 캐서린 아가씨는 들창 옆에 자리를 잡고 앉아서 초조하게 아침이 오기를 기다리고 있었습니다. 저는 아가씨에게 좀 쉬도록 하라고 몇 번이나 말했으나, 아가씨는 오직 깊은 한숨으로 대답할 뿐이었습니다. 저는 의자에 혼자 앉아 흔들거리며 제가 여러 가지로 할 일을 다 하지 못한 데 대해서 스스로를 몹시 책망했습니다. 그러자 주인님이나 아가씨의 모든 불행이 그 때문에 닥쳐온 것이라는 생각이 들었습니다. 실지로는 그렇지 않다는 것을 저도 알고 있습니다. 그러나 비참했던 그날 밤에는 그런 생각이 들었고, 히스클리프 씨조차도 저보다는 죄가 덜하다는 생각이 들었던 것입니다.

아침 7시가 되자 그가 와서 린튼 아가씨가 일어났느냐고 물었습니다.

아가씨는 냉큼 문으로 뛰어가서 대답했습니다.

"일어났어요."

"그럼, 이리 와." 그는 문을 열더니 아가씨를 끌어냈습니다.

저도 일어나서 뒤따라 나가려고 했으나 그는 다시 문을 잠가 버렸습니다. 저는 나도 나가게 해 달라고 소리쳤습니다.

"참고 있어," 그는 대답했습니다. "잠시 후에 아침을 올려 보낼 테니."

저는 벽판자를 마구 두드리고 빗장을 사납게 흔들었습니다. 그리고 캐서린 아가씨도 왜 나는 가두어 두느냐고 물었습니다. 그는 나에게 한 시간쯤 더 있으라고 하면서 아가씨를 데리고 가 버렸습니다.

저는 두세 시간쯤 참았습니다. 마침내 발소리가 들리긴 했으나 히스클리프 씨의 발소리는 아니었습니다.

"먹을 것을 좀 가져왔어요." 소리가 났습니다. "문 열어요!"

얼른 열어 보니 헤어튼이 온종일 먹을 수 있을 만큼의 먹을 것을 가지고 왔습니다.

"이걸 받아요." 그는 제 손에 쟁반을 떠넘겼습니다.

"잠깐만 있다 가요." 제가 조심스레 말을 꺼냈습니다.

"안 돼요!" 그는 소리를 치더니, 제가 그를 좀 붙들어 놓으려고 하는 온 갖 애원에도 아랑곳없이 물러가 버렸습니다.

그리고 저는 온 하루 낮과 밤을, 그리고 그 다음 날과 또 그 다음 날까지 도 꼼짝 못하고 갇혀 있었습니다. 닷새 밤과 나흘 낮 동안, 매일 아침 한 번 헤어튼 도련님 외에는 아무도 보지 못하고 잡혀 있어야 했지요. 그리고 헤어 튼 도련님은 아주 모범적인 간수였습니다. 정의감이나 동정심을 불러일으키 려고 갖은 짓을 다해 보았으나 뿌루퉁하니 입을 다물고 전혀 듣지 않았던 것 입니다.

28

닷새째 되던 날 아침나절에, 아니 아침이라기보다도 점심 때 가까이에 좀 다른 발소리가 다가왔는데, 먼젓번보다도 가볍고 잦은 총총한 발걸음이었습 니다. 그리고 이번에는 그 발소리의 임자가 방으로 들어왔습니다. 주홍빛 숄 을 두르고, 검정 비단 보닛을 쓰고, 팔에는 버들가지로 엮은 광주리를 걸치 고 있는 질라였습니다.

"에그, 이런! 딘 부인!" 그녀는 깜짝 놀라며 말하는 것이었습니다. "그런 데 말예요! 기머튼에서는 당신 소문이 났어요. 당신을 발견해서 집에 데려 다 묵게 하고 있다는 주인어른의 말을 듣기 전에는, 난 당신이 아가씨와 함 께 블랙호스 늪에 빠져버린 줄로만 알았지 뭐유! 원, 틀림없이 늪지대의 섬 에라도 올라가 있었겠구려, 안 그러우? 그래 얼마 동안이나 수렁에 빠져 허 우적대고 있었수? 우리집 주인어른께서 건져 주셨던가요, 딘 부인? 그런데 그리 야위진 않았구먼. 별로 고생은 안한 게로군 그래?"

"당신네 주인은 정말로 악당이군!" 저는 대답했습니다. "모두가 그 양반 책임이라우. 그 양반, 그런 터무니없는 이야길 지어낼 필요가 없는데. 틀림 없이 결국은 다 드러나고 말 테니까요!"

"그게 무슨 말입니까?" 질라가 잘라서 물었습니다. "그건 그분이 지어낸 이야기가 아니라 마을에 퍼진 소문인데요. 당신이 늪에 빠졌다구 말이에요.

그래서 난 집에 들어와서 언쇼 도련님에게 말한걸요. '이봐요 헤어튼 도련님, 내가 나간 뒤에 이상한 일이 일어났더군요. 그 귀여운 아가씨와 그 활발한 넬리 딘이 정말 가엾지 뭐유' 하고 말이에요. 도련님이 나를 멀뚱멀뚱 쳐다봅디다. 난 도련님이 아무것도 모르는 줄 알구 그 소문 이야기를 하나도 빠짐없이 했지 뭐유. 주인어른은 조용히 듣고 나더니 그저 혼자서 빙그레 웃고는 이렇게 말하더군요. '그 사람들 늪에 빠졌더라도 지금은 나와 있어, 질라. 넬리 딘은 지금 질라 방에 묵고 있으니, 올라가서 이제 가라고 해. 열쇠여기 있어. 늪의 물이 머리를 적셔 아주 미친 듯이 돼 가지고 집으로 달려갈 참이었는데, 내가 정신이 돌아설 때까지 못 가게 일부러 붙잡아 둔 거야. 갈 수만 있으면 당장 집으로 가라고 일러 줘. 그리고 아가씨는 그 댁 어른의 장례식에는 참례할 수 있도록 늦지 않게 뒤따라가게 할 거라고 전해.'"

"에드거 서방님이 돌아가셨어?" 저는 숨 가쁘게 물었습니다. "아! 질라, 질라."

"아니, 아직 돌아가시지 않았어요. 좀 앉아요, 딘 부인." 질라가 대답했습니다. "아직도 꽤 몸이 불편하신 게로군. 댁의 주인양반은 아직 돌아가시지 않았어요. 케네스 선생님이 그러는데 하루는 더 넘길 것 같다는구려. 내가 길에서 만나 물어봤지 뭐유."

저는 앉기는커녕 제 물건들을 집어 들고 아래로 뛰어내려 갔습니다.

거실로 들어가서 저는 캐서린 아가씨 소식을 아는 사람이 없을까 하고 사방을 둘러보았습니다. 방안에는 햇빛이 가득히 비쳤고 문은 활짝 열려 있었으나 가까이에는 아무도 없는 것 같았습니다.

그대로 나가 버릴까, 다시 돌아가서 아가씨를 찾아볼까 하고 망설이는 참인데 난로 쪽에서 가벼운 기침소리가 들려 와 저의 주의를 끌었습니다.

린튼 도련님이 혼자 긴 의자를 차지하고 벌렁 드러누워 있는 것이 눈에 들어왔습니다. 그는 길쭉한 막대사탕을 빨며 무표정한 눈으로 저의 거동을 자세하게 살피고 있었던 것입니다.

"캐서린 아가씨는 어디 있나요?" 저는 그렇게 혼자 있는 그를 붙들고 물어보면, 깜짝 놀라 사실을 알려 주겠거니 생각하고 이렇게 무섭게 따졌습니다.

그는 어린애처럼 계속 사탕만 빨고 있었습니다.

"아가씨는 돌아갔나요?" 저는 말했습니다.

"아니," 그는 대답했습니다. "이층에 있는 걸. 캐시는 못 가게 돼 있어. 우리가 놓아주지 않을 테니까 말이야."

"놓아주지 않는다구, 이 바보 같으니!" 저는 소리질렀습니다. "당장 아가씨가 있는 방으로 나를 안내해요. 그렇지 않으면 혼내 줄 테니까."

"거기 가려고만 해 봐, 아버지가 넬리를 혼내 줄걸," 그는 퉁명스럽게 대답하는 것이었습니다.

"아버지가 그러시는데 캐서린한테 친절하게 하면 안 된대. 캐서린은 내 아내니까 나를 놓아두고 떠나고 싶어 한다는 건 누가 보아도 창피한 일이지! 아버지는 캐서린이 나를 미워하고 내가 죽기를 바란다고 했어. 내 돈을 가지려고 말이지. 하지만 누가 돈을 주나. 그리고 집에도 못 가게 할 걸! 절대 안 보낸단 말이야! 실컷 울다가 병이나 나라지!"

그는 잠이나 자려는 듯이 눈을 감으며 다시 사탕을 빨기 시작하는 것이었습니다.

"히스클리프 도련님," 저는 다시 힘주어 말했습니다. "지난 겨울 도련님이 아가씨를 사랑한다고 했을 때를 생각해 보세요. 아가씨가 도련님에게 여러 가지 책을 갖다 주고 노래도 불러 주고 도련님을 만나기 위해서 여러 차례 바람과 눈 속을 찾아왔던 것을 잊으셨나요? 아가씨는 하루 저녁이라도 못 오시게 되면 도련님이 실망하실 거라고 우시기까지 했어요. 도련님도 그때는 아가씨가 너무너무 도련님에게 잘한다고 생각했잖아요. 그런데 이제 와서, 아버님이 두 분을 몹시 싫어한다는 걸 알면서도 그의 거짓말을 믿고 있다니! 그것 때문에 도련님도 한패가 돼가지고 아가씨를 미워하는 거예요? 그야말로 훌륭한 보답이군요, 안 그래요?"

린튼 도련님은 입 한쪽 구석이 실쭉해지더니 물었던 사탕과자를 뽑았습니다.

"아가씨는 도련님이 미워서 이렇게 험한 워더링 하이츠에 왔단 말입니까?" 저는 계속했습니다. "혼자서 잘 생각해 봐요! 도련님의 돈에 대해서는 말이에요, 아가씨는 도련님이 돈을 가지게 되는지 조차도 모르는 걸요. 그리고 도련님은 아가씨가 편찮으시다고 하면서도, 아가씨를 낯선 집 이층에 저렇게 쓸쓸하게 혼자 놓아두고 있다니요! 이런 때 아무도 돌봐 주지 않으면 어떤 기분이 드는지 너무나도 잘 아는 도련님이 말이에요. 도련님은 자기 자신의 괴로운 일만 알았는데도 아가씨는 도련님의 그 괴로움을 동정하셨어요. 그런데 도련님은 아가씨의 괴로움을 동정하지 않는단 말이군요! 난 이렇게 눈물을 흘리고 있어요. 히스클리프 도련님, 보세요. 나이 든 하녀에 지나지 않는 보잘것 없는 여자인 내가 말이에요. 그런데 도련님은 아가씨를 그렇게 사랑하는 듯이 보였고 또 아가씨를 거의 숭배할 만한 이유가 있으면서도, 눈물 한 방울이 그렇게 아까워 흘리지도 않은 채 그리고 아주 태평하게 누워 있군요. 정말 도련님은 너무도 무정하고 제 몸만 생각하는 사람이에요!"

"난 캐시와 함께 있을 수 없는걸." 그는 얼굴을 찌푸리며 대답하는 것이었습니다.

"나 혼자서는 함께 있을 수 없단 말야. 어떻게 우는지 견딜 수 없다구. 그래서 내가 아버지를 불렀지 뭐야. 아버지가 조용히 하지 않으면 목을 조르겠다고 위협했지만, 아버지가 방에서 나가자마자 다시 울기 시작하잖아. 내가 잠을 잘 수 없어 화가 나서 소릴 질러도 밤새껏 신음하며 슬퍼하는 거야."

저는 그 보잘것 없는 소년이 자기 사촌의 정신적 괴로움을 동정할 힘이 눈곱만큼도 없음을 알고 물었습니다. "아버지는 나가셨나요?"

"아버지는 안뜰에 계셔." 도련님은 대답했습니다.

"케네스 선생과 이야기하고 계신데, 그 선생의 말로는 외삼촌은 이젠 정말 돌아가시게 됐대. 아이 좋아, 외삼촌이 돌아가시고 나면 내가 그 집의 주인이 될 테니까 말이야. 그리고 캐서린은 언제나 그게 제 집이라고 말했거든. 이제 그건 저의 집이 아니지! 그건 내 집이란 말이야. 아빠가 그러시는데 캐서린의 것은 모두 내 것이라는 거야. 그 재미있는 책들도 모두 내 것이지. 내가 만일 방 열쇠를 가지고 가서 자기를 내보내 주기만 하면 그 재미있는 책들이며 예쁜 새, 그리고 조랑말 미니도 다 내게 준다는 거야. 하지만 난 그것들은 모두가 다 내 것이니까, 넌 나한테 줄 것이라고는 아무것도 없다고 말해 줬지. 그랬더니 캐서린은 울면서 목걸이에서 조그만 그림을 꺼내더니 그걸 나더러 가지라는 거야. 금으로 만든 케이스 안에 들어 있는 두 개의 그림인데 한쪽에는 자기 어머니의 사진이 있고, 다른 쪽엔 아저씨 사진인데 두 분이 다 젊었을 때 찍은 거야. 그게 어저께었어. 난 그것들도 내 것이라고 말하고 캐서린에게서 뺏으려고 했지. 그 망할 것이 안 주려고 나를 떠밀어서 아프게 했지 뭐야. 난 소릴 질렀어. 캐서린은 이 소리를 듣고 깜짝 놀랐지. 아버지가 올라오시는 소리가 들리자 캐서린은 한쪽을 떼더니 케이스를 둘로 나누어 어머니 초상이 들어 있는 쪽을 내게 주고 다른 쪽은 감추려고 했어.

그런데 아버지가 왜 그랬느냐고 물으셔서 내가 설명을 했지. 아버지는 내가 가지고 있던 것을 빼앗고 캐서린에게 제 것을 내게 주라고 말하니까 안된다지 뭐야. 그래서 아버지가 캐서린을 넘어뜨리고 그 케이스를 줄에서 비틀어 떼어서 발로 밟아 부수어 버렸어."

"그래, 아가씨가 맞는 걸 보니 좋습디까?" 그에게 말을 좀더 시킬 생각으로 저는 물었습니다.

"난 못 본 체 했어," 그는 대답하는 것이었습니다. "난 아버지가 개나 말을 때리면 못 본 체하거든. 어떻게 심하게 때리는지 말이야.

그래도 처음에는 기분이 좋았어. 나를 떠밀고 했으니까 벌을 받아도 싸다는 생각을 했지. 그런데 아버지가 나가신 뒤에 캐서린이 창가로 나를 오라고 하더니, 볼 안쪽이 이빨과 맞닿아서 찢어지고 입 안에 피가 가득차 있는 걸 보여 주잖아. 그러고 나서 찢어진 사진 조각을 주워 가지고 가서 벽 쪽을 보고 앉더니 그때부터 아무 말도 하지 않는 거야. 가끔은 아파서 말을 못하는 게 아닌가 하는 생각도 들어. 그렇게 생각하고 싶지는 않지만. 그래도 내리 울고만 있으니 제멋대로인 사람이지 뭐야. 그리고 얼마나 파리하고 사납게 보이는지 난 캐서린이 무서웠어!"

"도련님은 그 방 열쇠를 가져오려면 가져올 수 있지요?" 저는 말했습니다. "그럼. 내가 2층에 가면 되지," 그는 대답했습니다. "하지만 지금은 2층까지 걸어갈 수 없어."

"어느 방에 있는데요?" 제가 물었습니다.

"아이!" 그는 소리질렀습니다. "난 어디 있는지 가르쳐 줄 수 없어! 그건 우리 비밀인걸. 아무도 모르게 돼 있어. 헤어튼도, 질라도 말이야. 자! 넬리 때문에 너무너무 피로해졌어. 저리 가, 저리 비키란 말이야!" 그러고 나서 그는 얼굴을 돌리더니 다시 눈을 감아 버리는 것이었습니다.

저는 히스클리프 씨를 만나지 않고 나가서, 우리 집에서 아가씨를 구출해 낼 사람을 데리고 오는 것이 최선의 방법이라고 생각했습니다.

집에 이르자 나를 본 동료 하인들의 놀라움과 기쁨은 굉장했습니다.

그리고 아가씨도 무사하다는 말을 듣자, 그들 중 두셋이 당장 올라가서 에 드거 서방님의 방문에 대고 그 소식을 큰 소리로 알리려고 했습니다. 그러나 그 일에 대해서는 제가 직접 알려 드리는 것이 좋을 것 같았습니다.

정말 그 며칠 동안 서방님이 그렇게 변하셨을 수 없었습니다. 서방님은 슬 픔과 체념의 모습으로 누워 죽음을 기다리는 것 같았습니다. 그분은 아주 젊 어 보였습니다. 실제 나이는 서른 아홉인데 모르는 사람은 적어도 열 살은 더 젊게 보았을 것입니다. 아가씨의 이름을 중얼거리는 걸 보니 아가씨 생각 을 하셨던가 봅니다. 저는 손을 잡고 말씀을 드렸습니다.

"아가씨는 곧 돌아오세요, 서방님!" 저는 조그만 소리로 말씀드렸습니다. "아가씨는 살아 계세요. 그리고 건강하시구요. 아마 오늘 밤쯤 돌아오실 겁 니다."

저는 이 소식을 들으신 서방님의 반응을 보고 몸이 떨렸습니다. 서방님이 몸을 간신히 반쯤 일으키고 방안을 열심히 둘러보시더니, 도로 누우시며 정 신을 잃고 말았기 때문입니다.

서방님이 다시 깨어나시자마자 저는 우리가 하이츠에 감금되어 있었다는 이야기를 말씀드렸습니다. 전적으로 그런 건 아니었지만 저는 히스클리프 씨에게 강제로 끌려갔다고 말씀드렸습니다. 저는 린튼 도련님에 대한 좋지 않은 이야기는 되도록 삼가려고 했고, 그의 아버지의 야만스런 행동에 대해 서도 이야기하지 않았습니다. 저의 의도는, 되도록이면 이미 넘치는 그분의 괴로운 잔에 더 이상의 괴로움을 더하지 않으려는 것이었지요.

서방님은 원수인 히스클리프 씨의 목적 중 하나가 서방님의 부동산은 물 론 동산까지도 자기 아들의 것으로, 아니 그보다는 자기 자신의 것으로 확보 하는 것이라는 사실을 간파하고 계셨습니다.

그런데도 서방님은 자신과 조카가 다같이 세상을 떠날 날이 얼마나 가까 워졌는가를 모르셨으므로, 히스클리프 씨가 왜 자신이 죽을 때까지 기다리 지 않고 그랬던가 하는 이유를 궁금해 하셨습니다.

어쨌든 서방님은 당신의 유서를 다시 쓰는 게 좋겠다고 생각하셨습니다. 캐서린 아가씨의 재산을 아가씨 맘대로 처분하도록 맡겨 두지 않고 그것을 보관인이 관리하게 해서 아가씨가 일생 동안 쓸 수 있도록 하고, 아가씨에게 애들이 생기면 아가씨가 죽은 뒤에는 돈을 그 애들에게 넘겨주도록 결정하셨습니다.

그렇게 해 놓으면 린튼 도련님이 죽더라도 재산이 히스클리프 씨에게 넘어갈 수는 없게 되는 것이지요.

서방님의 분부를 받고 저는 한 사람에게 마을로 가 변호사를 데리고 오라고 한 뒤에, 다시 네 사람을 불러 적당한 방패물을 갖추게 하여 그 감시자로부터 아가씨를 데려오라고 보냈습니다. 두 패는 다 밤늦게까지 돌아오지 않았습니다. 마침내 혼자 간 사람이 먼저 돌아왔습니다.

그는 변호사인 그린 씨가 외출 중이었으므로 집에 돌아올 때까지 몹시도 지루하게 두 시간이나 기다려야만 했다고 말하며, 그린 씨는 마을에 꼭 보아야 할 간단한 용무가 있으니 드러시크로스 저택에는 다음 날 아침 일찍 오겠다 하더라고 전했습니다.

네 사람도 그들만 돌아왔습니다. 그들이 가져온 소식은 히스클리프 씨가 캐서린 아가씨는 방에서 나올 수 없을 정도로 편찮으시다고 하며, 아무래도 아가씨를 만나게 해 주지 않더라는 것이었습니다.

저는 그 바보 같은 친구들에게 어쩌면 그따위 이야기에 넘어가느냐고 말하고 단단히 나무랐습니다. 아무래도 서방님께 그런 소릴 전해 드릴 수는 없었지요. 그래서 저는 다음 날 새벽에 그 패들을 모조리 하이츠에 데리고 가서 갇혀 있는 아가씨를 데려오기로 결정했습니다. 간수처럼 아가씨를 지키고 있는 그자가 순순히 응하지 않으면 정말 완력을 써서라도 꼭 그렇게 할 작정이었어요.

그 악마 같은 놈을 그 집 문간에서 때려죽이는 한이 있더라도 서방님이 따님을 보시게 해 드려야겠다고 저는 굳게 다짐하고 또 다짐했습니다!

하지만 다행히도 그런 고역을 치를 필요는 없었습니다.

새벽 3시쯤 물병을 가지러 아래층으로 내려갔을 때였습니다. 제가 물병을 들고 마루로 지나가는 참인데, 요란하게 현관을 두드리는 소리가 나서 펄쩍 뛸 만큼 놀랐습니다.

"아! 그린 씨로구나," 저는 마음을 진정시키면서 말했습니다. "그린 씨가 온 걸 가지고……." 다른 사람을 시켜서 문을 열게 할 양으로 그냥 가려니까 다시 소리가 났습니다. 큰 소리는 아니었지만 아주 끈덕지게 두드리는 노크였습니다.

저는 물병을 난간 위에 내려놓고 뛰어가서 손수 문을 열어 주어야겠다고 생각했지요. 하지만 문을 열었을 때 바깥에 떠 있던 밝은 가을달에 비치는 모습은 변호사가 아니었습니다.

흐느끼면서 저의 목에 매달려 온 것은 바로 작고 귀여운 우리 아가씨였던 것입니다.

"엘렌! 엘렌! 아버지는 살아 계셔?"

"그럼요!" 저는 소리쳤습니다. "그럼요, 우리 아가씨. 안 돌아가셨구말구요! 하느님 덕택으로 아가씨도 무사히 돌아오셨군요!"

아가씨는 숨이 차서 헐떡거리면서도 위층 서방님의 방으로 뛰어가려고 했습니다. 그러나 저는 아가씨를 억지로 의자에 앉히고 물을 마시게 한 다음, 파리해진 얼굴을 씻기고 제 앞치맛자락으로 비벼서 희미하게나마 화색이 돌게 했습니다. 그러고 나서 저는 제가 먼저 올라가서 아가씨가 오셨다는 걸 알려드리겠다고 말하고, 아가씨에게 히스클리프 도련님과는 행복하게 지낼 수 있을 것이라고 말씀드리도록 타일렀습니다. 아가씨는 놀란 눈으로 쳐다보았으나 왜 제가 거짓말을 하라고 타이르는지 그 이유를 곧 알아듣고 불평은 하지 않겠다고 다짐했습니다.

저는 두 분이 만나는 자리에는 차마 있을 수 없었습니다. 15분쯤이나 침실 문 밖에 서 있으면서도 아무래도 침대 가까이에는 갈 수 없었지요. 그런데 너무 조용하기만 했습니다. 아가씨의 슬픔도 아버님의 기쁨도 똑같이 조용한 것이었습니다. 아가씨는 침착하게 아버님을 부축하고 있었습니다. 그리고 서방님은 기뻐서 넋을 잃은 채 부릅뜬 듯한 눈을 치켜뜨고 아가씨의 모습을 지켜보는 것이었습니다.

서방님은 행복하게 운명하셨어요. 그분은 그렇게 눈을 감으셨으니까요. 따님의 뺨에 입을 맞추면서 그분은 이렇게 속삭이듯 중얼거리셨습니다.

"난 네 어머니에게로 간다. 아가, 너도 우리한테 오겠지." 그러고 나서 서방님은 다시 움직이지도 입을 여시지도 못하셨으나 조용히 맥이 멎고 혼이 나가실 때까지도, 그 기쁨에 넋을 잃은 듯한 빛나는 눈초리를 따님의 얼굴에서 떼지 않으셨습니다. 서방님은 숨을 거두신 정확한 시간을 아무도 알 수 없을 정도로, 그렇게 조금도 괴로워하시지 않고 조용히 돌아가신 것입니다.

캐서린 아가씨는 눈물이 이미 다 말라 버렸는지 아니면 슬픔이 너무나도

Edgar Linton died blissfully.

무거워서 눈물도 나오지 않았는지, 어쨌든 눈물도 흘리지 않고 해가 뜰 때까지 그 자리에 꼼짝 않고 앉아 있었습니다. 아가씨는 정오 때까지 앉아서 아버지의 시신이 누워 있는 침대를 바라보며 골똘히 생각에 잠긴 채 움직이지 않았습니다. 그래서 저는 저쪽으로 가서 좀 쉬어야 한다고 아가씨를 타일렀습니다.

제가 아가씨를 그 자리에서 일어나시게 한 것이 다행이었습니다. 왜냐하면 점심때가 되자, 워더링 하이츠에서 행동 지시를 받은 변호사가 나타났기 때문입니다. 그는 히스클리프 씨에게 매수되었던 것입니다. 그러므로 그 전날 서방님이 부르셨는데도 곧 오지 않았던 것입니다. 따님이 돌아오신 뒤에는 그런 세속적인 일에 대한 생각이 서방님의 마음을 괴롭히거나 불안하게 해 드리지 않았던 것이 다행이었지요.

그린 씨는 집안의 모든 물건, 모든 사람의 처리를 떠맡아 명령하는 것이었습니다. 그는 저 이외에는 하인들을 모두 해고한다고 통고했습니다. 그는 위임받은 권한을 내세워 에드거 린튼은 자기 아내 옆에 묻혀서는 안 되고, 예배당 안에 있는 가족 묘지에 묻혀야 된다는 것까지 주장할 참이었습니다. 그러나 그것은 유언과 배치되는 일이었고, 또 저도 유언에 기록되어 있는 것은 조금도 어겨서는 안 된다고 큰 소리로 항의했습니다.

장례는 서둘러 끝냈습니다. 이제 린튼 히스클리프의 부인이 된 캐서린 아가씨는 아버님의 유해가 떠날 때까지는 집에 머물러 있을 수 있었습니다.

아가씨의 말을 들으니, 아가씨가 하도 괴로워하니까 마침내 린튼 도련님이 거기에 자극을 받아 아가씨를 풀어 주는 모험을 저질렀던 모양이었습니다. 아가씨는 제가 보낸 사람들이 현관에서 옥신각신하는 소리를 들었고, 히스클리프 씨의 대답도 알아챌 수 있었다고 했습니다. 그러자 무슨 짓을 하더라도 빠져나가야겠다는 생각이 들게 된 거지요. 제가 떠나온 뒤에 곧 자신의 그 응접실로 올라가 있던 린튼 도련님은 아버지가 다시 올라오기 전에 열쇠를 꺼내오는 것에 무척 겁을 내더랍니다.

어쨌든 도련님은 문을 닫지 않고 자물쇠를 열었다가 다시 잠그는 시늉만 했습니다. 그러고는 자야 할 시간이 되자 헤어튼과 함께 자게 해 달래서 그날 밤만 그렇게 하도록 승낙을 받았다는 것입니다.

그래서 캐서린 아가씨는 날이 새기 전에 가만히 빠져나올 수 있었습니다. 아가씨는 개들이 짖어서는 안 되겠기에 출입문을 통해 나오지 않고 빈방을 돌아다니면서 창문을 살펴보았답니다. 그런데 다행히도 아가씨의 어머님이 쓰시던 방에 우연히 들어가게 돼서, 그 방 들창문으로 쉽게 빠져나와 옆에 있는 전나무를 타고 땅으로 내려왔다고 하셨습니다.

이렇게 아가씨가 도망치는 데 협력한 공범자라고 해서, 도련님은 그가 겁을 내면서 꾀를 짜낸 보람도 없이 호되게 혼났다는 것이었습니다.

29

장례를 치른 날 저녁 아가씨와 저는 조용히 서재에 앉아 있었습니다. 한편으로는 서방님의 죽음을 생각하며 슬픔에 잠겨 있었고(아가씨는 슬픔이라기보다도 절망에 빠져 있었습니다만), 다른 한편으로는 어둠이 가린 미래에 관해 이런저런 생각을 하고 있었지요.

우리는 결국 캐서린 아가씨가 취할 수 있는 가장 좋은 길은, 적어도 린튼 도련님이 살아 있는 동안에는 이 집에서 그대로 눌러 살 수 있도록 허락을 받는 것이라는 데 의견의 일치를 보았습니다. 도련님이 이 집으로 와서 아가씨와 함께 지내고 제가 가정부로 남아 있어야 한다는 것이었지요.

그렇게 된다는 건 너무 희망적인 생각인 것 같기는 했으나 그래도 저는 꼭 그렇게 되기를 바랐습니다. 그리고 제가 살던 집이며 제가 하던 일, 그리고 무엇보다도 사랑스런 아가씨와 헤어지지 않고 그대로 머물러 있게 되리라는 기대로 기운이 나기 시작했습니다.

그런데 마침 이때에 하인 한 사람이—해고된 하인들 중 한 사람이었지만 아직 나가지 않고 있었습니다—급히 뛰어들어오더니, '그 망할 놈의 히스클리프'가 마당으로 들어오고 있는데, 그의 눈앞에서 문을 닫아 버려도 되느냐고 묻는 것이었습니다.

혹 우리가 무모하게 그러라고 이른다 하더라도 시간이 없었습니다. 그는 문을 두드린다거나 이름을 댄다는 형식을 차리지도 않았으니까요. 그는 이 집 주인이 된 것이었고, 그에 따른 주인으로서의 특권을 발휘하여 말 한 마디 없이 곧장 안으로 들어왔습니다.

우리에게 그가 왔음을 알린 하인의 목소리를 따라 그는 서재로 들어와서는 하인에게 나가라는 몸짓을 하고 문을 닫아 버렸습니다.

그곳은 그가 18년 전에 처음으로 손님으로서 안내를 받아 들어왔던 바로 그 방이었습니다. 서재 안에는 바로 그때의 그 달빛이 비치고 있었고 창밖으로는 그때와 똑같은 가을 풍경이 펼쳐져 있었습니다.

아직 촛불을 켜지는 않았으나 벽에 걸린 초상화들, 즉 린튼 아가씨의 아름다운 얼굴과 바깥어른의 우아한 모습까지도 훤히 보였습니다.

히스클리프 씨는 난로 옆으로 다가왔습니다. 세월은 그의 용모를 별로 변하게 하지 않았습니다. 그때 그 사람이었던 것입니다. 다만 검은 얼굴이 조금 누르스름해졌고 좀더 안정되어 보였으며, 어쩌면 20파운드쯤 몸무게가 불어 보였을 뿐 다른 변화라고는 없었습니다.

캐서린 아가씨는 그를 보자 도망치고 싶은 충동을 느껴 벌떡 일어났습니다.

"가만 있어!" 그는 아가씨의 팔을 붙들면서 말했습니다. "이젠 도망쳐도 소용없어! 어디로 가려는 거야? 난 너를 데리러 온 거야. 그리고 이제부터는 충실한 며느리 노릇을 하고, 더 이상 린튼이 나를 거스르게 해서는 안 돼. 네가 도망쳐 나오는데 그 녀석이 한 역할을 알게 되었을 때, 난 그 녀석을 혼내 주는 것 때문에 난처했단 말이야. 그 녀석은 너무나 약해 빠진 놈이라 한 번 쥐어박으면 없어질 테니까.

하지만 넌 그 녀석의 얼굴을 보면 마땅히 받을 만한 벌을 받았다는 걸 알 수 있을 거야! 하루 저녁엔 말이야, 바로 그저께 저녁인데, 그 녀석을 아래층으로 데리고 내려가서 의자에 앉혀 놓았거든. 그저 그렇게 내버려 두고 그 뒤로는 조금도 건드리지 않았지. 헤어튼을 내보내고 우리 둘이서 한두 시간쯤 있다가, 조지프를 불러 그 녀석을 다시 위층으로 올려보냈단 말이야. 그런데 그때부터 그 녀석은 내가 나타나기만 하면 귀신이라도 본 것처럼 무서워해. 그리고 내가 옆에 없어도 때때로 내가 눈에 비치는 모양이야. 헤어튼의 말을 들어 보면 밤중에 내리 몇 시간 동안 자지 않고 비명을 지르면서 내게서 저를 보호해 달라고 너를 부른다는 거야. 그러니 너의 그 훌륭한 짝을 위해 좋든 말든 넌 가야 돼. 그는 이제 네 책임이니까. 이제까지 내가 지녔던 그에 대한 모든 관심을 너에게 넘겨주겠어."

"캐서린 아가씨를 그대로 여기에 놓아두고 린튼 도련님을 아가씨에게 보내는 것이 좋지 않겠어요?" 저는 항의를 했습니다. "두 사람을 다 싫어하니까 헤어져도 섭섭할 것 없을 텐데요. 두 사람이야 당신의 그 별난 성미에는 매일같이 두통거리가 될 뿐이잖아요."

"난 이 집에 세 들 사람을 구하는 중이야," 그는 대답했습니다. "그리고 내 애들을 옆에 두고 싶단 말이야. 그뿐 아니라 저 애도 내가 먹여 주는 대신 나를 위해 일을 좀 해 줘야지. 난 린튼이 죽은 뒤에도 저 애를 호사스럽고 편하게 먹여 살리지는 않을 작정이니까. 이제 어서 갈 준비를 해. 내가 끌고 가게 하지 말고."

"가겠어요," 아가씨가 말했습니다. "이제 이 세상에서 내가 사랑할 사람은 린튼밖에 없으니까요. 아저씨는 린튼이 나를 미워하고 내가 린튼을 싫어하게 하려고 갖은 짓을 다 하셨지만, 우리를 서로 미워하게 만들지는 못할 거예요. 내 옆에서 그를 해치거나 나를 위협하려거든 어디 한번 해 보세요."

"당당한 투사로군!" 히스클리프 씨는 대답했습니다.

"하지만 난 그 녀석을 해칠 만큼 너한테 잘하고 싶진 않은걸. 대신 네가 괴로움을 실컷 맛보게 해 주겠단 말이야. 그를 너에게 밉게 보이도록 만드는 것은 내가 아니야. 그놈 자체지. 그 녀석은 네가 도망친 일과 그 뒤에 일어 난 일 때문에 죽을 지경이야. 너의 그 고귀하고 헌신적인 사랑에 대해서 그 녀석이 고맙게 생각하리라고는 기대하지 말아. 난 그놈이 '만일 내가 아빠만 큼 힘이 세다면 뭘 어떻게 할 텐데'라면서, 질라에게 자기 상상에 대해 즐겁 게 지껄여 대는 소릴 들었어. 그 앤 그런 생각을 하는 아이란 말이야. 몸이 약하니까 힘 대신 잔꾀만 키우는 놈이라구."

"나도 그 애의 성질이 고약하다는 것은 알고 있어요," 캐서린 아가씨가 말 했습니다. "아저씨네 아들인걸요. 하지만 다행히 나는 그렇지 않으니까 그 의 나쁜 점을 용서할 수 있어요.

그리고 그가 나를 사랑하고 있다는 걸 아니까 그 때문에 나도 그를 사랑해 요. 하지만 아저씨는 아저씨를 사랑해 주는 사람 하나 없죠. 그러니까 아무 리 아저씨가 우리를 비참하게 만든다 하더라도, 우리는 여전히 앙갚음을 하 는 셈이에요. 아저씨의 그 잔인한 성질이 우리들보다 더욱 큰 비참함 속에 있으므로 생긴 것이란 사실을 생각하는 것만으로도 그래요. 아저씨는 비참 해요. 그렇지 않아요? 악마같이 외롭고 시기심이 많아요. 아저씨가 죽어도 아무도 울어 주지 않겠죠! 난 아저씨처럼 되진 않을 거예요!"

캐서린 아가씨는 일종의 서글픈 승리감을 맛보며 말하는 것이었습니다. 앞으로 자기가 합류해야 하는 집안의 정신에 동조하기로 마음을 먹고 원수 의 슬픔에서 기쁨을 찾으려는 듯이 보였습니다.

"너야말로 당장 네 몸이 불쌍하게 여겨질 거다," 아가씨의 시아버지는 말 했습니다. "그리고 1분만 더 있었단 봐라. 빨리 해, 이 요망스런 것! 어서 가져갈 물건이나 챙기란 말이야."

아가씨는 빈정대며 물러갔습니다.

아가씨가 물러난 뒤, 저는 질라와 일자리를 바꿔 하이츠에 있게 해 달라고 간청해 보았으나 그는 영 들어 주지 않았습니다. 그는 조용히 하라고 말하고 나서 그제야 처음으로 방안을 흘끗 둘러보더니, 벽에 걸린 초상화들에 눈을 멈췄습니다.

린튼 아씨의 아름다운 초상화를 살펴보고 나서 그는 말하는 것이었습니다.

"저건 내가 집으로 가져가야겠군. 꼭 필요해서 그런 건 아니지만……."

그는 갑자기 난로 쪽을 향해 몸을 돌리더니, 무엇이라고 할까 적당한 말이 없으니 미소라고밖에는 달리 표현할 수 없겠군요, 미소를 지으면서 말을 계속하는 것이었습니다.

"내가 어제 한 일을 이야기하지! 난 린튼의 무덤을 파고 있는 교회 머슴을 시켜, 그 여자의 관두껑에 덮인 흙을 치우고 그걸 열어 보았단 말이야. 언젠가 나도 거기에 묻혔으면 하고 생각한 일이 있었거든. 다시 그 여자의 얼굴을 보았더니 여전히 그대로더군. 그 교회 머슴이 나더러 비키라고 야단이었지.

그런데 공기를 쐬면 시체가 썩는다기에, 관 한쪽을 두드려서 조금 느슨하게 해 놓고 흙으로 덮어 놓았어. 느슨하게 해 놓은 쪽은 그 망할 린튼이란 놈이 묻힌 쪽이 아냐. 그따위 놈은 납으로 만든 관 속에 넣어 땜질을 했어야 하는 건데! 교회 머슴에게 돈을 좀 쥐어 주면서 내가 거기에 묻힐 때 그놈의 것은 치워 놓고 내 관도 그 여자의 관처럼 한쪽을 좀 느슨하게 해 달라고 했어. 난 내 관이 그렇게 되도록 만들 거야. 그렇게 해 놓으면 린튼이란 놈이 우리한테 왔을 때 누가 누군지 모를 테니까 말이야!"

"당신은 참 악독하기도 하군요, 히스클리프 씨!" 저는 큰 소리로 말했습니다. "죽은 이를 괴롭히다니 부끄럽지도 않던가요?"

"난 아무도 괴롭히지 않았어, 넬리." 그는 대답했습니다. "그저 내 마음이 조금 안정되긴 했지만 말이야. 이젠 훨씬 마음이 편하게 될 거야. 그럼 내가 죽더라도 땅속에 조용히 누워 있게 될 테지.

그 여자를 괴롭혔다고? 천만에! 그 여자야말로 18년 동안 밤낮없이 나를 괴롭혀 왔지. 늘 끊임없이, 그리고 잔인하게. 바로 어젯밤까지 말이야. 하지만 마침내 어젯밤에야 난 마음이 가라앉게 됐어. 심장이 멎은 채 차디찬 내 볼을 그 여자 볼에 맞대고 그녀 옆에서 마지막 잠을 자는 꿈을 꾸었거든."

"그럼 만일 그분이 썩어 흙이 돼 버렸든가, 그보다 더한 상태에 있었더라면 그땐 무슨 꿈을 꾸었을까요?" 제가 말했습니다.

"그 여자와 함께 썩어서 더욱더 행복해지는 꿈을 꾸었겠지!" 그는 이렇게 대답하는 것이었습니다.

"넬리는 내가 그따위 변화를 무서워할 줄 알아? 난 그 관뚜껑을 열 때 이

미 그런 변화를 예상했었어. 그러나 내가 죽을 때까지 그 변화가 시작되지 않아서 더욱 좋았지. 더욱이 그 생기 없는 용모에서 강렬한 인상을 받지 않았다면, 그 묘한 감정은 도저히 가시지 않았을 거야.

그건 이상하게 시작됐지. 알다시피 난 그 여자가 죽은 뒤로 미치광이가 돼서 밤낮으로 늘 그 여자가 내게 돌아오기를 빌었어. 영혼이라도 돌아오라고 말이야. 난 유령이라는 걸 꼭 믿어. 유령이라는 게 이 세상에 있을 수 있고 또 있다는 것을 확신한단 말이야!

그 여자가 그곳에 묻히던 날은 눈이 내렸었지. 저녁때 나는 묘지에 갔었어.

겨울처럼 찬바람이 휘몰아치고 사방은 호젓했어. 그 여자의 바보 같은 남편이 그렇게 늦게 그 골짜기를 기어올라올 리도 없었고, 그리고 다른 사람이야 누가 그곳에 올 일이 있을 거냐 말이야. 나 혼자이고, 또 우리 사이에 가로놓여 있는 것은 오직 2야드 높이밖에 안 되는 부드러운 흙밖에 없다는 생각이 들었어. 난 혼잣말로 말했지.

'다시 한 번 저 여자를 이 팔로 안아 보자! 만일 저 여자의 몸이 차면 이 북풍 때문에 내 몸이 차가워진 것이라고 생각하고, 그녀가 움직이지 않는다면 그야 잠들어 있으니까 그런 것이라고 생각하겠어.'

나는 연장 창고에서 삽을 꺼내다가 힘껏 파기 시작했지.

삽 끝이 관 모서리에 닿는 소리가 나더군. 엎드려서 손으로 후볐지. 관뚜껑의 못 박은 자리가 벌어지고 내가 목적하던 바가 거의 이루어질 참이었어. 그런데 바로 그때 무덤 가장자리에서, 내 머리 위에 몸을 구부리며 누군가가 한숨을 쉬는 소리가 들리는 것 같았단 말이야. '이 뚜껑을 열 수만 있다면,' 하고 나는 중얼거렸지. '나를 함께 묻고 흙을 덮어 주면 좋으련만!' 그리고 나는 더욱더 미친 듯이 뚜껑을 잡아떼려고 했지.

바로 내 귓전에서 한숨소리가 들리더군. 나는 진눈깨비를 몰고 오는 바람을 물리치는 따뜻한 숨결 같은 것을 느낀 듯했어. 그 주위에 살아 있는 몸이 하나도 없다는 것은 알고 있었지. 그러나 어둠 속에서 누군가가 가까이 오면 그게 누군지 분간은 못할지언정 분명히 느낄 수는 있듯이, 난 분명히 캐시가 거기 있다는 걸 알 수 있었어. 땅속이 아니라 땅 위에 말이야.

갑자기 안도감이 심장으로부터 온몸에 퍼지더군. 난 당장 무어라 표현할 수 없이 마음이 놓여 고뇌에 찬 일을 그만두고 돌아다보았지. 그 여자의 존재가 내 옆에 있었어. 그리고 내가 파낸 무덤을 다시 메우는 동안 그대로 거기 있다가 나를 집에까지 데려다 주었지. 웃을 테면 웃어도 좋아. 그러나 난 틀림없이 거기서 그 여자를 만날 거라고 생각했었어. 그리고 그 여자가 내 옆에 있는 게 너무 확실해서 난 이야기를 건네지 않을 수 없었던 말이야.

하이츠에 돌아와서 난 곧장 문으로 달려갔지. 그런데 문이 잠겼더군. 그 망할 언쇼란 놈과 내 아내가 나를 못 들어오게 한 거야. 나는 언쇼란 놈을 숨이 막힐 만큼 발길로 차 던지고는 위층에 있는 내 방으로 급히 뛰어올라갔지. 옛날에 그녀가 쓰던 방으로 말이야. 나는 초조하게 사방을 둘러보았어.

그녀가 내 옆에 있는 것을 느낄 수 있었어. 하지만 거의 보일 것 같으면서도 보이지 않았어! 애달픈 그리움과 오직 한 번이라도 보고 싶다는 열렬한 애원으로 나는 거의 피땀을 흘릴 지경이었다구! 결국 나는 단 한 번도 볼 수 없었지.

그녀는 생전에도 때때로 그랬듯이 악마 같은 짓을 한 거야! 그리고 그 뒤로부터는 어떤 때는 좀 더하기도 하고, 어떤 때는 좀 덜하기도 했지만 나는 참을 수 없는 괴로움에 시달려 왔어. 지긋지긋한 노릇이지. 나의 신경을 그처럼 팽팽하게 긴장시켜 놓다니.

만일 내 신경이 힘줄같이 질기지 않았더라면 벌써 옛날에 린튼처럼 풀어져서 맥이 빠졌을 거야.

내가 헤어튼과 함께 거실에 앉아 있을 때는 밖에 나가면 그녀를 볼 수 있을 것 같고, 벌판을 쏘다니다 보면 그녀가 집에 와 있을 것만 같단 말이야. 그래서 집을 나갔다가도 급히 돌아오는 거지. 그녀가 틀림없이 하이츠 어느 곳엔가 있을 것만 같아서 말이야!

그리고 그녀가 있던 방에서는 잠조차 잘 수 없다구. 거기에 누워 있을 수 없단 말이야. 눈을 감자마자 그녀가 창 밖에 나타나거나 판자벽 뒤로 살그머니 몸을 숨기고, 그렇지 않으면 방으로 들어오기도 하고, 심지어 그녀가 어렸을 때 그랬던 것처럼 베개 위에다 그 귀여운 머리를 눕히기도 하거든. 그러면 그 얼굴을 보려고 감았던 눈을 뜨지 않을 수 없단 말이야. 그래서 나는 하룻밤에도 수백 번씩 눈을 떴다 감았다 하는 거지. 늘 실망하게 마련이지만 말이야! 그렇게 나를 못 살게 굴었어! 내가 그 때문에 가끔 끙끙 소리를 내어 앓을 때 그 늙은 조지프 녀석은 틀림없이 내 양심이 맘속에서 마귀를 부리는 거라고 생각했을 거야.

이젠 그녀를 보고 나니 마음이 가라앉았어, 조금 말이야.

그건 사람을 죽이는 방법치고는 맹랑한 방법이었지. 18년 동안을 희망이라는 허깨비로 속여 한 치 두 치도 아니고 털끝만큼씩 사람을 저며 댔으니 말아!"

히스클리프 씨는 말을 멈추고 이마를 훔쳤습니다. 머리카락이 땀에 젖어 이마에 눌어붙어 있었습니다.

그는 눈썹을 찌푸리진 않았으나 관자놀이 근처까지 치켜올리고 난로 속의 붉은 불씨를 응시하고 있었습니다. 그의 얼굴은 험상궂은 인상은 좀 가셨지만 고뇌에 찬 기묘한 모습이었고, 어느 한 가지 일에 쏠려 정신이 긴장된 괴로운 표정을 띠고 있었습니다. 그는 겨우 반쯤만 저를 향해 말하는 것이었으므로 저도 잠자코 있었습니다.

저는 그의 이야기가 듣고 싶지 않았던 것입니다! 잠시 후에 그는 다시 그림을 보고 생각에 잠기더니 그걸 떼어서, 더 잘 보이는 곳에 놓고 들여다보려는 듯 소파 위에 기대 놓았습니다. 그러고 있는 동안에 캐서린 아가씨가 들어와서 준비가 다 되었는데 언제 자기 말에 안장을 메게 할 거냐고 말했습니다.

"저건 내일 보내도록 해." 히스클리프 씨는 제게 말하고 나서 아가씨를 돌아다보며 덧붙이는 것이었습니다. "넌 말이 없어도 돼. 오늘 저녁은 이렇게 날씨도 좋고, 또 워더링 하이츠에 가면 말 같은 건 필요도 없어. 어디를 가든지 그 발로 걸어 다니면 충분할 테니까 말이야. 어서 가."

"잘 있어, 엘렌!" 우리 작은 아가씨는 소곤대듯이 말했습니다. 제게 입을 맞추는 데 아가씨의 입술은 얼음같이 차가웠습니다. "놀러 와, 엘렌. 잊지 말고 와야 해."

"그 따위 짓은 안 하도록 조심하시오, 딘 부인!" 아가씨의 시아버지는 말하는 것이었습니다. "하고 싶은 이야기가 있으면 내가 올 테니까. 엘렌은 우리 집에 얼씬거리지도 말아!"

그는 아가씨더러 앞서 가라고 눈짓을 했습니다. 아가씨는 제 가슴을 저미는 것 같은 눈길로 뒤를 돌아보며 앞서 나가는 것이었습니다.

저는 그들이 마당을 걸어 내려가는 것을 창문에서 지켜보았습니다. 히스클리프 씨는 분명 캐서린 아가씨가 싫다고 했는데도 아가씨의 팔을 잡고 갔습니다. 그러고는 성큼성큼 빠른 걸음으로 나무들이 가린 작은 길로 아가씨를 끌고 가는 것이었습니다.

30

저는 아가씨가 떠난 뒤에 한 차례 하이츠를 찾아간 일이 있었지만 아가씨를 만나지는 못했습니다.

아가씨의 안부가 궁금해서 찾아갔었는데 조지프 늙은이가 문을 손으로 잡고는 들여보내질 않았습니다. 린튼 아씨는 '바쁘시고' 주인은 안 계시다는 것이었습니다. 질라가 그들이 지내는 모습을 조금이나마 이야기해 주었습니다. 그렇지 않았더라면 저는 누가 죽고 살아 있는지조차 알지 못했을 것입니다.

질라의 이야기에서 그녀가 캐서린 아씨를 건방지게 생각하여 좋아하지 않는다는 것을 짐작할 수 있었습니다.

처음 그 댁에 갔을 때 아씨는 질라에게 뭘 좀 해 달라는 부탁을 했다고 합니다. 그런데 히스클리프 씨가 질라에게 맡은 일이나 하라고 하면서, 며느리에게도 자기 일은 스스로 하라고 일렀다는 것입니다. 그런데 질라는 본디 소견이 좁은 이기적인 여자라 얼씨구나 하고 주인 말대로 한 것이지요. 캐서린 아씨는 그렇게 자기를 소홀히 하는 데에 어린애 같은 역정을 내더니 질라를 경멸하는 태도로 대하기 시작했고, 그러다 보니 마치 질라가 자기에게 무슨 큰 잘못이나 저지른 사람이기라도 한 것처럼 철저하게 원수의 한 사람으로 여기게 되었던 것입니다.

여섯 주일 전, 주인님이 오시기 조금 전의 일이지요. 하루는 벌판에서 질라를 만나 한참 동안 이야기를 했는데, 다음은 질라가 저에게 들려 준 이야기입니다.

"린튼 아씨가 집에 와서 처음 했던 일은 말이에요," 질라는 말하는 것이었습니다. "나와 조지프에게 잘 있었느냐는 인사말 한 마디 없이 도착하자마자 위층으로 뛰어가 버리는 것이었어요.

린튼 서방님의 방에 틀어박혀서는 아침까지 꼼짝 않는 거예요. 그러더니 주인님과 언쇼 도련님이 아침식사를 하시는 중에 들어와서는 온통 몸을 떨면서 의사를 불러 올 수 없느냐고 말하면서 린튼 서방님이 몹시 아프다는 것이었습니다.

'그건 알고 있어!' 주인님이 대답하시더군요. '그렇지만 그 녀석의 목숨은 조금의 값어치도 없어. 난 그 녀석을 위해서 동전 한 푼 쓰지 않겠단 말이야.'

'하지만 전 어떻게 하면 좋을지 모르겠는걸요,' 아씨가 말합디다. '아무도 거들어 주지 않으면 그 사람은 죽고 말 거예요!'

'나가 있어!' 주인님은 외치는 것이었습니다.

'그리고 나한테 그 녀석에 대한 말은 한 마디도 하지 말아! 이 집엔 그 녀석 걱정해 줄 사람은 하나도 없으니까. 정 걱정이 되면 정성스럽게 간병을 해 주든지, 그렇지 않으면 가두어 놓으란 말이야.'

그 뒤부터 아씨는 나를 졸라대기 시작하는 거예요.

그래서 나는 그 지겨운 린튼 서방님에게는 신물이 났고 우리는 저마다 할 일이 있다, 또 주인님도 아씨가 할 일은 남편 시중을 드는 것이니 그 일일랑 아씨에게 맡겨 두라고 분부하셨다고 말해 줬지요.

그분들이 어떻게 하고 지냈는지 나는 알 수 없어요. 아마 린튼 서방님은 몹시 안달을 하고 밤낮없이 으르렁거렸을 겁니다. 그리고 아씨는 그 핼쑥해진 얼굴과 눈에 힘이 빠진 것으로 보아 거의 잠을 자지 못한 것 같더군요. 가끔 도무지 어떻게 하면 좋을지 모르겠다는 표정을 하고 부엌에 들어와서는 꼭 도움을 청하고 싶은 눈치를 보였지만 나는 주인님의 명령을 거스르고 싶지는 않았거든요.

어떻게 주인님의 명령을 거스르겠어요, 딘 부인? 그래도 케네스 선생을 부르러 보내지 않는 것은 잘못이라는 생각은 했지만, 그런 걸 권한다거나 잔소리를 한다는 것은 내가 할 일이 아니지 않겠어요. 그러니 나야 참견하지 않을 수밖에요.

모두 잠자리에 든 뒤에 한두 차례 어쩌다 내 방문을 열라치면 아씨가 계단 꼭대기에 앉아서 울고 있는 것을 볼 수 있었어요.

그럴 때면 나는 참견하고 싶은 마음이 들까봐 얼른 문을 닫아 버렸습니다. 확실히 불쌍한 생각은 들었지만 그렇다고 내가 쫓겨날 수는 없거든요. 그렇지 않아요?

결국 어느 날 밤 아씨가 내 방으로 들이닥치더니 이런 말을 하는 바람에 깜짝 놀라 혼이 났지요.

'히스클리프 씨에게 가서 아드님이 죽어가고 있다고 말해 줘요. 이번에는 틀림없이 죽는단 말이야. 일어나, 어서! 어서 가서 그렇게 말하란 말이야!'

이렇게 말하고는 다시 나가 버리더군요. 나는 15분쯤 오들오들 떨면서 귀를 기울이고 누워 있었지 뭡니까. 하지만 아무 소리도 나지 않고 집안은 조용하기만 했어요.

'아씨가 잘못 안 거지,' 나는 혼잣말을 했답니다. '서방님은 이겨 내실 거야. 잠자는 사람들을 깨울 것까지야 없지.' 그리고 나는 다시 졸기 시작했지요. 그런데 종소리가 요란하게 나는 바람에 두 번째로 잠을 깼답니다.

우리 집에는 종이라고는 꼭 하나 있는데 그건 린튼 서방님이 쓰도록 달아놓은 것이거든요. 주인님이 저를 부르시더니 무슨 일인지 가 보라고 하시면서 다시는 종을 울리지 못하게 하라시더군요.

그래서 나는 주인님께 캐서린 아씨의 말을 전해 드렸지요. 그분은 혼자 욕설을 하시더니, 조금 있다가 촛불을 켜들고 나오셔서 그 방으로 황급히 가시더군요.

나도 따라갔지요. 아씨는 두 손을 무릎 위에 포갠 채 침대 밑에 앉아 있었어요. 시아버님이 가까이 가서 린튼 서방님의 얼굴에 촛불을 비추며 들여다보고 만져 본 다음 아씨를 돌아다보시더군요.

'자, 캐서린!' 주인님이 말씀하시는 거예요. '기분이 어때?' 아씨는 아무 말도 않더군요.

'기분이 어떠냔 말이야, 캐서린?' 주인님은 다시 묻는 것이었습니다.

'저 사람은 안전한 곳으로 가 버렸고 저는 자유로운 몸이 됐군요.' 아씨는 대답했습니다. '저야 기분이 좋아야 하겠지요. 하지만,' 아씨는 괴로움을 감추지 못하고 말을 이었습니다. '아버님은 저 혼자 죽음과 맞서도록 무작정 내버려 두셨으니 저야 죽음만을 느끼고 죽음만을 볼 뿐이에요! 저도 죽을 것 같은 기분이란 말이에요!'

사실 아씨도 정말 그렇게 보이더군요! 그래서 내가 포도주를 조금 갖다 줬어요. 종소리와 발걸음 소리에 잠이 깬 헤어튼과 조지프가 그제야 방 안으로 들어오더군요. 조지프는 서방님의 시신을 옮기려 했던 것 같아요. 헤어튼 도련님은 린튼 서방님보다도 아씨를 쳐다보는 데에 더 마음이 쏠리긴 했지만 좀 걱정스러운 모양이더군요. 그러나 주인님이 가서 다시 잠이나 자라고 말씀하셨어요.

그는 우리의 도움이 필요하지 않았던 거지요. 주인님은 뒤에 조지프더러 시신을 자기 방으로 옮겨 놓게 하고, 나한테도 내 방으로 돌아가라고 이르셨어요. 그래서 아씨만 혼자 그 방에 남아 있게 되었지요.

다음날 아침 주인님은 나에게 아씨한테 가서 아침식사를 하러 내려와야 한다고 말하라시더군요. 아씨는 옷을 갈아 입고 잠을 자려는 참이었던 모양인데 몸이 아프다고 말하더군요. 나는 아픈 것도 무리는 아니라고 생각했지요. 주인님에게 그대로 말씀드렸더니 이렇게 대답하시는 것이었습니다.

'그럼 장례식이 끝날 때까지 그대로 놓아둬. 가끔 올라가서 필요한 게 있다면 갖다 주도록 하고 좀 나아진 것 같으면 곧 내게 알려 줘.'

질라의 이야기에 의하면 캐시 아씨는 두 주일이나 위층에서만 지냈는데 자기는 하루에 두 차례씩 찾아갔고, 좀더 다정하게 대해 주려고 했으나 아가씨가 오만한 태도로 곧바로 반발을 했다는 것입니다.

한편 히스클리프 씨도 한 번 위층에 올라간 일이 있었는데, 그것은 린튼 서방님의 유언장을 아씨에게 보여 주기 위해서였답니다. 서방님은 자기의 모든 재산과 아씨의 소유였던 동산 모두를 자기 아버지 앞으로 물려주었습니다. 그 불쌍한 서방님은 자기 외삼촌이 돌아가셔서 아씨가 한 주일쯤 집을 비운 사이에 아버지의 위협을 받았든가, 아니면 꾐에 빠져 그렇게 했던 것이지요. 서방님이 미성년자였으므로 토지만은 손을 댈 수 없었습니다. 그런데 히스클리프 씨는 자기 아내와 자신의 권리를 주장하여 토지도 자기의 것으로 만들어 버렸습니다. 물론 합법적으로 그렇게 했을 테지만요. 어쨌든 캐서린 아씨는 돈도 없고 아는 사람도 없어 그런 부당한 소유권의 주장에도 어쩔 도리가 없었습니다.

"한 사람도 없었어요," 질라는 말하는 것이었습니다. "그렇게 유언장을 보이러 주인님이 한 번 찾아갔을 때 말고는, 나밖에는 아무도 아씨 방에 가까이 가 본 사람이라고는 없었지요. 그리고 누구 하나 아씨에 대해서 물어보는 일도 없었구요. 아씨가 처음으로 거실에 내려온 것은 어느 일요일 오후였습니다. 내가 점심을 들고 가니까 추워서 그 이상 견딜 수 없다고 고함을 치더군요. 그래서 내가, 주인님은 드러시크로스 저택에 가시려는 참이고 언쇼 도련님과 나야 아씨가 내려오시는 걸 방해하지 않는다고 말했지요. 그래서 아씨는 주인님이 말을 타고 나가는 소리가 들리자 곧 아래로 내려왔습니다. 검정 옷을 입고 노란 고수머리를 마치 퀘이커 교도처럼 단정하게 귀 뒤로 빗어 넘겼더군요. 그 고수머리만은 빗으로 풀 수 없었던 모양이죠.

그런데 조지프와 나는 주일이면 대개 예배당에 가거든요. (아시겠지만 지금은 목사님이 안 계신 그 교회 말이에요. 그게 감리교회인지 침례교회인지 모르지만 어쨌든 기머튼에서는 예배당이라고 부르고 있답니다) 하고 딘 부인이 설명했다."

"그래서 그날도 조지프는 교회에 갔지만," 질라가 말을 계속했습니다. "나는 집에 남아 있는 게 좋겠다고 생각했어요. 젊은 사람들이란 언제나 나잇살이나 먹은 사람이 옆에 있어 돌보는 게 좋으니까요. 그리고 헤어튼 도련님이란 사람은 그렇게 부끄럼을 타면서도 행실은 얌전한 편이 아니거든요. 그래서 나는 아씨가 내려와서 우리와 함께 앉아 있을 거라고 말해 두었지요. 그러면서 아씨는 늘 안식일을 잘 지키는 것을 보아온 분이니까, 아씨가 방에

있는 동안에는 도련님도 총 같은 걸 만지거나 혼자서 자질구레한 집안 일 같은 것을 하지 말라고 일러 놓았어요.

도련님이 이 말을 듣자 얼굴을 붉히더니 자기의 손이며 옷을 훑어보더군요. 그러고는 고래기름이며 화약 같은 걸 냉큼 보이지 않는 곳에 치워 버리는 거예요. 아씨의 상대가 되어 주고 싶었던 모양이었어요. 그의 하는 짓으로 그가 깔끔하게 보이고 싶어 한다는 걸 짐작했지요.

주인님이 옆에 계실 때면야 어디에서고 소리내어 웃는 일이 없었지만, 나는 웃으면서 원한다면 치장하는 걸 도와주겠다고 했어요. 그리고 그의 당황하는 꼴을 좀 놀려 주었어요. 그랬더니 도련님은 상을 찌푸리며 욕을 하기 시작하더군요."

"그런데 말예요, 딘 부인," 질라는 자기의 태도를 제가 못마땅하게 여기고 있다는 걸 알았는지 이렇게 말하는 것이었습니다.

"딘 부인은 아마 그 아씨가 헤어튼 도련님에게는 과하다고 생각하시겠지요. 그 생각이 옳을지도 몰라요. 하지만 내 생각으로는 아씨의 자존심을 한 층 낮추게 해 주는 게 좋을 거예요. 그리고 이제 와서야 아무리 지식이 있고 호사를 좋아한들 무슨 소용이 있습니까? 아씨도 이제 당신이나 나와 마찬가지로 가난하니 말이에요. 어쩌면 우리보다 더 가난할지 모르지요. 틀림없이 당신은 모아 놓은 게 있을 것이고, 나도 그 방면에는 조금씩이나마 마음을 쓰고 있으니까요.”

헤어튼 도련님은 질라에게 모양을 내는 걸 도와 달랬고 질라가 칭찬해 주니까 기분이 좋아졌더랍니다. 그래서 그 가정부의 말에 의하면, 캐서린 아씨가 들어오자 도련님은 전에 모욕당한 일은 거의 잊어버리고 상냥스럽게 대하려고 애를 쓰더라는 것이었습니다.

“아씨가 걸어오는데 말이에요,” 질라는 말했습니다.

“고드름같이 쌀쌀하고 공주처럼 도도하지 뭡니까! 내가 일어나서 내가 앉아 있던 안락의자를 권했지요. 웬걸요, 나의 공손한 대접 같은 건 거들떠보지도 않는 거예요. 언쇼 도련님도 따라 일어나 난로 옆에 가까이 와서 긴 의자에 앉으라고 권하며 ‘배가 무척 고프지?’ 했습니다. 그런데 아씨는 ‘내가 배고픈 지는 한 달도 넘었다구’라면서 마음껏 비웃는 어조로 대답하더군요.

그러고는 손수 의자를 들어다가 우리 두 사람에게서 좀 떨어진 곳에 놓지 않겠어요.

몸이 녹을 때까지 앉아 있다가 아씨는 방을 보기 시작하더니, 조리대 안에 책이 가득 쌓여 있는 것을 발견하고는 냉큼 다시 일어서서 책을 꺼내려고 몸을 뻗쳤으나 너무 높아서 닿질 않더군요.

도련님은 아씨가 애를 쓰는 것을 한참 지켜보고 있다가 마침내 용기를 내서 도와줬어요. 아씨가 옷자락을 펴자 도련님은 먼저 손에 잡힌 책을 꺼내 그 위에 한 아름 담아 주더군요.

그것은 도련님에게 있어서는 커다란 진보였지요. 아씨는 고맙다는 말도 안 했지만요. 그런데도 도련님은 아씨가 자기의 도움을 받아들였다는 것만도 만족하게 여기는 것 같았어요. 그러고는 책들을 뒤적거리고 있는 아씨 뒤에 서서 책 속에 있는 그림 중에 몇 개 마음에 드는 것을 몸을 굽혀 손으로 가리키기까지 하더군요. 아씨가 도련님이 손가락을 짚은 책장을 오만스럽게 확 넘겨버리는데도, 도련님은 기가 꺾이지 않고 뒤로 조금 물러서서 만족한 듯이 책 대신에 아씨를 쳐다보고 있었어요.

아씨는 계속해서 책을 읽거나 읽을 만한 것을 찾곤 했습니다. 도련님은 차츰 아씨의 숱 많고 명주실 같은 고수머리를 쳐다보는 데 온 주의력을 쏟고 있더군요. 도련님은 아씨의 얼굴을 보지 못하고 아씨도 도련님을 보지 못했지요. 그런데 어린애가 촛불에 마음이 끌리듯이 도련님도 마침내 보고만 있는 게 아니라 만지고 싶었던 모양입니다. 아마 자기도 모르게 그랬겠지만요, 도련님은 손을 내밀어 마치 새라도 만지듯이 부드럽게 아씨의 한쪽 머리채를 쓰다듬었어요. 그러자 아씨는 목덜미에 칼을 대기라도 한 듯 놀라서 홱 뒤를 돌아다보는 것이었어요.

'당장, 저리 비켜! 왜 함부로 내 몸에 손을 대는 거야? 왜 그러고 서 있지?' 아씨는 불쾌한 어조로 소리지르더군요. '보기 싫단 말이야. 가까이 오기만 해 봐, 다시 위층으로 올라가 버릴 테니까.'

헤어튼 도련님은 바보 같은 얼굴을 하고 뒤로 물러섰지요. 그 뒤 도련님은 아주 조용히 긴 의자에 앉아 있었고 아씨는 반 시간쯤 더 계속해서 책을 뒤적거리고 있었어요. 드디어 언쇼 도련님이 내게로 건너오더니 조그만 소리로 이렇게 말하는 것이었어요.

'우리도 들을 수 있게 읽어 달라고 이야기해 봐, 질라. 아무것도 하지 않고 있으니 답답해 죽겠어. 캐서린이…… 캐서린이 읽는 걸 들으면 재미있을 거야! 내가 그런다고 하지 말고 질라가 듣고 싶다고 말해 보란 말이야.'

'헤어튼 도련님이 저희들도 들을 수 있게 책을 읽어 달랍니다. 아씨.' 나는 당장 말했어요. '도련님은 매우 친절하게 생각할 겁니다. 아주 고맙게 여길 거구요.'

아씨는 눈살을 찌푸리고 헤어튼을 올려다보며 대답하는 거예요.

'헤어튼, 그리고 당신들 모두 잘 알아 둬요. 난 당신들이 위선적으로 꾸며 보이는 친절은 어떤 것이든 거절한다는 걸 말이야! 나는 당신들을 경멸해. 그리고 당신들 누구하고도 이야기할 게 아무것도 없을 거야! 내가 당신들한테서 친절한 말 한 마디만 들어도 아니, 당신들 가운데 누구라도 좋으니 얼굴만이라도 좀 보았으면 죽어도 한이 없겠다고 생각할 때는 누구 한 사람 비치지도 않았어. 하지만 나는 당신들에게 불평하고 싶은 생각은 없어! 내가 내려온 건 당신들을 즐겁게 해 주기 위해서도 아니고, 같이 놀기 위해서도

아니야. 그저 추워서 어쩔 수 없이 온 것뿐이니까.'

'내가 어쨌다는 거야?' 언쇼 도련님이 말을 꺼내더군요. '내가 뭘 잘못했는데?'

'아 참! 당신은 예외야.' 아씨는 대답했습니다. '나는 당신 같은 사람이 와 주지 않아 섭섭한 일은 한 번도 없었으니까.'

'하지만 내가 자진해서 부탁한 게 한두 번이 아닌걸,' 도련님은 아씨의 무례한 태도에 얼굴이 빨개지며 말하는 거예요. '난 당신 대신 내가 밤을 새우게 해 달라고 히스클리프 아저씨에게 여러 번 이야기했었단 말이오.'

'닥쳐요! 난 당신의 그 불쾌한 목소리를 듣느니 차라리 밖이나 다른 데로 나가 버리겠어!' 아씨는 말하는 것이었어요.

헤어튼 도련님은 '네까짓 것 어디로 가든 알 게 뭐야!' 하고 중얼거렸어요. 그리고 일요일이면 늘 하던 일을 더 이상 참을 수 없다는 듯, 걸어 둔 총을 내리더군요.

그때부터 도련님은 마구 제멋대로 지껄이지 뭡니까. 그래서 아씨는 곧 자기 방으로 올라가는 게 좋겠다고 생각했던 모양이었어요. 그러나 서리가 내려 추웠으므로 아씨는 자존심을 지키는 건 고사하고 기를 꺾고 우리들 틈에 계속 끼지 않을 수 없었지요. 하지만 그 뒤부터 난 내가 아무리 사람이 좋다지만 그 이상 더 경멸을 당하지 않도록 조심하고 있어요. 그래서 나도 아씨와 똑같이 딱딱하게 굴고 있지요. 우리들 가운데 아씨를 사랑해 주거나 좋아하는 사람은 아무도 없지 뭡니까. 사실 아씨는 그럴 만한 자격도 없거든요. 우리들이 아씨에게 무엇이라고 한 마디만 하면 누구도 가릴 것 없이 덤벼들고 말걸요! 주인님한테까지도 물고 늘어져서 때릴 테면 때려 보라고 대드는 판이에요. 어쩌면 혼이 나면 날수록 더욱 독살스러워지더군요."

저는 질라로부터 이런 이야기를 듣고 처음에는 이 자리를 떠나서 오두막이라도 하나 마련해 가지고 아씨를 모셔다가 함께 살려고 결심했습니다. 그러나 히스클리프 씨가 헤어튼 도련님에게 따로 집을 만들어 나가 살도록 해주지 않는 거나 마찬가지로, 그렇게 놔두지 않을 것이 뻔한 노릇이었어요. 그래서 아씨가 다시 결혼이라도 할 수 있다면 몰라도 지금 형편으로는 저야 어쩔 도리가 없습니다. 그리고 재혼하는 문제야 저로서는 어떻게 할 수 없는 일이구요.

이로써 딘 부인의 이야기는 끝났다. 나는 의사의 예언과는 반대로 건강이 퍽 빨리 회복되었다. 그래서 1월도 겨우 2주일이 지난 때이지만, 하루나 이틀 뒤에 말을 타고 워더링 하이츠에 갈 예정이다. 주인을 만나, 다음 여섯 달 동안은 런던에 나가 지내겠으니, 원한다면 10월 이후에는 내 대신 다른 세입자를 물색해도 좋다는 이야기를 할 것이다. 그만큼 나는 여기서 다시 겨울을 나고 싶지 않았던 것이다.

31

어제는 맑고 바람도 없이 쌀쌀한 날씨였다. 나는 예정대로 하이츠에 갔다. 우리집 가정부가 그 젊은 부인에게 조그만 쪽지를 하나 가지고 가서 전해 달라고 부탁했다. 딘 부인은 그런 부탁을 하는 것을 별로 이상하게 여기지 않았으므로 나도 거절하지 않았다.

현관문은 열려 있으나, 출입문은 지난번에 내가 찾아왔을 때나 다름없이 잠겨 있었다. 문을 두드렸더니 언쇼가 정원 화단 사이에서 나와 문을 열어주어 나는 안으로 들어갔다. 이 친구는 농사꾼으로서는 보기 드물게 말쑥한 편이었다. 이번에 보자 확실히 그런 점이 눈에 띄었지만, 그는 아무래도 자신의 좋은 점을 돋보이게 하려는 노력은 하지 않는 눈치다.

나는 히스클리프 씨가 집에 계시느냐고 물었다. 그는 지금은 없지만 점심때는 돌아오리라고 대답했다. 아직 11시였으므로 내가 안에 들어가서 기다리겠다고 했더니, 그는 냉큼 손에 들고 있던 연장을 내동댕이치고는 주인의 대리로서가 아니라 감시인 노릇을 할 양으로 나를 안내하는 것이었다.

우리는 함께 들어갔다. 캐서린은 거기서 점심으로 먹을 야채 요리 같은 것을 만들며 일을 거들고 있었다. 내가 처음 보았을 때보다도 더 침울하고 기운이 없어 보였다. 그녀는 나를 쳐다보지도 않고, 전과 마찬가지로 통상적인 예의 같은 것은 아랑곳없이 하던 일을 계속하는 것이었다. 내가 고개를 숙여 잘 있었느냐고 인사를 해도 조금도 아는 체를 하지 않았다.

'저 아가씬 그리 상냥한 사람은 아닌 것 같은데,' 나는 생각했다. '딘 부인이 거듭 이야기한 것만큼 미인임에는 틀림없으나 천사는 아니군.'

언쇼가 캐서린에게 하던 것들을 부엌으로 가져가라고 무뚝뚝하게 말했다.

"자기가 치우지." 캐서린은 일을 끝내자마자 그것들을 밀어내면서 말하는 것이었다. 그리고 창가에 있는 의자로 다가가더니 거기 앉아서 무릎 위에 있는 순무 껍질에 동물들의 모양을 새기기 시작했다.

나는 뜰을 내다보려는 척하면서 그녀에게로 가까이 갔다. 그리고 헤어튼 모르게 재빨리 딘 부인이 준 쪽지를 그녀의 무릎 위에 떨어뜨렸다. 거의 성공이라고 생각했는데 그만 그녀가 큰 소리로 묻는 것이었다.

"이게 뭐예요?" 그러면서 그녀는 그걸 집어던져 버렸다.

"당신의 옛 친구가 보낸 편지요. 우리 집의 가정부 말이오." 나는 나의 친절한 행위를 그녀가 폭로해 버린 것이 난처하기도 하고, 또 그게 내가 주는 편지라고 생각했다가는 곤란할 것 같아서 이렇게 대답했다.

그녀는 그 말을 듣자 반가워하며 그것을 주우려고 했으나 헤어튼이 먼저 그것을 집어 버리는 것이었다. 그는 그것을 주워서는 히스클리프 씨에게 먼저 보여야 된다고 말하면서 조끼 속에 집어넣는 게 아닌가. 그 꼴을 당하자 캐서린은 말없이 우리에게서 얼굴을 돌리더니 주머니에서 손수건을 꺼내 눈으로 가져가는 것이었다.

그러자 그 사촌은 동정심을 누르느라고 한참 동안 속으로 애를 쓰더니, 그 편지를 꺼내서 아주 볼품사납게 그녀의 옆에 내동댕이치는 것이었다.

캐서린은 그것을 쥐고 열심히 읽었다. 그러고 나서 나한테 자기의 옛집에서 함께 살고 있는 사람들에 대해서 횡설수설 몇 마디 물어보았다. 그리고 먼 산을 바라다보면서 혼잣말로 중얼거리는 것이었다.

"미니를 타고 저길 가 봤으면! 저길 올라가 보고 싶어. 아, 피곤해! 답답해 죽겠어, 헤어튼!"

그리고 한숨 반 하품 반으로 그 예쁜 머리를 창문턱에 기대고는, 우리가 자기를 보건말건 관심도 없고 알 바도 아니라는 듯이 넋을 잃고 슬픈 모습을 짓는 것이었다.

"부인," 한동안 말없이 앉아 있다가 내가 불렀다. "저는 부인과 안면이 있는 사람이지요? 부인께서 제게 말도 걸지 않으시는 것이 이상하게 여겨질 만큼은 잘 안다고 생각하는데, 안 그렇습니까? 우리집 가정부는 지칠 줄 모르고 부인에 대한 이야기며 칭찬을 하던데요. 내가 만일 부인이 편지만 받고 아무 말도 없더라는 것 이외에, 부인에 대한, 또는 부인으로부터 아무런 소식도 얻지 못하고 돌아가게 되면 이만저만 실망하지 않을 겁니다!"

내 이야기를 듣자 그 여자는 정색을 하며 묻는 것이었다.

"엘렌은 당신을 좋아하나요?"

"그럼요, 아주 좋아하지요." 나는 주저없이 대답했다.

"꼭 이렇게 전해 주세요." 그녀는 말했다. "편지를 보냈으니 답을 하고 싶지만 편지를 쓸 것이 아무것도 없고, 책장이라도 찢었으면 좋겠는데 그럴 책조차도 없다구요."

"책이 없다니요?" 나는 큰 소리로 물었다. "책도 없다니 이런 데서 어떻게 지내십니까? 이렇게 말하면 실례가 될지 모르겠습니다만, 나는 커다란 서재가 있는데도 집에서는 가끔 아주 심심한데요. 나한테서 책을 빼앗아 간다면 나는 미치고 말 겁니다."

"나도 책이 있을 때는 늘 읽었어요." 캐서린은 말했다. "그런데 히스클리프 씨가 책을 안 읽거든요. 그래서 내 책을 없앨 생각을 한 거지 뭐예요. 나는 몇 주일 동안 책을 한 권도 구경 못했어요. 언젠가 꼭 한 번 조지프의 종교에 관한 책들을 뒤적거렸는데, 그 일로 굉장히 혼이 났어요. 그리고 한번은, 헤어튼, 네 방에 숨겨 둔 것을 본 일이 있어. 라틴어와 그리스어 책이 몇 권, 그리고 이야기책과 시집이 몇 권 있더군. 모두 내가 옛날에 읽은 것들이었어. 시집은 여기 가져왔어. 마치 까치란 놈이 재미로 은수저를 모아 놓듯이 그저 훔치는 재미로 그것들을 모아다 놓았겠지! 그 책들은 너에게는 소용이 없는 것들이니까 말이야. 그렇지 않으면 자기가 못 읽으니까 다른 사람들도 읽지 못하게 하려는 나쁜 생각으로 감춰 놓았을 거야. 아마 헤어튼 네가 그 질투심으로 히스클리프 씨에게 내 소중한 책들을 빼앗아 가도록 부추겼겠지? 하지만 난 그것들을 거의 다 기억하고 외우고 있으니까, 그것마저 빼앗아 갈 수는 없을 거야."

언쇼는 자기가 남몰래 책을 모아 둔 것을 사촌이 이렇게 폭로하자, 홍당무가 되어 그 비난에 분개하여 더듬거리며 부정하는 것이었다.

"헤어튼 군은 지식을 넓히고 싶었던 거겠지요." 나는 그를 두둔해서 말했다. "부인의 학식을 질투하는 게 아니라 부인을 본받으려고 애쓰는 겁니다. 이 사람은 몇 해 안에 훌륭한 학자가 될 겁니다!"

"그리고 그 동안에 내가 바보가 되기를 원하겠죠." 캐서린은 대답했다. "그래요, 헤어튼이 혼자서 더듬더듬 읽느라고 애쓰는 것을 들은 일이 있긴 해요. 그런데 재미있는 실수를 하더군요. 어저께 읽은 것처럼 체비 체이스 (영국 중부 지방의 옛 민요)를 다시 읽어 보지 그래? 아주 재미있던데? 그 어려운 낱말들을 찾아보려고 사전을 뒤적거리다가 설명을 읽을 수가 없으니까 욕하는 소리를 들은걸?"

그 젊은이는 무식하다고 경멸을 당하더니, 이제는 무식을 면하려 하는데 도 비웃음을 당했으니 이건 너무 지독한 일이라고 생각했음이 분명했다. 나도 동감이었다. 그리고 딘 부인에게서, 배우지 못하고 자라난 그가 무식의 어둠을 밝히려 처음으로 애를 쓰던 때의 몇 가지 이야기를 들은 일이 생각 나서 나는 이렇게 말했다.

"하지만 부인, 우리는 누구에게나 시작이 있었습니다. 그리고 누구나 그 시작의 문턱에서는 넘어지기도 하고 비틀거리기도 했지요. 그런데 선생님이 그런 우리를 깨우쳐 주지 않고 비웃었더라면 우리는 아직도 넘어지고 비틀 거리고 있을 겁니다!"

"어머!" 그녀는 말했다. "나는 헤어튼이 공부하는 걸 막으려는 건 아니에 요. 하지만 내 책들을 차지할 권리는 없지 않아요? 그리고 그렇게 터무니없 는 실수와 틀린 발음으로 그것을 웃음거리가 되게 할 권리도 없단 말이에 요! 그 책들은 말이에요, 산문이든 시집이든 모두가 여러 가지 사연이 있어 서 나에게는 신성한 것들이기 때문에, 저런 사람의 입으로 품위가 떨어지거 나 더럽혀지는 것이 싫다구요! 게다가 무엇보다도 저 사람은 계획적으로 앙 심을 품은 듯이 내가 가장 되풀이해서 읽기를 좋아하는 애독서만을 빼다 놓 았지 뭐예요!"

헤어튼의 가슴이 잠시 조용히 들먹거렸다. 그는 억제하기 힘든 심한 굴욕 으로 괴로워하는 것 같았다.

나는 일어섰다. 그리고 그의 창피스런 마음을 덜어 줘야겠다는 신사다운 생각으로 입구 쪽으로 자리를 옮기고 선 채로 바깥 풍경을 내다보고 있었다.

그도 나를 따라 나오더니 방을 나갔다. 그러나 곧 손에 대여섯 권의 책을 들고 다시 들어오더니, 그것들을 캐서린의 무릎 위에 내던지며 큰 소리로 말 하는 것이었다.

"가져 가! 난 다시는 그따위 것을 듣거나 보고 싶지도, 생각하고 싶지도 않으니까!"

"이젠 갖지 않을래." 그녀는 대답했다. "그것들을 네가 가지고 있었다는 생각이 날 테니 이제는 싫단 말이야."

그녀는 분명 자주 읽어 본 일이 있는 것 같은 책 한 권을 펴 들었다. 그러더니 처음 배우는 사람처럼 더듬더듬 한 대목을 읽고 나서 소리를 내어 웃으며 그것을 내던졌다.

"자, 이걸 봐요." 그녀는 옛 민요 하나를 아까와 같은 투로 약을 올리며 계속 읽는 것이었다.

그러나 헤어튼도 자존심이 있는지라 그 이상 괴로움을 참을 수는 없었다. 나는 헤어튼이 그 여자의 건방진 입놀림을 손으로 막는 소리를 들었는데 그것이 전적으로 부당한 일이라고는 생각지 않았다. 그 딱한 여인은 거칠기는 하지만 예민한 자기 사촌의 감정을 끝까지 상하게 하려고 했으니, 그가 그 빚을 청산해서 상대에게 되돌려 줄 수 있는 유일한 방법은 완력을 쓰는 것밖에 없었던 것이다.

그는 책들을 주워 모아 난로 속에 집어던져 버렸다. 나는 그의 얼굴에서 다만 화풀이로 그런 희생을 치르게 되었다는 것을 얼마나 괴롭게 여기고 있는가를 읽을 수 있었다. 책들이 타서 없어지는 동안 그는 그 책들을 통해 얻고자 했던 승리감과 이미 얻은 기쁨들 그리고 앞으로 얻으리라 생각했던 끊임없이 늘어나는 즐거움 같은 것을 회상하는 듯이 보였다.

그리고 그가 그렇게 남몰래 공부를 하고 싶어 한 원인도 아울러 알 수 있을 것 같았다. 그는 캐서린이 나타날 때까지는 하루하루의 노동과 거친 동물적인 즐거움에 만족했을 것이다. 그러나 그녀의 비웃음으로 부끄러움을 느꼈고, 또 그녀의 인정을 받고 싶다는 바람을 갖게 되어 그는 처음으로 공부를 해야겠다는 마음을 품게 되었으리라. 그런데 부끄러움을 무릅쓰고라도 인정을 받고 자신을 높이려고 한 노력은 정반대의 결과를 가져왔던 것이다.

"그래, 너처럼 짐승 같은 사람이야 책에서 배울 수 있다는 게 기껏 그 정도니까!" 캐서린은 소리를 지르고는 얻어맞은 입술을 빨며 화가 치민 눈으로 책들이 타고 있는 것을 지켜보았다.

"그만 입을 닥치는 게 좋을걸!" 헤어튼은 사납게 대꾸했다.

그러고는 그가 흥분해서 더 말을 못하고 급히 입구 쪽으로 왔으므로 거기서 있던 나는 그가 지나도록 길을 비켰다. 그러나 그는 문 앞 디딤돌을 지나가기도 전에 둔덕길을 걸어 올라오던 히스클리프 씨와 마주쳤다. 그러자 히스클리프 씨는 헤어튼의 어깨를 잡으며 묻는 것이었다.

"왜 그러니, 너?"

"아무것도 아니에요. 아무것도 아니에요!" 그는 슬픔과 노여움을 혼자서 누리려는 듯이 빠져나갔다.

히스클리프 씨는 그의 뒤를 물끄러미 쳐다보다가는 한숨을 쉬었다.

"내 일에 내가 훼방을 놓다니 야릇한 노릇이군!" 그는 뒤에 내가 있는 것을 모르고 중얼거렸다.

"그런데 저 녀석의 얼굴에서 제 아비의 모습을 찾아보려고 해도 나날이 더욱 그녀의 모습만 보이니! 어째서 그렇게도 닮아갈까? 저 녀석의 얼굴을 쳐다볼 수 있어야지."

그는 눈을 아래로 떨어뜨리고 우울하게 들어오는 것이었다. 그의 얼굴에는 전에는 볼 수 없던 불안하고 근심에 찬 표정이 어려 있었다. 그리고 몸도 훨씬 여위어 보였다.

그의 며느리는 창 밖으로 그가 오는 것을 보자 서둘러 부엌으로 달아나 버렸으므로 나 혼자 남아 있게 되었다.

"다시 이렇게 나오실 수 있게 되어 다행이군요, 록우드 씨." 그는 내 인사를 받으며 말했다. "한편 내 개인적인 형편으로 보아서도 다행한 일입니다. 당신이 아니라면 이런 쓸쓸한 곳에서 쉽게 사람을 구할 수 있을 것 같지 않거든요. 난 당신이 무엇 때문에 이런 데로 오게 됐을까 하고 가끔 궁금해 하지요."

"그저 쓸데없는 변덕 때문입니다." 나는 대답했다. "그런데 이번에는 그 쓸데없는 변덕 때문에 떠나게 될 모양입니다. 나는 다음주 런던으로 떠나겠습니다. 그래서 드러시크로스 저택은 계약 기간인 12개월이 지나면 더 빌리지 않겠다는 것을 지금 말씀드리는 겁니다. 이제는 더 이상 거기서 살지 않을 것입니다."

"아, 그러시군! 세상과 떨어져 사는 게 싫증난 모양이군요?" 그는 말했다. "그럼, 당신이 이제 거기 살지 않을 것이니 집세를 깎아 달라고 왔다면 그건 헛수고일 겁니다. 나는 누구에게나 당연히 받을 돈을 받는 데는 사정을 두는 사람이 아니니까요."

"집세를 깎아 달라고 온 것은 아닙니다!" 나는 아주 기분이 상해서 큰 소리로 말했다. "원하신다면 당장 지불해 드리겠습니다." 이렇게 말하고 나는 주머니에서 지갑을 꺼냈다.

"아니, 아니," 그는 냉정하게 대답했다. "혹 돌아오지 못하게 되면 집세가 될 만한 것이라도 남겨 두겠지요. 나야 그리 급하지 않으니까. 앉으십시오, 점심이나 함께 합시다. 다시 찾아오지 않을 손님이란 대개 대접을 받게 마련이죠. 캐서린! 점심 준비를 해. 넌 어디 있는 거야?"

캐서린이 나이프와 포크가 담긴 쟁반을 들고 다시 들어왔다.

"넌 조지프와 함께 먹어라." 히스클리프 씨는 가만히 말하는 것이었다. "그리고 손님이 가실 때까지 부엌에 있어."

캐서린은 깍듯이 지시대로 했다. 아마 명령을 어기고 싶은 유혹조차 느끼지 않는 모양이었다. 그녀는 시골뜨기와 사람을 싫어하는 자들 틈에서 살았기 때문에 좀 나은 계층의 사람들을 만나도 분별할 줄을 모르는 것 같았다.

한쪽에는 음울하고 무뚝뚝한 히스클리프 씨가 있고, 다른 쪽엔 숫제 벙어리가 된 헤어튼이 있는 사이에서 나는 별로 즐겁지 못한 식사를 하고 일찍 작별을 고했다. 떠날 때에는 캐서린을 마지막으로 잠깐 보고, 조지프 늙은이를 성가시게 해 줄 양으로 집 뒤꼍을 통할 생각이었다. 그런데 헤어튼이 주인의 지시를 받고 내 말을 현관 앞으로 끌어내 왔을 뿐 아니라, 주인이 몸소 현관까지 나를 바래다주는 바람에 소원을 이룰 수 없었다.

'저런 집에서 살려면 얼마나 따분할까!' 나는 길을 내려오면서 생각했다. '그녀의 착한 유모가 소망했던 대로 혹시 린튼 히스클리프 부인과 내가 사랑에 빠져 시끄러운 도시 속에 함께 옮아가 살게라도 되었더라면, 그 여자에겐 동화보다 더 로맨틱한 꿈이 실현되었을지도 모르지!'

32

1802년. 이 해 9월, 나는 북쪽 지방에 사는 한 친구로부터 자기네 사냥터에 사냥을 하러 오라는 초대를 받았다. 그리하여 그 친구의 집으로 가는 길에 뜻밖에도 기머튼까지의 거리가 15마일이 채 못 되는 고장을 지나게 되었다. 길가 어느 주막집에서 마부가 내 말에 물을 먹이느라고 물통을 들고 있는데, 마침 갓 베어 새파란 귀리를 실은 짐마차가 지나가자 마부가 말을 건네는 것이었다.

"그거 기머튼에서 오는 거로군! 거기 사람들은 추수가 다른 데보다는 2주일은 늦는단 말야."

"기머튼이라구요?" 내가 되뇌었다. 그 지방에서 살던 생각은 이미 희미해졌고 꿈만 같았다. "아, 나도 알 만한데! 여기서 얼마나 가면 되지?"

"아마 저 고개를 넘어가면 14마일은 될 텐데 길이 험해서." 마부가 대답했다.

나는 갑자기 드러시크로스 저택을 찾아가고 싶은 충동을 느꼈다. 정오가 채 안된 무렵이었고, 기왕 여관에서 묵을 양이면 세든 집이기는 하나 내 지붕 밑에서 지내는 게 낫지 않겠느냐 하는 생각이 들었던 것이다. 뿐만 아니라 집주인을 만나 집문제를 정리하자면 넉넉히 하루는 걸리게 될 것인데, 그럴 바엔 이번 기회에 찾아가 해결하는 것이 다시 이 근처까지 오는 수고를 더는 셈이라고 생각했다.

잠시 쉬고 나서 나는 하인에게 그 마을로 가는 길을 알아보도록 일렀다. 말들이 몹시 애를 먹긴 했지만 우리는 세 시간쯤 걸려서 그럭저럭 그곳에 이르렀다.

나는 하인을 마을에 두고 혼자서 골짜기를 따라 내려갔다. 회색 교회 건물은 더욱 짙은 회색이 되었고 한적한 교회 묘지는 더욱 쓸쓸했다. 나는 들염소 한 마리가 무덤 위의 잔풀을 뜯고 있는 것을 보았다. 기분이 좋은 따뜻한 날씨였다. 나들이에는 좀 더운 날씨긴 했으나 그 더위가 아래위로 바라보이는 아름다운 경치를 즐기는 데 방해가 되지는 않았다. 만일 8월에 더 가까운 무렵에 그 경치를 보았더라면, 나는 틀림없이 그 호젓한 고장에서 한 달쯤은 지내고 싶은 마음이 들었으리라. 산들에 둘러싸인 저 골짜기들하며, 깎아지른 듯한 절벽, 그리고 소박한 느낌의 굴곡진 히스 숲들. 겨울에는 이보다 더 쓸쓸한 곳은 없더니 여름이 되니 더할 나위 없이 멋진 곳이 아닌가.

나는 해지기 전에 그 집에 이르러서 문을 두드려 들어가기를 청했다. 그러나 한 줄기 가느다란 푸른 연기가 부엌 굴뚝으로부터 동그라미를 그리며 솟아오르는 것으로 보아, 식구들이 모두 뒤채로 물러가 있는지 문 두드리는 소리가 들리지 않는 모양이었다.

나는 말을 탄 채 안뜰로 들어갔다. 현관 근처에는 아홉이나 열 살쯤 돼 보이는 계집애가 앉아 뜨개질을 하고 있었고, 현관 층계에는 웬 할머니 한 분이 기대앉아서 생각에 잠긴 듯이 담뱃대를 빨고 있었다.

"딘 부인 안에 계신가요?" 나는 그 노파에게 물었다.

"딘 부인이오? 없는데요!" 노파는 대답하는 것이었다. "딘 부인은 여기 살지 않습니다요. 하이츠로 올라가 있다우."

"그럼, 할머니가 이 집 가정부이신가요?" 나는 계속 물었다.

"네, 내가 이 집을 지키고 있다우." 노파가 말했다.

"그렇군, 내가 이 집에 세를 든 록우드요. 내가 묵을 수 있는 방이 있는지요? 오늘 밤은 여기서 쉬어야 하겠는데."

"주인님이시군요!" 노파는 놀라서 소리치는 것이었다. "원, 주인님이 오실 줄이야 누가 알았겠수? 오신다고 기별이나 하실 일이지! 깨끗이 치워 놓은 방이 없는데 어쩐다. 깔끔한 방이 어디 있어야 말이죠. 하나도 없으니 어떡하면 좋아요!"

노파는 담뱃대를 내던지고 야단스레 안으로 들어갔다. 계집애도 뒤를 따랐고 나도 들어갔다. 들어가 보니 노파의 말이 틀림없다는 것이 곧 한눈에 들어왔다. 더욱이 나의 예기치 않았던 출현으로 노파는 정신이 나갈 지경이었다.

나는 너무 서둘 것 없다고 했다. 나는 바람이나 쐬고 올 테니 그동안에 저녁이나 먹을 수 있도록 거실 한쪽이라도 치워 놓고, 잘 수 있게 침실이나 보아 놓으면 된다고 말했다. 그리고 쓸거나 털 것도 없고 그저 불이나 잘 피워 놓고 마른 시트만 있으면 된다고 일러 놓았다.

노파는 정성을 다하겠다는 듯이 보였다. 그런데 난로 청소용 솔을 부지깽이인 줄로 잘못 알고 재받이를 쑤시기도 하고, 자기가 늘 쓰던 다른 물건들도 헷갈려 하면서 허둥댔다. 그러나 내가 돌아올 때까지 쉴 자리야 마련해 놓겠지 하고 나는 노파의 성의를 믿고 물러나왔다.

내 목적지는 워더링 하이츠였다. 나는 안뜰을 나올 때 뒤미처 생각이 나서 도로 들어갔다.

"하이츠에는 모두 별일들 없나요?" 나는 노파에게 물었다. "네. 그런가 봅니다!" 노파는 빨갛게 불이 붙은 밑불 그릇을 급하게 들고 가면서 대답했다.

나는 왜 딘 부인이 이 저택을 나갔느냐고 물어볼까 하다가, 그렇게 급하게 서둘고 있는 노파를 붙들고 이야기할 수 없어서 그냥 나와 버렸다. 붉게 물든 석양빛을 등에 받으며 막 솟아오르는 부드러운 달빛을 앞으로 하고 한가롭게 거닐었다. 울안 숲을 벗어나 내가 히스클리프 씨네 집 쪽으로 뻗은, 돌이 깔린 샛길을 올라가고 있을 무렵에는 이미 석양빛은 희미해지고 달빛이 밝아오고 있었다.

곧 하이츠가 보이는 데까지 이르기도 전에 석양은 사라지고 서쪽 하늘은 그저 어렴풋한 호박 빛깔로 물들고 있었다. 그러나 달빛이 훤히 비치고 있었으므로 나는 길 위에 깔린 자갈 하나하나, 풀잎 하나하나를 낱낱이 볼 수 있었다.

나는 문을 넘거나 두드리지 않아도 되었다. 손이 닿자 곧 열렸으니까.

'이거야말로 개선된 것이 아닌가!' 나는 그렇게 생각했다. 그리고 후각의 도움으로 또 다른 변화가 있었음을 알게 되었다. 흔해빠진 과일 나무들 사이에서 비단향꽃나무며 계란꽃 향기가 풍기고 있었던 것이다.

출입문도 유리창 덧문도 다 열려 있었다. 그런데도 탄광 지대에서는 대개 그렇듯이, 활활 타오르는 빨간 불빛이 벽난로 굴뚝을 훤하게 비추고 있었다. 그 불꽃을 들여다보는 재미로 열이 지나친 듯해도 참을 수 있는 것이다. 그러나 워더링 하이츠의 거실은 어쩌나 큰지, 이 집 식구들은 열이 너무 닿지 않는 곳으로 피해 앉으려면 자리야 얼마든지 있었다. 식구들은 창문에서 별로 떨어지지 않은 곳에 자리를 잡고 앉아 있었다. 나는 방으로 들어가기 전에 그들의 모습이나 이야기 소리를 보고 들을 수 있었으므로, 자연히 자세히 보기도 하고 귀를 기울여 이야기 소리를 듣기도 했다. 그런데 호기심과 질투심이 뒤섞인 감정이 일어나, 내가 거기서 머뭇거리는 동안 더욱 커지는 것이었다.

"컨―트러리(contrary : '반대'라는 뜻)란 말이야!" 흔들리는 은방울 같은 소리였다. "벌써 세 번째야, 이 바보! 다시는 가르쳐 주지 않을 테야. 외워 봐, 못 외우면 머리를 잡아당겨 줄 테니까!"

"그래, 컨트러리." 다른 음성이 굵기는 하나 부드러운 어조로 대답하는 것이었다. "이제 잘 외었으니까 입을 맞춰 줘."

"안 돼, 먼저 하나도 틀리지 않고 정확하게 다 읽어 봐."

남자편에서 읽기 시작했다. 그는 말쑥하게 차린 젊은이로 테이블에 앉아 앞에 책을 놓고 있었다. 잘생긴 그의 얼굴은 기쁨에 넘쳐 훤했다. 그의 눈초리는 참을성 없이 책에서 그의 어깨를 짚고 있는 조그만 하얀 손으로 옮아가곤 했는데, 그렇게 해이해지는 꼴이 드러날 때마다 그 손은 그의 볼을 보기 좋게 철썩 때려서 정신을 차리게 했다.

손의 임자는 그의 뒤에 서 있었다. 그녀가 그가 공부하는 것을 살펴보기 위해서 몸을 구부릴 때면, 그 윤기나는 고수머리는 이따금 그의 머리카락과 얽히는 것이었다. 그리고 나는 그 여자의 얼굴을—그가 여자의 얼굴을 보지 못해서 다행이지 그렇지 않았더라면 도저히 그렇게나마 착실히 앉아 있질 못했을 것이다—보고, 그 매혹적인 미모를 쳐다만 보지 말고 무슨 짓이라도 좀 했으면 얻게 되었을지도 모를 기회를 놓치고 만 것을 생각하고 억울해서 입술을 깨물었다.

그 이후로 실수가 아주 없지는 않았지만 공부는 끝났다. 그러나 학생은 상을 달라고 졸라 적어도 다섯 번의 키스를 받았고, 그 자신도 받은 것을 마음껏 되돌려 주었다. 그러고 나서 그들은 문 쪽으로 나왔는데 그들이 주고받는 이야기를 듣자 하니 이제부터 밖에 나가 벌판을 거닐 모양이었다. 그런데 이때 내가 나의 어색한 모습을 보인다면, 헤어튼은 말로는 못할지언정 마음속으로는 지옥의 가장 밑바닥에 떨어질 치사한 인간이라고 나를 욕할 것만 같았다. 나는 아주 야비하고 나쁜 짓을 저지른 기분이 들어 피할 곳을 찾아 부엌으로 살금살금 돌아 들어갔다.

그쪽도 문이 열려 있었는데, 문간에 넬리 딘이 앉아서 바느질을 하며 노래를 부르고 있었다. 그런데 그 노랫소리는 안에서 들려오는 경멸과 고집이 섞인 딱딱한 말투 때문에 이따금 멎곤 했다. 그 말소리란 그야말로 음악적인 어조와는 거리가 먼 것이었다.

"난 좌우간 그 소리를 듣느니 차라리 아침부터 밤까지 저 사람들의 욕지거리를 듣는 게 낫겠는걸, 에이!" 부엌에서 들려온 소리의 임자는 넬리의 말소리가 잘 들리지도 않을 텐데, 이렇게 대꾸하는 것이었다. "내가 성경책을 못 읽게 하려고 마귀나 찬송하고 세상에서 몹쓸 나쁜 짓은 모조리 찬송하는 노래를 떠들어 대니 이거 망측스러워 원! 임자는 돼먹지 않았단 말이야. 저 여자도 마찬가지구, 그리구 말이야, 저 가엾은 도련님은 임자들 틈에 끼어 못 쓰게 되어 가지. 도련님은 참 딱하게 됐어!" 그는 불평하며 덧붙였다. "도련님은 마귀에 홀렸지. 틀림없이! 오, 하느님, 저들을 심판하옵소서. 우리를 다스리는 인간들 가운데는 법률도 정의도 없습니다!"

"하나도 없고말고요! 있다면야 우리는 활활 타오르는 불더미 속에 올라앉게 되라구?" 노래를 부르던 넬리가 대꾸하는 것이었다. "그런데 제발 늙은 일랑 교인답게 성경이나 읽어요, 참견은 하지 말고. 이 노래는 '요정 애니의 결혼'이라는 건데, 좋은 극예요. 춤에도 어울리구."

딘 부인이 다시 노래를 시작하려는 참에 내가 앞으로 가자, 그녀는 금방 나를 알아보고는 벌떡 일어나 소리를 질렀다.

"어머나, 이게 웬일이에요, 주인님! 어떻게 이렇게 갑자기 오시게 되었어요? 드러시크로스 저택은 온통 잠가 버렸는데요. 기별이라도 하시지 않구!"

"내가 머무를 동안만 그럭저럭 있을 수 있게 마련해 놓으라고 일러 놓았소," 나는 대답했다. "내일이면 다시 떠날 테니까. 그런데 딘 부인은 어떻게 해서 이곳으로 옮겨 오셨소? 그 이야기나 해 보시구려."

"질라가 나갔어요. 주인님이 런던으로 떠나시고 나서 얼마 되지 않았을 땐데, 히스클리프 씨가 와 있어 달라구 해서요. 주인님이 돌아오실 때까지만 있어 달라고 했지요. 어서 들어오세요! 지금 기머튼에서 걸어오시는 길인가요?"

"그 집에서 오는 길이오." 나는 대답했다. "거기 묵을 수 있도록 준비를 하는 동안 나는 이 집 주인과 집 관계 일을 끝내 버리려고 온 거요. 언제 다시 갑자기 올 수 있는 기회도 있을 것 같지 않아서 말이야."

"무슨 일이신데요?" 넬리는 나를 방안으로 안내하면서 묻는 것이었다. "그는 지금 나가고 없는데요. 곧 돌아오지는 않을 거예요."

"집세에 대한 일인데……."

"그러세요? 그럼 아씨와 해결하셔야죠." 딘 부인은 말했다. "그렇지 않으면 저하고 하시든가. 아씨는 아직 그런 일은 처리하실 줄 모르시니까 제가 대신 하고 있어요. 아무도 할 사람이 없으니까요."

나는 깜짝 놀란 표정을 지었다.

"아참! 주인님은 아직 히스클리프 씨가 세상을 뜬 걸 모르시겠군요." 딘 부인은 말을 계속했다.

"히스클리프 씨가 세상을 떠나다니?" 나는 놀라서 큰 소리로 말했다. "얼마나 되었소?"

"석 달 됐어요. 그러나저러나 앉기나 하세요. 모자는 벗으시구요. 다 말씀드릴 테니까요. 아니, 아직 저녁 안 드셨지요?"

"아무것도 먹고 싶지 않아요. 집에 저녁 준비 하라고 일러 놓았소. 부인도 앉아요. 그가 죽었을 줄은 꿈에도 생각지 못했군! 도대체 어떻게 된 일인지 들어 봅시다. 그 사람들 곧 돌아오지 않는다고 그랬지? 그 젊은 사람들 말이오."

"네, 아주 늦도록 돌아다니기 때문에 저녁마다 야단을 쳐야 돼요. 그런데 제 말을 들으셔야 말이죠. 그건 그렇고 우리 집 맥주가 있는데 한 잔 드세요. 몸에 좋을 거예요. 퍽 피곤해 보이시는데."

내가 거절할 겨를도 없이 딘 부인은 급히 맥주를 가지러 가려고 일어섰다. 곧이어 조지프의 말소리가 들려왔다. "한창때도 아닌데 사내를 불러들이다니! 추잡스런 소문이 나지 않을까? 게다가 주인네 지하실에서 맥주까지 꺼내 먹이다니! 살아남아서 그런 꼴을 보다니 창피스런 일이지."

딘 부인은 그 말에 대꾸도 하지 않고 나가더니 1파운드들이 은잔에 맥주를 가득 부어 가지고 곧 다시 들어오는 것이었다. 나는 그에 못지않게 술맛에 대해서 칭찬을 했다. 그런 뒤에 딘 부인은 히스클리프 씨의 이야기를 시작했다. 그는 과연 딘 부인의 표현대로 '괴이한' 죽음을 맞이했다.

"저는 주인님이 드러시크로스 저택에서 떠난 지 보름도 안 되어 하이츠로 오라는 기별을 받았어요." 딘 부인은 말했다. "그래서 전 캐서린 아씨를 위해서 기꺼이 왔지요." 딘 부인이 들려 준 나머지 이야기는 이러했다.

제가 아씨를 처음 만났을 때는 서럽고 놀랐어요. 우리가 떨어져 있는 동안 엄청나게 변하셨더군요. 히스클리프 씨는 새삼스럽게 저를 이곳으로 오라고 한 데 대해서 아무런 이유도 설명하지 않았어요. 그저 제가 필요하다면서 캐서린 아씨를 보는 게 지겨워졌다는 말만 하더군요. 그 조그만 응접실을 저의 거실로 쓰면서 캐서린 아씨를 함께 데리고 있으라는 거예요. 자기는 하루에

359

한두 번 볼일이 생길 때 보기만 하면 된다는 말이었지요.

캐서린 아씨는 그렇게 되니 기쁜 모양이었습니다. 그래서 저는 아씨가 친정에 있을 때 즐기던 많은 책이며 다른 물건들을 남몰래 조금씩 날라다 놓고, 그만하면 어느 정도 심치 않게 지낼 수 있겠다 싶어 은근히 좋아했어요.

그런데 그 꿈은 오래 가지 못했습니다. 처음에는 좋아하던 캐서린 아씨가 얼마 안 가서 차츰 안달을 하고 초조해하지 뭡니까? 아씨는 뜰 밖으로는 나가지 못하게 되어 있었으니, 봄이 되면서 그런 좁은 구석에만 갇혀 있는 것이 몹시 답답해졌던 거지요. 그것이 가장 큰 원인이었고, 또 다른 이유는 쓸쓸함 때문이었습니다. 저는 집안 일도 보아야 했기 때문에 어쩔 수 없이 자주 아씨 곁을 떠나게 되었는데, 그러면 아씨는 외롭다고 불평이었어요. 그러고는 혼자서 조용히 앉아 있지 못하고 부엌에 나와서 조지프와 다투는 거예요.

그들이 싸우는 거야 별일이 아니었지요. 하지만 주인양반이 거실에 혼자 있고 싶어 할 때면 헤어튼 도련님도 어쩔 수 없이 부엌으로 쫓겨 오는 일이 가끔 있었는데, 그게 문제였어요. 처음에 아씨는 헤어튼 도련님이 가까이 오면 그 자릴 떠나든가, 조용히 제가 하는 일을 거들기만 했지요. 도련님을 쳐다보거나 말을 건네지도 않았고, 도련님도 언제나 침울하여 말이 없었어요. 그런데 얼마 후에는 아씨가 태도를 바꾸어 도련님을 그냥 놓아두질 않는 거예요. 말을 걸기도 하고 둔하다느니 게으르다느니 불평을 하며, 어떻게 그런 생활을 견뎌 내는지, 어떻게 하루 저녁 내내 난롯불만 바라다보며 졸기만 하는지 이상한 일이라고 말하지 뭡니까?

"저 사람은 꼭 개야, 그렇지 않아, 엘렌?" 언젠 아씨가 저에게 말하더군요. "그렇지 않으면 마차를 끄는 말이라고나 할까? 일하고 먹고 잠이나 자니 말이야! 저 사람의 마음은 얼마나 텅 비고 황량할까! 꿈을 꿔본 일이 있어, 헤어튼? 꿈을 꾼다면 무슨 꿈을 꾸지? 하지만 나에게 말을 하진 못할 거야!"

그리고 나서 아씨는 도련님을 쳐다보았으나, 그는 입을 열려고도 하지 않고 쳐다보려고도 하지 않았습니다.

"저 사람 지금도 자고 있나 봐." 아씨가 말을 계속했어요. "마치 우리 집 암캐 주노가 그러는 것처럼 저 사람도 어깨를 꿈틀거렸어. 한번 물어 봐, 엘렌."

"그렇게 점잖지 못하게 굴면 헤어튼 도련님이 아버님에게 일러 아씨를 위층으로 보내게 할 거예요!" 제가 말했습니다. 도련님은 자기 어깨를 움찔거 렸을 뿐만 아니라 주먹을 불끈 쥐어 보기도 했습니다. 마치 그것을 한번 쓰 고 싶은 유혹이라도 느낀 듯 말이에요.

"내가 부엌에 있으면 왜 헤어튼이 아무 말도 하지 않는지 난 알아." 또 언 젠가는 아씨가 큰 소리로 말하는 것이었습니다. "내가 비웃을 줄 알고 두려 워하는 거야. 엘렌, 어떻게 생각해? 저 사람, 언젠가 혼자 읽기 공부를 시 작한 일이 있거든. 그런데 내가 웃었더니 책을 모두 태워 버리고 그만둬 버 렸어. 바보가 아니고 뭐야?"

"그건 아씨가 잘못한 게 아닐까요?" 저는 말했습니다. "어디 대답해 봐 요." "그럴지도 몰라." 아씨는 계속 말했습니다. "하지만 나는 저 사람이 그렇게 바보짓을 할 줄은 미처 몰랐어. 헤어튼, 내가 책을 준다면 이젠 받겠 어? 한번 시험해 보아야지!"

아씨는 자기가 읽고 있던 책을 그의 손 위에 놓았습니다. 도련님은 그걸 내동댕이치고는 그 바보짓을 집어치우지 않으면 모가지를 꺾어 버리겠다고 중얼거리는 것이었습니다.

"좋아요, 나 이걸 여기 놓아둘 거야." 아씨는 말했습니다. "책상서랍 속에 말이야. 그리고 난 이제 자야겠어."

그러고 나서 아씨는 도련님이 책을 건드리는지 잘 보라고 제게 귓속말로 이르고는 나가 버렸습니다. 그러나 도련님은 그 근처에 오려고도 하지 않았 습니다. 그래서 다음날 아침 아씨에게 그렇게 알려 주었더니 아씨는 몹시 실 망하는 눈치였어요. 저는 도련님이 침울하고 게으르게만 지내는 것을 아씨 가 딱하게 생각하고 있음을 알았습니다. 도련님이 공부하려는 것을 집어치 우게 한 데 대해서 양심의 가책을 받았던 것이지요. 그것도 아주 효과적으로 중지시키고 말았으니까요.

아씨는 그 피해를 어떻게 해서라도 보상하려고 여러 가지로 궁리하는 것 이었습니다. 제가 다리미질을 한다든가 응접실에서 할 수 없는 일을 방에서 하고 있으면, 아씨는 재미있는 책을 가지고 와서 큰 소리로 읽어 주었습니 다. 언쇼 도련님이 그 자리에 있을 경우 아씨는 보통 재미있는 대목이 나오 면 읽는 것을 멈추고, 책을 그대로 그 근처에 놓아 둔 채 나가곤 했지요. 그 런 일이 여러 차례 되풀이됐어요. 그런데 도련님은 노새처럼 고집이 세어서 그런 정도의 유혹에 빠지지 않았고, 날씨가 궂은 날에는 조지프와 함께 담배나 피우는 것이었습니다. 둘은 난롯가에 한자리 차지하고 기계처럼 앉아 있곤 했지요. 늙은이는 다행히 귀가 먹어 아씨의 그 망측스런 허튼 소리를 듣지 않아도 되었고, 젊은이 편에서는 애써 듣지 않는 척했습니다. 날씨가 좋은 저녁이면 젊은이는 사냥을 하러 나가고, 캐서린 아씨는 하품이나 하고 한숨을 쉬면서 자기와 얘기를 하자며 저를 졸라댔습니다. 하지만 제가 무슨 이야기를 꺼내려 하면 아씨는 이내 안뜰이나 정원으로 뛰어나가 버리곤 했지요. 그리고 마지막에 가서는 울음을 터뜨리면서, 자기는 사는 것이 지겨워졌고 자기의 삶은 쓸모없는 것이라고 말하는 것이었습니다.

히스클리프 씨는 차츰 더 사람들과 어울리는 것을 싫어해서 언쇼 도련님을 거의 자기 방에 얼씬거리지도 못하게 했습니다. 3월 초에 사고가 나서 도련님은 며칠 동안을 부엌에만 들어앉아 있게 되었습니다. 혼자 산에 사냥 나갔다가 총이 폭발해서 팔에 파편이 박히는 바람에, 집에 오는 동안 몹시 심한 출혈을 했던 것입니다. 그 결과 도련님은 회복이 될 때까지 어쩔 수 없이 난롯가에 가만히 앉아 있을 수밖에 없었습니다.

캐서린 아씨는 도련님이 부엌에 그러고 있는 것이 싫지 않은 모양이었습니다. 어쨌든 그 뒤로 아씨는 다른 때보다도 더 위층에 있는 자기 방에 있기를 싫어하게 되었습니다. 그리하여 아씨는 저에게 억지로라도 아래층에서 일거리를 찾아내게 하여 저를 따라나서는 것이었습니다.

부활절 다음 월요일에 조지프는 소를 몇 마리 끌고 기머튼 장에 갔습니다. 그리고 오후에 저는 부엌에서 빨래한 것들을 손질하느라고 바빴습니다. 언쇼 도련님은 언제나처럼 시무룩해서 난롯가 한구석에 앉아 있었습니다. 우리 작은 아씨는 심심풀이로 유리창에 그림 같은 것을 그리다가, 싫증이 나면 갑자기 힘차게 노래를 부르고 무엇인지 조그만 소리로 중얼대기도 했습니다. 그러면서 한결같이 담배만 피우면서 난롯가만 쳐다보고 있는 자기 사촌 쪽을 약이 오른 듯이 안타깝게 흘끗흘끗 쳐다보는 것이었습니다.

창가에 그렇게 빛을 가리고 서 있으니까 어두워서 일을 못하겠다고 제가 말했더니 아씨는 난로 앞으로 자리를 옮겼습니다. 저는 아씨가 하는 일에는 별로 관심을 두지 않고 있었으나, 곧 이렇게 말하는 소리를 들을 수 있었지요.

"있잖아, 헤어튼. 만일 나한테 화를 내고 난폭하게 하지만 않는다면 말이

야, 이젠 나의 사촌오빠가 되어 줬음 좋겠어. 그럼 정말 기쁠 거야."

헤어튼 도련님은 아무런 대꾸도 하지 않았습니다.

"헤어튼, 헤어튼, 헤어튼! 안 들려?" 아씨는 계속했습니다.

"저리 비켜!" 도련님은 단호하고도 퉁명스럽게 소리쳤습니다.

"그 담뱃대를 빼앗아 버려야지." 아씨는 조심스럽게 손을 내밀어 도련님의 입에서 담뱃대를 뽑아 버렸습니다. 그러고는 도련님이 미처 그것을 빼앗으려고 하기도 전에 부러뜨려 불 속에 집어던져 버렸습니다. 도련님은 욕을 하면서 담뱃대를 집었습니다.

"그만 좀 피워." 아씨가 소리질렀습니다. "먼저 내 이야기를 좀 들어야 해. 이렇게 연기가 얼굴에 떠돌면 말을 못하잖아."

"너 죽고 싶어?" 도련님은 사납게 고함쳤습니다. "날 가만 내버려 두란 말이야!"

"싫어." 아씨는 억지를 썼습니다. "가만두지 않을래. 어떻게 하면 나한테 말을 걸게 할 수 있는지는 모르겠지만 말이야. 헤어튼은 도무지 나를 이해하지 않을 작정인가 봐. 내가 헤어튼에게 바보라고 한 것은 다른 뜻이 있어 그런 게 아냐. 헤어튼을 경멸해서 그런 게 아니란 말야. 자, 나를 좀 봐, 헤어튼. 헤어튼은 내 사촌오빠잖아. 그러니까 헤어튼도 내가 사촌이란 걸 인정하라는 거야."

"난 너 같은 것하고는 아무 관계도 없어. 더럽게 뻐기고, 되지 않게 사람을 놀리고 말이야!" 도련님은 그렇게 대답하는 것이었습니다. "내 다시 너 같은 것에게 곁눈질이라도 한다면 사람이 아니야! 썩 비켜. 당장 비키란 말이야!"

캐서린 아씨는 얼굴을 찌푸리고 입술을 깨물며 창가에 있는 자리로 돌아왔습니다. 그리고 이상한 가락을 흥얼거리며 울음이 터져 나오려는 것을 감추려고 애를 쓰는 것이었습니다.

"사촌동생인데 사이좋게 지내셔야죠, 헤어튼 도련님." 제가 참견했습니다. "아씨가 자기 잘못을 뉘우치고 있지 않아요. 아씨와 친구가 되어 지내시면 도련님에게는 퍽 도움이 될 거예요. 도련님은 아주 딴 사람이 될 겁니다."

"친구가 되라고!" 도련님은 소리쳤습니다. "저 애가 나를 그렇게 미워하고, 또 나 같은 건 제 신을 닦을 놈도 못된다고 생각하는데? 관둬. 임금님이 된대도 저 애의 환심을 사기 위해서 이 이상 더 모욕을 당하고 싶지는 않단 말이야."

"내가 헤어튼을 미워한 게 아니라, 헤어튼이 나를 미워하는 거지!" 아씨는 그 이상 더 괴로움을 감추지 못하고 울음을 터뜨렸습니다. "히스클리프 씨처럼 아니 그보다 더하게 나를 미워하지 뭐야."

"넌 지독한 거짓말쟁이야." 언쇼 도련님은 말하기 시작했습니다. "그럼 왜 내가 골백번이나 네 편을 들려다가 아저씨한테 야단을 맞았겠어? 그것도 네가 나를 비웃고 업신여길 때 말이야. 다시 귀찮게 굴어 봐. 저쪽 방으로 가서 네가 못살게 굴어 부엌에서 내쫓았다고 이를 테니까!"

"헤어튼이 내 편을 들어 준 줄은 몰랐지." 아씨는 눈물을 닦으면서 대답했습니다. "나는 불행한 생각이 들어 누구한테나 심하게 굴었지 뭐야. 하지만 이제 헤어튼을 고맙게 생각하니 날 용서해 주기를 바랄 뿐이야. 그렇지 않으면 어떻게 해야 해?"

아씨는 난롯가로 다시 와서 솔직하게 손을 내밀었습니다. 도련님은 먹구름처럼 어두워지고 찌푸린 얼굴로 두 주먹을 불끈 쥐고 방바닥을 뚫어지게 바라보았습니다.

캐서린 아씨는 본능적으로 도련님이 그렇게 완강한 태도를 취하는 것은 괴팍스러운 고집 때문이지, 자기가 싫어서 그런 것이 아니라는 것을 알아차렸음이 틀림없었습니다. 왜냐하면 잠깐 우물우물하고 서 있다가, 허리를 구부려 도련님의 볼에 부드럽게 입을 맞췄기 때문입니다.

그 어린 말괄량이 아씨는 제가 자기를 보지 않는 줄 알고 돌아서서 아주 점잖게 창가에 있는 자기 자리로 돌아가 앉았습니다.

저는 나무라는 듯이 고개를 저었습니다. 그랬더니 아씨는 얼굴을 붉히며 조그만 소리로 말하는 것이었습니다.

"그렇지만 어떻게 하겠어, 엘렌? 악수는 고사하고 쳐다보려고 하지도 않는걸. 어떻게든 나는 그를 좋아하고 또 사이좋게 지내고 싶어한다는 것을 보여줘야 하잖아."

아씨의 입맞춤으로 헤어튼 도련님이 설득되었는지 어쩐지는 알 수 없었습니다. 도련님은 얼굴을 보이지 않으려고 몹시 마음을 썼으니까요. 그리고 얼굴을 들었을 때도 도련님은 시선을 어디에 둬야 할지 몰라 아주 난처한 표정이었습니다.

캐서린 아씨는 예쁜 표지의 책 한 권을 흰 종이로 싸고 있었습니다. 그것을 리본으로 묶어서는 '헤어튼 언쇼 씨에게'라고 써서, 저더러 대신 그 선물받을 사람에게 전해 달라고 부탁하는 것이었습니다.

"그리고 이걸 받거든 말이야, 내가 가서 그걸 잘 읽는 법을 가르쳐 준다고 말해 줘." 아씨가 말했습니다. "그리고 받지 않는다면 난 위층으로 가고, 다시는 그를 귀찮게 하지 않겠다 하더라고 말해."

저는 그것을 들고 가서, 보낸 분이 걱정스럽게 보는 가운데 그 말을 되풀이해 전했습니다. 헤어튼 도련님이 손을 펴려고 하지 않기에 저는 무릎 위에 놓아 주었습니다. 도련님은 그걸 밀어내지는 않았습니다. 저는 먼저 하던 일을 하러 돌아왔습니다. 캐서린 아씨는 머리와 두 팔을 탁자 위에 기대고 기다렸습니다. 그리고 결국 책을 풀어 보느라고 바스락거리는 소리가 희미하게 들리자, 아씨는 조용히 사촌 옆으로 가서 앉는 것이었습니다. 도련님은 몸을 떨며 얼굴을 붉혔습니다. 그의 거칠고 무뚝뚝한 굳은 표정은 말끔히 가셨습니다. 그렇지만 처음에는 아씨의 묻고 싶어 하는 표정이며 속삭이는 듯한 애원에 대답 한마디 해 줄 용기도 내지 못했지요.

"나를 용서해 준다고 말해, 어서, 헤어튼. 네가 그 간단한 말 한 마디만 해 주면 난 너무 행복할 것 같아."

도련님은 들리지 않는 소리로 무엇인가 중얼거렸습니다.

"그리고 내 친구가 되어 주는 거지?" 캐서린 아씨는 잇따라 묻는 것이었습니다.

"아니야! 너는 죽을 때까지 매일 나 때문에 창피할 거야. 난 그게 참을 수 없단 말이야."

"그래서 내 친구가 될 수 없다는 거야?" 아씨는 꿀같이 달콤한 미소와 함께 말하며 도련님에게 바싹 다가서는 것이었습니다.

저에게는 그 이상 확실한 이야기 소리가 들리지 않았습니다. 그러나 다시 돌아보았을 때 그 두 사람은 아주 즐거운 듯한 얼굴로 도련님이 받은 책을 함께 내려다보고 있었습니다. 저는 그걸 보고 양쪽의 협상이 잘 성립되어, 아까까지도 원수였던 사이가 이제부터는 굳은 동지가 됐음이 틀림없다는 걸 알았지요.

그들이 보고 있던 책에는 귀중한 그림이 가득 차 있어서, 그것들에 마음이 끌린 그들은 조지프가 돌아올 때까지도 그대로 움직이지 않고 있었습니다. 그 불쌍한 늙은이는 캐서린 아씨가 헤어튼 언쇼 도련님과 같은 의자에 앉아서 한 손을 도련님의 어깨 위에 올려놓고 있는 광경을 보고 몹시 놀랐습니다. 자기가 아끼는 도련님이 아씨가 가까이 와 앉아 있는 것을 참고 있다는 사실에 어리둥절했던 것이지요. 그는 그 모습에 너무도 심한 충격을 받아 그날 밤에는 그 문제에 대한 이야기를 꺼내지도 못했습니다. 그는 그저 엄숙하게 커다란 성경책을 탁자 위에 펴놓고, 그날 장사의 결과인 때 묻은 지폐를 그 위에 올려놓으며 한숨을 내쉬었지요. 충격을 받은 그의 감정은 다만 그 커다란 한숨으로 드러날 뿐이었습니다. 드디어 그는 헤어튼 도련님을 자기 자리로 불렀습니다.

"이걸 주인어른께 갖다 드려요." 그는 말하는 것이었습니다. "그리고 그 방에 있어요. 나도 내 방으로 올라갈 테니. 또 이 방은 깨끗하지도 않고 우리한텐 마땅치도 않아. 다른 방에 있는 게 좋겠군!"

"이리 오세요, 아씨. 우리도 나가야 되겠어요. 다리미질을 다했으니 이제 갈까요?"

"아직 8시도 안 됐는걸!" 아씨는 마지못해 일어서면서 대답했습니다. "헤어튼, 이 책 난로 선반 위에 놓아두고 갈게. 그리고 내일 다른 책도 좀더 가져올 거야."

"아씨가 놓고 가는 책은 무엇이든 안방으로 가져갈 테니까," 조지프가 말했습니다. "그 책들을 다시 보기란 어려울걸. 그러니 자기가 알아서 할 일이야!"

캐시 아씨는 자기 책을 없애기만 하면 조지프의 책도 가만 두지 않겠다고 위협을 했습니다. 그리고 헤어튼 도련님 옆을 지나면서 미소를 짓고 노래를 부르며 위층으로 올라가는 것이었습니다. 제가 보기에 맨 처음에 린튼 도련님을 찾아왔던 무렵 외에 아씨가 이 집에 온 뒤로 이때처럼 마음이 가볍고 즐거운 때는 없었던 것 같았습니다.

이렇게 시작된 친밀한 정은 급속히 깊어 갔습니다. 일시적인 중단이 더러 있긴 했지요. 언쇼 도련님은 소원대로 곧 교양이 느는 바도 아니었고 또 아씨로 말하면 학자도 아니겠고 본을 받을 만한 인내심이 있는 사람도 아니었으니 말입니다. 그러나 두 분의 마음은 같은 목표를 향했던 것입니다. 한 사람은 상대를 사랑하고 인정해 주려고 마음을 먹고 있었으며, 다른 사람은 상대방을 사랑하고 인정을 받으려는 마음을 먹고 있었으니까요. 그들은 애를 쓴 결과 그 목표에 이르게 되었습니다.

그러니 주인님, 히스클리프 아씨의 마음을 붙드는 일은 퍽 쉬웠던 거죠. 그러나 이제 와서 보니 주인님이 그러시지 않은 게 다행한 일입니다. 제가 지금 무엇보다 바라고 있는 것은 그 두 분이 결합하는 일이니까요. 그분들의 결혼식 날에는 저는 아무것도 부러운 게 없을 거예요. 온 영국 땅에서 저보다 더 행복한 여자는 없을 거랍니다!"

33

그런 일이 있었던 월요일이 지나고 그 다음 날도 언쇼 도련님은 이제껏 그가 늘 하던 일을 할 수 없었고, 따라서 집 안에 남아 있었습니다. 그래서 저는 곧 전처럼 아씨를 제 옆에 있게 할 수는 없겠구나 하는 것을 알았지요.

아씨는 저보다 먼저 아래로 내려가 뜰로 나가더니 그 사촌이 거기서 무엇인가 힘들지 않은 일을 하고 있는 것을 보고 있었습니다. 제가 아침식사가 다 됐다고 그들을 부르러 가서 보니까, 아씨는 사촌을 시켜 까치밥나무와 구스베리가 무성하게 덤불진 곳을 쳐내고 널따랗게 땅을 일구게 해 놓았더군요. 그러고는 둘이서 드러시크로스 저택으로부터 화초를 갖다 심을 계획을 열심히 짜고 있었습니다.

저는 겨우 반 시간 동안에 그렇게 나무들을 쳐내고 땅을 일구어 놓은 것을 보곤 깜짝 놀랐습니다. 까막까치밥나무들은 조지프가 무엇보다도 소중히 여기는 것이었는데, 하필 바로 그 가운데를 골라 화단으로 만들겠다니 말입니다!

"저런! 조지프가 그걸 보면 당장 주인어른께 일러 나와 보시라고 야단일 텐데." 저는 소리쳤습니다. "그리고 누구 맘대로 뜰을 그렇게 손댔느냐고 하시면 어떻게 변명하려구 그러세요? 그 일 때문에 한바탕 벼락이 떨어질 테니 어디 두고 보세요! 헤어튼 도련님도 그렇지, 글쎄 아씨가 말씀하신다고 생각해 보지도 않고 저렇게 파헤쳐 버리면 어떻게 해요!"

"저게 조지프의 것이었다는 걸 깜박 잊었군." 언쇼 도련님은 좀 난처한 듯이 대답했습니다. "하지만 내가 그랬다고 말하지 뭐."

저희들은 언제나 식사는 히스클리프 씨와 함께 했습니다. 저는 차를 끓이고 고기를 써는 주부 노릇을 했어요. 그래서 식사 때는 제가 꼭 있어야만 했지요. 캐서린 아씨는 대개 제 옆자리에 앉아 식사를 했는데 그 날은 살그머니 헤어튼 도련님 쪽으로 가까이 가는 것이었습니다. 아씨는 적의를 나타낼 때도 그랬듯이 친밀한 감정을 보이는 데 있어서도 거침없이 행동하는구나 하는 것을 바로 알 수 있었습니다.

"아씨, 사촌오빠와 말을 너무 많이 하거나 그쪽만을 바라다보는 일은 삼가셔야 해요." 저는 함께 방에 들어가면서 귓속말로 일렀습니다. "그렇지 않으면 틀림없이 히스클리프 씨가 역정을 내고 두 분에게 야단을 칠 테니까요."

"그러지 않겠어." 아씨는 대답했습니다.

방금 그렇게 말하고 나서도 아씨는 도련님에게 살금살금 다가가, 그의 죽이 담긴 접시에다 앵초 같은 것을 꽂아 놓는 것이었습니다.

도련님은 그런 자리에서는 감히 아씨께 말도 걸지 못하고 제대로 쳐다보지도 못했습니다. 그런데도 아씨가 자꾸만 집적거리니까 결국 도련님도 두어 차례 하마터면 웃음을 터뜨릴 뻔했습니다. 제가 눈살을 찌푸렸더니 아씨는 주인쪽을 힐끗 쳐다보았습니다. 그 양반은 얼굴빛으로 보아 함께 있는 우리들보다는 다른 일들에 열중하고 있던 것이 확실했습니다. 아씨는 매우 심상치 않은 표정으로 그 양반의 얼굴을 살피면서 잠시 심각한 얼굴을 하였습니다. 하지만 아씨는 얼굴을 돌리더니 또 장난을 시작하는 것이었습니다. 드디어 헤어튼 도련님은 참았던 웃음을 터뜨리고 말았습니다.

히스클리프 씨가 깜짝 놀라더니 얼른 우리들의 얼굴을 훑어보았습니다. 캐서린 아씨는 그 양반이 지긋지긋하게 싫어하는, 그 초조해 하면서도 해볼 테면 해보라는 듯한 얼굴로 마주보았습니다.

"내 손이 닿지 않는 게 다행인 줄 알아." 그 양반이 소리쳤습니다. "도대체 넌 무슨 마귀가 붙었길래 그 악마 같은 눈깔로 노려보는 거냐? 눈 내려 뜨지 못해! 제발 내 앞에서 네가 있다는 것을 드러내지 말란 말이야. 그 웃는 버르장머리를 고쳐 준 줄로 알았는데!"

"내가 웃었어요." 헤어튼 도련님이 중얼거렸습니다.

"뭐라고?" 주인은 반문했습니다. 헤어튼 도련님은 그저 상 위에 있는 접시를 쳐다보았고 자기가 웃었다는 말을 되풀이하지는 않았습니다.

히스클리프 씨는 잠깐 그를 쳐다보더니 말없이 다시 식사를 계속하며 앞서와 같이 생각에 잠기는 것이었습니다.

식사가 거의 끝나고 두 젊은이도 조심해서 서로 조금 떨어져 앉아 있었습니다. 그래서 저는 아침식사 중에는 이제 다시 소동이 벌어지지 않으리라고 생각했었습니다. 그런데 그때 마침 조지프가 입구에 나타났습니다. 입술이 떨리고 눈매가 사나운 것으로 보아 그의 소중한 나무들을 잘라낸 끔찍한 짓이 발각되었음을 알 수 있었지요.

그는 그것을 알아채기 전에 이미 캐서린 아씨와 그녀의 사촌이 그 근처에 있는 것을 보았음이 틀림없었습니다. 그는 소가 새김질할 때처럼 아래위턱을 움직이고, 알아들을 수 없는 말을 중얼거리며 이렇게 말했습니다.

"난 받을 돈이나 타 가지고 나가야겠습니다! 난 이 댁을 60년 동안이나 모셔 왔으니 이 댁에서 뼈를 묻을 작정이었는데. 그래서 내 책도 다락방에다 끌어다 놓고 자질구레한 소지품도 다 치워 버리구, 부엌은 저들에게 내줄 작정이었습니다. 이 댁이 조용하게끔 말입니다. 내 정든 난롯가를 떠난다는 게 여간 힘든 일이 아니지만 난 그렇게 하려고 했습니다. 그런데 이번에는 저 아씨가 내 정원까지 빼앗아 갔으니 원! 주인님, 난 참지 못하겠습니다요! 주인님은 저런 골칫덩어리를 그냥 놔두려면 그렇게 하십시오. 난 그런 일은 해 본 적도 없구, 늙은 몸에는 새 자리가 쉽사리 익지 않는 법이니깐, 차라리 길가에 나가서 망치라도 두드려 입에 풀칠을 하겠습니다!"

"이봐, 이봐, 천치 같은 영감!" 히스클리프 씨가 말을 막았습니다. "간단히 말해! 도대체 뭐가 못마땅하단 말야? 난 영감과 넬리의 다툼엔 참견하지 않을 테니깐. 넬리가 영감을 석탄광에 처박는대도 내가 알 바 아니란 말야."

"넬리 이야기가 아닙니다요!" 조지프는 대답했습니다. "넬리 때문에 나가지는 않겠습니다요. 심술궂고 몹시 고약스런 여자이긴 합죠만, 다행히도 그 여자는 남의 혼을 빼앗는 사람은 아니거든요! 그 여자야 사내 녀석이 눈짓을 하며 쳐다볼 만큼 잘생긴 사람은 결코 아니란 말씀입니다. 그런데 저 지독하고 타락한 여왕께서 그 대담한 눈초리와 뻔뻔스런 행동으로 우리 도련님을 홀리게 했습죠. 아니! 원! 제 가슴이 미어질 지경입니다요. 도련님은 내가 봐 주고 애써 준 것도 모두 잊어버리고는 뜰에 있는 그 좋은 까치밥나무들을 모두 뽑아 버리지 않았겠습니까!" 조지프는 몹시 속이 상한 데다 언쇼 도련님의 배은망덕과 위태로운 처지를 생각하자 맥이 풀려 마구 울어 대는 것이었습니다.

"이 바보 영감이 술이 취했나?" 히스클리프 씨가 물었습니다. "헤어튼, 저 영감이 너 때문에 저 야단이냐?"

"제가 까치밥나무 두 그룬가 세 그루를 뽑았어요." 젊은이가 대답했습니다. "하지만 다시 심어 놓으려 하는걸요."

"무엇 때문에 나무를 뽑은 거냐?" 주인이 말했습니다.

캐서린 아씨가 약삭빠르게 나섰습니다.

"우리들이 그곳에다 꽃을 좀 심으려고 그랬어요." 아씨가 큰 소리를 치는 것이었습니다. "내가 헤어튼더러 나무를 뽑으라고 시켰으니까 잘못한 건 바로 나예요."

"도대체 어느 놈이 너한테 뜰에 있는 나무토막 하나라도 손대라고 허락하더란 말이냐?" 히스클리프 씨는 무척 놀라며 캐묻는 것이었습니다. "그리고 누가 너더러 저 계집애 말을 들으라고 일렀어?" 그는 헤어튼 도련님을 돌아보며 덧붙였습니다.

헤어튼 도련님은 대답을 하지 못했습니다. 하지만 그의 사촌누이는 그렇지 않았지요.

"당신은 내 땅을 모두 빼앗았으면서 내가 겨우 몇 야드의 땅에 화단을 만든다는데 아까워하는 법이 어디 있어요!"

"뭐, 네 땅이라고? 건방진 년 같으니! 네 땅이 어디 있었단 말이냐!" 히스클리프 씨가 말했습니다.

"그리고 내 돈도 빼앗아 가고서." 아씨는 화가 치밀어 노려보는 그의 눈길을 마주 쏘아보며 아침식사 중에 먹다 남은 빵 조각을 질근질근 씹는 것이었습니다.

"닥쳐!" 그는 소리쳤습니다. "어서 쳐먹고 나가 버려!"

"그리고 헤어튼의 땅도 돈도 다 빼앗구." 그 무모한 아씨는 굽히지 않고 계속했습니다. "이제 헤어튼과 나는 친구가 됐어요. 그러니까 당신에 대한 것을 모조리 헤어튼에게 이야기해 줄 테예요!"

주인양반은 잠시 당황한 모양이었습니다. 얼굴이 새파래지더니 죽이고 싶을 만큼 밉다는 듯한 표정으로 한참 동안 아씨를 뚫어지게 노려보았습니다.

"때리기만 해 보세요. 헤어튼이 아저씨를 때릴 테니!" 아씨가 말했습니다. "그러니 가만 앉아 있어요."

"만일 헤어튼이 너를 밖으로 끌어 내지 않는다면 내 저놈을 때려죽일 테다." 히스클리프 씨는 고함을 쳤습니다. "이 망할 요물 같으니! 네까짓 게 감히 저놈을 꾀어 내게 반기를 들게 해? 저년을 끌어 내! 안 들려? 부엌으로 내쫓으란 말이야! 엘렌 딘, 만일 저년을 다시 내 앞에 나타나게 했다가는 내 저년을 죽여 버릴 테야!"

헤어튼 도련님은 기어들어가는 소리로 애써 아씨더러 나가라고 권했습니다.

"저년을 끌어 내!" 그는 사납게 소리쳤습니다. "더 지껄이고 서 있을 테야?" 그는 자기가 직접 끌어내려고 아씨에게 다가서는 것이었습니다.

"이제부턴 헤어튼은 당신의 말을 듣지 않아요, 악당 같으니!" 캐서린 아씨는 말하는 것이었습니다. "그리고 곧 나와 똑같이 당신을 싫어할걸요!"

"그만둬! 그만두란 말이야!" 도련님이 나무라는 듯이 중얼거렸습니다.

"네가 아저씨한테 그렇게 말하는 걸 듣고 싶지 않아. 그만해 둬."

"하지만 저 사람이 날 때리게 내버려 두진 않을 거지?" 아씨가 소리쳤습니다.

"그만 이리 와!" 도련님은 애를 쓰며 소곤거리듯 말했습니다.

하지만 때는 이미 늦고 말았지요. 히스클리프 씨가 아씨를 붙들었던 것입니다.

"이제 넌 저리 비켜!" 그는 언쇼 도련님에게 소리치고 아씨를 돌아보았습니다. "망할 놈의 이 요물! 이번엔 참을 수 없게 속을 뒤집어 놓는구나. 뒈질 때까지 후회하게 해 줄 테니 어디 두고 봐라!"

그는 아씨의 머리채를 잡았습니다. 헤어튼 도련님은 이번만은 때리지 말라고 애원하면서 머리채를 쥔 손을 떼게 하려고 했습니다. 히스클리프 씨의 검은 두 눈이 번뜩였고, 마치 캐서린 아씨를 갈기갈기 찢어 버리기라도 할 것 같은 태세였습니다. 그래서 저도 위험을 무릅쓰고 아씨를 구하려고 나서려는 참이었는데, 그때 히스클리프 씨가 갑자기 움켜쥐었던 손가락을 풀었습니다. 그리고 아씨의 머리채 대신 팔을 붙들고서 아씨의 얼굴을 뚫어지게 쳐다보는 것이었습니다. 그러고 나서 그는 손으로 두 눈을 가리고 마음을 진정시키려는 듯이 잠시 서 있다가, 다시 캐서린 아씨를 돌아다보며 억지로 목소리를 가라앉혀 말하는 것이었습니다.

"너는 내 화를 돋구지 않도록 해야 돼. 그렇지 않으면 언젠가는 정말로 내가 너를 죽이게 될 테니까! 딘 부인과 함께 나가 있어. 그리고 그 건방진 소릴랑 네 유모에게나 들려주란 말이야. 헤어튼 언쇼 녀석도 말이야, 그 녀석이 네 말을 듣고 있는 것이 내 눈에 띄기만 하면, 제 밥벌이 제가 하도록 내쫓아 버릴 테다! 네가 그 녀석을 사랑하기만 하면 그 녀석은 부랑자가 되고 거지꼴이 될 테니 알아서 해. 빨리 저 애를 데리고 나가. 모두 나가란 말이야! 어서 나가!"

저는 우리 아씨를 데리고 방을 나왔습니다. 우리 아씨는 도망쳐 나오게 된 것이 어떻게나 기뻤던지 말대꾸도 하지 않고 방을 나왔습니다. 언쇼 도련님도 따라 나왔고 히스클리프 씨는 점심때까지 혼자 그 방에 들어앉아 있었습니다.

저는 캐서린 아씨에게 위층에서 점심을 먹도록 했습니다. 그러나 히스클리프 씨는 아씨의 자리가 비어 있는 것을 보자 당장 저더러 아씨를 불러오라고 했습니다. 그러고는 아무에게도 말을 하지 않고 점심도 먹는 둥 마는 둥 하더니, 식사가 끝나자 저녁때까지는 돌아오지 않겠다고 말하면서 곧장 나가 버렸습니다.

친구가 된 두 분은 히스클리프 씨가 없는 동안 거실을 차지하고 있었습니다. 거기서 캐서린 아씨가 히스클리프 씨가 도련님의 아버지에게 한 짓을 다시 들춰내려 하자, 헤어튼 도련님이 아씨를 몹시 나무라는 소리를 들었습니다.

헤어튼 도련님은 히스클리프 씨에 대한 욕을 한 마디도 듣지 않을 것이며, 설령 그가 악마라 하더라도 자기는 아무 상관없고, 그의 편이 될 것이라고 말했습니다. 그리고 아씨가 히스클리프 씨에 대해서 욕하는 소리를 듣느니, 차라리 그전처럼 자기 자신에게 욕하는 것을 듣는 게 낫다고 말하는 것이었습니다.

캐서린 아씨는 이 말을 듣자 슬그머니 약이 오르기 시작했습니다. 그러나 도련님은 만일 자기가 아씨 아버님의 욕을 한다면 어떻겠느냐고 묻는 것으로써 아씨의 말을 막는 방편으로 삼았습니다. 아씨는 언쇼 도련님이 히스클리프 씨에 대한 평판을 제 일처럼 여기고 있으며, 그 둘은 이성의 힘으로 어떻게 할 수 없는 강렬한 유대로 맺어져 있는 관계, 즉 습관으로 다져진 쇠사슬 같은 관계라는 것을 알게 되었습니다. 그러니 그 관계를 끊게 하려는 것은 매우 잔인한 일이라는 것도 곧 깨닫게 되었던 것입니다.

그 뒤로부터 아씨는 히스클리프 씨에 대한 불평도 반감에 찬 표정도 삼가고 선심을 보였습니다. 그리고 저에게 그때까지 히스클리프 씨와 헤어튼 도련님을 이간시키려고 한 것을 뉘우친다고 고백하기도 했지요. 정말로 그 뒤로 아가씨는 헤어튼 도련님이 듣는 데에서 히스클리프 씨에 대한 나쁜 말은 단 한 마디라도 한 일이 없었다고 생각됩니다.

이와 같은 가벼운 말다툼이 끝나자 두 분은 다시 사이좋게 지내면서 학생과 선생이 되는 일에 열심이었습니다. 일이 끝나고 방에 들어가 그들과 함께 앉아서 그들이 하는 짓을 보고 있노라면, 어찌나 위안이 되고 즐거운지 저는 시간 가는 줄을 몰랐습니다. 아시다시피 그들은 어떤 의미에서는 제 친자식들과 같으니까요. 한 분은 제가 오랫동안 자랑으로 여겨 오던 사람이었고, 이제 또 한 분도 틀림없이 그와 똑같은 기쁨이 되어 주리라고 생각했습니다. 도련님의 정직하고 따뜻하고 총명한 성품은 이제까지 그를 둘러싸고 있었던 무지와 퇴보의 어두운 구름을 급속히 물리쳤습니다. 게다가 캐서린 아씨가 진정으로 칭찬해 주었으므로 도련님은 공부에 더욱 분발했지요. 그는 마음이 밝아지니 얼굴도 밝아지게 되었고 그 위에 기운이 솟고 품위가 돋보이게 되었습니다. 그가 언젠가 아씨가 절벽에 소풍갔다 오다가 워더링 하이츠에 들르던 날, 제가 찾아갔을 때 보았던 바로 그 사람이라고는 도저히 생각되지 않았습니다. 제가 흐뭇해서 그들을 바라보고 그들은 그들대로 공부를 하고 있는 동안 어느덧 어둠이 깔리기 시작하였고, 어둠과 함께 주인이 돌아왔습니다. 주인양반은 현관으로 들어서서 불시에 나타나서 우리 중 누구 하나가 고개를 들어 쳐다볼 겨를도 없이 우리 세 사람을 있는 그대로 다 보고 말았습니다.

그런데요, 제 생각으로는 그보다도 더 즐겁고 천진한 광경은 없었던 것 같아요. 그러니 그런 그들을 야단친다거나 하는 것은 말할 수 없이 부끄러운 일일 거예요. 벌겋게 타는 난로 불빛이 그들의 사랑스러운 머리 위에 비치고, 어린애 같은 호기심으로 생기가 도는 얼굴들을 드러나 보이게 했습니다. 그도 그럴 것이 도련님은 스물 세 살이고 아씨는 열 여덟이기는 했지만, 각자가 다 느끼고 배울 새로운 것들이 너무나 많은 상태였습니다. 그래서 두 분 중 누구도 별 흥미가 없어 보이는 어른스런 느낌을 경험해 본 일도 없고 나타내 보인 일도 없었던 것이지요.

그들은 똑같이 눈을 들었는데 히스클리프 씨의 얼굴과 마주치게 되었습니다. 아마 아직 눈여겨보신 일이 없으시겠지만 그 두 사람의 눈은 아주 닮은 데가 있어 돌아가신 아씨의 어머님, 캐서린 언쇼 아씨의 눈 그대로입니다. 지금의 캐서린 아씨는 앞이마가 좀 넓은 것과 콧마루가 조금 휘어진 모양으로, 실제 그녀의 성격이 어떻든 간에 좀 오만하게 보인다는 점과 눈매 이외에는 어머님을 닮은 데가 없습니다. 조카이긴 하지만 헤어튼 도련님이 닮은 데가 훨씬 더 많지요. 볼 적마다 그게 이상하게 여겨졌는데, 그때는 그런 점이 더욱 강하게 눈에 띄더군요. 그건 도련님께서 생각하는 것과 머리 쓰는 것에 전에 없이 활기를 띠고 있었기 때문입니다.

그렇게 아씨를 닮은 점이 히스클리프 씨로 하여금 마음을 너그럽게 한 것이 아닌가 하고 저는 생각합니다.

그 양반은 흥분한 기색을 뚜렷이 보이면서 난롯가로 걸어왔습니다. 그러나 그 젊은이를 쳐다보는 동안에 그런 빛은 곧 가셨습니다. 아니면 그 흥분의 성격이 바뀌었는지도 모르겠어요. 또한 흥분한 기색은 남아 있는 듯했으니까요.

그 양반은 도련님의 손에서 책을 빼앗아 들더니 펴 있는 곳을 그대로 흘끗 보고 나서 아무 말 없이 돌려주었습니다. 그저 캐서린 아씨에게 나가라는 시늉만 하더군요. 도련님도 곧 아씨 뒤를 따라 나갔고 저도 막 나가려고 하는 참인데 저에게는 그대로 앉아 있으라고 하더군요.

"불쌍하게 끝장이 나는군 그래." 그는 방금 눈앞에 벌어진 광경을 보고 잠시 생각에 잠기더니 이렇게 말하는 것이었습니다. "내가 그렇게 맹렬하게 노력한 것이 어떻게 이렇게 터무니없이 끝장이 난단 말이야? 나는 두 집을 부숴 버리기 위해서 지렛대며 곡괭이를 장만해 놓고 헤라클레스와 같이 괴력을 낼 수 있도록 내 자신을 훈련했어. 그런데 막상 만반의 준비를 갖추고 내 힘으로 무엇이든 할 수 있게 되자 어느 쪽 집에서도 기와 한 장 들어내고 싶은 생각이 없어져 버렸어! 나의 옛 원수들은 나를 넘어뜨리지 못했어. 그리고 지금이야말로 내가 그들의 후손에게 복수를 할 때야. 내 힘으로 할 수 있지. 그리고 아무도 막지 못해. 하지만 그래서 무슨 소용이 있겠소? 난 사람을 때리고 싶지가 않아. 손을 휘두르는 것이 귀찮아졌단 말이야! 이렇게 말하니 이제까지의 내 노력이 마치 너그러움의 미덕을 보이기 위한 것이었다는 듯이 들리는데, 그와는 거리가 먼 이야기야. 난 그들의 파멸을 즐길 만한 힘도 없어졌고, 쓸데없이 남을 파멸시킬 생각도 없어졌단 말이야.

넬리, 묘한 변화가 다가오고 있어. 나는 지금 그 변화의 그늘 아래 서 있는 셈이지. 나는 일상 생활에 통 흥미가 없어져서 먹고 마시는 것조차 거의 잊어버릴 지경이야. 지금 방을 나간 저들이 내게 확실한 물체의 형상으로 보이는 유일한 대상이지. 한데 저들의 모습이 몸서리가 날 만큼 괴로움을 준단 말이야. 캐서린에 대해서는 말하지 않겠어. 생각하고 싶지도 않아. 제발 내 눈 앞에 보이지 않았으면 좋겠어. 저 애를 보기만 하면 꼭 미칠 것만 같단 말이야. 헤어튼이란 놈은 좀 다르지. 그런데도 만일 내가 미친 사람처럼 보이지 않고 그렇게 할 수만 있다면, 난 다시는 그 녀석을 보지 않겠어! 넬리는 아마 내가 미쳐가는 게 아닌가 하고 생각할 거야." 그는 애써 미소를 지으려고 하면서 이렇게 덧붙이는 것이었습니다. "만일 내가 그 녀석이 일깨워 주거나 구체화시킨 지난날의 그 수많은 기억이며 생각을 일일이 다 이야기하려고 한다면 말이야. 넬리, 내가 말하는 것을 다른 데에 이야기하진 않겠지. 난 너무 오랫동안 내 마음 안에만 틀어박혀 있었으므로 결국 누구한테고 그걸 털어놓고 싶어졌어.

5분 전까지만 해도 헤어튼이란 놈은 인간이 아니라 내 젊은 시절의 화신 같았어. 난 그놈에 대해 하도 여러 가지 생각이 들어서 그에게 올바른 정신으로는 말을 걸 수가 없을 것만 같았지.

무엇보다 그 녀석은 놀라울 만큼 죽은 캐서린을 닮아서 그 녀석을 보면 무서울 정도로 그녀가 연상된단 말이야. 그런데 그건 넬리가 추측으로 내 상상력에 가장 강력하게 영향을 주리라고 여길 만한 그런 것 때문이 아니야. 사실 내게 있어서 그녀와 관련되지 않은 것이 뭐가 있겠어? 무엇 하나 그녀 생각을 불러일으키지 않는 것이 어디 있어야 말이지! 이 바닥을 내려다보기만 해도 깔린 돌마다 그녀의 모습이 떠오른단 말이야. 흘러가는 구름송이마다, 그리고 모든 나무에, 밤이면 온 하늘에, 낮에는 눈에 띄는 온갖 것 속에 그녀가 있어. 나는 온통 그녀의 모습으로 둘러싸여 있다구! 흔해빠진 남자와 여자의 얼굴들, 심지어 내 자신의 모습마저 그녀의 얼굴을 닮아 가지고 나를 비웃거든. 온 세상이 그녀가 전에는 살아 있었고 나는 그녀를 잃었다는 무서운 기억의 진열장이란 말이야!

그런데 헤어튼의 모습은 내 불멸의 사랑, 내 권리를 찾기 위한 지독한 노력, 나의 타락, 자존심, 행복, 그리고 내 고뇌의 망령이었어.

이런 생각들을 넬리에게 되풀이 이야기하는 것은 미친 짓이지. 다만 내가 언제나 혼자 있는 것이 내키지 않더라도 그와 함께 있지 않으려 하는 이유는 알 수 있을 거야. 그가 옆에 있으면 도리어 겪고 있는 끊임없는 괴로움이 더욱 심해진다구. 내가 그 녀석과 그 사촌이 어떻게 어울리건 무관심하게 된 것도 한편은 이런 것에 원인이 있는 거지. 나는 이 이상 더 그 애들한테 신경을 쓸 수 없게 됐어."

"하지만 다가오고 있다는 변화란 무엇을 말하는 거지요, 히스클리프 씨?" 저는 그의 태도에 놀라 말했습니다. 그러나 제 생각으로는 그는 정신을 잃을 염려도 없고 죽을 것 같지도 않았습니다. 오히려 아주 힘 있고 건강해 보였지요. 그리고 그의 근본 성격에 대해서 말하자면, 그는 어렸을 때부터 어두운 생각에 잠기기를 좋아했고 기묘한 공상을 즐겨 했답니다. 돌아가신 애인의 일에 대해서는 너무나 외곬으로 파고들었는지 모르지만, 그 밖의 다른 점에서는 그의 생각도 저와 마찬가지로 이상한 점이라고는 없었습니다.

"변화가 생길 때까지는 나도 알 수 없을 거야," 그는 말하는 것이었습니다. "지금은 다만 어렴풋이 변화가 오리라는 것을 의식하고 있을 뿐이야."

"어디 편찮으신 것 같진 않아요?" 제가 물었습니다.

"아니야, 넬리, 그렇진 않아." 그는 대답했습니다.

"그럼, 죽음이 두렵지는 않으세요?" 다시 물었습니다.

"죽음이 두렵다고? 천만에!" 그분은 대답하는 것이었습니다. "난 죽음에 대한 두려움도 없거니와, 그런 예감도, 죽었으면 좋겠다는 희망 같은 것도 없어. 왜 죽는단 말이야? 이렇게 튼튼한 몸에 절제 있는 생활을 하고 위험한 직업에 종사하고 있는 것도 아니니, 마땅히 내 머리에서 검은 머리카락이 없어질 때까지 살아 있어야지. 하지만 이런 상태로 계속 살 수는 없어! 난 숨을 쉬는 것도 잊을 지경이야. 심장의 고동마저도 애써 뛰게 해야 할 판이라구! 마치 뻣뻣한 용수철을 뒤로 젖혀 놓은 것 같아. 내 머릿속을 채운 그 생각에 자극받지 않으면 아무리 사소한 행동도 억지로 하게 되고, 내 마음 속에 꽉 찬 그 모습과 관계가 없는 것은 산 것이든 죽은 것이든 억지로 주의하지 않으면 알 수 없단 말이야! 나는 오직 한 가지 소원이 있는데, 나의 온몸과 능력이 그것을 성취하기를 열망하고 있지. 얼마나 오랫동안, 얼마나 꿋꿋하게 그것을 열망했던지 나는 그 성취를 꼭 믿고 있어. 그것도 얼마 있지 않아서 이루어질 거라고 말이야. 그것을 위해 나는 내 생애를 바쳐 왔어. 나의 소원이 성취되리라는 기대가 내 존재를 집어삼켜 버린 거야.

고백한다고 해서 구제를 받는 건 아니지. 그러나 그 고백이 지금까지 내가 보여 준 설명할 수 없는 면에 대한 설명은 될 거야. 아, 젠장! 오랜 싸움이었지. 이제 끝장이 났으면 좋겠어!"

그는 끔찍한 말을 혼자 중얼거리면서 방안을 왔다갔다하기 시작했습니다.

조지프가 말한 것처럼, 저도 히스클리프 씨의 양심이 그의 마음을 생지옥으로 변하게 한 것이라는 생각이 들었습니다. 그래서 저는 이 모든 일이 어떻게 끝이 날 것인지 몹시 궁금해졌습니다.

그는 그제까지 그런 그의 마음을 실토한 적은 물론, 얼굴에 나타낸 일조차도 거의 없었습니다. 하지만 그가 털어놓은 것이 그의 평소의 마음이었음은 틀림없습니다. 자신도 분명히 그렇게 말했으니까요. 그러나 그의 일상적 태도로는 아무도 그렇다는 사실을 짐작하지 못했을 것입니다. 주인님 또한 그분을 보았을 때 그렇게 생각하시지 않았을 테지요. 그리고 제가 지금 말씀드리고 있는 그 무렵에도 그분은 주인님이 만난 때와 똑같았습니다. 계속 외롭게 지내는 걸 좋아할 뿐, 사람들 앞에서는 더더욱 말수가 적었던 것입니다.

34

그날 저녁부터 며칠 동안 히스클리프 씨는 식사 때 우리들과 만나는 것을 피했습니다. 그런데도 헤어튼 도련님과 캐시 아씨를 구태여 다른 데서 식사를 들게 하지는 않았습니다. 그는 아주 완전히 자기 감정대로 내맡기는 것을 싫어하는 면이 있어, 도리어 자기 자신이 식사를 거르는 편을 택했지요. 하루 한 끼만 먹으면 충분히 버틴다는 배짱인 모양이었습니다.

어느 날 밤, 식구들이 모두 잠든 뒤에 그가 아래로 내려가더니 현관문으로 나가는 소리가 났습니다. 저는 다시 들어오는 소리를 듣지 못하고 잠이 들었는데, 아침에 일어나 보니 그는 그때까지 들어오지 않았더군요.

마침 4월이라 날씨가 고르고 따뜻해서 잔디는 봄비와 햇볕을 듬뿍 받아 한결 푸르렀고, 남쪽 담 가까이에 있는 두 그루의 키 작은 사과나무에는 꽃이 흐드러지게 피었지요.

아침식사를 마치자 캐서린 아씨는 제게 집모퉁이에 있는 전나무 아래로 의자를 가지고 가서 거기 앉아 일을 하라고 졸랐습니다. 그리고 상처가 다 나은 헤어튼 도련님을 꾀어 거기를 파서 아씨의 조그만 꽃밭을 만들도록 하는 것이었습니다. 조지프가 난리를 치는 바람에 그 모퉁이로 꽃밭자리를 옮긴 것이지요.

저는 아름답고 부드러운 푸른빛이 도는 하늘을 머리 위에 이고 사방에서 풍기는 봄향기에 기분 좋게 취해 있었습니다. 그런데 아씨가 작은 꽃밭 가에 심을 앵초꽃 뿌리를 캐러 대문께로 뛰어 내려갔다가, 겨우 반쯤밖에 캐지 못하고 돌아와서는 히스클리프 씨가 돌아온다고 알려 주는 것이었습니다.

"그런데 나한테 말을 거는 거야." 아씨는 난처한 표정을 지으며 덧붙이는 것이었습니다.

"뭐라고 해?" 헤어튼 도련님이 물었습니다.

"어서 저리 가라고 했어." 아씨는 대답했습니다. "그런데 얼굴이 여느 때와는 아주 딴판이라 잠깐 서서 쳐다보았지 뭐야."

"어떻게 딴판이야?" 도련님이 물었습니다.

"글쎄, 명랑하고 쾌활한 정도야. 아니, 그런 정도가 아냐. 아주 몹시 흥분해서 어쩔 줄 모를 만큼 기쁜 표정이었어!" 아씨가 대답했습니다.

"그럼, 밤의 산책이 즐거웠던 모양이군요." 저는 별로 관심이 없는 척하며 말했습니다. 사실은 저도 아씨 못지않게 놀랐고, 아씨의 말이 정말인지 꼭 확인해 보고 싶었지요. 왜냐하면 그가 기쁜 표정을 짓는다는 것은 그리 흔히 볼 수 있는 일이 아니었기 때문이었습니다. 그래서 저는 안으로 들어갈 구실을 생각해 냈습니다.

히스클리프 씨는 열린 문 옆에 서 있었는데 얼굴이 해쓱한 데다 몸을 떨고 있었습니다. 그런데 과연 그의 눈에는 이상하게 기쁨에 찬 빛이 서려 있었고, 그 때문에 얼굴 모습이 몰라보게 달라보였습니다.

"아침을 좀 드셔야죠?" 제가 말했습니다. "밤새 거니셔서 시장하실 텐데요."

저는 그가 어디를 갔다 왔는지 알고 싶었으나 당장 그 말을 묻지는 않았습니다.

"아니, 시장하지 않아." 그는 마치 제가 자기의 기분이 좋은 원인을 캐내려고 한다는 걸 알아차리기라도 한 듯이, 좀 무시하는 투로 말하면서 머리를 돌리며 대답하는 것이었습니다.

저는 좀 난처했습니다. 저는 한마디 충고를 하고 싶었는데 그 시기가 알맞은 기회인지 어떤지를 몰랐던 것입니다.

"밤중에 밖으로 나다니시는 건 좋지 않아요," 저는 말했습니다. "주무시지도 않고 말이에요. 어쨌든 요즘같이 습기가 많은 철에 그러시는 건 좋은 생각이 아니세요. 잘못하면 감기가 드시거나 열병이 나십니다. 지금도 좀 이상하게 보이는걸요."

"아무것도 아냐. 견딜 수 있어. 그리고 넬리가 나를 내버려 두기만 하면 난 얼마든지 기쁘게 참는단 말이야. 어서 안으로 들어가요. 그리고 나를 성가시게 하지 말아."

저는 그대로 들어갔습니다. 그리고 옆을 지나가면서 그가 고양이처럼 숨을 가쁘게 쉬고 있다는 것을 알았습니다.

'아!' 저는 혼자 생각했습니다. '또 병이 나겠구나. 무엇을 하고 있는지 도무지 알 수 없군.'

그날 낮에 그는 우리들과 함께 식사를 하려고 자리에 앉았는데, 마치 아침을 먹지 않은 것을 보충하려는 듯이 가득히 담긴 접시를 받아드는 것이었습니다.

"난 감기도 들지 않았고 열병에도 걸리지 않았어, 넬리." 그는 아침에 제가 한 말에 넌지시 빗대어 말하는 것이었습니다. "넬리가 가져온 식사를 마음껏 먹을 작정이야."

나이프와 포크를 들고 막 먹기 시작하려는 참에 그는 갑자기 먹고 싶은 생각이 다시 없어지는 모양이었습니다. 그는 손에 들었던 나이프와 포크를 식탁 위에 놓고 정신없이 창께를 쳐다보더니 일어나서 밖으로 나가 버렸지요. 우리가 식사를 하는 내내 뜰을 이리저리 왔다갔다하는 그의 모습이 보였습니다.

그런데 언쇼 도련님이 왜 식사를 않는지 가서 물어보겠다고 했습니다. 도련님은 그가 무엇인가 우리들 때문에 속이 상한 거라고 생각했던 것입니다.

"그래, 들어온대?" 캐서린 아씨는 사촌이 돌아오자 큰 소리로 물었습니다.

"아니," 도련님이 대답했습니다. "그런데 성이 난 건 아니야. 정말로 이상하게 유쾌해 보이던데. 그저 내가 두어 차례 말을 건넨 것을 성가시게 생각했을 뿐이었어. 그리고 너한테 가 있으라고 말하면서, 나더러 어쩌면 그렇게 남들과 함께 있고 싶어하는지 모르겠다는 거야."

저는 그 양반의 음식이 식지 않도록 접시를 난로 가리개 위에 갖다 놓았습니다. 그는 한두 시간 있다가 제가 방을 치웠을 때 다시 들어왔는데, 그 흥분은 조금도 가라앉지 않은 모습이었습니다. 여전히 어색한, 그건 사실 어색한 표정이었습니다. 기쁨의 표정이 그의 검은 눈썹 아래에 어려 있었던 것입니다. 여전히 얼굴에는 핏기가 없었고 가끔 가볍게 웃을 때면 이가 드러나 보였지요. 그는 몸을 떨고 있었는데, 사람이 춥거나 몸이 쇠약해지면 떨 듯 그렇게 떠는 것이 아니라, 팽팽하게 당긴 줄이 떨리듯이, 떨리기보다는 짜릿짜릿하게 저려오는 모양이었습니다.

저는 웬일로 그러느냐고 물어보리라 생각했습니다. 그렇지 않으면 누가 물어보겠어요? 그래서 저는 큰 소리로 말했습니다.

"무슨 좋은 소식이라도 들으셨나요, 히스클리프 씨? 여느 때와 달리 기운이 나 보이시네요."

"나 같은 사람한테 좋은 소식이 올 데가 있나?" 그는 말했습니다. "난 굶어서 기운이 나게 됐어. 그러니 계속 먹지 말아야 할 모양이야."

"여기 있는데." 저는 되물었습니다. "왜 안 드세요?"

"지금은 먹고 싶지 않아," 그는 빨리 중얼거리듯 말했습니다. "저녁이나 먹지 뭐, 그런데 넬리, 마지막으로 부탁하겠는데, 헤어튼과 캐서린에게 내 곁에 오지 말라고 좀 일러 줘요. 아무한테도 신경을 쓰지 않게 했으면 좋겠어. 여기 나 혼자 좀 있게 해 주면 좋겠단 말이야."

"다 나가라고 하시니 무슨 새로운 이유라도 있으신가요?" 저는 물었습니다. "히스클리프 씨, 왜 그렇게 이상한 모습을 하고 계시는지 말씀 좀 해 보세요. 어젯밤에는 어딜 가셨었나요? 전 쓸데없는 호기심으로 물어보는 것이 아니라……."

"그거야말로 아주 쓸데없는 호기심으로 묻는 말인걸." 그는 소리내어 웃으면서 제 말을 막는 것이었습니다. "그건 그렇고, 내 말해 주지. 나 어젯밤엔 말이야, 지옥의 문턱까지 갔었어. 오늘은 나의 천국이 보이는 곳에 있지만 말이야. 난 지금 천국을 눈앞에 보고 있는 거야. 불과 3피트밖에 떨어져 있지 않아! 자, 그만 가는 게 좋을 거야. 꼬치꼬치 캐지만 않는다면 어떤 무서운 꼴을 보지도 듣지도 않을 테니까."

저는 난로 청소를 하고 상을 치운 다음 전보다 더욱 착잡한 마음으로 방을 나왔습니다.

그는 그날 오후에는 다시 거실을 떠나지 않았고 아무도 그의 고독을 방해하지 않았습니다. 하지만 저는 그가 부르지 않았어도 8시에는 촛불과 저녁 식사를 가지고 그에게로 가는 게 옳겠다는 생각이 들었습니다.

그는 덧문이 열려 있는 창가에 서서 벽에 달린 선반에 기대고 서 있었는데, 밖을 내다보고 있지는 않았습니다. 얼굴은 침침한 방 안쪽으로 돌리고 있었습니다. 다 타고 불이 꺼진 난로에서는 연기만 피어올랐고, 방안은 구름이 낀 저녁 무렵의 습하고 후덥지근한 공기로 가득 차 있었습니다. 그리고 어찌나 조용한지 저 아래 기머튼 쪽으로 졸졸 흘러내리는 시냇물 소리가 들려오고 있었지요. 아니, 그냥 들리기만 하는 것이 아니라 잔물결 소리와 자갈 위와 물속에 묻히지 않은 커다란 돌 사이를 콸콸 흐르는 물소리를 분간할 수 있을 정도였지요.

저는 불이 다 꺼진 탄반이를 보고서 불만을 터뜨리고 창문을 차례차례 닫아 나가다가 마침내 그가 기대고 서 있는 곳까지 갔습니다.

"이 문도 닫아야 되겠지요?" 저는 그가 꼼짝도 하려 들지 않기 때문에 정신이 들게 하려고 이렇게 물었습니다.

제가 이렇게 말하는데 갑자기 불빛이 그 양반의 얼굴을 반짝 비췄습니다. 정말이지 저는, 그 순간에 비친 그 양반의 얼굴을 보고 얼마나 놀랐는지 이루 다 말할 수가 없습니다. 그 깊이 파인 검은 눈, 그 미소와 오싹 소름이 끼칠 만큼 해쓱해진 얼굴. 그건 히스클리프 씨가 아니라 귀신의 모습이었습니다. 저는 그만 무서워서 촛불을 벽 쪽으로 쓰러뜨리고 말았습니다. 그래서 방안이 어둡게 되어 버렸지요.

"그래, 닫아요," 그는 귀에 익은 목소리로 대답했습니다. "저런, 거 정말 바보 같은 짓을 하는군! 왜 촛불을 눕히고 야단이야? 어서 다른 촛불을 가져와."

저는 바보스럽게 놀라서는 뛰어나와 조지프에게 말했습니다.

"주인양반이 촛불을 가져오고 난로에 불을 피우래요." 그때 저는 아무래도 다시 들어갈 용기가 나질 않았으므로 조지프를 대신 들여보낸 것입니다.

조지프는 떨거덕거리며 불붙은 탄을 부삽으로 퍼 가지고 거실로 갔습니다. 그러고는 곧 부삽을 들지 않은 다른 한 손에 저녁식사를 놓아 둔 쟁반을 들고 나왔습니다. 히스클리프 씨가 잠자리에 든 참이니 다음날 아침까지는 아무것도 먹지 않겠다고 했다는 것이었습니다.

우리는 히스클리프 씨가 곧장 계단을 올라가는 소리를 들었습니다. 그런데 그는 여느 때 쓰던 침실로 가지 않고, 판자로 둘러친 침대가 있는 방으로 들어가는 것이었습니다. 그 방의 창문은 먼저도 말씀드린 것처럼 아무라도 나갈 수 있을 만큼 넓습니다. 그래서 제 머리에는 언뜻 그가 우리들이 눈치 채지 못 하게 하고서 또 밤중에 외출을 할 작정이구나 하는 생각이 떠올랐습니다.

'도대체 시체를 파먹는 귀신인지, 흡혈귀인지?' 저는 생각에 잠겼습니다. 사람의 탈을 쓴 그런 끔찍스런 귀신이 있다는 걸 책에서 읽은 일이 있었거든요. 그 다음 저는 어렸을 적에 그를 돌봐 준 일이며 그의 청년 무렵을 떠올려 보았고, 또 그의 일생을 통해서 일어난 일들을 돌이켜 보았습니다. 그러자 그런 끔찍스런 생각을 한다는 게 얼마나 어처구니없는 일인가 하는 생각이 들었습니다.

'하지만 사람 좋은 언쇼 영감님이 데려다 길러 결국 재앙의 씨가 된 저 검은 어린애는 도대체 어디서 온 것일까?' 졸면서 저는 어렴풋이 이런 미신 같은 생각을 했습니다. 그리고 꿈을 꾸듯이 그에 어울릴 법한 혈통 같은 것을 싫증이 날 만큼 이리저리 상상해 보기 시작했습니다. 그리고 다시 말짱한 정신이 들어 그의 생애를 침울한 것들까지 다시 처음부터 훑어보았습니다. 마지막으로 저는 그의 죽음과 장례 같은 것까지도 마음속으로 그려 보았습니다다. 그 상상 중에서 제가 기억할 수 있는 것은 그의 비석에 새길 비문을 쓰는 것이 몹시 골치 아픈 일이라서 묘지기와 의논을 한 것과 그는 성이 없고 나이도 알 수 없으므로 묘비명에는 어쩔 수 없이 단 한 마디 '히스클리프'를 쓸 수밖에 없다는 것입니다. 이 일은 뒤에 실지로 일어났고, 우리는 지금 말씀드린 그대로 했습니다. 혹 묘지에 가 보시면 그의 비석에는 그렇게 이름과 죽은 날짜만이 새겨진 것을 보실 수 있을 것입니다.

날이 샐 무렵이 되어 저는 제 정신이 들었습니다. 자리에서 일어나 앞이 보일 만큼 훤해지자마자, 그의 방 창 밑에 발자국이 있는지 알아보려고 마당으로 나갔지요. 그러나 아무런 자국도 없었습니다.

'집에 있었구나. 오늘은 별일 없겠군!'

저는 여느 때나 다름없이 식구들의 아침식사를 준비하여, 헤어튼 도련님과 캐서린 아씨에게 그는 늦을 테니 먼저 먹도록 일렀습니다. 그들이 바깥에 나가 나무 아래서 먹겠다고 하여 저는 두 사람에게 알맞은 조그만 탁자를 갖다 주었지요.

제가 다시 안에 들어오니까 히스클리프 씨가 내려와 있었습니다. 그는 방 안에서 조지프와 무슨 농장 일에 대한 이야기를 하는 중이었지요. 그런데 의논하고 있던 일에 관해서는 분명하고 세세하게 지시를 하고 있었으나, 말투가 몹시 급했으며 연방 고개를 옆으로 돌리는 것이 여전히 흥분한 표정이었고, 그것은 전보다 더욱 심했습니다.

조지프가 방을 나가자 그는 자신이 늘 앉는 자리에 와 앉았고 저는 커피 잔을 그의 앞에 갖다 놓았습니다. 그러자 그는 그것을 끌어당기더니 두 팔을 탁자 위에 올려놓고 맞은편 벽을 쳐다보았습니다. 제가 보기에는 번쩍거리면서도 불안스런 눈초리로 벽 어느 한 부분을 아래위로 훑어보고 있는 모양이었습니다. 그런데 얼마나 열심히 쳐다보는지 30초 동안 숨을 쉬지 않은 채로 있을 정도였어요.

"이제 그만," 저는 빵을 그의 손에 닿을 만큼 밀어 놓으면서 큰 소리로 말했습니다. "식기 전에 이걸 좀 드세요. 차려놓은 지가 한 시간이 다 되어 가는데."

그는 제 말은 들은 척도 하지 않으면서도 싱글싱글 웃는 것이었습니다. 그가 그렇게 싱글싱글 웃는 것을 보는 일은 차라리 이를 가는 것을 보느니만 못했습니다.

"이거 보세요, 히스클리프 씨!" 저는 소리질렀습니다. "제발 그렇게 헛것이라도 보는 듯이 노려보지 마세요."

"그렇게 큰 소리로 떠들지 좀 말아," 그는 대답하는 것이었습니다. "좀 둘러보고 말해 봐요. 우리 두 사람뿐이오?"

"물론이지요," 저는 대답했습니다. "물론 우리 둘뿐이에요."

그러면서도 저는 혹 누가 있지나 않나 하여 그 양반의 말에 따라 본의 아니게 방을 둘러보았습니다.

그 양반은 차려놓은 아침상을 한 손으로 밀어 앞을 비워 놓고, 더 잘 볼 수 있게 앞으로 몸을 기대는 것이었습니다.

그제야 저는 그가 벽을 쳐다보고 있는 게 아니라는 것을 알아차렸습니다. 왜냐하면 그를 주의해서 보니, 분명 2마일쯤 거리를 두고 있는 무엇인가를 응시하고 있는 듯했으니까요. 그리고 응시하고 있는 것이 무엇이든지간에 틀림없이 아주 굉장한 즐거움과 괴로움을 아울러 주고 있는 것 같았습니다. 괴로움이 어리면서도 황홀해진 표정을 띤 그의 얼굴이 그것을 암시하고 있었지요.

넋을 잃고 바라다보는 그 대상은 또한 고정되어 있지 않았나 봅니다. 두 눈은 지칠 줄 모르고 주의 깊게 그것을 쫓고 있었으며, 심지어 제게 이야기할 때도 결코 눈을 떼지 않았습니다.

저는 그렇게 오랫동안 식사를 하지 않으면 어떻게 되느냐고 주의를 줬으나 허사였습니다. 제 잔소리가 귀찮아서 무엇인가 만지려거나 빵 조각을 집으려고 내밀었던 손은 그 끝에 뭔가 닿기도 전에 틀어쥐어졌고, 무엇을 하려고 했던가를 잊어버린 채 탁자 위에 그대로 놓여 있을 뿐이었습니다.

저는 참을성의 본보기를 보이는 것처럼 꾹 참고 앉아서 넋을 잃고 생각에 잠겨 있는 그의 마음을 돌려 보려고 했습니다. 결국 그는 짜증을 내며 일어서더니 왜 식사를 할 때마다 자기 혼자만의 시간을 가질 수 있게 내버려 두지 않느냐고 물으면서, 다음부터는 저더러 시중을 들 필요가 없으니 음식이나 차려놓고 나가라는 것이었습니다.

이렇게 말하고 나서 그는 거실을 나가 느릿느릿 어슬렁거리며 뜰 길을 내려가더니 대문을 지나 어디론지 사라져버렸습니다.

불안스러운 몇 시간이 기어가듯 천천히 지나가고 다시 저녁이 되었습니다.

저는 늦게까지 자리에 들지 않고 있었지만 막상 침대에 누우니 잠이 오지 않았습니다. 그는 자정이 지나서야 돌아왔는데, 올라가 자질 않고 아래층 방에 틀어박혀 있었습니다. 저는 아래에 귀를 기울이며 이리저리 몸을 뒤치다가 결국 옷을 주워 입고 아래로 내려갔습니다.

하염없이 온갖 불안한 생각에 골머리가 아프고 어찌나 지겹던지 자리에 그대로 누워 있을 수가 없었습니다. 초조하게 방안을 왔다갔다하는 히스클리프 씨의 발자국 소리가 들렸습니다. 그리고 이따금 신음소리에 가까운 깊은 한숨이 적막을 깨고 들려왔습니다. 그는 또 드문드문 알아들을 수 없는 말을 한마디씩 중얼거렸습니다. 제가 알아들을 수 있는 말이라고는 오직 캐서린이라는 이름뿐이었는데, 그 이름의 앞뒤에는 그리움과 괴로움이 뒤섞인 조금 거친 말이 함께 오는 것이었습니다. 그리고 그런 말들은 마치 앞에 사람을 두고 하는 것처럼 들렸습니다. 낮은 소리로 진지하게 가슴속 깊이 우러나오는 말이었지요.

저는 곧장 그 방으로 들어갈 용기가 나질 않았습니다. 그러나 그를 환상으로부터 깨워주고 싶었습니다. 그래서 부엌에 있는 난롯불을 흔들어 대고는 타고 남은 재의 찌꺼기를 달그락달그락 긁기 시작했습니다. 그것이 제가 예상했던 것보다도 쉽게 그를 끌어낼 수 있었습니다. 그는 대뜸 문을 열더니 이렇게 말하는 것이었습니다.

"넬리, 이리 와. 날이 샜나? 불을 가지고 이리 좀 들어와."

"4시를 치는군요." 저는 대답했습니다. "위층으로 가지고 가실 촛불이 있어야 할 텐데. 이 불에다 붙이시지요."

"아냐, 위층으로 가고 싶지 않아." 그는 말하는 것이었습니다. "들어와, 여기에도 불을 좀 피워 줘야겠어. 이 방에서 할 일이 있거든."

"불을 옮기기 전에 먼저 탄에 붙여야겠어요." 저는 의자와 풀무를 갖다 놓으면서 대답했습니다.

그 사이에 그는 거의 정신이 나간 상태로 이리저리 왔다갔다하면서, 정상적인 숨은 쉴 겨를도 없이 무거운 한숨을 내리쉬고 있었습니다.

"날이 새면 그린을 불러봐야겠어." 그는 말했습니다. "내가 법률적인 문제에 대해서 제대로 생각을 할 수 있고, 또 조용히 몸을 움직일 수 있는 동안에 그에게 무얼 좀 물어봐야 돼. 나는 아직 유언을 써놓지 않았고, 또 내 재산을 어떻게 처리해야 할지 결정을 못했거든! 그런 재산 같은 건 이 세상에서 아주 모두 없애 버릴 수 있다면 좋겠는데 말이야."

"전 그런 이야기는 하고 싶지 않아요, 히스클리프 씨," 제가 말을 가로막았습니다. "유언 같은 건 좀더 있다 하세요. 아직 그 많은 잘못을 뉘우칠 여유는 있으니까요! 전 히스클리프 씨의 정신에 이상이 생기리라고는 생각조차 못했어요. 그런데 요새 와서는 정말 이상하세요. 그건 거의 모두가 히스클리프 씨 자신의 잘못 때문에 그렇게 된 것이지만 말이에요. 요즘 사흘 동안 히스클리프 씨가 지내신 식으로 산다면 타이탄 같은 거인도 견뎌내지 못할 거예요. 뭘 좀 드시고 좀 쉬세요. 스스로에게 얼마나 식사와 잠이 필요한지 알기 위해서 거울에 자신의 모습을 좀 비춰 볼 필요가 있을 것 같아요. 히스클리프 씨의 볼은 푹 꺼지고, 두 눈엔 핏발이 섰어요. 마치 굶주려 죽어가는 사람이나, 잠을 못 자서 눈이 멀어 가는 사람처럼 말이에요."

"내가 먹지 못하고 잠을 자지 못하는 것은 내 잘못이 아냐." 그는 대답하는 것이었습니다. "분명히 이야기해 두지만 일부러 계획적으로 그러는 게 아니란 말이야. 할 수만 있으면 언제라도 먹기도 하고 잠도 자겠어. 그런데 지금 넬리가 하는 말은 마치 물에 빠져 허우적거리다가 한 팔만 뻗으면 기슭에 닿을 판인데 그대로 쉬라는 거나 같은 이야기야! 난 먼저 기슭에 닿은 다음에 쉬어야겠어. 그런데 그린 씨를 부르는 것은 그만두지. 그리고 내 잘못에 대해서 뉘우치라고 하지만 난 잘못한 것이 없으니 아무것도 뉘우칠 게 없어. 난 너무 행복해. 하지만 충분히 행복하진 않지. 내 영혼의 행복은 내 몸을 죽이고 있지만 영혼 자신은 만족하지 못하거든."

"행복하시다구요?" 저는 소리질렀습니다. "괴상한 행복도 다 있군요! 만일 히스클리프 씨가 화를 내지 않고 내 이야기만 들어 주신다면 더욱 행복해질 수 있는 충고를 해 드리겠어요."

"무슨 충고인데?" 그가 물었습니다. "해 봐."

"히스클리프 씨 자신이 알고 계실 거예요." 저는 말했습니다. "히스클리프 씨는 열세 살 때부터 자기만을 위한 생활을 하셨고, 기독교 신자답지 않은 생활을 해 오신 거예요. 아마 그동안 내내 한 번도 성경이란 것엔 손을 대지도 않으셨을 거구요. 히스클리프 씨는 틀림없이 성경에 무엇이 씌어 있는지도 다 잊어버렸을 겁니다. 그리고 이제는 그걸 뒤적거릴 여유도 없으시지요. 어느 분이고 간에, 어느 교파든 그건 관계없으니까, 목사님 한 분 불러서 성경 말씀을 들으세요. 이제까지 히스클리프 씨가 얼마나 성경 말씀과 동떨어진 잘못된 생활을 해 왔는지 돌이켜보셔야 해요. 그러니 만일 이제라도 돌아가시기 전에 마음을 고치시지 않는다면 하느님의 천당에는 도저히 갈 자격이 없으시다는 말씀을 들으시는 것도 해롭지는 않을 거예요.”

“넬리, 화를 내다니! 오히려 고마운 일이지.” 그는 그렇게 말하는 것이었습니다. “내 희망대로 묻힐 수 있는 길을 넬리가 이야기해 주니 말이야. 내 시체는 저녁에 교회 묘지로 옮길 일이야. 될 수 있으면 넬리와 헤어튼이 따라오면 좋겠어. 그리고 특히 내가 일러둔 대로 내 관을 처리하도록 묘지기에게 주의를 주는 것을 잊지 말아요! 목사는 올 것 없고, 설교 같은 걸 할 필요도 없어. 사실 나는 내가 바라는 천국에 거의 와 있으니까. 그리고 남들이 원하는 천국은 내게는 아무 소용도 없고 또 가고 싶지도 않아!”

“그런데 그렇게 끝끝내 고집을 부리시고 아무것도 드시지 않다가 그 때문에 돌아가시게 되고, 또 교회 묘지에 묻히는 걸 거절당하면 어떻게 하지요?” 저는 그의 믿음이 없는 냉담함에 화가 나서 말했습니다. “그렇게 되면 어떻게 하시겠어요?”

“거절하지 않을 거야.” 그는 대답했습니다. “만일 거절한다면 넬리가 몰래 주선을 해 줘야지. 만일 그렇게 해 주지 않는다면, 내가 사람은 죽어도 아주 없어지는 게 아니라는 것을 실제로 보여 줄 테야!”

다른 식구들이 일어나는 소리가 나자 곧 그는 자기 방으로 물러갔고 저는 좀 자유롭게 숨을 쉴 수 있었습니다. 그러나 오후에 조지프와 헤어튼이 나가 일을 하고 있는 동안 그는 다시 부엌으로 들어왔습니다. 그러고는 험상궂은 얼굴로 저더러 거실에 들어와 앉으라고 말하는 것이었습니다. 아무라도 자기 옆에 와 있어 주었으면 좋겠다는 것이었지요.

저는 그의 이상스런 말과 태도가 무서워서 혼자서는 그의 말벗이 될 용기가 없거니와 그럴 생각이 없다고 솔직하게 말하고 거절했습니다.

“넬리는 나를 악마로 생각하는 거지.” 그는 그 음흉한 웃음을 웃으면서 말하는 것이었습니다. “이를테면 너무 끔찍해서, 점잖은 집에서는 살 수 없는 존재로 여기는 게지!”

그러고 나서 그는, 거기에 있다가 자신이 가까이 오자 제 뒤로 몸을 피하는 캐서린 아씨를 보고 반쯤 비웃는 어조로 말하는 것이었습니다.

"어때, 네가 오지 않을래? 괴롭히지는 않을 테니. 그렇지! 너에겐 내가 악마보다도 더 심하게 굴었지. 좋아, 내 말벗이 되는 것을 꺼리지 않을 사람이 한 사람 있지! 원, 참! 저 여잔 매정해. 에이, 망할! 얼마나 지독한지 보통 사람은, 아니 나 같은 사람조차도 도저히 참을 수 없단 말이야."

그는 그 이상 누구에게도 함께 있어달라는 말을 하지 않았습니다. 그리고 날이 어두워지자 자기 방으로 돌아갔지요. 밤새도록 그리고 아침이 다 될 때까지 그가 혼자서 신음하고 중얼거리는 소리가 들려왔습니다.

헤어튼 도련님은 몹시 들어가 보고 싶어 했으나, 제가 케네스 선생을 불러다가 들여다보도록 해야 한다고 일렀습니다.

케네스 선생이 와서 제가 그에게 방으로 들어가게 해 달라고 말하며 문을 열려고 했으나 걸쇠가 잠겨져 있었습니다. 히스클리프 씨가 안에서 우리에게 욕을 하는 소리가 들렸지요. 그가 자신은 많이 좋아졌으니 혼자 있게 내버려 두라고 하여, 결국 의사는 그냥 돌아갔습니다.

이튿날 저녁에는 몹시 비가 왔습니다. 정말 날이 샐 무렵까지 퍼부었으니까요. 제가 집 주위로 아침 산책을 하자니까, 그의 방 창문이 열려 덜거덕거리면서 비가 마구 방안으로 들이치고 있는 것이었습니다.

'그가 자고 있을 리가 없지.' 저는 생각했습니다. '이렇게 내리퍼부으니 흠씬 젖었을 게 아닌가! 틀림없이 일어나 있거나 밖에 나갔겠지. 소란을 떨 것 없이 용기를 내어서 들어가 봐야겠군!'

다른 열쇠로 겨우 문을 열고 들어가 보니까 방은 텅 비어 있었습니다. 그래서 저는 침대가에 있는 판자 미닫이로 달려들어 열어 보았지요. 냉큼 미닫이를 밀어젖히자 언뜻 히스클리프 씨가 보였습니다. 그는 거기에서 천장을 바라보고 누워 있었던 것입니다. 날카롭고 사납게 제 눈에 부딪쳐 오는 그의 눈초리에 제가 소스라치게 놀라자 그는 미소를 짓는 것 같았습니다.

그래서 저는 그가 죽었다고는 생각하지 않았습니다. 그러나 얼굴이며 목이 비에 씻기고 침대 홑이불에서는 물방울이 뚝뚝 떨어지는데, 그는 꼼짝도 하지 않았습니다. 창문이 열렸다 닫혔다 하면서 창틀 위에 놓인 그의 한쪽 손을 스치고 있었습니다. 손등은 껍질이 벗겨졌으나 피가 흐르고 있지는 않았습니다. 저는 손가락으로 그 손을 만져 보았고 더 이상은 의심할 수 없었습니다. 그는 이미 빳빳하게 굳어 있었던 것입니다.

저는 창문을 닫아걸고 앞이마로 늘어진 검은 긴 머리를 빗겨 주고 두 눈을 감기려고 해 보았습니다. 되도록이면 다른 사람들이 보기 전에, 환희에 찬 산사람의 눈초리를 하고 있는 그 무서운 눈을 감춰 버리려 했던 것입니다. 하지만 눈은 감겨지지가 않았습니다. 그의 두 눈은 제 시도를 조롱하는 것 같았고, 열려 있는 입술 사이로 뽀족하고 하얗게 드러난 이 또한 저를 비웃는 듯이 느껴졌습니다. 저는 다시 겁이 왈칵 나서 조지프를 외쳐 불렀습니다. 조지프는 발을 질질 끌면서 올라와서는 한바탕 소란을 떨었으나 죽은 이에게는 영 손을 대지 않으려고 했습니다.

"악마가 그의 혼을 빼앗아 갔군." 그는 소리치는 것이었습니다. "기왕이면 송장마저 가져갈 일이지. 나야 상관없으니 말이야! 에이! 어쩌면 저렇게 흉악한 꼴을 하고 있담? 죽어서까지 능글맞게 웃고 있단 말이야!" 그 죄받을 늙은이는 징그럽게 이를 드러내며 망자의 표정을 흉내내 보였습니다.

저는 늙은이가 침대 둘레를 뛰며 춤이라도 추려는 듯이 보였습니다. 그런데 갑자기 진정하더니 무릎을 꿇고 두 손을 들어, 진짜 주인과 오랜 집안이 그들의 권리를 되찾게 되었다고 감사의 기도를 드리는 것이었습니다.

저는 그 무서운 일에 정신이 멍했지요. 그리고 제 기억은 일종의 억누르는 듯한 슬픔을 안고 어쩔 수 없이 옛날을 더듬었습니다. 누구보다도 심한 학대를 받았던 헤어튼 도련님만이 가엾게도 혼자서 진정으로 아주 슬퍼했습니다. 도련님은 밤새껏 시신 옆에 앉아서 복받치는 슬픔을 참지 못하고 울었습니다. 망인의 손을 잡기도 하고 누구든지 제대로 보기를 꺼려 할 그 비꼬는 듯한 험상궂은 얼굴에 입을 맞추기도 했지요. 그리고 비록 두드려서 늘린 강철처럼 단단하고 거칠기는 하지만 너그러운 마음으로부터 자연스레 우러나는 깊은 슬픔으로 그의 죽음을 슬퍼하는 것이었습니다.

케네스 선생은 주인양반이 무슨 병으로 죽었는지 진단을 내리는 데 매우 애를 먹었습니다. 저는 귀찮은 일이라도 생길까 싶어 그가 나흘 동안이나 아무것도 목에 넘긴 일이 없다는 사실은 숨기고 말았습니다. 저는 그가 일부러 아무것도 안 먹은 것이 아니며, 그 금식은 그의 이상스런 병의 원인이 아닌 결과라고 제 나름으로 확신하고 있습니다. 우리는 이웃들이 수군거리는 것

을 무릅쓰고 그의 소원대로 그를 묻어 주었습니다. 언쇼 도련님과 저, 그리
고 묘지기와 시체를 나르는 인부 여섯 사람이 장례에 참석한 사람의 모두였
지요.

여섯 사람의 인부는 시체를 묘소 안에 내려놓고 떠났지만, 우리는 시체를
다 묻을 때까지 남아 있었습니다. 헤어튼 도련님은 눈물을 얼굴에 흘리면서
푸른 잔디를 떠다가 손수 무덤의 누런 흙에 입혔습니다. 지금은 그의 무덤도
다른 분의 무덤과 같이 고르고 푸르지요. 저는 그 속에 들어 있는 히스클리
프 씨도 더불어 고이 잠들기를 바라고 있습니다. 그러나 물어보시면 아시겠
지만, 이 고장 사람들은 틀림없이 그의 유령이 나온다는 것입니다. 교회 근
처나 벌판 위에서 그를 보았다고 하는 사람이 있고, 또 심지어는 이 집 안에
서도 보았다는 사람도 있답니다. 주인님은 부질없는 이야기라고 하시겠지
요. 저도 그렇게 생각한답니다. 그런데 저 부엌 난로 옆에 있는 저 노인은
그가 죽은 뒤로는 비 오는 날 밤마다 유령이 나온다고 우기고 있습니다. 그
가 거처하던 방의 창문으로 두 사람의 유령이 내다보는 것을 보았다나요. 그
리고 사실 한 달 전에는 저에게도 이상한 일이 일어나긴 했답니다.

제가 어느 날 그 저택으로 가는 길이었는데, 천둥이 치는 캄캄한 저녁이었
습니다. 하이츠를 막 돌아서려는 참에 어미 양 한 마리와 새끼 양 두 마리를

앞세우고 가는 소년을 하나 만났지요. 그런데 그 애는 몹시 울고 있었습니다. 그래서 저는 아마 새끼 양들이 말을 잘 안 들어서 끌고 오기가 힘들어 그러는 모양이라고 생각했습니다.

"애야, 왜 우니?" 제가 물었습니다.

"저기 저 산모퉁이에 히스클리프 씨와 웬 여자 한 사람이 있어요." 그 애는 엉엉 울면서 말했습니다. "무서워서 그 사람들 옆을 지나갈 수 없어요."

저에겐 아무것도 보이지 않았습니다. 그러나 양들도 그 소년도 좀처럼 가려고 하지 않았습니다. 그래서 저는 그 소년에게 아랫길로 해서 가라고 말해주었습니다.

그 애는 부모나 친구들에게서 유령이 나온다는 쓸데없는 말을 여러 차례 듣고는 혼자서 벌판을 지나자니 무서운 생각이 들었던 게지요. 그러나 저 또한 요즘은 어두워지면 밖에 나갈 마음이 들지 않습니다. 그리고 이 음산한 집에 혼자 남아있는 것도 싫어졌습니다.

여기까지 말하고 딘 부인은 덧붙였다.

"그래서 할 수 없이 헤어튼 도련님과 캐서린 아씨가 그 저택으로 옮겨갔으면 하나 봐요!"

"그러면 그 사람들이 드러시크로스 저택에서 살 작정인가요?" 내가 물었다.

"그럼요." 딘 부인은 망설임 없이 대답했다.

"결혼하면 바로 갈 작정이지요. 그리고 결혼식은 정월 초하룻날 올릴 예정으로 있어요."

"그럼, 여기는 누가 살 겁니까?"

"그야, 조지프가 집을 돌보겠지만, 젊은이가 한 사람 있어야겠지요. 그들이 살 방과 부엌만 빼고 그 나머지는 다 잠가 둘 겁니다."

"여기 살고 싶어하는 귀신들이 쓰도록 말이오?" 내가 말했습니다.

"아니지요, 주인님." 넬리는 고개를 저으면서 말했습니다. "죽은 사람들은 고이 잠들어 있는데, 그이들의 이야기를 경솔하게 입 밖에 낸다는 건 옳지 않은 일이라고 생각해요."

그때 마침 대문 닫히는 소리가 났다. 바람 쐬러 나간 사람들이 돌아온 것

이었다.

"저 사람들은 두려운 게 없군." 나는 창 너머로 그들이 걸어오는 것을 쳐다보면서 중얼거렸다. "저 사람들이 함께라면 악마와 그 군단도 당해 내겠는데."

그들이 문 앞 디딤돌 위에 발을 디디고 마지막으로 달을 보기 위해서, 아니 좀더 정확하게 말하자면 그 달빛에 비치는 서로의 얼굴을 보기 위해서 멈췄을 때, 나는 다시 어쩔 수 없이 그들을 피해야겠다는 생각이 들었다. 나는 딘 부인의 손에 억지로 조금의 돈을 정표로 쥐어 주고, 이런 나의 실례를 나무라는 딘 부인의 말을 들은 척도 하지 않고 마침 그들이 거실 문을 열 때 부엌을 지나 빠져나와 버렸다. 부엌께에서 마주친 조지프가 내가 발밑에 던져 준 1파운드짜리 금화의 쨍그랑하는 소리를 듣고 내 인격을 다시 생각했기에 망정이지, 그렇지 않았다면 그는 영락없이 나를 딘 부인이 끌어들인 정부라고 생각했을 것이다.

집으로 돌아오는 길은 교회 쪽으로 돌았으므로 한참 걸렸다. 교회 담 밑에 이르러 보니 겨우 일곱 달 사이에 눈에 띄게 황폐해 있었다. 창문은 대부분 유리가 없어져서 그 자리가 검게 비었고, 지붕 위의 기왓장들도 여기저기 본디 자리에서 밀려나 있어 다가오는 가을 폭풍을 만나면 떨어져 나갈 것만 같았다.

히스클리프가 묻힌 곳을 찾아보았더니 벌판 가까운 언덕배기 위에 있는 비석 세 개가 바로 눈에 띄었다. 가운데 것은 회색이었고 반쯤 히스에 묻혀 있었다. 에드거 린튼의 무덤만 비석 밑에 있는 잔디와 이끼 때문에 어울려 보였고, 히스클리프의 것은 여전히 새것이었다.

나는 포근한 하늘 아래 그 비석들 둘레를 어슬렁어슬렁 걸었다. 그리고 히스와 초롱꽃 사이를 날아다니는 나방들을 지켜보고 풀밭으로 불어오는 부드러운 바람 소리를 들으며, 저렇게 조용한 땅 속에 잠든 사람들을 보고 어느 누가 편히 쉬지 못하리라 할 수 있겠는가 그런 생각을 했다.

브론테 자매들 생애와 문학

브론테 자매 관련지도

I. 브론테 자매들 생애

어린 시절

1. 브론테 자매들이 살았던 시대

여기서 브론테 자매란 샬럿(1816~1855), 에밀리(1818~1848), 앤(1820
~1849) 세 사람을 가리킨다. 그녀들은 과연 어떤 시대를 살아가면서 그 소
설들과 시를 쓴 것일까?

그것은 빅토리아 여왕(1819~1901) 시대(1837~1901) —빅토리아 왕조—
전반부에 해당한다. 영국이 다른 나라보다 앞서 공업국으로 급격히 발전함
에 따라 영국 사회가 크게 변화하던 시기였다. 산업혁명에 따른 공업·상업·
무역의 발전, 도시의 인구 집중, 정치개혁에 대한 요구 등, 사회적으로 격렬
한 움직임이 일어났다. 그 속에서 상공업으로 부를 얻은 사람들은 중산층 상
위계급으로 올라섰고 흔히 빅토리아니즘이라 불리는 실리주의·물질주의·속
물적 도덕주의가 세력을 떨치게 되었다.

이 시대는 여성들에게도 중대한 과도기였다. 여성의 참정권 운동, 결혼에
관한 법률 개정, 여성의 교육과 직업 기회를 확대하려는 움직임 등, 이런 분
위기 속에서도 여성은 여전히 온갖 속박에 허덕이고 있었다. 한 예로 아내의
법률상의 지위를 들 수 있다. 존 스튜어트 밀이 《여성의 종속》에서 말했듯이
'영국의 관습법에 따른 아내의 지위는, 많은 국가에서의 노예의 지위보다도
더 낮은' 수준이었다. 법률상으로만 그랬던 것이 아니라 사회적·문화적으로
도 여성을 가정 안의 의무에 속박시키는 제약이 강하고 여성의 야심이나 열
정은 죄악시되었다.

그 무렵 런던에서는 찰스 디킨스나 윌리엄 새커리처럼 뛰어난 소설가들이
빅토리아 왕조 사회의 가난과 죄악과 위선과 허영을 묘사하고 고발하였다.

뒷날 샬럿 브론테의 벗이 되는 개스켈 부인(Elizabeth Gaskell)은 공업도시 맨체스터에 살면서, 공장 노동자의 비참한 생활을 비롯해 산업혁명의 사회적 문제와 인간적 문제들을 조명했다.

또한 이 시대는 평론가 조지 루이스가 '여성문학의 도래'라고 부른 시대이기도 하여 수많은 여류 작가들이 때로는 익명이나 남성적인 필명까지 써 가면서 잇따라 문단에 등장해 활동했다.

《제인 에어》와 《폭풍의 언덕》은 이런 시대에 쓰인 작품이다. 브론테 자매의 작품은 얼핏 보아 디킨스·새커리·개스켈 등 많은 작가들이 쓴 소설, 즉 사회현상 또는 사회 안에서 살아가는 인간의 문제를 다룬 사실주의 소설과는 거리가 먼 것처럼 보인다. 만일 그렇다면 그 이유는 무엇일까?

2. 켈트족의 피와 요크셔의 환경

켈트족 특유의 소질

브론테 자매의 성장 과정을 살펴볼 때는 우선 부모님에게서 물려받은 켈트족 특유의 소질을 주목해야 한다.

아버지인 패트릭 브런티(훗날 브론테로 성을 바꿈, 1777~1861)는 아일랜드 사람으로 켈트족의 피를 물려받았다. 영국의 선주민이었던 켈트족은 나중에 침입한 현실적인 앵글로색슨족에 비해 대체로 낭만적이었고 풍부한 상상력과 뜨거운 정열, 거침없는 웅변력 등을 갖추었던 것으로 추측된다. 다운 주(州)의 가난한 농민이었던 할아버지 휴 브런티는 문맹(文盲)이었지만 아일랜드의 옛날이야기를 잘 알고 있었다. 그래서 밤이 되면 마을 사람들이 그의 이야기를 들으려고 모여들었다. 그만큼 휴는 훌륭한 이야기꾼이었다. 열명의 형제 중 맏아들로 태어난 패트릭도 뛰어난 웅변가였다. 뒷날 그는 딸들에게 아일랜드의 이상한 전설을 때때로 들려줘 그녀들의 상상력을 자극했다. 그것은 브론테 집안에 전해져 내려오는 재능임과 아울러 켈트족의 유전적 소질이기도 했다.

패트릭이 자식들에게 들려준 이야기 중에는, 휴를 통해 전해 내려온 브론테 집안 선조들의 이야기도 있었을 것으로 여겨진다. 그것은 《폭풍의 언덕》의 히스클리프의 사연을 방불케 하는 것이었다. 패트릭의 아버지 휴는 숙부인 웰시의 양자로 들어갔다. 이 웰시는 본디 고아였는데 휴의 할아버지가 그를 리버풀 근처에서 주워 와 브런티 집안의 양자로 삼았던 것이다. 웰시는 브런티 집안의 아이들과 함께 자라났는데, 워낙 똑똑해서 양아버지의 사랑을 듬뿍 받은 대신 주위 사람들에게 미움을 산다. 양아버지가 세상을 떠나자 웰시는 집에서 쫓겨나고 만다. 그러나 그는 브런티 집안의 토지와 가옥을 합법적으로 차지하고는 휴 형제들을 학대했다. 그리고 전부터 좋아하던 양아버지의 막내딸과 결혼했다.

패트릭은 고향에서 교사로 일하다가 케임브리지 대학교 세인트존스 칼리지에 입학했다. 그리고 얼마 뒤 '브론테'로 성을 바꿨다. 그가 존경하는 넬슨 제독이 브론테 공작에게 임명을 받았다는 사실에 영향을 받았던 모양이다. 이윽고 학위를 받은 그는 영국 북부 요크셔 주 영국 국교회 목사가 되었다. 그의 부모가 가톨릭 교도였고 아버지가 문맹이었다는 점을 생각하면, 패트릭이 얼마나 강한 의지와 뛰어난 재능을 지닌 노력가였는지를 알 수 있다. 가톨릭을 싫어한 그의 태도는 훗날 자식들, 특히 샬럿에게 강한 영향을 미쳤다.

그는 마리아 브런웰(1783~1821)이라는 조용하고 상냥하고 경건한 여성과 뜨거운 연애 끝에 결혼했다. 마리아는 콘월(영국 남서부의 주) 출신으로 역시 켈트족의 후손이었다. 켈트족은 아일랜드 이외에도 그레이트브리튼 섬의 스코틀랜드·웨일스·콘월에 주로 정착해 있었다.

아버지도 어머니도 상당한 문학적 재능의 소유자였다. 패트릭은 종교시와 몇 편의 산문을 출판하기도 했다. 브론테 자매는 이런 부모에게서 문학에 대한 흥미를 물려받았다고 할 수 있다.

요크셔의 환경

패트릭과 마리아 사이에는 딸 다섯과 아들 하나가 태어났다. 마리아(1814~1825)·엘리자베스(1815~1825)·샬럿·패트릭 브런웰(1817~1848)·에밀리 제인·앤이었다. 마리아와 엘리자베스는 일찍 세상을 떠났는데, 둘 다 조숙한 지성에 풍부한 상상력과 문학적 재능을 지녔던 듯하다. 앤이 태어나자 일가는 요크셔의 손튼에서 하워스로 이사했다. 자매들은 그곳의 목사관에서 짧은 생애의 대부분을 보냈다.

그런데 하워스는 어떤 곳일까. 지금은 여름이면 세계 각국에서 온 관광객들로 붐비는 곳이지만, 그 무렵 이 마을의 분위기는 어땠을까. 개스켈 부인이 쓴 《샬럿 브론테의 생애》(1857)를 통해 살펴보자.

그 마을은 매우 가파른 언덕 중턱에 있다. 배경으로는 좁고 긴 도로 꼭대기에 세워진 교회보다 더 위쪽으로 끝없이 펼쳐져 있는, 갈색이 감도는 보랏빛 황야가 있다. 둘레에는 파도처럼 넘실거리는 언덕이 줄지어 있고, 언덕과 언덕 사이로 비슷한 모양새와 색깔을 한 또 다른 언덕이 보인다. 이 언덕들이 황량한 황야를 뒤덮고 있다. 황야는 관찰자의 기분에 따라 달라 보인다. 그곳에 감도는 고독과 적막감 때문에 장대해 보이기도 하고, 때로는 단조롭고 끝없는 장벽에 갇힌 느낌이 들어 답답하게 생각되기도 한다. (제1장)

이 황량한 한촌에 사는 주민들에게서는 요크셔 특유의 기질이 강하게 나타났다. 그것은 켈트족의 기질과는 대조적으로, 거칠고 정력적이며 현실적이고 금전욕이 강한 기질이었다. 그들은 유달리 자존심과 독립심이 강하고, 까다로워서 남들과 잘 어울리지 못하고, 또 과묵하기도 했다. 다시 개스켈 부인의 말을 인용해 보자.

그들은 인정이 많다. 그것도 깊은 정이. 다만 그들의 깊은 정은—깊은 정이 으레 그렇듯이—아무에게나 드러나는 것이 아니고 또한 그저 표면적으로 나타나는 것도 아니다. 이 거칠고 난폭해 보이는 사람들에게서는 삶의 인정미라는 것을 찾아보기 어렵다. 인사는 무례하고 말투도 무뚝뚝해서 귀에 거슬린다. 어쩌면 이것은 그 무엇에도 얽매이지 않는 산사람의 기질과, 산에서의 독립적인 생활에서 비롯된 건지도 모른다. 아니면 거칠고 폭력적인 북유럽의 조상들에게서 물려받은 건지도 모른다. ……그들은 쉽게 흥분하지 않는 대신, 같은 감정을 계속 유지한다. 그래서 그들은 매우 친밀한 인간관계를 형성하고 남에게 충실히 봉사할 줄 안다. ……그리고 같은 이유로 원한도 오래간다. 그것은 때에 따라 증오로 변하여 그 증오가 몇 세기에 걸쳐 이어지기도 한다. (제2장)

하워스의 목사관
1850년대에 찍은 사진. 샬럿의 형제 자매들은 이곳에서 어린 시절을 보낸다.

하워스 지방에서는 이런 격언이 전해 내려오고 있었다.

'주머니에 돌멩이를 7년 동안 넣고 다녀라. 그리고 그것을 뒤집어서 다시 7년 동안 넣어 두어라. 적이 언제 닥쳐와도 바로 움켜쥘 수 있도록.'

여기서 드러나는 요크셔 기질은 《폭풍의 언덕》의 히스클리프와 조지프에게 거의 들어맞는 것 같다.

브론테 집안에서 평생 일하면서 아이들의 마음의 벗이 되어 준 하녀 타비(타비사 애크로이드)는 전형적인 요크셔 여성이었다. 그녀는 고집스러울 정도로 충실한 사람이었다. 또 이야기를 좋아해서, 요크셔의 온갖 무서운 사건과 옛날이야기를 때때로 아이들에게 들려주었다. 《폭풍의 언덕》의 화자인 가정부 넬리(엘렌 딘)는, 에밀리가 하녀 타비를 바탕으로 창조한 인물이라 생각된다.

이처럼 브론테 자매의 성장 과정에는 유전과 환경이 눈에 띄는 대조를 이루고 있다. 자매의 풍부한 상상력과 뛰어난 문학적 재능, 그리고 뜨거운 정열은 켈트족의 피에서 비롯되었고, 한편, 현실적이고 견실한 생활태도와 강한 책임감, 까다로우리만치 금욕적인 자세는 요크셔의 환경에서 비롯되었다. 이 두 가지는 그녀들의 삶과 작품의 본질에 중요한 영향을 미쳤다.

산업사회의 움직임

여기서 한 가지 주의할 점이 있다. 하워스가 산골짝의 한촌이었다는 표현 때문에 브론테 자매의 고향을 마치 목가적인 별세계처럼 상상할 수도 있다. 하지만 실제로는 그렇지 않다. 테리 이글턴의 표현을 빌리자면 다음과 같다. '하워스는 웨스트라이딩(요크셔 서부의 행정구역)의 양모 산업 지대의 중심 지에 인접해 있다. 그리고 그곳에서 그녀들이 보낸 삶은, 영국 사회에서도 가장 치열한 계급투쟁이 일어났던 시기와 정확하게 일치한다.'(《테리 이글턴 의 브론테 세 자매》머리말) 그녀들의 소녀 시절에는 기계 생산이 비약적으 로 증대하면서 웨스트라이딩의 수천 명의 수공업자들이 직업을 잃고 영락했 다. 1840년 무렵에는 내란으로 발전할 수도 있는 불온한 분위기가 소용돌이 치고 있었다. 하워스에도 모직물 공장이 몇 군데 있었으므로, 자매는 그런 지역사회의 움직임에 무관심할 수 없었다. 샬럿의 세 번째 소설 《셜리》는 이 문제를 다룬 것이다.

3. 죽음의 방문

어머니의 죽음

거센 바람이 부는 언덕과 황야로 둘러싸인 하워스의 입지조건은 몸이 약 한 브론테 부인에게 치명적이었다. 앤의 출산 이후로 이미 쇠약해져 있던 그 녀는 하워스로 이사한 이듬해에 장암으로 세상을 떠났다. 그녀의 나이 38세 였다. 끔찍한 괴로움 속에서 그녀는 자신의 삶을 돌아보았다. 그리고 그 삶 이 아직 완수되지 못했음을 깨달았다. 연이은 출산으로 잃어버린 자신의 건 강에 대한 안타까움, 어미 없이 자랄 여섯 아이들의 장래에 대한 걱정이 그 녀를 사로잡았다. 그래서 그녀는 깊고 어두운 종교적 회의에 빠져 버렸다. 남편인 브론테 목사는 그 곁을 지키며, 아내의 믿음을 어떻게든 유지시키려 고 노력했다.

마리아가 임종할 때 남긴 말은 "아아 하느님, 가여운 아이들―아아 하느님, 내 가여운 아이들……"이었다. 그때 맏딸 마리아는 8세, 둘째 딸 엘리자베스는 6세, 셋째 딸 샬럿은 5세, 외아들 브런웰은 4세, 넷째 딸 에밀리는 3세, 막내딸 앤은 겨우 1세 8개월이었다.

마리아의 경건함은 같은 이름을 가진 맏딸에게 물려졌고, 그 신비주의적인 경향은 에밀리에게 이어졌다. 샬럿은 둘 중 무엇도 물려받지 못했지만 어머니의 추억에 대한 집착은 대단했다.

어린 시절에 어머니를 잃어 그 사랑을 평생토록 받지 못했다는 사실은 브론테 자매의 성격과 문학에 결정적인 영향을 미쳤다. 그녀들은 평생 마음속에 불안을 간직했고 바깥 세상에 잘 적응하지 못했다. 샬럿이 쓴 소설의 여주인공들은 모두 고아이다(그녀가 쓴 세 번째 소설 《셜리》의 캐럴라인에게는 어머니가 있지만, 캐럴라인은 어머니가 살아 있는 줄 몰랐다). 그리고 고아 소녀 제인 에어에게는 템플 선생이 어머니 대신 애정을 기울여 준다. 또그녀가 성장한 뒤 위기를 겪을 때에는, 하늘에 달과 같이 빛나는 어머니의 얼굴이 나타나고 그 목소리가 들려와 그녀를 구한다.

샬럿은 훗날 유명한 작가가 되고 나서, 어머니 마리아가 결혼 전에 아버지에게 보냈던 편지들을 처음으로 읽고는 크게 감동했다고 한다. 그 중 한 통에는 이런 문구가 있었다. "제가 가장 사랑하는 존재는 하느님에서 당신으로 차츰 바뀌고 있습니다. 제 마음은 천국보다도 이 지상을 좀더 사랑하고 있는 모양이에요. 부디 이런 저를 위해 기도해 주세요." 신기하게도 샬럿은 이 편지를 읽기 훨씬 전에 《제인 에어》를 쓰면서, 어머니 마리아와 똑같은 말을 제인에게 하게 하고 있었다. "미래의 남편은 이제 나의 전 세계가 되어 가고 있었다. 아니, 세계보다 더한 것—이 세상의 것이 아닌 드높은 희망이 되어 가고 있었다. 마치 일식이 인간과 눈부신 태양 사이를 가로막듯이, 그는 나와 온갖 종교적 관념들 사이를 가로막고 있었다. 그 무렵 나는 하느님이 만드신 한 사람에게 마음을 빼앗겨 하느님의 모습을 볼 수 없었다. 그 사람은 나의 우상이 되었던 것이다."(《제인 에어》 제24장)

에밀리가 쓴 《폭풍의 언덕》의 경우에는 언쇼 집안에서나 린튼 집안에서나 모두 어머니의 존재가 희미하다. 캐서린도 어머니가 된 순간 세상을 떠난다.

가장 어릴 때 어머니와 사별한 막내딸 앤은 아마 어머니에 대한 기억이 전혀 없었을 것이다. 그런 그녀가 최초의 소설 《아그네스 그레이》(1847)에서 모녀의 정을 가장 강하게 드러냈다. 주인공 아그네스는 상냥하고 훌륭한 어머니 밑에서 자라 가정교사가 되고, 갖은 고난을 뛰어넘은 끝에 어머니와 함께 자기들의 학교를 경영하게 된다.

죽음의 그림자

브론테 일가가 죽음의 첫 공격을 받은 뒤로, 이 가정에는 죽음의 그림자가 계속 드리워져 있었다. 브론테 목사는 84세까지 장수했지만, 그의 삶은 아내를 비롯한 6명의 자식들을 모두 먼저 떠나보내는 슬픈 생애였다.

목사관과 교회 사이에 위치한 묘지에는 많은 하워스 주민들이 묻혀 있었다. 차가운 기후, 부실한 상하수도 시설 등으로 인해 특히 어린이들이 많이 죽었다. 1838년부터 1849년 사이에는 하워스 인구의 41.6%가 6세 이전에 죽었다. 그 무렵 하워스 사람들의 평균수명은 25세였다고 한다. 장례식의 종소리, 식을 거행하는 브론테 목사의 기도 소리, 묘석을 만드는 석공의 끌소리가 밤낮으로 아이들을 둘러싸고 있었다. 결핵성 체질을 어머니에게서 물려받아 결코 건강하지는 않았던 브론테 집안의 자녀들은, 목사관 2층의 아이들 방에서 바로 아래의 묘지를 내려다보며 하루하루를 보내야 했다. 즉 죽음의 그림자에 위협받고 죽음의 의식에 사로잡히면서 성장했던 셈이다. 특히 샬럿은 죽음을 매우 두려워했다고 한다.

이모의 교육

어머니 마리아가 세상을 떠나자, 그녀의 언니 엘리자베스 브런웰(1776~1842)이 콘월에서 하워스까지 달려와 어린 조카들을 돌봤다. 그녀는 엄격한 감리교도로, 칼뱅주의의 운명 예정설만큼 극단적이진 않아도 '영원한 형벌'을 굳게 믿고 있었다. 그녀는 조카들에게 집안일과 예의범절과 초보적인 공부를 엄하게 가르치고 강한 의무감을 심어 주었다. 브론테 자매가 이런 교육을 받으면서 만들었던 수예품은 현재 하워스의 브론테 박물관(과거의 목사관)에 전시되어 있다. 따뜻한 콘월 지방에서 온 이모는 이 춥고 황량한 요크셔의 풍토에 평생 적응하지 못했다고 한다. 그녀는 조카들을 사랑했지만, 본디 어린아이를 좋아하는 편이 아니었다. 그래서 아이들에게 어머니의 자애를 대신 베풀어 주진 못했다. 그녀가 애독하던 감리교의 종교 잡지나 그녀가

교회 묘지에서 바라본 목사관과 교회 전경
좌측에 2층 건물 목사관, 우측에 교회 그리고 저 너머에 황야가 보인다. 필자의 시야는 이곳으로부터 저 멀리 황야로 끝없이 펼쳐진다.

들려주는 이야기에는 기적이니 유령이니 신의 엄벌이니 하는 것들이 자주 등장해 아이들의 민감한 감수성을 자극했다.

4. 황야와 나눈 교감

황야의 즐거움

아이들에게는 벗이 없었다. 목사관에는 그럴듯한 장난감도 없었고 아이들이 읽을 만한 책도 없었다. 살림에 여유가 없는 탓도 있었지만, 자식들의 응석을 받아 주지 않으려는 근엄한 아버지의 교육 방침 때문이기도 했다.

사암으로 된 네모난 목사관은 2층 건물이었다. 1층에는 거실(겸 식당)과 브론테 목사의 서재·부엌·창고가 있었다. 2층에는 네 개의 침실과, 하인들이 '자제 분들의 서재'라고 부르는 난로도 없는 작은 아이들 방이 있었다. 어머니는 병석에 누운 뒤로는 아이들을 만나고 싶어하지 않았고, 아버지는 연구나 교구 일이나 아내의 병수발 때문에 늘 바빴다. 그래서 아이들은 자기들끼리 밥을 먹고, 이 아이들 방에서 나이에 맞지 않는 책을 읽거나 작은 소리로 속삭이거나 하며 시간을 보냈다. 하지만 그들은 스스로를 불행하다고 생각하지 않았을지도 모른다. 그들은 서로 손잡고 황야를 돌아다닌다는 큰 즐거움을 공유하고 있었으니까. 날씨가 좋지 않아서 산책을 못하는 날이라도, 아이들 방 창문에서는 교회 묘지 너머로 펼쳐져 있는 황야가 보였다.

하워스 마을은 요크셔 북서부 고지대의 황야에 있다. 그 마을은 파도처럼 넘실거리는 언덕들로 둘러싸여 있었으며, 이 언덕들은 영국의 등뼈라 불리는 페나인 산맥으로 이어진다. 울퉁불퉁한 검은 바위들 사이에 히스가 빽빽하게 자라나 있었다. 그래서 여름에는 보랏빛 작은 꽃들이 흐드러지게 핀 천국 같은 풍경이 펼쳐졌고, 겨울에는 그 나무들 위에 거센 바람이 몰아치고 눈이 쌓였다. 이 황야의 야성미는 브론테 집안의 자녀들에게, 그 무엇으로도 막을 수 없는 자유로운 정신과 자연에 대한 사랑을 심어 주었다.

다리가 튼튼했던 브론테 목사는 혼자서 몇 마일이나 황야를 돌아다니곤 했다. 그는 날씨나 바람 등 자연의 조짐을 잘 알고 있었으며, 또 인적이 드문 황야의 언덕에 사는 야생동물을 면밀히 관찰하기도 했다. 아버지의 이런 버릇은 자식들에게도 이어졌다. 그들도 자주 돌아다녔고 행동반경은 나날이 넓어졌다. 현재 하워스에 오는 관광객들이 자주 들르는 명소인 '브론테 폭포'는 하워스에서 약 3km 떨어진 곳에 있다. 브론테 집안 자녀들은 항상 이 부근에서 놀았던 듯하다. 어른이 된 그들은 3km 이상 떨어진 폰든 저택(Ponden Hall,《폭풍의 언덕》에 나오는 드러시크로스 저택의 모델) 히튼 집안이나 6.5km 떨어진 이웃 마을 키슬리의 도서관까지, 황야를 지나 책을 빌리러 갔다.

에밀리와 황야

형제들 중 가장 내향적이고 말수가 적었던 에밀리는 본질적으로 황야의 진수에 가장 가까웠다. 에밀리가 세상을 떠난 뒤 샬럿은《폭풍의 언덕, 아그네스 그레이》재판본(1850)에 실은 '지은이 약력'에서, 이 동생이 황야와 나눴던 교감에 대해 이렇게 말했다.

이 책의 지은이는 황야에서 태어나 황야의 젖을 먹고 자랐다. ……그녀에게 고향 황야의 언덕은, 하나의 광경이라 하기에는 훨씬 중요한 의미를 지닌 존재였다. 그곳에 사는 들새나 그곳에서 자라나는 히스와 마찬가지로, 그녀는 그곳에서 살아가고 그로 인해 생명을 얻었다.

5. 아버지의 교육

단란하지 못한 분위기

브론테 목사는 아내가 세상을 떠난 뒤 2~3명의 여성과 재혼을 생각했다. 그래서 구혼 편지를 보내지만 결국 재혼하지 못하고 평생 독신으로 지내게 된다. 그는 아내가 살아 있을 적부터 신경질적이었다. 충동적인 분노에 사로잡혀서, 자식들이 남에게 선물 받은 화려한 구두를 난로에 태워 버린 적도 있다고 한다.

젊은 시절에는 사교적인 미남으로 유명했던 이 목사도 아내의 사후에는 까다롭고 무뚝뚝한 사람이 돼 버렸다. 그는 늘 서재에 틀어박혀 지냈다. 황야를 산책할 때에도 자식들을 데려가지 않았다. 다만 교구 일은 열심히 했으므로, 방문객은 대개 공적인 일 관계자라든가 부근의 다른 목사였다. 친척들은 먼 곳에 살았고, 벗과의 교류도 거의 없었다. 그는 자식들이 마을 아이들과 노는 것을 금지했다. 같은 또래 벗들과 어울릴 수 없었던 아이들은, 어른들의 대화—종교적인 화제가 많았다—를 한 귀로 들으면서 자랐다.

브론테 목사는 위가 약했다. 그래서 아내가 세상을 떠나기 전에도, 식사를 천천히 해야 한다는 이유로 저녁을 홀로 먹었다. 그는 아내가 세상을 떠난 뒤에도 자녀들과 함께 식사하지 않았다. 게다가 이모도 자기 방에 틀어박혀 지내는 편이었으므로, 아이들은 매우 특이한 분위기 속에서 가정의 단란함을 모르는 채 자라났다.

조숙한 아이들

그러나 이 엄격하고 고압적인 아버지도 자녀들의 조숙함에는 놀라움과 기쁨을 느꼈던 모양이다. 맏딸 마리아가 10세, 막내딸인 앤이 4세였던 어느 날, 그는 자식들을 모아 놓고 다음과 같은 문답으로 한 명 한 명의 지혜를 시험했다.

막내딸인 앤이 첫 번째였다. "너 같은 어린애가 가장 원하는 건 무엇일까?"라는 질문에 앤은 "나이와 경험이요"라고 대답했다. 다음으로 에밀리는 "때때로 나쁜 장난을 치는 네 오빠 브런웰을 내가 어떡하면 좋겠니?"란 질문에 "도리를 가르쳐 줘야지요. 만일 그래도 말을 안 들으면 매로 다스려야겠죠" 하고 답했다. 외아들인 브런웰은 "성별에 따른 지성의 차이를 어떡하면 가장 잘 알 수 있을까?"라는 물음에 "육체적 차이를 생각해 보면 되어요"라고 답했다. 다음으로 샬럿은 "세계에서 제일가는 책은 무엇이지?"란 물음에 "성경입니다"라고 대답했다. "그 다음가는 책은?"이란 질문에는 "자연의 책입니다"라고 했다. 이어 엘리자베스는 "여성을 교육하는 가장 좋은 방침은 무엇일까?"라는 질문에 "가정을 제대로 다스리도록 가르치는 거지요" 하고 대답했다. 마지막으로 맏딸 마리아는 "시간을 가장 잘 보내는 방법은 무엇일까?"라는 물음에 "행복한 영원을 위해 시간을 저축하는 겁니다"라고 답했다. 아버지는 자랑스러운 기분으로 그 대답들을 마음속 깊숙이 새겼다(개스켈, 제3장).

현대의 우리들이 보기에 위의 대답은—에밀리의 대답은 예외지만—아이들 저마다의 독창성이나 개성을 나타낸다기보다도, 19세기 영국 사회에서 '착한 아이'를 위해 상정되어 있던 금언집을 매우 정확하게 읊은 것처럼 보인다. 브론테 목사가 크게 만족했던 것도 당연하다.

가정에서의 교육

그는 이 조숙한 아이들의 교육에 대해 고민했다. 케임브리지 대학교 졸업생인 그는 사랑하는 외아들 브런웰에게 모든 과목을—특히 라틴어와 그리스어를 중점적으로—가르쳤다. 그러나 여자 아이들의 교육은 별개였다. 브런웰 이모가 그녀들에게 초보적인 공부와 집안일, 바느질을 가르쳤다. 그리고 매우 총명했던 맏딸 마리아도 동생들에게 읽기·쓰기와 산수를 가르쳤다. 어머니가 돌아가신 후, 그녀는 자신이 동생들의 어머니가 돼 줘야겠다는 결심을 했다. 그래서 차츰 더 조용하고 어른스러운 아이가 되었다.

브론테 목사는 세 종류의 신문을 읽었는데, 그 중 두 가지는 보수파 토리당의 신문이었다. 또한 그는 보수파 계열의 〈블랙우즈 매거진(Blackwood's Magazine)〉과 〈프레이저스 매거진(Fraser's Magazine)〉도 읽었다. 마리아는 배달되는 신문과 잡지를 받으면 곧장 아이들 방에 틀어박혀 그 활자를 무서운 기세로 읽었다. 그 뒤 방에서 나오면, 의회에서 있었던 토론 등을 동생들에게 자세히 설명해 줬다. 그녀는 10살 때 이미 아버지와 대등하게 정치 문제를 토론할 수 있었다고 한다. 아이들은 장난감이나 동화나 벗들 없이 살았지만, 그보다 더 가슴을 두근거리게 하는 현실의 전쟁 및 정쟁에 일희일비하며 지냈다. 그들은 외국의 화제에도 밝았다. 웰링턴 공작이나 나폴레옹의 활약은 그들의 조숙한 상상력을 강하게 자극했다.

풍부한 독서 체험

브론테 목사의 서재에는 매우 많은 장서가 있었다. 아일랜드의 그의 본집에서는 문맹인 아버지가 성경, 존 버니언의 《천로역정》, 로버트 번스의 시집을 소중히 간직하고 있었는데, 그는 소년 시절에 그 책들을 열심히 읽었다. 목사관에 있는 그의 서재에는, 성경은 물론이고 호메로스·호라티우스·밀턴의 작품들, 새뮤얼 존슨의 《시인전》, 제임스 톰슨의 《사계》, 스콧의 《나폴레옹전》, 바이런, 사우디, 쿠퍼의 시 작품들, 역사책 몇 권, 그 밖에도 《그리스 신화》, 《이솝 우화》, 《아라비안 나이트》 등이 있었다.

19세기 영국의 여류 작가들 중 상당수가 목사의 딸 또는 아내였던 것은 우연이 아니다. 설령 집안이 가난하다 해도 그녀들은 중산계층에 속하는 독서가이자 지식인이었다. 브론테 자매는 아버지의 꽉 채워진 책꽂이와, 독서에 대한 적극적인 권유 덕택에 풍부한 지식과 낭만적인 문학 취미를 기를 수 있었다.

6. 코완 브리지 학교

성직자의 딸을 위한 학교

1824년 브론테 목사는 네 딸을 랭커셔의 코완 브리지에 있는 클러지 도터스 스쿨(Clergy Daughters' School)이라는 학교에 보냈다. 이 학교는 성직자의 딸을 낮은 비용으로 교육한다는 취지에서 윌리엄 칼스 윌슨 목사가 세운 것으로, 하워스에서 80km 떨어진 곳에 세워진 신설 학교였다. 이 학교의 설립은, 연봉 200파운드로 많은 자녀들을 길러야 했던 브론테 목사에게는 뜻밖의 행운이었다(그 무렵에 독신자가 일반적인 생활을 하려면 연간 약 150

파운드가 필요했다).

이 학교 학생의 연간 경비는 의복비·주거비·식비·교육비를 합해 14파운드였고 나머지는 기부금으로 충당되었다. 수업 과목은 역사·지리·지구의 사용법·문법·작문·산수, 그리고 각종 바느질과 고급 리넨을 완성하는 방법 등 수준 높은 가사였다. 특별한 재예(才藝) 수업을 희망하는 경우에는 프랑스어·음악·미술이 들어가고, 경비는 각각 연간 3파운드씩 추가되었다. 입학 안내서에는 온갖 규칙이 나열되어 있었고 마지막에는 '모든 편지 및 소포는 교장이 검열함'이라고 적혀 있었다.

만일 브론테 목사가 딸들을 코완 브리지 학교로 보내는 대신 자택에서 계속 교육했더라면, 그녀들의 인생—특히 위의 세 딸의 인생과 샬럿의 작품—이 얼마나 많이 변했을까 하는 생각이 절로 떠오른다. 왜냐하면 마리아와 엘리자베스는 이 학교에서 건강을 해치는 바람에 곧 죽어 버렸고, 샬럿은 이를 계기로 훗날 《제인 에어》의 로우드 학교를 묘사했기 때문이다.

학교는 레크 강가의 저습지에 자리하고 있었다. 그곳의 환경은 건강에 매우 좋지 않았다. 게다가 요리사가 부주의하고 불결한 탓에 썩은 내 나는 음식이 때때로 식탁에 오르기도 했다. 결벽증이 있는 데다 입도 짧았던 브론테 자매는, 아무리 배고파도 그런 음식은 절대로 먹지 않았다. 일요일에는 윌슨 목사의 설교를 듣기 위해, 찬바람이 부는 길을 3km 이상이나 걸어 턴스톨 교회까지 가야 했다. 홍역과 백일해를 동시에 앓아 입학 당시에도 건강이 좋지 않았던 마리아는 이내 차츰 쇠약해져 갔다. 마리아에게 특히 힘겨웠던 시련은, 앤드류스라는 여교사가 그녀에게 자주 가했던 부당한 처벌이었다. 그것은 학대나 마찬가지였다. 조용하고 몽상적이고 게으른 편인 마리아는 기숙학교의 엄격한 생활에 적응하지 못했다. 그녀는 시간을 완벽하게 지키거나 사물을 정리·정돈하는 일에 서툴렀다. 하지만 그보다도 그녀의 정신적인 특출함이 앤드류스의 미움을 샀던 것이리라. 아무리 부당한 대우를 받아도 꾹 참는 마리아의 태도는 이 여교사를 더욱 화나게 했다.

언니들의 죽음

1825년 2월, 너무나 쇠약해진 마리아는 브론테 목사의 손에 이끌려 집으로 돌아갔다. 그녀는 5월에 11세의 나이로 죽었다. 또 같은 5월에 폐결핵으

코완 브리지 학교

네 자매는 어린 시절 함께 이 학교를 다녔지만, 열악한 환경과 불결한 학교 급식, 그리고 교사의 부당한 처벌로 인해 두 언니를 연달아 잃은 아픈 추억이 담긴 학교이다. 《제인 에어》에서 이 학교 생활의 추억이 재탄생된다.

로 학교를 그만둔 엘리자베스도 6월에 10세의 나이로 죽었다. 학교에서는 많은 학생들이 장티푸스를 앓고 있었다는데, 사실은 폐결핵에 걸렸던 것이다. 이에 당황한 브론테 목사는 샬럿과 에밀리를 집으로 데리고 돌아왔다.

이 학교의 학적부에는 다음과 같은 기록이 남아 있다. 샬럿에 대해서는 '읽기 능력은 매우 좋은 편. /쓰기 능력은 보통. /산수는 보통. /바느질은 잘함. /문법·지리·역사·재예에 관한 지식은 없음. /나이에 비해 영리하지만 조직적인 지식이 부족함'이라고 되어 있으며, 에밀리에 대해서는 '읽기 능력은 매우 뛰어남. /바느질은 보통'이라고 되어 있다.

이 학교의 엄격한 기독교적 규율, 윌슨 목사의 비인간적인 교육, 마리아에 대한 여교사의 학대, 그것을 계속 참아 내던 마리아, 그녀를 남모르게 도와주던 또 한 명의 훌륭한 여교사, 그리고 마리아의 죽음—이 모든 것은 언니 곁에서 그것을 하릴없이 지켜봐야 했던 어린 동생 샬럿의 마음에 깊고 강하게 각인되어, 약 20년 뒤 불꽃과 같은 언어로 《제인 에어》에서 재현되었다. 코완 브리지는 로우드 학교, 윌슨 목사는 브로클허스트 목사, 앤드류스는 스캐처드, 존경스러운 여교사는 템플, 그리고 마리아는 그녀와 꼭 닮은 헬렌 번스로 다시 태어났다.

샬럿은 훗날 개스켈 부인에게 여러 번 이렇게 말했다. "만일 그곳이 코완 브리지임을 사람들이 금세 눈치챌 거라고 생각했다면 저는 글을 쓰지 않았을 거예요." 하지만 동시에 이렇게도 말했다. "그 학교에 대한 서술에는, 그때 내가 알고 있었던 진실만이 적혀 있어요."

샬럿은 마리아 언니를 성자처럼 숭배했다. 마리아는 어머니가 세상을 떠난 뒤로 어머니 대신 동생들을 보호해 준 훌륭한 존재였기 때문이다. 그러나 헬렌 번스의 입을 통해 표현된 마리아의 철학이 다음과 같다면, 샬럿은 그녀가 격렬히 증오하던 윌슨 목사의 믿음—죄 없는 어린아이의 죽음을 긍정하는 것—과 그 철학이 매우 비슷하다는 점을 눈치채지 못했던 셈이다. "나는 어릴 때 죽음으로써 큰 괴로움을 피할 수 있을 거야. 이 세상에서 높은 지위에 오를 수 있는 소질도 재능도 나에게는 없어. 난 살아 있어 봤자 늘 잘못만 저지를 게 분명해."(《제인 에어》 제9장)

샬럿은 거의 눈에 띄지 않는 학생이었던 듯하다. 템플의 원형이 된 교사는 브론테 집안 자매들 중 셋째 딸, 넷째 딸에 관해 "(만일 두 사람이 있었다면) 귀여운 학생이 학교 사람들에게 사랑받았다는 것밖에 기억이 안 납니다"라고 말했다. 그 학생은 샬럿이 아니라 에밀리였다. 뒷날 샬럿은 그 시절의 자신에 대해 '어른스럽고 꾸준히 노력하는 유형'이었다고 했다. 하지만 그녀가 이 순종적이고 얌전한 겉모습 아래에 이미 뜨거운 분노와 증오—특히 남성의 권위와 압제에 대한 증오—, 그리고 때로는 사실을 확대·왜곡까지 해 버릴 정도의 정념을 숨기고 있었다는 것은, 《제인 에어》의 로우드 학교에 대한 묘사에서 잘 드러나고 있다.

환상과 현실

7. 환상놀이—'글라스타운'까지

병사 인형

엄격한 아버지가 서재에 틀어박히고 마찬가지로 엄한 이모가 침실에서 바느질이나 독서를 하고 있는 동안, 브론테 집안의 아이들은 어른의 간섭을 전혀 받지 않고 자기들만의 시간을 누릴 수 있었다.

두 언니가 세상을 떠나자 셋째 딸 샬럿이 맏딸이 되었다. 그녀는 공부할 때든 놀 때든 형제자매들 사이에서 주도권을 쥐었다. 그녀가 13세 때 남긴 기록을 보자. 그것은 '1829년의 역사'라는 제목의 짧은 글이다. 그 첫머리는 언니에 대한 추억으로 시작된다. 그것은 지금 그녀의 눈앞에 있는 오래된 지리책의 여백에, 죽은 언니 마리아의 글씨로 '아빠가 이 책을 빌려 주셨다'라는 글이 적혀 있다는 내용이다.

……나는 하워스의 목사관 부엌에서 이 글을 쓰고 있다. 하녀인 타비는 아침식사 때 나온 그릇을 씻고 있다. 여동생 앤(마리아가 제일 큰언니였다)은 의자 위에 무릎을 꿇고 앉아, 타비가 우리 주려고 굽던 케이크를 보고 있다. 에밀리는 거실에서 카펫을 청소하고 있다. 아빠와 브런웰은 키슬리로 외출했다. 이모는 2층의 이모 방에 계시고, 나는 부엌 테이블 옆에 앉아서 이 글을 쓰고 있다. ……우리의 놀이가 완성되었다. '청년들'은 1826년 6월, '우리 벗들'은 1827년 7월, '섬사람들'은 1827년 12월에 완성됐다. 이 셋은 공개적인 커다란 놀이이다. 에밀리와 나의 '침대극'은 1827년 12월 1일에 완성되었다. 그 밖의 놀이는 1828년 3월에 다 되었다. '침대극'은 비밀스런 놀이인데 무척 재미있다. 우리의 놀이는 모두 독특한 것들뿐이다. 그게 어떤 놀이인지는 종이에 써 둘 필요도 없다. 분명 언제까지고 기억할 테니까. '청년들'이라는 놀이는 브런웰의 나무 병정 인형 몇 개에서 출발했다. '우리 벗들'은 《이솝우화》에서, '섬사람들'은 실제로 일어난 몇 가지 사건에서 태어났다. 우리의 놀이가 어떻게 시작됐는지 되도록 명확하게 써 보겠다. 우선 처음으로 '청년들'에 대해서. 아빠가 리즈에서 브런웰에게 줄 선물을 사 오셨다. 나무 병정 인형이었다. 아빠가 돌아오셨을 때는 밤이라서 우리 모두 잠자고 있었다. 그런데 다음날 아침, 브런웰이 병정 인형 한 상자를 들고 우리 방에 찾아왔다. 에밀리와 나는 침대에서 펄쩍 뛰어올랐다. 나는 인형 하나를 움켜쥐고 "이건 웰링턴 공작이야. 이건 공작이야!" 하고 소리쳤다. 내가 말을 마치자마자 에밀리도 하나를 붙잡더니 자기 거라고 선언했다. 그때 앤이 와서 하나는 자기 거라고 말했다. 내가 차지한 인형은 그 중에서도 가장 멋지고 키도 크고 모든 점에서 완전무결했다. 에밀리의 인형은 얼굴이 하도 진지해서 '진지 군(君)'

이란 이름이 붙었다. 앤의 인형은 앤을 닮아서 특이하고 몸집이 작았다. 그래서 우리는 그를 '소년'이라고 불렀다. 브런웰도 자기 인형을 고르더니 '보나파르트'라고 이름 붙였다. 1829년 3월 12일.

이것이야말로 세계문학사상 유례가 없는 형제 4명의 장기적 집단 환상의 기원이다.

훗날 샬럿의 문학의 특징적인 경향 두 가지가 이 짧은 글 속에 이미 공존하고 있다. 일상생활의 여러 가지 사실들을 자세히 기록하는 사실주의적인 자세와, 공상놀이의 흥분에 몸을 맡기는 낭만주의적인 경향이. 게다가 웰링턴 공작을 평생 숭배했던 그녀의 보수주의까지도.

'청년들' '섬사람들' 놀이

두 언니가 세상을 떠난 뒤로 샬럿은 정치·외교·국제문제 담당자 역할을 자임해 왔다. 나무 병정 인형에서 촉발된 '청년들' 놀이는, 영국 국민들의 기억에 아직 선명히 남아 있는 웰링턴 공작과 나폴레옹의 전쟁을 공상으로 재현한 것이다. 샬럿이 움직이는 웰링턴 공작 휘하의 영국군과, 브런웰이 움직이는 나폴레옹 휘하의 프랑스군이 온갖 전략을 구사하면서 공격하거나 퇴각하거나 하는 놀이였다. 이런 전쟁놀이에 질릴 무렵, 아이들은 《이솝우화》에서 힌트를 얻어 각자가 거인의 섬의 소유주가 되는 '우리 벗들' 놀이를 시작했다. 다음으로 '섬사람들' 놀이가 이어졌는데, 글쓰기가 취미인 샬럿은 이 놀이의 기원도 기록해 두었다. 기록 날짜는 1829년 6월 30일이었다.

'섬사람들' 놀이는 1827년 12월에 다음과 같이 시작되었다. 11월의 차가운 진눈깨비와 폭풍을 동반한 안개가 물러난 뒤, 완연한 겨울의 눈보라와 찌를 듯이 세찬 밤바람이 기승을 부리는 밤이 찾아왔다. 그날 우리는 따뜻한 부엌의 붉게 타오르는 난롯불 둘레에 앉아 있었다. 촛불을 켜느냐 마느냐를 놓고 타비와 말싸움을 한 직후였다. 타비가 승리했기 때문에 우리는 촛불을 켤 수 없었다. 기나긴 침묵이 계속됐다. 하지만 브런웰이 깨나른하게 "뭘 해야 될지 모르겠어"라고 말하는 순간 그 침묵은 깨졌다. 에밀리도 앤도 똑같은 말을 했다.

타비 : 그러면 주무시라니까요.

브런웰 : 자는 거 말고, 다른 걸 하고 싶어.

샬럿 : 타비, 오늘따라 왜 그렇게 툴툴거리는 거야? 아! 있잖아, 우리가 각자 자기 섬을 갖고 있다고 상상해 보는 건 어때?

브런웰 : 그럼 난 맨 섬을 가질래.

샬럿 : 그러면 난 와이트 섬으로 할래.

에밀리 : 나는 애런 섬.

앤 : 건지 섬은 내 거야.

그리고 그들은 섬의 지배자들을 선정했다. 브런웰은 유명한 의사 한 명, 유명한 문인 한 명, 그리고 영국인의 전형이라 불리는 존 불을 선택했다. 에밀리는 월터 스콧 경, 그의 전기 작가인 록하트와 그의 아들을 골랐다. 앤은 사회 개혁자 두 명과 유명한 의사 한 명을 골랐다. 샬럿은 그녀의 영웅 웰링턴 공작과 두 아들, 그리고 〈블랙우즈 매거진〉의 편집자 크리스토퍼 노스와 의사인 애버내시를 골랐다. 이렇게 의사들이 많이 선정된 데에는 실제적인 이유가 있었다. 즉 브런웰이 통할하는 전쟁으로 인한 수많은 부상자들을 치료하기 위해서였다. 그 뒤 시계가 7시를 알리자 아이들은 침실로 쫓겨 들어갔다. 이튿날 그들은 인물 일람표에 더 많은 내용을 덧붙여서 왕국의 주요 인물들을 거의 모두 손에 넣었다.

인형 잡지 발행

이 영웅들에게는 전쟁터 이외에도 활약할 곳이 여러 군데 준비되어 있었다. 그들은 대개 문학에도 조예가 깊다고 설정되어 있었다. 1829년에 브런웰은 한 아이디어를 떠올렸다. 바로 일가가 찬미해 마지않는 〈블랙우즈 매거진〉을 모방한 〈블랙우즈 영 멘즈 매거진〉의 발행이었다. 그것은 병사들이 직접 집필하고 발행하고 판매하는 잡지였다. 브런웰은 병정 인형에 어울리게끔 세로 6.5cm, 가로 4cm도 안 되는 크기의 4쪽짜리 잡지를 만들고는, 거기에 작은 글씨로 '글라스타운'에 대한 기록을 적었다. 이 무렵 아이들은 지리책에서 착상을 얻어, 아프리카를 무대로 한 '글라스타운 연방'을 세웠다. 그들은 스스로 수호신이 되어 영웅들을 지배하기 시작했다.

이윽고 성격이 드센 샬럿이 브런웰 대신 〈영 멘즈 매거진〉의 편집장 자리를 차지했다. 샬럿은 밤낮으로 그 잡지에 기록되는 환상에 열중했다. 그녀에게는 그것이 현실 생활의 어떤 국면보다 더 사실적으로 여겨졌기 때문이다. 그녀가 중대하게 여긴 유일한 현실 사건은 런던의 정치문제뿐이었다. 1829년 가톨릭 교도 해방령이 의회를 통과했다는 신문이 도착했을 때, 일가는 심한

〈블랙우즈 영 멘즈 매거진〉
샬럿과 동생들이 '영 멘'의 세계에서 일어난 일을 상세히 기록한 미니어쳐 북 제2호로, 주인공은 아버지의 선물인 병정 인형에서 착상을 얻은 것이었다. 이것은 앞에 놓인 자에서 보는 바와 같이 양면을 펼쳤을 때 3cm도 채 안 되는 크기이다.

흥분과 불안에 휩싸였다. 보수적인 샬럿은 이 해방령에 반대를 표명했다.

샬럿의 남성 화자

일련의 환상놀이의 남성적인 세계를 좌지우지하게 된 샬럿은 그녀의 영웅 웰링턴 공작을 항상 승리자로 만들었다. 그녀는 〈영 멘즈 매거진〉에서 가정적인 문제는 다루지 않고 전쟁·정치·음모·탐험·살인을 다뤘다. 그녀는 수호신 탈리로서 땅을 쿵쿵 울리며 활보하고, 강을 범람하게 하고, 신하들에 대해 생살여탈의 권리를 행사했다.

샬럿은 코완 브리지에서 집으로 돌아온 이후 놀라우리만치 많은 작품을 썼다. 그녀는 1829년 4월부터 1830년 8월 초까지의 작품 일람표를 남겼는데, 그에 따르면 그녀의 작품은 〈영 멘즈 매거진〉과 몇몇 소설을 포함해 무려 23권에 이른다. 샬럿은 1829년 이래 '토리 대령'이라는 글라스타운의 작가의 이름을 빌려 글을 자주 썼다. 1830년에는 '글라스타운'이 '베르도폴리스'라 불리게 되었고 인물도 상당히 바뀌었다.

웰링턴 공작은 뒤로 물러나고, 그의 아들 아서 오거스터스 웰즐리가 재능

과 용모를 갖춘 명상적인 청년 귀족인 두아로 후작으로 등장한다. 그의 재능과 관심이 얼마나 다채로웠는지는 그의 직함을 통해 짐작할 수 있다. 그 직함은 '골동품애호협회회원, 1830년 문학클럽 회장, 예술아카데미 명예회원, 고전교양보급협회 회계, 체육촉진백인연합 대표' 등이었다. 그의 웅변과 폭넓은 화제는 놀라운 수준이었다. 아마 그에게는 그 시절의 샬럿이 생각한 이상적인 남성상이 투영되었을 것이다. 그런데 이 잘생긴 귀족의 위험한 매력에는 항상 염문과 추문이 따라다니곤 했다. 그리고 샬럿은 그의 남동생이자 어둡고 신랄한 찰스 웰즐리 경으로서, 형의 연애 사건을 비웃고 글라스타운의 온갖 정보를 아이러니하게 말했다. 환상 세계에 매몰되고 싶어 하는 샬럿에게 이 냉소적인 남성 페르소나는 그야말로 안성맞춤인 매체였다. 이에 대해 브런웰은 주로 영 알렉산더 술트, 또는 버드 대령이라는 필명으로 대항했다.

1830년 6월 22일에 샬럿은 다음과 같은 이상한 사건이 그날 실제로 일어났다고 한 종이쪽지에 기록했다. 브론테 목사가 중병으로 자리에 누워 있을 때, 주의 계시를 받았다는 한 노인이 목사관 현관에 나타나서 "머지않아 예수가 방문하실 테니 맞이할 준비를 하시오"라고 말했다는 것이다. 환상 소설 속에서 난쟁이나 요정이나 수호신의 활약에 몰두하는 동안, 샬럿 찰스 경의 영적인 경향과 초자연적인 성향이 차츰 강해졌던 것이다.

8. 로헤드 학교

로헤드 학교에 입학한 샬럿

브론테 목사가 일시적으로 매우 쇠약해졌을 때, 그는 만일의 사태를 대비해서 딸들의 자립을 미리 준비해 둬야 함을 깨달았다. 다행히 그는 건강을 되찾았지만, 우선 샬럿이 하워스에서 약 30km 이상 남동쪽으로 떨어진 머필드 서부의 로헤드 학교에 입학하게 되었다. 그 시대에 중산계급 출신의 여성이 긍지를 잃지 않고 일할 수 있는 유일한 직업—상주 가정교사—의 자격을 얻기 위해서였다. 그녀는 1831년 1월의 어느 추운 날, 무거운 마음으로 로헤드를 향해 출발했다. 글라스타운의 관리 역할을 브런웰에게 양보하고, 우두머리의 부재를 걱정하는 동생들을 뒤로한 채.

훗날 친한 벗이 된 메리 테일러는, 샬럿이 로헤드에 도착하던 순간을 이렇게 묘사했다.

나는 그녀가 마차에서 내릴 때 그녀를 처음 보았다. 유행에 무척 뒤떨어진 옷을 입은 그녀는 매우 춥고 안쓰러워 보였다. 그녀는 미스 울러의 학교에 입학했다. 그녀는 옷을 갈아입고 교실에 들어왔는데 그 옷 또한 구식이었다. 그녀는 자그마한 할머니처럼 보였다. 근시가 심해서 항상 무언가를 찾는 듯 보였으며, 그것을 찾으려고 고개를 이리저리 움직이고 있는 듯했다. 아주 부끄럼이 많고 신경질적이기도 했고, 강한 아일랜드 사투리로 이야기했다. 책을 손에 잡으면, 코끝이 책에 닿을 정도로 그 위에 머리를 박았다. 누가 고개를 들라고 말하면, 고개를 따라 책도 올라갔다. 여전히 코끝과 책이 서로 닿을 듯한 그 모습에 웃음을 참기 어려웠다. (개스켈, 제6장)

그 안쓰러운 모습은 왕좌를 굳게 지키면서 벼락을 날리는 수호신 탈리와는 너무나 어울리지 않았다. 15세가 다 된 이 소녀는 몸집이 무척 작고 말랐으며, 평범하게 생긴 코는 큼직했고 입도 상당히 삐뚤어져 있었다. 커다란 갈색 눈은 표정이 풍부했다. 갈색 머리카락은 부드러웠다. 그녀는 언제나 자신의 약한 체력과 볼품없는 외모를 의식하면서 매우 얌전히 지냈다.

샬럿은 그때까지 조직적인 공부를 해 본 적이 없었으므로 문법 및 지리에 대한 지식은 거의 없었다. 그러나 자기 향상심이 강한 그녀는 교육의 가치를 확신했고, 겨우 주위에 적응한 다음부터는 잠시도 낭비하지 않고 공부에 힘썼다. 학생이 10명밖에 안 되는 작은 학교였지만, 거기서 그녀는 울러 여사의 온정을 느꼈으며 메리 테일러와 엘렌 너시라는 평생의 벗을 얻었고 성적도 쑥쑥 올렸다. 그녀는 심한 근시였으나 안경을 쓰지 않았다. 놀이에는 워낙 서툴러서 벗들과 함께 놀진 않았지만, 이야기 솜씨가 뛰어났기 때문에 곧 인기가 높아졌다. 밤이 되면 그녀는 벗들을 모아 놓고 이런저런 이야기를 들려주었다. 그런데 그 이야기가 어쩌나 실감나던지, 누워서 듣고 있던 벗이 흥분해서 떨기 시작했고 샬럿 자신도 그만 무서워져서 비명을 질러 버렸다. 그래서 울러 여사에게 야단을 맞기도 했다.

로헤드 학교 연필화

샬럿은 코완 브리지 학교에서 두 언니를 잃은 것과는 달리 이 학교에서는 평생 친구 메리와 엘렌을 얻는다. 그림은 샬럿이 학생 시절 그린 연필화. 앤도 이 학교에 다닐 적에 똑같은 풍경을 그리려고 했다.

By my K. Daughter Charlotte S Bronte
Mint of Haworth

두 명의 벗

이 학교에서 샬럿은 벗을 둘이나 얻었다. 그들은 여러모로 대조적이었다. 엘렌 너시는 버스톨의 한 부잣집 딸로, 상냥하고 얌전한 소녀였다. 한편 메리 테일러는 고머살의 직물 공장 경영자인 조슈아 테일러의 딸로, 진취적이고 활발한 소녀였다. 엘렌은 샬럿의 지적 욕구를 만족시켜 줄 수 없었으므로 벗의 마음속 깊은 곳을 끝내 엿보지 못했다. 그러나 이 선량하고 성실한 한 살 아래의 벗을 샬럿은 깊이 사랑했다. 그 뒤에도 샬럿은 엘렌을 때때로 찾아가서 창작의 괴로움과 피로를 치유하곤 했다. 엘렌도 이따금 하워스를 방문했다. 그들의 이런 교류는 《제인 에어》의 무대뿐만 아니라 줄거리의 중요한 일부분도 구성하게 되었다. 엘렌은 샬럿의 편지를 평생 소중히 보관했다. 이 편지는 개스켈 부인이 샬럿의 전기를 쓰는 데 큰 도움을 주었다.

샬럿은 활발한 메리에게는 자신의 습관을 밝혔다. 즉 환상의 '창작' 놀이에 대해 말한 것이다. 메리가 가끔 "너희들은 꼭 지하실에서 자라는 감자 같아"라고 말하면, 샬럿은 슬픈 목소리로 "맞아, 정말로 그렇다니까!"라고 대꾸했다고 한다. 어느 날 솔직한 메리는 샬럿에게 "너는 못생겼어" 하고 말했다. 훗날 메리가 샬럿에게 그 무례한 언사에 대해 사과하자 샬럿은 이렇게 대답했다. "아니, 그건 내게 도움이 되는 충고였어." 하지만 샬럿은 평생 용모에 대한 콤플렉스에 시달렸다. 그녀의 소설 속 여주인공도 그 영향을 받았다. 뛰어난 지성과 독립심을 지닌 메리는 뒷날 브뤼셀 유학을 마치고는 독일에서 교편을 잡았다. 이후에는 뉴질랜드에서 여성 실업가로도 활약했다. 그녀는 평생 편지를 통해 샬럿의 내향성과 보수성을 누그러뜨리려고 노력했다. 메리와 그녀의 집안, 그리고 그 집안을 방문하는 일이 샬럿의 상상력을 자극했다. 그 자극은 주로 《셜리》에 관한 것이었다.

이처럼 대조적인 두 사람과 친교를 맺었다는 사실 자체가, 샬럿 자신과 그녀가 쓴 작품의 특징인 극단적 이중성의 공존―정열과 억제, 이성과 상상력, 보수성과 혁신성 등―을 나타내고 있는 것이 아닐까?

로헤드 졸업

샬럿이 로헤드 학교에서 공부한 약 1년은 코완 브리지 시절과는 비교가 안 될 만큼 행복한 시절이었다. 울러 여사의 뛰어난 지도와 자유롭고 거침없는 교풍 덕분이었다. 토요일처럼 오전 수업밖에 없는 날에는 다함께 먼 곳까지 소풍을 나가기도 했다. 이런 때 울러 여사는 이 지방의 역사를 학생들에게 생생하게 들려주었는데, 그들 가운데 최소한 샬럿만큼은 그 이야기를 확실히 기억하고 있었다. 훗날 《셜리》에서 그녀가 묘사한 과거의 노사분규―특히 노동자의 비참한 생활과 공장 습격 사건 등―의 원형은 그곳에 있었다.

그런데 행복했던 이 시절 중에서도 샬럿이 가장 큰 행복감을 느꼈던 날이 있었다. 바로 브런웰이 누나를 만나려고 먼 하워스에서 일부러 이곳까지 걸어온 날이었다. 샬럿은 그와 팔짱을 끼고 교정을 거닐면서, 먼 곳에 두고 온 환상 세계의 이야기를 그에게서 마음껏 흡수했다.

1832년 5월에 샬럿은 여자 가정교사(governess, 이것은 본디 세 종류의 여자 교사를 가리키는 말이었다. 즉 학생의 집에 상주하는 여자 가정교사, 다른 곳에서 통근하는 여자 가정교사, 학교의 여교사에 대한 총칭이었다. 그러나 차츰 상주 가정교사를 주로 의미하게 되었다)에게 필요한 지식을 다 배우고 로헤드를 졸업했다. 그녀는 하워스로 돌아갔다.

9. 곤달과 앵그리아

곤달 왕국의 창시

샬럿이 없는 동안 나머지 세 동생은 어떻게 지냈을까. 전부터 무척 사이가 좋았던 에밀리와 앤은, 샬럿과 브런웰이 좌지우지하는 글라스타운(나중에 베르도폴리스로 개명)의 환상 세계에 조금씩 싫증을 내고 있었다. 특히 브런웰이 끝없이 만들어 내는, 피비린내 나는 전쟁과 혁명의 줄거리에는 완전히 질린 상태였다.

두 사람은 새로운 환상 세계인 곤달의 이야기를 함께 창조했다. 때는 19세기 초반, 북태평양의 곤달 섬과 남태평양의 골다인 섬에서 펼쳐지는 환상 이야기는 연애·간음·음모·살인·자살 등, 암흑의 열정에 지배되는 로맨스였다. 곤달 섬의 기후와 경관은 요크셔의 황야와 비슷했다. 겨울에는 추웠고 여름에는 히스와 블루벨 꽃이 피었다. 곤달 왕국은 샬럿과 브런웰이 만든 남성 지배적 왕국과는 대조적으로, 오거스터 제럴딘 알메이다(A.G.A.)라는 검은 머리의 여왕이 차례로 애인을 바꿔 가면서 권력을 휘두르는 여성적 세계였다. 에밀리는 자신과 거의 동년배인 빅토리아 여왕을 숭배하고 있었다. 그래서 곤달 왕국을 여성의 성적·정치적인 힘이 발휘되는 장소로 만든 것이다.

학문과 외부 세계에서의 경험을 지니고 돌아온 샬럿을 두 여동생들은 경모하는 마음으로 맞이했다. 여동생들은 샬럿이 로헤드에서 배운 지식을 자신들에게도 나눠 달라고, 또 그녀가 가져 온 책을 보여 달라고 열심히 졸랐다. 샬럿은 다시 리더 자리를 차지했다. 그러나 쌍둥이처럼 죽이 잘 맞는 여동생들의 환상 세계에 샬럿이 파고들 여지는 이미 없었다.

브런웰의 성장

남동생 브런웰도 변했다. 그는 더 이상 공상 속 병사들을 이끄는 유치한 사령관이 아니라, 무시무시한 악한이나 바이런적 인물(Byronic Hero, 시인 바이런 자신이나 그의 작품의 주인공에서 드러나는 낭만적이고 비세속적이고 성적 매력이 넘치는 인물)의 창조자였다. 외아들로서 사랑받으며 자란 소년, 아버지의 교육을 통해 조숙한 재능을 꽃피운 젊은이는 이제 다감한 청년으로 성장했다. 그는 더 이상 환상 속의 악인들을 창조하는 것만으로는 성이 차지 않게 되었다. 그는 아버지의 눈을 피해, 교회 바로 근처의 술집 '블랙 불'이나 '화이트 라이온'의 2층에 가서 권투 연습에 열중했다. 또 때로는 1층의 술집에서 맥주를 마시고는 허풍 떨면서 익살을 부리기도 했다. 근처 사람들과 교류한 적이 없는 자매들이 보기에, 마을 사람들과 함께 떠들썩하게 마시고 노는 브런웰은 마치 빛나는 영웅처럼 느껴졌다.

앵그리아 왕국 건설

샬럿은 이전보다 더 환상 세계에 열중했다. 그러나 브런웰과의 공동 작업만으로는 더 이상 만족할 수 없었다. 16세 처녀로서 사생활을 지키고 싶어하는 마음도 있었다. 그래서 그녀는 베르도폴리스에서 자신의 독자적인 새로운 환상 왕국 앵그리아로 옮겨 가게 되었다.

에밀리와 앤의 곤달 왕국이 춥고 황량한 북태평양의 섬에 존재한 반면, 앵그리아 왕국은 아프리카 서해안에 있는 베르도폴리스의 동쪽에 위치한 열대 공간이었다. 앞서 말했듯이 한때 그녀의 우상이었던 웰링턴 공작을 대신해 그의 맏아들인 아서 오거스터스 웰즐리가 주인공을 맡게 됐다. 그는 두아로 후작 직위를 거쳐, 이윽고 잔혹하고 성적 매력이 넘치는 암흑의 영웅 사모나 공작으로 발전하기에 이르렀다. 샬럿과 브런웰은 아버지의 장서에 포함된 바이런의 낭만적인 작품을 몇 번이고 탐독했다. 방랑의 시인 바이런의 고독·반역·혁명·모험으로 가득 찬 낭만적인 삶과, 그가 낳은 부도덕한 주인공들은, 브런웰의 현실 생활과 샬럿의 환상 작품에 깊은 영향을 미쳤다.

앵그리아 왕국의 왕은 사모나였고 왕비는 그의 아내 메리 퍼시였다. 브런웰은 앵그리아 왕국과의 전쟁이나, 왕비의 아버지이자 본디 해적이었던 악마적인 인물 퍼시 공작의 악행과 역경을 창조하는 데 열중했다. 그런데 샬럿은 차츰 연애를 주제로 삼게 되었다. 앵그리아라는 환상 세계로의 몰입은, 샬럿이 자신의 용모에 관한 열등감과 좁고 폐쇄적인 현실 생활을 일시적으로나마 망각하고 뛰어넘기 위한 더할 나위 없는 수단이었다.

이 무렵 샬럿은 로헤드에서 얻은 우정을 소중히 여겨 많은 편지를 주고받았다. 메리 테일러에게는 탐욕스러울 정도의 지적 호기심, 분노나 불만 같은 감정, 정치문제에 관한 솔직한 의견 등을 대담하게 써 보냈다. 엘렌 너시에게는 마치 애인을 대하듯이 달콤하고 열렬한 애정이 담긴 편지를 정기적으로 써 보냈다.

광기 어린 미니어처 북

샬럿은 17세 때에도, 또 18세가 되어서도 여전히 맹렬한 기세로 앵그리아의 이야기를 창조했다. 개스켈 부인은 훗날 전기 자료로서, 그 시절의 샬럿이 만든 수제 미니어처 북 수십 권을 손에 넣었다. 자그마한 손 글씨로 빼곡하게 채워진 그 책들을 본

현존하는 가장 오래 된 샬럿의 자필 원고
유명한 미니어처 북 가운데 하나로, 크기가 28×36㎜밖에 안 된다. 여기에는 앤에 관한 이야기가 적혀 있고 6장의 수채화가 포함되어 있다.

순간, 개스켈 부인은 '광기의 갈림길 앞에 선 창조력'을 느껴 전율을 금치 못했다고 한다.

당시 18세면 웬만한 소녀들은 결혼해서 어머니가 될 나이였다. 샬럿처럼 얼굴이 못생기고 세간과 교제가 별로 없는 소녀는 노처녀가 될 위험이 컸다. 성적 갈망과 창작에 대한 갈망이 그녀를 몰아붙임에 따라, 사모나 공작의 위험한 성적 매력과 독재성과 죄악은 차츰 깊어져 갔다. 이윽고 샬럿은 19세의 생일을 맞이했다.

한편, 미술적 재능을 인정받고 있던 브런웰은 가까운 런던의 로열 아카데미에 입학할 예정이었다. 그러나 샬럿에게는 자립을 위한 구체적인 예정이 하나도 없었다. 여자로서의 한계를 뛰어넘을 방법이 그녀에겐 없었다.

10. 일상생활

평범한 나날

브론테 자매는 환상 세계에 몰입하는 한편, 목사의 딸로서 견실하고 규칙적인 생활을 보냈다. 일요학교의 교사 일도 충실히 계속했다. 그러나 의무가 아닌 한, 결코 타인과 적극적으로 교류하려 들지 않았다. 샬럿은 로헤드에서

돌아온 이후의 일상생활에 대해 다음처럼 써서 엘렌에게 보냈다.

하루에 대해 설명하면 매일에 대해 설명한 거나 마찬가지일 거야. 오전 중에는 9시부터 12시까지 동생들을 가르치고 그림을 그려. 그 뒤부터 점심식사 시간까지는 다 같이 산책을 하고, 식사 후 하이 티타임이 될 때까지 바느질을 하거든. 그 뒤로는 마음 내키는 대로 글을 쓰거나 책을 읽고, 자수를 놓거나 그림을 그리곤 해. 이렇게 단조롭지만 즐거운 나날을 보내고 있고, 집에 돌아온 뒤로는 다과모임에 딱 두 번 참석했어. (1832년 7월 21일)

엘렌의 방문
1833년 8월에 하워스를 처음으로 방문한 엘렌은 그때의 인상을 다음과 같이 적었다.

15세인 에밀리는 키가 크고 얼굴이 해쓱했으며, 우아하고 아름다웠다. 하지만 태도는 딱딱했다. 그녀는 그 아름다운 짙은 회색 눈을 들려고도 하지 않았다. 앤은 몸집이 작고 마른 아가씨였다. 머리카락은 옅은 갈색으로 우아하게 굽이치고 있었고, 눈은 제비꽃 빛깔이 도는 푸른색이었다. 피부는 몹시 투명했다. 앤은 친해지기 쉬운 사람이었다. 그녀는 이모의 사랑을 듬뿍 받고 있었다. 브런웰은 몸집은 작아도 잘생긴 붉은 머리 소년이었다. 날씨가 좋은 날이면 엘렌은 항상 그들과 함께 황야를 산책했다. 이때 엘렌은 한 가지를 깨달았다. 에밀리가 황야에서는 어린애처럼 생기 있고 쾌활한 소녀가 된다는 사실이었다.
목사관에는 커튼이 전혀 없었다. 브론테 목사가 화재를 두려워했기 때문이다. 거실과 서재 이외에는 카펫도 깔려 있지 않았다. 사암으로 된 계단과 홀 바닥은 언제나 먼지 하나 없이 깨끗했다. 벽지도 발라져 있지 않았다. 청결함과 검소함, 그것이 일종의 엄격한 세련됨을 낳고 있었다.

매일 밤 8시에는 백발의 브론테 목사가 가족들을 모아 엄숙하게 예배를 드렸다. 이모는 매우 몸집이 작고 예스러운 부인이었다. 그녀는 발이 차가워지지 않도록 항상 장화 비슷한 것을 신고 있어서 걸을 때마다 소리가 났다. 9시가 되면 브론테 목사는 현관문을 잠그고 거실 앞에서 아이들에게 빨리 자라고 말한 다음, 층계참에 서서 낡은 벽시계의 태엽을 감았다. 그 뒤 사람들은 저마다 자유롭게 지냈다. 에밀리와 앤은 항상 같이 놀았다. 그들은 부엌이나 2층에서 곤달 왕국의 꿈을 꾸었다. 샬럿과 에밀리가 둘이서 '침대극'을 만들던 그 옛날, 두 사람은 같은 침대에서 잠을 자

브론테 자매의 초상화
좌로부터 앤, 에밀리, 샬럿. 브런웰이 1834년에 그린 초상화로 세 소녀의 특징을 잘 묘사하고 있다.

고 뭐든지 함께 했다. 그러나 샬럿이 로헤드에 다니는 동안 에밀리는 앤과 동맹을 맺어 샬럿과는 정반대되는 환상 세계의 주인이 됐고, 마침내 샬럿의 이해 범위를 뛰어넘는 완고한 자아로 성장했다.

예술에 눈뜨다

이처럼 자족적이고 판에 박은 듯한 생활에 하나의 변화가 일어났다. 1830년대 초반부터 아버지가 자식들을 위해 그림과 음악을 가르치는 개인교수를 고용했던 것이다. 화가를 꿈꾸는 브런웰뿐만 아니라 자매들도 각각 그림과 음악에 재능을 보였다. 그녀들은 하루에 몇 시간이고 그림을 그리거나 동판화를 모사하거나 했다. 특히 샬럿은 이 모사에 열중하여, 눈을 심하게 혹사했다. 이런 그림에 대한 흥미는, 뒷날 작품 속에서 생생한 묘사를 하는 데 보탬이 됐다. 브런웰은 유화를 그렸는데, 그는 초상화가로서 장래가 유망해 보였다. 이 무렵 그가 그렸던 세 자매의 초상화는 좀 어설프긴 해도 실물의

특징을 잘 묘사하고 있다. 이 그림은 현재 런던의 영국 국립 초상화 미술관(National Portrait Gallery)에 전시되어 있다.

심한 근시였던 샬럿은 악보를 읽지 못해서 피아노를 칠 수 없었다. 그러나 나머지 셋은 음악을 즐겼다. 브런웰은 플루트와 오르간, 에밀리는 오르간과 피아노, 앤은 성악에 뛰어났던 듯하다.

아버지는 아이들에게 음악 및 그림 개인 수업을 시키느라 고생했다. 결코 풍족하다고는 할 수 없는 가계였기 때문이다. 그의 가장 큰 기대는 전적으로 브런웰에게 걸려 있었다.

산책과 독서

오후 산책을 나서는 자매들의 발걸음은 결코 마을로 향하지 않았다. 그 걸음은 늘 황야로 향했다. 때로는 왕복 13km나 걸어 키슬리 마을의 도서관까지 갔다. 때로는 언덕을 내려가, 아버지와 친분이 있는 히튼 집안에서 책을 빌렸다. 폰든 홀이라 불리는 이 저택은, 훗날 《폭풍의 언덕》에 나오는 린튼 집안의 드러시크로스 저택의 원형이 되었다.

대단한 독서가였던 샬럿은 엘렌의 부탁을 받아, 읽을 만한 책을 추천하는 편지를 썼다(1834년 7월 4일). 그녀가 뛰어난 시인으로 꼽은 인물은 밀턴·셰익스피어·톰슨·스콧·바이런·캠벨·워즈워스 등으로, 낭만파 시인에 대한 편애가 엿보인다. 그녀는 셰익스피어의 많은 비극과 《카인》, 《돈 주안》 이외의 바이런의 시도 추천했고, 소설로는 스콧의 작품만 읽으면 된다고 했다. 그 밖에 역사·전기·박물학 관련 추천서를 보면, 샬럿이 매우 드넓은 독서를 즐겼음을 알 수 있을 뿐 아니라, 엘렌의 지적 한계와 보수적인 그녀의 집안 분위기에 대한 샬럿의 배려도 엿볼 수 있다. 그 시대의 일반 가정에서 셰익스피어의 작품은 대개 저속하다고 여겨졌다. 그리고 너무 낭만적인 것, 특히 바이런의 작품은 거의 예외 없이 기피의 대상이 되었다.

에밀리와 앤의 일기

샬럿은 글쓰기를 좋아했다. 그녀가 쓴 편지는 엘렌 덕분에 많이 남아 있고, 앵그리아에 관한 원고도 많이 보존되어 있다. 이에 비해 에밀리와 앤이 남긴 자료는 매우 적다. 곤달에 관한 작품 중 산문 소설은 하나도 없고, 오직 에밀리와 앤의 시가 남아 있을 뿐이다. 곤달에서는 에밀리가 전적으로 주도권을 쥐었고 앤은 그것에 함께 어울렸을 뿐인 듯하다. 에밀리가 쓴 190여 편의 시 중 거의가, 또 앤이 쓴 59편의 시 중 23편이 곤달과 관련된 것으로 추정된다. 그녀들의 원고를 샬럿이 처분했다는 설도 있지만 확실치 않다. 다만 에밀리와 앤이 4년마다 쓰기로 약속한 두 사람의 일기가 귀중한 자료로 남아 있다. 1834년 11월 24일, 1837년 6월 26일, 1841년 7월 30일, 1845년 7월 30일(에밀리), 31일(앤). 그 일기는 이렇게 4번 쓰였다. 그중에서 두 사람의 첫 번째 공동 일기는 다음과 같다.

> 1834년 11월 24일 월요일
> 에밀리 제인 브론테, 앤 브론테
> 　나는 레인보우·다이아몬드·스노플레이크·재스퍼 꿩(별명)에게 먹이를 줬다. 오늘 아침 드라이버 댁에 다녀온 브런웰은 로버트 필 경이 리즈에서 입후보를 권유받고 있다는 소식을 가져왔다. 앤과 나는 사과를 깎고 있었다. 샬럿이 사과 푸딩을 만들려고 했기 때문이다. ……타비가 좀 전에 나한테 감자를 까라고 시켰다. 이모가 방금 부엌에 들어와서는 "앤, 네 다리는 대체 어디에 있니?" 하고 물었다. 앤은 "이모, 바닥 위에 있어요"라고 대답했다. 아빠가 거실 문을 열고 브런웰에게 편지를 전해 주시더니 "자 브런웰, 이거 읽어 보고서 샬럿과 이모님께 보여 드려라" 하고 말씀하셨다. 곤달인은 골다인의 오지를 계속 발견하고 있다. 샐리 모즐리는 뒤쪽 부엌에서 빨래를 하고 있다. ……

이 일기에서도 샬럿의 문장과 마찬가지로, 일상생활과 비현실적인 환상 세계가 뒤섞여 있다. 이 자료들은 브론테 자매가 대조적인 두 세계를 자유롭게 드나들면서 성장해 간 모습을 보여 준다.

11. 다시 로헤드에

교사 샬럿
샬럿에게도 마침내 자립의 길이 열렸다. 비록 작은 길이긴 했지만. 울러 여사는 그녀의 학교에서 샬럿이 보조 교사로 일한다면 여동생 중 한 사람을 무료로 교육해 주겠다고 제안했다. 그즈음 브런웰이 런던에 그림을 배우러 갈 예정이었는데, 아버지와 이모는 그 경비 때문에 골머리를 앓고 있었다. 이런 사정을 알고 있었던 샬럿에게 이것은 고마운 제안이었다. 물론 불안하긴 했지만, 그래도 낯선 가정에서 상주 가정교사로 일하는 것보다는 낫겠다 싶었다. 에밀리를 데려가기로 결정한 샬럿은 '의무와 필요'에 떠밀려 하워스를 뒤로 했다. 1835년 7월, 에밀리가 17살이 되는 생일 전날이었다.

이때부터 1838년 12월에 샬럿이 사직하기까지는 예상치 못했던 우여곡절이 많았다. 울러 여사 밑에서 일한다고는 해도, 교사로서 가르치는 것은 학생으로서 공부하는 것보다 훨씬 힘든 일이었다. 당시 교사의 지위는 사회적·경제적으로 학생보다 더욱 낮았다. 교사는 급료에 얽매인 노예와도 같은 처지였다.

에밀리의 좌절

그러나 가장 염려스러웠던 것은 고향을 떠난 다음부터 하루하루 쇠약해져 가는 에밀리의 건강 상태였다. 그녀는 자기 내부에 틀어박혀 샬럿 이외의 그 누구와도 대화하지 않았다. 훗날 에밀리의 사후에 샬럿이 쓴 글을 보면,

> 에밀리는 황야를 사랑했다. 그토록 어두운 저 황야에도, 그녀가 보기에는 장미보다 더 빛나는 꽃들이 피어 있었다. 그녀는 납빛 산허리의 오목한 부분을 낙원이라고 생각했다. 그녀는 스산함과 쓸쓸함 속에서 수없는 마음의 기쁨을 발견했는데, 그 중에서도 가장 강하게 사랑했던 것은 '자유'였다. 자유야말로 에밀리의 콧속을 지나 흐르는 숨결이었고 그녀는 그것 없이 살아갈 수 없었다. (《폭풍의 언덕, 아그네스 그레이》1850년판의 〈엘리스 벨 시선집〉에 포함된 머리말)

야생적인 에밀리에게 규칙적인 집단생활은 구속으로 느껴졌다. 그녀는 그런 생활에 적응할 수 없었다. 하워스에서의 자연과의 교류를 잃고 곤달의 환상 세계와도 이별했다는 사실이, 그녀를 더욱 쇠약하게 했다. 그녀는 로헤드에 고작 석 달밖에 머무르지 못했다. 10월 중순에 목사관으로 돌아온 에밀

리는 이내 건강을 회복했고 그 대신 앤이 로헤드에 입학했다.

샬럿의 고뇌

샬럿은 과묵한 에밀리의 굳센 기상을 전부터 사랑하고 있었지만, 얌전한 앤의 인내심이나 경건함은 무시하는 경향이 있었다. 에밀리가 로헤드를 떠나자 샬럿 자신이 더욱 불행해졌다. 에밀리와 무척 친했던 앤도 그녀와 떨어져 지내게 되자 풀이 죽었다. 이상하리만치 의무감이 강했던 샬럿은, 자신과 앤의 옷을 겨우 마련할 수 있을 정도의 낮은 급료를 위해, 거의 쉬지도 않고 계속 일했다. 그녀는 의무를 수행하느라 바빴다. 그래서 로헤드에서의 이번 생활은 전보다 더 큰 갈망과 고뇌를 샬럿에게 심어 주었다. 즉 환상 세계에 대한 갈망과, 그 갈망을 채우지 못한다는 현실적 고뇌를 준 것이다.

오늘 나는 하루 종일 꿈속에 있었다. 반쯤 비참한 기분으로, 또 반쯤 황홀한 기분으로. 왜 비참한가 하면, 꿈을 좇다 보면 도중에 반드시 방해받기 때문이다. 왜 황홀한가 하면, 그 몽상이 지옥의 온갖 사건을 마치 현실처럼 선명하게 보여 주기 때문이다. 나는 1시간 동안 리스너 양, 메리어트 양, 엘렌 쿡과 함께 괴로운 공부를 했다. 그들에게 '관사(冠詞)'와 '명사'의 구별을 가르치려고 노력하면서. ……이런 생각이 문득 나를 덮쳤다. 나는 내 삶 절정기를 이런 비참한 속박 안에서……보내야 하는 건가? (로헤드에서 쓴 자전적 단편, 1836년 8월 11일)

두 가지 세계에서 살아가야 한다는 사실은 샬럿을 여위게 만들었다. 이 무렵 그녀는 자기 내부의 죄 많은 앵그리아에 대한 몽상, 그 몽상의 동료였던 브런웰에 대한 강한 애착, 그리고 성숙한 여성으로서의 성적 좌절감 등을 자책하지 않을 수 없었다. 그녀는 종교적인 우울에 빠졌다. 이런 절망적인 상황에서 '비참한 속박'으로부터 벗어나 자립을 이룩할 방법은 단 하나밖에 없었다. 몽상을 글로 써서 수입을 얻는 것. 오직 그것뿐이었다.

브런웰의 좌절

한편 브런웰은 샬럿과 에밀리가 로헤드로 떠난 지 석 달 뒤 런던으로 출발했다. 미술적 재능을 갈고닦기 위해서였다. 18세였던 그는 로열 아카데미에 미술학도로 입학하기 위해, 가족들의 기대를 등에 업은 채 많은 소개장을 주머니에 넣고 길을 떠났다. 그는 그때까지 아버지와 이모의 사랑을 듬뿍 받으며, 또 마을에서는 신동이라는 소릴 들으면서 성장해 왔다. 기가 약하면서도 자신감은 넘쳐났고, 학교생활 경험은 거의 없었다. 아마도 그는 런던의 미술관에서 충격적인 열등감에 사로잡혔을 것이다. 그는 입학 절차도 밟지 않고 소지금을 탕진해 버리고는 며칠 뒤 허무하게 고향으로 돌아왔다.

브런웰은 그래도 명성에 대한 동경을 버리지 못했다. 이번에는 문필로 이름을 날리려고 했다. 그는 〈블랙우즈 매거진〉의 편집장에게 히스테릭한 편지를 몇 통이나 보냈다. 그러나 답장은 돌아오지 않았다. 다음으로 그는 자신이 쓴 시를, 명성이 높은 시인 워즈워스에게 보냈다. 이에 대한 답장도 또한 없었다.

"문학은 여성이 할 일이 아니다"

샬럿이 브런웰의 무모한 시도를 알고 있었는지는 확실치 않다. 어쨌든 그녀는 신기하게도, 남동생보다 조금 앞서서 그와 똑같은 행동을 했다. 그녀는 1836년 12월 크리스마스 휴가 때, 그 시대의 계관 시인 사우디에게 편지를 보내 자신의 시에 대한 의견을 구했다. 석 달 후 사우디가 보내 준 답장만이 현재 남아 있다. 그 편지는 온정이 넘쳤지만, 남성과 여성의 본분을 한정해서 생각하는 그 시절의 관습적인 상식이 드러나 있었다. 사우디는 우선 샬럿에게 시적 재능이 있음을 인정하고는 이렇게 말했다.

"문학은 여성 일생에서 직업이 될 리가 없고, 그렇게 해야 할 것도 아닙니다. 여성이 부여받은 의무를 확실하게 다하면 다할수록 그런 여성의 소양이나 기분전환이라고 해도 문학에 관한 여유는 차츰 없어져버릴 것입니다. 당신이 이런 의무를 다 해야 할 처지는 아닌 듯싶은데, 그런 처지라면 작가로서의 명성을 좇으려는 기분도 사라질 것입니다."

사우디 같은 명사에게 성실한 답장을 받은 샬럿은 무척 감격했다. 그래서 그녀는 바로 감사 편지를 썼다. 거기서 그녀는 이렇게 맹세했다. 명성을 위해 시를 쓰는 일은 그만두고, 여성으로서의 의무를 다하겠다고.

그녀는 그의 편지를 소중히 간직했다. 그 위에 '사우디의 충고를 영원히 지

킬 것. 나의 21살 생일날. 1837
년 4월 21일'이라고 적어 두기까
지 했다.

그러나 문필로 명성을 얻으려
는 야심을 버릴 수는 없었다.
1840년 여름에 그녀는 콜리지에
게도 자신이 쓴 소설을 보냈다.
결국 샬럿은 사우디의 충고를 지
키지 않았던 것이다.

이상적인 여성 두부(頭部)를 그린 습작
이 작품에는 '에밀리아 워커'라는, 샬럿이 로헤드 학교
에서 가르친 학생의 이름이 적혀 있다. 에밀리아는 자
신의 은사에 대한 기념으로 이 그림을 간직해 왔다.

교사를 그만두다

로헤드에서 연일 이어지는 힘
든 노동 때문에 샬럿의 몸과 마
음은 차츰 상해 갔다. 하지만 그
녀는 자신보다도 앤을 걱정했다.
기침과 호흡 곤란을 앓는 앤을
본 샬럿은, 죽은 언니들—마리아와 엘리자베스—를 떠올리고는 크게 걱정
했다. 샬럿은 울러 여사의 무관심함에 격렬하게 화를 냈다. 결국 앤은 1837
년 12월에 학교를 떠나 고향으로 돌아갔다.

1838년 여름에 울러 여사는 넓고 상쾌한 로헤드에서, 2~3마일 떨어진 저
습지인 듀스베리 무어로 학교를 옮겼다. 하워스에서 25km쯤 남동쪽으로 떨
어진 곳이었다. 그곳의 입지조건은 로헤드에 비해 건강에 나빴다. 이런 환경
에 힘들어하면서도 샬럿은 약 반 년 동안 혼자서 애써 일했다. 브런웰의 장
래는 불투명했고, 하녀 타비가 걸린 병은 가계에 악영향을 미치고 있었다.
샬럿이 힘낼 수밖에 없었다. 그녀는 교직이라는 무거운 짐을 조용히 견뎌 내
면서 단조로운 생활을 계속했다. 그러는 동안 그녀의 건강은 차츰 악화되었
다. 그녀는 컨디션이 나빠져서 덜덜 떨거나, 조금만 놀라도 비명을 지르게
되었다. 1838년 말에 샬럿은 의사의 권유로 결국 교사 일을 그만뒀다.

에밀리의 사색

에밀리는 로헤드에서 돌아온 뒤 2년간, 샬럿과 앤이 없는 동안 브런웰과 매우 친해졌다. 두 사람은 이른바 외부 세계의 실격자로서 서로 마음이 통했던 것이다.

에밀리는 부엌에서 감자 껍질을 벗기고 빵을 굽고 요리를 하면서, 자기 나름대로 독일어와 프랑스어를 열심히 공부했다. 황야를 산책하고 곤달에 몰두하고, 서로의 환상 이야기의 진행 상태에 관해 브런웰과 이야기를 나눴다.

이 무렵 에밀리는 시를 많이 썼다. 곤달에 대한 시가 대부분이었는데, 그것도 그녀의 사색 및 개인적인 감정의 표현으로서 해석될 만한 시였다. 아버지와 이모가 잠들고 나면 브런웰은 술집으로 놀러갔다. 그리고 에밀리는 혼자서 창문 너머의 밤하늘을 바라보며 시를 썼다. 샬럿과 브런웰은 유명한 시인에게 자신의 작품을 보내 조언을 얻음으로써 세상에 나가려고 했다. 하지만 에밀리에게는 그럴 마음이 없었다. 그녀에게 시란 자신의 마음을 떠받쳐주는 버팀목일 뿐이었다.

> 높이 파도치는 히스는 폭풍우 같은 돌풍에 꺾여 휘어진다.
> 한밤중과 달빛과 반짝이는 별무리
> 어둠과 영광은 서로를 기꺼이 껴안고
> 대지는 하늘로 올라가고 하늘은 내려오며
> 인간의 영혼은 외로운 감옥으로부터 벗어나
> 차꼬를 부서뜨리고 감옥 창살을 꺾는다.
> (다섯 번째)

1836년 12월에 쓰인 이 시는 에밀리가 18세 때 지은 초기 작품이다. 이 시에서는 황야의 시인인 그녀의 신비주의적 경향이 드러나 《폭풍의 언덕》 및 훗날의 시를 예고하고 있다.

에밀리의 교직

그러나 에밀리도 초연했던 것은 아니다. 집안의 가난한 사정 및 샬럿의 분투를 알고 있던 그녀는, 집안 일이나 빵 굽기만 하고 있는 자신의 무력함을 싫어했을 것이다. 1838년 9월에 그녀는 핼리팩스 근처 로힐의 한 학교가 낸 광고에 응모해서 보조 교사로 뽑혔다. 패칫 자매가 운영하는 그 학교는 약 40명의 학생들을 가르치는 큰 학교였다. 에밀리는 아침 6시부터 밤 11시까지 중노동을 계속해야 했는데, 하루에 30분 정도 운동 시간이 주어질 뿐이었다. 이를 안타깝게 여긴 샬럿은 '노예 상태나 마찬가지야. 에밀리는 도저히 못 견딜 거야'(1838년 10월 2일)라는 편지를 엘렌에게 보냈다. 예상대로 에밀리는 차츰 여위어졌다. 그녀는 여섯 달 후 퇴직해서 고향으로 돌아갔다.

에밀리의 삶에 단 한 번이었던 이 교사 체험은 잔혹할 정도로 비참한 것이었다. 하지만 그녀는 이 경험에서 하나의 큰 수확을 얻었다. 그 기간 동안 그녀는 《폭풍의 언덕》의 히스클리프를 창조할 힌트를 얻었다. 즉 복수심이 강하고 잔혹한 남자 잭 샤프의 실화를 가까이 접하였던 것이다.

고난의 청춘

12. 가정교사 지옥

미래 계획

크리스마스 휴가철을 맞이해 자매가 모두 집에 모이자, 이야기는 자연스레 일가의 생계 문제로 흘러갔다. 아버지 브론테 목사의 수입은 연봉 200파운드에 불과했다. 게다가 그는 지나칠 정도로 자선하길 좋아했다. 이모의 저금과 50파운드의 연금에 의존할 수도 없는 노릇이었다. 그녀들은 집에 있을 때에는 매일 밤 이모와 함께 바느질을 했다. 9시가 돼서 이모가 잠자리에 들면 그녀들은 초를 아끼기 위해 불을 껐다. 그리고 난로 불빛에 물든 실내를 돌아다니면서 현재 상황과 장래 계획에 대해 이야기를 나눴다. 그것이 그녀들의 습관이었다. 훗날 그녀들이 본격적으로 작가를 지망하게 된 다음부터는, 이런 식으로 각자의 소설 줄거리에 대한 대화가 이루어졌다.

이 무렵 브런웰은 초상화가로 자립할 거라고 요란하게 광고하면서 브래드퍼드에 아틀리에를 열었다. 하지만 이 시도도 결국 실패로 돌아갔다.

샬럿과 에밀리는 지금까지의 경험으로 학교 교사의 괴로움을 뼈저리게 느끼고 있었다. 그녀들의 지식과 경력으로 볼 때 남은 길은 가정교사밖에 없었다. 브런웰의 자립이 순조롭지 않은 이상, 그녀들 중 누군가가 빨리 직업을 얻어 아버지의 부담을 조금이라도 덜어야 했다.

가정교사의 비참함

그런데 빅토리아 여왕 시대의 상주 가정교사만큼 비참한 직업은 달리 없었다. 그 시대 영국에는 독신 여성의 수가 유난히 많았다. 남녀 사망률의 차이, 해외로 이주하는 남녀 수의 차이, 중산계급 남성의 만혼 경향 등 갖가지 원인 때문이었다.

다음과 같은 여성이 수십만 명이나 있다. 모든 계층에 퍼져 있긴 하지만 상대적으로 중류층과 상류층에 가장 많다. 그들은 어떤 여성인가. 남성이 벌어 온 돈을 사용하거나 절약하는 게 아니라 스스로 생활비를 벌어야 하는 여성이다. 즉 아내나 어머니로서의 자연스러운 의무와 임무를 지지 못하고, 부자연스럽고 괴로움도 많은 직업을 스스로 가져야 하는 여성이다. 다른 사람들의 생활을 만족시키고 편안하게 하고 윤택하게 만드는 대신, 자기 혼자만의 불완전한 독립적 삶을 꾸려 나갈 수밖에 없는 여성이다. (W.R. 그렉, '왜 여성이 과잉인가?', 〈내셔널 리뷰〉, 1862년 4월)

이런 여성들에게 전통적으로 열려 있는 직업이 상주 가정교사였다. 교육받은 중산계급 여성이 숙녀로서의 자존심을 어떻게든 지키고 또 노동자계급의 권리도 침해하지 않으면서 일하는 길은 겨우 그 정도였다. 그래서 봉급도 적은 가정교사 자리에 희망자들이 몰렸던 것이다. 상주 가정교사 상조 협회는 1841년에 설립되었는데 그때 이미 그 노동시장은 공급 과잉 상태였다. 1851년에는 무려 25000명에 이른 그 수는 이후에도 계속 늘어날 전망이었다. 직업을 원하는 사람 수가 많으면 많을수록 대우는 악화되었다. 가정을 직장으로 삼는 반쯤 사적인 이 직업은, 때로는 하녀보다도 급료가 낮았고 또 언제 쫓겨날지 모른다는 점에서 그 처지가 비참했다.

교통이 불편했던 예전에는 귀족과 상류계급 사람들이 자녀 교육을 위해 상주 가정교사를 고용했지만 19세기 들어서는 중산계급 사람들도 고용하게 되었다. 여학교의 수가 적고 그 시설도 불충분했기 때문이었다. 또 사회 풍조도 이에 큰 영향을 미쳤다.

여성을 둘러싼 사회 풍조

그 시대의 이상적인 중산계급 여성은 일반적으로, 아무 일도 하지 않는 장식적인 존재였다. 사람들은 여성의 유급 노동을 불행하고 부끄러운 일이라고 생각했다. 그 무렵 중산 가정의 주부들은 집안 일을 하인에게 시키고 자녀 교육까지 가정교사에게 맡겨 버리고, 스스로는 아무 일도 하지 않는 유한 계급이 됨으로써 한껏 고상한 기분에 젖어 있었다. 대개 이런 고용주들은 양식(良識)이 없었다. 그들은 상주 가정교사에게 버릇없는 자녀들의 교육뿐만 아니라, 자녀들의 생활 전반에 대한 감독, 때로는 바느질과 애 돌보기까지 시켰다. 중산계급 출신인 가정교사는 같은 중산계급인 고용주 밑에서 일해야 한다는 데에 굴욕을 느꼈다. 게다가 어중간한 입장 때문에 하녀들의 곱지 않은 시선을 받는 일도 많았다.

앤의 직업 생활

브론테 자매는 상주 가정교사의 비참한 처지를 알고 있었다. 하지만 다른 길이 없다면 그 처지를 견뎌 낼 수밖에 없었다. 그런데 가장 먼저 가정교사라는 무거운 짐을 지기로 결심한 사람은, 놀랍게도 19세였던 막내딸 앤이었다.

1839년 4월에 앤은 자진해서 홀로 하워스를 떠났다. 목적지는 하워스에서 24km 떨어진 머필드에 있는 거대한 저택, 블레이크 홀의 잉엄 집안이었다. 과거에 다녔던 로헤드 학교가 저택 근처에 있다는 점에 앤은 일종의 안도감을 느꼈다. 그녀는 5명의 아이들 중 위의 2명—6살짜리 남자애와 4살짜리 여자애—를 담당하게 되었다. 연봉은 25파운드였다. 온화하고 인내심이 강한 앤은 자매들 중에서도 가장 이 직업에 어울리는 편이었다. 하지만 잉엄 집안의 버릇 없는 말썽쟁이들을 벌줄 권한이 그녀에게는 전혀 없었다. 이 집에서 앤이 얼마나 악전고투를 했는지는, 훗날 그녀의 첫 소설작품《아그네스 그레이》(1847)에서 사실적으로 묘사된 가정교사 여주인공 아그네스가 겪는 고생을 보면 알 수 있다. 결국 앤은 약 여덟 달 만에 일을 그만두고 말았다.

가정교사가 된 샬럿

이 무렵 샬럿도 난생 처음으로 가정교사에 도전했다. 앤이 출발한 다음 달인 5월이었다. 그녀는 로더스데일, 스톤갭의 시지윅 집안에 들어갔다. 시지윅 씨는 부유한 방적공장 경영자였고, 스톤갭이라 부르던 그 저택은 로더스데일 강이 내려다보이는 골짜기의 비탈에 세워진 쾌적한 건물이었다. 그러나 본디 아이를 싫어하는 샬럿은 아무래도 새로운 환경에 적응할 수 없었다. 시지윅 부인은 6살짜리 여자애와 4살짜리 남자애를 돌보는 일뿐만 아니라 산더미 같은 바느질감까지 모두 샬럿에게 맡겨 버렸다. 그녀는 아침 일찍부터 늦은 밤까지 일해야 했다.

> 나처럼 한곳에 틀어박혀 사색하길 좋아하는 사람이 공작처럼 오만하고 유대인처럼 유복한 대가족 안에, 특히 유난히 밝은 가족들과 저택을 가득 메운 손님들 안에 갑자기 내던져진다면 얼마나 비참할지 상상해 봐. 게다가 그 손님들은 내가 한 번도 본 적 없는 사람들뿐. 이런 상황에서 나는 버릇없고 난폭한 응석받이 아이들을 맡고 있어. 그 아이들을 가르치는 것은 물론이고, 계속 함께 놀아 주는 일까지 떠맡고 있어. ……가끔 나는 우울에 빠져……놀랍게도 그 일로 부인이 믿어지지 않을 만큼 엄하고 난폭하게 질책하는 바람에, 나는 바보처럼 크게 울어 버렸어. 도저히 울지 않을 수 없었어. (엘렌에게, 1839년 6월 30일)

결국 샬럿은 두 달 만에 그만두었다. 그녀가 이 두 달 동안 뼈저리게 느꼈던 굴욕적인 소외감은, 대개 그녀 자신의 비사교적인 성격과 고독을 씹는 버릇에서 비롯된 것이었다. 그러나 주관적인 경향이 강했던 샬럿의 경우, 여기서 경험했던 불행한 심정 체험은 확대되어서 그녀의 작품에 영향을 줬다. 그것은 뒷날 손필드 저택에서 손님에게 바보 취급을 당하는 제인 에어나, 《셜리》(1849)의 프라이어 부인의 비참한 체험에 반영되었다. 한번은 시지윅 집안의 소년이 샬럿에게 성경을 집어던진 적이 있었다. 이 저택이 게이츠헤드 저택의 모델이 되었다는 점도 아울러 생각한다면, 존 리드가 제인에게 폭력을 휘둘렀던 장면의 원형은 아마 여기에 존재했을 것이다.

샬럿은 일가와 함께 스워클리프 보양지에서 여름을 보낸 후 리펀 근처의

로더스데일의 스톤갭
샬럿이 시지윅 집안에 가정교사로 1839년 5월~7월까지 있었다.

노튼 코니어스 저택을 방문했다. 이 저택은 옛날에 미친 여자가 감금돼 있었다는 전설이 있는 3층 다락방을 비롯해 전체적으로, 로체스터의 손필드 저택 내부 풍경을 그녀에게 암시해 준 것으로 추정된다.

샬럿의 두 번째 가정교사 일

샬럿은 시지윅 집안에서의 체험을 통해, 자신이 개인 가정의 상주 가정 교사에 어울리지 않는다는 사실을 진저리날 정도로 깨달았다. 그런데도 2년 뒤 그녀는 두 번째 근무처로 떠났다. 새 근무처는 브래드퍼드 근교 로든에 있는 어퍼우드 하우스의 화이트 집안이었다. 이곳에서 샬럿은 시지윅 집안에 비해 훨씬 따뜻한 대우를 받았다. 하지만 샬럿의 연봉은 겨우 20파운드에 불과했다. 그것에서 세탁비를 빼면 남는 것은 겨우 16파운드였다. 하녀의 급료와 다를 바 없는 액수였다. 아이 돌보기와 바느질을 밤낮으로 하던 열 달 동안, 그녀는 심각한 향수병에 자주 시달렸다.

샬럿은 두 번의 가정교사 생활에서 언제나 고용주 측 부인을 엄격한 시선으로 보는 반면, 주인을 경애하는 경향이 있었다. 이는 어릴 때부터 그녀가 자매들보다 남동생 브런웰에게 강한 애착을 느꼈다는 점과도 일치한다.

남녀의 급료 차이

앤이 잉엄 집안의 가정교사를 그만둔 뒤, 이듬해 1840년 1월에 브런웰이 브로튼 인 퍼니스의 포슬스웨이트 집안의 가정교사로 부임했지만 겨우 여섯 달 만에 해고되었다. 이어서 그는 소워비브리지 역의 역무원으로 취직했고, 1841년 4월에는 루덴덴 풋 역의 역장이 되었다. 그 무렵은 근처의 대도시 맨체스터에서 리즈까지 철도가 개통되어 사람들의 관심을 모으면서, 철도 시대의 도래가 피부로 느껴지던 시대였다. 역장 일은 그의 자매들이 하는 상주 가정교사 일에 비해 훨씬 편했다. 게다가 그의 업무 태도는 부지런한 샬럿이나 앤과는 대조적이었다. 그럼에도 그의 연봉은 130파운드—샬럿이 피땀 흘려 번 돈의 6배 이상—였다. 어째서일까? 답은 간단하다. 브런웰은 남자이고 샬럿은 여자이기 때문이다.

샬럿이 화이트 집안에 취직한 것과 거의 동시에, 앤은 소프 그린 홀의 로빈슨 집안에 가정교사로 들어갔다. 앤의 4년간의 고난은 이렇게 시작되었다. 노력해 보아도 얻는 게 거의 없는 가정교사 일을 계속하기보다 자신들의 학교를 설립하고 싶다는 소망은 샬럿의 마음속에서 차츰 커져만 갔다.

13. 결혼인가 독립인가

샬럿, 청혼을 받다

샬럿이 첫 근무지 스톤갭에 부임하기 얼마 전의 일이다. 1839년 2월, 엘렌의 오빠 헨리 너시로부터 생각지도 못했던 구혼 편지를 받았다. 너시 집안은 하워스에서 동남쪽 17킬로미터 거리에 있는 라이딩스라는 저택에 살고 있었는데, 샬럿은 로헤드 학교를 떠나 두 달 뒤에 처음으로 그곳을 방문한 이후 몇 차례 찾아간 적이 있어서 헨리와는 안면이 있었다. 또한 너시 일가가 1837년에 브루크로이드로 이사한 뒤에도 그와 만날 기회가 있었다. 헨리는 목사였고, 성격은 《제인 에어》의 세인트 존과 조금 닮은 데가 있었다. 샬럿이 이 편지를 받은 것은 그녀가 울러 여사의 학교에서 교사생활을 하다가 과로로 병에 걸려 고향에 돌아와 있었던 때여서, 만일 이 구

레베카 솔로몬의 《가정교사》에서

1856년 답례용 장식본에 게재된 알프레드 T. 히스의 판화. 샬럿도 견디내지 못했던 고독한 가정교사의 처지가 묘사되어 있다.

혼을 승낙했더라면 그토록 간절히 원하던 경제적 안정을 쉽게 얻을 수 있었을 것이다. 또한 노처녀가 되지 않아도 되었을 것이고, 엘렌과의 유대도 더욱 깊어졌을 것이다.

그러나 샬럿은 이 첫 번째 청혼을 다음과 같은 이유로 거절했다.

저는 이 일을 결정하기 위해 저의 취향보다 양심의 소리에 귀를 기울였습니다. ……저는 저 자신이 당신 같은 남성을 행복하게 해 줄 수 있는 기질의 소유자가 아니라고 생각합니다. ……당신의 아내로 어울리는 여성은……지나치게 눈에 띄거나, 열정적이고, 독창적인 성격보다는, 온화한 기질과 참된 경건함, 변덕스럽지 않은 쾌활한 기질의 소유자로, '외모의 매력' 또한 당신의 눈을 즐겁게 하며, 당신의 정당한 자존심을 만족시켜 주는 사람이어야 합니다. 당신은 저를 모릅니다. 저는 당신이 생각하는 것처럼 성실하고 신중하며 냉정한 사람이 아닙니다. 당신이 저를 알게 되면, 저를 낭만적이고 별난 사람이라고 생각할 것입니다. 이렇게 말씀드리면

빈정대기 좋아하고 엄격하다고 말씀하시겠지요. 하지만 저는 거짓말하는 것을 경멸합니다. 그리고 결혼의 행복을 얻고 노처녀라는 오명에서 벗어나기 위해, 제가 행복하게 해 줄 수 없음을 잘 알고 있는 훌륭한 남성과 결혼하는 일은 결코 하지 않겠습니다. (헨리에게, 1839년 3월 5일)

나는 그를 존경하고, 그에게 호감을 느끼고 있어. 하지만 그를 위해서라면 기꺼이 죽을 수 있다는 강렬한 애착은 없었고 또 그런 애착을 가질 수도 없어. 만일 내가 결혼한다면 그런 경모하는 마음으로 남편을 보지 않으면 안 될 거야. 이런 기회는 아마도 다시는 없을 테지만 그래도 하는 수 없어. (엘렌에게, 1839년 3월 12일)

앵그리아라는 환상세계에서 여자의 정열을 차례차례 써 나가던 샬럿에게는 순수하고 낭만적인 사랑에 대한 열렬한 희구와, 정열이 결여된 결혼에 대한 심한 거부반응이 있었다. 그리고 그녀에게는 놀라울 만큼 정확한 자아에 대한 인식이 있었다. 샬럿은 헨리를 거절하고 굳이 고된 가정교사직을 선택했는데, 제인 에어도 상황은 다르지만 목사 부인이 되어 주길 원하는 세인트 존의 구혼을 거절한다.

두 번째 구혼자
너시의 구혼을 거절하고 다섯 달 뒤, 샬럿은 두 번째 가정교사 자리를 찾고 있었다. 아버지를 찾아온 손님이 우연히 더블린 대학을 갓 졸업한 젊은 아일랜드인 부목사(副牧師) 데이비드 프라이스라는 청년을 데리고 왔다. 그녀는 자기 집에서는 편안하게 지낼 수 있는 성격이어서 그와 편하게 이야기를 나누었는데, 사흘 후에 온 그의 청혼 편지에 그녀는 크게 웃음을 터뜨리고 말았다.
이 두 차례의 구혼은 그녀가 원하던 결혼—마음의 참된 친화성을 바탕으로 한 결혼—과는 전혀 다른 것이었다. 23세도 이미 반을 넘긴 샬럿은 괴로운 심정으로 노처녀가 될 자신의 운명을 받아들이고 열심히 일을 계속하기로 결심했다.

14. 앤의 첫사랑

웨이트먼 부목사

1839년 8월 앤이 잉엄 집안에서 근무하고 있었을 때, 윌리엄 웨이트먼이라는 청년이 브론테 목사의 부목사로서 하워스를 찾아왔다. 그는 더럼 대학에서 신학을 공부한 25세의 청년이었다. 성격은 쾌활하고 명랑하며, 사람을 좋아하는 사교적인 유형이었다. 하워스의 처녀들은 그를 맞아 큰 소동을 벌였고, 그도 염문을 뿌리는 것이 그리 싫지는 않은 모양이었다.

샬럿과 엘렌은 웨이트먼을 그 여성적인 미모 때문에 '시리아 아멜리아 아가씨' 같은 별명으로 부르며 재미있어했지만, 그는 선량한 인품과 성실한 근무 태도로 브론테 목사의 두터운 신임을 받았다. 브런웰은 웨이트먼과 함께 곧잘 황야를 산책하며 마음속의 번민을 털어놓았고, 내향적인 에밀리조차 그 사람 앞에서는 긴장이 풀리는 기색이었다.

앤은 웨이트먼이 재임하는 동안 가정교사로 일했기 때문에 집을 비울 때가 많았으므로, 두 사람이 하워스에서 얼굴을 마주한 기간은 매우 짧았던 것으로 추측된다. 그럼에도 웨이트먼의 존재는, 앤에게는 없는 그 발랄한 활기로 인해 그녀의 마음에 깊은 인상을 심어준 것 같다. 갓 스물이 된 앤의 은밀한 마음을 그가 눈치챘는지 어떤지는 확실하지 않으며, 두 사람의 친밀한 관계를 추측할 만한 증거도 없다.

앤의 비련

그러나 앤의 어떤 시에는 그를 향한 것이라 생각되는 애절한 마음이 암시되어 있다. 소설 《아그네스 그레이》는 가정교사인 여주인공 아그네스가 목사 웨스턴을 사랑하여, 그와 행복한 결혼을 한다는 결말이었는데, 시보다 더욱 분명하게 그녀의 소망이 투영되어 있는 듯하다.

그러나 1842년 9월, 앤이 두 번째 직장에서 가정교사를 하고 있을 때, 웨이트먼은 콜레라에 걸려 28세의 젊은 나이로 어이없이 죽고 만다.

앤의 첫사랑은 고백할 기회조차 얻지 못한 채, 생애 단 한 번의 비련의 추억이 되어 그녀의 마음속 깊숙이 가라앉았다.

15. 학교 설립의 꿈

자신들의 학교

1841년 무렵부터 샬럿은 가정을 떠나 자매들이 헤어져 살아가는 괴로움과 허전함을 사무치게 느끼고, 입주 가정교사라는 직업에 대한 자신의 적성을 의심하기 시작했다. 늙은 아버지와 행실이 불안정한 남동생을 돌볼 겸, 하워스에서 자기들끼리 작은 기숙학교를 열려고 했다. 그 무렵에는 소녀들을 대상으로 여성이 경영하는 작은 사설 교육기관이 많았다.

화이트 집안에서 가정교사 일에 쫓기면서, 샬럿은 발을 동동거리며 이 계획의 가능성을 찾고 있었다. 벗에게 편지를 써서 정보를 모으고, 이모에게서 자금을 빌릴 수 있을는지 여부도 고려하고 있었다. 앤은 로빈슨 집안에서 열심히 일하고 있었고, 브런웰은 루덴덴 풋 역에, 그리고 에밀리는 하워스에 있었다. 에밀리는 로힐 학교 교사를 그만둔 뒤 집에서 다시 집안 일에 매달리며 혼자 황야와 교류하는 데 만족하고 있었지만, 이 계획에는 조용히 찬성의 뜻을 표시했다.

샬럿의 걱정과 실제적이고 분주한 노력에 비해 에밀리의 평정과 낙천성이 두드러지는데, 이는 1841년 7월 30일의 일기에 잘 나타나 있다. 에밀리와 앤은 4년마다 일기를 써서, 4년 뒤 에밀리나 앤의 생일에 펼쳐서 다시 읽기로 약속하고 있었다. 에밀리의 단편은 다음과 같다.

현재, 우리 자신의 학교를 설립하려는 계획이 진행되고 있다. 아직 아무것도 정해지지 않았지만, 그 일이 잘 진행되어 우리의 최고의 기대가 이루어질 것을 나는 바라고 믿고 있다. 4년 뒤의 오늘, 우리는 지금과 같은 상황을 여전히 지루하게 이어가고 있을까, 아니면 진심으로 만족하면서 자리를 잡고 있을까. 시간이 지나면 알게 되겠지.

에밀리는 이 일기 후반에서 4년 뒤에 모든 일이 순조롭게 흘러가는 행복한 휴일을 상상한다. 그리고 여전히 곤달인의 움직임을 기록하고, 멀리서 고생하는 앤에게 '용기를 내라'고 외치면서 펜을 놓았다. 비교를 위해 같은 날 앤이 고용주 가족과 함께 머물던 스카버러 해안에서 쓴 일기의 일부를 인용한다.

　우리는 학교를 설립할 것을 계획하고 있지만, 그에 대해서는 아직 분명하게 정해진 것은 아무것도 없고, 가능할지 어떨지도 알 수 없다. 물론 가능하기를 바란다. 지금으로부터 4년 뒤의 오늘, 우리의 상황은 어떻게 달라져 있을까, 우리는 어디서 무엇을 하고 있을까. ……앞으로 4년 동안 무엇을 만들어낼 것인가. 오직 하느님만이 알고 계신다. 우리 자신은 그때(4년 전)부터 거의 달라지지 않았다. 나는 여전히 그때와 같은 결점을 갖고 있다. 다만 지혜와 경험은 늘었으나, 냉정함은 그때보다 아주 조금 늘었을 뿐이다. 우리가 이 나의 일기와 에밀리가 쓴 일기를 펼칠 때, 우리는 어떻게 되어 있을까. 곤달인들은 변함없이 번영하고 있을까, 그들의 상황은 어떻게 될까. 나는 지금 솔라라 바논의 생애 제4권을 쓰고 있다.

앤이 더 회의적이라는 것을 알 수 있다. 위의 문장에서도 분명하듯이, 두 사람은 각각 열심히 곤달의 꿈을 써나가고 있었다.
　학교 설립 계획이 생각대로 잘 진행되지 않자 샬럿은 화이트 집안의 조언을 따르기로 했다. 요크셔에는 이미 많은 사설 학교가 있어서, 하워스 같은 시골에서 학생을 모으기는 어려울 것이었다. 조금이라도 유리한 조건을 갖추기 위해서는, 일단 계획을 중단하고 유럽 대륙으로 유학을 가서 외국어와 다른 공부를 익혀 자격을 얻는 것이 우선이라는 것이다.
　마침 벗 아멜리 테일러가 동생 마사와 함께 벨기에의 수도 브뤼셀에서 유학중이었다. 그녀의 권유도 있었고, 이모로부터 자금을 빌리는 데도 성공하여, 샬럿은 에밀리를 데리고 브뤼셀에 유학하기로 결심했다. 일반 여성에게는 국내 여행조차 여의찮았던 당시에 끈기 있게 조사와 설득을 거듭하여 이 계획을 실현시킨 샬럿의 용기와 행동력은 참으로 놀랍기 그지없다.

16. 브런웰의 타락

브런웰 다시 가정교사로
브런웰은, 화가나 문인이 되겠다는 꿈이 허망하게 깨진 뒤로 루덴덴 풋 역의 역장을 지내고 있었으나, 술에 빠져 직무태만으로 1842년 4월 면직되고 말았다.

마음씨 고운 앤은 어떻게든 이 오빠를 도와 다시 일으켜 세우고 싶었다. 그녀는 지난해 3월부터, 두 번째 직장 소프 그린 홀의 로빈슨 집안에서 연봉 50파운드의 가정교사로 지내고 있었다. 그녀는 4명의 아이들 가운데 위의 세 여자아이를 돌보고 있었다. 그래서 막내인 사내아이 에드먼드의 가정교사로 오빠를 추천하려고 생각했다. 그 희망이 실현되어 1843년 1월 그녀는 브런웰을 소프 그린 홀로 데려 갔다. 그러나 앤의 이런 선의가 머지않아 무서운 파국을 부르게 될 줄은 신이 아닌 그녀로서는 전혀 알 도리가 없었다.

고용주 에드먼드 로빈슨은 성직자였고, 아름답고 사교적인 부인은 상냥했으며, 대우도 나쁘지 않았다. 일은 힘들었지만, 앤은 일가와 함께 여름에는 해안 휴양지 스카버러에서 상류사교계를 엿볼 수 있었고, 태어나서 처음 보는 바다의 장대함에 감동하기도 했다. 가정교사로서의 앤에 대한 평판은 더없이 좋았고, 브런웰도 처음에는 부부의 만족을 얻었다.

불륜의 사랑

그러나 얼마 뒤 브런웰은 17살이나 연상인 로빈슨 부인에 대한 사랑에 사로잡혔고, 상대도 자신과 같은 마음이라고 믿었던 것 같다. 두 사람의 정사에 대한 구체적인 진상은 알 수 없지만, 1845년 7월에 그는 로빈슨 목사의 분노를 사서 해고되었다. 그리고 다음 해 5월에 로빈슨 목사가 죽자 상황은 더욱 악화되었다. 부인은 때때로 브런웰에게 돈을 보냈고, 그는 부인이 남편이 죽으면 자신과 결혼할 생각이라고 굳게 믿고 있었다. 어린 시절부터 아버지와 이모의 사랑을 한 몸에 받으며 환상에 젖어 있었던 그는 자매들처럼 현실의 냉엄함에 단련되지 못했고, 희망과 현실의 차이를 직시하지 못했던 것이다.

앤은 브런웰이 해고되기 한 달 전에 로빈슨 집안의 가정교사를 스스로 그만두었다. 그녀가 브런웰의—어쩌면 부인의—심상치 않은 마음과 언동에 대해 얼마나 알고 있었는지는 모른다. 그러나 도덕적이고 경건한 그녀가 매우 괴로워했을 것은 쉽게 상상할 수 있으며, 국교회 목사인 아버지는 물론 고지식한 일가에 이 사건이 격심한 충격으로 다가왔음은 말할 필요도 없었다.

결국 실패를 끌어안고 고향에 나타난 브런웰은 마지막까지 로빈슨 부인을 미친 듯이 연모하며, 술과 마약에 빠져 황폐한 삶을 보내게 된다.

앤의 고뇌

오빠의 불륜을 둘러싼 앤의 깊은 고뇌는 훗날 뛰어난 작품으로 결실을 맺는다. 그녀의 두 번째 소설《와일드펠 홀의 소작인》(1848)에는 알코올과 마약에 빠진 남성인물로, 여주인공 헬렌의 남편 아서 헌팅든 외에 그의 벗 로 버러 경도 등장한다. 중심인물 헬렌은 어려서 어머니를 여의고 이모 밑에서 자라는데, 그녀의 아버지 또한 술주정뱅이였음이 나중에 판명된다. 그녀는 남편의 음주와 방탕함에 괴로워하다가 아들의 교육을 위해 남편 곁을 떠나 몸을 숨긴다. 나중에 남편이 병상에 누워 있음을 알고 그의 곁으로 돌아가, 그가 최후를 맞이할 때까지 헌신적으로 돌본다. 남편이 죽은 뒤 헬렌은 그녀를 사랑하는 길버트 마캄과 결혼한다. 이 경건하고 자기희생적이며 도덕적인 고난의 여성에게 앤의 심정이 반영되어 있음은 분명하다.

17. 브뤼셀

자기실현에 대한 야심

메리 테일러는 유럽 대륙에서 유학생활과 여행에 대한 가슴 설레는 정보를 때때로 샬럿에게 보내 그녀의 선망을 부채질했다.

메리의 편지에는 그녀가 본 것들—매우 아름다운 그림, 위엄에 가득 찬 대성당—에 대해서 썼더라. 나는 그녀의 편지를 읽으면서 목 언저리에 복받쳐 오르는 것이 무엇인지 알 수 없었지. 속박당하는 뻔한 일을 하지 않으면 안 되는 것엔 정말로 조바심이 나. 날개, 부를 얻을 수 있는 날개를 얻고 싶은 마음, 보고 듣고 배우고 싶은 집요한 갈망. 마음 속 무언가가 한동안 온몸으로 퍼져나가는 것 같았어. 나는 아직 능력을 발휘하지 못하고 있다고 생각하면 속이 타지만 이내 사그러들고, 포기하곤 해. (엘렌에게, 1841년 8월 7일)

반년이면 제 프랑스어도 능숙해지겠지요. 이탈리아어도 꽤나 향상 될테고, 독일어도 한 순간에 익힐 수 있을 거예요. ……어쩌면 아버지는 이 계획을 무모하다고 생각하시겠지요. 그렇지만 큰 야망도 없이 세상의 중심에서 두각을 드러낸 사람이 있었을까요. 아버지도 아일랜드를 떠나 케임브리지 대학교에 갔을 때, 지금의 저만큼 큰 야망을 품고 있었을 거예요. 저는 가족 모두가 잘 되었으면 해요. 우리들에게는 재능이 있다고 생각하니까, 그 재능을 살리고 싶어요. (브런웰 이모에게, 1841년 9월 29일)

이런 편지에서 샬럿은 학교 설립을 위한 자격을 갖추기 위해서뿐만 아니라, 지금까지 갇혀 있던 자신들의 능력을 개발하고 싶다는 자기실현에 대한 열망을 품고 길을 떠났음을 알 수 있다.

브뤼셀 여행
유학할 곳은 두 번 세 번 바뀌어 결국 브뤼셀의 이자벨 거리에 있는 에제 부인의 기숙학교로 정해졌다.

아버지, 메리 테일러와 그녀의 오빠와 함께, 샬럿과 에밀리는 개통한 지 얼마 지나지 않은 철도 여행에 흥분한 채, 리즈에서 두시간 만에 런던에 이르렀다. 런던의 소음과 혼잡함, 외국어처럼 들리는 마부의 말씨 등, 그녀들에게는 모든 것이 신선한 놀라움이었다. 그들은 아버지가 알고 있는 유일한 여관, 파터노스터 거리의 챕터 커피 하우스에 며칠 동안 묵었다. 그리고 바로 뒤에서 들리는 세인트 폴 대성당의 귀청이 떨어질 듯한 종소리에 한밤중의 꿈에서 깨어나곤 했다.

그림을 좋아하는 가족 중에서도 특히 미술에 조예가 깊은 샬럿은 지적 갈망을 채우는 첫걸음으로서 런던의 모든 미술관과 화랑을 둘러보려고 기를 썼다. 에밀리는 언니의 의견에 따르지 않고 언제나 자기 자신의 의견을 가지고 있었다.

런던의 인상, 그리고 런던에서 브뤼셀까지의 기나긴 여행은 샬럿의 두 번째 여행 경험과 함께, 훗날 그녀의 첫 소설 《교수》의 제7장과, 마지막 소설 《빌레트》 제6장에 자세히 묘사된다.

브뤼셀의 에제 기숙학교
샬럿과 에밀리 자매는 1842~1843까지 이 학교에서 공부했다.

에제 기숙학교

섬나라 영국의 외진 시골에서 벗어난 자매는, 아버지가 브뤼셀에서 하룻밤 머물고 귀국한 뒤로, 낯설고 익숙하지 않은 환경을 불굴의 의지로 견뎠다. 에제 기숙학교는 냉정한 활동가인 교장 에제 부인이 경영하고 있었다. 기숙생과 통학생을 합하여 90명 정도의 학생을 거느린 큰 학교로, 학생은 대부분 벨기에인이었다. 두 사람은 휴식 시간을 아껴가며 오직 공부에만 전념했다. 공부할 때 외에는 내성적이고, 언제나 둘이 붙어 다녔으며, 특히 에밀리는 거의 말을 하지 않았다.

에밀리는 그 동안 혼자서 부지런하고 인내심 있게 공부하다가, 스무 살이 지난 뒤 나와 함께 대륙의 학교에 갔다. 그녀의 고뇌와 고투는 여전히 계속되었고, 그 외곬의 이교적인 영국 정신은 이국의 로마 가톨릭계의 온건한 궤변성에 대한 강한 혐오 때문에 더욱 고조되었다. 그녀는 또 다시 기력을 잃을 것처럼 보였지만, 이번에는 결의만으로 새로운 힘을 불러일으켰다. 그녀는 이전의 실패를 마음의 괴로움과 부끄러움으로 되돌아보며 극복하려고 결심했으나, 그러기 위해서는 엄청난 희생을 치르지 않으면 안 되었다. 그녀는 괴로움 속에서 얻은 지식을 머나먼 영국 마을의 낡은 목사관, 그리고 황폐한 요크셔의 언덕에 가지고 돌아가기 전에는 결코 행복하지 않았다. (《폭풍의 언덕, 아그네스 그레이》 1850년판의 〈엘리스 벨 시선집〉에 샬럿이 쓴 머리말)

에제 선생의 교육

교장의 연하 남편 콘스탄틴 에제는 당시 32세였다. 열정적인 기질과 고상한 품성, 깊은 신앙심의 소유자로, 아내와 함께 브뤼셀에서도 뛰어난 교육자로 이름 높았다. 그는 두 영국 아가씨의 특이한 성격과 놀라운 재능을 바로 알아보았다.

그는 샬럿보다 에밀리의 재능을 더욱 높이 평가한 것 같다. 그에 의하면, 에밀리가 가진 논리성과 논쟁 능력은 남자에 견주어도 뛰어나고, 여자에게는 참으로 드문 것이었으나, 완고한 의지 때문에 손상되어 있다는 것이었다. 에제는 에밀리를 "그녀는 남자가—위대한 항해자가—되어야 했다"고 평가했다. 자매의 성격도 잘 파악하고 있었다. 에밀리는 이기적이고 까다로웠으며, 샬럿은 이기심이 없어 언제나 동생을 염려했다.

에제는 이 두 사람에게 다른 외국인 학생과는 다른 새롭고 특별한 방법으로 프랑스어 개인지도를 시도하였다. 그가 제안한 방법은, 사전이나 문법책을 사용하지 않고 프랑스 낭만주의 문학을 위주로 한 명작의 낭독을 듣고 그것을 분석하거나, 그것에서 얻은 착상으로 원하는 주제의 작문을 쓰는 독특한 것이었다. 즉 귀와 마음을 모두 가동시켜 프랑스어의 정신과 리듬을 파악하게 하는 것이었다. 에밀리는 이 제안에 반대했으나, 샬럿은 이렇게 대답했다. "이 방법이 성공할지 어떨지는 모르지만, 학생인 이상 선생님의 충고에 따르겠습니다." 그 결과 두 사람의 프랑스어 실력은 눈에 띄게 진보했다.

스승에 대한 사모

나는 1, 2주일 전에 스물여섯 살이 되었어. 인생의 한창인 이 시기에 난 아직도 학생이지만 아주 만족스럽게 생각해. 권위를 행사하는 대신 권위

콘스탄틴 에제와 그 가족 초상화

샬럿이 브뤼셀을 떠난 뒤 2, 3년 안에 그려진 그림이다. 샬럿은 보답받지 못할 자신의 사랑의 대상인 에제를 '흑조'라고 불렀다. 그녀는 에제로부터 《제인 에어》의 에드워드 로체스터와《빌레트》의 무슈 폴 에마뉘엘에 대한 착상을 얻었다.

에 순종하고, 명령하는 대신 그것에 따르는 것은 처음에는 꽤 이상한 느낌이 들었지만 지금은 그런 상태가 마음에 들어. 오랫동안 마른 풀만 먹던 소가 신선한 풀밭으로 돌아왔을 때 느끼는 탐욕이 다시 살아나거든. 이런 비유를 우습다고 생각하지는 마. 난 명령보다는 복종이 자연스러워. ……나라와 종교 차이가 우리와 다른 사람들 사이를 가로막아, 우리는 많은 사람들 속에서 완전히 고립되어 있어. 하지만 불행하다고 생각한 적은 없어. 지금 생활은 가정교사 생활과 비교하면 아주 즐겁고 나에게 꼭 맞는 일이야. ……교장 에제 부인은 미스 캐서린 울러와 닮은 꼴로, 그녀와 마찬가지로 교양도 깊고 성격도 닮았어. 그러나 그녀만큼 엄격하지는 않다고 봐. 왜냐하면 그 부인은 실망을 해 본 적이 없고, 신랄함이 없어서 그래. 한마디로 말하자면 노처녀가 아니라 결혼한 사람이라서 그래. ……아직 말하지 않은 사람이 한 사람 있어. 바로 에제 부인의 남편 에제 선생이야. 그는 수사학을 가르치는데 정신력이 강한 사람이야. 하지만 화를 잘 내고 성격이 급해. 그는 작고 까무잡잡하며 못생겼는데, 얼굴 표정이 시시각각으로 달라지거든. 어떤 때는 미친 수고양이 같고, 어떤 때는 흥분한 하이에나 같아. 아주 드물게 그런 위험한 매력이 사라지고 온화한 신사의 모습을 보이기도 해. 그는 지금 나에게 몹시 화가 나 있어. 내가 옮긴 문장이 "대부분 정확하지 않다"라고 비난할 정도로 형편없기 때문이야. ……실은 몇 주 전에 그가 나를 과대평가하여 매우 어려운 영어 작품을 프랑스어로 옮길 때 사전과 문법책을 전혀 보지 말라고 했는데, 그 때문에 수업이 아주 어려워서 난 때때로 영어를 쓸 수밖에 없었어. 그런데 그는 불같이 화를 내더라. (엘렌에게, 1842년 5월 5일)

입학 3개월 뒤의 이 편지에 이미 샬럿이 에제의 역동적인 인물상과 유능하고 특이한 교사상에 깊은 관심을 갖고 있음이 나타나 있다.

자아가 강한 에밀리에게 이 유학은 그다지 큰 영향을 주지 못했다. 굳이 말하자면 독일어를 공부하기 위해 읽은 호프만 같은 독일 낭만파의 작품이 《폭풍의 언덕》에 간접적인 영향을 끼쳤다고 할 수 있다. 그러나 샬럿에게는 결정적인 의미를 갖는다. 에제를 향한 존경이 차츰 강한 사모의 마음으로 바뀌면서, 그녀의 마음속에서 그는 아버지나 브런웰, 앵그리아의 영웅을 대신할 압도적인 위치를 차지해가고 있었기 때문이다.

아무튼 첫 브뤼셀 체류 9개월 동안—에밀리는 예외로 하고—샬럿은 행복한 시간을 보냈다. 당시 메리 테일러의 백부가 브뤼셀에 머물고 있어서, 휴일마다 그 집에 초대되어 다른 학교에 다니는 메리·마사와 함께 보냈다. 그 밖에도 친절한 영국인 가족이 있었지만, 어느 집에서든 에밀리는 끝까지 어울리지 못했고, 샬럿은 정중했다고 한다.

첫 체류가 끝나갈 무렵 불길한 사건이 일어났다. 하워스에서 9월에 웨이트먼이 콜레라로 죽고, 브뤼셀에서 10월 중반에 쾌활하던 마사 테일러가 역시 콜레라로 죽었다. 23살이었다. 친한 벗의 타향에서의 슬픈 죽음은 《셜리》의 제9장과 제23장에서 제시 요크의 이국에서의 죽음과 매장 대목에서 회상되고 있다.

이모의 죽음

그 슬픔이 채 아물기도 전에 고향에서 브런웰 이모가 장폐색으로 중태라는 소식이 전해졌다. 서둘러 출발하려는 사이에 이모의 죽음을 알리는 두 번째 편지가 왔다.

두 사람이 안트베르펜에서 출항하여 겨우 집에 이르렀을 때에는 장례식까지 모두 끝난 뒤였다. 10년 가까이 자매의 가족을 위해 헌신한 이모는 검약해서 모은 재산을 1831년에 작성한 유언에서 조카딸들에게 남겼다. 그녀가 아끼던 브런웰은 남자라 장래 걱정은 필요 없다고 판단했으므

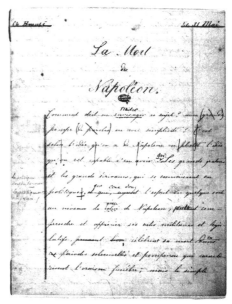

샬럿이 브뤼셀에서 쓴 연습장의 한 페이지
그녀는 무슈 콘스탄틴 에제의 열성적인 지도 아래, 프랑스어 지식 및 작문 능력을 갈고닦았다.

로 기념으로 작은 상자만 받았을 뿐이었다. 브런웰에게 있어 벗 웨이트먼과 어머니 대신이었던 이모의 죽음을 자매가 집을 비운 사이에 혼자 감당해야 했던 것은 가혹한 경험이었다.

이모가 자매 한 사람당 물려 준 300파운드는 그녀들을 당장의 노동에서 해방시키고 목사관을 개수하여 학교 설립기금으로 삼기에 충분한 금액이었다. 브론테 목사의 연수입에 비하면 그것이 큰 액수임을 알 수 있을 것이다. 경제에 능통한 에밀리가 다른 자매의 몫까지 모아 미들랜드 철도 주식을 사서 관리를 담당했다.

샬럿과 에밀리가 브뤼셀에서 귀국하자 에제는 바쁜 중에도 시간을 쪼개어 브론테 목사에게 조위 편지를 썼다. 그는 편지에서, 일 년 만에 뚜렷한 진보를 보인 두 사람에게, 아니면 적어도 그 중 한 사람만이라도 1년 더 브뤼셀에서 공부하게 하라고 정중히 권유했다.

앞에서 말했듯이 브런웰은 앤과 함께 로빈슨 집안의 가정교사로서 1843년 1월에 출발했으므로, 샬럿은 자신이 남고 에밀리를 브뤼셀에 보내도 좋았다.

그러나 에밀리는 스스로 집에 남기를 원했고, 결국 샬럿이 단신으로 다시 브뤼셀로 향했다.

다시 브뤼셀로

두 번째의 브뤼셀 행에 대하여 샬럿은 3년 후에 이렇게 썼다.

이모가 세상을 떠난 뒤, 나는 양심을 거스르며—당시 어쩔 수 없었던 충동에 쫓기어—브뤼셀로 돌아왔어. 그 결과 나는 자신의 이기적이고 어리석은 행동 때문에 2년 이상 행복과 마음의 평안을 완전히 잃는 벌을 받았어. (엘렌에게, 1846년 10월 14일)

이모의 뒤를 이어 맏딸로서 집을 지키고 늙은 아버지를 돌보아야 한다는 의무감을 등지고, 다시 바다를 건넌 샬럿—'어쩔 수 없었던 충동'이란 도대체 무엇이었을까?

이번에는 에제 기숙학교의 학생이 아니라 영어 교사로 부임했는데, 이 두 번째 체류는 전번과는 달리 불행의 연속이었다. 교직에 대한 자신감 결여와 에밀리나 벗들의 부재 탓도 있지만, 가장 중요한 원인은 그녀의 마음속에서 커져가는 에제에 대한 우상숭배적인 정열과 부부의 태도 변화에 대한 과민 반응 때문이었다. 샬럿은 부인이 그녀에게 명백하게 냉담해졌을 뿐 아니라, 에제까지도 부인의 영향을 받아 싸늘해지고 있다고 느꼈다. 언어·종교·풍습이 다른 이국에서 '학교에서 존경할 만한 유일한 사람들'이라고 생각하던 부부와의 단절은 견디기 힘들었다.

특히 긴 여름방학 동안 인적 없는 기숙사에 홀로 남겨진 그녀는 신경이 곤두서서 매일 거리를 헤매었다. 그러던 어느 저녁 무렵 성 구둘라 대성당에 들어가 신교도임에도 "그래서 나는 고해를 했어, 참된 고해를 한 거야."(에밀리에게, 1843년 9월 2일). 《빌레트》 제15장에서 여주인공 루시의 행동으로 그려지는 이 고해의 내용은 확실하지는 않지만, 아마도 처자식이 딸린 남성, 종파를 달리 하는 외국인 에제를 향한 마음의 고뇌이리라 추정된다.

에제 부인의 태도는 갈수록 차가워졌고, 샬럿의 고독감은 깊어만 갔다. 12월, 그녀는 브뤼셀을 떠날 마지막 결심을 부부에게 알렸다. 에제는 그녀가 프랑스어를 가르치기에 충분한 학력을 마쳤음을 증명하기 위해 그녀가 가르치던 근처의 학교 아테네 로열 학교의 공인을 찍은 면허장과 함께 책을 선물했다.

브뤼셀을 떠나기 전에 나는 매우 괴로웠어. 내가 아무리 오래 살더라도 에제 선생님과의 이별이 준 괴로움은 결코 잊지 못할 거야. 언제나 그토록 진실하고, 친절하고 사심 없는 선생님을 슬프게 한 것이 나를 매우 슬프게 했어. (엘렌에게, 1844년)

샬럿의 러브레터

1844년 1월, 마침내 샬럿은 참담한 심정으로 브뤼셀을 떠나 고향으로 돌아왔지만, 이른바 '브뤼셀 체험'은 아직 끝나지 않았다. 그녀의 로맨틱하고 공상적인 성향은 멀리 떨어지면 떨어질수록 에제 선생의 모습을 부풀렸던 것이다.

귀국 후에 샬럿은 에제에게 프랑스어 편지를 때때로 보냈다. 그 중 4통이 대영도서관에 보관되어 있는데, 그 문장은 스승에 대한 동경이 가득하며, 다시 만날 날을 위해 프랑스어를 열심히 복습하고 있고, 스승으로부터의 한 마디 짧은 편지가 반 년 동안 마음의 버팀목이 될 것이라고 호소했다.

하루하루 편지를 기다리고, 하루하루 절망이 나를 지독한 슬픔으로 던져 넣습니다. ……그리고 열망에 사로잡힌 나는 식욕을 잃고 잠들지도 못하고, 그저 초췌해져 갈 뿐입니다. (에제 선생님께, 1845년 2월 18일)

샬럿의 편지에 절절한 애원의 어조가 심해질수록 그의 답신이 뜸해지더니 결국 완전히 끊게 되었다. 샬럿의 고뇌는 절망으로 바뀌었고, '브뤼셀 체험'은 평생 그녀의 마음에 감동과 통한을 남기게 되었다. 이 아픈 체험은 10년 뒤 《빌레트》에서 결실을 맺어 사람들의 심금을 울리게 된다.

18. 어두운 여름

에밀리의 일기

하워스, 1845년 7월 30일, 목요일.

나의 생일—소나기, 산들바람이 불어 시원하다. 나는 오늘 27살이 되었다. 아침에 앤과 함께 4년 전 23번째 생일에 함께 썼던 것을 펼쳐 보았다. 모든 일이 순조롭게 풀린다면 이 일기는 3년 뒤인 1848년—나의 30번째 생일에 열어 볼 생각이다. 1841년의 일기 이후 다음과 같은 일이 일어났다. 우리는 학교 계획을 포기했고, 그 대신 샬럿과 나는 1842년 2월 8일 브뤼셀로 향했다.

브런웰은 루덴덴 풋 근무를 그만두었다. 샬럿과 나는 이모가 돌아가셔서 1842년에 브뤼셀에서 돌아왔다.

브런웰은 1843년 1월에 가정교사가 되어 앤이 여전히 근무하고 있는 소프 그린으로 떠났다.

샬럿은 같은 달 다시 브뤼셀로 떠나서 1844년 1월 1일에 돌아왔다.

앤은 1845년 6월, 소프 그린의 직장을 그만두었다.

앤과 나는 둘이서 처음으로 긴 여행에 나섰다. 6월 30일 일요일에 집을 출발하여 요크에서 묵고, 화요일 저녁에 키슬리로 돌아와 하룻밤 머문 뒤 수요일 아침에 걸어서 집으로 돌아왔다. 날씨는 나빴지만 브래드퍼드에서의 2, 3시간 이외에는 매우 즐거웠다. 여행 도중에 우리는 로널드 마카르긴·헨리 앙골라·줄리엣 앵거스티나·로자벨라 에즈모르단·엘라, 그리고 줄리안 에그리몬트·캐서린 나발·코딜리어 피차프놀드가 되어 교육궁전을 도망쳐 나와, 승승장구하는 공화파의 세찬 추격을 받고 있는 왕당파에 가담하려 했다. 곤달인들은 여전히 번영했다. 나는 현재 제1 전쟁에 대한 작품을 쓰고 있다. 앤도 이에 대한 기사와 헨리 소포너 저술의 책을 쓰고 있다. ……작년 여름, 나는 기세 좋게 부활했던 학교 계획에 대하여 썼어야 했다. 우리는 입학안내서를 인쇄하고 지인들 모두에게 우리의 계획을 알리는 편지를 발송하는 등 사소하지만 할 수 있는 일은 다 했다. 그러나 결국 허사였다. 지금의 나는 학교 따위는 조금도 원하지 않으며, 우리들 중 어느 누구도 그것을 열망하지 않는다. 우리는 당장 필요한 돈은 충분히 갖고 있으며 그것이 불어날 전망도 있다. 우리는 모두 매우 건강하다. 다만 아버지의 눈 상태가 나쁘고, 또 브런웰도 예외지만 그는 앞으로 건강상태도 품행도 좋아질 것이라고 믿는다. 나는 나 자신에 대해서는 정말로 만족하고 있다. 이전처럼 게으르지 않으며 매우 건강하고, 현재를 최대한으로 활용하는 법, 무엇이든 소망대로 할 수는 없다는 불안한 마음이 있더라도 미래를 기다리는 법을 배웠다. 일이 전혀 없어도 상심하지 않으며, 그저 모두가 나처럼 괴로워하지 않고 침울해하지 않는다면 살기 좋은 세상이 될 것이라고 생각할 뿐이다.

이어서 에밀리는 늙은 타비가 건강하게 돌아왔다는 것과 애완동물들의 소식을 적고 있다. '우리는 프로시(앤의 스패니얼 개)와 타이거(고양이)를 길렀지만 어느 날 사라져 버렸다. 매 히어로는 거위와 함께 어딘가 공격을 당하여 틀림없이 죽었을 것이다. ……키퍼와 프로시는 건강하며, 4년 전에 잡은 카나리아도 건강하다.' 그녀의 일기는 다음의 글로 끝난다.

우리는 지금 모두 집에 있다. 한동안은 이렇게 있을 것 같다. 브런웰은 화요일에 리버풀에 가서 1주일 동안 머물 예정이다. 타비는 예전처럼 내게 '감자깎기'를 시키려고 잔소리를 하고 있다. 앤과 나는 날씨가 좋으면 까막까치밥나무 열매를 따야 했다. 나는 지금 서둘러 빨래를 개고 다림질을 해야 한다. 해야 하는 일이 많다. 글도 써야 한다. 1848년 7월 30일까지 식구들이 행복하기를. 그리고 그보다 훨씬 이후로도—이것으로 마친다.

에밀리 브론테

1845년 여름

에밀리의 일기에는 당시 브론테 집안의 어두운 상황이 그림자도 보이지 않는다. 목사관에 학교를 세우려는 계획은 학생이 한 명도 모이지 않은 데다가 착란상태의 젊은 남자까지 끌어안고는 도저히 불가능했으므로 미래에 대한 불안은 매우 컸다. 맹인에 가까운 아버지의 눈병, 브런웰의 병, 샬럿의 초조함과 실의—그럼에도 에밀리는 현재에 만족하며 오빠의 갱생 희망을 버리지 않았다. 산더미 같은 집안일을 씩씩하게 해 내고, 빵을 반죽하고 구우면서 독일어 공부를 계속하고, 글쓰기에도 열중했다. 요크로의 여행도 마을의 인상보다는 여행을 하면서 앤과 함께 했던 곤달 세계가 그녀에게는 더욱 중요했다. 사실 그 해에는 에밀리도 앤도 그녀의 생일인 7월 30일에 전번 일기를 펼쳐보지 못했다. 브런웰이 일으킨 소동 때문이었다. 그런데도 에밀리의 이 평온함과 밝음은 어찌된 것인가.

앤의 일기

1845년 7월 31일, 목요일.

어제는 에밀리의 생일이었다. 우리의 1841년 일기를 꺼내 볼 날이었지만 잘못하여 대신 오늘 펼쳤다. 그것을 쓴 이후로 참 많은 일이 있었다. 즐거운 일, 그렇지 않은 일. 나는 당시 소프 그린에 있었지만 지금은 겨우 거기서 빠져 나온 직후다. 나는 그 당시에도 거기서 벗어나고 싶었다. 만일 앞으로 4년 더 머무르게 될 것을 알았더라면 얼마나 비참했을까. 나는 그곳에 있는 동안 인간성에 대한 매우 불쾌하고도 꿈에도 생각지 못했던 체험을 했다. 다른 사람들은 더욱 달라졌다. 샬럿은 화이트 씨네 집을 떠나 브뤼셀에서 각각 1년 가까이씩 두 번이나 머물렀다. 에밀리도 그곳에서 약 1년 동안 있었다. 브런웰은 루덴덴 풋을 그만둔 뒤 소프 그린에서 가정교사를 하면서 참혹한 고난을 겪고 건강을 해쳤다. 목요일에 그는 상태가 매우 좋지 않았지만 존 브라운과 함께 리버풀에 갔다. 지금쯤이면 그곳에 이르렀을 것이다. 우리는 그가 더욱 건강해지고 품행도 좋아질 것이라고 생각한다. 비가 올 것처럼 음울하게 흐린 저녁이다. 이제껏 매우 쌀쌀하고 비가 많은 여름이었다. 샬럿은 최근 더비셔의 해더세이지에서 3주 동안 엘렌 너시를 방문하고 돌아왔다. 그녀는 지금 식당에 앉아 바느질을 하고 있다. 에밀리는 2층에서 다림질을 하고 있다. 나는 식당 난로 앞에서 흔들의자에 앉아 난로 울타리에 발을 올리고 있다. 아버지는 거실에 있다. 타비와 마사는 부엌에 있을 것이다. 키퍼와 프로시는 어디 있는지 알 수 없다. 귀여운 딕은 새장 안에서 뛰어 놀고 있다. 이전에 일기를 쓸 때 우리는 학교를 세울 생각이었지만 그 계획은 중지되었다. 훨씬 나중이 되어 다시 거론되었지만 학생을 모으지 못하여 결국 불가능해졌다. 샬럿은 다른 일을 구하

기 위해 파리에 가고 싶어한다. 가게 될까? 그녀가 프로시를 안으로 들여
주자 소파에 배를 깔고 엎드린다. 에밀리는 율리우스 황제의 생애를 쓰고
있다. 그녀가 그 중 일부를 읽어 주었는데, 남은 부분을 마저 듣고 싶어 참
을 수가 없다. 그녀는 시도 쓴다. 어떤 시일까? 나는 《어떤 개인의 삶》(훗
날의 《아그네스 그레이》)의 제3권을 쓰기 시작했다. 이미 완성되어 있다면
얼마나 좋을까. 오후에 나는 키슬리에서 염색한 회색의 무늬 있는 비단 드
레스를 만들기 시작했다. 어떻게 만들면 좋을까? 에밀리와 나는 해야 할
일이 산더미처럼 많다. 대체 언제쯤이면 그것을 현명하게 줄여갈 수 있을
까? 일찍 일어나는 습관을 기르고 싶다. 잘 될까? 우리는 3년 반 전에 시
작한 《곤달 연대기》를 아직도 완성하지 못했다. 언제 완성될까? 곤달인들
은 지금 비참한 상태이다. 공화파가 최고조에 이르렀지만 그렇다고 왕당파
가 완전히 진 것은 아니다. 젊은 군주들은 그들의 형제들과 함께 아직 교
육궁전에 있다. 유니크 소사이어티 호는 약 반 년 전에 골에서 돌아오다가
무인도에 난파했다. 사람들은 아직 그곳에 있지만 우리는 아직 그들의 일
을 그다지 많이 쓰지 못했다. 대체로 곤달인은 활발한 활약을 하고 있지
않다. 앞으로 나아질까? 1848년 7월 30일에 우리는 모두 어떻게 되어 있
을까, 어디서 어떤 상황 속에 있을까. 우리가 모두 살아 있다면 에밀리는
30살이 된다. 나는 29살, 샬럿은 33살, 브런웰은 32살. 우리는 어떤 변화
를 보고 경험했을까. 우리는 엄청나게 달라졌을까? 그렇지 않기를 바란다.
적어도 나쁜 쪽으로 바뀌지 않기를. 나로서는 현재보다도 마음의 활기를
잃거나 늙으면 안 된다. 가능하면 호전되기를 바라며, 이것으로 마친다.

앤 브론테

에밀리가 '곤달인은 여전히 번영했다'고 쓴 데 반해, 앤은 '곤달인은 지금
비참한 상태이다' '대체로 활발한 상태가 아니다'라고 쓴 곳에서 두 사람의
입장과 심경의 차이를 느낄 수 있다.

브런웰이 낸 작은 화재

브런웰은 낮에는 꾸벅꾸벅 졸고 밤에는 잠들지 못하는 나날을 보내고 있
었는데, 어느 밤 떨리는 손으로 촛불을 켜고 책을 읽다가 그대로 잠이 들고

말았다. 침대 커튼에 불이 옮겨 붙었다. 불길에 휩싸인 채 정신을 잃은 그를 앤이 발견했지만, 앤의 힘으로는 그의 무거운 몸을 끌어 낼 수 없었다. 그녀는 계단을 뛰어 내려가 부엌에 있는 에밀리에게 위급을 알렸다. 에밀리는 황급히 양동이에 물을 떠서 뛰어 올라가 브런웰을 끌어안아 바닥에 내던지고, 불타는 커튼을 끌어내려 물을 끼얹고 창문을 열어젖혔다. 불이 꺼지자 에밀리는 한 마디, "아버지께 말씀드리지 마"라고만 했다. 이 작은 화재는 후에 《제인 에어》에서 미친 아내가 로체스터의 침대에 방화했을 때 제인이 그를 구출하는 에피소드로 재현되었다.

　그러나 아버지는 사건의 경위를 알게 되었다. 눈이 거의 보이지 않는 그는 그 날 밤부터 아들을 자신의 방에서 재우며, 밤낮으로 이어지는 아들의 성난 절규, "자살해 버릴 테야"라는 협박과 돈 요구를 참아 냈다. 일찍이 브런웰과 가장 사이가 좋았던 샬럿은 이제는 그에게 매우 화가 난 상태였다. 아내 있는 스승에 대한 사모의 괴로움을 견뎌 낸 자신에 비해, 불륜의 사랑에 빠져 미련을 끊지 못하는 동생의 한심한 모습에서 눈을 돌리고 싶은 심경이었다. 늦은 밤 만취해서 귀가한 브런웰을 에밀리가 부드럽고 단호하게 다루며 재웠던 것과 대조적으로, 샬럿은 그에게 말도 붙이지 않았다.

샬럿의 시
　샬럿은 우울하고 견디기 힘들었지만 목사 딸의 의무인 일요학교 교사 노릇을 야무지게 해 나갔다. 그리고 에제에 대한 고뇌를 누구에게도 밝히지 않고 시에 몰두함으로써 극복하려 했다.

　　사랑받지 못하고—나는 사랑하고 한탄 받지 못하고—나는 한탄한다
　　슬픔을 나는 멀리하고—희망을 나는 억누른다
　　깊이 뿌리 내린—이 번민은 공허하고
　　욕망은, 그리고 더없는 행복에의 꿈은 더욱 공허하다

　　나의 사랑은 다시 사랑에 눈뜨게 하지 않고
　　나의 눈물은 고여 어느새 떨어진다
　　나의 슬픔에 괴로워하는 사람은 없고

나의 작은 희망에 얽매이는 이는 없다

…………

나의 미칠 것 같은 슬픔은
나의 몸속에 아직 힘을 감추고 있음을 고했다
나의 삶의 길은 이제까지 너무나도 좁았다
노력하면 더욱 넓은 길이 열릴 것이다.
('프란시스')

이 무렵에 쓴 시에서 샬럿이 잇달아 노래한 것은 멀리 바다 저편에 있는
남자의 변심에 대한 탄식과, 그것을 극복하는 길의 모색이었다.

작가로의 길

19. 시집을 내다

에밀리의 시 원고 발견

1845년 10월, 하나의 전환기를 맞았다. 샬럿은 어느 날 우연히 에밀리의
책상에서 그녀의 시 원고를 발견하고 무심코 읽다가 깜짝 놀랐다. 그것은 힘
있고 훌륭한 작품이었다.

이전부터 에밀리가 시를 쓰는 것은 알고 있었지만 이 정도로 뛰어난 작품
이라고는 생각지 못했다. 그녀의 마음속에는 이 시를 출판하고 싶다, 자신과
앤의 시도 함께 모아 출판하고 싶다는 열망이 억누를 수 없을 만큼 강해졌
다. 샬럿은 일찍이 시인 사우디로부터 "여성은 문학을 일생의 직업으로 삼아
서는 안 된다"는 답장을 받고 그 충고를 지키고자 결심했었다. 그럼에도 그
녀는 집안일로 세월을 보내고, 남동생에게 벌벌 떨고, 눈이 보이지 않는 아
버지에게 책을 읽어주는 것이 모두인 폐쇄적인 일상을 가끔씩 펜을 잡는 것
으로 견뎌 왔다. 이제까지의 꿈이 모두 무너져 내리고 있는 이 때, 지금이야

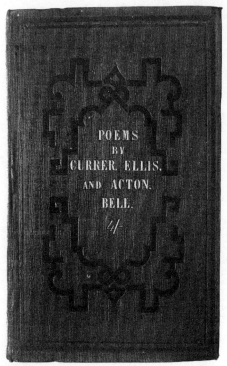

《커러·엘리스·액튼 벨 시집》
이 책은 세 자매의 공동 시집으로 1846년에 처음으로
출판됐을 때 겨우 2권밖에 팔리지 않았다. 그러나 현재
수집가들은 이 초판본에 군침을 흘리고 있다.

말로 문필로 입신하여 세상에 나가기 위한 첫걸음을 내딛어야 하지 않을까.

그러나 에밀리의 동의를 얻기가 여간 어렵지 않았다. 쉽게 속마음을 내비치지 않는 그녀는 샬럿이 허락 없이 그녀의 시를 읽은 것에 대하여 격렬하게 화를 냈다. 하지만 앤은 머뭇거리면서도 자신이 쓴 시를 샬럿에게 보여주었다. 며칠에 걸쳐 에밀리를 설득하여 겨우 세 사람의 공동시집을 출판할 계획을 세우자 이번에는 시 선정이 큰일이었다. 결국 샬럿의 시를 19편, 에밀리와 앤은 21편씩 선택하여 작은 책으로 만들게 되었다.

《커러·엘리스·액튼 벨 시집》

자매는 여성작가에게 향해질 세상의 편견을 피하기 위해 앞으로는 각자의 이니셜을 따서 남성처럼 보이는 필명을 쓰기로 했다. 그리하여 1846년 5월, 런던의 에일럿 앤드 존스 사라는 작은 인쇄회사에서 《커러·엘리스·액튼 벨 시집》이 나왔다. 이모의 유산에서 31파운드 10실링을 지출한 자비출판이었다.

그녀들이 필명으로 사용한 '벨'이라는 성은 1845년 5월에 눈이 좋지 않은 브론테 목사를 돕기 위해 하워스 교회로 부임한 아일랜드 출신의 부목사 아서 벨 니콜스의 이름을 빌린 것이었다. 하지만 시집을 출판한 5년 뒤에 이 평범하고 착실한 남자가 샬럿의 남편이 될 것이라고는 그 당시 아무도 생각지 못했다.

샬럿의 19편의 시에는 앵그리아에서 불리던 옛 노래도 섞여 있는데, 이미 거기에도 훗날 출판될 그녀의 소설 여주인공의 정열과 불굴의 의지를 예시

하는 것이 있다—바로 앞에서 인용한 '프란시스'처럼. 자매는 시집 출판과 병행하여 각각 소설을 쓰기 시작했는데, 샬럿이 그 무렵 쓰던 소설《교수》의 여주인공 이름이 프란시스인 점은 우연이 아닐 것이다. 이 시집에서 샬럿은 앵그리아 이후 남자에게 무시당하는 여자라는 테마에 강한 관심을 보였다.

또한 '예감' '선택' '전도자' 등의 시에는《제인 에어》의 골격 일부를 암시하는 부분이 있다.

에밀리의 시도 곤달 시와 그렇지 않은 것이 섞여 있다. 그러나 시의 표제를 모두 바꾸었으므로, 시인들의 이름과 마찬가지로 그 내면세계도 되도록 깊이 숨겨져 있다고 할 수 있다. 오늘날 에밀리의 대표작으로 높이 평가받는 시는 '수인(囚人)' '철학자' '추억' '상상력에 기대어' '늙은 극기주의자' 등의 제목으로 이 시집에 실려 있다. '상상력에 기대어'는 시인이자《폭풍의 언덕》의 작가 엘리스 벨의 상상력의 본질을 힘차고 소박하게 노래하고 있다.

기나긴 하루의 마음고생으로 피곤하고
괴로움에서 괴로움으로 옮겨가는 이 세상의 변화에 지쳐
마음까지 꺾여 당장에라도 절망에 잠겨들 때
너의 부드러운 목소리가 다시 나를 부른다
아아 나의 참된 벗이여 나는 외톨이가 아니다
그 같은 말투로 네가 이야기하는 한!

외부 세계는 이다지도 희망이 없고
내부 세계를 나는 이중으로 칭송한다
기만 증오 의혹 차가운 의심이
결코 생기지 않는 너의 세계
거기서는 너와 나와 자유가
논의의 여지가 없는 주권을 지닌다

위험과 슬픔과 어둠이 울타리에
숨어 있은들 무에 어떠랴
그저 우리의 마음속에

겨울을 모르는 태양이
무수히 섞여 쏘아대는 빛으로 따뜻하게
밝게 때 묻지 않은 하늘을 품고 있기만 한다면……
(제174번)

에밀리에게 상상력은 현세나 육체라는 옥에 갇힌 영혼을 해방하는 힘이
며, 바람과 폭풍에 호응하는 내적 세계의 정수(精髓)였다.
앤의 시는 대체로 경건한 서정시이다. 이 시집의 마지막에 실린 '동요'라
는 시는, 해가 지고 달도 별도 모습을 감춘 캄캄한 어둠 속이라도 다시 나타
날 달에 희망을 걸며 끝난다.

그때 나의 마음에
어둡고도 쓸쓸하게 어둠이 내렸다.
그러나 저 희미하게 새어 나오는 불빛은 무엇인가—
다시 한 번 달이 나타나는가?

온화한 하늘이여 저 은색 빛을 모아
이 구름에게 떠나라고 명하라.
그리고 달의 부드럽고 성스러운 빛으로
약해져가는 나의 마음을 되살아나게 해 다오.

자매의 간절한 기대를 담고 출판된 시집의 반향은 어땠을까. 두 달이 지나
서야 겨우 나온 서평에 '엘리스 벨'의 힘 있는 시가 조금 주목받았을 뿐 다
른 것은 대부분 묵살되었다. 팔려 나간 것은 단 두 부 뿐이었으므로, 이 또
한 학교 설립 계획 못지않은 실패였다.

20. 소설을 쓰다

소설 출판을 향해
시집이 출판되기 한 달 전에 샬럿은 에일럿 앤드 존스 사에 완성 단계에

접어든 벨 형제의 세 소설을 자비를 들이지 않고 출판할 수 있을지 알아보았다. 회사는 문학은 전문이 아니라는 이유로 정중한 거절의 답변을 보냈다. 샬럿은 다시 회사에 다른 출판사에 대해 문의하여 몇 곳의 주소를 얻었다. 그녀들은 용기를 내어 《교수》, 《폭풍의 언덕》, 《아그네스 그레이》의 완성에 온힘을 기울였다.

작품 《교수》의 구상

샬럿은 최초의 소설 《교수》에 '브뤼셀 체험'을 썼다. 하지만 인물과 사건은 새로 구성하여 그녀가 아직 완전히 벗어나지 못한 고뇌를 남성 화자(話者) 입장에서 이야기했다. 아직 자기 자신의 말로 그 이야기를 풀어낼 자신이 없었던 것이다.

화자인 윌리엄 크림스워스는 브뤼셀에서 영어를 가르치는 영국인 교사이다. 그는 교편을 잡고 있는 브뤼셀의 여학교에서 내성적이고 가난한 학생 프란시스 앙리를 만난다. 두 사람 사이에 서서히 사랑이 싹트지만, 여교장의 계략으로 사이가 갈라진다. 나중에 두 사람은 우연히 다시 만나 결혼하고, 학교 설립과 성공으로 이야기가 마무리된다.

크림스워스와 프란시스의 사제관계는 에제를 향한 샬럿의 바람을 상상 속에서나마 이룬 것이지만, 크림스워스는 에제와는 전혀 다른 인물이다. 그는 화를 잘 내고 작달막한 벨기에인이 아니라 금욕적이고 부지런한 영국인 청년이다. 자립하기 위해 브뤼셀로 건너와 남자중학교와 옆의 여자기숙학교에서 교편을 잡고 있다. 그가 한때 마음을 두었던 여교장 조라이드 로이터는 냉혹하고 타산적인 인물로, 에제 부인에 대한 샬럿의 혐오가 고스란히 담겨 있다. 크림스워스는 어리석고 위선적인 벨기에인을 경멸하지만, 교실에서는 유능한 교사로 성공을 거둔다. 이 점에서 그는 샬럿 자신과 닮았다. 이 인물은 남성의 가면을 쓰고 있지만 여성의 감수성을 지녔다. 주인공=화자인 이 중심인물의 애매한 성(性)이 소설 《교수》의 약점이다.

크림스워스는 대학 교수가 되어 오랜만에 프란시스를 찾아갔다가 그녀가 쓴 시를 발견한다.

주어진 관(冠)을 받기 위해,

나는 스승 앞에 무릎을 꿇었다.
그 녹색 잎은 관자놀이 너머로,
달콤하고도 거친 기쁨의 선율을 전했다.

큰 희망이 고동치는 맥박은,
몸 안의 모든 혈관으로 울려 퍼졌다.
동시에, 은밀한 가슴의 상처가,
찢겨지며 선혈을 떨구었다.

승리의 순간은 내게는,
또한 예리한 슬픔의 순간이기도 했다.
하루 뒤, 나는 바다를 건너,
돌아오지 못하는 여행을 떠나야 한다.
(제23장)

사랑의 성취인 결혼과 결혼 후 여성의 활동 필요, 나아가 남녀의 경제적 평등까지도 추구하는 프란시스의 요구는 일찍이 영국 소설에서 유례를 찾아볼 수 없는 것이었다.

샬럿의 소설 패턴

《교수》에는 샬럿의 모든 소설에 공통적으로 나타나는 패턴이 있다. 이미 앵그리아의 작품에서 가끔씩 나타나던 것인데, 연상이며 아내나 약혼자가 있는 교사(또는 강하고 듬직한 남성)와 젊고 가난하고 고독한 제자(또는 순수한 소녀. 가정교사나 학생 겸 교사인 경우가 많다)의 연애라는 브뤼셀 체험에 근거한 구조이다.

또한 《교수》에는 브뤼셀의 지역 신문—거리·건물 이름에 이르기까지—이 정확하게 실명으로 등장한다. 단 '에제'라는 하나의 고유명사만이 예외이다. 이 외면적 리얼리즘은 브뤼셀의 정교한 묘사에는 효과적이었지만, 작자의 존재 자체를 뒤흔든 정신적 체험을 내적 리얼리즘으로 작품 속에 녹여 내지는 못했다. 《교수》에서 샬럿은 브뤼셀 체험을 되도록 냉정하고 객관적으로 표현하려 하여, 그녀의 소설 본디의 특징인 생기 가득한 인물들, 생생한 표현, 흘러넘칠 만큼 풍부한 감성은 조금밖에 살리지 못했다.

《폭풍의 언덕》

샬럿의 《교수》가 소원을 이루는 이야기인데 비해 에밀리의 《폭풍의 언덕》은 결코 그렇지 않다. 에밀리는 히스클리프를 창조하는 데 어린 시절 아버지로부터 들은 브론테 집안의 선조 이야기를 참고했다. 또는 로우힐 학교 재직할 때 들었던 잭 샤프의 실화, 아니면 그 두 이야기를 모두 힌트로 삼았을 수도 있다. 힌들리 언쇼의 파멸에는 에밀리의 눈앞에서 술과 마약에 빠져 폐인이 되어 가는 오빠 브런웰의 모습을 떠올리게 하는 것이 있다. 히스클리프가 절규하고 폭력을 휘두르는 증오와 두려움의 집, 폭풍의 언덕은 당시 브론테 집안의 지옥 같은 상황을 반영하고 있는지도 모른다.

그러나 에밀리가 쓰려 했던 것은 그녀 자신의 체험에 기초한 소설이 아니다. 그것은 강렬한 사랑의 테마를 갖고 있기는 하지만 샬럿이나 앤의 소설처럼 서로 사랑하는 두 사람이 결혼으로 맺어지는 이야기도 아니다. 출판 당시, 그리고 이후 많은 독자에게 격렬한 충격과 곤혹감을 던져주었던 이 소설에 대해서는 제2부에서 자세히 서술하도록 한다.

《아그네스 그레이》

앤의 《아그네스 그레이》는 1845년 에밀리의 생일을 기념하는 일기에서 《어떤 개인의 삶》으로 언급했던 작품으로 추정된다. 이 소설에는 두 번에 걸친 앤의 가정교사 체험이 숨김없이 묘사되어 있어 그녀의 자전소설로 여겨진다. 앤은 액튼 벨이라는 남성처럼 보이는 필명 뒤에 숨어 있었기 때문에 그만큼 적나라하게 쓸 수 있었는지도 모른다.

그레이 집안의 가정환경은 아버지가 목사인 점을 비롯하여 아그네스와 언니와의 관계, 딸이 가계를 돕기 위해 가정교사로 밖에 나가 돈을 버는 것 등 브론테 집안을 염두에 두고 쓰였던 것으로 생각된다. 19살의 막내딸 아그네스가 곧바로 가정교사로 나서는 것도 앤과 똑같다. 이야기는 아그네스의 소녀 시절부터 세 아이의 엄마가 되기까지가 아그네스 자신의 일인칭 회고담으로 이야기된다.

먼저 잉엄 집안을 바탕으로 한 블룸필드 집안에서의 아그네스의 첫 가정교사 체험은 실패로 끝난다. 고용주 부부와 가정교사 아그네스의 교육관이 정반대였기 때문이다. 아이들은 부모의 자유방임을 핑계로 용서하기 힘든 언동을 서슴지 않는다. 말썽꾸러기 아들 톰이 아그네스의 제지를 무시하고 계속하여 잔혹하게 병아리를 괴롭히자, 아그네스는 큰 돌덩이를 떨어뜨려 자기 손으로 병아리를 죽임으로써 교사로서의 의무를 다한다. 얌전한 앤의 내면에 감춰져 있는 엄격한 정의감을 느낄 수 있는 장면이다.

두 번째 직장인 마리 집안에는 16살의 로잘리와 14살의 마틸다라는 두 딸이 있었다. 남자들의 주목 끌기를 몹시 좋아하는 로잘리 곁에 대조적인 두 명의 목사가 배치된다. 약자에게 사랑과 성의로 대하는 웨스턴 부목사는 아마도 앤이 웨이트먼을 이상화하여 창조한 인물로 생각된다. 한편 세속적인 햇필드 목사는 혜택받지 못한 자에게는 냉담하지만 로잘리에 대한 관심만은 강하다. 로잘리는 햇필드와의 연애유희가 지겨워지자 가난한 그를 버린다. 그리고 아그네스가 웨스턴을 사랑하고 있음을 알면서도 그를 유혹하려 한다. 아그네스는 괴로워하지만 웨스턴은 로잘리의 유혹에 꿈쩍도 하지 않는다. 결국 로잘리는 재산가 토머스 애슈비 경과 결혼한다. 아그네스와 웨스턴 사이는 한동안 소식이 두절되지만, 실은 웨스턴도 아그네스에게 호의를 품고 있어서 그녀의 집을 수소문하고 있었던 것이다. 두 사람은 아침 산책을 하다가 바닷가에서 오랜만에 재회한다.

산골짜기에서 자란 앤은 예전에 스카버러 해안에서 여름을 보내면서 바다의 웅장함과 아름다움에 크게 감동했었다. 아그네스와 웨스턴의 재회 장면, 더욱이 웨스턴이 아그네스에게 구혼하는 장면을 바닷가로 설정한 앤은 분명 고백도 하기 전에 잃고 만 웨이트먼을 향한 사랑의 추억을 담아 이 소설을 썼을 것이다.

《아그네스 그레이》는 앤의 괴로움으로 가득한 가정교사 체험을 날실로, 삶의 유일한 사랑의 추억을 씨실로 짜여졌다. 그러나, 이 소박한 소설에는 여성의 생활 방식에 대한 앤의 진지한 주장이 담겨 있다. 아그네스, 그녀의 어머니와 언니, 블룸필드 부인, 마리 부인, 로잘리 등 많은 여성인물이 저마다 다른 가치관으로 대조적인 연애나 결혼을 하고 다른 삶을 밟는다. 아그네스의 어머니 앨리스는 사랑하는 남편이 죽자 바닷가 마을에서 작은 학교를 연다. 그리고 가정교사를 그만둔 아그네스는 웨스턴과 결혼하기 전까지 어머니를 도와 학교를 운영한다.

사랑과 인격에 근거한 결혼, 여성의 경제적 자립, 의연한 신념을 지닌 상냥한 어머니와 딸의 학교 경영—《아그네스 그레이》는 어려서 어머니를 여의고 슬픈 사랑까지 간직하고 있는 앤이, 애처로운 꿈과 동경을 작은 현실 속으로 해방시킴과 동시에 삶에 대한 진지한 신념을 담은 소설이다.

1846년 7월 4일, 커러 벨의 《교수》, 엘리스 벨의 《폭풍의 언덕》, 액튼 벨의 《아그네스 그레이》—이 세 소설의 원고가 런던의 헨리 콜번 사로 발송되었다.

21. 유명작가로

아버지의 눈 수술

이 무렵 아버지의 눈병이 점점 더 심해지자, 샬럿은 아버지를 모시고 백내장 수술 진단을 받기 위해 맨체스터의 명의를 찾아 갔다. 1846년 8월이었다.

영국 북서부의 대도시 맨체스터는 런던과 더불어 산업혁명의 중심지로서 상공업이 번영한 곳이었다. 마을의 중심부에는 방적·염색 공장의 배수와 소음, 매연이 뒤섞인 공기, 불결한 빈민가가 밀집되어 있었지만, 샬럿이 찾아낸 여관은 조용한 바운더리 거리에 있었다. 샬럿은 여기서 5주 동안 아버지 곁에서 시중을 들면서 아버지와 자신을 위해, 그리고 다녀가는 간호사를 위해 취사를 포함한 모든 일을 담당해야 했다.

수술 당일 아침에 새로운 시련이 샬럿을 덮쳤다. 《교수》 원고가 헨리 콜번 사에서 거부되어 그녀에게 되돌아왔다. 그러나 불굴의 샬럿은 기죽지 않았다. 《교수》의 운을 다시 한 번 시험하기 위해, 출판사명을 줄로 긋고 다른 출판사 이름을 써서 다시 발송했다. 여기서도 세상에 익숙하지 않은 샬럿이 항간의 상식에 얼마나 무지했는지를 알 수 있다. 세 편의 원고는 당시 유행하던 소설 출판 형식인 3권본으로 구성할 작정으로 처음에는 한꺼번에 몇몇 출판사에 보냈으나 좋은 답변을 얻지 못했다. 결국 따로따로 다시 보냈지만 또한 거절당하여 약 1년이 허무하게 흘러가 버렸다.

브론테 목사는 마취 없는 15분간의 수술을 의사도 놀랄 정도의 인내력으로 버텼다. 샬럿은 아버지의 바람에 따라 수술하는 동안 그에게 딱 붙어 말없이 꼼짝도 하지 않고 지켜보았다. 수술은 무사히 끝났지만 아버지는 당분간 어둠 속에서 절대안정을 취해야 했다. 1주일 뒤 의사는 붕대를 풀고 수술의 결과에 만족하며 떠났지만, 샬럿은 통증을 호소하는 아버지에 대한 불안이 가시지 않았다. 한 달 뒤 간호사도 떠났지만, 아버지와 샬럿은 감금상태나 마찬가지인 나날을 보내고 있었다.

《제인 에어》에 착수

어둠 속에 아버지가 가만히 누워 있는 그 옆방에서 샬럿은 '절망의 오한 같은 무언가가 마음속으로 퍼져나가는'(《폭풍의 언덕, 아그네스 그레이》 1850년판, '약전(略傳)') 것을 느꼈다. 아버지의 상태에 따라서는 그녀가 가계를 책임져야 할지도 모른다. 브런웰은 돈을 물 쓰듯 낭비했고, 누이동생들의 장래도 전망이 밝다고는 할 수 없었다. 가정교사, 학교교사, 그리고 학교 설립도 가망이 없었고, 시집과 첫 소설까지 실패로 끝난 지금, 그녀에게 남은 유일한 길은 팔리는 3권본 소설을 쓰는 것뿐이었다.

아버지의 눈 때문에 갇혀 있어야 하는 방 안은 찜통처럼 더웠다. 샬럿은 한동안 전부터 계속되던 끈질긴 치통과 연일 계속되는 불면을 견디며 펜을 들고 글을 썼다.

그날, 산책은 더 이상 할 수 없는 날씨였다. 아침에는 한 시간쯤 숲속을 돌아다녔으나, 점심을 들고 난 뒤에는(리드 부인은 손님이 없을 때는 식사를 일찍 한다) 겨울의 차가운 북풍이 먹구름을 몰고 와 피부를 찌르는 듯한 비가 쏟아져 더는 밖에서 운동 같은 건 할 수 없었다.

나는 기뻤다. 지루하게 돌아다니는 산책은 싫었다. 더구나 날씨가 으스스한 오후 같은 때는 더욱 그랬다. 오싹오싹 한기가 스며드는 썰렁한 해질녘 집으로 돌아올 때의 그 괴로움, 손발이 꽁꽁 언 채 유모 베시의 잔소리를 듣고 기가 죽어, 리드네 집 아이들, 일라이자나 존, 조지아나에 비해서 나의 체력이 떨어짐을 뼈저리게 느낀다는 것은 끔찍한 일이었다. (제1장)

고아 제인의 이야기

샬럿의 손은 신속하고 정확하게 움직이며 고아 제인 에어의 이야기를 힘차고 분명하게 써나갔다. 그녀는 전작 《교수》가 브뤼셀 체험을 쓰지 않고는 견딜 수 없는 충동과 그것을 억제하면서 써야 한다는 의지로 엇갈려 충분한 결과를 내지 못하고 끝났음을 깨닫고 있었다. 브뤼셀의 지역 신문까지 실명으로 사용한 《교수》의 외적 리얼리즘을 버리고, 이번에는 고향 하워스와 그 주변을 염두에 두고 자유롭게 상상의 날개를 펼치며 써나갔다.

정열적이고 긍지 높은 고아 제인은 계층·습관·종교의 위선성과 싸우고 학문에 몰두하며 학교교사로서 분투한다. 이윽고 가정교사로 고용된 곳의 주인 로체스터와 계층과 빈부의 차를 뛰어넘는 사랑을 나눈다. 두 사람의 결혼은 방해를 받지만, 제인은 훗날 다시 태어난 것처럼 겸허해진 그와 재회하고 맺어진다.

이 소설에는 샬럿의 특징인 온갖 대조적 요소가 혼연일체로 담겨 있다. 로체스터의 광기에 사로잡힌 아내를 둘러싼 고딕적인 줄거리, 어두운 과거를 지닌 바이런적인 남자주인공, 화재로 인한 손필드 저택 붕괴 등은 앵그리아의 꿈을 계승하고 있다. 한편 고용주와 가정교사의 사랑이라는 테마는, 가정교사가 지성·감성·도덕 등의 면에서 주인과 동등한—또는 주인보다 상위에 있는—여성이라는 점이 중요하다. 이는 샬럿이 은사 에제를 사모하는 마음을 그녀가 이상적이라고 생각하는 남녀의 사랑 형태로 바꿔 쓴 것이라 할 수 있다. 이 소설에는 코완 브리지에서의 고난, 그곳에서의 언니 마리아의 죽음, 그리고 가정교사 체험 등 샬럿의 슬픈 기억이 아로새겨져 있다. 또한 미친 버사를 묘사할 때는 브런웰의 광란에 넘치는 언동을 참고했을 것이다. 그러나 그런 개개의 전기적 배경보다도, 자유와 자립을 추구하고 위선을 혐오하는 제인의 불굴의 정신이 샬럿 본인의 정신의 반영이라는 점이 더욱 중요하다. 이런 다양한 요소가 강한 여주인공의 개성과 일인칭의 명료한 이야기로 인해 하나의 눈부신 허구의 소우주를 만들어 낸다—이것이 《제인 에어》의 매력이다.

강력한 히로인

매일 밤 9시에 아버지가 잠자리에 들면 브론테 자매는 거실을 이리저리 걸어 다니며 창작 의견을 토론하는 습관이 있었다. 그녀들은 그 순간만큼은 일상의 걱정거리에서 마음을 해방하고 상상의 세계로 자유롭게 비상할 수 있었다. 《교수》에서 《제인 에어》로의 획기적인 전기는 샬럿이 그런 시간에 강력한 여주인공=화자 아이디어를 손에 넣으면서 찾아왔다.

그녀는 일찍이 누이동생들에게, 여주인공을 당연하다는 듯이 아름다운 여성으로 설정하는 것은 잘못이다—큰 잘못이라고 말했다. 동생들은 아름답지 않은 여주인공을 흥미로운 인물로 묘사하는 것은 불가능하다고 대답했다. 그녀는 다음과 같이 말했다. "너희들이 틀렸다는 것을 증명해 보일게. 나처럼 못생기고 별 볼일 없는 여주인공이 너희들의 아름다운 여주인공과 마찬가지로 흥미로운 인물이 될 수 있음을 보여 주겠어(해리엇 마티노, '커러 벨의 죽음' 〈데일리 뉴스〉, 1855년 4월)."

격렬한 정열과 엄격한 이성을 겸비한 가정교사 여주인공은 이미 앵그리아 말기의 엘리자베스 헤이스팅스로서 개척되었고 《교수》의 프란시스로도 시도되었었다. 그러나 이번에는 그들을 답습하는 데 그치는 것이 아니라 새롭고 의식적으로 세간의 관습과 소설의 상식을 뛰어넘는 히로인—외적인 아름다움이나 재산 같은 외면적인 이점을 조금도 갖추지 않고 다만 내적인 빛만이 뛰어난 히로인—을 대담하게 창조해 낸 것이다.

그리하여 제인 에어가 태어났다. 《교수》에서는 작가의 심정과 주장이 남녀 주인공 모두에게 분열되어 나타났을 뿐 아니라, 이번에는 자신의 슬픔이나 기쁨을 제인 한 사람에게 쏟아 붓고, 자신의 고뇌와 욕구를 그녀에게만 짊어지게 했다. 제인의 웅변적인 호소 속에는 틀림없이 샬럿의 목소리가 울린다.

자유에의 갈망

브론테 목사는 시력을 겨우 회복했지만 그 겨울의 추위 때문에 이번에는 독감에 걸렸다. 가족 모두가 감기에 걸렸고, 앤은 끈질긴 천식으로 고생했다. 샬럿은 감기로 인한 치통 때문에 연일 잠을 이루지 못했다. 게다가 브런웰의 빚을 갚지 않으면 투옥하겠다는 주 장관의 통지가 날아와 돈까지 마련해야 했다. 그녀는 숨 막히는 가족의 속박에서 탈출하기를 열망하면서도, 지

금은 여기서 맏딸로서의 의무를 다할 수밖에 없다고 스스로를 타일렀다. 이
때 샬럿은 《제인 에어》를 집필하는 것으로 간신히 버티고 있었다. 작자의 상
태가 폐쇄적일수록 자유에 대한 제인의 갈망은 점점 더 강해졌다.

1847년 3월 24일, 샬럿은 엘렌에게 이런 편지를 썼다.

나는 돌아오는 생일에 31살이 돼. 나의 청춘은 꿈같이 지나갔고, 게다
가 그 청춘을 거의 활용하지 못했어. 이 30년 동안 나는 무엇을 이루었
나? 정말 아주 조금에 지나지 않아.

그러나 사실 샬럿은 이 때 이미 《제인 에어》의 정서(淨書)에 착수하고 있
었다. 벗 엘렌에게 보낸 수많은 편지 어디에도 그녀의 창작활동의 일부분조
차 암시되어 있지 않은 점이 이상하게 여겨질 정도이다.

《폭풍의 언덕》《아그네스 그레이》의 출판 수락
같은 해 7월, 런던에서 한 통의 편지가 왔다. 세 편의 원고를 보냈던 다섯
번째 출판사 T.C. 뉴비 사에서 온 것이다. 《폭풍의 언덕》과 《아그네스 그레
이》는 출판하겠지만 《교수》는 거절한다는 내용이었다. 게다가 350부에 대한
50파운드를 부담하라는 만만치 않은 조건이 딸려 있었다. 그러나 에밀리와
앤은 이 조건을 받아들여 8월부터 교정에 착수했다.

《교수》의 비운
그로 인해 《교수》의 출판 가능성은 사라진 것이나 마찬가지였다. 이 소설
은 단독으로 출판하기에는 너무 짧았기 때문이다. 지금까지 세 자매의 출판
계획을 거의 혼자서 추진해 온 샬럿에게 이는 큰 상처가 되었다. 그녀는 희
망을 버리고 7월 15일에 런던의 스미스 엘더 사에 《교수》 원고를 발송했다.

8월에 두 장에 걸친 정중한 답장이 돌아왔다. 《교수》는 상업상의 이유로
출판할 수 없다는 답변과 함께 작품의 장점과 단점을 상세히 지적하면서, 커
러 벨이 3권본의 소설을 쓰면 고려해 보겠다는 내용이 덧붙여져 있었다.

그때 이미 세 권 분량의 《제인 에어》는 거의 완성되어 있었다. 샬럿은 용
기를 내어 8월 24일, 《제인 에어》의 두꺼운 원고를 '미스 브론테 전교(轉

交), 커러 벨'이라는 이름으로 철도편으로 보냈다.

《제인 에어》 받아들여지다

샬럿에게 편지를 보냈던 런던 스미스 엘더 사의 고문 W.S. 윌리엄은 《제인 에어》 원고를 끝까지 읽고 바로 조지 스미스 사장에게 읽어 보라고 제안했다. 토요일에 원고를 받은 스미스는 1901년에 출판된 회고록에 이렇게 적었다.

나는 일요일 아침에 벗과 만날 약속이 잡혀 있었다. 집에서 2, 3마일 떨어진 곳에서 12시에 만나 말을 타고 시골로 갈 예정이었다. 일요일 아침을 먹은 뒤 나는 《제인 에어》 원고를 들고 서재로 가서 읽기 시작했다. 이야기는 곧바로 나를 사로잡았다. 12시가 되기 전에 말이 현관 앞에 준비되었지만 원고를 내려놓을 수 없었다. 나는 벗에게 정말 유감스럽지만 만날 수 없는 사정이 생겼다는 내용의 편지를 급하게 두세 줄 써서 보내고 다시 원고를 읽었다. 얼마 안 있어 하인이 와서 점심 준비가 되었다고 알렸다. 나는 그에게 샌드위치와 와인을 한 잔 가져다 달라고 부탁하고 계속해서 《제인 에어》를 읽었다. 저녁시간이 되었다. 나는 서둘러 식사를 마쳤다. 그날 밤 자기 전에 원고를 모두 읽었다. 다음 날 우리는 '커러 벨'에게 그 책을 출판하겠다는 편지를 썼다.

《제인 에어》 출판

어마어마한 속도로 인쇄와 교정이 진행되어, 출판이 결정되고 겨우 6주 만에 《제인 에어》가 세상에 나왔다. 1847년 10월 16일의 일이었다.

《제인 에어》에 대한 반향은 처음에는 띄엄띄엄 나타났다. 무명작가에 대한 신중한 판단을 나타내는 사람도 있었으나, 머지않아 감동의 대폭풍이 되어 런던과 영국 전역의 독서계를 석권하기에 이른다. 저명한 비평가 G.H. 루이스도 감격했고, 샬럿이 더없이 존경하는 소설가 새커리는 연애 장면을 울면서 읽었다고 전해진다. 12월 초부터 책 주문이 몰려들기 시작했다.

브론테 자매는 지금까지 자신들의 문학 활동을 아버지나 브런웰에게 숨기고 있었다. 이 이상 아버지의 근심거리를 늘리고 싶지 않았으며, 브런웰의 열등감을 자극하고 싶지도 않았기 때문이다. 하지만 출판사에서 엄청난 편

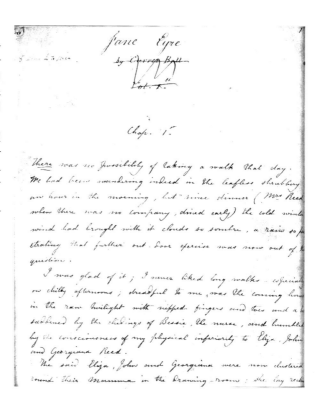

《제인 에어》 원고

1901년 조지 스미스라는 샬럿의 출판업자가 세상을 떠난 뒤, 1914년에 그의 부인인 엘리자베스 스미스가 대영박물관에 이 원고를 유증하였다. 이것은 샬럿이 스미스 엘더 사에 보냈던 3권의 자필 정서 원고이다. 원고의 첫 페이지는, "그날은 산책을 할 수 없는 날이었다"라는 영국 문학상 가장 유명한 서두 문장이 포함되어 있다.

지가 브론테 양 앞으로 오고 있었으므로 브론테 목사도 무언가 눈치채고 있었을지도 모른다. 《제인 에어》의 폭발적인 판매가 확실해지자 동생들에게 떠밀려 아버지에게 가서 다음과 같은 이야기를 나누었다.

"아버지, 저 책을 쓰고 있어요."

"그러냐."

"네. 그것을 읽어 주셨으면 해요."

"읽다가 눈에 부담이 가지 않을까 걱정이구나."

"근데 원고가 아니에요. 인쇄된 책이에요."

"저런, 그럼 비용이 상당히 들어갈 텐데 그건 생각하지 못했니? 손해가 크겠구나. 어떻게 책을 팔려고 하느냐? 아무도 너나 네 이름조차 모르지 않느냐?"

샬럿은 서평 몇 개를 아버지에게 읽어 준 뒤 《제인 에어》 1권을 건네고 방을 나왔다. 차를 마실 때 아버지는 이렇게 말했다. "너희들, 샬럿이 책을 쓰고 있었던 걸 알고 있느냐? 생각보다 훨씬 잘 썼더구나."

빅토리아 여왕도 《제인 에어》를 감동하며 읽었다. 같은 해 12월에 벌써 재판이 출판되었다. 미국에서도 엄청난 매출을 올렸다. 영국의 독서계에 커러 벨이라는 작가에 대한 무수한 억측이 난무했다. 만일 여자가 이것을 썼다면 '거칠고' '상스럽다'는 평도 있었다.

《폭풍의 언덕》과 《아그네스 그레이》의 출판

《폭풍의 언덕》과 《아그네스 그레이》는 출판이 미루어지다가 12월이 되어서야 겨우 나오게 되었다. 약삭빠른 뉴비 사가 《제인 에어》의 성공에 자극받아 그것에 편승하여 출판한 것이다. 《폭풍의 언덕》 2권, 《아그네스 그레이》 1권으로 모두 3권본의 형태였는데, 엘리스 벨과 액튼 벨을 일부러 《제인 에어》의 커러 벨과 혼동되도록 의도했다. 세간에는 커러 벨이 누구인가, 커러 벨은 남자인가 여자인가 등의 억측 외에 세 명의 벨은 동일인이 아닐까라는 억측까지 생겨났다.

《폭풍의 언덕》은 당혹과 경악과 반감을 사며 '야만'스럽고 '잔혹'하다는 평가를 받았다. 《아그네스 그레이》는 거의 무시되었다.

앤의 두 번째 작품과 벨 형제의 정체

앤은 브런웰의 끔찍한 타락을 보면서, 그리고 그 겨울 동안 기침과 열에 들떠 괴로워하면서 그녀의 두 번째 소설 《와일드펠 홀의 소작인》에 몰입했다. 이는 음주의 해로움을 세간에 경고하려는 앤의 강하고 진지한 의무감에서 쓰인 것이다. 1848년 6월, 이 소설은 뉴비 사에서 출판되어 호평과 악평을 동시에 얻었다. 게다가 뉴비 사는 《와일드펠 홀의 소작인》을 커러 벨의 새로운 작품이라 속이고 미국 출판사 하퍼 브라더스에 팔았다. 한편 스미스 엘더 사는 진작부터 커러 벨의 차기작을 하퍼 사에 넘길 것을 약속하고 있었으므로 사태는 혼란에 빠졌다.

7월, 샬럿은 스미스 엘더 사의 편지를 읽고는 곧바로 앤을 데리고 런던에 가서 작품의 정체에 대한 진실을 밝히리라 결심했다. 에밀리는 동행을 거부했을 뿐 아니라 두 사람의 런던 행에 강한 불쾌감을 표시했다. 그럴 거면 지금까지 무엇을 위해 익명을 지켜왔단 말인가—에밀리는 그렇게 생각했다.

런던의 조지 스미스와 W.S. 윌리엄스는 '기묘한 옷을 입고, 걱정으로 새파랗게 질린 얼굴의 자그마한 두 여자'가 커러 벨과 액튼 벨이라는 점에 매우 놀랐다. 환영과 책망이 며칠 동안 이어졌고, 두 사람은 지쳐서 녹초가 되어 하워스로 돌아왔다. 이 런던 여행은 그 후 몇 차례에 걸친 런던 방문과 함께 샬럿의 네 번째 작품 《빌레트》에 활용되었다. 에밀리는 샬럿이 엘리스 벨의 정체까지 밝혀버린 점에 매우 분노했다.

이윽고 《와일드펠 홀의 소작인》도 차츰 신문이나 잡지에서 주목받기 시작했다. 자매는 새로운 희망을 품고 매일 책상을 마주했다. 에밀리와 앤이 이 당시에 썼을 작품에 대해서는 여전히 수수께끼에 싸여 있다.

22. 죽음의 그늘진 골짜기

브런웰의 죽음

자매가 오랫동안 힘겹게 싸워온 문학에 대한 명성이 가까스로 그녀들의 것이 되었다. 그러나 목사관에서의 생활은 전혀 변함없었다. 자매는 낮에는 바느질과 요리, 청소로 정신없이 바빴고 밤에는 근처에 있는 술집 블랙블루에서 만취하여 돌아오는 브런웰로 골머리를 썩이며 글을 쓰고 있었다.

술과 마약, 빚 때문에 브런웰은 폐인 같은 생활 속에 낮에는 자고 밤에는 고래고래 소리지르며 미친 듯이 날뛰었다. 약국이나 술집에 비틀비틀 걸어가는 모습은 마을사람에게 익숙한 일이 되어 버렸다. 거기에 결핵까지 진행되어 때때로 발작을 일으켜 쓰러졌다. 여름 동안 그는 급속도로 쇠약해져 있었다.

샬럿이 세 번째 작품 《셜리》의 제2권을 다 써갈 때 무서운 비극이 브론테 집안을 덮쳤다.

의사도 남동생 자신도 그 정도로 죽음이 가깝게 다가와 있으리라고는 생각지 않았어. 동생이 의식을 잃고 누워있게 된 것은 단 하루뿐이었고, 게다가 죽기 이틀 전에는 마을에 다녀오기도 했으니까. 동생은 9월 24일

일요일 아침 20분 동안 괴로워한 뒤에 숨을 거두었어. 마지막 괴로움이 엄습할 때까지, 의식은 완전히 또렷했어. 그의 마음은, 죽음을 앞두고 흔히 일어나는 변화를 이틀 전에 받아들였어. 자연스러운 애정이 마지막 순간에 확실히 되돌아왔거든. (엘렌에게, 1848년 10월 9일)

브런웰은 31세였다. 샬럿은 남동생의 죽음 자체보다 그의 재능이 낭비된 것을 슬퍼하였다. 에밀리와 앤은 좀더 따뜻하고 자연스런 마음으로 오빠의 죽음을 받아들였다. 브론테 목사는 깊은 슬픔에 빠졌다. 뛰어난 딸들보다 못난 외아들을 몹시 사랑한 아버지의 슬픔은 샬럿의 마음을 괴로움으로 가득 채웠다.

에밀리의 죽음

에밀리는 오빠의 장례식을 치를 때 감기에 걸린 것을 계기로 급속도로 야위고 쇠약해졌다. 그녀도 또한 결핵이었다. 브런웰을 무척 사랑했던 그녀는, 그가 죽은 뒤로 삶의 의욕을 잃은 듯했다.

집안 일의 대부분을 도맡아 왔던 그녀는 계속되는 기침, 호흡곤란, 가슴의 통증에도 괴로움을 전혀 내색하지 않고 치료도 전혀 받지 않았다. 그리고 묵묵히 평소대로 일과를 소화하려고 했다. 그것은 마치 에밀리 안에서 《폭풍의 언덕》을 보는 듯한 삶과 죽음에 대한 몸의 괴로움과 정신의 해방에 대한 무언가 독자적인 사상이, 점점 확고해져 가는 듯했다. 현세의 명성을 동경하지 않고, 오빠의 죄를 비난하지 않으며, 죽음과 의연하게 맞서는 에밀리의 정신은 샬럿의 이해를 뛰어넘는 것이었다. 에밀리가 하루하루 눈에 띄게 죽음에 다가가는 것을 샬럿과 앤은 어쩔 수 없이 지켜보는 수밖에 없었다.

12월 19일 아침, 에밀리는 언제나처럼 7시에 일어나 가쁜 숨을 몰아쉬며 몸단장을 하고 천천히 계단을 내려와서 늘 하는 바느질감을 손에 들려고까지 했다. 그날 아침 샬럿은 눈 덮인 황야로 나가서 에밀리가 너무나 좋아하는 히스의 작은 가지를 찾아 헤매고 있었다. 말라버린 나뭇가지를 겨우 발견하여 집으로 돌아오자 에밀리의 눈은 벌써 희미해져 있어 히스를 알아보지도 못했다. 오후가 되자 그녀는 처음으로 "의사 선생님을 불러도 좋아요" 하고 말했으나 때는 이미 늦어 있었다. 에밀리는 침대가 아닌 거실 소파 위

에밀리 브론테의 장례식 카드
연령이 잘못 기재되어 있다. 이 검은 테두리의 작은 카드는 빅토리아 왕조 시대의 장례 습관에 따른 것이다.

에서 죽음을 맞이했다. 그녀의 나이 30세였다.

에밀리의 장례식에는 늙은 아버지와 두 명의 자매 외에 에밀리가 귀여워한 애견 키퍼가 함께 했다. 키퍼는 교회 안에서 장례식이 진행되는 동안 꼼짝 않고 가만히 앉아 있었다. 장례식이 끝나 목사관으로 돌아간 키퍼는 에밀리의 방 앞에 웅크리고 앉아 몇날 며칠 동안 슬픈 신음소리를 내고 있었다.

앤의 죽음

에밀리가 죽은 뒤 에밀리의 분신과도 같았던 앤이 눈에 띄게 쇠약해지기 시작했다. 1849년 1월 살을 에는 추위 속에서 앤의 병은 악화되었다. 리즈에서 전문의를 불러온 결과 앤 또한 폐결핵으로 이미 늦었다는 진단이 나왔다. 이제까지 이 눈에 띄지 않는 막내 동생을 비교적 경시해 온 샬럿은 앤의 평정심에 감명을 받았다. 그녀는 바로 눈앞에 닥친 죽음을 태연하고 침착하게 받아들이며, 에밀리와는 대조적으로 고분고분 약을 먹으며 기꺼이 샬럿에게 협력하였다. 단 하나뿐인 동생을 죽음에서 지켜내려고 샬럿은 어머니와 이모가 돌아가신 방에서 기침과 호흡곤란으로 괴로워하는 앤을 정성껏 간호하였다.

이즈음 앤은 마지막 시를 썼다.

두려운 어둠이
나의 불안한 마음을 옥죄어 온다.
괴로움은 마다하지 않으나 죄는 범하지 않게 하소서.

앤 브론테의 무덤

앤은 다른 가족들과는 달리 유일하게 하워스가 아닌 스카버러의 세인트메리 교회에 있는 무덤에 묻혔다. 묘석에 쓰인 비문에는 잘못된 연령이 적혀 있다. "1849년 5월 28일 사망, 향년 28세."

모진 괴로움도 달게 받게 하소서.
안개 짙은 이 세상에 있어도
항상 당신에게 눈을 돌릴 수 있게 하소서.
유혹의 악마를 물리칠 수 있을 때까지
  맞설 용기를 주옵소서.

·········

그리하여 진심으로 당신을 섬기게 하소서.
  나의 운명이 어떠하든
서둘러 이 세상을 떠나게 된다 하여도
  또는 잠시 더 기다린다 하여도

죽음이 대문 앞에 서 있다한들
  나는 이 맹세를 지키리라.
그러나 주여 나의 운명이 무엇이든
  지금 당신을 섬기게 하소서.

의사로부터 요양지로 갈 것을 권유 받은 뒤, 앤은 북해를 마주 보는 바닷가 마을 스카버러에 꼭 가고 싶다는 희망이 있었다. 그곳은 예전에 로빈슨 집안의 사람들과 함께 방문했던 추억의 장소로, 웅대한 바다는 그녀가 동경하던 것이었다. 5월 24일, 야위고 핼쑥해진 앤은 샬럿과 엘렌 너시의 보살핌을 받으며 출발했다. 일행은 도중에 앤의 희망으로 요크의 대성당에서 기도를 드렸는데 앤은 전에 에밀리와 둘이서 이곳을 방문했던 여행을 떠올리며 새로운 감명에 눈물을 글썽였다. 스카버러에서 앤은 바닷가에서 마차를 탔을 때 마부 소년에게 당나귀를 소중히 다루도록 타이르며 스스로 고삐를 잡기도 했다. 앤은 바다를 바라볼 수 있는 숙소 창문에서 아름다운 일몰을 바라보며 감동에 젖었다.

1849년 5월 28일 임종의 순간이 다가왔다. 앤의 믿음은 마지막까지 흔들림이 없었다. 슬픔에 잠긴 샬럿을 보고 "언니, 용기를, 용기를 내요."라고 말했는데 이 말이 마지막이 되었다. 그녀의 나이 29세였다. 앤의 유해는 가족들과 떨어진 스카버러의 세인트메리 교회에 묻혔다.

샬럿의 고독

불과 8개월 사이에 샬럿은 3명의 동생들을 차례로 잃고 홀로 남겨졌다. 앤을 안장한 뒤, 그녀는 곧바로 집으로 돌아오지 못하고 바닷가 근처 다른 마을에서 약 한 달 동안 몸과 마음을 추스른 뒤, 아버지와 하인들과 개들이 기다리는 집으로 조용히 돌아왔다.

목사관에서는 두려운 고독의 나날이 기다리고 있었다. 아버지는 서재에 틀어박히고 샬럿은 예전에 동생들과 함께 거닐며 창작에 대해 이야기를 나누었던 거실에서 시계가 시간을 알리는 소리를 혼자 들으며 지내야 했다.

저녁 해가 지고 밤이 다가올수록, 커다란 시련이 닥쳐와. 그 시간에는 우리는 모두 거실에 모여 이야기를 나누었어. 지금은 나 홀로 어쩔 도리 없이 말없이 앉아 있는데, 그들의 마지막 나날을 생각하며 그들의 고뇌와 그들이 말하고 행동했던 것들, 그들이 죽음의 문턱에서 보인 괴로운 표정을 떠올리지 않을 수 없어. 아마도 이런 모든 일들도 시간이 지나면 지금보다는 아픔이 덜해지겠지. (엘렌에게, 1849년 7월 1일)

견실한 샬럿은 《제인 에어》의 저작권 양도료로 스미스 엘더 사로부터 받은 500파운드를 투자에 돌렸다. 유명작가가 된 뒤에도 그녀의 생활은 전과 다름없이 검소하고 소박했다. 이 때 그녀가 자신을 위해 과감히 소비한 돈은 엘렌에게 5파운드를 보내 전부터 갖고 싶어 했던 샤워 장치를 부탁한 것이 모두였다. 엘렌은 이미 커러 벨의 정체를 알고 있었지만 그녀와의 편지 내용은 변함없이 가정적이고 개인적인 일이 중심이었다.

아침에 눈을 뜨면 고독·추억·갈망이 하루 종일 유일한 벗이 되어 지낸 뒤—밤에는 그런 감정들과 함께 잠자리에 들면 그것들은 오랫동안 나를 잠 못 이루게 하겠지. 그리고 다음날 아침 눈을 뜨면 또다시 그런 감정들과 벗이 될 거라고 생각하면—엘렌, 때때로 마음이 무거워져. 그래도 아직 기세가 꺾이거나 하지 않았고 일어설 힘과 희망도 잃지 않고 있으며, 노력을 게을리하지 않아. 삶이라는 싸움터에서 싸울 힘이 조금은 있어. ……아직 어떻게든 버틸 수 있어. (엘렌에게, 1849년 7월 14일)

《셜리》를 쓰다

샬럿은 앤이 죽은 직후 바닷가에서 가까운 요양지에서 오랜만에 펜을 들어 《셜리》의 제3장을 쓰기 시작했다. 동생들이 죽을 때 보여 주었던 강인함과 평정심이 지금 그녀의 약해진 심신을 버티고 있었다. 특히 '언니, 용기를 내요'라고 속삭이던 앤의 말이 그녀를 분발케 하였다.

앤이 죽은 직후에 쓴 장에는 성경에서 간추린 '죽음의 그늘진 골짜기'라는 제목이 붙여졌다. 그것은 두 명의 여주인공 중에 한 사람인, 마치 앤처럼 어른스러운 캐럴라인이 사랑을 이루지 못해 괴로워하다가 상사병에 걸려 죽음의 고비를 넘나드는 대목이었다.

샬럿은 이미 《제인 에어》를 완성한 직후부터 세 번째 작품 《셜리》에 착수하고 있었다. 그녀는 G.H. 루이스의 충고를 받아들여 이번에는 멜로드라마는 피하고 현실 속 사람들의 생활을 객관적으로 보여주려고 노력했다. 그리고 1812년 요크셔에서 일어난 러다이트 운동(Luddite movement)이라는 사회사적 사건을 다루어 산업사회를 사는 노동자와 자본가의 대립, 특히 여성들의 고뇌를 3인칭 화법으로 쓰기로 했다. 러다이트 운동은 산업혁명 때, 기계 도입을 실업의 원인으로 생각한 노동자들이 공장을 습격하여 기계를 파괴한 폭동을 일컫는다. 샬럿은 소녀 시절 로헤드 학교 재학 중에 이 사건에

《셜리》원고의 첫 페이지
제1장에서는 부목사인
딘, 마론, 스위팅을 소개
하고 또 제목인 '레위족
(族)'을 설명하고 있다.
레위란 이스라엘 성직자
를 뜻한다. "최근 몇 년
간 많은 부목사들이 영국
북부에 몰려들고 있다.
구릉지에도 많이 와 있
다. 어느 교회에나 한 명
이상의 부목사가 있다.
그들은 젊기 때문에 매우
활동적이고 온갖 훌륭한
일을 하고 있을 터이다."

Shirley

Vol. I.

Chap 1st

Levitical.

대해 듣고 흥미를 느낀 적이 있었다.

그러나 이 소설은 그 제목이 《골짜기의 공장》이라는 처음의 계획에서 《셜리》라고 하는 여주인공의 이름으로 바뀐 것에서 알 수 있듯이 결국 살럿다운 연애소설이 되어 버렸다.

죽은 동생들 기억 속의 초상

제인 에어는 홀로 여성의 정열과 자긍심을 짊어진 주인공인데, 《셜리》에서는 여성의 강한 애정은 어른스러운 고독한 소녀 캐럴라인과 자긍심과 자존심이 남자 못지않은 여장부이자 미녀인 셜리에게서 대조적으로 그려져 있다.

고아 캐럴라인은 사촌인 직물공장 주인 로버트 무어를 사랑한다. 그는 벨기에계 혼혈으로 자신감으로 가득한 야심가인데 나폴레옹 전쟁으로 불어 닥친 산업위기를 기계 도입으로 극복하려다가 노동자에게 공장을 습격당한다. 무어는 캐럴라인의 마음을 알고 있으면서도 부유한 여지주 셜리 킬다에게 재정적 원조를 얻을 목적으로 그녀에게 청혼한다. 캐럴라인의 사랑의 고뇌에는 분명하게 샬럿 자신의 에제 선생에 대한 비련의 기억이 겹쳐져 있다. 그리고 소극적이고 가련한 캐럴라인의 원형은 동생 앤과 벗 엘렌으로 생각된다.

한편 셜리는 동생 에밀리를 염두에 두고 쓰여져, 날씬한 외모와, 총명하고 자유로운 정신을 가지고 맹견에게 물려도 끄떡도 하지 않는 굳센 의지를 가진 것은 에밀리와 꼭 닮았다. 샬럿이 나중에 개스켈 부인에게 이야기한 바에 의하면 셜리는 '에밀리 브론테가 만일 건강하고 부를 가지고 있었다면 이렇게 되지 않았을까 생각되는 인물'이었다.

셜리는 로버트 무어에게 재정적 원조는 하지만 구애는 단호히 거절한다. 그녀는 그의 남동생이자 그녀의 소녀 시절 가정교사였던 가난한 루이 무어를 사랑하고 있었기 때문이다. 훗날 셜리의 솔직함에 의해 두 사람은 서로 사랑을 확인한다. 로버트의 사업도 순조롭게 돌아가고 그는 마음 속의 욕구에 따라 캐럴라인의 사랑을 받아들여 두 쌍의 결혼이 동시에 이루어진다.

주인공들뿐만 아니라 다른 많은 등장인물들도 샬럿이 가까이에서 알고 지내온 사람들을 원형으로 하여 창조되었다. 벗인 메리 테일러와 그의 여동생 마사 테일러는 요크 자매로 등장하고 3명의 어리숙한 수다쟁이인 부목사들의 모델이 된 실제의 부목사들의 이름도 추정되고 있다. 그리고 끝부분에 등장하는 네 번째 훌륭한 부목사 매카시의 모델은 훗날 샬럿의 남편이 되는 아서 벨 니콜스이다. 니콜스는 나중에 《셜리》를 읽고 매카시가 그려진 방식에 만족감을 표시했다고 한다.

이 소설의 초점이 러다이트 운동에서 두 명의 주인공 셜리와 캐럴라인으로 확실하게 옮겨간 것은 에밀리와 앤이 죽은 뒤의 일이다. 샬럿은 죽은 동생들의 환영을 뒤쫓으면서 글을 써나간 것이리라.

《셜리》는 8월에 탈고되었다. 이 시기에 아버지의 병마와 아울러, 나이 많은 타비와 젊은 하녀 둘이 병에 걸려 샬럿은 그들을 간호하면서 모든 집안 살림을 꾸려가야 했다. 그녀 자신도 두통과 소화불량으로 괴로워하면서 이런 의무를 다하고 있던 어느 날, 그녀의 긴장했던 신경이 폭발하여 잠시 동안 감정을 억제하지 못하고 백치처럼 울부짖었다. 그러나 그 일을 벗에 알린 편지 속에서도 샬럿은 '그러나 삶은 전쟁이야. 우리 모두가 삶과의 싸움을 잘 헤쳐 나갈 수 있기를!'(엘렌에게, 1849년 9월 24일)라고 쓰여 있다. 뿐만 아니라 에밀리에게 맡겨두었던 철도 주식이 큰 폭으로 하락하자 샬럿의 불안은 더욱 커졌다.

《셜리》는 1849년 10월 스미스 엘더 사에서 출판되었다. 전체적으로 호평을 얻어 커러 벨의 명성은 더욱더 높아졌다.

23. 고독

런던으로의 여행

샬럿은 《셜리》의 호평에 한 시름 놓았으나 건강이 고르지 못하여 괴로움이 이어졌다. 작품에 대한 비평을 함께 나누며 기뻐하고 슬퍼해 줄 동생들을 잃었다는 사실 때문에 그녀의 신경은 유달리 과민해져 있었다. 그녀는 자신을 위해서나 아버지를 위해서도 런던의 의사의 진찰을 받기로 결심하고 출판사 사장인 스미스의 친절한 권유로 그의 집 손님으로 머물기로 하였다.

11월 말 샬럿은 다시 런던에 있는 스미스 집안에 가서 약 15일간 머무르며 사장의 어머니인 스미스 부인의 융숭한 대접을 받았다. 밝고 명랑하며 잘생긴 25살 청년사장의 마음씀씀이는 고독한 샬럿의 마음에 차츰 깊이 파고들고 있었다. 그를 따라 오페라나 미술관 관람을 한 것 외에 이번 여행의 압권은 새커리와의 만남이었다. 새커리가 많은 관객 앞에서 《제인 에어》의 유명한 한 구절—과수원 장면—을 읊조리며 커러 벨의 정체를 밝혔을 때, 샬럿의 당황함은 이야깃거리가 되었다.

이후에도 샬럿은 두 번 더 런던을 여행하고 그때마다 스미스 집안에서 머무르며 그들과의 친교를 깊이 나누었다. 스미스에 대한 생각과 이 모자의 인상은 네 번째 작품 《빌레트》에서 주인공이 마음을 쏟아 붓는 존 그레이엄 브레튼과 그의 어머니의 조형으로 살아나게 되었다.

성별 비평으로의 반격

《셜리》에 요크셔의 방언이 솜씨 좋게 쓰인 것에서, 하워스 근처 사람들은 커러 벨의 정체가 하워스의 목사 딸이라는 사실을 알아채자 큰 소란이 일었다. 이 시기 샬럿 앞으로 《셜리》에 대한 몇몇 심한 비평이 이르기 시작할 무렵이었고 '커러 벨은 여자'라고 하는 인식 위에 선 비평이 타격을 주었다.

샬럿은 유년시절부터 웰링턴 공작에 대한 숭배에서도 알 수 있듯이 전반적으로 보수적인 사상의 소유자인데 의외로 여성에 대한 성차별 문제에 관해서만큼은 급진적인 사상을 가지고 있었다. 작가의 성별에 따른 비평의 이중 표준을 혐오하여 예전에 커러 벨, 엘리스 벨, 액튼 벨이라는 필명을 동생들이 사용하도록 제안한 것도 그 때문이었다. G.H. 루이스가 〈에든버러 리뷰〉에 쓴 《셜리》에 대한 서평에 이중 표준의 예를 찾아내었을 때, 그녀는 바로 맹렬한 기세로 반격의 편지를 그에게 보냈다. '저는 적으로부터 자신을 지킬 수 있습니다. 그러나 하느님! 벗으로부터 저를 구원하소서! 커러 벨.' (1850년 1월) 루이스의 서평은 《셜리》를 충분히 칭찬하고 있었지만 전반적으로 작가가 여성이라는 사실을 의식한 것이었다. 그 다음에 그에게 보낸 편지에서도 그녀는 항의를 반복했다. 그것은 여성이라는 불리함을 한 평생 절실히 체험하며 살아 온 샬럿의 항의였다.

스미스에 대한 사랑

이 시기 샬럿은 두통·치통·위염과 구역질 때문에 다음 작품에 손을 대지 못하는 상태임에도 런던의 출판사에서 특히 스미스의 편지와 책 소포를 밤낮으로 애타게 기다리고 있었다. 그것은 병적인 집착이라 할 만한 것이었다. 방에 있으면 죽은 동생들이 떠오르고 황야를 걸으면—히스의 작은 산, 풀고사리의 가지, 월귤나무의 새싹, 날개를 활짝 펴고 날개 짓하는 종다리나 다홍방울새를 볼 때마다—그런 것을 유난히 사랑했던 에밀리의 옛 모습이 떠오르며 주위를 둘러보면 푸르스름한 안개 속에 앤이 있는 것이다.

샬럿은 런던에서 머물 때마다 여덟 살 연하의 스미스에 대한 과민한 의식에 사로잡혀 있었지만 스미스 자신은 훗날 '나는 용모와 자태에 무언가의 매력 또는 우아함과 아름다움이 없는 여성을 사랑할 수 없었다. 그리고 그녀는 그 모든 것이 결여되어 있었다'라고 기록하였다.

여동생들의 유작 개정

1850년 가을 샬럿은 스미스 엘더 사의 요구에 응해 동생들의 소설을 한 권의 책으로 출판하기 위해 개정 편집에 종사하였다. 죽은 동생들이 쓴 것을 다시 읽는 일은 이슬비가 추적거리는 가을 내내, 그녀의 기분을 매우 울적하게 만들었다.

이 두 가지 작업은 결과적으로 보아 에밀리와 앤이 남겼을 미발표 작품을 샬럿이 어떻게 다루었는지에 대해 많은 의문이 남아 있다. 그녀는 시의 상당수인 《와일드펠 홀의 소작인》을 무시하고 제외해 버렸다. 또 몇몇 시 중에 곤달의 꿈에 뿌리내린 요소를 지워버리거나 어쩌면 에밀리가 써내려갔을지 모를 제2의 소설을 말살했는지도 모른다. 게다가 에밀리와 앤이 약 15년에 걸쳐 하였으리라 추정되는 방대한 산문의 곤달 이야기와 곤달 연대기는 어떻게 되어 버린 것일까. 이에 관해서는 에밀리의 소원에 의거해 앤이 생전에 이들을 매장해 버렸다는 것 또한 생각해 볼 수 있겠으나 지금은 이 모든 것이 수수께끼다.

1850년판의 《폭풍의 언덕, 아그네스 그레이》에 샬럿이 덧붙인 '엘리스 벨과 액튼 벨의 약전(略傳)'은 침통함으로 가슴을 치는 것이었지만 에밀리에 대해서는 무조건적인 찬미일색인 반면 앤에 대해서는 비교적 냉정한 평가를 내비치고 있다. 그리고 같은 책에 붙은 머리말에서 샬럿은 《폭풍의 언덕》이 세상에 받아들여지도록 에밀리를 위해 열심히 변호를 시도하였으나 그것은 동시에 이 소설 본질에 대한 샬럿의 이해 한계를 나타내는 것이 되었다.

제3의 구혼

1850년부터 3년간은 많은 여행을 하며 보냈다. 스미스 형제와 동반한 스코틀랜드 여행, 유명작가 개스켈 부인과 여성 저널리스트인 해리엇 마티노와의 호수 지방에서의 회견, 맨체스터의 개스켈 저택 방문, 앤이 눈을 감은 스카버러 재방문 등, 고독감을 달래기 위한 분주한 행보였다. 여행의 흥분을 뒤로하고 하워스에 이르자 그곳에는 극명하게 대조되는 정적이 기다리고 있었고 샬럿은 꼼짝없이 스미스와의 편지에 일희일비하였다. 그녀는 브뤼셀 체험을 두 번 다시 반복하지 않으리라 스스로 되뇌이면서도 그의 편지를 손꼽아 기다리지 않고는 견딜 수 없었다. 그에게서 편지가 온 후에는 얼마동안 몸과 마음이 편해지고 집필 또한 진척되었다.

스미스 엘더 사의 사원인 제임스 테일러는 《셜리》의 원고 수령을 위해 1849년 9월에 하워스를 방문한 이래, 때때로 책과 서평을 샬럿에게 보내며 그녀에 대한 관심을 나타내고 있었다. 그는 브런웰과 닮은 빨강머리에 키가 작은 남성이었다. 1851년 4월 그는 5년간 인도의 봄베이로 파견되기 전에 하워스를 방문, 그녀의 마음을 확인하고자 하였으나 샬럿은 그를 '존경할 수 없었다.'(엘렌에게, 1851년 4월 23일)는 이유로 거절하였다. 그러나 모순되게도, 그녀는 그 뒤에 인도에서 그의 편지를 마냥 기다렸고 그 초조함도 《빌레트》에 반영되었다.

《빌레트》 난항

네 번째 작품 《빌레트》의 집필은 이런 상황 속에서 난항을 겪고 있었다. 이 작품은 9년 전에 브뤼셀 체험뿐만 아니라, 최근 몇 년간 반복된 런던 체류와 스미스로 인해 자극된 샬럿의 여성으로서의 정감에 근거하여 쓰인 작품이었다. 그리고 하워스의 목사관에서 고독한 나날 중에도 작가 스스로 어두운 정신세계의 내부를 확실히 응시하고 자신의 고독을 피해갈 수 없는 것으로 받아들이며 맞설 각오를 다짐하였을 때 가까스로 완성되었다. 샬럿은 이 시기를 편지에 이렇게 남겼다.

때때로 내 마음을 신음케 하는 괴로움은 내가 독신녀이자 이후로도 독신녀인 채로 살아야 하는 처지 때문이 아니라 내가 고독한 여자이자 이후에도 고독할 것이라는 생각 때문일 거야. 그러나 그것은 어쩔 도리 없는 일이기에 어떤 일이 있어도 참고 견뎌내지 않으면 안 되며 될 수 있는 대로 꾹 참고 버텨야 할 몫이겠지. (엘렌에게, 1852년 8월 25일)

《빌레트》

《빌레트》는 공공의 문제를 다루고자 한 《셜리》와 달리 샬럿 자신의 소질에 가장 적합한 개인적·주관적인 문제를 정면에서 다룬 소설이다. 그녀는 이전부터 《교수》의 개작 출판을 희망하고 있었지만 이는 이루어지지 못했다. 그녀의 마음속에서 《교수》는 충분하게 적어내지 못한 테마—브뤼셀 체험—를, 좀 더 직접적으로 마음에 남지 않도록 쓰고 싶은 열망이 응어리져 있었다.

오래 전 브뤼셀의 추억, 비교적 가까운 런던에서의 고뇌, 동생들의 죽음, 지나가 버린 청춘, 그리고 고독한 현재와 미래—곧 여기서는 한 사람의 여자로서 샬럿의 과거의 추억, 현재의 괴로움 그리고 미래의 전망이 모두 압축

스미스 엘더 사의 1872년판 《빌레트》에 실린, E.M. 윈페리스가 그린 '여자기숙학교' 삽화

되어 문학화된 것이라고 말할 수 있다.

루시 스노의 이야기

샬럿의 고뇌를 짊어진 주인공 루시 스노는 긍정적이고 적극적인 제인 에 어와는 정반대로 조용하고 소극적인 여성이다. 《빌레트》에서 루시는 화자이 며 노년이 되어 이야기하는 자전적 회고담의 형태를 취하고 있다. 루시의 이 야기는 제인의 발랄하고 솔직함과 달리 어쩌면 《폭풍의 언덕》의 이야기 기법 에서 힌트를 얻은 것인가 하고 여겨질 만큼 간접성과 애매함이 특색이다.

이야기의 첫머리에서 루시 스노는 용모와 건강에 혜택받지 못한 내성적인 10살 고아이다. 그녀는 영국의 작은 브레튼이라는 마을에서 대모 브레튼 부 인 집에 맡겨져 있었다. 그 집에서는 폴리나 홈이라는 이름의 엄마 없는 어 린 여자아이도 위탁되어 함께 생활하였다. 이 아이가 브레튼 집안의 아들인 16살 소년 존 그레이엄 브레튼에게 빠져 있는 모습을 루시는 조용하고 냉정 하게 관찰한다.

훗날 브레튼 집안을 떠나는 루시는 불행한 사건의 결과 친척에게서도 멀어져 홀로 되고 연이은 근무처 고용주인 노파의 죽음으로 이별을 맞이한다.

23살 때 그녀는 자활의 활로를 모색하고자 런던으로 나오고 뒤이어 대륙으로 건너간다. 그리고 라바스쿠르 왕국(벨기에 가명)의 수도 빌레트(브뤼셀 가명)에서 베크 부인이 경영하는 여자기숙학교 영어교사가 된다. 홀몸의 중년 부인 베크는 빈틈없는 스파이 행위로 학교를 경영하는 활동가이다. 루시는 이국의 학교에서 벗도 없이 고독감으로 괴로워하며 기나긴 여름방학에는 기숙사에 홀로 남아 노이로제 상태가 되고만다. 어느 날 거리를 헤매다가 결국 가톨릭 교회에 들어가 신교도인 처지를 돌아보지 않은 채 마음의 고뇌를 고해해 버린다.

나중에 그녀는 친절하고 잘생긴 교의(校醫) 존 의사가 어릴 적 같이 지낸 존 그레이엄 브레튼이라는 사실을 알게되고 차츰 그에게 마음이 끌리는데 그는 그녀의 마음을 알아채지 못하고 경박한 미소녀 지네브라 팬쇼에게 연모의 정을 품게 된다. 루시는 그에 대한 사모하는 정열을 억누르려 노력하지만 그의 친절한 편지를 손꼽아 기다리지 않을 수 없었다.

한편 마흔 살 정도로 화를 잘 내는 폴 에마뉘엘 교수는 첫 대면 순간부터 평범하고 냉정한 루시가 실제로는 격정과 재능을 감추고 있는 것에 주목하고 있었다. 이처럼 직설적이고 고압적인 남자는 존에 대한 그녀의 감정에 질투를 나타내기 시작한다. 존은 아름다운 백작 딸로 성장한 폴리나 홈과 재회하고 그녀를 사랑하게 된다. 그 사실을 안 루시는 존에 대한 사랑을 이성으로 내색하지 않고 잊으려 노력하며 결국 그들의 결혼을 축복하는 마음을 갖는다. 훗날 그녀는 에마뉘엘의 순진한 성품을 알고 그와의 우정을 무엇보다도 중요히 생각하게 된다. 베크 부인은 에마뉘엘과 루시를 떨어뜨리기 위해 그를 급히 서인도 제도로 보내려는 계략을 꾸민다.

루시는 처음으로 에마뉘엘에 대한 사랑을 자각하고 그 마음을 표현한다. 그는 먼 여행길 전에 이전부터의 그녀의 자립 계획을 돕고자 빌레트 시 교외에 그녀를 위한 교실과 주거지를 빌려 귀국 후에 결혼할 것을 굳게 맹세하고 출발하였다.

사랑에 의해 고독감에서도 해방된 그녀는 그를 기다리면서 홀로 훌륭하게 학교를 경영해 간다. 3년 후 그의 귀국 배가 폭풍우에 휩쓸리고 루시의 사랑은 또다시 이루지 못하고 끝이 난다.

여성의 '자립'과 '자기표현'

이 대강의 줄거리에서도 알 수 있듯이 '스노'라고 하는 차가운 이름을 가진 여주인공은 작가가 잘라내 버리고 싶어하는 자기 일면—억압·상실·고독—이 투영된 것이다. 그런 의미에서 루시 스노는 정열적인 제인 에어와는 정반대되는 여주인공이다. 루시는 조리있고 당당하게 제 소리를 다하는 제인과 달리 자신을 내보이는 것은 적으며 다른 여성 인물의 이야기를 통해 자기를 간접적으로 나타낸다. 그녀는 보수적인 19세기의 영국사회 안에서 '자신'에 대해 '자신의 말'로 확실하게 이야기하는 것조차 불가능한 여성의 상황을 보다 충실하게 반영한 여성상이다.

남성 중심적인 사회 속에서 여성이 여성으로 있어야 함은 많은 고난을 뛰어넘어 어떻게 자립하고 자기를 표현해 갈 것인가—이것이야말로 여성작가가 남성적인 가면을 쓸 것인가, 쓰지 않을 것인가는 어떻게든 피하려 하여도 빠져나갈 수 없는 가장 중요한 문제였다. 여성작가 샬럿 브론테가 마지막 작품에서 이 테마에 이르기까지 그녀는 삶의 많은 희생을 견뎌내고 이만큼 깊은 고독을 겪어야만 했던 것이다.

운명의 수용

《빌레트》에서의 브뤼셀은 《교수》에서 실명으로 거론된 도시와는 대비된다. 벨기에는 라바스쿠르 왕국, 브뤼셀은 빌레트 시라는 가명에 기초하여 등장한다. 게다가 빌레트 마을 자체를 제목으로 지은 것에서도 알 수 있듯이 이 소설의 주제는 교수에 대한 사랑이 아니다. 브뤼셀은 이야기 배경 이상으로 함축된 이국에서의 영국 여성 루시의 고독을 반영하고 자립으로의 길을 준비하는 장소로서 주제 일부를 이루고 있다.

《빌레트》의 인물은 《교수》의 경우보다 훨씬 브뤼셀의 체험에서 충실히 창조되어 있다. 폴 에마뉘엘 교수는 걸핏하면 화를 내며 결점은 많지만 사랑할 수밖에 없는 남자이자 뛰어난 교수로서 에제 선생과 너무도 비슷하다. 그리고 이 남성상의 놀랄 만한 생기는 샬럿이 결국 에제 선생에 대한 사랑의 강박관념을 뛰어넘었음을 느끼게 한다. 베크 부인은 간사한 꾀에 능한 여학교

교장으로 에제 부인을 원형으로 하고 있음을 여실히 드러내나 그녀의 침착함, 빈틈없음, 유능한 면은 일종의 매력을 갖추고 있다는 점에서 작가가 자신의 열등감과 개인적인 좋고 싫음을 떠나 인물 조형에 성공시킨 점은 좋은 예라 말할 수 있을 것이다. 그리고 여주인공인 루시 스노는 샬럿의 여주인공들 중에서 가장 깊고도 복잡한 여성 심리를 짊어진 주인공으로 묘사되었다.

《빌레트》에 대해서 무엇보다도 주목해야 할 점은 샬럿이 소녀 시절부터 그녀의 머릿속에서 떠나지 않았던 로맨틱 러브의 환상과 결별하고 고독한 운명을 하느님의 뜻이라 수용하며 담담히 살아가는 한 여성의 씩씩한 모습—《빌레트》 집필시의 샬럿 자신의 모습—을 그려낼 수 있었던 것이다.

로맨스를 뛰어넘어

브론테 목사는 슬픈 결말을 지닌 소설을 싫어하여 딸의 새로운 작품이 행복한 결말로 끝맺을 수 있도록 열렬히 희망하였다. 그가 샬럿에게 당부한 바에 의하면 주인공과 여자 주인공이—옛날이야기처럼—'결혼하여 그 후로도 행복하게 살았답니다'처럼 되었으면 좋겠다고 말하였다. 그러나 샬럿의 상상력에서는 폴 에마뉘엘 교수가 바다에서 난파되어 죽음을 맞이한다는 생각이 깊이 자리잡고 있어 아무래도 결말 변경은 불가능했다. 그래서 그녀는 아버지의 소망에 최대한 타협하여 비극적인 결말의 해석을 독자 자신의 상상력에 맡기기로 하였다.

루시 스노는 제인 에어와 같은 막대한 유산은 물려받지는 않는다. 그녀는 에마뉘엘과의 추억을 소중히 여기며 그의 배려로 작은 학교의 집세를 자신이 지불하며 이국에서 홀로 살아간다. 샬럿 브론테는 마지막 작품 《빌레트》에서 '브뤼셀 체험'을 바탕으로 로맨스에서 흔히 나타나는 예쁜 사랑 이야기를 뛰어넘어 고난이 많은 삶의 냉엄한 현실을 온전히 나타낼 수 있었다.

《빌레트》는 1853년 1월, 스미스 엘더 사에서 출판되었다.

24. 샬럿의 결혼과 죽음

부목사의 구혼

샬럿이 브뤼셀에서 상심의 귀국을 한 다음 해인 1845년에 브론테 목사의 부목사로 부임한 사람이 아서 벨 니콜스이다. 그는 샬럿보다 2살 아래의 근엄하고 성실한 남자로 아일랜드인이었다. 그는 월요일 밤에 브론테 목사와 교회나 주일학교에 대해 상의하며 가끔 목사관에서 차를 마시고 에밀리가 죽은 뒤에는 개들을 황야로 산책시켰다. 그는 오랜 시간에 걸쳐 샬럿의 삶을 조용히 지켜보았다. 샬럿의 고뇌와 슬픔, 아버지에 대한 효심, 그리고 유명작가가 되어서도 이전과 다름없는 검소하고 소박한 삶의 방식을 보며 그녀의 깊은 고독을 짐작하고 있었다. 검고 짙은 눈썹과 구레나룻 사이의 그의 눈은 깊은 의미를 담아 골똘히 생각한 뒤 결심한 듯 그녀를 바라보고 있었다. 《빌레트》 출판에 앞선 1852년 12월 13일의 일이었다.

차를 마신 뒤 나는 언제나처럼 거실로 물러가 있었어. 니콜스 씨는 항상 8시나 9시가 지난 시간까지 아버지와 함께 앉아 있곤 했으니까. 그리고 나서 그가 귀가하려고 아버지 방문을 여는 소리가 들려 왔고, 나는 현관문이 '찰칵' 하고 닫히는 소리가 들릴 것이라 미리 예상하고 있었지. 그런데 그는 복도에 멈춰서, 노크를 하는 게 아니겠어. 무슨 일이 있을지 나의 머릿속에 번개처럼 번뜩였지. 그는 들어와 내 앞에 서서 날 바라보았어. 그의 말이 무엇일지 상상이 되겠지. 그의 모습이 어떠했을지도—넌 알지 못하겠지만—나는 그때를 잊을 수 없을 거야. 머리끝부터 발끝까지 떨며 죽은 사람처럼 퍼렇게 질려, 낮은 음성으로 어찌할 줄 몰라 쩔쩔매며 말하는—남성에게 가망 없을 법한 사랑 고백이 얼마나 힘든 것인가를 그가 처음으로 내게 알려 주었어. 항상 조각상 같은 사람이 그렇게 떨면서 흥분하며 횡설수설하는 모습은 나에게 신기한 충격으로 다가왔어. (엘렌에게, 1852년 12월 15일)

이 구혼 사실을 알게 된 브론테 목사는 격노하였다. 그의 자랑거리인 유명한 딸을 평범한 부목사 따위가 빼앗으려는 사실이 용서되지 않았다. 아버지의 적의와 구혼자의 마음의 상처 사이에서 샬럿은 괴로워한다. 그녀는 니콜스에 대한 연모 엇비슷한 감정은 깨닫지 못하고 깊은 동정을 느끼고 있었다.

5월 말, 니콜스가 하워스 교회를 떠나려고 할 무렵 문 주변에서 심하게 흐느껴 우는 모습을 샬럿은 보았다. 리즈 근교에서 부목사에 부임한 그는 샬럿에게 열심히 편지를 써서 보내고 얼마 뒤에 그녀도 답장을 쓰며 비밀스런 편지 왕래가 시작되었다. 타비의 조언이 한 몫하여 브론테 목사도 가끔 두 사람의 편지교류와 교제를 허락해 주었다.

아버지의 반대는 별도로 하고 샬럿 자신, 이 결혼에 대한 불안감이 있었다. 사랑하지도 않는 남자와 꼭 결혼해야 하는 것일까? 도대체 커러 벨이 결혼을 꼭 해야만 하는 것인가? 니콜스는 지성이나 상상력에서 그녀보다 훨씬 떨어짐은 분명했다. 그러나 지금의 샬럿은 니콜스의 성실한 인격과 헌신적인 사랑을 거부할 수 없었다. 그녀는 너무나도 고독했다. 거기다 그녀의 나이는 이미 38세에 이르고 있었다.

약혼 즈음 샬럿이 내건 조건은 니콜스가 부목사로 하워스에 돌아올 것과 만일 자신이 먼저 죽게 되면 아버지를 돌봐드리는 것이었다.

샬럿의 결혼관

샬럿의 결혼관에는 그녀다운 양면성이 보인다. 젊은 시절 헨리 너시의 첫 번째의 구혼을 거절했을 때, 그 이유는 '그 사람을 위해서라면 기꺼이 죽을 수 있다는 강렬한 애착……경모하는 마음을 지닐 수 있어야' 한다는 정열을 우선하는 태도였다. 하지만 이듬해에 그녀는 언뜻 보기에 그것과 모순된 내용의 편지를 엘렌에게 써 보내기도 했다.

억지로 설득당해 존경할 수 없는 사람과 결혼할 수는 없지. 사랑하지 않는 사람이라고는 말하지 않겠어. 왜냐하면 결혼하기 전에 존경할 수 있는 사람이라면, 결혼 뒤에 적어도 적당한 사랑이 생길 것이라고 생각하기 때문이거든. 그리고 뜨거운 정열 같은 것은 분명히 바람직한 감정은 아니야. (엘렌에게, 1840년 5월 15일)

작품세계에서는 뜨거운 정열을 계속해서 추구했던 샬럿은, 현실세계에서는 실제로 그녀 자신의 결혼에서 볼 수 있는 것처럼, 사랑하지 않아도 먼저 존경할 수 있는 상대를, 그리고 현실생활의 버팀목이 되어 줄 사람을 선택한 것이다. 결혼하고 나면 살아가면서 적당한 사랑이 생긴다는 것은, 그즈음 여성잡지 등에서 많이 볼 수 있는 상식적인 사고방식이었다.

결혼

결혼일은 1854년 6월 29일이었다. 그 전날 밤에 갑자기 브론테 목사가 결혼식에 참석할 수 없다고 알려 왔는데, 울러 여사가 대리를 맡아, 하워스 교회에서 결혼식이 무사히 거행되었다. 여위고 조그만 서른여덟 살의 신부와 건장한 신랑의 대조가 눈길을 끌었다.

1850년에 조지 리치몬드가 그린 샬럿 브론테의 초상화
분필로 그려진 이 그림은 샬럿 브론테의 초상화 중에서도 가장 유명한 작품이다.

두 사람은 신랑의 고향 아일랜드를 한 달에 걸쳐 여행했다. 8월 1일, 긴 신혼여행을 마치고 집으로 돌아온 샬럿은, 엘렌에게 편지를 썼다. 젊은 시절 앵그리아 여자들의 정열적인 성애를 정신없이 써 내려갔던 그녀가, 독신의 엘렌에게 써 보낸 내용에는 일종의 망설임이 느껴진다.

친애하는 넬, 지난 6주 동안 내 사고의 경향은 크게 바뀌었어. 나는 삶의 현실에 대해, 전보다 많이 알게 되었어. ……넬, 여자가 아내가 된다는 것은 정말, 너무나 엄숙하고, 신비롭고, 위험한 일이야. 남자의 운명은 훨씬, 더 다른 것이지만……. (엘렌에게, 1854년 8월 9일)

바쁜 나날

브론테 목사가 갑자기 노쇠해 버려, 그의 일이 거의 사위에게 일임되자, 두 사람의 관계는 원만해졌다. 이제는 샬럿의 시간과 체력도 자신의 것이 아니었다. 집안일과 아버지를 보살피는 일 외에, 전보다 더 많은 교구 일과 사교의 의무가 부과되었다. 샬럿의 건강상태는 이렇게 바쁜 가운데 오히려 좋아졌는데, 애정이 깊은 남편은 밤낮으로 아내의 도움을 필요로 했다.

　조심해, 엘렌. 결혼한 여자는 매일 아주 적은 시간밖에 자기 시간을 가질 수 없어. 지금 나는 그 점에 대해 푸념하고 있는 것이 아니야. 나는 그것을 불운으로 생각하게 되지 않기를 바라지만, 그 사실은 엄연히 존재하니까. (엘렌에게, 1854년 9월 7일)

샬럿의 결혼생활은 과연 행복했을까?

　마을 사람 한 명이 내 남편의 건강을 위해 건배하고, 그를 '언행이 일치하는 그리스도 교도이며 친절한 신사'라고 평했습니다. 솔직히 말하면, 그 말은 나를 감동시켰습니다―그리고 나는……그런 인물을 얻는 것은 '부'나 '명성', '권력'을 얻는 것보다 가치가 있다고 생각했습니다. 나는 지금 그 대단하지만 소박한 찬사를 그대로 되풀이하고 싶은 심정입니다. 만일 내가 마음속 깊이 확신을 가지고 7년 뒤―또는 1년 뒤에 이 말을 되풀이 할 수 있다면, 나는 자신을 행복한 여자라고 평가할 거예요. 내 남편은 완전무결지는 않습니다―인간은 어느 누구도 완전무결지는 않지요. 하지만 당신도 잘 아시다시피―나는 완전하기를 기대하지는 않았습니다. (마거릿 울러에게, 1854년 8월 22일)

　우리는 모두―정말―매우 건강하게 지내고 있습니다. 나 자신은―지난 석 달 동안처럼, 오랫동안 두통·구역질·소화불량에서 비교적 벗어나 있습니다. 나의 생활은 그전과는 다릅니다. 하느님, 그것에 대해 감사드립니다! 나에게는 선량하고 다정하며, 애정이 깊은 남편이 있습니다. 그리고 그에 대한 나의 애정은 나날이 견고해지고 있습니다. (마거릿 울러에게, 1854년 11월 15일)

죽음의 산책
11월 끝 무렵, 니콜스는 아내에게 산책을 하자고 했고, 두 사람은 눈이 녹은 폭포를 보러갔다. 훌륭한 경관에 빠져있는 동안 비가 내리기 시작했고,

돌아가는 길에는 비가 억수같이 쏟아졌다. 감기에 걸린 샬럿은, 새해에 더욱 악화되어 결국 끊임없이 구역질을 했다. 그녀는 이때 임신한 상태였던 것으로 추정된다. 그녀가 몸져누워 있을 때, 타비가 84세로 죽었다.

몹시 쇠약해진 샬럿이 마지막 병상에서 연필로 가냘프게 쓴 편지에는, '내가 확신을 가지고 말할 수 있는 것이 한 가지 있는데, 그것은 분명히 네 마음을 위로해줄 거야—바로 내 남편이,

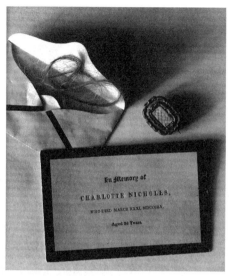

샬럿 브론테의 유품과 장례식 카드

지금까지 어떤 여성도 가져 본 적이 없는 다정한 간호인, 친절한 버팀목, 지상 최고의 위안이 되어 준다는 것. 그의 인내는 결코 꺾이는 일없이, 슬픈 나날과 불면의 밤으로 인해 시련을 받고 있어.'(엘렌에게, 1855년 2월 21일)라고 쓰여 있었다.

두 개의 미완성 작품

샬럿은 《빌레트》를 출판 한 뒤, 두 개의 작품에 착수했지만, 결혼 뒤의 분주한 나날 때문에 결국 《엠마》도 《윌리엘린 이야기》도 완성하지 못했다. 《엠마》는 화자인 기혼여성이 마치 제인 오스틴의 소설을 연상시키듯이 객관적으로 담담하게 이야기하는데, 그것은 그녀 자신의 이야기가 아니라 기숙학교에 들어간 작은 소녀의 이야기이다. 샬럿은 결국 기혼여성이 자신의 이야기를 하는 테마를 추구할 수 없었다.

아내의 모든 것을 독점하고 싶어 하는 애정 깊은 남편은, 샬럿이 엘렌과 주고받는 편지의 내용까지 감시하며, 샬럿이 보낸 편지를 엘렌이 태우기를 바랐다. 샬럿에게 아무리 집필을 위한 시간과 정력의 여유가 있었다고 해도, 이런 니콜스가, 아내가 자신의 결혼생활에서 힌트를 얻은 소설을 쓰도록 허락했을 것이라고는 생각되지 않는다.

하워스 교회 남동쪽 구석에 있는 브론테 예배당
브론테 집안의 기념판이 벽에 걸려 있다. 이 예배당에는 1964년 미국의 브론테 숭배자가 헌납
한 기념창(스테인드 글라스)이 설치되어 있다.

샬럿의 죽음

샬럿은 거의 식사를 하지 못하고, 먹으면 바로 토했는데 때로는 피가 섞여
나오기도 했다. 탈수증과 발열도 동반되었다. 그녀는 자신의 죽음이 가까워
졌음을 느끼고 유언을 다시 썼는데, 니콜스를 자신의 유일한 재산상속인으
로 지정했다. 의식이 흐려진 상태에서 그녀는 끊임없이 음식과 자극적인 것
을 원했다. 갑자기 제정신으로 돌아왔을 때, 그녀는 곁에서 기도하고 있는
남편에게 말했다. '나 죽지 않는 거죠? 하느님께서 우리를 억지로 갈라놓지
는 않으시겠죠? 이렇게도 행복했는데.'—이것이 그녀의 마지막 말이었다.

1855년 3월 31일 밤, 샬럿 브론테 니콜스는 세상을 떠났다. 서른여덟 살
이었다. 사망진단서에는 '결핵'이라고 되어 있지만, 그녀의 사인이 된 병에
대해서는 임신에 따른 심한 입덧 때문이라는 설 외에도, 임신 여부가 확실하
지 않다는 설까지 있는 등, 여러 설이 있다.

146센티미터밖에 되지 않는 작은 유해는, 4월 4일 하워스 교회에 앤을 비
롯한 브론테 집안 사람들과 함께 묻혔다.

25. 남겨진 사람들

개스켈 부인은 샬럿의 만년에 그녀를 알게 되어, 그녀에게 깊은 동정과 경애하는 마음을 품고 있었다. 샬럿의 사망 통보를 받았을 때, 개스켈은 그녀의 비참한 삶과 그런 삶에서 생겨난 아름다운 인격을 사람들에게 알리기로 결심했다. 그것은 브론테 목사의 강한 희망과도 일치했고, 그리하여 《샬럿 브론테의 생애》는 1857년 3월에 스미스 엘더 사에서 출판되었다.

샬럿의 생전에는 출판이 실현되지 않았던 《교수》도 니콜스의 노력에 의해, 마찬가지로 스미스 엘더 사에서 같은 해 6월에 출판되었다.

브론테 목사는 샬럿이 죽은 뒤 6년을 더 살았다. 니콜스는 아내와의 약속을 지켜, 1861년 6월에 장인이 죽을 때까지 교회에 대한 의무를 충실하게 완수했다.

II. 브론테 자매들 작품

《제인 에어》

1. 정열과 이성

실제 삶과 작품

샬럿 브론테는 한 집안의 맏딸로서 아버지를 돕고, 동생들을 가르치고, 경제적 자립을 위해 노력을 하면서—요컨대 견실하고 오히려 보수적이고 자기희생적인 일생을 보냈다. 그녀의 타고난 자유분방한 상상력, 격렬한 정열, 또 특히 사회와 가정에서 여성에게 가해지는 부당한 속박에 분개하는 정의감은 그녀의 실제 삶이 아니라 오로지 그녀의 작품에 확실하게 표현되었다.

감정과 이성의 균형

작가의 대변자적 성격을 강하게 지닌 여주인공 제인은 작가 자신이 평생 고민한 감정과 이성의 상극문제를 안고 있다. 제인은 소설의 모든 단계에서 격정과 억제, 반항과 복종, 자기주장과 자기규제의 양극 사이에서 끊임없이 흔들리면서 마지막에는 자기감정과 충동에 충실하면서 일종의 충족된 자제의 경지에 이른다. 이것은 샬럿 브론테의 다른 소설 여주인공들에게도 모두 어느 정도 해당되지만, 제인은 가장 명확한 예가 되고 있다.

여주인공 이외의 인물 설정도 이것과 관계가 있다. 여성인물로는 자기희생적인 인내의 화신 같은 버사 메이슨(로체스터 부인)이 배치되어 있다. 남성인물로는 격정적인 로체스터에 비해 냉정하고 이성적인 세인트 존이 있다. 두 경우 한쪽이 인간의 정신성, 다른 쪽이 육체성을 강하게 상징하는 인물이고, 제인은 이 인물들과의 연관 속에서 그녀 자신의 딜레마를 해결하여 정신과 육체, 이성과 정열의 균형을 이루어 간다.

다섯의 무대

《제인 에어》는 제인이 '새로운 출발'을 의미하는 게이츠헤드를 출발점으로 하여 로우드(저지의 숲), 손필드(가시나무 들판), 마시엔드(늪지의 끝) 또는 무어 하우스(황야의 집)를 거쳐 펀딘(아득히 먼 나무 그늘 골짜기)을 따라 가기까지 5단계에 걸친 인생 여정을 그린 이야기이다. 그것은 고아 소녀가 각각의 장소에서 온갖 고난과 유혹에 직면하여 그것과 싸우고 헤쳐 나가면서 어엿한 여자로 성장하여 사랑과 자립, 자아실현을 성취하기까지의 과정을 여주인공 자신이 후년에 회고하면서 일인칭으로 이야기하고 있다.

2. 억압에 대한 반항

사촌 존

제인의 소녀 시절 두 개의 무대—게이츠헤드와 로우드 학교—에서는 거친 기질을 지닌 고아 제인이 자신에게 가해지는 가정 안에서의 억압과 학교생활에서의 억압에 어떻게 대처하는지가 주안점이 되고 있다.

게이츠헤드의 경우는 '그날, 산책은 더 이상 할 수 없는 날씨였다'라는 문장으로 시작된다. 10살 난 제인은 리드 집안의 사촌들보다 몸집도 체력도 약했기 때문에 추운 집 밖을 산책하는 것이 고역이었다. 하지만 그녀는 따뜻한 집 안에서도 행복하지 않았다. 그녀는 화목한 집에 끼는 것이 허락되지 않았을 뿐만 아니라, 14살 난 사촌 존이 자기 책을 읽었다고 나무라는 등 난폭한 박해를 받는다.

> "우리 집 책을 읽다니 무슨 짓이냐. 엄마가 그러셔. 너는 무일푼이라고. 너의 아버지는 너에게 아무것도 남긴 것이 없으니까 말야. 넌 빌어먹어야해. 나 같은 신사 집안의 아이와 함께 생활하고, 다른 사람과 같은 것을 먹고, 어머니가 사 주시는 옷을 입다니 어림없는 소리다. 내 책장을 뒤적거리면 어떻게 되는지 가르쳐 주겠다. 저기에 있는 책은 내 거야. 이 집안에 있는 건 모두 내 거야. 앞으로 몇 년만 있으면 정말로 내 것이 된다. 문 옆으로 가. 거울과 유리창에서 비켜서있어."
> ……책이 날아와 맞고 나는 머리를 문에 부딪혔다. 머리가 찢어져서 피

손필드 저택
많은 화가들이 《제인 에어》의 삽화를 그리고 싶어했다. 초기 일러스트 가운데 몇 개는, 스미스 엘더 사의 1872년판에 실린 E.M. 원페리스가 그린 그림이다.

가 나왔다. 쑤시듯 아팠다. 이제 두려움은커녕 다른 감정이 솟아났다.

"심술쟁이!" 나는 말했다. "넌 살인자와 같아! —노예 감독과 같아— 로마의 폭군 황제야!"(제1장)

존은 14살이지만, 그가 말한 대로 아버지가 죽은 뒤 리드 집안의 주인이 된다. 지금까지 항상 그에게 복종했던 제인은 이제야 비로소 그에게 반론한다. 그뿐만 아니라 그녀의 머리카락과 어깨를 움켜잡은 존에게 있는 힘을 다해 덤벼든다. 말과 행동으로 반항했지만, 노예감독에 대한 노예의 반항처럼 무력할 수밖에 없었다.

리드 부인의 명령으로 붉은 방에 감금된 제인은 하인 두 명에게 거칠게 저항한다. 하녀는 '어린 주인'을 때린 제인을 나무라며 그녀를 '자기 힘으로 먹지도 입지도 않기' 때문에 '하녀보다 못하다'고 평한다.

붉은 방에서의 감금

외숙모 리드 부인은 제인이 '상냥하고 아이다운 성격', '불평하지 않는 쾌활한 아이'가 아니어서 진작부터 그녀를 싫어하여 질문이나 말대답하는 것을 금지했다. 붉은 방은 예전에 제인을 귀여워했던 외숙부 리드가 죽은 방이다. 커튼과 양탄자와 테이블 덮개는 피처럼 붉고, 어두침침함 속에 하얀 침대가 엄숙하게 드러났다. 이 붉은색과 하얀색의 두드러진 대조는 제1장에서 제인이 붉은 커튼에 둘러싸여 책을 읽고 있을 때 유리창 밖 정원에 초겨울 비가 내리는 장면에서도 볼 수 있었다. 그런 색채의 대조는 제인의 가슴에 불타오르는 격정과 그것을 억제해야만 하는 갈등 상황을 암시하고 있다고 할 수 있을 것이다.

제인의 마음속에는 '반역을 일으킨 노예의 심정'이 아직 끓어오르고 있었다. 존의 폭력, 그 사촌들의 교만한 외면, 외숙모의 혐오, 하인들의 편애—그런 것을 참으며 항상 의무를 다하려고 고심했던 자신이 이제와서 심하게 비난받고 있는 것에 대해 '불합리하다! 불공평하다!'고 제인의 이성이 소리치고 있었다. 죽은 외숙부의 출현을 떠올리는 사이 한 줄기의 불가사의한 빛이 천장에서 흔들리고, 제인은 격정과 두려움에 사로잡혀 실신한다.

외숙모와의 갈등

제인은 자기를 '하녀보다 못하다'고 말한 하인의 말을 결코 잊을 수 없었다. 그녀는 학교에 가기로 결심한다. 그것은 '오랜 여행과 게이츠헤드에서 완전히 떠나는 것, 새로운 생활을 하는 것'을 의미했기 때문이다(제3장).

로우드 학교에서 '검은 기둥' 같은 브로클허스트 목사가 제인의 일로 찾아왔다. 리드 부인은 목사에게 제인을 '거짓말쟁이'로 소개하여 새로운 생활에 대한 제인의 희망을 빼앗아 버린다. 목사가 입학을 결정하고 돌아간 뒤 제인은 정면으로 리드 부인과 대결한다. 그녀는 용기를 내어 외숙모에게 단숨에 말했다.

"저는 거짓말쟁이가 아녜요. 거짓말쟁이였다면 아주머니를 좋아한다고 말했을 거예요. 하지만 난 아주머니를 좋아하지 않아요. ……앞으로 살아 가는 한 당신을 외숙모라고 부르지 않겠어요. 제가 어른이 돼도 두 번 다시 당신을 만나러 오지 않겠어요. ……저에겐 감정이 없는 줄 아시는군요. 사랑이나 친절이 하나도 없는 곳에서 살아갈 수 있다고 생각하세요? 저는 살아갈 수 없어요. ……사람들은 모두 당신을 좋은 여자라고 생각하지만 실은 당신은 나쁜 사람이고 인정도 없어요. 당신이야말로 거짓말쟁이예요."(제4장)

허위를 증오하고 사랑에 대한 욕구를 주장하는 이 말은 열 살 난 소녀의 입에서 나온 말치고는 놀라운 것이다. 그러나 더욱 놀라운 것은 그 직후 제인의 심리묘사이다.

이 말을 채 마치기도 전에 나의 마음은 자유라고 하는, 승리라고 하는, 일찍이 맛보지 못한 감각에 가슴이 부풀어오르는 기쁨을 느꼈다. 눈에 보이지 않는 매듭이 날아가고 뜻하지 않은 자유의 세계로 풀려난 것 같았다. ……그러나 그 강렬한 기쁨도 가슴의 빠른 고동이 가라앉는 속도와 함께 식어갔다. 어린아이라고 하는 것은 그때 내가 했던 것처럼 윗사람과 싸움을 해서는 안 된다. 어린아이라고 하는 것은 내가 한 것처럼 분노를 마음대로 풀어 제쳐서는 안 된다. 그 후에는 반드시 뉘우침의 괴로움과 반동으로 다가오는 차가움을 반드시 맛보지 않으면 안 되니까. 이글이글 불꽃이 타오르는 히스의 언덕, 그것은 내가 리드 부인을 비난하고 위협하고 있는 동안의 심정을 잘 나타내고 있었는지도 모른다. 불길이 꺼진 후 검게 탄 히스의 언덕, 그것은 반 시간쯤의 침묵과 반성에 의해서 자기의 행위가 얼마나 미친 짓과 같은 것이었는가를 깨달았을 때의, 미움을 받고 미워하는 처지의 외로움을 알았을 때의 상태를 잘 나타내고 있다고 말할 수 있을 것이다. (제4장)

이미 이때 제인은 엄청난 격정에 의한 반항뿐만 아니라 그것을 반성하는 이성을 모색하던 아이였다.

여성 상황에 대한 문제의식
존에 대한 반항으로 시작하고 리드 부인과의 대결로 끝난 제인의 게이츠헤드 시절은 격정의 폭발과 이성에 의한 반성, 감금과 기절, 또 그와 같은 상태로부터의 해방—이것들의 반복 패턴으로서 《제인 에어》라는 소설의 기본구조를 보여주고 있다.

하지만 그것만은 아니다. 가부장, 또는 가부장적 역할을 띤 인물에 의해 가해지는 억압과 속박, 게다가 그것에 대한 반응으로서의 여성의 기절이라는 주제는 빅토리아조 소설의 여주인공들에게 되풀이해 표현된 것이다. 이 의미에서 《제인 에어》는 이런 구조 중에 당시 여성이 직면하고 있었던 심각한 모든 문제와 그것에 대한 문제의식을 많이 포함한 소설이라고 할 수 있을 것이다.

그렇다고는 하지만 친척에게 얹혀사는 '하녀 이하'의 고아, '노예'와 같은 복종이 요구되는 소녀의 노골적인 분노와 반항의 언동은 당시 소설에서 전례가 없는 것이었다. 그것은 성장한 뒤 제인의 과격한 말과 함께 이 작품의 출판 당시 열광적인 칭찬에 섞여 그것을 '반그리스도교적' '과격' '위험'으로 보는 서평이 몇 개 나타나는 원인이 된 것이다.

3. 종교와 인간성의 만남

종교에 의한 억압

로우드 학교는 나무들이 울창하고 무성한 낮은 골짜기 사이에 위치한 프로테스탄트의 자선학교였다. 교정은 '주위의 어떤 풍경도 볼 수 없을 정도의 높은 담장에 둘러싸이고' '수도원과 닮아' 있었다. 제인이 그곳에서 맞닥뜨린 시련은 굶주림과 추위 외에 로우드의 '교장' 브로클허스트 목사가 학생들 앞에서 제인에게 씌운 '거짓말쟁이'라는 오명, 인간의 '천성'을 부정하고, 타고난 고수머리조차도 겉치레로 보고 자르라고 명한 가학적인 종교교육이었다. 가혹하고 압도적이며 위선적인 브로클허스트는 종교의 가장 부정적인 측면의 대표자로 쓰이고, 브론테 일가, 그리고 샬럿이 극단적인 복음주의나 칼뱅주의에 대해 품고 있던 비판을 느끼게 한다.

로우드에서의 시련은 게이츠헤드에서 제인이 받은 억압과 닮아 있었다. 하지만 여기서는 제인 한 사람이 학대받은 것은 아니다. 게다가 그녀는 게이츠헤드에서는 바랄 수 없었던 착한 벗을 얻고, 고립감에 빠지지 않게 된다.

제인은 열심히 노력해서 뛰어난 성과를 거둔다.

인간적 성장

브론테 자매와 빅토리아조의 중산계급 대부분의 여성이 경제적 자립의 필요에 쫓기어 학교교육을 받은 것처럼 제인도 로우드 학교에서 8년간 노력한 결과 '정규 영국교육의 보통과목 및 프랑스어, 그림·음악 교사자격'을 얻는다. 교육이야말로 제인을 게이츠헤드에서의 굴욕적인 식객의 입장에서 결정적으로 벗어나게 한 유효한 수단이었다. 그녀는 이제야말로 '하녀 이하'도 '노예'도 아니고 장래의 자립에 대한 가능성을 가지게 되었다.

하지만 제인에게 로우드 시절의 의의는 지적 성과 이상으로 인간성에 미친 영향에 있다. 경건한 믿음과 사랑을 상징하는 이름을 가진 마리아 템플 선생은 식사를 못해 공복에 괴로워하는 학생들에게 빵과 치즈를 줄 뿐만 아니라 특히 실의에 빠진 제인과 아픈 헬렌을 자기 방으로 불러 따뜻한 불과 케이크를 대접하고, 따뜻하게 안아주었다. 그녀는 또 제인을 믿고 그녀의 오명을 없애 주었다. 한편 헬렌 번스는 제인의 외로움을 위로해 주었다. 그녀들 덕분에 제인은 육체적으로 힘을 얻고, 마음의 짐을 벗고, 고난을 참아내는 용기를 얻는다. '나는 불편하기 짝이 없었던 로우드의 생활을 게이츠헤드의 사치스러운 생활과 이젠 바꾸고 싶지 않았다.'(제8장)

사랑에 대한 희구

로우드에서 제인이 헬렌으로부터 배운 첫 번째 것은 인내와 용서의 교리이다. 헬렌은 스캐처드 선생의 부당한 체벌을 꾹 참고, 제인에게 '증오를 이겨내는 최상의 것은 폭력이 아니야. 또 상처를 치유하는 최고의 것은 복수가 아니야', '적을 사랑하라'라는 그리스도의 말을 모범으로 삼아야 한다는 것을 가르친다. 바로 그 가르침을 납득할 수는 없었지만, 훗날 리드 부인의 임종 때 게이츠헤드에서 그녀를 찾아갔을 때 제인은 헬렌을 생각해 내고 부인을 용서할 수 있었다. (제21장)

헬렌의 두 번째 가르침은 다음 대화에 나타나 있다. 브로클허스트가 학생들 앞에서 '거짓말쟁이'라는 오명을 씌우고, 절망으로 풀이 죽은 제인에게 헬렌은 이렇게 말한다.

"비록 이 세상 사람들이 너를 미워하고 싫어해도, 네가 나쁜 아이라고 믿어도 자신의 양심이 너를 옳다고 인정하고 죄로 삼지 않는다면 너에게는 친구들이 있다고 생각해도 좋아."

"응, 나 자신을 좋은 아이라고 믿어야 한다는 것을 알고 있어. 하지만 그것만으로는 안 돼. 남의 사랑을 받지 못한다면 차라리 죽는 편이 나아—외톨이로 남의 미움을 받는 건 견딜 수 없어, 헬렌. 너나 템플 선생님이나 그 밖에 내가 진심으로 사랑하는 사람의 참된 사랑을 받을 수 있다면, 나는 내 팔이 부러져도 좋고, 황소에게 떠받혀도 좋고, 말 뒤에 세워져 말굽에 가슴을 채여도 좋아—"

"그런데 말야, 제인! 넌 인간의 사랑을 너무 무겁게 생각하고 있어. 너는 매우 충격적이고 매우 격렬한 감정을 가지고 있어. 너에게 모습을 부여하고 거기에 생명을 불어넣어 주신 주의 손길은 그 연약한 몸 외에 의지하는 힘을 주셨어. 게다가 이 지상에는 인간이라고 하는 것 외에 눈에 보이지 않는 세계가, 영혼의 세계가 우리의 둘레에 있는 거야. 그건 어디에나 있고 그 영혼은 우리를 지켜보고 있어. 그것은 우리를 지키는 사명이 주어져 있어. 만일 우리들이 괴로움과 치욕 속에 죽어가고 있다면, 만일 비웃는 눈이 우리를 사방에서 쏘아보고 있다면, 미움이 우리를 짓누른다면, 천사는 우리의 괴로움을 보시고 우리의 결백을 인정해 주실 거야(만일 우리가 결백하다고 하면 브로클허스트 씨의 비난은 근거가 없는 데다가 리드 부인에게서 들은 걸 어마어마하게 되풀이한 데에 지나지 않으므로 네가 결백하다는 것을 나는 알고 있어. 너의 뜨겁게 빛나고 있는 눈이나 밝은 표정을 보면 너의 성실한 성격은 잘 알 수 있어). 그리고 하느님은 우리에게 듬뿍 상을 주시려고 몸에서 영혼이 떨어져 나가는 것만을 기다리고 계셔. 그렇다고 한다면 생명이란 곧 끝나는 것인데, 죽음이야말로 행복에의—영광에의 문이라는 것을 알고 있는데, 왜 슬픔에 잠겨 있어야 하는 거니?"(제8장)

제인은 '하느님이 어디에 있지? 어떤 것이지?'라고 묻지 않을 수 없었다. 그녀는 헬렌의 철저한 그리스도적 체관(諦觀)에 완전히 동감할 수 없었다. 그녀는 헬렌과 달리 현세에서의 노력과 성과를 단념할 수 없었다.

인간의 사랑에 대한 희구, 현세에서 사랑하고 사랑받는 것에 대한 타오르는 소망, 그녀가 옳다는 것을 사람들이 인정하고 평가해 주는 것에 대한 욕구를 마음에서 지워버릴 수 없었던 것이다. 헬렌은 철저한 자기희생의 결과 일찍 죽지만, 제인은 고난을 극복하고 끝까지 이 세상에서 살아나가야만 한다. 하지만 이 세상에서의 삶에 대한 두 사람의 근본적인 자세가 다른데도 제인은 헬렌의 말에서 자신의 양심의 존중과 자기억제의 필요성을 배운다. 나중에 제인이 로체스터를 떠날 결심을 할 때 그녀의 지침은 자기의 양심과 자긍심을 존중하고, 격정을 억제한 것이었다. (제27장)

조용한 반항

한편 템플 선생은 위압적인 브로클허스트 목사로부터 학생들을 지키려고 노력한다. 먹을 수 없을 정도로 부패한 아침식사를 보충하려고 템플 선생이 스스로 학생들에게 치즈가 들어간 빵을 지급한 것—즉 브로클허스트가 '학생들의 초라한 몸을 기르고, 그녀들의 불멸의 영혼을 굶주리게 하는 것'이라고 나무랄 때 템플 선생은 '대리석처럼 해쓱하고 돌의 차가움과 단단함까지 갖추고 있는 것처럼 보였다. 특히 그녀의 입술은 조각가의 끌이 아니면 열 수 없을 정도로 굳게 다물어져 있고 이마는 차츰 엄하게 굳어져 갔다.'(제7장)

'검은 기둥' 브로클허스트의 압제 아래에 그것에 대한 반항의 과정 중에 템플 선생조차 '파리한 기둥'으로 변해야만 했다. 분노라는 뜨거운 감정을 억제하면서 유효한 반항을 하는 것은 인간에게는 아주 어려운 일이다. 템플 선생이 브로클허스트의 가혹한 교육방침에 대해 침묵으로 반항하는 태도는 게이츠헤드에서의 제인의 반항과는 대조적이다. '템플 선생은 항상 어딘지 모르게 차분하고, 태도에는 위엄이 있고, 말할 때에는 열정적이거나 흥분하거나 격렬한 어조로 빠지는 것을 억제하는 훈련된 무언가가 있었다.'(제8장) 하지만 제인은 템플 선생과 다르다. 격렬한 감정을 가진 제인이 여성이나 고아에 대한 편견과 속박과 싸운다면 '파리한 기둥'으로 변하는 일 없이 살아나가려면 어떻게 하면 좋을까?

'새로운 일'을 찾아서

헬렌과 템플 선생으로부터 얻은 것을 살려 제인은 로우드에서 우수한 교사가 되었다. 18살이 된 그녀는 게이츠헤드 시절의 격정을 잃은 것처럼 안정되어 보였다. '나는 의무와 질서에 충실했다. ……자신이 만족하고 있다고 믿고, 다른 사람들에게도 대체로 자신의 눈에서조차도 얌전하게 수업을 쌓았던 순종적인 인간으로 비쳤다.'(제10장)

하지만 제인의 본질은 변하지 않았다. 템플 선생이 결혼해서 로우드를 떠난 뒤 제인은 '천성적인 내 자신 속에 남겨졌다.' 그녀는 창문으로 다가가 창문을 열고 문 밖을 보았다. 바위나 산의 경계선 쪽이 이제는 '감옥의 정원'이나 '귀양지'같이 느껴졌다.

저 산기슭을 둘러싸고 굽이굽이 뻗어 골짜기 사이로 사라지는 길을 나의 눈은 쫓고 있었다. 얼마나 그 길을 따라 멀리 가보고 싶었던가! …… 그날 오후 나는 8년 동안의 판에 박힌 생활에 싫증이 나 있었던 것이다. 자유가 그립다. 나는 자유를 갈망하였다. 자유를 구하여 기도의 말을 중얼거렸다. 그러나 그것은 미풍을 타고 흩어져버린 것처럼 여겨졌다. 나는 단념하고 변화를, 자극을 주십사 하고 겸손하게 탄원하였다. 그 겸손한 탄원도 또한 허공에 흘러가버린 것 같았다. "그렇다면," 나는 반쯤 자포자기가 되어 외쳤다. "최소한 제게 새로운 봉사를 허락해 주소서!"(제10장)

인간적 신앙의 길

《제인 에어》에는 브로클허스트, 헬렌, 템플 외에 세인트 존과 엘리자 리드 등 종교적인 인물이 많이 등장하지만, 헬렌과 템플 이외에는 모두 조금 부정적으로 쓰여 있다. 헬렌조차 전면적으로 제인의 공감을 얻은 것은 아니고, 템플 선생의 영향력조차 일시적인 것이다. 제인은 그들과의 관계 속에서 각각의 종교적인 사고방식을 배우거나 또는 비판하면서 믿음에 근거한다기보다는 오히려 인간의 마음속 욕구에 근거하고, 동시에 믿음에도 꼭 맞는 도덕적인 입장을 스스로 모색해 간다.

제인에게 주어진 '새로운 일'을 하는 곳―손필드야말로 그녀가 타고난 자신의 본질(천성)을 살리면서 로우드에서 배운 것과 어떻게 조화시켜갈지 중요한 무대가 된다.

4. 인간성의 자연

여성해방의 외침

제인은 새로운 세계에 대한 기대에 가득 차 손필드 저택에 가정교사로서
부임했다. 연봉 30파운드는 작가 샬럿 가정교사가 받는 20파운드보다 꽤 높
은 액수이다. 온화하고 품위가 있는 가정부 페어팩스 부인과 귀여운 제자 아
델라에게 둘러싸여 평화롭고 즐거운 날들이 시작되었다. 가정교사 제인을
편견을 가지고 보고, 경멸하는 것은 손필드 저택을 방문하는 손님들뿐이다.
'환경은 어린 마음에 커다란 영향력을 가지고 있다. 삶보다 아름다운 시절—
가시나 괴로움과 함께 꽃들과 기쁨도 있는 시절이 나에게도 시작되었다고
생각했다.' 확실히 제인의 젊음이 꽃을 피게 된 손필드 시절은 유혹의 가시로
가득찬 시기이기도 하다. 3층 저택 주변에는 대부분 오래된 산사나무가 심
어져 있었다.

이윽고 '천성적으로 차분하지 못한' 제인은 '푸른 수염의 성' 같은 음침한
저택의 평온한 생활에 뭔가 아쉬움을 느낀다. 그때 유일한 구원은 3층 복도
를 걸으면서 환상에 마음의 귀를 기울이는 것이었다. 마치 브론테 자매가 폐
쇄적인 목사관 생활 중에 앵그리아나 곤달 꿈으로 자유에 대한 욕구를 핑계
삼는 것처럼.

사람은 안온한 생활에 만족해야 한다는 건 부질없는 일이다. 사람은 마
땅히 활동을 해야 한다. 그 목표를 찾아낼 수 없으면 그것을 스스로 만들
어 내야 한다. 많은 사람들이, 나의 운명보다도 더 평탄한 운명을 짊어지
고 있는데, 그들은 그 운명에 대해 무언의 저항을 시도하고 있는 데에 지
나지 않는다. 정치적인 반역 외에 도대체 얼마나 많은 반항이 이 지구에
사는 무수한 사람들 사이에서 무르익어가고 있는가? 여자는 일반적으로
얌전해야 한다고 여겨지고 있다. 그러나 여성도 남성과 같은 감정을 지니
고 있다. 여성도 그녀들의 형제자매와 마찬가지로 그 능력을 발휘할 장이
필요한 것이고 노력하기 위한 장이 필요하다. 여성도 또한 남성과 마찬가

지로 가혹한 속박이나 심한 정체에 괴로워하고 있다. 여성은 집에서 푸딩을 만들고 양말을 짜고 피아노를 치고 주머니에 자수를 하고 있으면 좋다고 하는 것은 보다 더 많은 특권이 주어진 남성의 좁디좁은 일방적인 자기들의 생각이다. 습관이 필요하다고 인정하고 있는 이상의 일을 여성이 하고 싶다, 배우고 싶다고 하면 그것을 비난하고 비웃는 건 어리석은 일이다. (제12장)

제인의 독백에 담긴 당돌하고 격양된 어조에서 샬럿 자신이 여자이기 때문에 일어나는 분노와 고뇌의 외침이 들려온다. 이렇게 제인이 그녀의 본성에 잠재해 있는 세차게 치솟는 격정을 의식할 때 그때마다 그녀는 마치 그녀 자신의 정념을 반영하는 것처럼 섬뜩한 웃음소리를 듣거나 그 배회나 습격의 현장을 본다.

여성의 광기

제인이 처음 기묘한 웃음소리를 들은 것은 손필드에 온 다음날, 3층 어둑한 복도 양쪽에 작은 문이 있는 것을 보고 '푸른 수염의 성'을 연상한 때였다. 두 번째는 위에 인용한 부분에서 여성의 속박상태에 '반역'의 외침을 한 직후의 일이다. 이때 제인은 아직 이 웃음소리의 주인공이 저택 주인 로체스터의 미친 아내 버사라는 것은 모른다. 하지만 제인이 손필드의 폐쇄적인 생활로부터의 해방을 꿈꾸면서 서성거리던 3층이 버사의 감금 장소이기도 한 것은 이 두 사람 간의 밀접한 관계를 암시하고 있다.

버사는 겉보기에 청초하고 몸집이 작은 제인과는 대조적인 존재이다. 몸집이 큰 그녀는 다락방에서 머리를 흔들고 야수처럼 짖고 기어 돌아다닌다. 그 모습은 '하이에나'나 '괴물' 같다. 밤중에 도망쳐 나와 남편 침대에 불을 지르거나 메이슨을 공격해 어깨를 물어뜯거나 제인과 로체스터의 결혼이 다가온 밤, 제인의 침실에 들어가 신부 예복의 베일을 찢어버린다.

버사는 도덕적으로도 제인과 대조적으로 그려지고 있다. 나중에 로체스터가 제인에 말한 것에 의하면 '단정치 못한 어머니의 피를 이어 받아 술을 많이 마시고, 음탕하고', '이런 절제되지 못한 행동이 어머니로부터의 유전적인 정신이상을 앞당겼다'고 한다.

하지만 예전에 붉은 방에 감금됐을 때 제인의 격노와 흥분을 생각하면 제인 자신에게도 버사와 닮은 광기가 내재되어 있는 것을 잊어서는 안 될 것이다. 하지만 제인에게는 격정을 억제하는 굳은 이성과 도덕관념이 있고, 그것을 지키는 결의가 있다. 사랑하는 로체스터에게 아내가 있다는 것을 알고 그의 곁을 떠나려고 결심했을 때 그녀는 자신에게 이렇게 설득한다. '지금의 나처럼 내가 정신이 온전하고 미치지 않았을 때 받아들인 윤리를 지키리라. ······만일 자기의 형편에 좋을 대로 범해도 좋다고 한다면 그것에 무슨 가치가 있단 말인가. 그것에는 가치가 있다. 그래서 나는 항상 믿어왔다. 지금 그것을 믿을 수가 없다고 한다면 그것은 내가 제정신이 아니기 때문이다─전적으로 제정신이 아니기 때문이다.'(제27장)

버사의 광기에 관해 또 한 가지 주의할 점이 있다. 버사는 제인의 대조적인 존재만이 아니라 몇 가지 점에서는 제인의 편이기도 하다. 버사가 제인의 침실에 침입했을 때 제인에게는 손가락 하나 건드리지 않고 다만 신부 예복의 베일만 찢어버린 것은 예정되어 있는 이 위험한 결혼에 대한 경고를 제인에게 했다고 생각할 수 있다. 또 버사의 웃음소리나 모습은 대부분 제인에게만 들리고, 제인에게만 목격된다─마치 두 사람 사이의 비밀 교신처럼 말이다. 남편으로부터 '음탕한 여자' '악마'라고 불리고, 어떤 사랑도 받지 못한 채 감금되어 있는 버사를 제인은 깊이 동정한다. '당신은 저 불행한 부인에게 정말 냉정하군요. 당신은 그 부인을 증오로─집념과 깊은 증오로만 대했어요. 잔혹해요. 이래서는 미친 사람이 될 수밖에 없어요.'(제27장)

19세기 영국에서는 여성에 의한 여성의 모든 권리 획득을 위한 운동이 왕성해짐에 따라 여성 히스테리나 신경병이 많이 발생했다. 이것은 여성의 광기의 원인이 대부분 여성이기 때문에 속박을 의식하고 거기서 벗어나고자 하는 것에 있다는 설과 무관하지 않다. 19세기 영문학에서 남자에게 버려져 미쳐버린 여자 이미지가 자주 남성작가에 의해 로맨틱하고 또 감상적으로 표현되고 있었을 때 샬럿 브론테는 《제인 에어》에서 이 심각한 문제를 생생하게 제기했던 것이다.

부자연스러운 자기억제
제인의 얽매인 의식을 깨뜨리고, 손필드 생활을 활기와 변화가 풍부한 것으로 변화시킨 것은 여행에서 돌아온 저택 주인 로체스터였다. 그는 이해할수 없는 과거를 가지고, 남자답고 정열적이며 자유분방한 주인공으로 말하자면 앵그리아 사모나 공작 같은 인물이었다. 제인보다도 20살 정도 연상으로 인생경험이 풍부하고, 지위나 재산에서도 훨씬 상위에 있다. 작가는 이 남녀를 외적 조건에서 거리를 두고 설정함으로써 두 사람의 내적평등과 외적일치의 의미를 강조하고자 했다.

로체스터는 제인에게 변덕스럽지만, 너그럽고 이해심이 많은 사람이었다. 제인은 첫 대면부터 몇 번이나 로체스터의 위기를 구하게 된다. 그가 빙판 길 위에서 낙마하여 발을 삐었을 때, 버사의 방화로 인한 침실 화재에서 그를 구출했을 때, 버사가 메이슨을 습격해 중상을 입혔을 때 등이다. 특히 처음 만났을 때 그는 북잉글랜드 요괴 이야기를 제인에게 연상시켜 등장하고, 그녀 앞에서 낙마하고, '요정' 같은 그녀에게 도움을 받는다. 이 장면은 두 사람의 관계의 로맨틱한 전개를 예상시킬 뿐만 아니라, 이 고용주와 가정교사가 기본적으로는 같은 사람이고, 평등한 기반에 서는 가능성을 가진 것, 게다가 로맨스 문학 관습과는 반대로 여성이 남성을 돕는 역할을 맡은 것을 보여주고 있다.

두 사람이 차츰 친해지면서 로체스터는 자신의 과거를 제인에게 숨김없이 이야기한다. 그의 소탈한 태도에 제인은 답답한 속박감에서 해방되어 '때로는 주인이라기보다도 오히려 자신의 가족 같은 느낌이 생겼다'(제15장). 그의 성격에서 몇 가지 결점이 있다는 것을 알면서도 제인은 끌린다.

단번에 깨닫기 시작한 여자로서의 성의식에 제인은 당혹스러우면서도 대처해 나간다. 로체스터로부터의 강렬한 자극에 대한 그녀의 반응은 우선 상식에 따라 자신의 마음을 억제하는 것이었다. 제인은 자신을 강하게 설득시킨다.

결혼할 마음도 없는 손위 남자가 치켜세우는 일에 제대로 되는 일은 없어. 그런 남자에게 남몰래 사랑을 불태우려는 여자가 있다면 그것은 미치광이 짓이다. 만일 그 생각이 보답을 받지 못하고 알려지지 않은 채로 있으면 그 생각을 간직하고 있는 너의 생명을 좀먹어 버리게 된다. 그리고 만일 그것이 알려져 응답을 받는다고 한다면 구출해 낼 수 없는 수렁으로

도깨비불처럼 떨어지는 것이다. (제16장)

게다가 제인은 크레용으로 못생긴 자신의 초상화를 그리고, 아이보리 페이퍼에 상상으로 블랑슈 잉그램 초상화를 그리고, 누구의 눈에도 확실한 대조를 자신에게 납득시키려고 노력한다. 이 힘든 시도는 제인 자신에게 말하게 하면 '자신의 감정을 무리해서라도 극복한 건전한 훈련'이었다. 하지만 이런 자학적인 자기억압은 건전은커녕 제인 본디의 모습을 왜곡한 부자연스러운 것이고, 자기를 없애다 죽어간 헬렌 번스의 삶과 통한다는 것을 느끼게 한다.

게다가 여성에게도 남성과 마찬가지로 활동하기를 계속 원했던 제인에게 세상의 상식, 사회적인 관습관념에서 로체스터와 자신과의 신분의 차에 얽매인 모습은 모두 극복되어야만 하는 것으로서 구상되어 있을 것이다.

영혼의 평등과 존엄

로체스터는 예전에 아버지와 형이 꾸민 재산을 노린 정략결혼으로 버사의 성적매력에 유혹당해 애정이 없는데도 그녀와 결혼했다. 하지만 그녀의 정신이 이상해지면서 서인도에서의 지옥 같은 결혼생활에서 벗어나기 위해 그녀를 손필드로 데려와 감금하고, 진심으로 사랑할 수 있는 여성을 구하러 이곳저곳을 떠돌아 다녔다. 그 사이 그는 몇 명의 정부를 갖는다. 그래서 제인의 제자 아델라의 어머니 셀린과의 관계에 대해 주로 말한 것 이외는 그런 과거를 제인에게 숨긴 채 그녀와 결혼하려고 한다. 아내의 존재와 자신의 어두운 성적 체험을 비밀로 하고, 처녀 제인에게 구애하는 로체스터, 또 자신의 일은 제쳐놓고 일방적으로 부인을 '음탕한 여자'라고 부르는 로체스터, 그리고 제인의 마음을 잡기 위해 술책을 쓰는 로체스터. 그의 태도에는 당시 영국사회에서의 성도덕의 이중잣대—성별에 따라 구분되고, 남성에 대해 보다 너그럽게 만들어진 잣대—와 그것에 대한 작가의 비판은 확실히 나타나 있다.

잉그램과의 거짓 결혼을 넌지시 알리는 로체스터에 대해 제인의 강한 자존심과 자긍심이 되살아난다. 제인은 자신의 본성을 등진 비굴한 자기억압에는 참을 수 없었다.

"나가야 합니다! ······당신에게 아무것도 아닌 사람이 되어도 여기에 남아 있을 수 있다고 생각하세요? 저는 자동인형인가요? 감정이 없는 기계인가요? 한 덩어리의 빵을 입에서 빼앗기고 생명이 깃든 잔을 버림받고도 견딜 수 있다고 생각하시나요? 제가 가난하고 미천하고 얼굴이 못생긴 보잘것없는 여자라고 해서 영혼도 감정도 없다고 생각하세요? 잘못 생각하셨어요. 저도 당신과 같은 영혼을 갖고 있어요! 마찬가지로 감정도 갖고 있어요! 만일 하느님께서 제게 얼마간의 아름다움과 넘치는 재산을 베풀어 주셨다면 당신도 저를 떠나는 것이 괴로우실 것입니다. 지금 제가 당신과 작별하는 마음이 괴로운 것처럼. 저는 지금 당신께 관습이나 인습과 같은 것을 사이에 두고 말씀드리고 있는 것이 아닙니다. 몸을 사이에 두고 하는 말도 아닙니다. 저의 영혼이 당신의 영혼에 직접 말을 건네고 있는 것입니다. 두 사람이 무덤으로 들어간 후 하느님 앞에 평등하게 섰을 때처럼. 사실 우리는 평등합니다."(제23장)

영혼과 영혼과의 평등한 대화를 오로지 원하는 제인은 지금이야말로 로체스터와의 외적 격차를 넘어 자기의 본성에 충실하고 자긍심이 높고 '속박되지 않는 의지를 가진 자유로운 인간'이 된다. 제인은 나중에 로체스터의 아내의 존재를 알고 그의 곁을 떠날 때 모습의 바로 전 단계에 있다.

어머니 같은 자연의 선도

하지만 서로의 사랑을 확인하고 로체스터의 약혼자가 된 제인은 행복하면서도 커다란 불안감을 느끼지 않을 수 없었다. 그는 제인을 차츰 '요정'처럼 다루고, 화려한 옷이나 장식품으로 꾸미려고 하고, 마치 회중시계처럼 쇠사슬로 묶으려고 한다.

한편, 그녀 자신의 애정에도 커다란 문제가 내재되어 있었다. '미래의 남편은 나에게 온 세계였다. 아니 세계 이상의 것이었다. 거의 대망의 천국과 같은 것이었다. 그는 나와 신앙상의 모든 생각 사이를 가로막고 서 있었다. 일식(日蝕)이 인간과 거대한 태양 사이에 개재하는 것처럼. 그 무렵의 나는 하느님이 만드신 인간을 우상시하고 있었기 때문에 하느님의 모습이 보이지 않았던 것이다.'(제24장)

두 사람 각각의 마음속에 제인의 이상으로 하는 대등한 사랑에 반하는 요소가 더해져 간다. 그 의미로 극단적으로 생각하면 버사의 존재가 없었어도 두 사람의 사랑은 파국을 맞이할 위험을 품고 있었다고 말할 수 있을 것이다.

버사의 존재가 밝혀져 결혼식이 중지되고, 제인이 절망에 빠진 밤 그녀는 붉은 방의 꿈을 꾼다. 어린 시절 제인을 실신시켰던 그 때의 빛이 또 나타나고, 천장에서 흔들리면서 달이 되었다. 그리고 그 달은 하얀 사람의 모습으로 변하고 하늘에서 빛나면서 제인의 마음에 말을 걸었다. '딸아, 유혹에서 도망쳐라' 그러자 제인은 잠에서 깨어 '어머니, 그 말에 따르겠어요' 하고 대답하고 걸친 옷 그대로 손필드 저택에서 탈출한다.

《제인 에어》에서는 자주 자연계의 모성적인 힘과 제인과의 사이에 영적인 기반이 존재한다는 것이 암시된다. 예를 들면 손필드에서 빠져 나가 드넓은 히스 들판을 혼자 헤맨 제인은 '나에게는 우주의 어머니, 자연 외에는 단 하나의 혈연도 없다'고 느끼고, 부모를 그리워하는 마음으로 자연에 의지하고, '최소한 오늘 밤만은 나는 자연의 손님이 될 수 있을 것이다. 나는 그녀의 자식이니까. 돈도 받지 않고 무보수로 어머니는 나를 머무르게 해 줄 것이다'라고 생각한다. 활짝 개인 밤하늘에 별이 나오자 제인은 '하느님이 영원하다는 것, 하느님이 보편적인 존재라는 것'을 확실히 실감하고, 로체스터를 위해 기도한다.

자연은 고아인 제인에게 있어 단순히 어머니의 자애를 느끼게 하는 것만이 아니다. 그것은 때로는 초자연적이고 종교적인 의미마저 띤다—예를 들면 세인트 존의 사랑 없는 구혼에 제인이 하마터면 꺾이려고 할 때 어디선가 들려오는 로체스터의 부르는 소리가 일종의 초자연적인 힘조차 띠고 있는 것처럼 말이다. 게다가 그것은 자연 그대로의 제인의 본성(인간성 = 인간의 자연스런)의 바람과 맞고, 그 배후에는 하느님의 존재가 있었던 것이다.

목사의 딸인 샬럿 브론테는 끊임없이 인간과 하느님, 그리고 하느님이 만든 자연과의 관계, 그리고 인간적 욕구와 영혼의 구제 문제를 탐구하며 살아왔지만, 그 사고는 제인의 삶에 여러 가지로 반영되어 있다. 제인은 로우드 학교에서 종교에 의한 인간성에 의한 억압의 여러 가지 모습을 보았다. 앞으로 그녀를 기다리는 시련에서도 인간성의 해방과 '봉사'를 조화시키는 것에 대한 노력이야말로 제인의 본령(本領)이라 할 수 있을 것이다.

사랑의 부르는 소리

손필드에서 로체스터의 구혼을 '결혼 없는 사랑', 무어 하우스에서 세인트 존의 구혼을 '사랑 없는 결혼'으로 대비할 때가 많지만, 그것과 동시에 다음과 같이 생각할 수 있다. 앞에서 말했듯이 손필드에서의 제인의 시련은 하느님 대신에 사람을 숭배하고, 우상숭배에 빠질 위험이 있는 인간적 정념이었다. 이에 대해 다음으로 무어 하우스의 리버스 집안에서 부닥친 시련은 하느님의 이름에 의한 인간성에 대한 억압이었다. 두 개의 시련은 대조적이면서도 제인 영혼의 자유를 구속한다는 점에서는 공통적이다. '하얀 기둥' 같은 세인트 존 목사는 제인에게 그녀의 정열적인 본성을 부정하고, 의무와 하느님의 사명을 위해 그의 아내가 되어 인도에서 전도에 헌신하기를 요구한다. 그도 브로클허스트와 마찬가지로 하느님의 이름에 있어서 인간의 마음을 무시하고 억제하는 성직자의 극단적인 전형으로서 나타나 있다.

세인트 존에 대한 두려움 때문에 또 그의 요구가 제인의 자기희생적 측면에 일치했기 때문에 그녀의 정신은 얽매여져 로체스터에게 끌린 것과 같은 힘으로 세인트 존의 청혼에 끌린다.

> 그와 다투는 것을 그만두리라는 생각이 들었다. 그의 의지의 격류에 밀려가서 그라는 존재의 깊은 바다에 삼킴을 당함으로써 거기서 자기를 잃어버리고 싶은 마음이 들었다. 한때 다른 사람에 의해서 다른 형태로 붙잡혔던 것처럼, 지금은 또 그에 의해서 꼼짝 못하게 잡히고 말았다. 어느 경우나 나는 어리석었던 것이다. 그때 굽혔더라면 신념을 못 지킨 과실을 범했을 것이고 이번에 굽히면 판단을 그르치는 과오를 범하게 될 것이다. (제35장)

이 위기에 제인이 한 것은 '내가 가는 길을 보여 주세요!'라고 하늘에 호소한 것이었다. 그 순간 전류같이 어떤 감동이 제인의 온몸을 꿰뚫고, 어딘가에서 '제인! 제인! 제인!' 하고 부르는 소리가 들렸다. 그 순간 뛰어 나온 제인은 붙잡으려고 하는 세인트 존의 손을 뿌리친다. '이번에는 내가 주역을 맡을 차례였다. 나의 힘이 나와 활약을 시작했다' 이렇게 제인은 여기서도 또 '구속될 수 없는 의지를 가진 자유로운 인간'으로서, 세인트 존의 유혹을 물리칠 수 있었다.

제인의 마음속에서 격렬하게 싸우는 두 개의 힘—인간적 정념과 믿음을 이루는 '봉사'에 대한 의지—는 이제야말로 해결할 순간을 맞이한다. 제인은 어떤 방황도 없이 로체스터를 찾아 무어 하우스를 떠난다.

결국 로체스터와 재회한 제인은 그가 부르는 소리를 들었을 때 무의식중에 '어디에 계세요?' 하는 그녀의 외침을 같은 때 그가 멀리 펀딘에서 들었다는 것을 알았다. 서로 사랑하는 사람 사이에 교류된 텔레파시 같은 초자연적 현상은 단순히 행복한 결말을 향한 편의적 기법은 아니다. 그것은 제인의 말을 빌리면 '대자연이 한 일이다. 대자연이 나서서—기적은 아니다—그 힘을 보여준 것이다.' 그것은 인간의 마음이 부르는 소리이고, 자연의 불가사의한 일이고, 또 제인의 기도에 대한 하늘의 응답이기도 했다.

어린 시절 샬럿은 아버지의 물음에 대해 세계에서 최상의 책은 '성경'이고, 그 다음으로 좋은 책은 '자연'이라고 대답했다. 그녀는 또 오랜 시간 독서로 낭만파 시인들의 범신론적인 자연관에 강한 영향을 받았다. 이렇게 《제인 에어》에서는 '자연(nature)', '자연스러운(natural)'이라는 말은 반복해서 적극적인 도덕성을 띠어 쓰이고 있다. 샬럿은 지금 제인의 사랑 선택의 최종 단계에서 믿음과 인간성과 자연을 하나로 맺으려고 시도했던 것이다.

날카로운 사회비판

로체스터와 버사의 부부생활, 또 로체스터와 제인과의 관계설정에는 작가의 날카로운 사회비판이 들어 있다. 즉 당시 중산계급에는 사랑 없이 재산을 노린 결혼이 많아 로체스터와 버사의 비참한 결혼생활에서 그 단면이 보인다. 또 당시 영국 법률에서는 예를 들어 미친 아내라도 살아있으면 그 결혼은 무효가 되지 않는다. 따라서 로체스터가 제인과 결혼하려고 한다면 이중 결혼의 죄를 범하게 된다. 그를 사랑하면서도 그의 곁을 떠나는 제인은 그녀가 남녀를 불문하고 평등하다고 믿는 성도덕을 스스로 지키고, 사랑하는 로체스터에게도 지키게 하고자 했다. 당시 상류·중산계급 남성에게 아직 많았던 첩과 이중 결혼, 부정행위 등 성도덕 혼란에 대한 경종이라 할 수 있을 것이다.

5. 여성 사랑과 자립의 성취

결말의 의미

제인은 바로 손필드로 향한다. 하지만 로체스터의 성욕과 유혹의 가시로 가득한 손필드 저택은 폐허가 되고, 미친 버사는 불에 타 죽었다. 제인은 '아득히 먼 나무그늘 골짜기' 펀딘에서 로체스터를 찾아내어 그와 맺어진다.

이 결말에는 많은 문제점이 지적되어왔다. 손필드 화재는 버사를 없애고, 로체스터의 더러운 과거를 상징적으로 깨끗이 지워버리는 수단으로서 납득하더라도 로체스터를 장님으로 할 필연성이 있는 것일까? 게다가 제인이 막대한 유산을 얻는 경위도 너무 우발적인 것은 아닐까 하는 점이다.

우리들은 여기서 빅토리아조 여성작가로서의 샬럿 브론테의 고뇌를 보아야만 할 것이다. 그녀는 여러 제약과 구속 속에서 글을 쓰고, 남성적 필명의 그늘에 가려 여성의 발언을 문학화하고자 했다. 몇 개의 우발적 사건에 의존하고 억지로라도 멜로드라마 같다고도 생각되는 이 결말은 최소한 문학작품 중에서만이라도 남녀의 참된 평등한 관계를 실현시키는 것이 얼마나 어려운지를 말해주고 있다.

손필드의 로체스터는 가난한 가정교사에 지나지 않는 제인의 인간적 가치를 평가하여 그녀를 사랑하면서도 실제로는 남성으로서 몸과 마음 모두 우위에 서서 자신의 힘을 과시했다. 제인이 거절했을 때는 폭력을 쓰려고까지 했다. 그는 제인이 떠나고 눈이 보이지 않기 시작하자 겸허하게 뉘우치고 하느님에게 기도했다. 두 사람의 결혼을 가능하게 했던 것은 결말에서의 외면적인 해결뿐만 아니라 제인과 로체스터의 인간성의 내면적 성장이다.

평등한 '봉사'

처음 대면했을 때 이후 제인은 반복해서 로체스터의 힘든 상황을 구해주었다. 지금 작가는 두 사람의 사랑에 이번에야말로 '평등'한 입장에서 제인에게 로체스터에 대한 사랑의 '봉사'—믿음에도 꼭 맞는 '봉사'—를 시키고자 한 것이다. 이제 고용된 가정교사가 아니라 유산을 가지고 '나 자신의 여주인'이 된 제인, 그리고 저택과 건강한 몸까지도 잃어 다른 사람에게 의지해야만 살아갈 수 있는 로체스터. 제인은 말한다. '당신이 그 누구에게도 의

지하지 않으셨던, 자존심이 강한 분이었던 때보다도, 주는 자, 옹호하는 자의 역할 외에는 경멸하고 계셨던 때보다도 더 깊이 사랑하고 있어요.'(제37장)

마을이 멀리 떨어진 '평일의 교회'같이 한적하고 조용한 펀딘, 그 울창하고 무성한 나무 그늘 자연 속에 두 사람의 결혼생활이 시작되었다. 결국 로체스터는 거의 시력을 회복하고 예전의 그의 커다랗고 까맣게 빛나던 눈은 아이에게로 이어졌다. 여기서는 인간과 자연과 믿음이 공존하는 샬럿 브론테의 문학 세계가 있다.

여성의 발언

빅토리아조라는 시대는 관습과 형식에 얽매인 보수적인 시대였다. 특히 법률이나 사회제도, 사회통념 등의 면에서 남녀차별이 매우 심하고, 여성에게는 성욕의 존재조차 인정되지 않고, 여성이 연애감정을 나타내는 것 등은 삼가야만 하는 것이었다. 문학작품에서도 성에 관한 직접적 표현은 금기가 되었다.

그런 풍조 속에서 샬럿 브론테는 그녀 자신과 마찬가지로 '가난하고 이름도 없는 신분으로 못생기고 자그마한' 제인을 통해 외면과 성별에 얽매이지 않는 인간 영혼의 존엄을 호소했다. 여성의 사회적·경제적 자립, 교육의 필요, 정열의 권리, 억압에 대한 반항, 사회적 관습에 대한 도전, 성애에서의 남녀의 평등을 외치고 실천하는 한 사람의 여성을 영문학사상 처음으로 훌륭하게 그려내었다. 그 표현은 결코 무미건조한 절규조가 아니라 강렬한 낭만주의와 때로는 짙은 성 감정조차 숨쉬는 것이다.

《폭풍의 언덕》과 시

1. 벨

삶과 작품

에밀리 브론테는 글쓰기를 좋아하는 샬럿 브론테와 달리 전기적 자료가 조금밖에 남아 있지 않다. 두 통의 편지, 앤과 함께 쓴 일기 단편 네 개만이 모두이다. 사교적이지 않았던 에밀리에 대해서는 상세하게 기억하는 사람도 적고, 대부분 샬럿이나 샬럿의 벗을 통한 인상이나 개스켈의 샬럿 전기의 기록밖에 남아 있지 않다. 그녀의 실상은 그 작품과 마찬가지로 수수께끼이다.

엘렌이 처음 집을 방문했을 때 집안에서는 매우 다가가기 어려운 에밀리가, 들판에서는 다른 사람처럼 즐거워하고, 어린아이처럼 물속 올챙이와 장난치는 모습에 강한 인상을 받았다. 에밀리는 또 맹견 키퍼와 함께 들판을 성큼성큼 걷고, 때로는 권총 사격을 하고, '소령'이라는 별명이 있었던 것도 전해진다. 강직하고 활발한 에밀리의 영혼이 《폭풍의 언덕》에 유감없이 발휘되어 있다.

로헤드 학교를 퇴학하고 고향으로 돌아온 에밀리를 샬럿은 '자유야말로 에밀리를 숨쉬게 하고, 그것이 없으면 그녀는 죽어버린다'고 말했다. 자유에 대한 갈망—이것도 중요한 열쇠이다.

에밀리는 샬럿에 비해 학교교육이나 취직 기간도 매우 짧았기 때문에 목사관에 머무르면서 책을 아주 많이 읽었다. 고딕 소설, 바이런과 셸리의 시, 스콧의 소설과 시 등을 특히 좋아하고, 이 영향이 작품에 잘 나타나 있다.

일찍이 에제는 에밀리를 '그녀는 남자가—위대한 항해자가—되어야 했다'고 평하고, 샬럿은 《폭풍의 언덕, 아그네스 그레이》(1850)에 붙인 '약전'에서 '남자보다도 강하고 아이보다도 단순한 그녀의 성격은 자립적이었다'고 말했다. 에밀리의 《폭풍의 언덕》도, 시 작품도 샬럿은 '여성이 보통 쓴 것'과는 다르다고 생각했다. 실제 여성문학이 싹튼 시대라고 말하면서도 여성작가의 주제와 용어에는 엄격한 제한이 있었기 때문에 《폭풍의 언덕》은 좋은 의미에서도 나쁜 의미에서도 '여자답지 않은' 작품이라고 생각되었던 것이다.

하지만 언뜻 보기에 남성적이라 생각되는 성격의 에밀리이지만, 그 삶은 샬럿과 달리 황야 산책과 교회 예배 이외에는 집 안에 머물며 오로지 가사에 힘쓰고, 생전에 문학적 명성을 누리는 일도 없었다. 그런 의미에서 에밀리야말로 19세기 영국여성의 전형적인 삶을 살았다고 말할 수 있을지도 모른다.

'여자답지 않은 천재'—현재에도 이것이 일반적으로 에밀리에게 주어지는 평가일 것이다. 하지만 이제는 다시 생각해야만 하지 않을까? 이 칭찬 속에 '여성 재능의 한계'라는 선입견이 내재되어 있는 것은 아닐까, 또 에밀리 브

원고의 마지막 문장

에드워드 로체스터에 대한 제인의 사랑은 보답받았다. 몇 번이나 극적인 사건을 겪고 나서 두 사람은 마침내 맺어졌다. 마지막에는 매우 인상적인 문장이 적혀 있다. "독자 여러분, 마침내 저는 그와 결혼했습니다."

론테의 작품이야말로 여성의 뛰어난 재능을 확증한 것은 아닐까 하고 말이다. 우리들은 에밀리 브론테의—당시 사회통념에서 보면—'여자다운' 실제 삶과 '여자답지 않은' 작품의 관계를 어떻게 생각하면 좋을까?

복수(複數)의 목소리

'1801년—집주인을 찾아갔다가 돌아오는 길이다. 앞으로 사귀어야 할 그 고독한 이웃 친구를—여긴 참으로 아름다운 고장이다!'(제1장)

《폭풍의 언덕》은 런던에서 이 지방으로 이주하게 된 록우드라는 신사의 일인칭 이야기로 시작된다. 하지만 그는 이 소설의 주인공은 아니다. 그리고 록우드와 집주인 히스클리프와 또 폭풍의 언덕 사람들과의 대화가 소개된다. 록우드는 예전 자신의 바닷가에서의 로맨스—점잖은 척하다 이루지 못한—추억을 이야기하지만, 그것은 결국 독자가 알게 되는 캐서린과 히스클리프의 격정적인 사랑과 대비되는 구조이다. 또 록우드는 폭풍의 언덕에 관해 또 그 사람들에 관해 잇달아 착각을 한다. 그것들을 통해 독자는 록우드와 그들, 특히 히스클리프는 감정도 말도 태도도 그리고 사는 방식도 전혀 다르다는 것을 느낀다.

제4장부터는 언쇼와 린튼 양가에서 일했던 가정부 넬리가 이 소설 대부분을 이야기하게 되고, 그것을 록우드가 그대로 독자에게 전하는 2중 형식이 된다. 넬리 이야기 중에 다른 인물의 일인칭에 의한 이야기가 포함된 부분이 있고, 또 록우드가 자신의 목소리로 말하는 부분도 섞여 있다. 그래서 자주 같은 내용을 복수의 인물이 말하는 경우 독자는 그 이야기를 하는 사람마다 해석의 미묘한 차이를 느낀다.

《폭풍의 언덕》의 이야기 방법은 《제인 에어》와 대조적이다. 《제인 에어》에서는 여주인공 제인이 화자(話者)로서, 자신의 체험과 감정을 일인칭으로 이야기하기 때문에 시야는 좁지만 주관적인 효과가 있고, 독자는 오로지 제인의 운명에 관심을 집중한다. 이에 대해 여러 목소리가 각자 일인칭으로 이야기하는 《폭풍의 언덕》의 기법은 간접성과 애매모호함과 동시에 객관성을 가진다.

주로 이야기하는 두 사람 록우드와 넬리는 성(性)이 다를 뿐만 아니라 매우 다른 인물이지만, 각각 소설에서 일어나는 사건을 자신 나름대로 해석하고자 하고, 독자도 또 그들의 목소리에 반응하면서 그들이 해석한 노력에 자신 나름대로 덧붙이고자 한다.

특히 히스클리프라는 인물에 대해서는 각 인물이 각각 매우 다른 해석을 할 뿐만 아니라 록우드와 넬리, 이사벨라는 그때그때 자신의 히스클리프관(觀)을 바꾼다.

대부분 다른 목소리에 의한 다른 견해 제시는 결말까지 이어진다. 첫머리에서 캐서린 유령은 록우드 한 사람이 꿈에서 본 것에 지나지 않았다. 하지만 결말에는 히스클리프와 캐서린 유령이 황야에서 만났다고 몇 사람들이 따로따로 증언을 한다. 유령을 믿지 않는다는 넬리조차 폭풍이 부는 저택에 사는 것을 무서워하게 된다. 마지막은 그들의 무덤을 방문한 록우드의 '저렇게 조용한 땅 속에 잠든 사람들을 보고 어떻게 편히 쉬지 못하리라고 할 수 있겠는가 하고 생각했다'는 매우 모호한 표현으로 맺어진다.

한편 에밀리의 시에서도 대부분 그녀 자신의 것이라고 생각되는 감정이 곤달의 여러 인물의 말에 의해 표현되고 있는 것을 생각해 보자. 그러면《폭풍의 언덕》에서 복잡하고 특이한 이야기 수법을 그녀가 이용한 이유는 에밀리 브론테(엘리스 벨)라는 매우 내향적인 여성작가(시인)의 성격과도 깊은 관계가 있는 것으로 생각된다.

2. 여성의 벽을 넘어

양성연대에 의한 저항

폭풍의 언덕에서 머물게 된 록우드는 떡갈나무 상자 같은 이상한 침상이 있는 침실로 안내받고 거기서 캐서린 언쇼라는 지금은 죽은 소녀가 25년쯤 전에 책 여백에 써놓은 일기를 읽는다. 이것은 생리적으로도 이야기 구조상으로도 2중 3중의 구조에서 생긴 목소리 없는 목소리라고 할 만하다. 글자에 의한 기록은 이야기하는 사람의 개성에 의한 덧붙이기나 왜곡을 받아들일 위험이 없기 때문에 이것은 캐서린과 히스클리프의 본디의 모습이나 관계를 독자가 알기 위해 유일한 귀중한 일차 자료라 할 수 있다.

'지긋지긋한 일요일이다!'라는 말로 일기는 시작된다. '아버지가 되살아나신다면 좋을 텐데. 힌들리 오빠가 아버지 대신이라니 질색이다. ─히스클리프에 대한 오빠의 행동은 잔인해. ─H와 나는 반발할 테다. ─우리 둘은 오늘 저녁 첫발을 내디딘 셈이다.'(제3장)

캐서린의 일기는 어린 시절 그녀와 히스클리프와의 관계가 어땠는지를 보여주고 있다. 언쇼가 죽자 힌들리가 폭풍의 언덕 주인이 되고, 히스클리프와 캐서린을 학대한다. 힌들리와 그 아내가 노닥거리는 사이 히스클리프와 캐서린은 힌들리가 명령한 대로 꽁꽁 언 다락방에서 하인 조지프의 길고 긴 설교를 듣는다. 그 뒤 두 사람이 앞치마를 이어 두 사람만의 세계를 만들려고 해도 조지프가 다그쳐서 종교 서적을 읽는다. 캐서린과 히스클리프의 반항은 종교 서적을 차버리고, 다락방에서의 감금으로부터 도망쳐서 비가 내리는 늪 지대를 자유롭게 뛰어다니는 것이었다. 힌들리가 히스클리프를 꾸짖는다. 여기서 일기가 중단된다.

폭군 힌들리에 의한 가정 내의 억압과 엄격하고 칼뱅주의적 조지프에 의한 종교적 억압, 그리고 그것들에 대한 반항과 탈출 등은《제인 에어》와 많이 닮은 패턴이다. 하지만 근본적인 차이는 《폭풍의 언덕》에서의 반항이 남녀 두 아이들의 강한 결합에 의한 것이다.

캐서린은 부농의 딸, 히스클리프는 고아로 하인과 같은 소년—두 사람의 사이에는 성별 외에 사회적 계급차가 존재한다. 하지만 두 사람의 의식에는 그런 경계는 존재하지 않는다. 왜냐하면 캐서린은 여자 아이이기 때문에 오빠를 놔두고 재산을 상속하는 권리를 가지고 있지 않기 때문에 오빠 힌들리와 달리 히스클리프를 차별의식 없이 받아들일 수 있다. 가부장제 아래에 있는 여성에게 가부장제 바깥에 있는 남성은 해방자로서의 역할을 할 수 있는 것이다. 캐서린은 억압적인 가정 속에서 히스클리프와 함께 있을 때만 그녀 본디의 강인함을 발휘하고 자유를 찾을 수 있다.

시대에 대한 도전

소녀와 소년의 연대에 의한 반항은 야성적인 소녀의 일기문을 도회적이고 상식적인 남성 록우드가 전한다는 형태로 독자에게 나타난다. 록우드는 암호와 같이 난해한 캐서린의 일기 필적만이 아니라 이상한 여자 이름 낙서를 판독하고자 하는 중에 현실인지 꿈인지 단정할 수 없는 상태에서 캐서린 유령과 만난다. 이렇게 독자도 또 록우드와 함께 여자 이름과 여자 일기에 암시되는 《폭풍의 언덕》 핵심 세계에 이끌려 간다.

창틀의 튀어나온 판 페인트에 홈집을 내어 캐서린 언쇼, 캐서린 히스클리프, 캐서린 린튼으로 단 하나의 이름 변화형이 여러 글자체로 적혀 있는 것이다. 독자도 록우드와 마찬가지로 캐서린이라는 이름 변화의 의미를 이야기 중에서 해독해야만 한다.

1대 캐서린은 캐서린 언쇼로 태어나 캐서린 린튼으로 죽는다. 그녀는 그녀 자신이 가장 원했던 캐서린 히스클리프의 이름과 자리를 현세에서는 얻을 수 없었다. 그것은 히스클리프의 아내가 되는 것이 아니라 캐서린 자신이 히스클리프라는 두 사람의 일체성을 관철할 수 없다는 의미이다. 이에 비해 2대 캐서린은 캐서린 린튼으로 태어나 결혼에 의해 캐서린 히스클리프가 되고, 결말에는 캐서린 언쇼가 된다. 두 캐서린의 여성이기 때문에 이름의 변화—남편 일가에 대한 종속—그 유사점과 차이야말로 《폭풍의 언덕》이라는 소설 구조의 기본 패턴을 이루고 있는 것이다.

18~19세기 소설, 특히 여성작가가 쓴 소설에서는 주인공이 자신의 기호에 맞게 사회적으로도 용인되는 남편을 어떻게 선택하는가가 주제가 되는 것이 많았다. 캐서린은 에드거 린튼을 남편으로서 선택할 때 바로 그런 관습적인 기준과 방법을 답습했던 것이다. 하지만 이 소설에서는 그런 결혼은 예상되는 행복한 결말로는 이어지지 않는다. 히스클리프 귀환에 의해 그런 결혼이 얼마나 불만족스러운지가 폭로된다.

그런 의미에서《폭풍의 언덕》은 18~19세기 여성의 삶과 결혼의 실태, 게다가 문학의 관습적 형식에까지 근본적인 의문을 던지고, 시대에 도전하고 있는 것이다.

게다가 사회적인 여러 제약과 충돌하면서도 관철되는 캐서린과 히스클리프의 일체적인 유대의 강조는 성별의 벽을 꿰뚫고 나가는 경지에 대한 작가의 지향을 표현하고 있다고 할 수 있을 것이다.

3. 천국관

두 개의 천국

언쇼 집안은 독립자영농으로 원시적이고 세련되지 않은 생활을 하고, 린튼 집안은 신사 계층에 속하는 치안판사 집으로 우아하고 아름다운 문화적 생활을 하고 있다. 두 집안의 건물과 환경은 두 집안 사람들과 마찬가지로 대조적이다.

캐서린의 일기와 같은 취지의 것이 제6장에서 이번에는 히스클리프의 린튼 집안 관찰보고로서 넬리에 의해 전해진다. 캐서린과 히스클리프는 집에서 빠져 나가 황야에서 놀고, 힌들리에게 혼나는 생활 속에서 야성적으로 자라가지만, 어느 날 두 사람은 드러시크로스 저택의 린튼 집안을 방문하게 된다. '천국'같이 아름답고 화려한 응접실에서 린튼 남매 에드거와 이사벨라가 작은 개를 서로 빼앗으려고 싸우고 있었다. 히스클리프는 '나는 내 경우와 드러시크로스 저택의 에드거 린튼의 경우와 바꾸려고는 생각하지 않았다'고 넬리에게 말한다(제6장). 그는 언쇼 집안에서 학대와 구속을 받을지라도 노동을 하면서 캐서린과 함께 황야에서 뛰어노는 생활이 안락한 린튼 집안의 천국보다도 훨씬 좋다고 생각했던 것이다.

이것은 힌들리의 천국을 비판한 캐서린의 말과 그녀가 그리스도교적인 천국을 싫어하고, 폭풍의 언덕에 돌아오고 싶어서 울었다는 꿈 이야기(제9장)와 같은 이 소설에 반복하여 나타나는 중요한 은유이다. 그것들은 이 두 아이들이 일반적으로 받아들이고 린튼 집안으로 대표되는 천국—고상한 가정적 위안과 자기만족을 주장하는 빅토리아조적인 낙원—보다도 그들 자신의 가치관에 의한 천국을 좋아했던 것을 나타내고 있다.

린튼 집안에서 머물면서 몰라 볼 정도로 품위 있게 된 캐서린은 히스클리프와 자신과 두 사람만의 천국보다도 린튼 가풍의 천국을 좋아하는 숙녀로 변했다.

연대의 분열

캐서린의 변모는 겉보기의 복장과 예의범절에 그치지 않고, 그녀의 본성에까지 미쳤다. 오랜만에 만난 히스클리프에 대해 '자신을 잡고 있던 거무스름한 손가락을 보고 나서 자기 옷을 보았다. 히스클리프의 옷에 닿아서 더러워지지나 않았을까 생각한 것이다.'(제7장)

하지만 캐서린은 린튼 집안과의 결연으로 받은 아름다운 옥과 숙녀로서의 체면과 특권을 누리면서 동시에 히스클리프와의 관계를 이어가려고 생각한다. 하지만 그는 격렬하게 그것을 거절한다. 두 사람의 연대의 분열은 돌이킬 수 없게 되었다.

강한 여인의 딜레마

캐서린은 강한 활력과 개성을 가진 사람이고, 곤달의 여왕을 떠올리게 하는 인물이다. 에드거와 히스클리프에 대한 그녀의 태도도 많은 애인들에 대한 여왕의 경멸적인 태도와 닮아 있다. 하지만 캐서린은 상상 속의 왕국에 살고 있는 것은 아니다. 결혼과 가족제도에 얽매여 있는 사회적 현실 속의 여성으로서 캐서린의 강함은 오히려 주위와의 갈등의 원인이 된다.

'히스클리프야말로 나 자신 이상으로 정말 나야' '나는 히스클리프야!'라는 말이 캐서린의 본심 또는 희구의 표현이라 하더라도 이 소설이 설정되어 있는 18세기 후반 사회적 현실 속의 여성으로서 그것을 관철하기란 불가능하다. 이미 린튼 집안의 가치관의 영향 아래 히스클리프와의 연대에서 탈락해 버린 그녀는 '자유'에서도 '자연'에서도 억압에 대한 반항정신에서도 분리된다. 왜냐하면 그런 것들이야말로 히스클리프의 존재 그리고 그와의 일체감이 그녀에게 주어진 것이기 때문이다.

결국 캐서린의 결론은 '만일 히스클리프와 내가 결혼했다면 두 사람 모두 거지가 될 수밖에 없다' '린튼 집안으로 시집가는 거야말로 나도 히스클리프도 지키는 것이고, 오빠의 구속으로부터도 벗어날 수 있다'는 것이다. 그 결과 그녀는 린튼과의 결혼이라는 다른 속박상태에 스스로 갇히게 된다.

캐서린 같은 여성이 그 강함과 개성을 유지한 채 살아가기 위한 바탕은 당시 사회에는 준비되어 있지 않았다. 캐서린은 히스클리프에 대한 사랑과 에드거의 아내로서의 입장으로 갈라져 '육체의 지옥'에서 도망쳐 나오기를 바란다. 그녀는 그녀의 분신이라고도 할 수 있는 또 한 사람의 캐서린(캐시)을 낳다 죽어 이 문제는 2대째로 넘겨진다. 히스클리프에 대한 그녀의 영향력은 생전보다 오히려 사후에 영혼으로 발휘된다.

4. 자연과 문화

문화의 재검토

2대 캐서린은 어머니에게 물려받아 활발한 아이지만, 그녀의 야성은 린튼 집안의 온화함에 의해 부드러워진다. 그녀는 아버지 에드거의 은둔적인 생활과 딸에 대한 과보호 때문에 일종의 감금상태에 놓여 벗도 없고 공원 밖으로 나가는 것도 허락되지 않는다.

활발한 그녀는 아버지가 안 계실 때를 이용해 탈출하고, 페니스톤으로 모험을 떠나지만, 그 결과는 짓궂게도 린튼 소년과 히스클리프에 의한 또 다른 더욱 두려운 속박으로 이어지고 만다.

히스클리프에 의한 복수로 린튼 소년과의 강제적 결혼이라는 말 그대로의 감금이 캐시를 기다리고 있었다. 그녀의 결혼은 어머니 캐서린의 경우보다도 확실히 결혼생활의 속박과 공허함을 분명하게 나타난다. 하지만 캐시는 물리적으로 감금상태에 놓여도 정신적인 자유와 반항심을 잃지 않고, 감금상태를 참고 살아가는 점이 어머니와 다르다.

린튼이 죽고 캐시는 마지막에 헤어튼과 사랑하게 된다. 이 두 사람은 모두 언쇼 집안의 기질을 가지고 있다. 가장 중요한 것은 두 사람의 관계가 1대 캐서린과 히스클리프의 관계 수정판으로서 구상되어 있는 점이다. 캐시는 스스로의 의지와 판단으로 헤어튼을 선택하고, 솔직하게 사랑을 표현하고, 두 사람의 관계에서 주도권을 쥔다.

두 사람의 관계는 캐서린과 히스클리프의 관계에서는 전혀 인연이 없었던 '교육'과 '문화'를 통해 길러진다. 하지만 그 요소들은 아버지 에드거와 남편 린튼을 통해 '문화'의 한계를 알았던 캐시에 의해 재검토와 수정이 이루어졌다.

자연과 문화의 지양

캐시는 어머니 캐서린이 계속 갈망하고 얻을 수 없었던 '캐서린 언쇼'라는 이름을 얻을 것이다. 하지만 캐시와 헤어튼의 결혼은 언쇼 집안 대대로 또 린튼 집안 대대로 되풀이 되었던 결혼의 형태와는 어쩌면 다른 것이 되는 것은 아닐까?

두 사람의 결혼은 양가의 재산과 문화를 공유하고, 양가의 계층 차이를 넘어서는 것이 될 것이다. 그들은 1대 캐서린과 히스클리프의 희구를 계승하면서도 폭풍의 언덕에는 살지 않고 드러시크로스 저택에서 새로운 생활을 시작하기로 한다. 그리고 폭풍의 언덕은 캐서린과 히스클리프의 영혼을 위해 내어주게 된다. 이 결말은 단순히 히스클리프에 의해 일어난 혼란 뒤에 오랜 질서가 회복된 것을 나타내는 것만은 아닐 것이다.

캐서린과 히스클리프의 연대에서 드러났던 분명한 정열, 자연과의 일체감, 속박 없는 자유에 대한 갈망은 그들 유령의 존재에 의해 그 가치를 인정받는다. 하지만 동시에 그들의 가치는 캐시와 헤어튼의 새로운 관계 속에서 앞으로 이루어져 가는 끊임없는 검토와 수정을 거쳐 사회 속에서 살아갈 가능성을 얻을 것이다.

5. 여성의 자기표현

여성의 말하는 힘

34장으로 된《폭풍의 언덕》에서 일어난 사건은 록우드가 말하는 처음 3장과 결말에 가까운 약 2장 분량 외에는 모두 넬리의 이야기를 통해 소개된다.

넬리는 언쇼 집안, 이어 린튼 집안의 가정부로서 이 두 집안의 역사에 대해 각각의 집 사정을 자신의 체험과 판단을 섞어 상세하게 말한다.

고아 히스클리프가 언쇼 집안의 하인에서 신사로 입신하고, 그 두 집의 주인이 된 것과는 달리 오랫동안 충실하게 일한 넬리는 여자이기 때문에 겨우 헤어튼, 캐시의 젊은 부부의 어머니 같은 역할을 한 것이 고작일 것이다.

하지만 넬리에게는 이 소설 전반에 걸쳐 두 집안 3대의 역사를 말하는 그녀만 할 수 있는 역할과 말의 힘이 주어진다. 캐서린의 일기도 이사벨라의 편지도 히스클리프의 말도 각각 중요하지만, 소설 전체 속에서는 매우 일부분을 차지하는데 지나지 않는다. 게다가 나머지 두 장은 넬리의 말을 통해서만 독자에게 전달될 수 있다—캐서린의 일기가 록우드의 말을 통해서만 독자에게 보여지듯이.

넬리의 이야기는 남성인 록우드의 도회적이고 점잖은 체하는 말투 덕분에 소박하고 일상적인 여자의 어조에 의해 충분히 그녀의 관찰을 서술해간다. 그녀는 교육은 받지 못했지만 그녀 자신이 자랑할 만큼 열심히 책을 읽고, 사물의 도리를 분별하는 상식 있는 사람이다. 록우드와 마찬가지로 넬리의 이야기도 말하는 사람의 상식적이고 관습적 판단의 한계와 그 언동의 부적절성이 때때로 드러나도록 구성되어 있다.

그럼에도 넬리는 양가의 성쇠를 헤쳐가 중심인물 그 누구보다도 오래 살아 인간성의 모든 국면과 그 결말을 지켜보는 특권을 유지해왔다. 넬리가 없었다면 이 이야기는 어둠 속에 묻혀버리고 말았을 것이다. 독자는 넬리의 이야기에 다뤄지거나 또 그것을 비판하거나 하면서 이야기 속 의미로 다가갈 수 있는 것이다. 록우드는 빨리 런던에 돌아가지만 넬리는 오래도록 드러시크로스 저택에서 계속 살 것이다.

엘리스 벨이라는 남성적 필명에 숨은 에밀리 브론테는 당시 여성작가에 걸맞지 않다고 생각되었던 주제—숨김없는 인간 정념의 표현이라는 주제—를 다루었다. 그 주제는 급속도록 변화하는 18세기 말~19세기 초 영국의 농업사회를 무대로 자연과 문화, 개인과 사회의 격동의 드라마로서 남자 목소리에 숨은 여자 목소리로 말하는 형식에 의해 독자를 보다 강력하게 소설 세계로 끌어들이는 것이다.

곤달의 시인

에밀리 브론테의 시는 모두 193편이고, 그 대부분이 곤달의 환상세계에 속하는 것이다. 에밀리는 곤달 서사이야기라는 구조로 곤달 인물들의 이름과 말을 빌려 자신의 사상과 감정을 노래한 것으로 생각된다.

에밀리는 인명과 지명만이 아니라 가공의 연대도 설정하고, 몇 겹의 허구에 숨겨 시를 썼다. 곤달 이야기는 《폭풍의 언덕》과 거의 같은 19세기 초에 전개된 이야기이다. 즉 실제로 영국에서 일어난 사건 연대를 20년부터 30년 정도 거슬러 올라가 곤달에 적용한 듯하다. 곤달에서 왕당군과 공화당군의 싸움은 실제로 영국 정계에서 1830년대 중반 쯤 한창이던 토리당과 휘그당의 싸움에 근거한 것으로 추정되고 있다.

1837년 6월 27일 일기에 에밀리는 '오거스터의 생애 제1권을 쓰고 있다'고 적은 뒤 이렇게 쓰고 있다. '곤달과 골다인의 황제와 여제는 곤달을 향해 7월 12일 수행된 대관식을 위해 출발 준비 중이다. 비티올라 여왕은 이번 달 즉위했다'고 쓰고 있다. 이것은 1837년 6월 20일에 즉위하고, 이듬해 7월 28일에 대관한 빅토리아 여왕을 염두해 두고 적은 듯하지만, 이렇게 되면 거짓과 진실 관계는 복잡하다.

게다가 여성시인이 때로 남성인물로 바뀌어 내심의 마음을 자유롭게 노래하게 되면 이 작시기법은 《폭풍의 언덕》에서 복잡한 이야기 수법과 공통점을 가지고 있다고 할 수 있을 것이다.

제1부에서 인용한 1845년 7월 31일 에밀리의 일기를 생각하자.

여행 중에 우리들은 교육궁전에서 도망쳐 기세등등한 공화파에게 현재 압박을 당하는 왕당파에 들어가려고 했다. 곤달 사람들은 지금까지 번창하고 있다.

'교육궁전'은 목사관을 암시하고 있는 것 같다. 그렇다 하더라도 에밀리의 공상이 허락한 남녀들의 이 다채로움을 어떻게 할까? 에밀리는 십 수 년에 걸쳐 곤달 환상세계에 몰두했다. 《폭풍의 언덕》과 가까운 시기에 쓴 시가 몇 개 있고, 거의 동시에 정신세계가 닮은 가면을 쓰고 양쪽에 반영된다 하더라도 이상한 것은 아니다.

초월에 대한 지향

에밀리 브론테 문학의 특징 중 하나는 여러 면에서 두 가지 항목의 대립과 그것을 넘는 '월경성' '초월에 대한 지향'에 있는 것은 아닐까? 여성의 자기 표현에 대한 속박이 매우 강했던 시대에 여성작가의 벽을 돌파하려고 하는 에밀리 브론테에게 여러 가면의 활용도 이 지향에 의한 시도일 것이다.

그녀가 그 경계선을 넘으려고 했던 대립적 두 항목에는 예를 들면 다음과 같은 것이 있었다. 남자와 여자, 빈부와 계층의 차, 감금과 자유, 육체와 정신, 삶과 죽음, 그리고 현실과 비현실 등. 그것들은 《폭풍의 언덕》에서도 공통되는 지향이다.

샬럿 문학은 대체로 말하면 여성의 벽 속에 있어서 그것과 싸우는 문학이다. 그녀의 경우 대립하는 두 항목은 주인공 개인 내부의 양면성으로서 표현될 때가 많고 그 상극을 조정하고, 때로는 타협시키기 위한 주인공 고투의 자취를 찾아갔다. 이에 대해 에밀리의 문학에서는 대립하는 두 항목은 개인의 문제를 넘어 인간성과 세계의 본질에서 두 가지 힘의 조정할 도리도 없이 엄연히 존재하는 대립으로서 표현된다.

하지만 그것들은 깊게 사색하는 개인의 혼 내부에서 특별한 경우 일시적으로 초월하고 돌파되는 것이 있다. 에밀리는 그 상태를 상상력 속에서 꿈꾸었던 것 같다. 그녀는 시 속에서 그런 초월에 대한 지향을 자주 노래하지만, 《폭풍의 언덕》에서는 캐서린과 히스클리프의 일체감으로 표현하고 있는 것처럼 생각된다.

6. 절대자의 탐구

신에 대한 신앙
캐서린은 넬리에게 히스클리프에 대한 마음을 고백한다.

당신이라도 누구라도 자기 이상의 자신의 생명이 있다. 또는 없으면 안 되는 생각은 모두 가지고 있을 것이다. 만일 나라는 것이 여기에 있는 것만이 모두라면 신이 나를 만든 보람은 어디에 있는 것일까? 이 세상에서 나의 커다란 불행은 모두 히스클리프의 불행이었고, 처음부터 나는 그 양쪽을 보고 느껴왔던—생활 속에서 나를 길러왔던 커다란 사상이 히스클리프 그 사람인 것이다. 만일 다른 모든 것이 멸망하여 '그'만이 남았다고 한다면 '나'도 아직 존재할 것이다. 그리고 다른 것이 모두 남고 그만 없다면 이 우주는 하나의 커다란 다른 나라가 되어 자신이 그 일부라는 생각은 하지 않게 될 것이다. ……넬리와 나는 히스클리프이다! 저 아이는 항상 나의 마음속에 있다. 나 자신이 나에게 항상 기쁘지 않다는 것과 같은 것으로 그 아이도 기쁨으로서가 아니라 나 자신으로서 나의 마음에 살고 있다. (제9장)

여기에서 볼 수 있는 것은 보통 로맨틱한 성애와는 전혀 다른 감정—다른 사람이 자기 이상으로 참된 자신이고—즉 자기와 다른 자와의 경계가 초월되고 돌파되어—그것은 또 다음의 시(《폭풍의 언덕》과 같은 시기인 1846년 1월에 쓰인) '신'이라는 사상이었다.

> …… 오 내 마음속의 신
> 전능하시고 영원히 존재하시는 신
> 불사인 내가 당신 안에서 힘을 얻을 때
> 내 안에 편안함을 주시는 생명의 신
>
> 공허한 것은 사람들 마음을 움직이는
> 셀 수 없는 믿음 말하기 어려울 정도의 공허함
> 시들은 풀처럼 또 끝없는 바다의
> 허무한 물거품처럼 가치가 없는 것은
>
> ……
>
> 대지와 달이 완전히 사라지고
> 태양과 우주가 존재하지 않더라도
> 당신만이 혼자 남는다면
> 모든 존재는 당신 속에 존재할 것이다. ……

('나의 혼은 겁이 많거나 마음이 약하지 않다' 제191번)

이 시는 언뜻 보기에 남녀의 사랑 형태를 빌리면서도 절대자에 대한 신앙이라고도 할 만한 종교적 감정을 표현하고 있는 것처럼 생각된다. 게다가 이 시 중에 '공허한 것은 사람들 마음을 움직이는 셀 수 없는 믿음'이라고 부르고 있는 구절에서 이 신앙은 정통 그리스도교 신앙과는 다른 에밀리의 독자적인 것이었다고 생각된다.

영혼의 비상
병상의 캐서린은 어린 시절로 돌아가고 싶어서 '황야를 지나오는 바람을 한 번 들이켜고 싶어!' 하고 외친다(제12장). 에밀리에게 황야에 부는 바람은—거친 폭풍도 포함하여—자연 생명의 본질이고, 영혼을 육체의 지옥에서 무한 세계로 해방된 자유의 상징이었다. 이 시에는 에밀리가 워즈워스의 영향을 받은 범신론적인 경향이 느껴진다.

> 달그림자 밝은 바람 부는 밤에
> 영혼은 흙덩어리의 몸을 벗어나 방황하고
> 눈은 빛의 세계를 유랑할 수 있을 때
> 나는 가장 행복하다
>
> 내가 사라지고 사방이 없어지고
> 대지도 바다도 또 구름 없는 하늘도 사라지고
> 다만 영혼만이 무한한 끝없이 넓은 곳을 빠져나가
> 날아다닐 수 있을 때야말로.
> (제44번)

신비주의
캐서린이 죽고 18년에 걸친 히스클리프의 감정을 연상시키는 슬픔은 'R. 아르코우나 J. 블렌자이더에 빗대어'라는 시에서 사자와 애도자의 성이 뒤바뀐 형태를 취하고, '땅은 차갑고 눈이 당신 위에 쌓인다!'(제182번)라고 노래되지만, 가장 주목해야 하는 것은 '줄리언 M.과 A.G. 로셀'이라는 제목의 시이다. 이 시는 지하 감옥 여자 죄수 로셀이 그녀를 가엽게 여기는 줄리언을 향해 갇힌 상태에서 마음이 한순간 해방된 신비한 체험을 말하는 것이다.

사자는 서풍을 타고 해질 녘 정처 없는 바람을 타고
수없는 별을 가져오는 하늘의 해질 무렵에 온다
바람은 슬픈 가락을 연주하고 별은 아름다운 빛을 밝힌다
무수한 환상이 나타나고 변화하고 욕망으로 나를 죽인다

......

하지만 맨 처음은 평화의 정적 소리 없는 정적이 깔리고
슬픔과 초조함의 싸움이 끝난다
무언의 음악은 내 가슴을 진정시킨다—대지가 나를 사라지게 할 때까지
꿈에서도 들을 수 없는 마음속만의 하모니

가려진 것은 모습을 나타내고 눈으로 볼 수 없던 것은 실상을 나타낸다
나의 밖의 감각은 사라지고 나의 안의 실체가 느껴지는 것이다
그 날개는 정말 자유로워지고—그 집 그 항구가 나타난다
그것은 심연을 측정하고 몸을 구부려 마지막 도약을 감행한다!

아 두렵다 좌절, 번민
귀가 들리고 눈이 보이기 시작할 때
맥박이 뛰고 뇌가 생각하기 시작하고
영혼이 육체를 느끼고 육체가 속박을 느끼기 시작할 때

그래도 나는 심한 통증을 잃고 싶지 않다
고문의 괴로움이 약해지는 것을 원하지 않는다
번민이 계속해서 공격하면 그것만 빨리 그것을 축복하자
그리고 지옥의 불에 휩싸이거나 또는 하늘의 빛에 빛나고

예를 들어 죽음의 조짐이더라도 그 환상은 신성한 것이다! ……

(제190번)

이 여자 죄수에게 신비한 체험은 서풍과 함께 찾아오고, 무언의 음악으로 슬픔을 진정시킨다. 결국 육체의 감각을 잃으면 안의 실체의 감각이 눈뜬다. 마음은 갇힌 상태에서 벗어나 자유롭게 비상하고 도약한다. 그리고 '숨겨진 것이 모습을 드러낸다—'지하 감옥에 붙잡혀 육체의 족쇄로 연결되어 있는 인간이 어느 순간 영혼만 존재하게 되어 신성한 환상을 본다. 이것이야말로 《폭풍의 언덕》 결말에 가깝고, 히스클리프가 '나의 천국'에 이르고, 캐서린의 환상을 보고 죽어가는 모습과 호응하고 있다. 절대적 순간에서 정신과 육체, 감옥과 자유, 삶과 죽음, 천국과 지옥의 경계는 초월된다.

캐서린도 히스클리프도 음식을 거부하고, 창문을 열어 바람을 쐬고, 해방으로서의 죽음을 기다리다 죽는다. 이 시에서 노래하는 일종의 환상을 보는 것과 그에 따른 육체적 괴로움, 영적 해방의 체험은 에밀리 자신의 것이기도 했던 것 같다. 목사관에 갇히고, 또 대조적인 황야에서 자유를 맛보고, 자기 내부를 바라보며 사색했던 에밀리—그녀 자신이 죽음을 맞이했을 때 그녀는 의약을 거부하고, '고문의 괴로움'을 대가로 한 번 더 신성한 환상을 보려고 하면서 죽어갔던 것과 같다.

히스클리프가 구현한 것

히스클리프라는 자유분방하고 정열적인 인물에 대해 또 그를 중심으로 하는 《폭풍의 언덕》의 문학적 원천에 대해서는 이미 언급해왔다. 그러면 당시 사회적 배경에 대해서는 어떨까? 그를 언쇼가 데려간 장소로서 설정된 리퍼블은 공업이 번성한 항만도시로 당시 거리에는 실업자와 부랑자가 넘쳐났다.

그렇다고는 하지만 우선 《폭풍의 언덕》을 읽을 때, 그리고 캐서린에게 히스클리프가 '나 자신' '생활 속에 나를 길러왔던 커다란 사상'이고, 히스클리프에게 캐서린이 '나의 생명, 나의 영혼'이라는 것을 생각할 때 에밀리는 인간을 근본적으로 사회적 존재라는 것보다 형이상학적 존재로서 파악하는 작가였다는 것이 추측된다.

이에 대해 샬럿은 《빌레트》의 결말에서 폴 에마뉘엘의 일을 루시에게 이렇

하워스의 황야에 선 나무
바람을 맞아 형태를 바꾸면서, 자연의 힘에 대항하여 격렬하게 싸우는 것을 상징. "황량한 언
덕, 겨울 아침, 뒤틀린 고목." 에밀리 브론테, "나는 몰랐다……."

게 말하게 한다. '그는 더욱 나 자신이 되어 간다.'(제42장) 샬럿에게 서로 사랑하는 남녀는 한없이 접근은 하지만, 개별 존재인 것에 대해 에밀리의 경우는 서로에게 똑같은 사람이다.

히스클리프는 그 이름대로 본디 '히스 산'—자연—이고, 바람·폭풍이고, 생명이고 자유였다. 하지만 그가 복수의 수단으로서 선택한 것은 그가 혐오했던 '문화'를 무기로 하고, 그가 증오했던 자영농민과 대주지에 그 자신이 오르는 것이었다. 캐서린과 마찬가지로 그도 또한 자신의 본성을 배반했다. 이에 따라 그는 본디 그가 가진 해방자로서의 역할을 포기한 것처럼 보인다. 그래서 그는 복수의 성과에 공허함을 깨닫는다.

하지만 히스클리프에 의한 복수의 폭풍우가 지나갔을 때 우리들은 그의 복수의 성과가 그가 의도한 것과는 다른 형태를 취하고 있다는 것을 알았다. 언쇼 집안과 린튼 집안에서 가부장제의 속박은 약해지고, 헤어튼과 캐시의 사랑과 결혼을 통해 양가의 서로 다른 가치관은 한 번의 통합을 겪는다. 히스클리프야말로 이 대립의 초월을 가져온 신비적인 힘이었다.

히스클리프는 죽었다. 하지만 그의 힘은 사라지지 않는다. 그는—그와 캐서린과의 정열은—황야에서 부는 바람으로서 황야를 떠도는 환상으로서 계속 살아간다. 살아있는 사람들과 죽어서 살아있는 사람들과의 대립은 영원히 계속 이어진다.

브론테 자매의 종교관

영혼 구제에 대한 모색

마지막으로 브론테 자매와 그리스도교와의 관계를 생각해보자. 영국 국교회 목사의 딸인 그녀들의 생활과 의식에는 그리스도교가 깊게 침투해 있었다.

당시 국교회 내부에는 여러 종파가 있고, 외부에는 감리교파와 침례교파, 칼뱅주의 등의 흐름이 있었다. 브론테 목사는 감리교파의 영향이 강한 국교회 목사로서 감리교파 사람들과 친한 관계에 있고, '영원의 형벌'을 강조하는 경향이 있었다. 감리교파 이모와 코완 브리지 기숙학교의 종교교육, 앤과 브런웰이 가정교사가 된 로빈슨 집안의 장서 등이 '지옥 불'에 대한 두려움으로 브론테 자매의 영혼을 힘들게 했다.

샬럿은 로헤드 시절에, 그리고 이모와 로빈슨 집안의 영향을 많이 받은 앤은 로헤드 시절부터 꽤 오랜 시간에 걸쳐 구제에 대한 불안에서 비롯하는 종교적 우울감에 사로잡혔다. 품행이 나쁜 브런웰의 영혼 구제에 대한 불안도 있고, 자매는 필연적으로 엄격한 운명예정설은 말할 것도 없고 '영원한 형벌'의 사고방식을 부정하게 되었다. 그래서 결국 국교회의 정통적인 의무를 넘어 악인도 포함해 모든 인간의 영혼이 구제된다는 보편구제설로 향했다. 이 경향은 에밀리에게 가장 먼저 나타나 1845년 즈음에는 앤도 확고한 신념에 이른다.

샬럿은 비국교도와 가톨릭 교도에 대해 혐오감을 드러내고, 자칫 정통적인 국교도로 보이지만, 그리스도교에 대한 그녀의 태도는 자주 변화하고 동요해서 알기 어렵다. 기본적으로는 신앙을 중시하는 앤에 비해 선행을 중요시 하고, 위선을 강하게 증오하는 점이 특징이었다. 《제인 에어》의 세인트 존처럼 국교회 목사라도 그 칼뱅주의적인 종교관 때문에 또 브로클허스트처럼 복음주의에 가린 그 위선성 때문에 통렬한 비판을 그녀로부터 받은 예가 많다. 그녀는 제인과 로체스터의 결혼에서 볼 수 있는 이 세상에서의 행복을 사후 천국의 기쁨의 특징으로서 쓴 것으로 생각된다. 하지만 마지막 소설 《빌레트》에서는 그런 낙천적인 희망은 볼 수 없다. 남편 니콜에 의하면 샬럿은 마지막까지 죽기 싫어했다는 것이다.

에밀리에게 종교는 '신과 개인 사이의 문제'였다. 그녀는 지상의 괴로움을 통한 영혼의 구제를 굳게 믿고, 그녀의 독자적인 종교관을 형성하기에 이르렀다. 브뤼셀 유학 중에 쓴 프랑스어 에세이 '나비'에는 다음과 같은 구절을 볼 수 있다.

신은 정의와 자비의 신이라고 하면 인간이든 동물이든 이성이든 신이 피조물에 지우는 괴로움, 우리들의 불행한 자연계의 개개의 고뇌는 신이 거둬들이기 위한 하나의 씨앗에 지나지 않는다. 죄가 마지막 한 방울까지 그 독을 사용하고, 죽음이 마지막 창을 던진 그 때의 괴로움도 고뇌도 우주의 화장터 장작 위에서 다 타들어가고, 그 이전의 희생자들을 행복과 영광으로 가득 찬 영원한 세계에 바칠 것이다.

이미 인용한 에밀리의 제190번 시에서도 있듯이 이 세상의 괴로움을 두려워하지 않고 떠맡아서 죽음에 이르는 자야말로 참된 구제에 이르는 것이다. 에밀리는 《폭풍의 언덕》에서 사람은 저마다의 천국이 있다는 생각을 드러냈다. 캐서린과 히스클리프에게 천국은 지상의 황야이고, 지옥도 또한 지상의 이 세상의 고뇌 속에 있었다. 세 자매의 종교관은 각각 다르고, 그 차이를 작품에 반영하게 되었다.

맺음말

샬럿 브론테는 어머니 없이 한 집안의 맏딸로서 늙은 아버지를 도와 생계를 꾸리고, 세 명의 동생을 가르쳐야만 했다. 자신의 모습에 대한 콤플렉스와 사랑과 결혼에 대한 사고방식에서도 어린 시절부터 결혼에 자신의 꿈을 맡기려는 생각은 하지 않았다. 자매를 길러준 독신인 이모의 경제적으로 자립 자족하던 모습과 그녀가 아버지 브론테 목사와 당당히 논의하는 모습에서도 영향을 받은 것이다.

여성에 대한 속박이 강한 시대여서 샬럿은 처음에는 경제적 필요에서 그리고 이모의 유산을 상속받은 뒤는 정신적 버팀목의 필요에서 여성의 경제적 자립이 정신적 자립의 요건이라는 것을 굳게 믿어왔다. 가정교사 자격을 얻기 위한 준비, 학교설립 계획, 그리고 작가가 되기 위한 노력 등 모든 면에서 동생들을 보호하고 격려하고, 스스로 사회 전면에 선 것은 샬럿이었다.

본디 열정과 자유분방한 상상력을 가지고 샬럿은 현실 사회에 대한 적응을 중시해야만 하는 처지에 있었다. 웰링턴 공작 숭배와 아버지를 닮은 토리 사상은 그녀의 보수주의의 표현이고, 또 《제인 에어》에 나타난 인간주의적 신앙은 그녀의 현실지향의 일면이다.

반면, 작가로서의 샬럿 브론테의 특징은 선구적인 여성의식에 있다. 여성의 자립, 여성의 정열에 대한 권리, 남녀의 평등 등 당시 사회풍조에서 보면 획기적인 여권사상은 그녀의 고난의 삶에서 그리고 한 집안을 책임져야 했던 그녀의 처지에서 만들어진 것이었다.

샬럿의 이런 사고방식은 그녀의 두 통의 편지에서 확실히 알 수 있다. 첫 번째 편지는 여성의 교육·직업·자립이야말로 여성의 삶을 버티어 주는 것을 말하고 있다.

앞으로 어떻게 되더라도 교육을 받은 것이 매우 이점이다. 어떤 경우에도 그것은 독립을 향한 첫 발자국이다—독신여성 생활의 비참함은 그 의존성에 있기 때문이다. ……딸을 집에 머물게 해서는 안 된다. 확실히 교사라는 것은 일은 많은데 그만큼 보수도 받지 못하고 경멸당하는 존재이지만, 아무것도 하지 않고 집에 있는 여자의 삶은 더 혹사당하고 급료가 나쁜 교사보다도 더 심하다. 가난한 집뿐만이 아니라 풍족한 집에서도 딸들이 앉아서 결혼을 기다리고 있는 모습을 봤을 때, 나는 항상 가엾게 생각되었다. 만일 운명이 행복한 결혼을 안겨 준다면 매우 좋겠지만, 그렇지 않은 경우는 그녀들의 삶에 무언가 목적을 주고, 시간에 무언가 일을 분배하지 않으면 절망적인 초조함과 게으른 무관심이 반드시 그녀들의 인간성을 타락시킬 것이다. ……나는 외롭지만, 만일 일을 가지는 용기를—지긋지긋하던 2년 동안 출판사가 나를 받아 줄 때까지 협상을 계속하는 인내심을 하느님이 나에게 주시지 않았다면 나는 어떻게 되었을까? 젊음은 지나가고, 동생들을 잃고, 교육받지 않은 사람들만 주위에 사는 나는 도대체 왜 있는 것일까? 그때 나에게는 살아갈 세계가 없었다. ……하지만 실제로는 일종의 희망, 동기라고 할 만한 것이 지금도 나를 버티어 주고 있다. 당신의 딸 모두—영국의 여자 모두가 희망과 동기를 가지길 바란다. (W.S. 윌리엄스에게, 1849년 7월 3일)

다음은 저널리스트 해리엇이 《빌레트》를 비판하여 '여성인물이 모두 사랑이라는 단 하나의 것으로 가슴이 가득 차 있다'고 말한 것에 대해 샬럿이 반격한 편지이다.

내가 이해하는 한 나는 사랑이 무엇인지를 알고 있다. 만일 남자든 여자든 그런 사랑을 느끼는 것을 부끄러워한다면 이 지상에는 정직·고상함·성실·진실·청렴과 마찬가지로 내가 생각하는 점의 올바른, 고귀한, 충실한,

진실한, 몰아적인 것은 아무것도 아닌 것이 된다. ……당신과 생각이 다르다는 것이 나에게 날카로운 괴로움을 준다. (해리엇에게, 날짜불명)

사랑과 열정에 대한 희구의 진정, 그리고 남녀의 성애의 존중을 이렇게 확실히 말한 샬럿은 빅토리아조 작가로서는 놀랄 만큼 귀중한 존재였다.

앤도 샬럿과 닮아 자신의 개인적 체험을 근거로 삼아 사회와 가정에서의 여자의 처지에 대한 관심이 높다. 하지만 그녀의 작품에는 샬럿처럼 정열과 이성, 낭만주의와 사실주의 사이를 오가는 드라마틱한 원동력은 볼 수 없고, 그녀의 신념이 대체로 건실한 도덕성과 사실주의의 기법을 통해 알기 쉽고 명료하게 표현되어 있다.

한편, 에밀리 브론테는 내향적인 성격 때문에 바깥 세계와의 접촉이 매우 적고 하워스 황야와의 영감적 교류와 집에서 독서하는 것으로 독자적인 사상을 길러갔다.

《폭풍의 언덕》에서는 앞에서도 말했듯이 일종의 범신론적 자연관, 그리고 신비주의가 보인다. 그리고 에밀리가 약자와 죄인에 대해 온화해서 히스클리프조차 그 자신의 천국에 이르게 하는 것을 생각하면 그녀는 죄와 구제의 문제에 대해 독자적인 종교사상을 형성했다고 생각된다.

끝으로 에밀리의 대표적인 시의 하나로 1841년에 쓴 '늙은 극기주의자'를 인용해서 세속을 거부한 강하고 자유로운 영혼에 경의를 표하고 싶다.

부를 나는 경멸하고
사랑을 나는 비웃고 무시한다
명예에 대한 욕망은 아침이 되면
사라지는 꿈에 지나지 않았다

내가 바란다면 나 때문에
내 입술을 움직여주는 유일한 기도는
'지금 나의 마음은 가만히 그대로 나둬요
나에게 자유를 줘요'라는 것이다

정말 잠깐 사이의 내 생명이 사라져 갈 때
내가 바라는 것은 다만—
삶과 죽음을 통해 참고 견디는 용기 있는
얽매이는 일 없는 영혼일 것이다.
(제146번)

브론테 자매들 연보

1777년 3월 17일 패트릭 브런티(나중에 브론테로 성을 바꿈), 북아일랜드 다운 주 엠데일에서 태어남.

1783년 4월 15일 마리아 브런웰, 콘월 펜잰스에서 태어남.

1812년 12월 29일 패트릭과 마리아, 귀즐리 교회에서 결혼.

1814년 맏딸 마리아 태어남(세례일 : 4월 23일).

1815년 2월 8일 둘째 딸 엘리자베스 태어남. 5월 브론테 일가가 하츠헤드에서 손튼으로 이사.

1816년 4월 21일, 셋째 딸 샬럿 태어남.

1817년(샬럿 1세) 6월 26일, 맏아들 패트릭 브런웰 태어남.

1818년(샬럿 2세) 7월 30일, 넷째 딸 에밀리 제인 태어남.

1820년(샬럿 4세) 1월 17일, 막내 앤 태어남. 4월, 브론테 일가 손튼에서 하워스 목사관으로 이주.

1821년(샬럿 5세) 5월, 엘리자베스 브런웰이 집안일을 도우러 하워스에 옴. 9월, 어머니 마리아 브런웰 사망(38세).

1824년(샬럿 8세, 에밀리 6세) 7월, 마리아와 엘리자베스, 코완 브리지 기숙학교 입학. 9월, 샬럿 같은 학교 입학. 11월, 에밀리 같은 학교 입학.

1825년(샬럿 9세) 2월, 마리아 폐결핵으로 퇴학. 5월, 마리아 사망(11세). 엘리자베스 폐결핵으로 퇴학. 6월, 샬럿과 에밀리 퇴학. 엘리자베스 사망(10세).

1826년(샬럿 10세) 6월, 패트릭이 리즈에서 12개 병정 인형을 사서 아이들에게 준다. 이 인형을 기초로 '앵그리아', '곤달'의 세계가 발전함.

1831년(샬럿 15세) 1월, 샬럿 로헤드 학교 입학. 엘렌 너시, 메리 테일러와 벗으로 사귐.

1832년(샬럿 16세) 5월, 샬럿 로헤드 졸업. 하우스로 돌아옴.

1834년(에밀리 16세, 앤 14세) 11월, 에밀리와 앤, 최초의 일기를 남김.

1835년(샬럿 19세, 브런웰 18세, 에밀리 17세, 앤 15세) 7월, 샬럿 로헤드
　　에 조교사로서 부임. 에밀리 로헤드 입학. 10월, 에밀리가 퇴학하
　　자 앤이 입학. 가을, 브런웰이 왕립미술원 입학 때문에 런던에 가지
　　만 며칠 뒤 돌아옴.

1836년(에밀리 18세, 앤 16세) 6월, 에밀리와 앤, 일기를 남김.

1837년(앤 17세) 12월, 앤, 건강 문제 때문에 로헤드 퇴학.

1838년(샬럿 22세, 브런웰 21세) 5월쯤, 브런웰, 초상화가로 자립하고자
　　브래드퍼드에 작업실을 열었으나 실패로 돌아감. 여름, 로헤드 학
　　교가 듀스베리 무어로 이전. 12월, 샬럿, 로헤드를 그만둠.

1839년(샬럿 23세, 앤 19세) 2월, 헨리 너시, 샬럿에게 청혼함. 3월, 샬
　　럿, 헨리의 청혼을 거절함. 4월, 앤, 소프 그린 홀에서 다시 가정교
　　사가 됨. 5월, 브런웰, 돈을 꾸어 집으로 돌아온다. 샬럿, 시지윅
　　집안의 가정교사가 된다. 7월, 샬럿, 가정교사를 그만둠. 8월, 윌리
　　엄 웨이트먼, 하워스의 부목사로서 부임. 8월 중순, 샬럿, 엘렌 너
　　시와 함께 이스턴을 방문해 바닷가 가까이에서 보냄. 12월, 앤, 가
　　정교사를 그만둠.

1840년(브런웰 23세) 1월, 브런웰, 가정교사가 되어 하워스 출발. 7월, 브
　　런웰, 가정교사에서 해고됨. 8월, 브런웰, 소워비브리지 역 역무원
　　으로 취직.

1841년(샬럿 25세, 앤 21세) 3월, 샬럿, 로든에 있는 어퍼우드 하우스 화
　　이트 집안의 가정교사가 됨. 앤, 로빈슨 집안의 가정교사가 됨. 4
　　월, 브런웰, 역장이 됨. 7월, 에밀리와 앤, 일기를 남김. 앤, 로빈
　　슨 집안 사람들과 함께 스카버러를 방문.

1842년(샬럿 26세, 브런웰 25세, 에밀리 24세) 2월, 샬럿과 에밀리, 유학
　　을 위해 브뤼셀에 있는 에제 기숙학교로 떠남. 4월, 브런웰, 면직
　　됨. 9월, 윌리엄 웨이트먼, 콜레라에 의해 사망(28세). 10월 29일,
　　엘리자베스 브런웰, 장폐색으로 사망(66세). 11월, 샬럿과 에밀리,
　　브뤼셀에서 귀국.

1843년(샬럿 27세, 브런웰 26세) 1월, 샬럿, 혼자 브뤼셀로 감. 브런웰, 로빈슨 집안의 가정교사가 되고, 앤과 함께 머묾. 9월, 샬럿, 대성당에서 고해를 함.

1844년(샬럿 28세) 1월, 샬럿, 브뤼셀을 떠나 집으로 돌아옴. 7월, 샬럿, 목사관에서 학교를 열 계획을 세우지만, 곧 단념.

1845년(샬럿 29세, 브런웰 28세, 에밀리 27세, 앤 25세) 3월, 메리 테일러, 뉴질랜드 웰링턴으로 이주. 5월, 벨 니콜스, 하워스의 부목사로 부임. 6월, 앤, 로빈슨 집안의 가정교사를 그만둠. 7월, 브런웰, 해고됨. 10월, 샬럿, 에밀리의 시를 발견하고 시집 출판을 계획.

1846년(샬럿 30세) 2월, 샬럿, 세 자매의 시집원고를 에일럿 앤드 존스 사로 발송. 5월, 《커러, 엘리스, 액튼 벨 시집》 출판. 8월, 아버지 패트릭의 백내장 수술을 위해 샬럿은 맨체스터에서 머물고, 간병하면서 《제인 에어》를 쓰기 시작.

1847년(샬럿 31세, 에밀리 29세, 앤 27세) 7월, T.C. 뉴비 사, 《폭풍의 언덕》, 《아그네스 그레이》 출판을 승낙하지만, 《교수》 출판은 거절. 8월, 《제인 에어》 탈고, 스미스 사로 발송. 10월, 《제인 에어》 출판, 베스트셀러가 됨. 12월, 뉴비 사, 《폭풍의 언덕》, 《아그네스 그레이》 출판. 《제인 에어》 재판. 새커리, 《허영의 시장》(1847~1848).

1848년(샬럿 32세, 앤 28세) 4월, 《제인 에어》 제3판. 6월, 《와일드펠 홀의 소작인》 출판. 7월, 샬럿과 앤, 런던의 스미스 사 방문. 《와일드펠 홀의 소작인》 재판. 9월 24일, 브런웰 사망(31세). 12월 19일, 에밀리 사망(30세). 개스켈, 《메리 바튼》 출판(1848). 새커리 《펜드니스》(1848~1850).

1849년(샬럿 33세) 5월 24일, 샬럿과 앤, 엘렌과 함께 스카버러에 가지만 28일, 앤 사망(29세). 6월, 집에 돌아옴. 8월, 《셜리》 탈고. 10월, 스미스 엘더 사, 《셜리》 출판. 11월, 샬럿은 런던으로 가 조지 스미스 집에 보름 동안 머물며, 새커리와 해리엇과 만남. 12월, 집에 돌아옴.

1850년(샬럿 34세) 5월, 샬럿, 런던 스미스 집에서 머물며, G.H. 루이스와 만남. 6월, 집에 돌아옴. 7월, 샬럿, 에든버러 방문, 스미스 남매와 만나 시내를 견학하고 고향으로 돌아감. 8월, 샬럿, 개스켈 부인과 처음 만남. 12월, 《폭풍의 언덕, 아그네스 그레이》 신판, 스미스 사에서 출판.

1851년(샬럿 35세)   5월, 샬럿, 런던에서 새커리 강연에 참석, 대박람회 견학. 6월, 맨체스터로 개스켈 부인을 방문. 개스켈, 《크랜퍼드》(1851~1853).

1852년(샬럿 36세)   11월, 《빌레트》 탈고. 12월, 샬럿, 벨 니콜스의 청혼을 거절. 새커리, 《헨리 에스먼드 전기》 출판.

1853년(샬럿 37세)   1월, 샬럿, 런던을 방문하고 베들레헴병원·뉴게이트감옥·잉글랜드은행·왕립거래소·고아원 등을 견학. 스미스 엘더 사, 《빌레트》 출판. 2월, 집에 돌아옴. 4월, 샬럿, 맨체스터로 개스켈 부인을 방문. 5월, 니콜스는 하워스에서 스미튼 교회로 전임. 9월, 개스켈 부인, 샬럿을 방문. 샬럿, 마거릿을 방문. 10월, 집에 돌아옴. 개스켈, 《루스》 출판.

1854년(샬럿 38세)   1월, 니콜스, 친구집에 머물며 샬럿과 만남. 4월, 샬럿, 니콜스와 약혼. 6월, 샬럿과 니콜스, 하워스 교회에서 결혼. 신혼여행은 아일랜드로 감. 11월, 샬럿, 니콜스와 산책을 하다 비에 젖어 감기에 걸림. 개스켈, 《북과 남》 출판(~1855).

1855년   1월, 샬럿, 감기가 폐결핵으로 악화됨. 3월 31일, 샬럿 세상을 떠나다(38세). 7월, 패트릭, 개스켈 부인에게 샬럿의 전기 집필을 의뢰.

1857년   3월, 스미스 엘더 사, 개스켈 부인의 《샬럿 브론테의 생애》 출판. 6월, 《교수》 사후 출판.

1861년   6월 7일, 패트릭 브론테, 세상을 떠남(84세). 그 후에 니콜스는 아일랜드로 돌아가 농부가 됨. 이후 40년 동안 브론테 집안 구성원의 한 사람으로서 브론테 집안의 명예를 지키는 일에 몰두.

옮긴이 박순녀(朴順女)

서울대학교 사범대학 영어교육과 졸업. 조선일보 신춘문예《케이스워카》이어《아이 러브 유》《로렐라이의 기억》《어떤 파리》등 많은 작품을 발표. 현대문학상 수상. 옮긴책 크리스티《ABC 살인사건》《잠자는 살인》가드너《비로드의 손톱》나보코프《롤리타》피츠제럴드《위대한 개츠비》C. 브론테《제인 에어》등이 있다.

세계문학전집016
Emily Brontë
WUTHERING HEIGHTS
폭풍의 언덕
E. 브론테/박순녀 옮김
동서문화사창업60주년특별출판
1판 1쇄 발행/2016. 6. 9
발행인 고정일
발행처 동서문화사
창업 1956. 12. 12. 등록 16-3799
서울 중구 다산로 12길 6(신당동 4층)
☎ 546-0331~6 Fax. 545-0331
www.dongsuhbook.com
＊
사업자등록번호 211-87-75330
ISBN 978-89-497-1475-2 04800
ISBN 978-89-497-1459-2 (세트)